Louis de Bernières

Corellis Mandoline

Roman

Aus dem Englischen von
Klaus Pemsel

*Unverkäufliches Leseexemplar
Erstverkaufstag der gebundenen Ausgabe:
16. Februar 1996*

Hoffmann und Campe

Die Originalausgabe erschien 1994 unter dem Titel »Captain Corelli's
Mandolin« bei Secker & Warburg, London

Die Deutsche Bibliothek – CIP-Einheitsaufnahme

DeBernières, Louis:
Corellis Mandoline : Roman / Louis DeBernières.
Aus dem Englischen von Klaus Pemsel.
– 1. Aufl. – Hamburg: Hoffmann und Campe, 1996
Einheitssacht.: Captain Corelli's mandolin ⟨dt.⟩
ISBN 3-455-00323-0

Copyright © 1994 by Louis de Bernières
Copyright der deutschen Ausgabe © 1996 by
Hoffmann und Campe Verlag,
Hamburg
Lektorat: Hanna Siehr
Schutzumschlag: Kai Eichenauer unter Verwendung einer Illustration
von Graham Bence
Satz: Dörlemann Satz, Lemförde
Druck und Bindung: Clausen & Bosse, Leck
Printed in Germany

Meiner Mutter und meinem Vater gewidmet,
die an verschiedenen Orten
und auf unterschiedliche Weise
gegen Faschisten und Nazis kämpften,
viele ihrer engsten Freunde verloren,
jedoch nie ein Wort des Dankes für ihren Kampf
zu hören bekamen

Inhalt

Der Soldat

Schlank und groß über kaltes Feld schreiten
die jungen Männer durch eine Nirgendwelt.
Selbst mit ihrem Lachen können sie keinen Ton verbreiten,
wie klar sie auch rufen, das Schweigen hält.

Sie erzählen sich von vergeblicher Liebe im Herzen,
doch von dem, was sie sagen, bleibt nichts in der Luft.
Einst jung und golden, kamen sie hierher voll Schmerzen,
ihr Gold ist nun fahl, ihre Jugend verpufft.

Sie rufen sich zu, im Herzen ganz unverändert:
»Was, lieber Bruder, haben sie unsren verlorenen Leben angetan?
Sind sie mit unserer Jugend gegürtet, unserem Gold bebändert
und lächeln, weil wir gefallen sind, den Tod frech an?«

Suchenden Blickes über kaltes Feld wagen
die Jungmänner sich ins Land, in das niemand sie wies.
Die Jungen voll Gold im Herzen stellen sich Fragen
nach der Welt, die ihnen geraubt in ihrem Paradies.

Humbert Wolfe

1

Dr. Iannis beginnt seine Geschichte

Dr. Iannis blickte zufrieden auf einen Tag zurück, an dem keiner seiner Patienten gestorben oder kränker geworden war. Er hatte bei der überraschend leichten Geburt eines Kalbes geholfen, einen Abszeß aufgestochen, einen Backenzahn gezogen, eine Dame von lockerem Lebenswandel mit Salvarsan versorgt, ein unerfreuliches, aber sensationell ergiebiges Klistier verabreicht und durch einen medizinischen Taschenspielertrick ein Wunder vollbracht.

Er lachte in sich hinein, denn zweifellos wurde dieses Wunder bereits als eines St. Gerasimos würdig hingestellt. Er war ins Haus des alten Stamatis gegangen, zu dem er gerufen worden war, um Ohrenschmerzen zu behandeln, und hatte in einen Gehörgang geblickt, der feuchter, flechtenbehangener und stalagmitischer war als selbst die Drogarati-Grotte. Zunächst hatte er die Flechten mit Hilfe eines alkoholgetränkten und um ein langes Streichholz gewickelten Wattebäuschchens entfernt. Ihm war bekannt, daß der alte Stamatis seit seiner Kindheit auf diesem Ohr taub war und ständig unter Schmerzen litt. Es überraschte ihn aber doch, als die Streichholzspitze tief in der haarigen Höhlung offenbar auf etwas Hartes und Unnachgiebiges stieß, etwas, für dessen Vorhandensein es sozusagen keine physiologische oder anatomische Begründung gab. Er führte den alten Mann ans Fenster, riß die Läden auf, und blitzartig breiteten sich Mittagshitze und blendende Helligkeit im Zimmer aus, als hätte ein übereifriger und ungemein strahlender Engel irrigerweise diesen Ort für eine Epiphanie gewählt. Die Frau des alten Stamatis murrte; eine gute Hausfrau konnte es sich schlichtweg nicht leisten, zu dieser Stunde so viel Licht ins Haus zu lassen. Sie war sicher, daß es den Staub aufwirbelte; sie sah schon deutlich überall Flusen aufsteigen.

Dr. Iannis drehte den Kopf des alten Mannes und spähte ins Ohr. Mit dem langen Streichholz drückte er das Gestrüpp von starrem grauem Haar beiseite, das mit Flocken abblätternden Schorfs belaubt war. Darin war etwas Kugeliges. Er schabte die harte, braune Ohrenschmalzkruste ab und erblickte eine Erbse. Ganz ohne Zweifel: Es war eine Erbse; sie war hellgrün, und ihre Oberfläche war schon etwas runzlig, aber an dem Tatbestand an sich war nicht zu rütteln. »Hast du dir jemals etwas in die Ohren gestopft?« wollte er wissen.

»Bloß meinen Finger«, erwiderte Stamatis.

»Und wie lange bist du schon taub auf diesem Ohr?«

»Schon seit ich mich erinnern kann.«

Dr. Iannis sah in seiner Phantasie plötzlich ein absurdes Bild Gestalt annehmen. Es zeigte Stamatis als Kleinkind – doch mit demselben knorrigen Gesicht, derselben gebückten Haltung, demselben dichten Haargestrüpp im Ohr –, das zum Küchentisch hochlangte und eine trockene Erbse aus einer Holzschüssel nahm. Er steckte sie sich in den Mund, fand sie zum Beißen zu hart und stopfte sie sich ins Ohr. Der Arzt kicherte. »Du mußt als kleiner Junge ein ziemlicher Quälgeist gewesen sein.«

»Er war ein Teufel.«

»Halt deinen Mund, Frau, du hast mich damals ja noch gar nicht gekannt.«

»Ich hab's von deiner Mutter, Gott sei ihrer Seele gnädig«, erwiderte die alte Frau, die schmollend den Mund verzog und die Arme verschränkte. »Und ich hab's von deinen Schwestern.«

Dr. Iannis erwog das Problem. Er hatte es zweifellos mit einer widerspenstigen und störrischen Erbse zu tun, die zu fest im Ohr steckte, um sie einfach herauszustochern. »Hast du einen Angelhaken, etwa die Größe für eine Barbe, mit einem langen Ende? Und hast du ein Hämmerchen?«

Die Eheleute sahen sich an und hatten nur den einen Gedanken, daß ihr Doktor den Verstand verloren haben müsse. »Was hat das mit meinen Ohrenschmerzen zu tun?« fragte Stamatis argwöhnisch.

»Du hast eine exorbitante auditive Störung«, versetzte der

Arzt, sich stets der Notwendigkeit einer gewissen medizinischen Geheimniskrämerei bewußt, denn er war sich vollständig im klaren darüber, daß er mit »eine Erbse im Ohr« wohl kaum Ehre eingelegt hätte. »Ich kann sie mit einem Angelhäkchen und einem Hämmerchen beseitigen; das ist die ideale Art, *un embarras de petit pois* zu beseitigen.« Er sprach die französischen Wörter mit geziertem Pariser Akzent aus, wenngleich nur ihm die Ironie klar war.

Das benötigte Werkzeug wurde prompt geholt. Der Arzt klopfte den Haken auf den Fliesen des Steinbodens sorgfältig gerade. Dann ordnete er an, der alte Mann solle seinen Kopf auf den lichtbeschienenen Sims legen. Stamatis gehorchte, verdrehte die Augen, und die alte Frau schlug die Hände vors Gesicht und spähte durch die Finger. »Beeile dich, Doktor«, rief Stamatis, »dieser Sims ist höllisch heiß.«

Der Arzt führte den geradegebogenen Haken sorgfältig in die struppige Öffnung ein und hob das Hämmerchen, doch da wurde er durch ein heiseres Krächzen abgelenkt, das ihn stark an einen Raben erinnerte. Verstört und entsetzt rang die Alte die Hände und lamentierte: »Oh, oh, oh, du wirst ihm einen Angelhaken ins Gehirn treiben. Christus, erbarme dich unser, alle Heiligen und Maria mögen uns beschützen.«

Dieser Ausruf ließ den Arzt innehalten. Er dachte an die Möglichkeit, daß der Widerhaken, falls die Erbse sehr hart war, nicht eindringen, sondern die Erbse tiefer in den Gehörgang treiben würde. Das Trommelfell könnte sogar durchbohrt werden. Er richtete sich auf und zwirbelte mit dem Zeigefinger nachdenklich seinen weißen Schnurrbart. »Plan geändert«, verkündete er. »Ich habe nochmals nachgedacht und entschieden, es wäre besser, sein Ohr mit Wasser zu füllen und die impedimentale Okklusion aufzuweichen. Kyria, sorge dafür, daß dieses Ohr mit warmem Wasser gefüllt bleibt, bis ich heute abend wiederkomme. Der Patient darf sich nicht rühren, er soll mit dem gefüllten Ohr auf der Seite liegenbleiben. Verstanden?«

Dr. Iannis kam um sechs Uhr wieder und spießte die aufgeweichte Erbse ohne Zuhilfenahme eines Hämmerchens erfolgreich auf. Er holte sie behutsam heraus und hielt sie dem Ehepaar zum Anschauen hin. Da sie mit dickem, dunklem Ohrenschmalz verkrustet war und faulig roch, war sie für keinen der beiden als Hülsenfrucht erkennbar. »Das ist sehr leguminös, nicht wahr?« fragte der Arzt.

Die alte Frau nickte so beflissen, als hätte sie verstanden, was freilich nicht der Fall war, denn ihre Augen leuchteten vor Verwunderung auf. Stamatis schlug sich seitlich an den Kopf und rief aus: »Da drin ist's kalt. Mein Gott, ist das laut. Ich meine, alles ist laut, sogar meine eigene Stimme.«

»Deine Taubheit ist geheilt«, verkündete Dr. Iannis. »Eine sehr gelungene Operation, meine ich.«

»Ich bin operiert worden«, sagte Stamatis höchst befriedigt. »Von allen Menschen, die ich kenne, bin ich der einzige, der operiert worden ist. Und jetzt kann ich hören. Es ist ein Wunder, ja genau. Mein Kopf fühlt sich leer und hohl an, mir ist so, als wär mein ganzer Kopf voller Quellwasser, kalt und klar.«

»Also, ist er nun leer oder voll?« wollte die alte Frau wissen. »Red vernünftig, wenn der Doktor schon so nett war, dich zu heilen.« Sie ergriff Iannis' Hand und küßte sie, und kurz darauf war er schon auf dem Heimweg, unter jedem Arm ein fettes Hühnchen und eine dunkel glänzende Aubergine in jeder Jakkentasche. Die uralte Erbse trug er ins Taschentuch gewickelt bei sich, um sie seiner privaten medizinischen Sammlung hinzuzufügen.

Er war an diesem Tag üppig entlohnt worden, denn er hatte außerdem noch zwei prächtige große Langusten bekommen, einen Topf Sardellen, einen Topf mit Basilikum und ein Angebot zum Geschlechtsverkehr (nach seinem Belieben einzulösen). Er hatte aber beschlossen, dieses besondere Angebot nicht anzunehmen, selbst wenn das Salvarsan wirken würde. Er hatte noch den ganzen Abend vor sich, um an seiner Geschichte von Kephallonia zu schreiben, vorausgesetzt, Pelagia hatte daran gedacht, noch etwas Öl für die Lampen zu besorgen.

»Die neue Geschichte Kephallonias« war ziemlich problematisch. Es schien unmöglich, sie ohne Beimischung seiner eigenen Gefühle und Vorurteile zu schreiben. Objektivität war anscheinend nicht zu erreichen, und er hatte das Gefühl, seine mißlungenen Anfänge hatten mehr Papier verschwendet, als auf der ganzen Insel normalerweise in einem Jahr verbraucht wurde.

Die Stimme, die aus seinem Bericht klang, blieb hartnäckig seine eigene; sie war nie und nimmer die eines Historikers. Ihr fehlten Größe und Unparteilichkeit. Sie war nicht olympisch.

Er setzte sich hin und schrieb: »Kephallonia ist eine Fabrik, die Babys für den Export erzeugt. Im Ausland oder auf See gibt es mehr Kephallonier als zu Hause. Eine einheimische Industrie, die die Familien zusammenhielte, ist nicht vorhanden, es gibt nicht genügend Ackerland, und im Meer mangelt es an Fischen. Unsere Männer gehen ins Ausland und kehren nur zum Sterben zurück, und so leben wir auf einer Insel der Kinder, alten Jungfern, Priester und Greise. Das einzig Gute daran ist, daß nur die wirklich schönen Frauen unter den übriggebliebenen Männern einen zum Heiraten finden, und so hat der natürliche Selektionsdruck dafür gesorgt, daß es bei uns die schönsten Frauen ganz Griechenlands und vielleicht des gesamten Mittelmeerraums gibt. Die Kehrseite ist, daß bei uns schöne und geistvolle Frauen mit den absonderlichsten und unpassendsten Männern verheiratet sind, die nie im Leben zu etwas taugen, und daß bei uns einige traurige und häßliche Frauen, die keiner will, zum Witwenstand verurteilt sind, ohne je einen Ehemann gehabt zu haben.«

Der Arzt stopfte sich seine Pfeife neu und las das Geschriebene durch. Er hörte, wie Pelagia draußen im Hof mit Töpfen klapperte, weil sie die Langusten kochen wollte. Er las, was er über die schönen Frauen geschrieben hatte, und erinnerte sich an seine Gattin, die so hübsch gewesen war wie nun ihre Tochter, aber trotz all seiner Bemühungen an Tuberkulose gestorben war. »Diese Insel betrügt ihre eigenen Leute schon in deren bloßem Dasein«, schrieb er, und dann knüllte er das Blatt zusammen und schmiß es in die Zimmerecke. So ging es nie und nimmer; warum konnte er nicht wie ein Historiker schreiben? Warum konnte er nicht leidenschaftslos schreiben? Ohne Zorn? Ohne daß sich ein Gefühl des Betrogenseins und der Bedrängnis einschlich? Er hob das Blatt auf, das er zuerst beschrieben hatte und das an den Ecken schon zerknittert war. Es war die Titelseite: »Die neue Geschichte Kephallonias«. Er strich die ersten beiden Worte durch und ersetzte sie durch »Eine persönliche«. Jetzt brauchte er keine gefühlsbeladenen Adjektive und keinen uralten geschichtlichen Groll mehr wegzulassen, jetzt konnte er ätzend über die Römer, die Normannen, die Venezianer, die Türken, die Briten und sogar die Inselbewohner selbst herziehen. Er schrieb:

»Die halbvergessene Insel Kephallonia erhebt sich leichtsinnig und unbesonnen aus dem Ionischen Meer; es ist eine so ungeheuer geschichtsträchtige Insel, daß selbst die Felsen noch Nostalgie ausdünsten und die rote Erde nicht nur von der Sonne betäubt daliegt, sondern auch vom unsäglichen Gewicht der Erinnerung. Die Schiffe des Odysseus wurden aus kephallonischem Pinienholz gezimmert, seine Leibwächter waren kephallonische Riesen, und einige behaupten sogar, daß sein Palast nicht auf Ithaka, sondern auf Kephallonia stand.

Doch schon bevor dieser listige und weitgereiste König von Athene begünstigt wurde oder durch die unversöhnliche Bosheit Poseidons auf dem Meer umherirrte, hatten mesolithische und neolithische Menschen aus Obsidian Messerklingen geschlagen und Fischernetze ausgeworfen. Die mykenischen Hellenen kamen hier an und hinterließen die Scherben ihrer Amphoren und ihre brustförmigen Gräber, zeugten Nachkommen, die lange nach der Abreise von Odysseus für Athen kämpften, von Sparta tyrannisiert wurden und dann sogar den größenwahnsinnigen Philipp von Mazedonien besiegten, den Vater von Alexander, der merkwürdigerweise ›der Große‹ genannt wird, aber eigentlich ein noch eingebildeterer Megalomane war.

Diese Insel war ein Tummelplatz der Götter. Auf dem Gipfel des Berges Ainos stand ein Schrein für Zeus, und ein weiterer befand sich auf der winzigen Insel Thios. Demeter wurde verehrt, weil sie die Insel zum Brotkorb Ioniens gemacht hatte, desgleichen Poseidon, der Gott, der sie in Gestalt eines Hengstes vergewaltigt hatte, worauf sie ein schwarzes Pferd und eine mystische Tochter zur Welt brachte, deren Name verlorenging, als die Eleusinischen Mysterien durch die Christen unterdrückt wurden. Hier war Apollo, der Python erschlug, der Hüter des Nabels der Welt; er war schön, jugendlich, weise, gerecht, stark, hyperbolisch bisexuell und der einzige Gott, dem die Bienen einen Tempel aus Wachs und Federn bauten. Hier wurde auch Dionysos verehrt, der Gott des Weins, der Freude, der Zivilisation und der Vegetation, den Aphrodite zum Vater eines kleinen Jungen mit dem riesenhaftesten Penis machte, der je einen Menschen oder Gott belastete. Ihre Anbeter hatte hier auch Artemis, die vielbrüstige jungfräuliche Jägerin, eine Göttin von solch radikal frauenrechtlerischer Gesinnung, daß sie Aktaion, weil er sie zufällig nackt gesehen hatte, von Hunden in Stücke reißen und ihren Geliebten Orion von Skorpionen zu Tode stechen ließ, weil er sie aus Versehen berührt hatte. Sie war derart pingelig und pedantisch, was Sittsamkeit und summarische Züchtigung betraf, daß ganze Dynastien wegen eines ungebührlichen Wortes oder einer fünf Minuten zu spät dargebrachten Opfergabe ausgelöscht wurden. Es gab auch Tempel für Athene, die ewige Jungfrau, die (im Vergleich zu Artemis erst nach großer Überwindung) Teiresias blenden ließ, weil er sie nackt gesehen hatte, ein ungeheures Geschick in jenen Fertigkeiten bewies, die für die Wirtschaft und das häusliche Leben unverzichtbar sind, und die Schutzheilige der Ochsen, Pferde und Oliven war.

In der Wahl ihrer Götter bezeugten die Inselbewohner schon den ungeheuren und unerschütterlichen Gemeinsinn, der das Geheimnis ihres Überlebens durch all die Jahrhunderte gewesen ist; es liegt auf der Hand, daß der König der Gottheiten verehrt werden mußte; es liegt auf der Hand, daß ein Volk von Seeleuten den Meeresgott besänftigen mußte; es liegt auf der Hand, daß die Weinbauern Dionysos ehren mußten (es ist immer noch der häufigste Vorname auf der Insel); es liegt auf der Hand, daß Demeter dafür geehrt werden mußte, daß die Insel sich selbst versorgen konnte, daß Athene für ihre Gaben der Weisheit und des Geschicks in den täglichen Lebensdingen verehrt werden mußte, genauso wie es ihr oblag, über die unzähligen militärischen Streitfälle zu wachen. Es ist auch nicht verwunderlich, daß Artemis ihren Kult hatte, denn das galt als unfehlbare Lebensversicherung; sie konnte einem gehörig zusetzen, und deshalb mußte alles dafür getan werden, daß sie Schaden woanders anrichtete.

Daß Apollo auf Kephallonia seinen Kult hatte, ist gleichzeitig das größte wie das kleinste Geheimnis. Für diejenigen, die nie auf dieser Insel gewesen sind, ist es völlig unerklärlich, doch für diejenigen, die sie kennen, ist es ganz und gar unvermeidlich, denn Apollo ist ein Gott, der mit der Macht des Lichts in Verbindung steht. Fremde, die hier landen, sind zunächst zwei Tage lang geblendet.

17

Es ist ein Licht, das anscheinend weder aus der Luft noch aus der Stratosphäre kommt. Es ist völlig jungfräulich, erzeugt ein gestochen scharfes Bild und hat eine gewaltige Leuchtkraft. Es zeigt Farben in ihrem ursprünglichen Zustand vor dem Sündenfall, als kämen sie direkt aus Gottes Vorstellungskraft in Seinen frühesten Tagen, als Er noch glaubte, alles wäre gut. Das dunkle Grün der Pinien ist von einer unergründlichen Tiefe, das Meer ist, von einer Klippe aus betrachtet, platonisch in seiner Art, azur, chromgrün oder wie ein Türkis, Smaragd oder Lapislazuli zu schillern. Das Auge einer Ziege ist ein lebender Halbedelstein, etwa zwischen Bernstein und Arylid, und die Grillen sind vom leuchtenden Grün der frischesten Grashalme im Garten Eden. Sobald die Augen sich an die äußerst vestalische Keuschheit dieses Lichts gewöhnt haben, erscheint im Vergleich dazu das Licht an jedem anderen Ort kümmerlich und trüb – lediglich als etwas, was das Sehen ermöglicht, eine Enttäuschung, ein Makel. Selbst das Meerwasser Kephallonias ist durchsichtiger als andernorts die Luft; hier kann ein Mensch im Wasser treiben, zum Meeresboden hinabblicken und deutlich wehmütige Strahlen sehen, die aus unerfindlichen Gründen stets von kleinen Plattfischen begleitet sind.«

Der gelehrte Arzt lehnte sich zurück und las das eben Geschriebene durch. Es kam ihm wirklich sehr poetisch vor. Er las es nochmals und schwelgte in einigen Sätzen. Am Rande notierte er: »Dran denken, daß alle Kephallonier Dichter sind. Wo kann ich das einbringen?«

Er ging in den Hof hinaus und urinierte auf den Streifen mit der Pfefferminze. In einem strikten Turnus versorgte er die Gewürzpflanzen mit Stickstoff, und morgen würde der Oregano drankommen. Er kehrte gerade noch rechtzeitig ins Zimmer zurück, um Pelagias kleine Ziege dabei zu erwischen, wie sie seine Seiten mit offensichtlichem Behagen verzehrte. Er riß dem Tier das Papier aus dem Maul und jagte es wieder nach draußen. Es sprang zur Tür hinaus, um dann ungehalten hinter dem breiten Stamm des Olivenbaums zu meckern.

»Pelagia«, schimpfte der Arzt, »dein verdammter Wiederkäuer hat alles aufgefressen, was ich heute abend geschrieben habe. Wie oft muß ich dir noch sagen, das Vieh nicht reinzulassen? Wenn das noch mal vorkommt, wird es am Spieß enden. Das ist mein letztes

Wort. Es ist schon schwer genug, bei der Sache zu bleiben, ohne daß dieses Tier alles sabotiert, was ich mir ausgedacht habe.«

Pelagia blickte lächelnd zu ihrem Vater hoch. »Wir werden um etwa zehn Uhr essen.«

»Hast du mir überhaupt zugehört? Ich habe gesagt, keine Ziegen mehr im Haus, kapiert?«

Sie hielt beim Aufschneiden einer Peperoni inne, strich sich eine störrische Strähne aus dem Gesicht und erwiderte: »Du magst sie so gern wie ich.«

»Erstens mag ich diesen Wiederkäuer nicht, und zweitens hast du mir keine Widerworte zu geben. Zu meiner Zeit hat keine Tochter sich ihrem Vater widersetzt. Ich dulde das nicht.«

Pelagia stemmte eine Hand in die Hüfte und verzog das Gesicht. »Papas«, sagte sie, »es ist immer noch deine Zeit. Du bist doch noch nicht tot, oder? Jedenfalls mag dich die Ziege.«

Dr. Iannis gab sich geschlagen und räumte das Feld. Es war wirklich der Gipfel, wenn die eigene Tochter ihre weibliche Tücke gegen ihn ausspielte und ihn dabei noch an ihre Mutter erinnerte. Er ging zurück an seinen Tisch und nahm sich ein neues Blatt Papier vor. Ihm fiel wieder ein, daß er in seinem letzten Schreibversuch vom Thema Götter auf das Thema Fische gekommen war. Aus literarischer Sicht geschah es ihm recht, daß die Ziege das Blatt gefressen hatte. Nun schrieb er: »Nur eine so unverschämte Insel wie Kephallonia kann die Unverfrorenheit besitzen, sich auf einer Verwerfungslinie niederzulassen, die sie der ständigen Gefahr von verheerenden Erdbeben aussetzt. Nur eine so unbekümmerte Insel wie diese wehrt sich nicht gegen eine Invasion gleichgültiger und aufdringlicher Ziegen.«

2

Der Duce

Kommen Sie her. Ja, Sie. Kommen Sie nur. Jetzt verraten Sie mir mal: Welches ist mein bestes Profil, das rechte oder das linke? Wirklich, meinen Sie? Da bin ich mir nicht so sicher. Ich meine, die Unterlippe macht sich auf der anderen Seite vielleicht besser. Oh, Sie pflichten mir also bei? Sie sind vermutlich in allem, was ich sage, meiner Meinung. Ah ja, tatsächlich. Wie soll ich mich dann auf Ihr Urteil verlassen können? Was ist, wenn ich sage, daß Frankreich aus Bakelit besteht; stimmt das? Werden Sie mir beipflichten? Was soll das heißen, *sissignore, nossignore,* ich weiß nicht, *Signore;* was ist das für eine Antwort? Sind Sie ein Kretin, oder was? Holen Sie mir ein paar Spiegel, damit ich meine Pose selbst überprüfen kann.

Ja, es ist von großer Bedeutung und auch ganz natürlich, daß das Volk in mir die Apotheose des idealen Italieners sieht. Mich wird niemand mit heruntergelassenen Hosen filmen können. Mich wird eigentlich auch niemand mehr in Anzug und Krawatte zu sehen bekommen. Das Volk soll mich nicht für einen Geschäftsmann, für einen bloßen Staatsbeamten halten, und außerdem steht mir diese Uniform. Ich bin die Verkörperung Italiens, womöglich noch mehr als der König selbst. Das ist Italien, schneidig und stramm, wo alles wie am Schnürchen läuft. Italien ist so unbiegsam wie Stahl. Eine der Großmächte, da ich es zu einer gemacht habe.

Ah, da sind ja die Spiegel. Stellen Sie den dahin. Nein, da, Idiot. So ist's recht. Nun stellen Sie den anderen dorthin. Herrgott noch mal, muß ich alles selbst erledigen? Mann, was ist los mit Ihnen? Hm, ich glaube, ich mag das linke Profil. Kippen Sie den Spiegel ein wenig. Mehr, mehr. Halt, so ist's recht. Wunderbar. Wir müssen es so einrichten, daß das Volk immer zu mir aufsehen muß. Ich muß immer erhöht stehen. Schicken Sie jemand in die Stadt, um die geeignetsten Balkone ausfindig zu machen. Notieren Sie sich das. Und notieren Sie sich auch noch folgendes, da es mir gerade einfällt. Auf Anordnung des Duce sollen alle Bergzüge in Italien massiv aufgeforstet werden. Was soll das heißen, wofür? Das liegt doch auf der Hand. Je mehr Bäume, desto mehr Schnee, das weiß doch jeder. Italien soll kälter werden, damit die Menschen, die es hervorbringt, zäher, wendiger und widerstandsfähiger werden. Es ist traurig, aber wahr, daß unsere Jungen keine so guten Soldaten mehr sind wie ihre Väter. Sie müssen kälter werden, wie die Deutschen. Mehr Eis in die Seele, das brauchen sie. Ich könnte schwören, das Land ist seit dem Großen Krieg wärmer geworden. Das macht die Männer faul, macht sie untauglich. Das macht sie für das Imperium nicht geeignet. Das verwandelt das Leben in eine Siesta. Sie nennen mich nicht umsonst den Diktator, der niemals schläft. Sie werden mich nie dabei erwischen, daß ich den ganzen Nachmittag durchschlafe. Notieren Sie das. Das wird eine unserer neuen Parolen: *Libro e Moschetto – Fascisto Perfetto.* Die Leute sollen verstehen, daß der Faschismus nicht bloß eine soziale und politische Revolution darstellt, sondern auch eine kulturelle. Jeder Faschist muß ein Buch im Tornister haben, verstehen Sie? Wir werden keine Spießer sein. Ich will faschistische Buchclubs selbst in den kleinsten Städten haben, und ich möchte nicht, daß die verfluchten *squadristi* aufkreuzen und sie in Brand setzen, ist das klar?

Und was höre ich da von einem Regiment Alpini, das durch Verona gezogen ist und gesungen hat: *Vogliamo la pace e non vogliamo la guerra?* Ich möchte, daß dies untersucht wird. Es darf keine Eliteeinheiten geben, die herummarschieren und pazifistisch-defätistische Lieder singen, wo wir uns noch gar nicht richtig im Krieg befinden. Und weil wir gerade von den Alpini reden: Was soll das, daß sie sich mit faschistischen Legionären Schlägereien geliefert haben? Was soll ich denn noch alles tun, damit das Militär die Miliz akzeptiert? Wie wäre denn das als weitere Parole: »Der Krieg ist für den Mann das, was die Mutterschaft für die Frau ist«? Sehr gut, da werden Sie mir wohl beipflichten. Eine herrliche Parole mit einer guten Portion Mannhaftigkeit darin, viel besser als »Kinder, Küche, Kirche« die ganze Woche über. Rufen Sie Clara an und sagen Sie ihr, daß ich sie heute abend besuchen werde, wenn ich meiner Frau entkommen kann. Und wie wäre das als neue Parole: »Mit wagemutiger Umsicht«? Sind Sie sicher? Ich kann mich nicht erinnern, daß

Benni das in einer Rede verwendet hat. Muß Jahre hersein. Vielleicht ist sie gar nicht so gut.

Notieren Sie sich das. Ich möchte ein für allemal klarstellen, daß unsere Leute in Afrika die Praxis des sogenannten *madamismo* abzustellen haben. Ich kann es einfach nicht gutheißen, daß italienische Männer mit eingeborenen Frauen zusammenziehen und die Reinheit des Blutes verwässern. Nein, eingeborene Prostituierte kümmern mich nicht. Die *sciarmute* sind für die Moral unserer Männer unentbehrlich. Nur Liebschaften darf es nicht geben, das ist alles. Was soll das heißen, Rom war assimilativ? Das weiß ich, und ich weiß auch, daß wir das Imperium neu schaffen, doch wir leben in anderen Zeiten. Wir leben in faschistischen Zeiten.

Da wir gerade von den Kameltreibern reden: Haben Sie mal in mein Exemplar dieses Artikels *Partito e Imperio* reingesehen? Mir gefällt das Stück, wo es heißt:»Kurz gesagt, wir müssen versuchen, dem italienischen Volk eine imperialistische und rassistische Gesinnung einzuimpfen.«Ach ja, die Juden. Nun, ich meine, es ist ein für allemal klargemacht worden, daß jüdische Italiener sich entscheiden müssen, ob sie vorrangig Italiener oder Juden sind. So einfach ist das. Es ist mir nicht entgangen, daß das internationale Judentum antifaschistisch ist. Ich bin ja nicht dumm. Ich weiß sehr wohl, daß die Zionisten die Handlanger der britischen Außenpolitik sind. Was mich betrifft, so müssen wir diese Beschäftigungsbeschränkungen für Juden in öffentlichen Ämtern durchsetzen; ich werde keine Unverhältnismäßigkeit dulden, und es kümmert mich nicht, wenn das bedeutet, daß dann einige Städte ohne Bürgermeister dastehen. Wir müssen mit unseren deutschen Kameraden Schritt halten. Ja, ich weiß, daß der Papst das nicht mag, aber für ihn steht zuviel auf dem Spiel, als daß er sich dafür weit aus dem Fenster lehnen würde. Er weiß, ich kann die Lateranverträge widerrufen. Ich habe ihm schon einen Dreizack in den Hintern gesteckt, und er weiß, daß ich den drehen kann. Um des lieben Friedens mit der Kirche willen habe ich den atheistischen Materialismus aufgegeben, aber ich gehe keinen Schritt weiter.

Notieren Sie das; ich möchte die Löhne und Gehälter einfrieren, um die Inflation einzudämmen. Wir erhöhen die Familienbeihilfe um fünfzig Prozent. Nein, ich glaube nicht, daß das letztere die Wirkung des ersteren aufheben wird. Meinen Sie, ich verstünde nichts von der Wirtschaft? Wie oft muß ich noch erklären, Sie Dummkopf, daß das faschistische Wirtschaftssystem immun ist gegen die zyklischen Schwankungen des Kapitalismus? Wie können Sie es wagen, mir zu widersprechen und zu sagen, es sähe so aus, als wäre das Gegenteil wahr? Warum, glauben Sie, haben wir uns all die Jahre um Autarkie bemüht? Wir hatten einige harte Nüsse zu knacken, das ist alles, Sie *zuccone*, Sie *sciocco*, Sie *balordo*. Schicken Sie Farinacci ein Telegramm mit ein paar bedauernden Worten darüber, daß er eine Hand verloren hat. Aber was kann er schon erwarten, wenn er mit Handgranaten zum Fischen geht? Sagen Sie der Presse, es hätte sehr heldenhafte Gründe. Wir werden am Montag einen Artikel darüber in *Il Regime Fascista* bringen. Etwa so: »Parteichef im heldenhaften Einsatz gegen Äthiopier verletzt.« Dabei fällt mir ein, wie weit sind die Experimente mit dem Giftgas? Die gegen die Kameltreiberguerilla. Ich hoffe, der Abschaum stirbt langsam, das ist alles. Ein möglichst langer Todeskampf. *Pour encourager les autres.* Sollen wir in Frankreich einmarschieren? Wie wär's mit »Faschismus überwindet Klassengegensätze«? Ist Ciano schon hier? Aus dem ganzen Land erhalte ich Berichte, daß die Stimmung so gut wie einmütig gegen den Krieg ist. Ich verstehe das nicht. Industrielle, Bürgerliche, Arbeiter, selbst die Armee, um Himmels willen. Ja, ich weiß, daß eine Abordnung von Künstlern und Intellektuellen wartet. Was? Sie werden mir eine Auszeichnung verleihen? Holen Sie sie auf der Stelle herein.

Guten Abend, meine Herren. Ich gestehe, es ist mir eine große Freude, dies von einigen unserer, ähm, größten Geister zu empfangen. Ich werde sie mit Stolz tragen. Wie weit sind Sie mit Ihrem neuen Roman? Oh, tut mir leid, das hab ich ganz vergessen. Sie sind ja Bildhauer. Ein Lapsus linguae. Ein neues Standbild von mir? Großartig. Mailand braucht noch ein paar Denkmäler, oder nicht? Ich darf Sie daran erinnern – obwohl ich mir sicher bin, daß es bei Ihnen nicht nötig ist –, daß der Faschismus im Grunde auf ästhetischen Vorstellungen aufbaut und daß es Ihre Aufgabe ist, als Schöpfer schöner Dinge die erhabene Schönheit und unverkennbare Wirklichkeit des faschistischen Ideals mit größter Eindringlichkeit darzustellen. Vergessen Sie das nie; wenn die Streitkräfte

23

das Mark des Faschismus sind und ich sein Gehirn, dann sind Sie seine Phantasie. Sie haben eine schwere Verantwortung. Nun entschuldigen Sie mich bitte, meine Herren, Staatsangelegenheiten. Sie wissen ja, wie das ist. Ich habe eine Audienz mit Seiner Majestät dem König. Ja, selbstverständlich, ich werde Ihre ergebensten Gefühle der Loyalität übermitteln. Er würde auch nicht weniger als das erwarten. Guten Abend.

Die bin ich los. Ist das nicht hübsch? Vielleicht schenke ich es Clara. Das wird sie bestimmt amüsieren. Ah, Ciano ist tatsächlich im Anmarsch? Wurde auch Zeit. Hat erst noch ein paar Golfbälle verdroschen, da bin ich sicher. Verdammt blödes Spiel, wenn Sie mich fragen. Ich würde ja noch verstehen, wenn einer Karnickel zu treffen versuchte oder mal ein Rebhuhn schnappen wollte. Ein *hole-in-one* läßt sich doch nicht essen, oder? Wenn einer toll eingelocht hat, dann hat er doch nichts, dem er die Gedärme rausreißen kann.

Ah, Galeazzo, wie gut, dich zu sehen. Komm doch rein. *Bene, bene.* Und wie geht es meiner lieben Tochter? Es ist doch wunderbar, die Regierung sozusagen in der Familie zu behalten. Wie gut, jemanden zu haben, dem ich vertrauen kann. Golf gespielt? Hab ich mir doch gedacht. Ein prächtiges Spiel, so faszinierend; was für eine Herausforderung, sowohl geistig wie körperlich, nehme ich an. Ich wünschte, ich hätte auch Zeit dafür. Man fühlt sich völlig auf verlorenem Posten, wenn die Rede auf Löffler, Cleeks und Dreier-Eisen kommt. Beinahe ein Eleusinisches Mysterium. Ich hab »eleusinisch« gesagt. Oh, das macht nichts. Was für ein prächtiger Anzug. Ein so toller Schnitt, und auch so feine Schuhe. So, George-Stiefel heißen sie? Ich frage mich, warum. Die sind doch nicht englisch? Für mich tun's echte Militärreitstiefel, Galeazzo; in puncto Eleganz kann ich es nicht mit dir aufnehmen, das gebe ich unumwunden zu. Ich bin eben ein Mann der Scholle, und was kann einem Besseres passieren, wenn die Scholle zufällig italienisch ist, meinst du nicht auch?

Hör mal, wir müssen die Geschichte mit Griechenland ein für allemal klären. Ich glaube, wir stimmen darin überein, daß wir nach all unseren Erfolgen eine neue Richtung einschlagen müssen. Stell dir vor, Galeazzo, als ich noch Journalist war, hatte Italien kein nennenswertes Imperium. Jetzt, da ich der Duce bin, haben wir eins. Das ist eine große und schwere Verpflichtung, daran gibt es nichts zu rütteln. Eine Sinfonie bekommt mehr Applaus als ein Quartett. Doch können wir mit Afrika und ein paar Inseln aufhören, von denen noch nie jemand was gehört hat? Dürfen wir uns auf unseren Lorbeeren ausruhen, wenn wir rundherum Spaltungen in der Partei sehen und merken, daß unsere Politik keine einheitliche Stoßrichtung hat? Wir müssen der Nation Dynamit in den Hintern stecken, nicht? Wir brauchen ein großartiges und einendes Unternehmen. Wir brauchen einen Feind, und wir müssen den imperialistischen Schwung aufrechterhalten. Deswegen komme ich auf die Griechen zurück.

Ich habe mir die Berichte angesehen. Zunächst einmal haben wir einen historischen Makel zu tilgen, eine noch offene Rechnung zu begleichen. Ich meine den Tellini-Zwischenfall von 1923, wie du zweifellos erkannt hast. Übrigens, mein lieber Graf, fällt mir mehr und mehr auf, daß du eine von mir unabhängige Außenpolitik betreibst; deswegen ziehen wir oft nicht an einem Strang. Nein, widersprich nicht, ich erwähne das bloß als eine unerquickliche Tatsache. Unser Botschafter in Athen ist sehr verwirrt, und vielleicht ist es auch in unserem Interesse, wenn er das bleibt. Ich möchte nicht, daß Grazzi gegenüber Metaxas Andeutungen macht, und es paßt uns, daß sie befreundet bleiben. Es ist ja noch kein Schaden angerichtet; wir haben uns Albanien genommen, und ich habe Metaxas geschrieben, um ihn in Sicherheit zu wiegen, und habe seine Behandlung von König Zog gelobt, also läuft alles ausgezeichnet. Ja, mir ist bekannt, daß die Briten mit Metaxas Kontakt aufgenommen haben, um ihm zu sagen, daß sie im Fall einer Invasion helfen werden, Griechenland zu verteidigen. Ja, ich weiß, daß Hitler Griechenland in der Achse haben will, aber seien wir ehrlich, was schulden wir denn Hitler schon? Er bringt ganz Europa durcheinander, seine Gier und seine Unberechenbarkeit scheinen grenzenlos zu sein, und zur Krönung des Ganzen schnappt er sich die rumänischen Ölfelder, ohne uns auch nur ein Stück vom Kuchen abzugeben. Diese Dreistigkeit. Für wen hält er sich denn? Ich fürchte, Galeazzo, wir müssen unser Vorgehen danach ausrichten, wie die Würfel fallen, nur muß ich sagen, daß Hitler derzeit offenbar lauter Sechser würfelt. Entweder wir verbünden uns mit ihm und teilen uns die Beute, oder wir setzen uns der Gefahr einer Invasion aus Österreich aus, sobald der kleine Mann es für richtig hält. Es geht darum, die Gelegenheit beim Schopf zu packen und Risiken zu vermeiden. Es geht auch darum, das Imperium zu erweitern. Wir müssen außerdem den Befreiungsbewegungen im Kosovo und dem Irredentismus in Tsamouria Dampf machen. Wir kriegen Jugoslawien und Griechenland. Stell dir vor, Galeazzo, die ganze Mittelmeerregion wieder zu einem neuen Römischen Reich vereint. Wir haben Libyen, und jetzt müssen wir nur noch die Punkte verbinden. Das müssen wir tun, ohne Hitler was zu verraten; zufällig weiß ich, daß die Griechen von ihm Zusicherungen gewollt haben. Stell dir vor, wie das dem Führer Eindruck machen wird, wenn er uns blitzartig Griechenland überrollen sieht. Da wird er sich das Ganze sicher noch mal überlegen. Mal dir doch aus, wie du selber an der Spitze einer faschistischen Legion im Gefechtsturm eines Panzers in Athen einziehst. Stell dir vor, unsere Fahnen flattern am Parthenon.

Erinnerst du dich noch an den Guzzoni-Plan? Achtzehn Divisionen und ein Jahr Vorbereitung? Und ich habe verkündet:»Griechenland liegt nicht auf unserem Weg, wir wollen da nichts«, und dann habe ich zu Guzzoni gesagt:»Aus dem Krieg gegen Griechenland wird nichts. Griechenland ist ein abgenagter Knochen und nicht das Leben eines einzigen sardischen Grenadiers wert.« Nun, die Verhältnisse haben sich geändert, Galeazzo. Ich habe das gesagt, weil ich Jugoslawien wollte. Aber warum nicht beide nehmen? Wer sagt, daß wir ein Jahr Vorbereitung brauchen? Doch bloß so ein dummer General vom alten Schlag. Mit einer Legion könnten wir das in einer Woche schaffen. Es gibt auf der Welt keine so entschlossenen und kühnen Soldaten wie unsere.

Und die Briten provozieren uns. Ich rede jetzt nicht von de Vecchis Gefasel. Da fällt mir ein, de Vecchi hat dir gesagt, daß die Briten ein Unterseeboot bei Levkas, zwei weitere bei Zante angegriffen und in Milos einen Stützpunkt eingerichtet haben. Ich habe einen Bericht von Kapitän Moris, daß nichts davon geschehen ist. Du mußt dir einfach klar darüber sein, daß de Vecchi ein größenwahnsinniger Irrer ist, und eines Tages, wenn mir danach ist, werde ich ihn an seinem fetten Schnauzer aufhängen und ihm ohne Betäubung die Eier abschneiden. Gott sei Dank ist er in der

Ägäis und nicht hier, sonst säße ich bis zum Hals in der Scheiße. Der Mann macht noch die ganze Ägäis braun. Aber die Briten haben die *Colleoni* versenkt, und die Griechen lassen schamlos britische Schiffe in ihre Häfen. Was soll das heißen, wir haben aus Versehen ein Versorgungsschiff und einen Zerstörer der Griechen bombardiert? Aus Versehen? Was macht das schon? Da müssen wir später nicht mehr so viele Schiffe versenken. Grazzi behauptet, es gäbe in Griechenland überhaupt keine britischen Stützpunkte, aber das sehen wir ihm noch einmal nach, oder? Es ist doch nichts Schlimmes, zu behaupten, daß dort welche sind. Wichtig ist, daß wir Metaxas so weit bringen, daß er sich in die Hosen macht. Hoffentlich kann ich deinem Bericht Glauben schenken, daß die griechischen Generäle auf unserer Seite sind; aber wenn das stimmt, wie kommt es dann, daß sie Platis verhaftet haben? Und wohin ist das ganze Geld gekommen, mit dem die Staatsbeamten bestochen werden sollten? Das sind doch Millionen, wertvolle Millionen, die wir besser für Gewehre hätten ausgeben sollen. Und bist du sicher, daß die Bevölkerung von Epirus wirklich albanisch sein will? Woher weißt du das? Ach so, der Geheimdienst. Ich habe übrigens entschieden, die Bulgaren nicht zu fragen, ob sie zur gleichen Zeit wie wir einmarschieren wollen. Freilich würde es uns die Sache erleichtern, aber es wird sowieso ein Spaziergang, und wenn die Bulgaren ihren Zugang zum Meer bekommen, wird das uns die Nachschub- und Nachrichtenwege kappen, meinst du nicht auch? Wir wollen nicht, daß sie sich in dem Ruhm sonnen, der eigentlich uns gebührt.

Also, ich möchte, daß du ein paar Angriffe gegen uns arrangierst. Unserem Feldzug müssen wir aus weltpolitischen Gründen ein legitimes Deckmäntelchen umhängen. Nein, um die Amerikaner mache ich mir keine Sorgen; Amerika ist militärisch unbedeutend. Aber denk dran, wir wollen einmarschieren, wenn wir einmarschieren wollen; ich will keinen kolossalen Casus belli haben, der uns in Zugzwang bringt, bevor wir bereit sind. *Avanti piano, quasi indietro.* Ich meine, wir sollten uns einen albanischen Patrioten zur Ermordung aussuchen, so daß wir den Griechen die Schuld in die Schuhe schieben können, und ich meine, wir sollten ein griechisches Kriegsschiff so versenken, daß es augenscheinlich ist, daß wir es waren, aber doch nicht so offensichtlich, daß wir nicht den Briten die Schuld geben können. Es dreht sich darum, die Griechen wohlüberlegt einzuschüchtern; das wird ihre Moral schwächen.

Übrigens, Galeazzo, ich habe entschieden, daß wir kurz vor der Invasion die Armee demobilisieren werden. Was soll das heißen, das klinge verquer? Es geht doch darum, die Griechen einzulullen, die Ernte einzubringen und den Anschein der Normalität zu wahren. Denk darüber nach, Galeazzo; stell dir vor, was für ein gerissener Zug das wäre. Die Griechen seufzen erleichtert auf, und wir machen sie prompt mit einem Hammerschlag platt.

Ich habe mit dem Generalstab gesprochen, mein lieber Graf, und Pläne angefordert für die Invasion von Korsika, Frankreich und der Ionischen Inseln und für einen neuen Feldzug in Tunesien. Ich bin sicher, wir schaffen das. Sie beschweren sich laufend über mangelnde Transportmittel, und so habe ich den Befehl ausgegeben, die Infanterie so zu trainieren, daß sie am Tag fünfzig Meilen marschieren kann. Mit der Luftwaffe haben wir allerdings ein kleines Problem. Die ist komplett in Belgien, also werde ich deswegen in den nächsten Tagen vermutlich etwas unternehmen müssen. Erinnere mich gelegentlich daran. Ich muß mit Pricolo darüber reden; es geht nicht an, daß der Chef der Luftwaffe als einziger nicht weiß, was los ist. Auch militärische Geheimhaltung hat ihre Grenzen. Der Generalstab stellt sich gegen mich, Galeazzo. Badoglio schaut mich immer an, als wäre ich verrückt. Eines Tages wird er dem Verderben ins Gesicht sehen und merken, daß dieses Gesicht meins ist. Ich kann das nicht ausstehen. Ich meine, wir sollten uns Kreta auch noch nehmen und es den Briten verweigern.

Jacomoni hat mir telegrafiert, daß wir innerhalb der griechischen Reihen mit allerhand Verrat rechnen können, daß die Griechen Metaxas und den König hassen, sehr niedergeschlagen sind und über eine Preisgabe von Tsamouria nachdenken. Gott ist anscheinend mit uns. Außerdem muß sich etwas daran ändern, daß sowohl Seine Majestät als auch ich der Erste Marschall des Königreichs sind; mit solchen Ungereimtheiten läßt es sich wirklich nicht leben. Übrigens hat mir Prasca telegrafisch mitgeteilt, daß er für die Invasion keine Truppenverstärkungen benötigt, aber wie kommt es dann, daß mir bisher jeder gesagt hat, daß wir unmöglich ohne sie auskommen würden? Denen fehlt der Mumm in den Knochen, das ist es. Nach meiner Erfahrung läßt sich kein Experte so in die Irre führen wie ein Militärexperte. Anscheinend muß ich deren Arbeit auch noch erledigen. Ich erhalte nichts als Klagen über die Knappheit von allem möglichen. Warum sind alle Eventualfonds verschwunden? Ich möchte, daß das untersucht wird.

Darf ich dich daran erinnern, Galeazzo, daß Hitler gegen diesen Krieg ist, weil Griechenland ein totalitärer Staat ist, der von Natur aus auf unserer Seite sein sollte. Also sag ihm nichts. Wir werden ihm zeigen, was ein Blitzkrieg ist, und er wird grün werden vor Neid. Und es kümmert mich nicht, wenn wir es mit den Briten zu tun kriegen. Die werden wir auch noch windelweich prügeln. WER HAT DIESE KATZE REINGELASSEN? SEIT WANN GIBT ES EINE PALASTKATZE? IST DAS DIE KATZE, DIE IN MEINEN HELM GESCHISSEN HAT? DU WEISST, ICH KANN KATZEN NICHT AUSSTEHEN. WAS SOLL DAS HEISSEN, ES SPART MAUSEFALLEN? DU HAST MIR NICHT ZU SAGEN, OB ICH MEINEN REVOLVER HIER DRINNEN BENÜTZEN KANN ODER NICHT. GEH AUS DEM WEG, ODER DU KRIEGST AUCH EINE KUGEL AB. O Gott, mir ist schlecht. Ich bin ein sensibler Mensch, Galeazzo, ich habe ein künstlerisches Temperament, ich kann all dieses Blut und diese Schweinerei gar nicht sehen. Hol jemand, der das saubermacht, mir ist nicht gut. Was soll das heißen, sie ist noch nicht tot? Bring sie raus und dreh ihr den Kragen rum. NEIN, ICH WILL ES NICHT SELBST MACHEN. Glaubst du, ich bin ein Barbar oder so was? O Gott. Gib mir meinen Helm, schnell, ich brauch was, worein ich mich übergeben kann. Schaff den hier weg, und besorg mir einen neuen Helm. Ich werde mich jetzt hinlegen, es muß schon längst Zeit für die Siesta sein.

3

Der starke Mann

Die unergründlichen Ziegen auf dem Berg Ainos stellten sich in den Wind und sogen im Morgengrauen die Meeresdünste auf, die in diesem trockenen, wilden und unwirtlichen Land das Wasser ersetzten. Ihr Hirte Alekos, der so wenig an menschliche Gesellschaft gewöhnt war, daß ihm sogar beim Selbstgespräch die Worte fehlten, regte sich unter seinen Felldecken, streckte die Hand vergewissernd nach dem Schaft seines Gewehrs aus und fiel wieder in Schlaf. Es blieb noch genug Zeit zum Wachsein, zum Verzehren eines mit Oregano bestreuten Brots und zum Zählen seiner Herde, um sie dann auf einen neuen Weidegrund zu treiben. Sein Leben war zeitlos, er hätte auch einer seiner Vorfahren sein können, und auch seine Ziegen würden sich so verhalten, wie kephallonische Ziegen es schon immer getan hatten; sie würden sich mittags an den steilen Nordhängen der Felsen vor der Sonne verstecken und schlafen, und am Abend waren ihre laut tönenden Glocken wohl noch auf Ithaka zu hören, von der stummen Luft hinübergeweht, und die Dorfbewohner in der Ferne mochten aufblicken und sich wundern, welche Herde in der Nähe vorbeizog. Alekos war ein Mann, der mit sechzig derselbe sein würde wie mit zwanzig, dünn und stark, von bewundernswerter Zähigkeit und Ausdauer, sowenig zur Sprunghaftigkeit fähig wie seine Ziegen.

Weit unter ihm stieg feiner Rauch kerzengerade in die Luft, weil es in einem Tal brannte. Es war unbewohnt, und die Macchia flammte ungehindert auf, nur von denen mit Sorge betrachtet, die fürchteten, daß Wind aufkommen könnte, der die Funken zu den wertvollen Flächen um ihre Behausungen, zu ihren Kräutern oder ihren winzigen steinigen Feldern tragen könnte, die von den im Lauf der Jahrhunderte aufgehäuften Felsbrocken umringt waren. Sie waren an passender Stelle zu Wällen zusammengetragen worden, die bei jeder Berührung wackelten, aber nur bei Erdbeben einfielen. Weil die Griechen die Farbe der Jungfräulichkeit liebten, waren viele Wälle weiß gestrichen, als genügte die blendende Helligkeit der Sonne noch nicht. Ein umherstreifender Patriot hatte auf die meisten in Türkis ENOSIS gemalt, und kein Kephallonier hatte sich veranlaßt gesehen, ihre ursprüngliche Reinheit wiederherzustellen. Jeder Wall erinnerte sie wohl an ihre Zugehörigkeit zu einer Familie, die von den anomalen Grenzen uralter rivalisierender Reiche auseinandergerissen, von der aufrührerischen See in alle Winde zerstreut und Opfer einer Geschichte geworden war, die sie am Scheideweg der Welt angesiedelt hatte.

Nun brandeten neue Reiche an die Küsten der alten. Binnen kurzem würde nicht mehr bloß ein Tal eingeäschert werden oder würden Eidechsen, Igel und Heuschrecken den Feuertod sterben, sondern Juden, Homosexuelle, Zigeuner und Geisteskranke würden verbrennen. Es würde so weit kommen, daß Guernica und Abessinien groß an den Himmeln Europas, Nordafrikas, Singapurs oder Koreas geschrieben standen. Die selbsternannten Herrenrassen, berauscht von Darwin und nationalistischem Übermut, betört von Eugenik und verführt von Mythen, waren dabei, eine Völkermordmaschinerie in Gang zu setzen, die bald auf eine Welt losgelassen würde, die solche maßlose Dummheit und niederträchtige Eingebildetheit bereits herzlich leid war.

Doch Stärke erregt überall Bewunderung und verführt jeden, so auch Pelagia. Als sie von einer Nachbarin hörte, daß auf dem Dorfplatz ein starker Mann Wundertaten vollbrachte, die sogar eines Atlas würdig waren, stellte sie gleich den Besen in die Ecke, mit dem sie den Hof gefegt hatte, und eilte hinaus, um sich der neugierigen Schar der leicht zu Beeindruckenden anzuschließen, die beim Brunnen zusammengelaufen war.

Megalo Velisarios, auf allen Ionischen Inseln berühmt, mit Pluderhose und verschnörkelten Sandalen wie ein türkischer Spielmann gekleidet, laut eigener Aussage der stärkste Mann, der je auf der Welt gelebt hatte, das Haar so erstaunlich lang wie das des Nazareners oder gar Samsons, hüpfte zum Takt klatschender Hände auf einem Bein. Dabei trug er auf jedem verblüffenden Bizeps seiner ausgestreckten Arme einen erwachsenen Mann. Der eine klammerte sich eng an seinen Körper, der andere, versierter in der Kunst der Schaustellerei, rauchte in aller Gemütsruhe eine Zigarette. Zur Krönung des Ganzen saß auf Velisarios'

31

Kopf ein verängstigtes, etwa sechsjähriges Mädchen, das seine Hopserei noch dadurch erschwerte, daß sie ihre Hände fest auf seine Augen gedrückt hielt. »Lemoni!« brüllte er. »Nimm die Hände von meinen Augen und halt dich an meinem Haar fest, sonst muß ich aufhören.«

Lemoni war zu überwältigt, um ihre Hände wegzunehmen, also hielt Megalo Velisarios inne. Mit einer graziösen Bewegung, ähnlich der eines Schwans kurz vor dem Aufsetzen, stellte er beide Männer auf die Füße. Dann hob er Lemoni von seinem Kopf, warf sie hoch in die Luft, fing sie wieder auf, küßte sie demonstrativ auf die Nasenspitze und setzte sie dann ab. Lemoni verdrehte erleichtert die Augen und hielt ihm entschlossen die offene Hand hin. Es war üblich, daß Velisarios seine kleinen Opfer mit Süßigkeiten belohnte. Lemoni verzehrte ihre Belohnung vor allen Zuschauern, wohl wissend, daß ihr Bruder sie ihr wegnehmen würde, wenn sie versucht hätte, sie sich aufzuheben. Der stattliche Hüne tätschelte ihr liebevoll den Kopf, streichelte über ihr glänzendschwarzes Haar, küßte sie nochmals und streckte sich dann zu voller Größe. »Ich werde etwas hochheben, was sonst nur drei Männer schaffen«, rief er, und die Dorfbewohner fielen in seine Worte ein, die sie schon so oft gehört hatten; es war ein gut einstudierter Chor. Velisarios mochte sich durch seine Kraft auszeichnen, doch es fiel ihm nie ein, seine Litanei zu ändern.

»Heb den Trog.«

Velisarios besah sich den Trog; er war aus einem einzigen, mindestens zweieinhalb Meter langen Felsblock gemeißelt. »Der ist zu lang«, entschied er. »Den kann ich nicht anpacken.«

Einige in der Menge machten skeptische Bemerkungen, und der Hüne schritt mit finsterem Blick auf sie zu, schüttelte die Fäuste und baute sich vor ihnen auf, doch mit dieser Karikatur eines zornigen Riesen machte er sich nur über sich selbst lustig. Die Leute lachten, denn sie wußten, daß Velisarios sanftmütig war und sich noch nie auf eine Rauferei eingelassen hatte. Unversehens schob er behende die Arme unter den Bauch eines Maultiers, spreizte seine Beine und hob es bis in Brusthöhe. Das völlig verdutzte Tier, dem vor Verblüffung die Augen aus den Höhlen traten, ließ sich zwar diese ungewohnte Behandlung gefallen, aber als es sanft wieder abgesetzt worden war, warf es den Kopf zurück, brüllte seinen Unwillen heraus und galoppierte die Straße entlang, sein Besitzer ihm hart auf den Fersen.

Genau in diesem Augenblick trat Pater Arsenios aus seinem Häuschen neben der Kirche und watschelte auf seinem Weg zum Gotteshaus gewichtig auf die Menge zu. Er wollte eigentlich nur zählen, wieviel in dem Holzkästchen war, in das die Leute Geld für die Kerzen warfen.

Pater Arsenios genoß kein Ansehen, nicht weil er eine wandelnde Tonne war, ständig schwitzte und beim Gehen vor Anstrengung ächzte, sondern weil er ein weltlicher Sünder war; ein Nimmersatt, ein Möchtegern-Lüstling, ein gnadenloser Almosen- und Opfereintreiber, ein wandelnder Schuldschein. Es hieß, er hätte die Regel verletzt, daß ein Priester nie ein zweites Mal heiratet, und sei den ganzen Weg von Epirus hergekommen, um ungeschoren zu bleiben. Es wurde auch gemunkelt, daß er seine Frau mißhandelte. Doch das wurde über die meisten Ehemänner gesagt und traf auch oft zu.

»Heb mal Pater Arsenios«, rief jemand.

»Unmöglich«, rief ein anderer.

Unversehens sah sich Pater Arsenios unter den Achseln gepackt und auf eine Mauer gehoben. Dort saß er dann blinzelnd, zu erstaunt, um zu protestieren, während sein Mund wie bei einem Fisch auf und zu ging und die Sonne die Schweißtropfen auf seiner Stirn funkeln ließ.

Einige kicherten, doch sie verstummten bald schuldbewußt. Eine Minute lang herrschte betretenes Schweigen. Der Priester lief dunkelrot an, Velisarios wünschte, er könnte davonkriechen und sich verstecken, und in Pelagias Brust regten sich Unwillen und Mitleid; es war ein schreckliches Vergehen, Gottes Sprachrohr öffentlich zu demütigen, wie verachtenswert Arsenios als Mensch und als Priester auch sein mochte. Sie trat vor und streckte eine Hand aus, um ihm herunterzuhelfen. Velisarios bot auch eine Hand an, aber dennoch konnten die beiden nicht verhindern, daß der unglückliche Geistliche schwer in den Staub stürzte. Er raffte sich auf, bürstete sich ab und schritt mit einem ausgezeichneten Gespür für Theatralik wortlos davon. In der Kirche, hinter der Ikonostasis, vergrub er das Gesicht in den Händen. Es gab nichts

Schlimmeres auf der Welt, als ein völliger Versager zu sein und keine Aussicht auf einen anderen Beruf zu haben.

Draußen auf dem Platz machte Pelagia ihrem Ruf als vorlaute Göre alle Ehre. Sie war erst siebzehn Jahre alt, aber voller Stolz und Entschiedenheit, und daß ihr Vater der Arzt war, verlieh ihr einen Rang, den selbst die Männer anerkennen mußten. »Du hättest das nicht machen sollen, Velisarios«, sagte sie. »Es war grausam und gemein. Denk doch, wie dem armen Mann jetzt zumute ist. Du solltest gleich in die Kirche gehen und dich entschuldigen.«

Er blickte aus seiner großen Höhe auf sie herab. Zweifellos befand er sich in einer Zwickmühle. Er dachte daran, sie über seinen Kopf zu heben. Vielleicht sollte er sie auf einen Baum setzen, das würde ihm einige Lacher aus der Menge einbringen. Er wußte aber genausogut, daß er mit dem Priester wieder ins reine kommen mußte. Aus der plötzlichen Abneigung der Leute konnte er ersehen, daß er so auf keinen Fall viel Geld für seine Vorstellung einheimsen konnte. Was sollte er tun?

»Die Vorstellung ist aus«, verkündete er mit einer abschließenden Geste. »Ich werde heute abend zurückkommen.«

Die feindselige Atmosphäre verwandelte sich augenblicklich in Enttäuschung. Der Priester hatte es schließlich verdient, oder nicht? Und wie oft gab es eine so gute Vorstellung im Dorf?

»Wir wollen die Kanone sehen«, rief eine alte Frau, und immer mehr Stimmen fielen ein: »Wir wollen die Kanone, wir wollen die Kanone.«

Auf seine Kanone war Velisarios ungeheuer stolz. Es war eine alte türkische Muskete, die sonst niemand heben konnte. Sie war aus gediegenem Messing hergestellt und hatte einen mit Eisenringen vernieteten Lauf aus damasziertem Stahl. Auf ihr waren das Datum 1739 und einige verschnörkelte Lettern eingraviert, die niemand entziffern konnte. Es war eine äußerst geheimnisvolle, unvergleichliche Kanone, die sehr schnell Patina ansetzte, egal, wie oft sie poliert wurde. Zum Teil beruhte Velisarios' titanische Kraft darauf, daß er sie so lange mit sich herumgetragen hatte.

Er blickte zu Pelagia herab, die immer noch eine Antwort auf ihre Forderung erwartete, er solle sich beim Priester entschuldigen, und sagte ihr: »Ich werde später gehen, meine Hübsche.«

Dann hob er die Arme und verkündete: »Ihr lieben Leute, wenn ihr die Kanone sehen wollt, dann müßt ihr mir bloß eure rostigen Nägel, eure zerbrochenen Riegel, eure Topfscherben und ein paar Steine von der Straße geben. Holt mir diese Sachen, ich stopfe derweil das Geschütz mit Pulver. Oh, und jemand muß mir einen Lumpen bringen, einen schönen großen.«

Kleine Jungen scharrten im Straßenstaub nach Steinen, alte Männer durchsuchten ihre Schuppen, die Frauen rannten los, um das eine Hemd ihres Mannes zu holen, das er ihrer Meinung nach schon längst hätte wegwerfen sollen, und binnen kurzem waren alle in Erwartung der großen Explosion wieder versammelt. Velisarios schüttete reichlich Pulver ins Magazin, klopfte es, um ganz bewußt eine dramatische Verzögerung zu erzielen, umständlich fest, stopfte einen der Lumpen hinein und ließ dann die Jungen mehrere Handvoll der angesammelten Munition in den Lauf schütten. Darauf folgte ein weiterer Lumpen. Dann fragte Velisarios: »Auf was soll ich denn schießen?«

»Auf Ministerpräsident Metaxas«, rief Kokolios, der sich seiner kommunistischen Überzeugung nicht schämte und in der Kapheneia viel Zeit damit verbrachte, den Diktator und den König zu schmähen. Einige lachten, andere grollten, und ein paar dachten: »Immer dieser Kokolios.«

»Schieß auf Pelagia, bevor sie jemandem die Eier abbeißt«, schlug Nikos vor, ein junger Mann, dessen Annäherungsversuche sie durch bissige Bemerkungen über seine Intelligenz und seine Aufrichtigkeit im allgemeinen erfolgreich abgewehrt hatte.

»Ich werd gleich dich erschießen«, grollte Velisarios. »Du solltest deine Zunge im Zaum halten, wenn anständige Menschen anwesend sind.«

»Ich hab eine alte, an Spat erkrankte Eselin. Ich trenne mich ungern von einer alten Freundin, aber sie taugt wirklich nichts mehr. Sie frißt bloß und fällt um, wenn ich sie belade. Die wär ein gutes Ziel, ich wär sie los, und es gäb eine schöne Sauerei.« Das war Stamatis.

»Du solltest nur weiblichen Nachwuchs und Schafböcke bekommen, weil du an so was Schreckliches überhaupt denkst«, rief Velisarios. »Glaubst du, ich bin ein Türke? Nein, ich werd das Geschütz einfach auf die Straße abfeuern, wenn kein besseres Ziel da ist. Alle aus dem Weg jetzt. Tretet zurück, alle Kinder sollen sich die Ohren zuhalten.«

Mit einem sicheren Gespür für Theatralik entzündete der Hüne die Lunte des Geschützes, das an die Wand gelehnt war, hob es auf, als wäre es leicht wie ein Karabiner, und stellte sich, einen Fuß nach vorn gestreckt, die Kanone auf der Hüfte, in Positur. Ringsum herrschte Schweigen. Die Lunte sprühte hell. Alle hielten den Atem an. Kinder preßten die Hände auf die Ohren, schnitten Grimassen, machten ein Auge zu und hüpften von einem Fuß auf den anderen. Es kam der unerträglich spannende Augenblick, als die Flamme das Zündloch erreichte und erstarb. Vielleicht war das Pulver nicht entfacht worden. Doch dann gab es ein kolossales Getöse, orangefarbene und violette Flammen schossen hervor, eine gewaltige, beißende Rauchwolke stieg hoch, der Staub spritzte herrlich auf, als sich die Projektile in die Straßenoberfläche bohrten, und dann war ein langes, schmerzvolles Aufstöhnen zu hören.

Für einen Augenblick waren alle verwirrt und wie gelähmt. Die Leute blickten einander an, um zu sehen, wer wohl einen Querschläger abbekommen hatte. Als das Stöhnen erneut ertönte, ließ Velisarios seine Kanone fallen und rannte nach vorn. Er hatte im niedergehenden Staub eine zusammengekrümmte Gestalt entdeckt.

Mandras sollte Velisarios später dafür dankbar sein, daß dieser mit einer türkischen Muskete auf ihn geschossen hatte, als er am Eingang zum Dorf um die Biegung gekommen war. Doch erst einmal hatte er sich darüber geärgert, in den Armen eines Riesen zum Haus des Arztes getragen zu werden, statt würdevoll auf eigenen Füßen dorthin zu gehen, und er hatte es gar nicht genossen, als der verbogene Hufnagel eines Esels ihm ohne Betäubung aus der Schulter entfernt wurde. Er hatte es noch weniger genossen, von dem Hünen festgehalten zu werden, als der Arzt ihn behandelte, da er die Schmerzen sehr gut auch so ertragen hätte. Es war auch eine wirtschaftliche Einbuße gewesen, denn zwei Wochen lang, während die Wunde ausheilte, mußte er aufs Fischen verzichten.

Allerdings war er Megalo Velisarios dankbar dafür, daß er im Haus des Arztes dessen Tochter Pelagia aus der Nähe erblickt

36

hatte. Irgendwann war ihm bewußt geworden, daß er verbunden wurde, daß das lange Haar einer jungen Frau, das nach Rosmarin roch, ihn im Gesicht kitzelte. Er hatte die Augen aufgemacht und in zwei vor Sorge funkelnde Augen geblickt. »In diesem Augenblick«, pflegte er zu sagen, »ist mir mein Schicksal bewußt geworden.« Es trifft zu, daß er das nur in einigermaßen bezechtem Zustand sagte, aber es war ihm nichtsdestoweniger ernst damit.

Am Ainos, dem Dach der Welt, hatte Alekos das Donnern des Geschützes gehört und sich gefragt, ob dies den Anfang eines neuen Krieges bedeutete.

4

L'Omosessuale I

Ich, Carlo Piero Guercio, schreibe diese Zeilen nieder, damit sie nach meinem Tod aufgefunden werden, wenn mir keine Verachtung und kein Ehrverlust mehr etwas anhaben und eine Schande für mich sein können. Meine Lebensumstände machen es unmöglich, daß dieses Zeugnis meiner Veranlagung ins Licht der Öffentlichkeit gelangt, bevor ich meinen letzten Atemzug getan habe, und bis zu der Zeit werde ich dazu verdammt sein, die vom Schicksal über mich verhängte Maske zu tragen.

Ich bin zu ewigem und endlosem Schweigen gezwungen; nicht einmal vor dem Kaplan habe ich eine Beichte abgelegt. Ich weiß schon im voraus, was ich zu hören bekäme; daß es eine Perversion sei, ein Greuel in den Augen Gottes, daß ich auf der rechten Bahn wandeln müsse, daß ich heiraten und das Leben eines normalen Mannes führen müsse, daß ich die Wahl hätte.

Ich habe mich keinem Arzt anvertraut. Ich weiß schon im voraus, daß er mir sagen wird, ich sei ein Invertierter, auf absonderliche Weise in mich selbst verliebt, ich sei krank und könne geheilt werden, meine Mutter sei dafür verantwortlich, daß ich verweiblicht sei, obwohl ich stark wie ein Ochse bin und mein eigenes Gewicht über den Kopf zu heben vermag, ich müsse heiraten und das Leben eines normalen Mannes führen, ich hätte die Wahl.

Was könnte ich solchen Priestern und Ärzten sagen? Ich würde dem Priester sagen, daß Gott mich so geschaffen hat, daß ich keine Wahl hatte, daß Er mich absichtlich so gemacht hat, daß Er die letzten Gründe aller Dinge weiß und daß es daher zum besten bestellt sein muß, daß ich so bin, wie ich bin, selbst wenn wir nicht wissen können, wozu es gut ist. Ich kann dem Pfarrer sagen, daß Gott, wenn Er der Urgrund aller Dinge ist, die Schuld trägt und ich nicht verurteilt werden sollte.

Darauf würde der Priester sagen: »Das ist des Teufels und nicht Gottes«, worauf ich antworten würde: »Hat Gott nicht auch den Teufel erschaffen? Ist Er nicht allwissend? Wie kann ich für etwas verurteilt werden, wovon Er vom Urbeginn der Zeiten an wußte, daß es eintreten würde?« Und der Priester würde mir von der Zerstörung von Sodom und Gomorrha erzählen und mir sagen, daß Gottes Geheimnisse von uns nicht zu verstehen sind. Er würde mir einreden, daß uns aufgetragen ist, fruchtbar zu sein und uns zu mehren.

Dem Arzt würde ich sagen: »Ich bin schon immer so gewesen, die Natur hat mich so geschaffen, wie soll ich mich da ändern? Ich kann doch nicht einfach beschließen, Frauen zu begehren, genausowenig wie ich auf einmal beschließen kann, gern Anchovis zu essen, was ich schon immer verabscheut habe. Ich bin in der Casa Rosetta gewesen, dort habe ich mich geekelt und mich nachher übergeben. Ich fühlte mich entwürdigt. Ich kam mir wie ein Verräter vor. Ich mußte es nur tun, um normal zu erscheinen.«

Und der Arzt würde sagen: »Wie kann dies natürlich sein? Die Natur erfüllt ihren Zweck, indem sie uns zur Fortpflanzung drängt. Du wendest dich gegen die Natur. Die Natur will, daß wir fruchtbar sind und uns vermehren.«

Dies ist eine Verschwörung von Ärzten und Priestern, die in verschiedenen Worten alle das gleiche ausdrücken. Es ist medizinische Theologie und theologische Medizin. Ich bin wie ein Spion, der sich zu ewigem Schweigen verpflichtet hat, ich bin wie jemand, der als einziger Mensch auf der Welt die Wahrheit weiß und sie doch nicht aussprechen darf. Und diese Wahrheit wiegt schwerer als das Universum, so daß ich wie Atlas für immer unter einer Last gebeugt bin, die mir die Knochen bricht und mein Blut gerinnen läßt. Es gibt keine Luft auf dieser Welt, die mir zu bewohnen bestimmt ist, ich bin eine aus Mangel an Luft und Licht eingehende Pflanze, meine Wurzeln sind gekappt und meine Blätter mit Gift bestrichen. Ich berste vor Liebe, doch es gibt niemand, der sie annimmt oder nährt. Ich bin ein Ausländer in meinem eigenen Volk, ein Fremder in meiner eigenen Rasse, ich werde gehaßt wie Krebs, wo ich doch genauso aus Fleisch und Blut bin wie jeder Priester oder Arzt.

Dante zufolge ist meinesgleichen in den dritten Graben des siebten Kreises der unteren Hölle verbannt, in die unmögliche Gesellschaft von Wucherern. Er beschert mir eine von Feuerflokken versengte Wüste mit nackten Geistern, läßt mich auf immer vergeblich im Kreis herumlaufen, um nach denen zu suchen, deren Körper ich besudelt habe. Sie sehen, wie es um mich steht; es war mir ein dringendes Bedürfnis, überall zu suchen, bloß um meinesgleichen erwähnt zu finden. Jemand wie ich wird beinahe nirgendwo erwähnt, doch wo ich meinesgleichen finde, finde ich mich verdammt. Es ist überaus bemerkenswert, ihr Ärzte und Priester, daß Dante uns bemitleidete, während Gott es nicht tat. Dante sagt: »Es schmerzt mich im Herzen, nur an sie zu denken.« Und Dante hatte recht, ich bin immer vergeblich im Kreis gelaufen, habe nach der Wärme von Körpern gesucht, von Gott, meinem Schöpfer, verachtet, und mein ganzes Leben ist eine Wüste und ein Regen von Feuerflocken gewesen.

Ja, ich habe alles gelesen, habe nach Beweisen gesucht, daß ich existiere, daß ich möglich bin. Und wissen Sie, wo ich mich gefunden habe? Wissen Sie, wo ich herausgefunden habe, daß meinesgleichen in einer anderen, verschwundenen Welt schön und wahr gewesen ist? In den Schriften eines Griechen.

Ironischerweise bin ich ein italienischer Soldat, der das einzige Volk unterdrückt, dessen Vorfahren meinesgleichen das Recht zusprachen, eine überaus vollkommene Form der Liebe zu verkörpern.

Ich ging, wie ich gestehen muß, zur Armee, weil dort die Männer jung und schön sind, aber auch, weil Platon mir die Idee eingab. Ich bin womöglich der einzige Soldat der Geschichte, der wegen eines Philosophen in den Kriegsdienst eingetreten ist. Sie sehen, ich hatte nach einer Berufung gesucht, wo meine tragische Veranlagung von Nutzen sein konnte, hatte aber nichts gewußt von der Liebe zwischen Achilles und Patroklos und anderen uralten griechischen Eigenarten. Kurz gesagt, ich las das Symposion und stieß auf Aristophanes, der erklärte, daß es drei Geschlechter gebe: die Männer und Frauen, die einander liebten, die Männer, die Männer liebten, und die Frauen, die Frauen liebten. Der Gedanke, daß ich zu einem anderen Geschlecht gehörte, war eine Offenbarung, war eine Vorstellung, die einen Sinn ergab. Und ich stieß auf Phaidros, der erklärte: »Könnte man also irgend bewirken, daß ein Staat oder ein Heer aus Liebhabern und Lieblingen bestände: so wäre es ja unmöglich, beides besser zu verwalten, als indem alle sich alles Schändlichen enthalten und sich gegenseitig um einander beeifern. Und miteinander fechtend würden auch nur wenige solcher, um es geradeheraus zu sagen, alle Menschen besiegen. Denn weniger möchte wohl von seinem Liebling ein Liebender, daß er seine Reihe verließe oder die Waffen wegwürfe, gesehen werden wollen als von allen übrigen, und dafür würde er lieber oftmals sterben wollen. Gar aber den Liebling zu verlassen oder ihm nicht beizustehen in der Gefahr: so feige ist wohl keiner, den da nicht Eros selbst zur Tapferkeit begeistern sollte, so daß er dem gleichkäme, der die beste Anlage dazu hat von Natur. Ja gewiß, was Homeros sagt, daß einige der Helden ein Gott mit Mut beseelte, das leistet Eros den Liebenden. Ja gar füreinander sterben mögen Liebende allein.«

Ich wußte, daß ich in der Armee diejenigen treffen würde, die ich zwar lieben, aber nicht berühren konnte. Ich würde jemand zum Lieben finden und durch diese Liebe geadelt werden. Ich würde ihn in der Schlacht nicht verlassen, er würde mich zum tapferen Helden machen. Ich würde jemand haben, den ich beeindrucken konnte, jemand, dessen Bewunderung mir das geben würde, was ich mir selbst nicht geben kann: Wertschätzung und Ehre. Ich würde getrost für ihn sterben und dabei wissen, daß ich Schlacke war, die sich durch unerforschliche Alchimie in Gold verwandelt hatte.

Es war eine verwegene Vorstellung, romantisch und unwahrscheinlich, doch sie ließ sich sonderbarerweise verwirklichen, trug mir schließlich aber unermeßlichen Gram ein.

5

Der Mann, der »Nein« sagte

Premierminister Metaxas sackte bekümmert in seinen Lieblings-
sessel in der Villa Kifisia und dachte mit Bitterkeit über die beiden
unwägbaren Probleme in seinem Leben nach: »Was mache ich
bloß mit Mussolini?« und »Was mache ich bloß mit Lulu?« Es war
schwer zu sagen, welches ihm mehr Kummer und Sorge bereitete,
denn beide waren zu ungleichen Teilen persönlich und politisch.
Metaxas langte nach seinem Tagebuch und schrieb: »Heute morgen versuchte ich, zu einem Einvernehmen mit Lulu zu kommen.
Bis zu einem gewissen Punkt ging es recht gut, doch dann fingen
wir wieder zu streiten an. Sie versteht mich einfach nicht. Ich weiß
genau, wer sie anstachelt und täuscht. Ich habe sogar mein Treffen
mit dem britischen Minister vergessen. Ich bin bis zum Mittag bei
ihr geblieben. Sie tut mir so leid. Das Mädchen ist so unheilvoll
verstrickt. Lulu, Lulu, meine so überaus geliebte Tochter. Wir sind
uns um den Hals gefallen und haben gemeinsam über unser
Schicksal geweint.«
  Bei Lulu wußte er nie so ganz, was wirklich mit ihr los war; in
Athen schienen mehr unwahrscheinliche Legenden über sie zu
kursieren als im Altertum Gerüchte über Zeus. Da gab es die
Geschichte von dem Polizisten, der seine Hose und seine Dienst-
mütze verloren hatte, die beide oben an einem Laternenpfahl
gefunden wurden. Da war die Geschichte von dem jungen Mann
mit dem Bugatti und den wilden Spritztouren nach Piräus – und
dann der Bericht, daß sie bei einem englischen Spiel, das »Sar-
dines« hieß, mitgemacht hatte, eine Art Versteckspiel, bei dem die
Suchenden sich mit den Gejagten in ihrem Versteck zusammen-
pferchen mußten; anscheinend war Lulu in enger Umarmung mit
einem jungen Mann in einem Schrank aufgespürt worden. Einige
Leute meinten, sie rauche Opium und betrinke sich sinnlos. Sie
kannte alle diese schnellen amerikanischen Tänze wie den Tango
(so unelegant und vulgär, ein sogenannter »Tanz« aus den Bordellen von Buenos Aires), den Quickstep, die Samba und Tänze mit
unübersetzbaren und idiotischen Namen wie Jitterbug, bei dem

Hände und Beine rasend herumgewirbelt wurden. Das grenzte schon an Schamlosigkeit. Das roch nach Zuchtlosigkeit und Ausschweifung. Junge Leute waren so leicht zu beeindrucken, neigten zu Marotten und Moden aus so unreifen Kulturen wie der amerikanischen; sie verabscheuten Zucht und Würde, die mit einem natürlichen Gefühl der Selbstachtung einhergehen. Was konnte er da unternehmen? Sie leugnete immer alles oder, schlimmer noch, tat seine Sorgen mit einem Lachen und einer geringschätzigen Geste ab. Weiß Gott, man ist nur einmal jung, aber bei ihr war es einmal zu oft.

Außerdem desavouierte und bekämpfte sie öffentlich seine Politik. Sie war wie Judas. Gerade dies schmerzte so sehr, diese zur Schau gestellte Illoyalität seiner Tochter. Sie liebe ihn, sagte sie. Er war sich auch wirklich sicher, daß sie das tat, aber warum machte sie sich dann über seine Nationale Jugendorganisation lustig? Warum lachte sie bei Witzen über seine kleine Gestalt? Warum war sie so verdammt individualistisch? Erkannte sie nicht, daß sie als eine Art weiblicher Playboy all das in Frage stellte, was er sich für Griechenland wünschte? Wie konnte er über die Plutokraten herziehen, wenn seine eigene Tochter sich mit den schlimmsten von ihnen einließ und vergnügte? Wie konnte er da noch für Zucht und Selbstaufopferung eintreten?

Gott sei Dank hatte er die Presse zum Schweigen gebracht, denn jeder Pressefritze im Land hatte eine pikante Lulu-Geschichte parat. Gott sei Dank waren seine Minister zu diskret, um davon zu reden; Gott sei Dank hatte ihn die Respektlosigkeit noch nicht betroffen. Doch das hielt Leute wie Grazzi nicht davon ab, auf ihre schmierige Art zu lächeln und zu fragen: »Und wie geht es Ihrer lieben Tochter Lulu? Mir ist zu Ohren gekommen, daß sie eine mißratene kleine Göre ist. Ach, was wir Väter zu leiden haben!« Konnte er nicht schon das Lachen und Flüstern hinter seinem Rücken hören? Daß er ganz Griechenland beherrschte, aber seine Tochter nicht unter Kontrolle hatte? Anscheinend war sogar die Geheimpolizei zu peinlich berührt, um über ihre Eskapaden eingehend Bericht zu erstatten. Es hieß, daß Leute, wenn sie zu Partys einluden, ihre Gäste beschworen: »Bring bloß nicht Lulu mit.« Kummer und Scham waren schon nicht mehr auszuhalten.

Draußen verstärkten die stumme Ruhe der Pinien und das grelle Leuchten der Scheinwerfer das Gefühl, ein Gefangener hinter seinen eigenen Eisentoren geworden zu sein; er hatte die Anforderungen an die klassische Tragödie erfüllt, indem er die Umstände seiner eigenen Verstrickung selbst geschaffen hatte. Ganz Griechenland war auf diese bescheidene pseudobyzantinische Villa und ihr bürgerliches Mobiliar zusammengeschrumpft, aus dem ganz einfachen Grund, weil er das Schicksal und die Ehre seiner geliebten Heimat in der Hand hielt. Er besah sich seine Hände und dachte darüber nach, daß sie so klein waren wie alles an ihm. Ganz flüchtig kam ihm der Gedanke, er hätte sich lieber im Rang eines Obersts pensionieren lassen und in aller Stille an einen unbekannten Flecken ziehen sollen, einen Ort, wo er unbehelligt leben und sterben konnte.

Mit dem Sterben hatte er sich in letzter Zeit viel beschäftigt, denn er hatte gemerkt, daß sein Körper ihm den Dienst versagte. Ihm fehlte nichts Bestimmtes, es gab keinen Katalog verräterischer Symptome, er fühlte sich nur erschöpft genug zum Sterben. Er wußte, daß diejenigen, die an der Schwelle zum Tod stehen, von einer Art losgelöstem und ergebenem Gram befallen werden, und genau diese Losgelöstheit und Ergebenheit bemächtigten sich seiner, während die äußeren Umstände ihn gleichzeitig zwangen, in ungekanntem Maße Stärke, Zielstrebigkeit und hehre Gesinnung an den Tag zu legen. Manchmal wollte er die Zügel des Staates in andere Hände legen, aber er wußte, daß das Schicksal ihn zum Protagonisten in der Tragödie ausgesucht hatte und er gar keine andere Wahl hatte, als den Schwertknauf zu packen und blankzuziehen. »Ich hätte noch so viele Dinge erledigen sollen«, dachte er, und es dämmerte ihm, daß das Leben so angenehm hätte werden können, wenn er vor dreißig Jahren schon gewußt hätte, wie das Ergebnis der ärztlichen Untersuchungen zu diesem damals noch weit in der Zukunft liegenden Zeitpunkt ausfallen würde, der langsam, aber bedrohlich auf ihn zugekommen und zur unausweichlichen, harten und unerträglichen Gegenwart geworden war. »Wenn ich mein Leben im Bewußtsein dieses Todes zugebracht hätte, wäre alles anders gewesen.«

Er blickte im Geist zurück auf das unwahrscheinliche Auf und Ab seiner Laufbahn und fragte sich, ob die Geschichte barmherzig mit ihm umgehen würde. Es war ein weiter Weg gewesen von der Preußischen Militärakademie in Berlin bis hierher; es kam ihm so vor, als hätte er in einem anderen Leben schon Respekt bekommen vor dem teutonischen Sinn für Ernsthaftigkeit, Zucht und Ordnung, vor genau den Eigenschaften, die er seiner Heimat hatte einflößen wollen. Er hatte die allererste Grammatik der Landessprache in Auftrag gegeben und zur Pflichtlektüre in den Schulen gemacht, weil er die Theorie vertrat, daß das Erlernen der Grammatik logisches Denken fördern und daher die ungestüme Eigenwilligkeit der Griechen zügeln würde.

Er erinnerte sich an das Fiasko des Großen Krieges, als Venizelos sich der Entente hatte anschließen wollen, der König aber für Neutralität eingetreten war. Damals hatte er damit argumentiert, daß Bulgarien die Gelegenheit zu einer Invasion ergreifen würde, wenn Griechenland beiträte; wie edelmütig er seinen Posten als Stabschef geräumt, wie vornehm er das Exil hingenommen hatte. Den versuchten Putsch von 1923 wollte er lieber vergessen. Und nun sah es so aus, als würde Bulgarien tatsächlich eine Invasion vorbereiten und die Gelegenheit ausnutzen, die ihm diesmal von Italien durch den Versuch geboten wurde, das von den Türken hinterlassene Machtvakuum auszufüllen.

Er dachte daran, wie er den Streik der Tabakarbeiter in Saloniki niedergeschlagen hatte; zwölf waren gestorben. Wegen dieser Unruhen hatte er den König überzeugen können, die Verfassung aufzuheben, um den Kommunisten einen Strich durch die Rechnung zu machen. Er hatte den König so weit gebracht, ihn zum Ministerpräsidenten zu machen, obwohl er bloß der Anführer der unbedeutendsten Rechtsaußenpartei im Lande war. Doch warum hatte er das getan?

»Metaxas«, überlegte er, »die Geschichte wird sagen, es sei Opportunismus gewesen, weil du mit demokratischen Mitteln nicht zum Ziel gekommen wärst. Es wird niemand zur Hand sein, um an meiner Stelle die Wahrheit zu verkünden, die da lautet, daß es eine Krise gab und unsere Demokratie zu lax war, um sie zu überwinden. Was hätte sein sollen, das ist immer leicht gesagt, viel schwerer fällt es, die unerbittliche Macht der Notwendigkeit anzuerkennen. Ich habe die Notwendigkeit verkörpert, das war alles. Wenn nicht ich, dann hätte es ein anderer getan. Zumindest habe ich den Deutschen keinen Einfluß eingeräumt, obwohl sie weiß Gott schon fast die gesamte Wirtschaft in der Hand hatten. Zumindest habe ich die Beziehungen zu den Briten aufrechterhalten, zumindest habe ich versucht, die glorreichen Errungenschaften der mittelalterlichen und antiken Kultur zu einer neuen Kraft zu verschmelzen. Niemand wird mir je nachsagen können, daß ich nicht das Wohl Griechenlands im Auge gehabt hätte. Mit Griechenland bin ich wahrhaftig verheiratet gewesen. Vielleicht wird die Geschichte mich in Erinnerung behalten als den Mann, der den Vortrag der Grabrede von Perikles verbot und die Bauern vergraulte, indem er die Zahl der Ziegen begrenzte, die unsere Wälder ruinieren. O Gott, vielleicht werde ich nichts als ein lächerliches Männlein gewesen sein. Aber ich habe mein Bestes getan, habe alles unternommen, um uns auf diesen Krieg vorzubereiten, den ich immer noch zu vermeiden suche. Ich habe Eisenbahnen und Bunker gebaut, habe die Reserve einberufen, habe die Bevölkerung durch Ansprachen vorbereitet, habe bis zur Lächerlichkeit diplomatisch antichambriert. Soll die Geschichte doch sagen, daß ich der Mann gewesen bin, der alles nur Mögliche zur Rettung seines Heimatlandes unternommen hat. Alles endet im Tode.«

Aber es war nicht daran zu zweifeln, daß er zu sehr von einem Geschichtsbewußtsein, von der Vorstellung besessen gewesen war, er sei dazu berufen, eine messianische Mission zu erfüllen. Er hatte gedacht, niemand außer ihm hätte das griechische Volk am Schlafittchen packen und mit Tritten und Vorhaltungen zum rechten Ziel schleifen können. Er war sich wie ein Arzt vorgekommen, der dem Patienten weh tun mußte und dabei wußte, daß dieser zwar fluchen und protestieren, ihn aber später doch dankbar mit Blumen bekränzen würde. Er hatte immer das getan, was er für richtig hielt, doch vielleicht hatte ihn am Ende nur Eitelkeit getrieben, etwas so Schlichtes und Schändliches wie Größenwahn.

Doch nun hatte er seine geistige Feuerprobe zu bestehen, und er wußte, daß sein Charakter im Schmelzofen des Schicksals geprüft wurde. Würde er der Mann werden, der Griechenland rettete? Der Mann, der Griechenland hätte retten können, es aber nicht tat? Der Mann, der Griechenland nicht hatte retten können, aber sich nach besten Kräften bemüht hatte, dessen Ehre zu bewahren? Das war es; es ging vor allem um die persönliche und nationale Ehre, weil am wichtigsten war, daß Griechenland diese Prüfung überstand, ohne der Niedertracht bezichtigt zu werden. Wenn Soldaten tot sind, wenn ein Land verwüstet und zerstört ist, überlebt und überdauert nur die Ehre. Die Ehre haucht einem Gefallenen wieder Leben ein, wenn die schlimmen Zeiten vorüber sind.

War es nicht eine Form von Ironie, daß sich das Schicksal so über ihn mokierte? Hatte er sich nicht selbst die Rolle des »Ersten Bauern«, des »Ersten Arbeiters«, des »Landesvaters« ausgesucht? Hatte er sich nicht mit den pompösen Insignien eines modernen Faschisten umgeben? Einem »Regime des 4. August 1936«? Einer dritten hellenischen Kultur als Antwort auf Hitlers Drittes Reich? Einer Nationalen Jugendorganisation, die Paraden abhielt und Fahnen schwenkte, genau wie die Hitlerjugend? Verachtete er nicht Liberale, Kommunisten und Parlamentarismus ebensosehr wie Franco, Salazar, Hitler und Mussolini? Hatte er nicht unter den Linken Zwietracht gesät, wie es im Buche stand? Was allerdings wäre leichter gewesen angesichts ihres lächerlichen Parteiengezänks und ihres Übereifers, sich wegen falschen Bewußtseins und aller überhaupt nur denkbaren ideologischen Abweichungen gegenseitig zu verraten? Hatte er nicht die Plutokratie angeprangert? Kannte nicht die Geheimpolizei das exakte Aroma und die chemische Zusammensetzung jedes subversiven Furzes in Griechenland?

Warum also hatten ihn seine internationalen Brüder im Stich gelassen? Warum sandte ihm Ribbentrop abwiegelnde Beteuerungen, die nicht zu glauben waren? Warum tüftelte Mussolini Grenzzwischenfälle und diplomatische Zwickmühlen aus? Was war schiefgegangen? Wie war es gekommen, daß er durch Ausnutzen der Zeitströmungen zu solcher Höhe aufgestiegen war, nur um am Ende vor der größten Krise in der modernen Geschichte seines Vaterlandes zu stehen, die von genau den Personen herbeigeführt worden war, die er sich als Vorbilder und Mentoren gewählt hatte? War das nicht Ironie, daß er heutzutage nur noch den Briten vertrauen konnte – den parlamentaristischen, liberalen, demokratischen und plutokratischen Briten?

Ministerpräsident Metaxas schrieb die Unterschiede zwischen

sich und den anderen auf einen Zettel. Er war kein Rassist. Das besagte nicht viel. Plötzlich kam ihm ein Gedanke in den Sinn, der eigentlich auf der Hand lag: Die anderen wollten Imperien und waren damit beschäftigt, sie aufzubauen, wohingegen er immer nur die Vereinigung aller Griechen gewollt hatte. Er wollte Mazedonien, Zypern, die Dodekanes und – wenn Gott ihm gnädig war – Konstantinopel. Er wollte nicht Nordafrika, wie Mussolini, und schon gar nicht die ganze Welt, wie Hitler.

Vielleicht sahen ihn die anderen an und meinten, ihm fehle der Ehrgeiz; der Drang zur Größe, der grundlegende Wille zur Macht eines Übermenschen sei bei ihm nicht ausgeprägt und deswegen stehe er als Pudel unter Wölfen da. In der neuen Welt, in der die Stärksten das Recht zu herrschen hatten, eben weil sie die Stärksten waren, in der Stärke eine natürliche Überlegenheit anzeigte, in der natürliche Überlegenheit einem das moralische Recht gab, andere Völker und minderwertigere Rassen zu vereinnahmen, war er eine Anomalie. Er wollte nur sein eigenes Volk. Deswegen war Griechenland eine natürliche Zielscheibe. Metaxas schrieb das Wort »Pudel« hin und strich es dann wieder aus. Er schaute auf die zwei Wörter »Rassismus« und »Imperium«. »Die glauben, daß wir minderwertig sind«, murmelte er, »die wollen uns ihrem Imperium einverleiben.« Es war ekelhaft und empörend, es war zum Verzweifeln. Er klammerte die beiden Wörter ein und schrieb »NEIN« daneben. Er stand auf und trat ans Fenster, um auf die friedlichen Pinien hinauszublicken. Auf das Fensterbrett gelehnt, dachte er über die erhabene Unschuld dieser träumenden, vom Mond versilberten Bäume nach. Ein Schauder überlief ihn, dann richtete er sich auf. Er hatte eine Entscheidung gefällt: Es würde eine zweite Schlacht bei den Thermopylen geben. Wenn dreihundert Spartaner den fünf Millionen tapfersten Persern standhalten konnten, was konnte er dann erst mit zwanzig Divisionen gegen die Italiener ausrichten? Wenn es nur so einfach wäre, sich auf die schreckliche und endlose Einsamkeit des Todes einzustellen. Wenn es nur so einfach wäre, mit Lulu zurechtzukommen.

6

L'Omosessuale II

Ich, Carlo Piero Guercio, versichere, daß ich in der Armee meine Familie fand. Ich habe zwar Vater und Mutter, vier Schwestern und drei Brüder, aber seit der Pubertät hatte ich keine Familie mehr. Ich mußte heimlich unter ihnen leben, wie jemand, der nicht zeigen will, daß er Lepra hat. Es war nicht ihre Schuld, daß ich zum Schauspieler wurde. Auf Festen mußte ich mit Mädchen tanzen, auf dem Pausenhof der Schule und beim abendlichen Corso auf der Piazza mit ihnen flirten. Ich mußte meiner Großmutter Rede und Antwort stehen, was für ein Mädchen ich heiraten möchte und ob ich Söhne oder Töchter haben wollte. Ich mußte vor meinen Freunden Entzücken heucheln, wenn sie die weiblichen Geschlechtsmerkmale in allen Einzelheiten beschrieben, mußte lernen, sagenhafte Anekdoten von meinen Abenteuern mit Mädchen zum besten zu geben. Ich lernte, einsamer zu sein, als es normalerweise zu ertragen ist.

In der Armee gab es die gleichen derben Sprüche, aber es war eine Welt ohne Frauen. Für den Soldaten ist eine Frau ein imaginäres Wesen. Es geht noch an, rührselig über die eigene Mutter zu reden, aber das ist schon alles. Ansonsten gibt es die armseligen Geschöpfe in den Militärbordellen, die erfundenen oder untreuen Bräute zu Hause und die Mädchen, denen auf der Straße nachgepfiffen wird. Ich bin nicht misogyn, aber Sie sollten verstehen, daß mich die Gesellschaft einer Frau schmerzlich berührt, weil sie mich daran erinnert, was ich nicht bin und was ich geworden wäre, wenn Gott im Schoß meiner Mutter nicht herumgepfuscht hätte.

Zuerst hatte ich Riesenglück. Ich wurde nicht nach Abessinien oder Nordafrika, sondern nach Albanien geschickt. Es gab kaum nennenswerte Kämpfe, und wir hatten nicht die leiseste Ahnung davon, daß der Duce uns den Befehl zur Invasion Griechenlands geben würde. Es hatte eher den Anschein, als würden wir uns schließlich auch noch mit den Jugoslawen anlegen müssen, aber die hielten wir für so untauglich und feige wie die Albaner. Es war allgemein bekannt, daß die Jugoslawen einander noch mehr Haßgefühle entgegenbrachten, als sie je gegen Fremde oder Eroberer aufbringen konnten.

Bald wurde klar, daß das totale Chaos herrschte. Kaum hatte ich mich bei einer Einheit eingelebt und Freundschaften geschlossen, wurde ich schon wieder versetzt, um bei der zahlenmäßigen Aufstockung eines anderen Truppenteils zu helfen, von wo ich dann abermals weggeschickt wurde. Wir hatten fast keine Fahrzeuge und mußten von der jugoslawischen Grenze zur griechischen und wieder zurück marschieren, anscheinend auf eine Laune des Oberkommandos hin. Ich glaube, ich muß in ungefähr sieben verschiedenen Einheiten gewesen sein, bevor ich in die Division Julia fest eingegliedert wurde. Es gab viele Gründe, warum der Griechenlandfeldzug ein Fiasko wurde, doch einer davon war, daß die Mannschaften so sehr hin und her geschoben wurden, daß sich unmöglich ein Korpsgeist entwickeln konnte. Ich hatte am Anfang nicht die Zeit, für meinen David einen Jonathan zu finden.

Doch in der Division Julia genoß ich jede Sekunde. Kein Zivilist kann die Freude am Soldatenleben verstehen. Das ist schlichtweg eine unbestreitbare Tatsache. Des weiteren steht fest, daß Soldaten, ganz abgesehen vom Geschlechtlichen, einander lieben lernen und dies, ganz abgesehen vom Geschlechtlichen, eine Liebe ist, für die es im Zivilleben nichts Vergleichbares gibt. Alle sind jung und stark und strotzen vor Lebenskraft, und alle sitzen gemeinsam in der Scheiße.

Du lernst allmählich jede Stimmungsschwankung der anderen kennen; du weißt genau, was der andere sagen wird; du weißt genau, wer wie lang über welchen Witz lachen wird; du wirst innig vertraut mit dem Fuß- und Schweißgeruch eines jeden Mannes; du kannst im Dunkeln die Hand auf ein Gesicht legen und weißt, wem es gehört; du erkennst eine Ausrüstung über der Stuhllehne, auch wenn sie genauso aussieht wie alle anderen; du kannst sagen, von wem die Bartstoppeln in der Waschschüssel sind; du bist dir sicher, wer dir eine Karotte gegen deine Kartoffel, eine Schachtel Zigaretten gegen dein übriges Paar Strümpfe, eine Postkarte von Siena gegen einen Bleistift eintauschen wird. Du gewöhnst dich daran, die anderen ungeniert zu sehen, nichts bleibt verborgen. Es sei denn, deine Begierden sind die gleichen wie die meinen.

Wir waren alle gemeinsam jung. Wir würden nie wieder so gut aussehen, nie schlanker oder stärker sein, wir würden uns nie wieder solche Wasserschlachten liefern, wir würden uns nie wieder so unbesiegbar und unsterblich fühlen. Wir konnten an einem Tag fünfzig Meilen zurücklegen, während wir kämpferische und schmutzige Lieder sangen, durcheinanderschwankten oder im Gleichschritt marschierten und die schwarzen Hahnenfedern an unseren Helmen glitzerten und zitterten. Wir konnten gemeinsam gegen die Räder des Fahrzeugs vom Oberst pinkeln, wenn wir voll wie Strandhaubitzen waren; wir konnten ohne Schamgefühl gemeinsam scheißen; wir konnten die Briefe der anderen lesen, so daß es schien, als hätte die Mutter eines jeden Sohns an uns alle geschrieben; wir konnten die ganze Nacht im strömenden Regen einen Schützengraben aus massivem Fels hauen und im Morgengrauen abmarschieren, ohne je darin geschlafen zu haben; bei Übungen mit scharfer Munition konnten wir ohne Genehmigung Mörsergranaten in hohem Bogen auf Kaninchen abfeuern; wir konnten nackt und schön wie Phoibos baden, und einer deutete vielleicht auf den Penis eines anderen und sagte: »He du, warum hast du den nicht in die Waffenkammer gebracht?«, und wir alle lachten unbekümmert darüber, und ein anderer mochte einwerfen: »Paß bloß auf, daß es keine versehentliche Entladung gibt«, worauf der Angeschmierte erwiderte: »Damit wirst du kein Glück haben.«

Wir waren frisch und schön, wir liebten uns mehr als brüderlich, das ist sicher. Schlimm war nur, daß keiner von uns wußte, warum wir in Albanien waren, denn bei diesem Wiederaufbau des Römischen Reiches war uns allen mulmig zumute. Wir prügelten uns oft mit Mitgliedern der faschistischen Verbände. Sie waren aufgeblasene, dumme Taugenichtse, und viele von uns waren Kommunisten. Niemand macht es was aus, für eine edle Sache zu sterben, aber uns machte insgeheim die auffallende Sinnlosigkeit zu schaffen, ein Leben zu lieben, für das es keine vernünftige Begründung gab. Ich sah uns als Gladiatoren, die dazu bereit waren, ihre Pflicht zu tun, bereit waren, gleichmütig zu bleiben, aber stets über alles im unklaren waren. Graf Ciano spielte Golf, Mussolini führte Rachefeldzüge gegen Katzen, und wir befanden uns in einer nirgendwo verzeichneten Wildnis, vergeudeten unsere Zeit, bis sie uns ausging und wir in eine miserabel vorbereitete Schlacht gegen ein Volk geworfen wurden, das wie die Götter kämpfte.

Ich bin kein Zyniker, aber ich weiß, daß Geschichte von den Siegern geschrieben wird. Ich weiß, daß es im Fall unseres Sieges schockierende Berichte von britischen Greueltaten geben wird, daß ganze Bände vollgeschrieben werden, um die Unvermeidbarkeit und Gerechtigkeit unserer Sache zu zeigen, daß unwiderlegliche Beweise zusammengetragen werden, um die Verschwörungen jüdischer Plutokraten aufzudecken, Fotografien von Knochenbergen, die in Massengräbern in Londoner Vororten gefunden wurden. Ich weiß, daß der Duce deutlich gemacht hat, daß der Griechenlandfeldzug ein durchschlagender Erfolg für Italien war. Aber er war nicht dabei. Er weiß nicht, was sich abgespielt hat. Er weiß nicht, daß Geschichte nur die endgültige Wahrheit enthält, wenn sie aus den Anekdoten der kleinen Leute besteht, die direkt dabei waren. Er sollte wissen, daß wir in Wahrheit auf ganzer Linie geschlagen waren, bis die Deutschen von Bulgarien aus vorstießen. Er wird das nie zugeben, weil die Wahrheit immer den Siegern gehört. Aber ich bin dabeigewesen und weiß, was in meinem Kriegsabschnitt passiert ist. Für mich war dieser Krieg eine Erfahrung, die mein ganzes Denken geformt hat, es war der tiefste persönliche Schock, den ich jemals erlebt habe, die schlimmste und gründlichste Tragödie meines Lebens. Es hat meinen Patriotismus zerstört, meine Ideale verändert, meinen Pflichtbegriff in Frage gestellt, mich entsetzt und mit Trauer erfüllt.

Sokrates hat gesagt, daß der Genius der Tragödie der gleiche ist wie der der Komödie, aber die Bemerkung wurde im Text nicht weiter erklärt, weil die Menschen, an die er sie damals richtete, entweder schliefen oder betrunken waren. Es klingt nach dem, was Aristokraten einander auf Festen sagen, aber um zu illustrieren, daß es vollkommen zutrifft, brauche ich nur zu erzählen, was während dieses Feldzugs in Nordgriechenland vorfiel.

Ich möchte mit dem Bekenntnis anfangen, daß ich, Carlo Piero Guercio, seit ich zur Division Julia stieß, mich in einen jungen, verheirateten Unteroffizier verliebte, der mich als seinen besten Freund annahm, ohne je zu argwöhnen, daß er die ganze Belegschaft meiner fieberhaftesten Träume bildete. Er hieß Francisco und kam aus Genua, was untrüglich an seinem Dialekt und seinen in Epirus völlig unnützen seemännischen Kenntnissen zu bemerken war. Er gehörte ganz ohne Zweifel in die Marine, doch die verdrehte Logik der damaligen Zeit wollte es so, daß er sich freiwillig zu den Seestreitkräften meldete, den Carabinieri zugeteilt wurde und sich unversehens im Heer wiederfand. Er war über ein Regiment der Alpini und eines der Bersaglieri zu uns gestoßen, die zwei Tage bei den Grenadieren gar nicht mitgerechnet.

Er war ein bildschöner Junge, dunkler als ich, eher wie ein Südländer, aber er war schlank und hatte eine glatte Haut. Ich erinnere mich, daß er nur drei Haare mitten auf der Brust hatte und daß seine Beine völlig unbehaart waren. Jede Sehne seines Körpers zeichnete sich ab, und ich habe mich immer besonders über die Muskeln gewundert, die nur an besonders durchtrainierten Menschen zu sehen sind, die parallelen Linien am Unterarm und die seitlich an den Leisten, die bogenförmig auf den Unterleib zulaufen. Er glich einer jener grazilen, schmächtigen Katzen, die den Eindruck ungeheurer, aber lässiger Kraft vermitteln.

Am meisten reizte mich sein Gesicht. Er hatte eine widerspenstige schwarze Stirnlocke, die ihm in die Augen fiel. Diese waren sehr dunkel und lagen wie bei einem Slawen über vorstehenden Wangenknochen. Sein Mund war breit, ständig zu einem ironischen Lächeln verzogen, und er hatte eine etruskische Nase, die unerklärlicherweise am Rücken einen Knick abbekommen zu haben schien. Er hatte große Hände mit feingliedrigen Fingern, die ich mir nur zu leicht auf meinem Körper verweilend vorstellen konnte. Ich sah ihn einmal ein kleines Glied an einer filigranen Goldkette ausbessern, und ich kann bezeugen, daß seine Finger mit der ganzen makellosen Präzision einer Stickerin arbeiteten. Er hatte die denkbar zartesten Fingernägel.

Sie werden verstehen, daß wir Männer bei den verschiedensten Gelegenheiten zusammen nackt waren und daß ich mir sämtliche Einzelheiten einer jeden Stelle an ihm merkte, aber ich verwahre mich gegen jegliche Anschuldigung der Perversion und Obszönität, die gegen mein Gedächtnis vorgebracht werden dürfte, also werde ich diese Erinnerungen für mich behalten. Für mich sind sie nicht obszön, sondern wertvoll, erlesen und rein. Es würde sowieso niemand begreifen, was sie für mich bedeuten. Sie sind für das Privatmuseum bestimmt, das jeder in seinem Kopf beherbergt und zu dem nicht einmal die Fachleute oder die gekrönten Häupter Europas Zutritt haben.

Francisco war ein ungestümer und ganz und gar respektloser Mensch, immer zu Späßen aufgelegt. Er machte kein Hehl daraus, vor niemand Achtung zu empfinden, und war imstande, uns mit den draufgängerischen Posen des Duce und dem gestelzten Preußentum Adolf Hitlers zu unterhalten. Er konnte die Gesten und die Sprechweise von Visconti Prasca wiedergeben und in dessen Manier blödsinnige Reden halten, gespickt mit extravagantem Optimismus, verwegenen Vorhaben und kriecherischen Verweisen auf die Rangordnung. Alle liebten ihn, er wurde nie befördert, aber das machte ihm nichts aus. Er hielt sich eine Feldmaus und nannte sie Mario; die meiste Zeit lebte sie in seiner Tasche, doch auf Geländemärschen sahen wir sie oft, wie sie ihr Schnäuzchen aus seinem Rucksack reckte und ihr Gesicht putzte. Sie verzehrte gewöhnlich Obstschalen und Gemüse und war ärgerlicherweise ganz wild auf Leder. Ich habe immer noch ein kleines rundes Loch an einem Stiefelschaft.

Wir Soldaten wußten so gut wie nichts von dem, was sich in den Zentren der Macht abspielte. Wir erhielten so viele Befehle und Gegenbefehle, daß es Zeiten gab, wo wir gar keine befolgten, da wir wußten, daß sie fast auf der Stelle widerrufen werden würden. Albanien war eine Art Ferienkolonie ohne Annehmlichkeiten, und wir glaubten, daß diese Befehle nur den Zweck hatten, uns auf Trab zu halten, und völlig belanglos waren.

Im nachhinein jedenfalls scheint klar zu sein, daß eine Invasion Griechenlands das Endziel gewesen sein muß, denn es gab untrügliche Anzeichen, wenn sie uns nur aufgefallen wären. Zum einen wurden wir mit Propaganda eingedeckt, das Mittelmeer sei das *Mare Nostrum*, und unsere ganze Straßenbauerei, die angeblich zum Wohle der Albaner war, führte zu nichts anderem als zu Schnellstraßen an die griechische Grenze. Zum anderen stimmten die Soldaten Kampflieder unbekannter Herkunft und von anonymen Komponisten an, in denen es hieß: »Wir werden zur Ägäis vordringen, wir werden Piräus einnehmen, und wenn alles gut läuft, nehmen wir uns auch noch Athen.« Wir pflegten die Grie-

chen dafür zu verfluchen, daß sie dem »Operetten«-König Zog
Zuflucht gewährten, und in den Zeitungen war dauernd von
angeblichen britischen Angriffen aus griechischen Gewässern auf
unsere Schiffe zu lesen. Ich sage »angeblich«, weil ich heute nicht
mehr glaube, daß sie wirklich stattgefunden haben. Ich habe einen
Freund bei der Marine, der mir gesagt hat, daß keines unserer
Schiffe, soweit ihm bekannt ist, verlorenging.

Ich glaube auch nicht mehr an die Geschichte, daß die Griechen
Daut Hoggia ermordeten. Ich meine, wir haben es getan und versucht, es den Griechen in die Schuhe zu schieben. Es ist schrecklich von mir, so etwas zu behaupten, weil es zeigt, wie sehr ich den
Glauben ans Vaterland verloren habe, aber Tatsache ist, daß ich
nun die griechische Version des Ablaufs kenne, die ich von Doktor
Iannis erfuhr, als ich ihn wegen eines entzündeten Zehennagels
aufsuchte. Es sieht so aus, als sei der Mann Hoggia überhaupt kein
albanischer irredentistischer Patriot gewesen. Im Verlauf von zwanzig Jahren war er für den Mord an fünf Moslems, Viehdiebstahl,
Räuberei, Erpressung, versuchten Mord, Geldforderungen durch
Einschüchterung, das Tragen verbotener Waffen und Vergewaltigung verurteilt worden. Das also ist der Mann, den sie uns als
Märtyrer aufzuschwatzen versucht haben. Uns ist nie gesagt worden, daß die Griechen zwei Albaner wegen der Ermordung dieses
Mannes verhaftet hatten und auf ein Auslieferungsgesuch warteten. Jedenfalls frage ich mich heute, wie das ganze italienische
Volk so naiv gewesen sein konnte, und ich wundere mich, warum
uns die Albaner angeblich so am Herzen hätten liegen sollen, wo
wir gerade ihr Land eingenommen hatten und uns allen klargeworden war, daß es ihnen nur darum ging, sich gegenseitig umzubringen. Die beiden Männer, die den »Patrioten« Hoggia ermordeten, vergifteten ihn offenbar und schnitten ihm dann den Kopf
ab, womit er nach albanischem Maßstab noch recht glimpflich
davonkam.

Sehr viele Dinge haben mich den Glauben verlieren lassen, und
ich vertraue dem Papier hiermit einen Bericht an, der Francisco
und mich betrifft und eindeutig zeigt, daß unsere Seite den Krieg
begonnen hat und nicht die Griechen. Wenn wir den Krieg gewinnen, werden diese Tatsachen nie an die Öffentlichkeit dringen, das weiß ich, weil diese Papiere unterdrückt würden. Doch

wenn wir verlieren, dürfte die Chance bestehen, daß die Welt die Wahrheit erfährt.

Es ist schon schwer genug, mit dir selbst in Frieden zu leben, wenn du sexuell ein Außenseiter bist, doch es ist noch schwerer, wenn du weißt, daß du in Erfüllung der Pflicht die abscheulichsten und übelsten Taten begangen hast. Heutzutage habe ich häufig Todesahnungen, und im folgenden werden Sie ein Schuldbekenntnis finden, für das ich von einem Priester bereits die Absolution erteilt bekommen habe. Doch weder die Griechen noch die Familien der betroffenen italienischen Soldaten werden mir je vergeben.

7

Radikale Heilmittel

Pater Arsenios war hinter der Ikonostasis in bitteres Grübeln versunken. Wie sollte er zu den Menschen hinausgehen, die Kranken und Sterbenden trösten, Auseinandersetzungen schlichten, das Wort Gottes verkünden und für ein wiedervereintes Griechenland eintreten, wenn es anscheinend keinen Zweifel daran gab, daß er keine Achtung mehr genoß? Er erwog kurz den romantischen Gedanken zu verschwinden. Er könnte nach Piräus gehen und als Angestellter arbeiten, er könnte Fischer werden, er könnte nach Amerika gehen und einen Neuanfang machen. Ein flüchtiges Bild seiner von allen Fettwülsten befreiten Person schoß ihm durch den Kopf, wie sie in den Bordellen Athens zotige Rembetikos sang, Unmengen von Kokinelli trank und die jungen Mädchen umgarnte. Im Gegenzug stellte er sich vor, wie er sich in eine Einsiedelei in den Bergen von Epirus zurückzog, von den Raben gefüttert wurde und ein großartiger Heiliger wurde. Er dachte an die Wunder, die in seinem Namen verübt werden mochten, und kam auf den unerfreulichen Gedanken, daß er der Schutzheilige der Fettwänste werden könnte. Vielleicht könnte er statt dessen großartige Gedichte verfassen und so berühmt und verehrt werden wie Kostis Palamas. Doch warum so bescheiden? Er könnte ein zweiter Homer werden. Hinter der Ikonostasis fing er in seiner tiefen Baßstimme zu brummen an: »Nein! wie die Sterblichen doch die Götter beschuldigen! Denn von uns her, sagen sie, sei das Schlimme! und schaffen doch auch selbst durch eigne Freveltaten, über ihr Teil hinaus, sich Schmerzen!« Sein Gedächtnis ließ ihn im Stich, und er runzelte die Stirn. War der nächste Abschnitt über Aigisthos oder über die Unterhaltung zwischen Zeus und Athene? »Da antwortete und sagte zu ihr der Wolkensammler Zeus: Mein Kind, welch Wort entfloh dem Gehege deiner Zähne?«

Er wurde von einem verhaltenen Hüsteln aus dem Hauptschiff der Kirche unterbrochen. Hastig nahm er sich zusammen, spürte, wie er vor lauter Verlegenheit an den Ohren und am Hals rot wurde, und blieb vollkommen still sitzen. Er war bei einer selbstvergessenen, auch noch laut gesprochenen Tagträumerei erwischt worden, und nun würden die Leute im Dorf sagen, er sei nicht ganz bei Trost. Er hörte das Schlurfen sich entfernender Schritte und spähte um die Bilderwand. Da sah er, daß ihm jemand einen Laib Brot hingelegt hatte. Er ertappte sich dabei, wie er sich die Lippen leckte und wünschte, daß noch ein Käse dazukäme. Wieder waren Schritte zu hören, und so versteckte er sich rasch wie ein Kind beim Spielen. Die Füße entfernten sich wieder, er linste durch ein kleines Loch und entdeckte, daß jemand einen großen, weichen und saftigen Käse dagelassen hatte. »Ein Wunder«, sagte er sich, »Dank sei Gott.« Er wünschte sich verzeihlicherweise noch einige Auberginen und eine Flasche Öl hinzu, worauf er aber nicht mit einem weiteren Wunder belohnt wurde, sondern mit einem Paar Hausschuhe. »Mein Gott, mein Gott«, sagte er, den Blick zur Decke gerichtet, »wie querköpfig du wieder bist.«

Nach und nach stapelten sich am Eingang die Gaben, die die Dorfbewohner als Zeichen ihrer Entschuldigung ablegten. Pater Arsenios sah mit einfältiger Habgier durch das Loch zu, als auf die Fische Gemüse und gestickte Taschentücher folgten. Er bemerkte allmählich, daß sich eine große Menge an Robola ansammelte, und murrte vor sich hin: »Was? Halten die mich alle für einen Säufer?« Er stellte eine Rechnung auf, wie lange der Vorrat reichen würde, wenn er pro Tag zwei Flaschen trank. Dann rechnete er das gleiche mit drei Flaschen durch. Aus Spaß an der Mathematik und der geistigen Herausforderung begann er auszurechnen, was bei drei und fünf Achteln täglich herauskommen würde, verhedderte sich aber und mußte neu ansetzen.

Als der Stapel immer weiter wuchs, meldete sich bei ihm das dringende Bedürfnis zu urinieren. Er rutschte unbehaglich umher und begann zu schwitzen. Es war ein überaus schreckliches Dilemma; entweder verließ er die Kirche, worauf die Leute vielleicht davon absehen würden, in seiner Gegenwart Gaben abzuliefern, oder er blieb in wachsender Bedrängnis hier sitzen bis zu dem Zeitpunkt, da er sicher sein konnte, daß der Fluß der Bußgeschenke versiegt war. Er bereute schon schwer, daß er vor seinem Weggang eine Flasche getrunken hatte. »Das ist Gottes Vergeltung für die dem Trunk Ergebenen«, dachte er. »Ich werde nie wieder einen Tropfen anrühren.« Er betete zu St. Gerasimos um Erlösung.

Nach Beendigung des Gebets kam ihm eine Inspiration. Draußen in der Kirche befand sich ein großer Vorrat an Flaschen. Er lauschte aufmerksam auf nahende Schritte, hörte keine und flitzte so schnell hinaus, wie es seine Leibesfülle zuließ. Er watschelte rasch zum Eingang, bückte sich mühsam nach einer Flasche und kehrte wieder in sein Versteck hinter der Bilderwand zurück. Mit den Zähnen zog er den Korken heraus und stand vor dem nächsten Problem. Um die Flasche verwenden zu können, mußte sie leer sein. Was konnte er mit dem Wein anfangen? Es wäre eine Schande, ihn wegzuschütten. Er setzte die Flasche an den Mund und goß sich den Inhalt in die Kehle. Die süße Flüssigkeit rann in Bächlein seinen Bart hinunter und auf seine Soutane. Er inspizierte die Flasche, entdeckte noch ein oder zwei Tropfen und kippte sie sich schwungvoll in den Mund.

Pater Arsenios spähte durch das Loch, um sicherzugehen, daß er nicht gehört wurde, hob seine Soutane und ließ einen mächtigen Strahl Urin in die Flasche strömen, der gegen das Bodenglas klatschte, dann plätscherte und zischte, als sich die Flasche füllte. Mit Erschrecken merkte er, daß bei dem zunehmend enger werdenden Hals des Gefäßes der Inhalt exponentiell hochstieg. »Flaschen sollten gleichmäßig zylindrisch gemacht werden«, überlegte der Priester und wurde prompt überrumpelt. Er verrieb das, was übergelaufen war, mit dem Fuß im Bodenstaub und erkannte, daß er in der Kirche würde warten müssen, bis die feuchten Flecke an seiner Robe getrocknet waren. »Ein Priester«, dachte er, »kann sich doch nicht zeigen, wenn er sich vollgepinkelt hat.« Er stellte die Flasche mit dem Urin ab und setzte sich wieder. Jemand kam herein und legte ihm ein paar Strümpfe hin.

Eine Viertelstunde verging, da trat Velisarios in der Hoffnung ein, sich persönlich entschuldigen zu können. Er sah in den Glockenturm und ins Hauptschiff und wollte schon wieder gehen, als er jemand hinter der Bilderwand einen langen und gurgelnden Rülpser ausstoßen hörte. »Patir?« rief Velisarios. »Ich bin hergekommen, um mich zu entschuldigen.«

»Geh wieder«, war die mürrische Antwort. Und dann: »Ich versuche zu beten.«

»Aber Patir, ich möchte mich entschuldigen und dir die Hand küssen.«

»Ich kann nicht herauskommen. Aus verschiedenen Gründen.«

Velisarios kratzte sich am Kopf. »Was für Gründe?«

»Religiöse. Außerdem ist mir nicht wohl.«

»Soll ich Doktor Iannis holen?«

»Nein.«

»Ich entschuldige mich für das, was ich getan habe, Patir, und um es wiedergutzumachen, lasse ich dir eine Flasche Wein da. Ich werde zu Gott um Vergebung beten.« Er schritt aus der Kirche und ging wieder ins Haus des Arztes, um sich nach dem Befinden von Mandras zu erkundigen, der bei seinem Eintreffen gerade mit ausgesprochen hündischer Bewunderung Pelagia anglotzte. Er sagte dem Arzt Bescheid, daß es dem Priester nicht gutging.

Pater Arsenios mußte feststellen, daß seine Methode, mit der er das Problem seiner vollen Blase gelöst hatte, selbst eine weitere Überfüllung verursachte. Nach Velisarios' Weggang hatte er noch eine Flasche geleert und sie mit dem Umwandlungsprodukt der vorigen gefüllt. Diesmal ließen seine Zielgenauigkeit, Balance und Einschätzung des richtigen Augenblicks, zu dem er aufhören mußte, selbst die zweifelhafte Präzision des früheren Vorgangs vermissen. Weitere Verunreinigungen mußten mit dem Fuß im Staub verrieben werden, und die Robe wurde noch feuchter. Arsenios setzte sich benommen wieder hin und merkte, daß ihm übel wurde. Er kippte schwerfällig von seinem Sitz und verstauchte sich dabei das Steißbein. Zwanzig Minuten später wurde er durch das dringende Bedürfnis geweckt, eine weitere Flasche zu leeren und wieder zu füllen. Er gelobte sich, aufzuhören, bevor der sich verengende Flaschenhals zu einem weiteren Venturi-Effekt führte, stand aber mittlerweile unter so hohem Druck, daß er sich verschätzte. Elendiglich.

Im durchlässigen Nachmittagslicht ging Dr. Iannis zur Kirche. An Werktagen trug er die Art Kleidung, die Bauern an Sonn- und Feiertagen anhatten, einen fleckigen schwarzen Anzug, der an manchen Stellen schon glänzte, ein kragenloses Hemd, schwarze Schuhe, die staubig und verkratzt waren, und einen breitkrempigen Hut. Er zwirbelte seinen Schnurrbart, sog nachdenklich an seiner Pfeife und hatte seine Aufmerksamkeit zweigeteilt, so daß er gleichzeitig an die Verwüstung der Insel durch Kreuzfahrer sowie an das dachte, was er dem Priester sagen würde. Er stellte sich folgende Szene vor:

Er würde sagen: »Patir, es tut mir aufrichtig leid, wie unwürdig sie dich heute morgen behandelt haben«, und der Priester würde erwidern: »Das überrascht mich bei einem gottlosen Menschen«, und er würde antworten: »Aber ich glaube, daß einem Priester Achtung bezeugt werden sollte. Ein Dorf braucht einen Priester wie eine Insel das Meer. Bitte komm morgen zu uns zum Essen. Pelagia wird Lamm mit Kartoffeln im Ofen machen. Ich werde auch den Lehrer einladen. Übrigens habe ich mit Bedauern vernommen, daß es dir nicht gutgeht. Kann ich etwas für dich tun?«

Doch als er die Kirche betrat, wurde ihm augenblicklich die Unwahrscheinlichkeit eines solchen Gesprächs klar. Er hörte hinter der Bilderwand ein Stöhnen und Würgen. »Patir«, rief er. »Ist mit dir alles in Ordnung, Patir?«

Ein weiteres erbärmliches und herzzerreißendes Stöhnen und das Geräusch qualvollen Erbrechens wie bei einem Hund ertönten. Da er als Arzt unzählige Patienten hatte kotzen sehen, sah er schon eine Masse von vornehmlich gelber Farbe vor sich. Er klopfte an die Bilderwand und rief: »Patir, bist du da drinnen?«

»O Gott, o Gott«, ächzte der Priester.

Der Arzt sah sich vor einem unumgänglichen Problem. Es war so, daß nur die Geweihten hinter die Ikonostasis treten durften. Er hatte seinen Glauben schon lange zugunsten eines Materialismus Machscher Prägung aufgegeben, spürte aber dennoch, daß er das Verbot nicht übertreten konnte. Solch ein Tabu kann selbst von jemand, der keinen Glauben in dessen Prämissen setzt, nicht leicht abgetan werden. Er konnte dort genausowenig eindringen, wie er einer Nonne einen unsittlichen Antrag machen konnte. Er klopfte dringlicher. »Patir, ich bin's, Doktor Iannis.«

»Iatre«, klagte der Priester, »mich hat's ganz schlimm erwischt. O Gott, wofür hast du alle Menschen so unnütz erschaffen? Hilf mir, um Gottes willen.«

Der Arzt sandte ein Bußgebet zu dem Gott, an den er nicht glaubte, und schritt hinter die Bilderwand. Er erblickte den Priester, der hilflos in einer Lache aus Urin und Erbrochenem lag; ein Auge war geschlossen, und aus dem anderen strömten Tränen. Der Arzt bemerkte mit leidenschaftslosem Staunen, daß das Erbrochene eher weiß als gelb war und sich deutlich vom stumpfen Schwarz der Robe abhob. »Du mußt aufstehen«, sagte er. »Du kannst dich auf meine Schulter stützen, aber ich fürchte, tragen kann ich dich nicht.«

Es folgte ein ungleiches und ergebnisloses Gezerre, als der leichtgewichtige Arzt sich bemühte, den tonnenförmigen Pater hochzuheben. Er erkannte sehr schnell die Fruchtlosigkeit weiterer Anstrengungen und richtete sich wieder auf. Er bemerkte, daß an diesem heiligen Platz drei Flaschen mit Urin standen. Aus beruflicher Neugier hielt er eine der Flaschen ans Licht und untersuchte sie nach verräterischen Schleimfäden, die eine Harnröhreninfektion anzeigen könnten. Die Flüssigkeit war klar. Er stellte fest, daß er Spuren von Erbrochenem an den Händen hatte. Einen Augenblick lang betrachtete er sie; er würde nicht im Traum daran denken, sie an seiner Hose abzuwischen, geschweige denn an der Rückseite der Bilderwand. Er bückte sich und rieb die Hände an der Priesterrobe ab. Dann ging er Velisarios holen.

So kam es, daß Velisarios' Buße für die Demütigung des Priesters am Morgen in der Verpflichtung bestand, dessen massige Gestalt zum Haus des Arztes zu tragen. Möglicherweise war dies die titanischste Kraft- und Willensanstrengung, die er je auszuführen hatte. Zweimal stolperte er, einmal fiel er beinahe hin. Danach fühlten sich seine Arme und sein Rücken so an, als hätte er das ganze Universum getragen, und er verstand, wie sich der heilige Christophorus gefühlt haben mußte, nachdem er unseren Heiland über den Fluß gebracht hatte. Schwitzend und keuchend setzte er sich in den Schatten. Er stellte fest, daß sein Herz besorgniserregend pochte, während Pelagia ihm ausgiebige Mengen von Zitronensaft vorsetzte, in den sie Honig getan hatte, wobei ihr wiederum Mandras, der sich auf die Seite gedreht hatte, um ihr zuschauen zu können, ausgiebig mit Lächeln nachsetzte. Pelagia spürte seinen Blick, als wäre er eine heiße Liebkosung, und merkte, daß er die beunruhigende Wirkung hatte, sie über ihre eigenen Füße stolpern zu lassen und ihre Hüften anscheinend stärker als gewöhnlich in Schwingung zu versetzen. In Wahrheit war sie beim Versuch, ihren Hüftschwung zu bändigen, ins Stolpern geraten.

Im Haus flößte der Arzt dem Priester einen Krug Wasser nach dem anderen ein, da dies das einzige ihm bekannte vernünftige Heilmittel für die von ihm diagnostizierte Alkoholvergiftung war. Er merkte, daß er mit seinem Patienten immer ungebührlicher ins Gericht ging, denn er spulte in Gedanken einen inneren Monolog etwa folgender Art ab: »Ein Priester sollte doch wohl ein besseres Beispiel geben! Es ist einfach eine Schande, so lange vor dem Abend schon alkoholisiert zu sein! Wie kann dieser Mann erwarten, in der Gemeinde noch einen Rest Achtung zu genießen, wenn er so verfressen und versoffen ist? Ich kann mich an keinen Priester erinnern, der so schlimm war wie der hier, und wir hatten weiß Gott schon schlimme …« Er zog die Stirn in Falten und konnte seinen Ekel nicht ganz verbergen, als er das Erbrochene von der Robe des Mannes wischte. Seinen Unmut ließ er an Pelagias Ziege aus, die ins Zimmer gekommen und auf den Tisch gesprungen war. »Du dämliches Vieh«, schrie er sie an, doch sie sah ihn nur unverschämt aus den Augenschlitzen an, wie um zu sagen: »Ich bin wenigstens nicht betrunken. Ich bin bloß mutwillig.«

Der Arzt ließ den Patienten mit seinem Vollrausch allein und setzte sich an den Schreibtisch. Er klopfte mit dem Füller auf den Tisch und schrieb: »Im Jahre 1082 versuchte ein ruchloser normannischer Baron namens Robert Guiscard, die Insel zu erobern, und traf auf den entschiedensten Widerstand von Freischärlern. Die Welt wurde durch ein Fieber, das ihn 1085 niederstreckte, von seinem unausstehlichen Erdendasein erlöst, und die einzige Spur von ihm hierzulande ist die Tatsache, daß Fiskardo nach ihm benannt ist, wenngleich die Geschichte nichts darüber sagt, wie das G sich in ein F verwandelte. Ein anderer Normanne, Bohemund, überzog die Insel mit übelster und unentschuldbarer Grausamkeit, während er sein Mäntelchen der Frömmigkeit, das er sich gerade erst bei einem Kreuzzug geholt hatte, wie eine Prunkrobe zur Schau stellte. Der Leser sollte sich ins Gedächtnis rufen, daß es die Kreuzfahrer und nicht die Moslems waren, die ursprünglich Konstantinopel geplündert haben, was eigentlich eine immerwährende Skepsis gegenüber dem Wert einer ehrenhaften Sache hätte wachrufen müssen. Offensichtlich tat es das nicht, da die Menschheit unfähig ist, aus der Geschichte zu lernen.«

Er lehnte sich in seinem Stuhl zurück und zwirbelte seinen Schnurrbart, dann zündete er seine Pfeife an. Er sah Lemoni am Fenster vorbeigehen und rief sie herein. Das kleine Mädchen sperrte Augen und Ohren weit auf, als der Arzt sie bat, die Frau des Priesters zu holen. Er tätschelte ihr den Kopf, nannte sie »meine kleine Koritsimou« und lächelte, als er sie ausgelassen die Straße entlanghüpfen sah. Pelagia war als kleines Kind genauso süß gewesen, und das machte ihn rührselig. Er spürte, wie ihm eine Träne ins Auge stieg, und verbannte sie umgehend, indem er einen weiteren Satz schrieb, der die Normannen geißelte. Er lehnte sich wieder zurück und wurde durch das Eintreten von Stamatis gestört, der seinen Hut in Händen hielt und die Krempe knetete. »Kalispera, Kyrie Stamatis«, sagte er. »Was kann ich für dich tun?«

Stamatis trat von einem Fuß auf den anderen, blickte besorgt auf den runden Hügel des Priesters am Boden und sagte: »Du weißt doch, dieses … dieses Ding in meinem Ohr?«

»Die leguminöse und exorbitante auditive Störung?«

»Genau die, Iatre. Nun ja, ich möchte wissen … Ich meine, ob du es zurücktun kannst?«

»Es zurücktun, Kyrie Stamatis?«

»Weißt du, wegen meiner Frau.«

»Ich verstehe«, sagte der Arzt, während er eine beißende Wolke aus seiner Pfeife paffte. »Eigentlich verstehe ich nichts. Vielleicht könntest du es mir erklären.«

»Na ja, als ich auf dem Ohr taub war, konnte ich sie nicht hören. Weißt du, da, wo ich sitze, war mein gutes Ohr auf der anderen Seite, und ich hab es irgendwie ertragen können.«

»Ertragen?«

»Die Nörgelei. Ich meine, vorher war es ein bißchen wie Meeresrauschen. Ich hab das gemocht. Es hat mir geholfen, einzunicken. Jetzt ist es aber so laut und will nicht mehr aufhören. Es geht einfach immer weiter.« Der Mann wippte mit den Schultern wie eine verärgerte Frau und machte seine Gattin nach: »›Du taugst zu überhaupt nichts, warum bringst du nicht das Holz rein, warum haben wir nie Geld, warum muß ich alles hier allein machen, warum habe ich keinen richtigen Mann geheiratet, warum hast du mir immer nur Töchter beschert, was ist mit dem Mann passiert, den ich geheiratet habe?‹ Lauter so Zeug; das macht mich verrückt.«

»Hast du es mit Schlägen versucht?«

»Nein, Iatre. Das letzte Mal, als ich sie geschlagen habe, hat sie einen Teller auf meinem Kopf zertrümmert. Die Narbe ist noch zu sehen. Schau her.« Der alte Mann beugte sich vor und deutete auf etwas Unsichtbares an seiner Stirn.

»Na ja, du solltest sie sowieso nicht schlagen«, meinte der Arzt. »Da kommen sie bloß auf noch widerwärtigere Ideen, es dir heimzuzahlen. Versalzen dir das Essen. Ich würde dir raten, nett zu ihr zu sein.«

Stamatis war schockiert. Das war eine für ihn so unfaßbare Verhaltensweise, daß er nicht einmal daran gedacht hatte, daran zu denken. »Iatre …« setzte er zu einem Einwand an, fand aber keine weiteren Worte.

»Hol einfach das Holz rein, bevor sie dich drum bittet, und bring ihr jedesmal eine Blume mit, wenn du vom Acker zurückkommst. Wenn es kalt ist, leg ihr einen Schal um die Schultern, und wenn es heiß ist, bring ihr ein Glas Wasser. So einfach geht das. Frauen nörgeln nur, wenn sie sich nicht genügend geschätzt fühlen. Betrachte sie als deine krank gewordene Mutter und behandle sie entsprechend.«

»Dann wirst du also die … äh … streitsüchtige und kämpferische extraordinäre Körnung nicht wieder reintun?«

»Auf keinen Fall. Das wäre gegen den hippokratischen Eid. Das kann ich nicht tun. Hippokrates hat schon gesagt, daß radikale Heilmittel für extreme Krankheiten am geeignetsten sind.«

Stamatis gab sich zernirscht. »Hippokrates hat das gesagt? Also soll ich nett zu ihr sein?«

Der Arzt nickte väterlich, und Stamatis setzte seinen Hut wieder auf. »O Gott«, sagte er.

Der Arzt sah dem alten Mann aus dem Fenster nach. Stamatis trat auf die Straße und entfernte sich. Er blieb stehen und blickte auf eine lila Blume an der Böschung. Er beugte sich herab, um sie zu pflücken, richtete sich aber augenblicklich wieder auf. Er spähte umher, um sich zu vergewissern, daß niemand zusah. Er zupfte an seinem Gürtel, als wollte er ihn enger schnallen, starrte die Blume an und machte auf dem Absatz kehrt. Er schlenderte davon, blieb dann aber doch wieder stehen. Wie ein kleiner Junge beim Äpfelstehlen schoß er zurück, rupfte die Blume am Stengel ab, versteckte sie unter seiner Jacke und schritt mit einer übertrieben unbekümmerten und unbeteiligten Miene gemächlich davon. Der Arzt beugte sich aus dem Fenster und rief ihm nach: »Bravo, Stamatis«, bloß wegen der schlichten, aber schelmischen Freude, seine Verlegenheit und Scham zu sehen.

8

Eine komische Katze

Lemoni rannte in den Hof von Dr. Iannis' Haus, als er gerade zum Frühstück in die Kapheneia aufbrechen wollte. Er hatte alle Mangas dort treffen und über die Weltprobleme diskutieren wollen. Gestern hatte er mit Kokolios heftig über den Kommunismus gestritten, und in der Nacht war ihm ein ausgezeichnetes Argument eingefallen, das er so lange im Kopf gewälzt hatte, daß es ihn am Schlafen gehindert und gezwungen hatte, aufzustehen und ein wenig an seiner Geschichte weiterzuschreiben, eine kleine Schmähschrift gegen die Orsini-Familie. Das war seine Rede an Kokolios:

»Hör zu, wenn jeder beim Staat angestellt ist, muß doch jeder vom Staat bezahlt werden, klar? Also sind alle Steuern, die an den Staat zurückfließen, Geld, das sowieso vom Staat kommt, klar? Also kriegt der Staat immer nur höchstens ein Drittel von dem zurück, was er die Woche vorher ausgezahlt hat. In dieser Woche besteht dann die einzige Möglichkeit, alle auszuzahlen, darin, mehr Geld zu drucken, oder nicht? Also folgt daraus, daß in einem kommunistischen Staat das Geld sehr bald illusorisch wird, weil der Staat keinen Gegenwert mehr für das Geld hat.«

Er stellte sich Kokolios' Antwort etwa so vor: »Ach, Iatre, das fehlende Geld kommt von den Profiten.« Doch darauf würde er blitzschnell erwidern: »Aber schau doch, Kokolios, die einzige Art, wie der Staat zu Profit kommen kann, besteht im Verkauf der Güter ans Ausland, und das geht wiederum nur, wenn die ausländischen Staaten kapitalistisch sind und über einen Steuerüberschuß verfügen, mit dem sie Dinge kaufen können. Oder er müßte an kapitalistische Firmen verkaufen. Also liegt es auf der Hand, daß der Kommunismus ohne den Kapitalismus nicht überleben kann, und das ist ein Widerspruch in sich, weil der Kommunismus das Ende des Kapitalismus sein soll, und außerdem soll er doch internationalistisch sein. Aus meinem Argument folgt, daß die globale Wirtschaft, wenn die ganze Welt sich zum Kommunismus bekehren würde, innerhalb einer Woche zum Stillstand käme. Was sagst du dazu?« Der Arzt probte die dramatische Geste, mit der er diese Rede abschließen wollte (darauf die Pfeife wieder fest zwischen die Zähne gesteckt), als Lemoni ihn am Ärmel zupfte und sagte: »Bitte, Iatre, ich hab eine komische Katze gefunden.«

Er sah auf das kleine Mädchen herab, bemerkte ihren ernsten Gesichtsausdruck und sagte: »Ah, hallo, Koritsimou. Was hast du gerade gesagt?«

»Eine komische Katze.«

»Hmm, ja, was ist mit der komischen Katze?«

Das Mädchen verdrehte verzweifelt die Augen und fuhr sich mit der schmutzigen Hand über die Stirn, was eine Dreckstrieme hinterließ. »Ich hab eine komische Katze gefunden.«

»Wie aufmerksam von dir. Warum sagst du es nicht deinem Papa?«

»Sie ist krank.«

»Wie krank?«

»Sie ist müde. Vielleicht hat sie Kopfweh.«

Der Arzt zögerte. Auf ihn wartete eine Tasse Kaffee, und er hatte der versammelten Mannschaft eine schlüssige Widerlegung des Kommunismus zu verkünden. Bei dem Gedanken, auf ihren bewundernden Beifall verzichten zu müssen, packte ihn eine kindliche Enttäuschung. Er sah auf das bestürzte Gesicht des Mädchens herunter, lächelte in großmütiger Entsagung und nahm sie bei der Hand. »Zeig sie mir«, sagte er, »aber denk dran, daß ich Katzen nicht mag. Ich weiß auch nicht, wie Kopfweh bei Katzen zu behandeln ist. Besonders bei komischen.«

Voller Ungeduld zog ihn Lemoni die Straße entlang, drängte ihn mit jedem Schritt zur Eile. Sie forderte ihn auf, über eine niedrige Mauer zu klettern und sich unter die Zweige der Olivenbäume zu ducken. »Können wir nicht um die Bäume herumgehen?« fragte er. »Denk dran, ich bin größer als du.«

»Geradeaus ist es schneller.« Sie zog ihn zu einem dornigen Gebüsch, fiel auf die Knie und fing an, auf allen vieren durch einen Tunnel zu kriechen, der kaum breiter als ein Wildwechsel war. »Da komm ich nicht durch«, protestierte der Arzt, »dafür bin ich viel zu groß.« Er schlug sich mit der Hilfe seines Stocks durch, folgte dem sich entfernenden kleinen Hintern, so gut er konnte. Er stellte sich schon drastisch Pelagias Unmut bei der Bitte vor, die Risse in seiner Hose zu flicken und die ausgefransten Fäden wieder zusammenzunähen. Schon jetzt spürte er, daß die Kratzer, die er abbekommen hatte, zu jucken anfingen. »Was um alles in der Welt hattest du denn hier zu tun?« fragte er.

»Ich war Schnecken suchen.«

»Hast du gewußt, daß die Kindheit die einzige Zeit in unserem Leben ist, wo Irrsinn nicht nur gestattet, sondern sogar erwartet wird?« fragte der Arzt rein rhetorisch. »Wollte ich auf der Suche nach Schnecken da herumkriechen, würden sie mich nach Piräus bringen und einsperren.«

»Viele große Schnecken«, bemerkte Lemoni.

Gerade als der Arzt verzweifelt vor der Hitze kapitulieren wollte, kamen sie auf eine kleine Lichtung, die vor langer Zeit durch einen jämmerlich durchhängenden Stacheldrahtzaun geteilt worden war. Lemoni sprang auf die Füße, rannte zu dem Zaun und deutete auf etwas. Der Arzt brauchte einige Zeit, bis er merkte, daß er nicht der Richtung des dreckigen Fingers (der in stumpfem Winkel in den Himmel zeigte), sondern der Linie ihres Arms zu folgen hatte. »Da ist sie, die komische Katze«, verkündete sie. »Sie ist immer noch müde.«

»Die ist nicht müde, Koritsimou, die hat sich im Stacheldraht verhakt. Weiß Gott, wie lange die da schon hängt.« Er ging in die Knie und besah sich das Tier. Ein Paar pechschwarze Augen blinzelte ihm mit einem Ausdruck entgegen, der von einer endlosen Verzweiflung und Erschöpfung kündete. Er fühlte sich auf eine Weise gerührt, die ihm ziemlich seltsam und unlogisch vorkam.

Das Tier hatte einen flachen dreieckigen Kopf, eine spitze Schnauze und einen buschigen Schwanz. Es war kastanienbraun mit Ausnahme der Kehle und der Brust, deren Farbe sich an einem undefinierbaren Punkt zwischen Gelb und Cremeweiß eingependelt hatte. Die Ohren waren abgerundet und breit. Der Arzt spähte in die Augen; das im Draht hängende Geschöpf war offensichtlich dem Tode nahe. »Das ist keine Katze«, sagte er zu Lemoni, »das ist ein Marder. Der könnte hier schon ewig lange hängen. Ich halte es für das beste, ihn zu töten, weil er sowieso sterben wird.«

Lemoni platzte beinahe vor Entrüstung. Tränen stiegen ihr in die Augen, sie stampfte mit den Füßen, sprang auf und ab und verbot dem Arzt schlichtweg, ihn zu töten. Sie streichelte den Kopf des Marders und stellte sich zwischen das Tier und den Mann, dem sie seine Rettung anvertraut hatte.

»Rühr es nicht an, Lemoni. Denk dran, daß König Alexander an einem Affenbiß gestorben ist.«

»Das ist aber kein Affe.«

»Es könnte tollwütig sein. Du könntest Wundstarrkrampf kriegen. Rühr es bloß nicht an.«

»Ich habe es schon vorher gestreichelt, und es hat nicht gebissen. Es ist müde.«

»Lemoni, der Stacheldraht ist ins Bauchfell gedrungen, und es könnte schon stundenlang hier hängen, vielleicht tagelang. Es ist nicht müde, es wird gleich sterben.«

»Es hat einen Seiltanz auf dem Draht gemacht«, sagte sie. »Ich hab sie schon gesehen. Sie spazieren über den Draht und gehen den Baum rauf. Dort essen sie die Eier in den Nestern. Ich hab sie schon gesehen.«

»Ich hab gar nicht gewußt, daß es hier überhaupt welche gibt. Ich dachte immer, sie bleiben in den Bäumen im Gebirge. Da sieht man's wieder.«

»Sieht was?«

»Daß Kinder mehr sehen als wir.« Der Arzt kniete sich wieder hin und inspizierte den Marder. Er war sehr jung, hatte wahrscheinlich erst vor ein paar Tagen die Augen aufgemacht. Er sah ausgesprochen niedlich aus. Der Arzt entschied, ihn Lemoni zuliebe zu retten und dann daheim zu töten. Niemand würde ihm für die Rettung eines Tiers danken, das Hühner und Gänse umbrachte, Eier stibitzte, die Beeren im Garten fraß und sogar Bienenstöcke ausplünderte. Er konnte dem Mädchen ja sagen, daß der Marder von selbst gestorben war, und ihn ihr vielleicht zum Begraben geben. Er besah ihn genauer und erkannte, daß er sich nicht nur auf dem Stacheldraht aufgespießt, sondern es sogar geschafft hatte, sich zweimal um den Zaundraht zu wickeln. Das Tier hatte verzweifelt gekämpft und mußte unausstehliche Qualen erduldet haben.

Ganz behutsam packte er es im Nacken und drehte den Körper. Mit beiden Händen wand er es vom Draht los, während er sich voll bewußt war, daß Lemoni ihren Kopf dicht neben seinen hielt und ihm aufmerksam zusah. »Vorsichtig«, mahnte sie.

Der Arzt zuckte innerlich zusammen bei dem Gedanken an den Biß, der ihn wahrscheinlich mit Schaum vor dem Mund und Maulsperre aufs Totenbett bringen würde. Es genügte schon die Vorstellung, das eigene Leben für so einen Schädling aufs Spiel zu setzen. Zu was ein Kind einen bringen konnte. Er mußte verrückt oder blöde oder beides sein.

Er hielt das Tier mit dem Bauch nach oben und inspizierte die Wunde. Sie reichte nur bis in die lockere Haut der Leistengegend und hatte wohl keine Muskeln verletzt. Wahrscheinlich litt es nur an akuter Austrocknung. Er merkte, daß es ein Weibchen war und süß und moschusartig roch. Es erinnerte ihn an eine Frau, die er irgendwann während seiner Zeit auf See gekannt hatte, aber er fand nicht das passende Gesicht zu dem Geruch. Er zeigte Lemoni das Tier und sagte: »Es ist ein Mädchen.« Sie stellte unweigerlich die Frage: »Warum?«

Der Arzt steckte das Marderjunge in seine Jackentasche und brachte Lemoni heim. Er versprach ihr noch, sein möglichstes zu tun. Dann begab er sich zu seinem eigenen Haus, wo er im Hof Mandras antraf, der lebhaft auf Pelagia einredete, die zu kehren versuchte. Der Fischer blickte verlegen auf und sagte: »Oh, Kalimera, Iatre. Ich wollte dich gerade aufsuchen, und weil du nicht da warst, habe ich mit Pelagia gesprochen, wie du siehst. Meine Wunde macht mir noch Sorgen.«

Dr. Iannis warf ihm einen skeptischen Blick zu und fühlte Unmut in sich aufwallen; ohne Zweifel hatte ihn das Leiden des Tierchens aus der Fassung gebracht. »Mit deiner Wunde ist gar nichts. Ich nehme an, du wolltest mir sagen, daß sie juckt.«

Mandras lächelte ihn gewinnend an und sagte: »Genau das war's, Iatre. Du mußt ein Zauberer sein. Wie hast du das gewußt?«

Der Arzt verzog lakonisch den Mund und ließ einen gespielten Seufzer hören. »Mandras, du weißt ganz genau, daß Wunden immer jucken, wenn sie ausheilen. Du weißt ebenfalls ganz genau, daß ich ganz genau weiß, daß du bloß hergekommen bist, um mit Pelagia zu flirten.«

»Flirten?« wiederholte der junge Mann und tat sowohl unschuldig wie entsetzt.

»Jawohl; flirten. Anders kann ich es nicht nennen. Gestern hast du uns schon wieder Fisch gebracht und eine Stunde und zehn Minuten mit Pelagia geflirtet. Na schön, dann mach schon weiter, weil ich meine Zeit nicht für eine vollkommen gesunde Wunde vergeude. Ich habe noch nicht gefrühstückt, und hier in der Tasche sitzt eine komische Katze, um die ich mich drinnen kümmern muß.«

Mandras versuchte, nicht verwirrt dreinzuschauen, wurde dann aber von ungewohnter Keckheit gepackt. »Dann habe ich die Erlaubnis, mit deiner Tochter zu reden?«

»Red, red, red«, sagte Dr. Iannis und fuchtelte ungehalten mit den Händen. Er drehte sich auf dem Absatz um und trat ins Haus. Mandras sah Pelagia an und meinte: »Dein Papa ist ein komischer Kerl.«

»Mit meinem Vater ist alles in Ordnung«, rief sie, »und jeder,

der was anderes sagt, kriegt den Besen ins Gesicht.« Sie stupste ihn spielerisch mit dem Gerät an, doch er fing es auf und entwand es ihrem Griff. »Gib ihn mir zurück«, sagte sie lachend.

»Ich werde ihn zurückgeben ... für einen Kuß.«

Dr. Iannis legte das sterbende Tier behutsam auf den Küchentisch und betrachtete es. Er zog einen Schuh aus, packte ihn am Zehenteil und hob ihn über seinen Kopf. Ein so kleiner und zierlicher Schädel würde leicht zu zermalmen sein. Das Tier würde nicht leiden müssen. Es wäre das beste.

Er hielt inne. Er konnte es Lemoni nicht mit einem zermalmten Schädel zum Begraben geben. Vielleicht sollte er ihm das Genick brechen. Er hob es mit der rechten Hand auf, legte die Finger hinten ans Genick und den Daumen unter den Unterkiefer. Er brauchte nur mit dem Daumen nach oben zu drücken.

Ein paar Sekunden lang überdachte er das Vorhaben, tadelte sich für sein Vorgehen, doch dann spürte er, wie sich sein Daumen von selbst bewegte. Der Marder war nicht nur sehr niedlich, sondern auch bezaubernd und unfaßbar rührend. Er hatte noch kaum gelebt. Der Arzt legte ihn wieder auf den Tisch und ging eine Flasche Alkohol holen. Er tränkte die Wunde sorgfältig und nähte sie mit einem Stich. Dann rief er Pelagia.

Sie trat ein, überzeugt, daß ihr Vater gesehen hatte, wie sie Mandras küßte. Sie bereitete sich darauf vor, sich standhaft zu verteidigen. Ihr Gesicht war gerötet, und sie erwartete allen Ernstes einen Zornesausbruch. Sie war vollkommen verdutzt, als ihr Vater nicht einmal aufblickte. Er wollte nur wissen: »Sind heute Mäuse in die Fallen gegangen?«

»Wir haben zwei, Papakis.«

»Gut, dann geh und grab sie aus, wo du sie verscharrt hast, und dreh sie durch den Wolf.«

»Durch den Wolf drehen?«

»Ja. Mach Hackfleisch draus. Und hol mir etwas Stroh.«

Pelagia eilte nach draußen, sowohl verdattert als auch erleichtert. Zu Mandras, der beim Olivenbaum nervös Steine weggeschlenzt hatte, sagte sie: »Alles in Ordnung, er will nur, daß ich Mäuse zu Hackfleisch verarbeite und etwas Stroh hole.«

»Siehst du, ich hab doch gesagt, er ist ein komischer Kerl.«

Sie lachte. »Das heißt bloß, er hat jetzt irgendwas vor. Er ist nicht wirklich verrückt. Du kannst das Stroh zusammensuchen, wenn du willst.«

»Danke«, sagte er, »ich mach nichts lieber als Stroh suchen.«

Sie lächelte schelmisch. »Es könnte eine Belohnung geben.«

»Für einen Kuß«, erwiderte er, »würde ich einen Schweinestall sauber lecken.«

»Du glaubst doch nicht im Ernst, ich würde dir einen Kuß geben, nachdem du einen Schweinestall sauber geleckt hast?«

»Ich würde dich sogar küssen, wenn du den Schleim vom Boden meines Bootes abgeleckt hättest.«

»Das glaub ich dir. Du bist viel verrückter als mein Vater.«

Drinnen füllte der Arzt eine Pipette mit Ziegenmilch und flößte sie dem Marder ein. Es erfüllte ihn mit äußerster ärztlicher Zufriedenheit, als das Jungtier schließlich auf die Hose knapp über seinem Knie urinierte. Das ließ auf eine intakte Nierenfunktion schließen. »Ich werde es töten, wenn ich aus der Kapheneia zurückkomme«, entschied er und streichelte mit einem Finger das üppige braune Fell auf der Stirn.

Eine halbe Stunde später schlief sein Patient fest auf einem Strohlager, und Pelagia hackte die Mäuse mit einem Beil klein. Unerklärlicherweise hockte Mandras auf einem Ast des Olivenbaums. Dr. Iannis rauschte auf dem Weg in die Kapheneia an ihnen vorbei, während er sich wieder seine vernichtende Kritik an der kommunistischen Wirtschaft vorsagte und sich die verblüffte Miene ausmalte, die Kokolios gleich aufsetzen würde. Pelagia rannte ihrem Vater nach und zupfte ihn genauso am Ärmel, wie es vorhin Lemoni getan hatte. »Papakis«, sagte sie, »hast du nicht gemerkt, daß du mit nur einem Schuh weggehst?«

9

15. August 1940

Auf dem Weg in die Kapheneia traf Dr. Iannis Lemoni, die einem flinken gefleckten Hund mit einem Stecken eifrig gegen die Nase stieß. Das Tier sprang wild bellend umher und versuchte, nach dem Holzstück zu schnappen, während sein benebelter Verstand noch weiter verdüstert wurde durch eine Frage, deren Lösung anscheinend in der Entscheidung bestand, noch heftiger zu bellen; war das ein Spiel oder eine echte Herausforderung? Es setzte sich auf die Flanken, warf den Kopf zurück und heulte wie ein Wolf.

»Er singt, er singt«, rief Lemoni fröhlich und fiel mit ein: »A-ii-ra, a-ii-ra, a-ii-ra.«

Der Arzt steckte sich die Finger in die Ohren und protestierte: »Koritsimou, hör auf, hör sofort auf, der Tag ist schon viel zu heiß, und dieser Lärm bringt mich ins Schwitzen. Und mach das nicht mit dem Hund, sonst beißt er dich.«

»Nein, das wird er nicht; er beißt nur Stecken.«

Der Arzt streckte die Hand aus, um das Tier am Kopf zu tätscheln, und erinnerte sich daran, daß er ihm einmal einen Schnitt in einer Pfote genäht hatte. Er zuckte zusammen, als ihm einfiel, wie er einige Glassplitter herausgezogen hatte. Er wußte, daß ihn jeder wegen seines Drangs zu heilen für einen Sonderling hielt, aber er wußte auch, daß jeder Mensch einen inneren Drang brauchte, um Freude am Leben zu haben, und daß es um vieles besser war, wenn dieser innere Drang etwas Konstruktives hatte. Er brauchte nur an Hitler, Metaxas und Mussolini, diese Größenwahnsinnigen, zu denken. Oder an Kokolios, der dauernd mit der Umverteilung des Reichtums anderer beschäftigt war, oder an Pater Arsenios, diesen Sklaven der Gier, oder auch an Mandras, der so in seine Tochter verliebt war, daß er Pelagia zuliebe wie ein Affe im Olivenbaum herumschaukelte. Er schauderte bei der Erinnerung an einen angeketteten Affen, den er in Spanien auf einem Baum gesehen hatte; das Tier hatte sich selbst befriedigt und das von ihm Hervorgebrachte aufgegessen. O Gott, wenn er sich bloß vorstellte, daß Mandras so etwas tat.

»Du solltest ihn nicht streicheln«, meinte Lemoni, froh über die Gelegenheit, seine Tagträume zu unterbrechen und einem Erwachsenen vorzuführen, was sie alles schon wußte, »er hat Flöhe.«

Dr. Iannis zog die Hand rasch weg, und der Hund hielt sich hinter ihm, um dem Mädchen mit dem Stecken auszuweichen. »Hast du dir schon einen Namen für den Marder ausgedacht?« fragte er.

»Psipsina«, verkündete sie. »Er heißt Psipsina.«

»So kannst du ihn nicht nennen, er ist doch keine Katze.«

»Ich bin doch auch keine Limone und heiße trotzdem Lemoni.«

»Ich war bei deiner Geburt dabei«, sagte der Arzt, »und wir haben nicht gewußt, ob du ein Baby oder eine Limone warst, und ich hab dich beinahe in die Küche getragen und den ganzen Saft ausgepreßt.« Lemoni verzog skeptisch das Gesicht, da schoß der Hund plötzlich zwischen den Beinen des Arztes hindurch, riß ihr den Stecken aus der Hand und rannte damit zu einem Schutthaufen, wo er ihn eifrig in Späne zerlegte. »Schlauer Hund«, kommentierte der Arzt und ließ das Mädchen stehen, das erstaunt auf seine leeren Hände starrte.

Als er die Kapheneia betrat, sah er, daß die Mangas wie gewohnt alle da waren: Kokolios mit seinem herrlich vollen und männlichen Schnurrbart; Stamatis, der den vorwurfsvollen Blicken und der spitzen Zunge seiner Frau auswich; Pater Arsenios, kugelrund und schwitzend. Der Arzt holte sich sein Täßchen mit dem satzhaltigen Kaffee und sein Glas Wasser und setzte sich wie immer neben Kokolios. Er trank einen großen Schluck Wasser und zitierte Pindar, gleichfalls wie immer: »Wasser ist das beste.«

Kokolios sog kräftig an seiner Nargileh, blies eine blaue Rauchwolke aus und fragte: »Iatre, du bist doch Seemann gewesen, oder nicht? Stimmt es, daß das griechische Wasser mehr nach Wasser schmeckt als das in jedem anderen Land?«

»Zweifellos. Und das kephallonische Wasser schmeckt sogar noch mehr nach Wasser als sonstwo in Griechenland. Wir haben auch den besten Wein, das beste Licht und die besten Matrosen.«

»Wenn die Revolution kommt, werden wir auch noch das beste Leben haben«, verkündete Kokolios in der Absicht, die Gesellschaft zu provozieren. Er deutete auf das Porträt von König Georg an der Wand und fügte hinzu: »Und das Verbrecherfoto dieses Trottels wird durch das von Lenin ersetzt werden.«

»Schuft«, murmelte Stamatis vor sich hin. Seit die Erbse nicht mehr in seinem Ohr steckte, waren ihm nicht nur die Unbilden der Ehe, sondern auch der schockierende und unpatriotische Anti-Monarchismus von Kokolios offenbar geworden. Stamatis schlug sich mit dem Handrücken in die offene andere Hand, um das Ausmaß von Kokolios' Dummheit anzuzeigen, und fügte hinzu: »Putanas yie.«

Kokolios lächelte bedrohlich und sagte: »Was, ein Hurensohn bin ich? Na, du kannst meinen Furz saufen.«

»Ai gamisou. Thei gamiesei.«

Der Arzt nahm Anstoß an diesen Beleidigungen und den Aufforderungen, sich zu verziehen, und so knallte er sein Glas auf den Tisch. »Paidia, paidia, jetzt reicht's. Jeden Morgen diese Reibereien! Ich bin schon immer Venizelist gewesen, weder Monarchist noch Kommunist. Ich bin mit keinem von euch beiden einer Meinung, aber ich heile Stamatis von seiner Taubheit und brenne Kokolios' Warzen aus. So sollte es sein. Wir sollten uns mehr umeinander als um Anschauungen kümmern, sonst bringen wir uns am Ende alle noch um. Hab ich nicht recht?«

»Du kannst keinen Pfannkuchen machen, ohne Eier zu zerbrechen«, zitierte Kokolios, während er Stamatis bedeutsam ansah.

»Deinen Pfannkuchen mag ich nicht«, antwortete Stamatis. »Der ist aus faulen Eiern gemacht, er stinkt, und ich krieg Dünnpfiff davon.«

»Die Revolution wird dir schon den Hintern stopfen«, sagte Kokolios und fügte hinzu: »Eine gerechte Verteilung von dem bißchen, was wir haben, die Produktionsmittel in die Hände der Werktätigen, die gleiche Verpflichtung zur Arbeit für alle.«

»Du arbeitest doch nicht mehr, als du mußt«, mischte sich Pater Arsenios in seinem bedächtigen Baß ein.

»Du arbeitest überhaupt nicht, Patir. Du wirst jeden Tag dicker. Du kriegst alles umsonst. Du bist ein Parasit.«

Arsenios wischte sich die feisten Hände an der schwarzen Robe ab, und der Arzt meinte: »Es gibt so was wie einen unentbehrlichen Parasiten. Im Darm sind parasitische Bakterien, die die Verdauung fördern. Ich bin nicht gläubig, ich bin Materialist, doch selbst ich sehe ein, daß Priester eine Art Bakterien darstellen, die es den Leuten ermöglichen, das Leben erträglich zu finden. Pater Arsenios ist für diejenigen, die Trost suchen, sehr nützlich gewesen; er ist Mitglied einer jeden Familie, und er ist die Familie für diejenigen, die keine haben.«

»Danke schön, Iatre«, erwiderte der Priester. »Ich hab nie gedacht, solches Lob von einem notorisch gottlosen Mann zu hören. In der Kirche hab ich dich jedenfalls noch nie gesehen.«

»Empedokles hat gesagt, daß Gott ein Kreis ist, dessen Mittelpunkt überall und dessen Umfang nirgendwo ist. Wenn das stimmt, dann brauch ich nicht in die Kirche zu gehen. Und ich brauch nicht die gleichen Sachen zu glauben wie du, um zu erkennen, daß du einen Zweck erfüllst. Jetzt laßt uns in Frieden rauchen und unseren Kaffee trinken. Wenn hier drin die Streitereien nicht aufhören, dann werde ich zu Hause frühstücken.«

»Der Doktor gedenkt, ein Häretiker zu werden; dennoch bin ich wie er der Meinung, daß unser Priester ein toller Witwentröster ist«, meinte Kokolios schmunzelnd. »Kann ich vielleicht was von deinem Tabak haben, ja? Meiner reicht nicht mehr.«

»Kokolios, da du der Meinung bist, alles Eigentum ist Diebstahl, folgt daraus, daß du uns allen einen gerechten Anteil von dem bißchen geben solltest, was du noch hast. Reich deine Dose herum, und ich werde sie für dich leer machen. Sei kein Spielverderber, sei ein guter Kommunist. Oder sollen in Utopia nur die anderen ihren Besitz teilen?«

»Wenn die Revolution kommt, Iatre, wird es für alle genug geben. In der Zwischenzeit kannst du mir mal deinen Beutel reichen, ich werde mich ein andermal revanchieren.«

Der Arzt schob ihm seinen Tabak zu, und Kokolios stopfte zufrieden seine Wasserpfeife. »Was gibt's Neues vom Krieg?«

Der Arzt zwirbelte seine Schnurrbartenden und berichtete: »Deutschland schluckt alles, die Italiener spielen die Narren, die Franzosen sind davongelaufen, die Belgier sind überrannt worden, während sie in die andere Richtung geschaut haben, die Polen sind mit der Kavallerie auf Panzer los, die Amerikaner vergnügen sich beim Baseballspiel, die Briten sitzen immer noch beim Tee und rücken ihre Monokel zurecht, die Russen legen die Hände in den Schoß, außer wenn sie einhellig dafür stimmen, genau das zu tun, was ihnen angeordnet wird. Gott sei Dank haben wir nichts damit zu tun. Warum schalten wir nicht das Radio ein?«

Das wuchtige englische Radio in der Ecke der Kapheneia wurde eingeschaltet, die Röhren hinter dem feinen Messinggitter fingen an zu glühen, das Pfeifen, Knacken und Rauschen wurde durch das wohldosierte Drehen von Knöpfen und das behutsame Verrücken des Apparats weitgehend reduziert, und die Gesellschaft hörte sich in aller Ruhe die Sendung aus Athen an. Sie erwarteten einmütig, von der letzten Parade der Nationalen Jugendorganisation vor Ministerpräsident Metaxas zu hören; es könnte auch etwas über den König und vielleicht etwas über die letzte Eroberung der Nazis kommen.

Es folgten Meldungen über Churchills neues Bündnis mit dem Freien Frankreich, über einen Aufstand in Albanien gegen die italienischen Besatzer und über die Annexion von Luxemburg und Elsaß-Lothringen, doch da tauchte an der Tür der Kapheneia Pelagia auf, die ihrem Vater aufgeregt zuwinkte und verlegen war, weil sie wußte, daß die Anwesenheit einer weiblichen Person so nah an diesem Ort ein schlimmeres Sakrileg war, als auf das Grab eines Heiligen zu spucken.

Dr. Iannis steckte die Pfeife in die Tasche, seufzte und ging widerstrebend zur Tür. »Was ist denn, Kori, was ist denn?«

»Es geht um Mandras, Papakis. Er ist vom Olivenbaum gestürzt und auf einen Topf gefallen. Jetzt hat er die Scherben davon im … du weißt schon … im Sitzfleisch.«

»In seinem Hintern? Was hat er denn im Baum gemacht? Sich wieder produziert? Sich zum Affen gemacht? Der Junge ist nicht ganz bei Trost.«

Pelagia war enttäuscht und sonderbar erleichtert zugleich, als ihr Vater ihr verbot, die Küche zu betreten, während er Terrakottascherben aus dem glatten und muskulösen Gesäß ihres Verehrers zog. Sie blieb mit dem Rücken zur Tür draußen stehen und zuckte bei jedem Schrei von Mandras vor Mitleid zusammen. Drinnen hatte der Arzt den Fischer sich mit herabgelassenen Hosen auf den Tisch legen lassen und dachte über den allgemeinen Irrsinn der Liebe nach. Wie konnte sich Pelagia auf einen so vom Pech verfolgten, reizenden und unreifen Wichtigtuer wie Mandras einlassen? Ihm fiel ein, was er selbst getan hatte, um sich vor seiner Frau zu produzieren, bevor sie sich verlobten. Er war auf ihr Dach geklettert, hatte einen Ziegel abgehoben und ihr jeden Türkenwitz erzählt, den er kannte; er hatte in der Nacht »anonyme« Verse an ihren Türstock geheftet, in denen ihr Liebreiz in allen Einzelheiten beschrieben wurde; genau wie Mandras hatte er sich außergewöhnliche Mühe gegeben, um ihren Vater für sich einzunehmen. »Du bist ein Idiot«, sagte er dem Patienten.

»Ich weiß«, sagte Mandras und zuckte zusammen, als eine weitere Scherbe herausgezupft wurde.

»Erst wirst du aus Versehen angeschossen, und jetzt fällst du vom Baum.«

»Ich hab einen Tarzan-Film gesehen, als ich in Athen war«, erklärte Mandras, »und wollte Pelagia gerade einen Eindruck davon vermitteln, worum es ging. Au! Mit Verlaub, Iatre, sei vorsichtig.«

»Für die Sache der Kultur verwundet, ha? Du junger Spund.«

»Ja, Iatre.«

»Hör auf mit deiner Höflichkeit. Ich weiß doch, was du vorhast. Wirst du sie bitten, dich zu heiraten, ja oder nein? Ich warne dich, eine Mitgift gibt's von mir nicht.«

»Keine Mitgift?«

»Bringt dich das davon ab? Wäre das für deine Familie zu unerhört? Niemand wird meine Tochter heiraten, bloß weil er sich Reichtum erhofft. Pelagia hat etwas Besseres verdient.«

»Nein, Iatre, es geht nicht um Reichtum.«

»Na gut. Wirst du um mein Einverständnis bitten?«

»Noch nicht, Iatre.«

Der Arzt rückte die Brille zurecht. »Sei lieber etwas auf der Hut. Du bist zu übermütig, hast überhaupt zuviel Kefi, um ein guter Ehemann zu sein.«

»Ja, Iatre. Alle sagen, es wird Krieg geben, und ich möchte keine Witwe hinterlassen, das ist alles. Du weißt ja, wie es Witwen ergeht.«

»Die werden schließlich alle Huren«, meinte der Arzt.

Mandras war schockiert. »Pelagia würde nie so werden, so wahr ich Gott vertraue.«

Der Arzt wischte ein paar Tropfen Blut weg und fragte sich, ob sein eigenes Hinterteil je so schön gewesen war. »Du solltest nie auf Gott vertrauen. Solche Dinge müssen wir selbst in die Hand nehmen.«

»Ja, Iatre.«

»Hör auf mit deiner Höflichkeit. Ich geh davon aus, daß du den Topf ersetzen wirst, mit dem du so freigebig dein eigenes Fleisch gespickt hast, ja?«

»Würdest du Fisch annehmen, Iatre? Ich könnte dir einen Eimer Sardellen bringen.«

Es dauerte sechs Stunden, bis der Arzt in die Kapheneia zurückkehrte, denn ganz abgesehen von der Wundbehandlung hatte er seiner Tochter versichern müssen, daß Mandras bis auf ein paar blaue Flecken und einige bleibende Terrakottamale in seinem Hintern völlig wiederhergestellt sein würde, er hatte ihr helfen müssen, die Ziege einzufangen, die sich irgendwie auf das Dach eines benachbarten Schuppens verirrt hatte, er hatte Psipsina mit Mäusehackfleisch füttern und vor allem vor der unerträglichen Augusthitze flüchten müssen. Er hatte Siesta gehalten und war vom Abendkonzert der Grillen und Spatzen sowie von den zusammenströmenden Dorfbewohnern geweckt worden, die sich zum Feiertagsgottesdienst zu Mariä Himmelfahrt versammelten. Er machte sich auf zu seinem Peripato, dem Abendspaziergang, der unvermeidlicherweise in der Kapheneia unterbrochen und dann in der Erwartung wiederaufgenommen wurde, daß Pelagia bis zu seiner Rückkehr etwas gekocht hatte. Er hoffte auf ein für die Jahreszeit ungewöhnliches Kokoretsi, denn er hatte Leber und Innereien auf dem Tisch bemerkt, wo er seine Behandlung durchgeführt hatte. Es war ihm in den Sinn gekommen, daß wohl ein paar Spritzer Blut von Mandras ins Essen geraten waren, und er fragte sich, ob das schon Kannibalismus war. Das hatte ihn weiter zu der Spekulation geführt, ob ein Moslem wohl den Empfang der heiligen Kommunion als menschenfresserisch betrachten würde.

Schon als er die Kapheneia betrat, wußte er, daß etwas nicht stimmte. Aus dem Radio drang feierliche und martialische Musik, und die Jungs saßen mit zerfurchten Stirnen in grimmigem und vielsagendem Schweigen da und klammerten sich an ihre Gläser. Dr. Iannis bemerkte erstaunt, daß sowohl Stamatis wie Kokolios glitzernde Tränenspuren auf den Wangen hatten. Zu seiner Verblüffung sah er Pater Arsenios draußen vorbeischreiten, die Arme prophetisch erhoben, den Patriarchenbart nach vorn gereckt. Er jammerte: »Sakrileg, Sakrileg! Heult, ihr Tarsisschiffe, denn euer Bollwerk ist zerstört, seht, ich werde gegen Babylon und gegen die, welche mitten unter denjenigen wohnen, die sich gegen mich erheben, einen vernichtenden Wind entfachen. Klaget, ihr Töchter Rabbas, und ziehet Säcke an, o weh, o weh, o weh ...«

»Was ist denn los?« fragte er.

»Die Schweine haben die *Elli* versenkt«, sagte Kokolios, »und sie haben die Werft in Tinos mit Torpedos beschossen.«

»Was? Was?«

»Die *Elli*. Das Schlachtschiff. Die Italiener haben es bei Tinos versenkt, gerade als alle Pilger sich in die Kirche aufgemacht hatten, um die Wunder zu sehen.«

»Die Ikone war aber nicht an Bord? Was geht da vor? Ich meine, warum? Ist die Ikone unversehrt?«

»Wir wissen es nicht, wir wissen es nicht«, klagte Stamatis. »Ich wünschte, ich wär noch taub, damit ich es nicht hätte hören müssen. Keiner weiß, wie viele umgekommen sind, ich weiß nicht, was mit der Ikone ist. Die Italiener haben uns angegriffen, das ist alles, und ich weiß nicht, warum. An Mariä Himmelfahrt, das ist gotteslästerlich.«

»Wie empörend, all die kranken Pilger. Was wird Metaxas tun?«

Kokolios zuckte die Achseln. »Die Italiener sagen, sie waren es nicht; aber es sind schon Teile italienischer Torpedos gefunden worden. Glauben die, wir hätten keinen Mumm? Die Schweine haben gesagt, es waren die Briten, und niemand hat das U-Boot gesehen. Keiner weiß, was passieren wird.«

Der Arzt schlug sich die Hände vors Gesicht und spürte, wie auch ihm Tränen in die Augen traten. Er durchlitt die ganze geballte und ohnmächtige Wut des kleinen Mannes, der gefesselt und geknebelt worden ist und nun mit ansehen muß, wie seine Frau vergewaltigt und verstümmelt wird. Er hielt sich nicht damit auf, nach einem Grund zu suchen, warum sowohl ihn als auch Kokolios das blanke Entsetzen darüber packte, daß an einem heiligen Tag einer Ikone etwas angetan worden war, wo doch der eine Kommunist und der andere Säkularist war. Er hielt sich nicht damit auf, die Frage zu stellen, ob der Krieg nun unvermeidlich war oder nicht. Diese Dinge bedurften keiner weiteren Erklärung.

Kokolios und Stamatis standen auf und traten zusammen hinaus, als er sagte: »Kommt, Jungs, wir gehen alle zur Kirche. Es ist eine Frage der Solidarität.«

10

L'Omosessuale III

Ein schuldbewußter Mensch möchte einfach nur verstanden werden, weil Verstehen fast schon Verzeihen heißt. In seinen eigenen Augen ist er vielleicht schuldlos, aber allein das Wissen, daß andere ihn als schuldig betrachten, weckt bei ihm das Bedürfnis, sich zu erklären. In meinem Fall jedoch weiß nicht einmal jemand, daß ich schuldig bin, aber dennoch möchte ich verstanden werden.

Ich wurde für den Einsatz ausgesucht, weil ich ein hochgewachsener Mann bin, weil ich mir den Ruf erworben hatte, ausdauernd zu sein, weil ich halbwegs intelligent bin (Francisco meinte allerdings immer, daß »intelligent« bei der Armee heißt: »baut gewöhnlich keinen Mist«, und weil ich »soldatisch« war, was heißt, daß ich meine Truppe im Griff hatte, meine Stiefel polierte, wenn sie nicht zu naß waren, und die Bedeutung der meisten Kurzworte kannte, die unsere militärischen Dokumente gewöhnlich in einen unlesbaren Code verwandeln.

Ich erhielt durch einen Kradmelder den Befehl, mich bei Oberst Rivolta zu melden und einen weiteren verläßlichen Mann mitzubringen. Natürlich nahm ich Francisco; ich glaube, ich habe bereits meine Absicht erwähnt, mein Laster als Mittel zu benutzen, um ein guter Soldat zu werden. Mit Francisco an meiner Seite fühlte ich mich zu allem imstande. Da wir nicht im Kriegszustand waren, dachte ich nicht im geringsten daran, daß ich ihn in Gefahr brachte, indem ich ihn mitnahm, und ich hatte auch keine Ahnung, daß ich bald Gelegenheit haben würde, ihm meine Heldenhaftigkeit zu beweisen.

Einen Befehl zu erhalten ist eine Sache, ihn zu befolgen eine andere. Zu der Zeit verfügten wir bei einer Truppenstärke von zehntausend Mann nur über vierundzwanzig Lastwagen. Oberst Rivolta war fünfzehn Meilen entfernt. Um zu ihm zu kommen, mußten wir fünf Meilen laufen, weitere fünf auf einem Paar Mulis reiten und uns schließlich von einem Panzer auf dem Weg in die Werkstatt mitnehmen lassen, der nur noch rückwärts fahren konnte. Wir kamen also im Rückwärtsgang an, ein veritables Motto für den bevorstehenden Feldzug.

Rivolta war ein ungeheuer wohlbeleibter Mann, der eindeutig in der Hierarchie aufgestiegen war, weil er die richtigen Leute kannte. Er warf mit Parolen wie »Ein Buch in der einen, ein Gewehr in der anderen Hand« nur so um sich und stellte sein vollendetes Heldentum dadurch zur Schau, daß er sein Hauptquartier fünfzehn Meilen von seiner Truppe entfernt in einer verlassenen Villa ansiedelte, damit er den Rasen für Empfänge benutzen konnte. Wir von den Alpini sind berüchtigt dafür, daß wir uns mit den Schwarzhemden prügeln, und das mag auch der Grund dafür gewesen sein, daß ich für den Einsatz ausgesucht wurde; es hätte nicht viel ausgemacht, wenn ich umgekommen wäre, da ich nicht automatisch für eine Beförderung anstand. Diejenigen, die sich wundern, warum unsere Soldaten im Vergleich zu unseren Vätern im Krieg von 1914 so kläglich abschnitten, sollten sich ins Gedächtnis rufen, daß diesmal niemand durch Verdienst allein ein höherer Offizier werden konnte; das ging nur durch Arschkriecherei.

Rivolta war klein, dick, gelangweilt und mit etlichen Medaillen aus dem Abessinien-Feldzug dekoriert, obwohl jeder wußte, daß er und seine Männer an einem Ort geblieben waren und überhaupt nichts getan hatten; das hatte ihn nicht daran gehindert, reißerische Berichte von erfolgreichen Operationen in die Heimat zu schicken. Es waren fabelhafte und höchst phantasievolle fiktive Werke, und es hieß allgemein bei den Soldaten, daß er die Medaillen für seine literarischen Meisterleistungen erhalten habe. Er war auch ein Schwätzer und Schleimer.

Als wir in jenen herrschaftlichen hohen Raum marschierten und salutierten, reagierte Rivolta darauf mit dem römischen Gruß. Uns beiden kam der Gedanke, daß er sich vielleicht über den Duce lustig machte, und Francisco kicherte. Rivolta sprang ihm fast ins Gesicht und merkte ihn sich wahrscheinlich für den Latrinendienst vor.

»Meine Herren«, begann Rivolta dramatisch, »ich hoffe, ich kann mich auf Ihren Mut und Ihre völlige Diskretion verlassen.«

Francisco zog eine Augenbraue hoch und sah mich von der Seite an. Ich erwiderte: »Jawohl, vollkommen, Herr Oberst«, und Francisco gab mir mit der Zunge ein unmißverständliches Zeichen, das glücklicherweise nicht weiter bemerkt wurde.

Rivolta winkte uns zu einer Karte, die auf einem großen und glänzendpolierten antiken Tisch ausgebreitet war, und beugte sich darüber. Er deutete mit einem dicken Finger auf eine Stelle im Tal neben dem, in dem wir biwakierten, und sagte: »Um zwei Uhr morgen nacht werden Sie beide im Schutz der Dunkelheit zu diesem Punkt hier gehen ...«

»Entschuldigen Sie, Herr Oberst«, unterbrach Francisco, »aber das liegt auf griechischem Gebiet.«

»Ich weiß, ich weiß, ich bin ja nicht dumm. Das tut nichts zur Sache. Dort sind keine Griechen, also werden sie es nicht erfahren.«

Francisco zog wieder die Augenbrauen hoch, und der Oberst sagte sarkastisch: »Ich nehme an, Sie haben schon mal was von operativer Notwendigkeit gehört.«

»Sind wir also im Krieg?« fragte Francisco, worauf der Oberst sich wahrscheinlich vormerkte, die Länge des Latrinendienstes zu verdoppeln. Gerade da nahm die Maus Mario die Gelegenheit wahr, aus Franciscos Brusttasche hervorzuspitzen, und mußte wieder hineingestopft werden, bevor Rivolta es merkte. Das beflügelte nur die Respektlosigkeit meines Freundes, und er setzte bei den weiteren Ausführungen des Obersts ein blödes Lächeln auf.

»Dort befindet sich ein hölzerner Wachturm, der von einer Gruppe von Banditen aus der Gegend überfallen worden ist; sie haben die Bewachung ermordet und ihre Uniformen angezogen. Sie sehen wie unsere Soldaten aus, sind aber keine.« Er legte eine Pause ein, um diese Information wirken zu lassen, und fuhr dann fort: »Ihre Aufgabe wird es sein, diesen Turm einzunehmen. Sie werden von unserem Quartiermeister hier bewaffnet und ausgestattet werden. Er hat eine Sonderausrüstung für Sie. Irgendwelche Fragen?«

»Wir haben zwei Kompanien Bersaglieri in diesem Tal, Herr Oberst«, bemerkte ich. »Warum können die das nicht machen?«

Francisco schaltete sich ein: »Wenn das bloß Banditen sind, dann ist das ein Fall für die Carabinieri, oder nicht?«

Der Oberst platzte beinahe vor Entrüstung und donnerte los: »Zweifeln Sie meine Befehle an?« Darauf konterte Francisco blitzschnell: »Sie haben doch um Fragen gebeten, Herr Oberst.«

»Fragen zum Einsatz, keine politischen Fragen. Ihre unverschämte Haltung reicht mir allmählich, und ich darf doch bitten, daß Sie angemessenen Respekt zeigen.«

»Den angemessenen Respekt«, wiederholte Francisco mit heftigem Kopfnicken, womit er sich einen weiteren Tadel einhandelte. Der Oberst schnarrte: »Viel Glück, Burschen; wie gern wäre ich mit dabei.« Sotto voce, aber klar vernehmlich für mich, murmelte Francisco: »Schön wär's, Scheißkerl.«

Rivolta entließ uns mit dem Versprechen, bei erfolgreichem Abschluß der Aktion würden wir Orden erhalten. Er übergab uns noch einen dicken Packen Befehle mit Karten, einem präzisen Zeitplan und einem Foto von Mussolini, das schräg von unten aufgenommen war, um sein Kinn stärker vorspringen zu lassen. Ich denke, das sollte uns anfeuern und uns moralisch den Rücken stärken.

Vor der Villa setzten wir uns auf eine Mauer und gingen die Papiere durch. »Daran ist was faul«, bemerkte Francisco. »Was meinst du, worum's wirklich geht?«

Ich blickte in seine wunderschönen dunklen Augen und sagte: »Mir ist es egal, worum's geht. Es sind einfach Befehle, und wir sollten voraussetzen, daß schon jemand weiß, worum's geht.«

»Du setzt zuviel voraus«, erwiderte er. »Ich denke, das ist nicht nur eine ganz faule, sondern auch eine ganz krumme Sache.« Er holte seinen kleinen Liebling aus der Tasche und sagte zu ihm: »Mario, da wirst du in was ganz Übles hineingezogen.«

Es war kaum zu fassen, aber die Ausrüstung, die wir vom Quartiermeister erhielten, bestand aus englischen Kampfanzügen und griechischen Waffen. Das schien überhaupt keinen Sinn zu ergeben, außerdem lag keine Gebrauchsanweisung für das Hotchkiss-

Schnellfeuergewehr bei. Wir fanden alles auf eigene Faust heraus, aber später kamen wir darauf, daß wir das wahrscheinlich gar nicht hätten herausfinden sollen.

Francisco und ich wurden auf die merkwürdigste Weise vom Wetter gerettet. Wir waren schon von vornherein bestens vorbereitet und krochen um zehn Uhr abends aus unseren Stellungen. Hinter der Grenze zogen wir wie befohlen die englischen Uniformen an und schlugen uns über die Geländeerhebung zum benachbarten Tal durch. Ab da befanden sich Francisco und ich in einem Widerstreit der Gefühle.

Ich glaube nicht, daß ein Mensch, der noch keinen Kampfeinsatz mitgemacht hat, wirklich verstehen kann, welche Stürme in der Stunde der Entscheidung im Kopf eines Soldaten toben, aber ich werde es zu erklären versuchen. In diesem Fall waren wir beide stolz, für so einen ernsten militärischen Einsatz ausgewählt worden zu sein. Dadurch fühlten wir uns besonders wichtig. Aber keiner von uns hatte je etwas Derartiges getan, und so hatten wir gehörige Angst, nicht nur wegen der Gefahr für Leib und Leben, sondern auch wegen der schweren Verantwortung und der Möglichkeit, alles zu vermasseln. Wir rissen dumme Witze, um diese Angst zu vertuschen. Ein Soldat lebt in der ständigen Furcht, daß die Vorgesetzten mehr wissen als er und ihm nicht bekannt ist, was wirklich vorgeht. Er weiß, daß das Oberkommando ihn manchmal übergeordneten Interessen opfert, ohne ihn davon in Kenntnis zu setzen, und das erfüllt ihn mit Verachtung und Argwohn gegenüber den Vorgesetzten. Es verstärkt auch seine Furcht.

Der ungewisse Ausgang macht ihn abergläubisch, und so wird er sich ständig bekreuzigen, seinen Talisman küssen oder sein Zigarettenetui in die Brusttasche stecken, um Kugeln abzulenken. Francisco und ich verfielen auf die abergläubische Vorstellung, daß keiner von uns das Wort *certamente* in den Mund nehmen sollte. Wir haben es weder auf dieser Mission noch später während des Krieges ausgesprochen. Francisco hatte anscheinend ständig das Bedürfnis, sich seiner Maus anzuvertrauen, und so wiegte er sie in den Händen und redete lauter Unsinn mit ihr, während der Rest von uns eine Zigarette nach der anderen rauchte, auf und ab ging, abgegriffene Fotos seiner Lieben betrachtete oder alle fünf Minuten in die Büsche preschte.

Wir fanden auch heraus, daß sich, wenn die Zeit der gespannten Erwartung vorüber ist, eine wilde Erregung breitmacht, die sich manchmal in eine Art irrsinnigen Sadismus verwandelt, sobald der Einsatz begonnen hat. Soldaten kann nicht immer die Schuld für ihre Greueltaten gegeben werden, weil ich Ihnen aus eigener Erfahrung sagen kann, daß sie eine natürliche Folge der höllischen Erleichterung sind, die sich daraus ergibt, daß sie nicht mehr denken müssen. Grausamkeiten sind manchmal nichts anderes als die Rache der Gepeinigten. Katharsis ist der Begriff, nach dem ich gesucht habe. Ein griechisches Wort.

Während wir im Gebüsch vor dem in nächtliches Dunkel gehüllten Wachturm lagen, spürte ich Francisco an meiner Seite und wußte, daß Phaidros recht hatte, wenn er die Meinung vertrat, daß ein Liebhaber tapferer sei, wenn er seinen Geliebten neben sich hat. Ich wollte Francisco beschützen und ihm beweisen, daß ich ein Mann war. Ich stellte fest, daß meine Liebe zu ihm bei dem Gedanken stärker wurde, daß einer von uns beiden bald durch eine Kugel umkommen könnte.

Es war kurz vor Mitternacht, die Eulen schrien, und in der Ferne hörte ich das liebliche Bimmeln von Ziegenglocken. Es war äußerst kalt, denn von Norden war ein frostiger Wind aufgekommen. Wir gaben diesem Wind eine Menge Namen, aber »Sackschrumpfer« war wahrscheinlich der passendste Name.

Um Mitternacht blickte Francisco auf seine Uhr und meinte: »Ich halt das nicht viel länger aus. Mir fallen schon die Finger ab, meine Füße sind aus Eis, und ich schwöre, es wird regnen. Laß uns das um Himmels willen hinter uns bringen.«

»Das können wir nicht. Laut Befehl dürfen wir nicht vor zwei Uhr angreifen.«

»Ach komm, Carlo, das tut doch nichts zur Sache. Machen wir's jetzt, und dann ab nach Hause. Mario hat die Schnauze voll und ich genauso.«

»Dein Zuhause ist Genua. Da kannst du nicht hin. Schau, es geht um die Disziplin.«

Ich zog bei dieser Auseinandersetzung den kürzeren, weil ich im Grunde Francisco zustimmte und an diesem gottverlassenen Fleck nicht an Unterkühlung sterben wollte, bloß weil wir vor lauter Tüchtigkeit und Einsatzfreude zu früh eingetroffen waren.

Der Befehl hatte gelautet, mit dem MG gegen die Banditen vorzugehen, aber nachts in dieser tödlichen Kälte hier draußen schien es keine so tolle Idee mehr zu sein. Der Abzug war so kalt, daß die Finger schmerzten, und außerdem waren wir nicht sicher, ob wir im Dunkeln damit umgehen konnten. Wir entschieden statt dessen, näher am Wachturm auf Lauschposten zu gehen.

Oben hatten sie eine Lampe, und zu unserem Erstaunen entdeckten wir, daß sie mindestens zu zehnt waren. Wir hatten höchstens drei erwartet. Wir sahen auch, daß am Geländer vier MGs postiert waren. Francisco flüsterte: »Warum haben sie nur uns beide hingeschickt? Wenn wir auf sie feuern, sind wir tot. Ich sag dir doch, da ist was faul. Seit wann haben Banditen MGs?«

Vom Turm ertönte Gesang, und es schien, daß die Besatzung etwas angetrunken war. Das gab mir die Zuversicht, weiter nach vorn zu kriechen und eine Naherkundung vorzunehmen, wobei ich die Tannenzapfen, die mir die Hände zerkratzten, und die kleinen scharfen Steine, die mir bis in die Knochen zu schneiden schienen, zu ignorieren versuchte. Ich entdeckte, daß unter dem Turm ein großer Haufen Holzspäne und eine Tonne mit Kerosin lagen, weil sie dort vor dem Regen geschützt waren. Alle Wachtürme hatten Holzbrennöfen und Öllampen, und natürlich wurden die Vorräte darunter aufbewahrt.

Deswegen starteten Francisco und ich den Angriff zwei Stunden früher, indem wir die Tonne umwarfen und sie in Brand setzten. Der Turm brannte im Nu lichterloh, und wir durchsiebten ihn praktisch von direkt unterhalb mit Kugeln, bis wir einen ganzen Gurt verbraucht hatten. Falls jemand schrie, konnten wir ihn gar nicht hören. Wir spürten nichts als das zuckende Gewehr, unsere zusammengebissenen Zähne und den entsetzlichen Irrsinn einer wahnwitzigen Aktion.

Als der Gurt leer war, trat eine fürchterliche Stille ein. Wir sahen einander an und lächelten. Franciscos Lächeln war schwach und bekümmert, und ich nehme an, meines war genauso. Es war unsere erste Greueltat. Wir spürten kein Triumphgefühl, nur Erschöpfung und Verworfenheit.

Es war Francisco, der über die Leiche von Hauptmann Roatta von den Bersaglieri fiel, der über das Geländer des Wachturms gestürzt war und sich das Genick gebrochen hatte. Der Körper lag so verdreht und gespreizt da, als wäre nie Leben in ihm gewesen. Es war auch Francisco, der Befehle fand, die den Hauptmann anwiesen, neun Leute mit in den Turm zu nehmen, weil laut geheimdienstlicher Informationen um zwei Uhr ein Angriff der griechischen Armee zu erwarten war.

Francisco setzte sich neben der Leiche zu mir und schaute in die Sterne. »Das sind überhaupt keine englischen Uniformen«, sagte er schließlich. »Die Griechen tragen die gleiche Uniform wie die Briten, nicht wahr?«

Ich blickte auch in die Sterne. »Wir sind diejenigen, die umkommen sollten. Deswegen haben sie uns gesagt, wir sollen unsere Erkennungsmarken nicht mitnehmen. Wir sind Griechen, die die italienische Armee angreifen, und wir sollten jetzt tot sein. Deswegen haben sie nur uns beide geschickt, um sicherzugehen, daß wir nicht gewinnen konnten.«

Francisco stand langsam auf. Er hob leicht verzweifelt die Arme und ließ sie dann wieder fallen. Voll Bitterkeit sagte er: »Es sieht so aus, als möchte irgendein blöder Schweinehund einen kleinen Krieg mit Griechenland vom Zaun brechen.«

11

Pelagia und Mandras

PELAGIA (nach dem Frühstück im Klohäuschen sitzend): Es ist so nett, daß der Erbauer dieses Örtchens oben in der Tür einen Schlitz frei gelassen hat. Ich könnte stundenlang hier sitzen und die Wolken über die Bergspitze ziehen sehen. Woher die wohl kommen? Ich meine, ich weiß ja, daß es Wasserdampf ist, aber sie scheinen sich urplötzlich aus dem Nichts zu bilden. Es ist so, als hätte jedes Tröpfchen ein Geheimnis mit seinem Bruder zu teilen, und so steigen sie vom Meer hoch, drängen sich zusammen und treiben in der Brise. Die Wolken ändern die Form, wenn die Tröpfchen von einem Vertrauten zum anderen eilen und miteinander flüstern. Sie sagen: »Ich kann Pelagia dort unten sehen, wie sie auf dem Klo sitzt, und sie weiß nicht mal, daß wir über sie reden.« Sie sagen:»Ich habe Pelagia und Mandras einander küssen sehen. Was wird bloß aus denen? Sie würde rot werden, wenn sie's wüßte.« Oh, ich werde rot. Ich bin dumm. Aber warum ziehen die Wolken langsamer als der Wind, der sie antreibt? Und warum bläst manchmal der Wind in die eine Richtung, und die Wolken ziehen in eine andere? Hat Papakis recht, wenn er sagt, daß es verschiedene Windschichten gibt, oder können die Wolken irgendwie in die Gegenrichtung ziehen? Ich muß noch mehr Lappen zuschneiden, ich hab diese Schmerzen im Bauch und im Rücken, und es ist wieder fällig. Gestern nacht hab ich den Neumond gesehen, und das heißt, bei mir ist es wieder soweit. Tantchen sagt, das einzig Gute an einer Schwangerschaft ist, daß einen das Bluten nicht mehr stört. Arme kleine Chrysoula, armes kleines Mädchen. Daß sie sich so was Schreckliches angetan hat. Papas kommt spät in der Nacht zitternd vor Wut und Kummer heim, und alles bloß, weil Chrysoula vierzehn Jahre alt geworden ist und niemand ihr je gesagt hat, daß sie eines Tages bluten wird, und dann ist sie so entsetzt, daß sie meint, sie hat eine ekelhafte geheime Krankheit, von der sie niemand was sagen kann, und nimmt Rattengift. Und Papas ist so erbost, daß er Chrysoulas Mutter am Genick packt und sie so schüttelt wie ein Hund ein Kaninchen, und Chrysoulas Vater geht einfach mit den Jungs weg wie üblich und kommt besoffen heim, als wäre nichts passiert, und unter Chrysoulas Bett ist ein Bündel Seiten so dick wie eine Bibel, alle voll mit Gebeten an St. Gerasimos, der sie heilen soll, und die Gebete sind so traurig und verzweifelt, daß sie einen zum Weinen bringen. Also, ich kann nicht den ganzen Tag hier sitzen und an Wolken und Monatsblutungen denken, es wird sowieso allmählich zu heiß, und bald wird es zu stinken anfangen. Ich werde bloß noch ein bißchen dableiben, weil Papas die nächsten zehn Minuten noch nicht vom Frühstück zurückkommen wird und es drauf ankommt, beschäftigt zu tun, wenn er aufkreuzt. Wahrscheinlich haben sie den Schlitz oben in der Tür lassen müssen, weil es hier drinnen sonst völlig finster wäre.

MANDRAS (seine Netze ins Boot ladend): St. Peter und St. Andreas, gewährt mir einen guten Fang. Das wird wieder ein glühendheißer Tag, das weiß ich einfach, und ich weiß auch, daß alle Fische sich wieder zwischen den Felsen verstecken und auf den Grund gehen werden. Gott hätte ihnen uns armen Fischern zuliebe Sonnenbrillen verpassen sollen. Herr, laß die Wolken am Ainos vor die Sonne ziehen, laß mich eine feine Meeräsche für Dr. Iannis und Pelagia fangen, laß mich einige Delphine oder Tümmler sehen, so daß ich weiß, wo die Fische sind, laß mich einige Möwen sehen, so daß ich ein paar Sardellen finden kann, die Pelagia dann panieren, in Öl braten und mit Zitronensaft übergießen kann, und dann wird sie mich bitten, mit ihnen zu essen, und ich kann Pelagias Bein unterm Tisch mit dem Fuß streicheln, während der Doktor irgendwas von Euripides und der napoleonischen Besatzungszeit erzählt, und ich werde sagen: »Wie interessant, das hab ich nicht gewußt, ach wirklich?« Laß mich eine Brasse für meine Mutter fangen und einen Zackenbarsch und einen schönen großen Tintenfisch, den meine Mutter in Ringe schneiden und kochen kann, so daß ich sie morgen kalt mit Thymian und Öl auf einer dicken Scheibe Weißbrot essen kann. Ich sollte dienstags nicht ausfahren, dienstags hab ich nie Glück, aber der Mensch muß leben, und vielleicht ist unter den unzähligen Lächeln der Wellen eins für mich. Das hab ich vom Doktor gelernt: »Die unzähligen Lächeln der Wellen«, eine Zeile von Aischylos, der offenbar nie im Winter am Meer gewesen ist. Unzählige ins Boot schlagende Wellen und endlose Kälte, das paßt eher. Aber heute ist ein schöner Tag, so schön wie Pelagia, und wenn ich eine Leine auf den Grund hinunterlasse, erwische ich wahrscheinlich einen Plattfisch, und wenn Salzwasser an meine Schnitte im Hintern kommt, wird es höllisch brennen.

PELAGIA (beim Wasserholen am Brunnen): Papakis sagt, daß Mandras für den Rest seines Lebens Terrakottaflecken im Hinterteil haben wird, die aussehen, als hätte ihn jemand mit rotem Pfeffer bestreut. Ich mag seinen Po, Gott vergib mir, obwohl ich ihn nie gesehen habe. Ich weiß einfach, daß ich ihn mag. Daß ich ihn mögen würde. Er ist sehr klein. Wenn Mandras sich bückt, kann ich sehen, daß sein Allerwertester den beiden Hälften einer Melone gleicht. Ich meine, die Wölbung entspricht genau Gottes ursprünglichem Entwurf für die Frucht. Wenn er mich küßt, möchte ich hinlangen und eine Gesäßbacke in jede Hand nehmen. Ich hab das nie gemacht. Würde ich auch nicht. Was würde er sagen, wenn ich's doch täte? Ich hab so liederliche Gedanken. Gott sei Dank kann niemand in meinen Gedanken lesen; sie würden mich einsperren, und die alten Weiber würden mich mit Steinen bewerfen und mich eine Hure nennen. Wenn ich an Mandras denke, sehe ich sein grinsendes Gesicht vor mir, und dann sehe ich ihn, wie er sich bückt. Manchmal frage ich mich, ob ich noch normal bin, aber andererseits, was die Frauen unter sich alles sagen, wenn die Männer in der Kapheneia sind. Wenn die Männer bloß wüßten, die wären schockiert! Jede Frau im Dorf weiß, daß Kokolios' Penis krumm wie eine Banane ist und daß der Priester Ausschlag am Skrotum hat, und das wissen die Männer alle nicht. Sie haben keinen blassen Schimmer, worüber wir reden, sie denken, wir reden über Kochen und Babys und Flicken. Und wenn wir eine Kartoffel finden, die wie das Gemächt eines Mannes aussieht, lassen wir sie herumgehen und lachen darüber. Ich wünschte mir, es gäbe eine Vorrichtung, Wasser ins Haus zu schaffen, ohne es tragen zu müssen. Jeder neue Krug ist schwerer als der letzte, und ich werd immer naß. Es heißt, die Normannen hätten die Brunnen vergiftet, indem sie Leichen hineinwarfen, und die Leute hatten keine andere Wahl, als am Durst oder am verdorbenen Wasser zu sterben. Es ist ein Wunder, eine Insel ohne Bäche oder Flüsse, aber noch im August mit sauberem Grundwasser gesegnet. Wenn ich im Haus bin, werde ich mich erst mal ausruhen; ich hasse das pappige, prickelnde Gefühl im Nacken, wenn ich zu schwitzen anfange. Ich möchte bloß einmal wissen, warum Gott es im Sommer zu heiß und im Winter zu kalt gemacht hat. Und wo steht geschrieben, daß Frauen das Wasser tragen müssen, wenn die Männer viel stärker sind? Wenn Mandras mich bittet, ihn zu heiraten, werd ich sagen: »Nur wenn du das Wasserholen übernimmst.« Er wird mir sagen: »In Ordnung, wenn du für mich fischst«, dann werd ich nicht mehr weiterwissen. Wir brauchen einen Erfinder, der uns eine Pumpe installiert, die das Wasser ins Haus schafft. Ich könnte Papas erwürgen. Was hat er sich bloß dabei gedacht, als er Mandras gesagt hat, ich würde keine Mitgift bekommen? Wer heiratet schon ohne? Papas sagt, es sei barbarisch, und in den zivilisierten Ländern, die er kennt, mache das kein Mensch, und die Leute sollten aus Liebe heiraten wie er, und es sei unanständig, dies zu einem Handel zu machen, und es bedeutet, eine Frau tauge erst zum Heiraten, wenn sie Besitztümer auf dem Rücken trägt. Dann werde ich also eines Tages einen Ausländer heiraten müssen, wenn er bei seiner Meinung bleibt. Ich hab ihm gesagt: »Papakis, wenn du es recht bedenkst, ist es doch blöd, bei heißem Wetter Kleider zu tragen. Willst du, daß ich die einzige Frau in Griechenland bin, die im Sommer ohne Kleider rumläuft?« Er hat mich auf die Stirn geküßt und gesagt: »Für meine Tochter bist du fast schon zu schlau«, und weg war er. Ich hab gute Lust, nackt zu sein, wenn er heimkommt, aber ehrlich. Es geht doch nicht, sich gegen die Bräuche zu stellen, das geht einfach nicht, selbst wenn der Brauch dumm ist, und was wird die Familie von Mandras sagen? Wie soll ich die Schande ertragen? Ich hab bloß eine Ziege. Soll ich denn mit nichts als einer Ziege und einem Sack Kleider ins Haus seines Vaters gehen? Und wer sagt, daß sie meine Ziege überhaupt nehmen? Also, ich gehe auf keinen Fall, wenn ich die Ziege nicht mitnehmen kann, punktum. Wer pustet ihr sonst in die Nase und streichelt sie hinter den Ohren? Papakis jedenfalls nicht. Und ich wünschte, Papas würde aufhören, auf die Kräuter zu pinkeln. Es schaudert mich jedesmal, wenn ich welche abschneiden muß. Vielleicht sollte ich woanders welche hinpflanzen, heimlich, und nur die verwenden. Ich kann doch nicht dauernd zu den Nachbarn betteln gehen, wenn sie ganz genau sehen, daß wir genug davon im Garten haben, und ich kann ihnen doch nicht sagen, daß ich unsre nicht verwenden kann, weil da Urin drauf ist. O Gott, o Gott. Ich hätt's wissen müssen. Warum hab ich mir keinen Lappen eingelegt, bevor ich den Krug in die Hand genommen hab? Ich bin doch dumm, und jetzt kommt das Blut. Igitt, es ist alles heiß und klebrig. Ich denke, ich werde den Krug erst später holen. Da haben wir's, wieder fünf Tage watscheln wie eine Ente.

MANDRAS (singt beim Verlassen des Hafens):
    Kommt ihr Delphine, kommt mit dem Wind
    und zeigt mir jetzt, wo die Fische sind,
    und sind dann große Fische dabei,
    dann gebe ich euch einen frei.

Und fang ich lauter Tanggewedel,
gibt's einen Schmuckreif für mein Mädel,
und fang ich eine nasse Maus,
dann freßt ihr meiner Oma Haus,
doch fang ich einen Korb voll Schollen,
dürft ihr in Perlenkleidern tollen.

Keine Mitgift. Gott weiß, daß ich sie liebe, aber was werden die
andern sagen? Sie werden sagen, daß Doktor Iannis mich nicht für
gut genug hält, das ist es. Dauernd nennt er mich einen Narren
und Idioten und meint, ich hätte zuviel Kefi, um ein guter Ehemann zu sein. Na ja, ich bin schon ein Narr. Ein Mann wird immer
närrisch, wenn's um Frauen geht, das weiß jeder. Und ich weiß,
daß der Doktor mich mag, denn er fragt mich ständig, wann ich
ihn um die Erlaubnis bitten werde, Pelagia zu heiraten, und drückt
beide Augen zu, wenn ich mich mit ihr unterhalte. Das schlimme
ist, daß ich nicht ich selbst bin, wenn ich bei ihr bin. Ich meine, ich
bin ja ein ernsthafter Mensch. Ich denke nach. Ich beschäftige
mich mit Politik, und ich weiß einen Royalisten von einem Venizelisten zu unterscheiden. Ich bin ernsthaft, weil ich nicht nur an
mich selbst denke; ich will die Welt verbessern, ich will mitmi-
schen. Aber wenn ich bei Pelagia bin, ist es so, als wär ich wieder
zwölf; das eine Mal bin ich Tarzan im Olivenbaum, und das
nächste Mal tu ich so, als würd ich mit der Ziege ringen. Ich
produziere mich, das ist es doch, aber was soll ich denn machen?
Ich kann mir nicht vorstellen, wie ich zu Pelagia sage: »Komm
Pelagia, wir reden mal über Politik.« Frauen interessiert so was
nicht, die wollen unterhalten werden. Ich hab mit ihr nie darüber
gesprochen, wie ich die Welt sehe. Vielleicht hält sie mich auch für
einen Narren. Ich hab nicht ihr Niveau, das weiß ich. Der Doktor
hat ihr Italienisch und ein bißchen Englisch beigebracht, und ihr
Haus ist größer als unseres, aber ich bin nicht minderwertig.
Zumindest meine ich nicht, daß ich minderwertig bin. Sie sind
keine typische Familie, das ist alles. Unkonventionell. Der Doktor
redet immer frisch von der Leber weg. Oft weiß ich nicht, wie ich
bei ihm dran bin. Es wäre einfacher gewesen, mich in Despina
oder Polyxeni zu verlieben. Vielleicht wär ich weltläufiger, wenn
ich auch mehr rumgekommen wäre. Ich meine, der Doktor ist um

die ganze Welt gesegelt, er ist sogar in Amerika gewesen. Und wo bin ich gewesen? Was kenne ich? Ich bin auf Ithaka, Zakinthos und Leukas gewesen. Tolle Sache. Ich hab keine Geschichten und Andenken. Ich hab noch nie französischen Wein probiert. Er sagt, daß es in Irland jeden Tag regnet und daß es in Chile eine Wüste gibt, wo es überhaupt noch nie geregnet hat. Ich liebe Pelagia, aber ich weiß, daß ich erst ein Mann sein werde, wenn ich etwas Wichtiges getan habe, etwas Großes, etwas, womit ich leben kann, etwas, wofür ich geachtet werde. Deshalb hoffe ich, daß es Krieg gibt. Ich will kein Blutvergießen und keinen Ruhm, ich möchte etwas gut beherrschen. Ein Mann ist erst ein Mann, wenn er Soldat gewesen ist. Ich kann in meiner Uniform zurückkommen, und dann wird keiner mehr sagen: »Mandras ist ganz nett, aber an ihm ist nicht viel dran.« Dann werd ich einer Mitgift wert sein. Ah, Delphine. Etwas Ruder geben, den Klüver umlegen. Nein, nein, kommt nicht her, ich komm zu euch. Hoffentlich habt ihr nicht bloß gespielt. Ah, ich glaube, es sind der Delphin Kosmas, der Delphin Nionios und das Delphinweib Krystal. Kalimera, meine lächelnden Freunde. Aus dem Weg, ich spul das Netz ab, und holt euch diesmal nicht zu viele Fische aus den Maschen. Ach, was soll's, mir ist zu heiß, ich komm ins Wasser. Ausziehen, Anker werfen. Achtung, Delphine, ich komme. Mein Gott, ist das herrlich. Gibt es etwas Schöneres als Meerwasser am erhitzten Unterleib? Etwas Tolleres, als mit der einen Hand an der Flosse eines Delphins dahinzujagen? Schwimm, Krystal, schwimm. Scheiße, das sticht.

PELAGIA (bei der Siesta): Es ist viel zu heiß. Da ist jemand an der Tür. Wer ist das? Mandras? Nein, sei nicht blöd, du kannst niemand herbeizaubern, bloß indem du an ihn denkst. Es heißt aber, auch Lebende haben einen Geist. Ach, du bist's, Psipsina. Ach nein, ach nein! Warum können wir nicht einen Hund haben wie alle anderen? Oder wenigstens eine Katze? Nein, wir müssen einen verrückten Marder haben, der keine Mittagsruhe hält. Geh weg. Wie groß willst du denn noch werden? Mit einer halben Tonne auf der Brust kann ich nicht schlafen. Bleib ruhig. Mmh, warum riechst du immer so süß, Psipsina? Hast du wieder Eier und Beeren gestohlen? Warum kannst du nicht selber Mäuse fangen? Ich bin es leid, Mäusehackfleisch zu machen. Warum kannst du nicht den Boden benutzen wie alle? Was ist denn so schön daran, im Zimmer herumzufliegen, ohne den Boden zu berühren? Mmh, wie süß du bist; ich bin froh, daß Lemoni dich gefunden hat, wirklich. Ich wünschte, du wärst Mandras. Ich möchte Mandras auf mir liegen haben. Herrgott, ist das heiß. Wie kannst du es in deinem Pelzmantel aushalten, Psipsina? Ich wünschte, du wärst Mandras. Was er wohl jetzt macht? Läßt sich wahrscheinlich den Seewind um die Nase wehen. Ich wüßte gern, wie es seinem Hinterteil geht. Papakis hat gesagt, es sei ein ganz herrlicher Po. Voller Terrakotta. »Der Arsch einer klassischen Statue, ein sehr schöner Arsch«, hat er gesagt. Wenn ich die Augen zumache, die Arme aufhalte und zu St. Gerasimos bete, dann habe ich vielleicht, wenn ich sie wieder aufschlage, Mandras statt Psipsina auf der Brust. Kein Glück, Psipsina. Er ist so schön. Und er ist so witzig. Ich hab mir den Bauch halten müssen vor Lachen, bevor er vom Baum gefallen ist. Da hab ich gewußt, daß ich ihn liebe; es war die Angst, die ich ausgestanden hab, als er auf den Topf gefallen ist. Ich werde Psipsina so in den Arm nehmen, als wäre sie er; vielleicht spürt er es. Hoffentlich hast du keine Flöhe. Ich möchte keine roten Punkte am Arm haben. Gestern hat es mich an der Ferse gejuckt, und ich hab schon gedacht, du bist schuld daran, Psipsina, aber ich glaub, ich hab mich an einem Dorn geritzt. Wann wird er fragen, ob ich ihn heirate? Er sagt, seine Mutter ist nicht besonders schön. Wie kann er das nur von seiner Mutter sagen? Ich wünschte, ich könnte mich an Mitera erinnern. Arme Mitera. Ist als Blut hustendes Skelett gestorben. Auf dem Foto sieht sie hübsch aus, so jung und zufrieden, und an der Art, wie sie ihm die Hand auf die Schulter legt, kann ich sehen, daß sie ihn geliebt hat. Wenn sie noch lebte, würde ich wissen, wie ich es mit Mandras anstellen soll, sie würde Papakis die Flausen wegen der Mitgift schon austreiben. Mandras scheint es nichts auszumachen. Er ist kein ernsthafter Kerl, das läßt mich zweifeln. Er ist so witzig, aber ich kann mit ihm über nichts reden. Es muß doch möglich sein, mit dem eigenen Mann Sachen zu besprechen, oder? Bei ihm ist alles ein Witz. Er ist geistreich, und das ist hoffentlich ein Zeichen, daß er nicht dumm ist. Doch wenn ich sage: »Wird es Krieg geben?«, grinst er bloß und meint: »Wen kümmert's? Krieg ich einen Kuß?« Ich möchte nicht, daß Krieg ist. Laß keinen Krieg ausbrechen. Mandras soll mit einem Fisch in der Hand im Hofeingang stehen. Mandras soll jeden Tag mit einem Fisch dasein. Ehrlich gesagt, mir hängt der Fisch schon etwas zum Hals raus. Hast du's schon gemerkt, Psipsina? Jedesmal, wenn er Fisch bringt, landet ein bißchen mehr in deiner Schüssel.

MANDRAS (Netze flickend im Hafen): Gestern ist Britisch-Somaliland an die Italiener gefallen. Wie lang wird es dauern, bis sie uns von Albanien aus angreifen? Da standen, scheint's, Panzer gegen Kamele. Ich fühle mich so nutzlos und unbedeutend hier auf der Insel. Jetzt sind Männer gefragt. Arsenios hat für mich einen Brief an den König geschrieben, daß ich mich freiwillig melden will, und ich hab einen Brief aus dem Büro von Metaxas erhalten, daß ich einberufen werde, wenn sie mich brauchen. Heute abend werde ich ihn noch einen Brief schreiben lassen, daß ich sofort einberufen werden will. Wie werd ich es Pelagia beibringen? Eines weiß ich, ich werd sie vor meinem Abschied fragen, ob sie mich heiraten will, Mitgift hin oder her. Ich werd ihren Vater um seine Einwilligung bitten, und dann werd ich vor ihr auf die Knie fallen und sie fragen. Ohne Witz. Ich werd ihr klarmachen, daß ich, wenn ich Griechenland verteidige, sie und alle Frauen wie sie verteidige. Es geht um die Rettung der Nation. Jeder hat die Pflicht, sein Äußerstes zu tun. Und wenn ich sterbe, was sehr schade wär, werd ich nicht umsonst gestorben sein. Ich werd mit dem Namen Pelagias und dem Namen Griechenlands zugleich auf den Lippen sterben, denn es handelt sich ums gleiche, um dieselbe heilige Sache. Und wenn ich's überlebe, werde ich den Rest meines Lebens mit stolz erhobenem Haupt herumstolzieren, und ich werd zu meinen Delphinen und meinen Netzen zurückkehren, und alle werden sagen: »Das ist Mandras, der im Krieg gekämpft hat. Leuten wie ihm haben wir alles zu verdanken.« Und weder Pelagia noch ihr Vater werden mich anschauen und mich einen Narren und Idioten nennen können, und ich werd mehr als bloß ein Fische fangender Niemand mit Terrakottasplittern im Arsch sein.

95

PELAGIA (Kleftiko vom Gemeindeofen holend): Wo ist Mandras? Normalerweise ist er um diese Zeit schon hier. Ich will, daß er kommt. Ich kann kaum atmen, so sehr will ich, daß er kommt. Meine Hände zittern schon wieder. Ich sollte mir lieber dieses dumme Lächeln aus dem Gesicht wischen, sonst hält mich jeder für übergeschnappt. Komm, Mandras, bitte komm, ich werde meinen Fisch auch nicht wieder Psipsina geben. Bloß die Innereien, den Schwanz und den Kopf. Bleib zum Abendessen und streichle mir mit dem Fuß übers Schienbein, Mandras. Ist Psipsina nicht groß genug, um ihre Mäuse selber zu Hackfleisch zu verarbeiten? Ich bin so blöd, mach Dinge nur aus Gewohnheit, ohne daß sie notwendig sind. Bleib zum Abendessen.

12

Alle Wunder des Heiligen

Auf der Insel hatte sich nichts geändert, es hatte keine Vorboten des Krieges gegeben; Gott selbst blieb gelassen angesichts des Größenwahns und der Zerstörungen, die die Erde heimsuchten. Am 23. August erwachte die heilige Lilie vor der Ikone unserer Heiligen Frau in Demountsandata aus ihrer Trockenstarre und blühte zuversichtlich auf, ließ wieder das Wunder geschehen und bestärkte die Frommen in ihrem Glauben. Mitte des Monats war in Markopoulo offenbar aus dem Nichts eine Schar der Wissenschaft unbekannter, ungiftiger Schlangen mit schwarzen Kreuzen auf den Köpfen und samtener Haut aufgetaucht. Sie hatten mit ihrem Gewimmel und Geschlängel die Straßen erfüllt, waren zur silbernen Ikone der Jungfrau gepilgert, hatten es sich auf dem Bischofsthron gemütlich gemacht und waren am Ende des Gottesdienstes so still und unbegreiflich verschwunden, wie sie aufgetaucht waren. In der gewaltigen Burgruine von Kastro hoch über Travliata und Mitakata wollten martialische Römergeister von Normannen und Franken die Parole wissen, und die Schatten britischer Rotröcke saßen im modrigen und unermeßlichen Labyrinth unterirdischer Zisternen, Tunnel und Stollen mit den Schemen von Türken, Katalanen und Venezianern beim Würfelspiel. In der verfallenen venezianischen Stadt Fiskardo stapfte der Geist von Guiskard brüllend über die Befestigungen und schrie nach dem Blut und den Schätzen der Griechen. An der Nordspitze von Argostoli ergoß sich das Meer wie immer in die Schlupflöcher der Küste und verschwand auf unerklärliche Weise in den Eingeweiden der Erde. Bei Paliki schaukelte der Felsen mit dem Namen Kounopetra beständig in seinem unabänderlichen Rhythmus. Zuverlässig wie der Felsen waren die Bewohner Manzavinatas: Unerbittlich teilten sie allen, die es hören wollten, mit, daß einmal eine Flotte von britischen Kriegsschiffen eine Kette um Kounopetra geschlungen, ihn aber nicht von der Stelle bekommen hatte; dieser kleine griechische Felsen hatte der Macht und der wissenschaftlichen Neugier des größten der Menschheit je bekannten Weltreichs widerstanden. Noch mehr Schlagzeilen machte wohl die Nachricht, daß es einer französischen Expeditionstruppe wieder einmal nicht gelungen war, auf den Grund des Akoli-Sees vorzustoßen, und ein verdutzter Zoologe aus Wyoming hatte den Bericht des bedeutenden Historikers Iannis Kostis Laverdos bestätigt, daß die wilden Hasen und einige der Ziegen auf dem Berg Ayia Dinati goldene und silberne Zähne besaßen.

Schon seit der Zeit, als die Göttin Io bei der Ermordung Memnons durch Achilles die Hand im Spiel gehabt und die unbeabsichtigte Tötung von Prokris durch ihren eigenen arglosen Ehemann heraufbeschworen hatte, war die Insel eine Fundgrube an Wundern gewesen. Das war an sich wiederum kein Wunder, denn sie besaß einen Heiligen ganz für sich allein, dessen überirdische Macht anscheinend eine so gewaltige Ausstrahlungskraft hatte, daß er sie nicht für sich behalten konnte.

St. Gerasimos, verwelkt und schwarz, in seinem vergoldeten Kuppelsarkophag beim Retabel seines eigenen Klosters versiegelt und seit fünfhundert Jahren tot, erhob sich in der Nacht. Mit scharlachroten und goldenen Roben, Edelsteinen und uralten Medaillons geschmückt, bahnte er sich klappernd und knarrend einen Weg durch seine Schar von Sündern und Kranken, besuchte sie in ihren Häusern, reiste manchmal sogar in seine Heimat Korinthien, um dort die Gebeine seiner Vorväter zu besuchen und zwischen den Hügeln und Wäldern seiner Jugend spazierenzuge-hen. Doch der pflichtbewußte Heilige war stets bis zum Morgen zurückgekommen, damit die plappernden Nonnen, die sich um ihn kümmerten, den Schmutz vom Goldbrokat seiner Sandalen wischen und seine ausgemergelten und mumifizierten Glieder wieder zu einer Pose friedlicher Ruhe anordnen konnten.

Er war ein echter und wahrhaftiger Heiliger, der mit den imagi-nären und zweifelhaften Heiligen anderer Bekenntnisse nichts gemein hatte. Er hatte die Welt nicht wie St. Dominik mit seiner Inquisition besudelt, er war kein drei Meter hoher Riese mit kannibalischen Neigungen wie St. Christophorus gewesen und hatte nicht wie Sta. Katharina bei seinem Sterben aus Versehen die Zuschauer getötet. Er war auch kein unvollständiger Heiliger wie St. Andreas, dem es gelungen war, bloß die Sohle seines rechten Fußes im Kloster bei Travliata zu hinterlassen. Wie St. Spiridon von Korfu hatte Gerasimos ein vorbildliches Leben geführt und seine vollständige sterbliche Hülle als Inspiration und Beweis-stück hinterlassen.

Mit zwölf Jahren war er schon Mönch geworden, hatte die gleiche Anzahl von Jahren im Heiligen Land verbracht, fünf Jahre in Zanse gewohnt und sich schließlich in einer Grotte in Spilla nie-dergelassen, von wo aus er das Kloster Omala reorganisiert hatte, für das er mit eigenen Händen die Platane pflanzte und den Brun-nen grub. Die normalerweise zynischen Inselbewohner liebten ihn so sehr, daß es zwei Festtage zu seinen Ehren gab, einen im Au-gust und einen im Oktober; Dutzende von Söhnen erhielten sei-nen Namen, an ihn wurde inbrünstiger geglaubt als an den Herr-gott selbst, und auf seinem Thron im Himmel hatte er sich daran gewöhnen müssen, daß die Leute in seinem Namen schimpften und fluchten. An seinen beiden Festtagen drückte er nachsichtig beide Augen seiner Seele zu, wenn die gesamte Inselbevölkerung sich sinnlos betrank.

Es war der achte Tag vor der Ablehnung des Mussolini-Ultima-tums durch Metaxas, doch es hätte jeder beliebige Festtag der letzten hundert Jahre sein können. Die Sonne brannte nicht mehr so erbarmungslos hernieder, und der Tag war herrlich warm und nicht mehr drückend heiß. Eine leichte Meeresbrise wehte zwi-schen den Olivenbäumen und ließ die Blätter rascheln, so daß jedes einzelne komplizierte silberne und dunkelgrüne Blinksignale aussandte. Mohnblüten und Gänseblümchen schwankten im Gras, das vom Sommer noch welk war, sich aber nun wieder kräftigte, und die Bienen holten aus den Blumen heraus, was sie nur konnten, als wüßten sie vom beginnenden Herbst; aus ihren zahlreichen Waben tropfte der klare, dunkle Honig, den die Inselbewohner aus voller Überzeugung als den besten der Welt bezeichneten. Hoch auf dem Ainos suchten die Aasgeier nach den Kadavern von unglücklichen oder ungeschickten Ziegen, und im Gestrüpp im Flachland schwirrten und zankten die kleinen schwarzen Grasmücken. Unter ihnen wühlten und schnüffelten unzählige Igel beim Anlegen von Gras- und Laubnestern in Erwartung einiger kalter Tage. Die Strände waren scheinbar mit kleinen Wracks übersät, den halb abgetakelten Booten, die zur Wartung und zum Kalfatern aus dem Wasser gezogen worden waren. Die tropischen Pflanzen im Süden der Insel sahen schon weniger üppig aus, so als würden sie den Saft einziehen oder den Atem anhalten, und in den Feigenbäumen zeigten sich schwere violette Früchte zwischen den frischen grünen, die erst im folgenden Jahr reifen würden, dem Jahr, in dem sie offiziell die Frucht der Faschisten in Rom werden sollten.

Im Morgengrauen strich Alekos über den Schaft seines antiquierten Gewehrs und entschied, es nicht mitzunehmen; auf dem Fest des Heiligen gab es immer zu viele unglückliche Opfer, und das lenkte von den Wundern ab. Er wickelte die Waffe wieder in die Decken und schritt in den Nebel hinaus, um zu schauen, ob seine Ziegen wohlauf waren; er beabsichtigte, sie einen Tag lang allein zu lassen, denn der Heilige würde sie sicherlich beschützen. Während des langen Marsches vom Ainos hinab, das wußte er, würde er die schallenden Töne ihrer Glöckchen hören können; er würde zum Spaß den Klang einer jeden zu identifizieren versuchen. Er spürte eine fast unerträgliche Aufregung, als er sich schon im voraus das Spektakel vorstellte, wenn der Heilige Epileptiker und Verrückte heilte. Wen würde er sich aussuchen?

Im Dorf goß sich Pater Arsenios eine Flasche Robola in die Kehle und wischte sich verschlafen die Augen, da ihm die Mühen des frühen Aufstehens ungewohnt waren, und Pelagia und ihr Vater banden die Ziege an den Olivenbaum und sperrten Psipsina in einen Schrank, wo sie nichts finden würde, was sie zerfetzen konnte. Kokolios kämpfte ganz kurz mit seinen kommunistischen Ansichten über das Opium fürs Volk und zog sich dann doch die Kleider seiner Frau an. Stamatis klebte sich einen Zylinderhut aus Papier zusammen und setzte ihn probehalber auf, während seine Frau große Stücke Käse abschnitt, Rozoli und Mantola-Zuckerwerk einwickelte und sich auf Dinge besann, über die sie sich beschweren konnte. Megalo Velisarios lud seine Muskete auf den Rücken eines stämmigen Bullen, den er von einem Cousin dritten Grades ausgeliehen hatte, und träumte davon, das Rennen zu gewinnen. Er hatte die Kanone mit Streifen aus Silber- und Goldfolie geladen und freute sich auf die bewundernden Ahs und Ohs der Menge, wenn die glitzernde Munition in den Himmel schoß und dann wie ein Regen metallener Schmetterlinge herabflatterte.

Im Kloster weckten die rotbäckigen kleinen Nonnen die vielen Gäste und Pilger in ihren sauberen Gästezimmern, füllten die grellbunten Waschschüsseln und Wasserkrüge, schüttelten die bestickten Kissen auf, erneuerten die luxuriösen Handtücher und kehrten den Staub zusammen. Sie selbst lebten in spartanischen Kämmerchen mit nichts als einer Strohmatte, einem knarrenden Rollenbett und dunklen Ikonen an der Wand. Sie genossen es, für andere zu sorgen, mit höchster Wißbegier den Geschichten von Leid und Betrug zuzuhören und sich aus dem Gehörten ein Mosaikbild der Außenwelt zusammenzusetzen. Es war besser, davon zu hören, als darin zu wohnen, das war ihre Überzeugung.

Im benachbarten Irrenhaus zogen andere Nonnen den Insassen saubere Kleider an und fragten sich, wer durch die Aura des Heiligen genesen würde. Nur wenige Male hatte er keine Heilung vollbracht, und zweifellos sorgte seine große Wohltätigkeit (und vielleicht auch seine Eitelkeit) an sich schon dafür, daß irgendein Unglücklicher wieder zu Verstand kam. Würde es Mina sein, die keifte und schnatterte, niemand erkannte und sich vor Unbedachten entblößte? Würde es Dimitri sein, der Fenster und Flaschen zerbrach und das Glas aß? Maria, die sich für die Königin von Amerika hielt und der sich sogar die Ärzte nur auf Knien nähern durften? Sokrates, der so sehr an Neurasthenie litt, daß das bloße Aufheben einer Gabel ihm eine Verantwortung aufbürdete, die so unerträglich war, daß er weinen und zittern mußte? Die Nonnen glaubten, daß es schon eine Art Heilmittel war, in der Nähe des Heiligen zu leben, und die Irren fragten sich in ihren lichten Momenten, wann sie an der Reihe wären. Die Heilungen erfolgten ohne offensichtliche Logik; einige starben nach vierzigjährigem Warten, während andere im einen Jahr mit einem langen Register gottloser und verwerflicher Taten ankamen und im nächsten schon wieder entlassen waren.

Draußen auf den schönen Talwiesen und unter den Platanen an der Straße nach Kastro waren in den letzten beiden Tagen Pilger und Korybanten eingetroffen, von denen einige von weit her angereist waren. Die Verwandten der Irren hatten bereits die Hand des Heiligen geküßt und in der Kirche gemeinsam für die Heilung ihrer Lieben gebetet, während die Nonnen die Goldverzierungen polierten, das Gebäude mit Blumen schmückten und die riesigen Kerzen anzündeten. In der Kirche waren die Bankreihen mit entfernten Bekannten gefüllt, die ihre Bekanntschaft mit dem lebhaften und wortreichen Geschwätz erneuerten, das Nichtgriechen fälschlicherweise für Geringschätzung halten. Draußen luden Pilger Feta, Melonen, gekochtes Geflügel und kephallonische Fleischpastete von ihren Tieren, teilten alles mit ihren Nachbarn und dachten sich epigrammatische Spottverse auf die anderen aus. Gruppen lachender Mädchen schlenderten Arm in Arm umher, hielten verstohlen lächelnd nach potentiellen Ehemännern oder möglichen Verehrern Ausschau, während die Männer so taten, als würden sie sie nicht sehen, in Scharen zusammenstanden, mit den Händen in der Luft herumfuchtelten, Flaschen schwenkten und dabei die noch offenen Weltprobleme lösten. Priester, deren graue Bärte noch die patriarchalische Wirkung ihrer blankpolierten schwarzen Schuhe und flatternden Roben steigerten, wimmelten durcheinander wie ein Bienenschwarm und diskutierten mit ungeheuer steifer Würde theologische Fragen, wobei sie sich noch die einschmeichelnden Unterbrechungen durch Gläubige gefallen lassen mußten, die nie auf einen sinnvolleren Vorwand für ein Gespräch kamen als die Frage, ob dieser oder jener Bischof wohl das Fest beehren würde.

Doch in Wahrheit waren diese Szenen ländlicher Heiterkeit und kirchlicher Würde nur ein Deckmantel für die wachsende innere Unruhe in den Herzen aller Anwesenden, die gespannte Erwartung, die Furcht davor, etwas mit herkömmlichen Mitteln Unerklärbares zu erleben, das Bangen, das jene befällt, die bald Zeugen davon sein werden, wie der Schleier zwischen dieser und der anderen Welt aufreißt. Es war eine Art von Nervosität, die sich auswuchs zu einem Knoten in der Brust und einer Neigung, in Tränen auszubrechen, sobald die Glocke den Beginn des Gottesdienstes einläutete.

Das Stimmen- und Menschengewirr verstärkte sich, als die Leute sich in die Kirche drückten, sie völlig überfüllten und sich schließlich noch draußen im Vorhof stauten. Einige nahmen sogar zwischen den Grabsteinen der Priester Aufstellung. An verschiedenen Stellen in der Menge legten Alekos, Velisarios, Pelagia, Dr. Iannis, Kokolios und Stamatis jeweils den Kopf schief, um die fernen Gesänge des Priesters mitzubekommen. Als sich die Menschen in der Kirche bekreuzigten, taten es ihnen die an der Tür einen Augenblick später nach, daraufhin die hinter diesen und schließlich die ganz am Ende, so daß sich die Bekreuzigungen in der Menge ausbreiteten wie die Wellenringe, die ein in einen Teich geworfener Stein erzeugt.

Die Sonne kletterte höher, und die dichtgedrängte Schar kam ins Schwitzen. Gerade als die stickige Hitze unerträglich wurde, ging der Gottesdienst klangvoll zu Ende. Das Geschiebe und Gedränge setzte nun in umgekehrter Richtung ein, wobei nun diejenigen, die das Pech gehabt hatten, keinen Platz mehr in der Kirche zu bekommen, plötzlich das Glück hatten, die ersten zu sein, die die Wunderstätte unter der Platane des Heiligen erreichten.

Im Innern der Kirche wurde die Mumie des Heiligen von den Trägern auf die Schultern gehoben, und unter dem Baum suchten die frohgemuten Nonnen das Durcheinander der Irren zu ordnen, doch die waren zumeist schon gebändigt und verängstigt, weil das von allen Seiten auf sie einstürmende Gewoge unbekannter Gesichter sie einschüchterte. Der Glasesser stimmte ein Geheul an. Die Königin von Amerika, von der Ankunft ihrer Untertanen entzückt, stellte sich in ihrer ganzen königlichen Hoheit in Positur, und Sokrates starrte niedergeschlagen auf seinen rechten Fuß, weil der Versuch, ihn zu bewegen, ihm ungeheure Qualen bereitete. Er nahm seinen ganzen Willen zusammen, was zu seiner

Verblüffung dazu führte, daß sich ein Zeigefinger rührte. Er versuchte, die Willensanstrengung aufzubieten, dies zu unterbinden, brachte es aber um keinen Preis zustande. In einer Endlosschleife der Unfähigkeit gefangen, blieb er vollkommen still stehen und zog sich in das Kaleidoskop unzusammenhängender Bilder hinter seinen Augen zurück. Eine Nonne wischte ihm eine Träne aus dem Gesicht und eilte weiter, um den Glasesser zu beruhigen. Andere folgten ihrem Beispiel und redeten den Patienten gut zu, damit sie sich setzten oder hinlegten.

Mina kauerte sich unter den mächtigen Baum und legte die Arme um ihre Knie. Trotz der Menschenmasse und trotz des spürbaren Vorhangs, der ihre Welt von der der anderen trennte, fühlte sie so etwas wie innere Gelassenheit in das Geschnatter ihrer Gedanken dringen. Sie sah auf das blendende Kalkweiß der Kirche und erkannte, daß es ein Gotteshaus war. ›Schildkröteneier‹, dachte sie, und dann fiel ihr ein Stück eines Abzählverses aus ihrer Kindheit ein. Sie stand plötzlich auf und hob ihr Gewand, wurde aber von einer Nonne mit sanfter Gewalt gleich wieder zu Boden gedrückt. Sie fügte sich und lauschte halbherzig auf den Stimmenwirrwarr in ihrer Brust. Manchmal schrien und kreischten die Stimmen, und sie konnte sie selbst dann nicht loswerden, wenn sie sich in eine Ecke verkroch oder mit dem Kopf gegen die Wand schlug. Manchmal zwangen sie sie, etwas zu tun, indem sie drohten, nicht eher wegzugehen, als bis sie das Verlangte erledigt hatte. Manchmal lösten sie am ganzen Körper ein Jucken aus, bis sie ihre Haut wie verrückt mit den Fingernägeln zerkratzte. Manchmal sagten sie ihr, sie solle zu atmen aufhören, dann spürte sie in schwindelerregender Panik, wie ihre Lungen den Dienst quittierten und ihr Herz sich langsam dem Stillstand näherte. Manchmal klaffte der Abgrund zwischen ihr und der Welt so weit, daß sie, wenn sie zu Boden blickte, zwischen ihren Füßen eine unendliche Leere gähnen sah; in solchen Augenblicken rannte sie blindlings los, um wieder Boden unter die Füße zu bekommen, und stieß gegen unsichtbare Gegenstände, wobei sie sich blaue Flecken und Blutergüsse zuzog. Manchmal, wenn die Angst sie überwältigte, schwitzte sie so stark, daß die Nonnen sie vor lauter Glitschigkeit nicht mehr halten konnten, und dann schlidderte sie weinend und keuchend über den Anstaltsboden. Am schlimmsten aber war es, wenn sie die Gesichter der Leute um sich herum sehen konnte, wußte, daß sie sie anstarrten, wußte, daß sie ihr nach dem Leben trachteten, und ihre Röcke hob, um ihr Gesicht zu verbergen, als könnte sie damit wie durch Zauber unsichtbar werden. Immer wenn sie das tat, tauchten aus dem Nichts Hände auf und zogen ihr die Röcke wieder herunter, so daß sie gezwungen war, mit der ganzen Kraft ihrer Verzweiflung darum zu ringen, sie wieder zu heben. Gehetzt und verletzt saß Mina im Gras und duckte sich, als ein unkenntlicher Schatten näher kam und über sie hinwegglitt.

Dr. Iannis und Pelagia befanden sich ganz vorn in der Menge und sahen mit wachsender Aufregung zu, als die geschmückte Mumie des Heiligen an den kauernden Verrückten vorbeigetragen wurde. Nie ist ein Leichnam mit größerer Sorgfalt oder Achtung behandelt worden; er durfte auf seiner Bahre nicht durchgerüttelt und nicht in Unordnung gebracht werden. Die Träger stiegen behutsam zwischen den Gliedmaßen der Irren hindurch, und besorgte Familien zügelten die fuchtelnden und krampfartigen Bewegungen ihrer kranken Verwandten. Der Glasesser verdrehte die Augen, ihm stand epileptischer Schaum vor dem Mund, aber er verhielt sich still. Er hatte keine Verwandten, die ihn im Zaum hielten, doch er holte sich die Kraft, sich zurückzuhalten, vom Heiligen selbst. Er sah ein Paar bestickte Sandalen an seiner Nase vorbeigleiten.

Als der Heilige vorbeigetragen wurde, blickten die Leute starr vor Spannung genau auf die Patienten, um zu sehen, bei wem eine Veränderung eingetreten war. Jemand erblickte Sokrates und deutete auf ihn. Er bewegte die Schultern wie ein Speerwerfer kurz vor dem Abwurf und starrte verblüfft auf seine Hände, während er der Reihe nach einen Finger nach dem anderen krümmte. Plötzlich blickte er auf, sah, daß alle ihn beobachteten, und winkte scheu. Die Menge stieß ein unnatürliches Geheul aus, und Sokrates' Mutter fiel auf die Knie und küßte ihrem Sohn die Hände. Sie stand wieder auf, warf vehement die Arme in die Luft und rief: »Der Heilige sei gepriesen, der Heilige sei gepriesen.« Im Nu verfiel die ganze Menge in übersteigert fröhliche Ehrfurcht. Dr. Iannis zog Pelagia weg, bevor das Gedrängel einsetzte, wischte sich den Schweiß vom Gesicht und die Tränen aus den Augen. Er zitterte am ganzen Körper. Pelagia, sah er, erging es nicht anders. »Ein rein psychologisches Phänomen«, murmelte er vor sich hin, doch sofort überfiel ihn die Empfindung, undankbar zu sein. Die Kirchenglocke läutete stürmisch, als die Nonnen und Priester sittsam darum rangen, am Strick ziehen zu dürfen.

Der Karneval begann, angetrieben sowohl von der allgemeinen Erleichterung und dem Drang, die Gänsehaut wieder loszuwerden, als auch von dem natürlichen Hang aller Inselbewohner zum Feiern. Lemoni durfte mit Velisarios' Erlaubnis ein Streichholz an das Zündloch seiner Kanone halten; es gab ein gewaltiges Getöse, und dann ging gleich den goldenen Flocken von Zeus ein glitzernder Folienschauer nieder. Sokrates schritt, vor Seligkeit ganz benommen, durch das Gestöber von Händen, die ihm alle auf den Rücken klopften, und den Wirbelsturm von Küssen, die ihm auf den Handrücken gedrückt wurden. »Ist das das Fest des Heiligen?« fragte er. »Ich weiß, es klingt blöd, aber ich kann mich überhaupt nicht erinnern, hergekommen zu sein.« Er wurde in einen Tanz gezogen, einen Syrtos der Jugendlichen aus Lixouri.

Eine in aller Eile zusammengestellte Kapelle mit einem Dudelsack, einer Panflöte, einer Gitarre und einer Mandoline näherte sich aus verschiedenen musikalischen Himmelsrichtungen einer gemeinsamen Harmonie, und ein netter Bariton, ein Steinbrucharbeiter, erfand gleich ein Lied zu Ehren des Wunders. Er sang eine Strophe, die die Tänzer wiederholten, womit sie ihm Zeit gaben, sich die nächste auszudenken, bis das Lied mit Text und Melodie komplett war.

> Eines schönen Tages kam ich zum Tanz mit den Mädchen,
> Ich kam als Heide, der nur ans Trinken und Prassen denkt,
> doch der Heilige hat mir die Augen geöffnet
> und mir gezeigt, wie gütig Gott ist ...

Eine Reihe hübscher Mädchen, die sich an den Händen hielten, wiegte sich im Hintergrund, und vor ihnen schleuderten die aufgereihten Männer mit zurückgeworfenem Kopf ein Bein nach hinten und hüpften behende wie Grillen. Sokrates nahm das rote Tuch des Vortänzers und führte zur Freude der Zuschauer die athletischste und spektakulärste Tsalimia auf, die sie je gesehen hatten. Als er die Beine überkreuzte und bis auf Kopfhöhe warf, während ihm der Text des Lieds aus dem Mund sprudelte, wurde ihm zum erstenmal die wahre Bedeutung von Freude und Erleichterung klar. Sein Körper hüpfte und wirbelte ohne die geringste Willensanstrengung herum, Muskeln, deren Vorhandensein er schon lange vergessen hatte, federten wie Stahl, und er spürte fast, wie die Sonne auf seinen Zähnen glitzerte, als sein Gesicht in einem gewaltigen, nicht zu unterdrückenden Grinsen aufriß. Der schrille Ton des Dudelsacks vibrierte in seinem Kopf, und auf einmal sah er zu den Wolken am Ainos hoch und hatte den Eindruck, er müsse gestorben und im Paradies sein. Er warf die Beine noch höher, und sein Herz sang wie ein ganzer Chor von Vögeln.

Ein Trupp aus Argostoli mit seiner eigenen Kapelle setzte mit einem Tanz namens Divaratiko ein, was spöttische Bemerkungen der Lixourier und aufmunternde Zurufe der Argostolier nach sich zog, und weiter hinten auf der Wiese machten Scharen von Fischern, die Tratoloi genannt wurden, Flaschen auf und sangen fröhlich alle Lieder, die sie seit Wochen in den Tavernen von Panagopoula vervollkommnet hatten, nachdem sie die Tageseinnahmen verteilt, einander geneckt, über die Ausbeute gestritten, Oliven und Pretza gegessen hatten und schließlich an dem Punkt angelangt waren, wo das Singen sich unausweichlich von selbst einstellte.

Sie sangen eine Cantada:

> Der Garten, in dem du sitzt,
> braucht niemals Blumen,
> denn du selbst bist die Blüte,
> und nur ein blinder Narr
> würde das nicht erkennen.

Die raschen Arpeggien der Gitarre verklangen, und der Tenor fing mit einer Arietta an. Seine Stimme gellte in den höchsten Tönen, übertönte das Schwatzen der Menge und sogar das Krachen von Velisarios' Kanone, bis seine Freunde einfielen und eine feingesponnene polyphone Harmonie in die von ihm erfundene

Melodie woben, so daß sie am Schluß gemeinsam den genau richtigen Ton in der richtigen Tonart trafen. Damit lieferte die Bruderschaft vom Meer den schlagenden Beweis für ihre metaphysische Einheit.

Inmitten der Lieder und Tänze bahnten die Nonnen sich einen Weg und ließen in ihrem Kielwasser eine Fülle an Wein und Essen zurück. Die bereits Betrunkenen fingen an, einander zu hänseln, und hie und da wurden aus den Hänseleien Beleidigungen und bald auch Schläge. Dr. Iannis mußte Käse und Melonen stehenlassen, um blutende Nasen und durch Flaschenscherben verursachte Schnitte zu behandeln. Die Frauen und die besonneneren Männer verlegten ihre Decken etwas weiter von den Streithähnen weg. Pelagia ging auf das Kloster zu und setzte sich auf eine Bank.

Sie sah zu, wie neue Tänzer die Panegyriken mit Karnevalsbräuchen auflockerten. Männer tauchten auf, die drolligerweise in enge weiße Hemden, weiße Faltenröcke, weiße Handschuhe und übergroße Papierhüte gekleidet waren. Sie trugen rote Seidenbänder, winzige Glöckchen, goldenen Schmuck und Fotografien ihrer Geliebten oder des Königs zur Zierde. Kleine Jungen, die spaßeshalber als Mädchen verkleidet waren, begleiteten sie. Alle trugen witzige und groteske Masken. Unter den Männern befand sich auch Kokolios, der sich in die teuersten Kleider seiner nörgelnden Frau geworfen hatte. In der Nähe der Straße führten einige farbenfroh geschminkte Jugendliche in phantasievollen Kostümen Babaoulia auf, die Posse, bei der nicht einmal der Heilige dem Schicksal der Verunglimpfung entging. Ein Wirbel einander übertönender Polkas, Quadrillen, Walzer und Ballos schuf unter den Feiernden ein Durcheinander von fallenden Körpern, Schreien und Flüchen. Pelagia entdeckte Lemoni, die allen Ernstes versuchte, den Bart eines auf den Rücken gefallenen Priesters anzuzünden, und ihr Herz schlug etwas höher, als sie Mandras sah, der Knallkörper zwischen die Füße einiger Tänzer aus Fiskardo warf.

Sie verlor ihn aus den Augen, doch auf einmal tippte ihr jemand auf die Schulter. Sie blickte auf und sah Mandras vor sich, der die Arme übertrieben weit zu einer Umarmung ausstreckte. Sie lächelte und sah über seine Trunkenheit hinweg, und auf einmal fiel er auf die Knie und legte dramatisch los: »Signora, willst du mich heiraten? Heirate mich, oder ich sterbe.«

»Warum nennst du mich Signora?« fragte sie.

»Weil du Italienisch kannst und manchmal einen Hut aufhast.« Er grinste dämlich, und Pelagia sagte: »Auch wenn, ich bin doch keine Adlige, und du sollst mich nicht Signora nennen.« Sie sah ihn einen Augenblick lang an, und zwischen ihnen breitete sich ein Schweigen aus, das sie zwang, auf seinen Antrag zu antworten. »Natürlich will ich dich heiraten«, sagte sie leise.

Mandras machte einen Luftsprung, und Pelagia bemerkte, daß seine Hose an den Knien dunkle Flecken hatte, da er in einer Weinlache gekniet hatte. Er drehte Pirouetten und Kapriolen, und sie stand lachend auf. Aber sie kam nicht hoch, eine unsichtbare Kraft schien sie auf ihren Platz geleimt zu haben. Hastig setzte sie sich wieder, untersuchte ihre Röcke und sah dann, daß Mandras sie auf die Bank geheftet hatte. Ihr neuer Verlobter warf sich rückwärts ins Gras und grölte ausgelassen los, bis er sich auf einmal aufrichtete, ein äußerst ernstes Gesicht aufsetzte und verkündete: »Koritsimou, ich liebe dich von ganzem Herzen, aber wir können erst heiraten, wenn ich vom Militärdienst zurück bin.«

»Geh und red mit meinem Vater«, trug Pelagia ihm auf, wobei ihr das pochende Herz beinahe die Kehle zuschnürte. Dann wanderte sie benommen zwischen den Feiernden umher, um dieses widersprüchliche Wunder zu verdauen. Besorgt darüber, daß sie sich nicht so glücklich fühlte, wie sie sollte, lenkte sie ihre Schritte wieder zur Kirche, um mit dem Heiligen allein zu sein.

Der Tag zog sich hin, und Mandras kam nicht dazu, den Arzt zu finden, bevor ihn der Alkohol überwältigte. Er schlief engelsgleich in einer Lache aus etwas undefinierbar Fauligem ein, während neben ihm Stamatis ein monarchistisches Messer zog und Kokolios drohte, ihm seine kommunistischen Eier abzuschneiden, bevor er sich ihm in die Arme warf und ewige Bruderschaft gelobte. An einer anderen Stelle wurde ein Mann wegen eines Grundstücksstreits erstochen, der seit fast hundert Jahren geschwelt hatte, und Pater Arsenios war der Blick schon so getrübt, daß er Velisarios für seinen toten Vater hielt.

Als die Zeit für das abschließende Rennen nahte, brach aus der scheinbar unlenkbaren Anarchie des Nachmittags der Abend hervor. Jungen saßen auf dicken Ziegenböcken, ein kleines Mädchen wurde auf einen Riesenhund gebunden, in sich versunkene Besoffene setzten sich rückwärts auf Esel, mißhandelte und ausgemergelte Pferde ließen die Köpfe hängen, als übergewichtige Tavernenbesitzer an ihren Flanken hochkletterten, und Velisarios nahm breitbeinig auf dem friedfertigen Stier Platz, den er sich ausgeliehen hatte.

Es gab einen Fehlstart, der sich aber unmöglich rückgängig machen ließ, und so war schon eine wilde Jagd im Gange, bevor der Starter Zeit gehabt hatte, sein Tuch zu schwenken. Das Mädchen auf dem Riesenhund galoppierte in einer gekrümmten Linie auf ein herabgefallenes Stück Lammfleisch zu, die Jungen auf den Ziegenböcken wurden auf und ab geschleudert, während sie weder vorwärts noch rückwärts kamen, die Esel trotteten artig auf ganz andere Stellen als die Ziellinie zu, und die Pferde weigerten sich standhaft, einen Schritt zu tun. Nur der Stier mit seiner herkulischen Last stapfte in gerader Linie auf das andere Ende der Wiese zu, einzig gefolgt von einem aufgeregten, aber reiterlosen Schwein. Velisarios überquerte als beliebter Gewinner die Ziellinie, stieg ab, packte vor den verblüfft applaudierenden Zuschauern den Stier bei den Hörnern und warf ihn mit einem gewaltigen Ruck zu Boden. Das Tier blieb brüllend vor Unverständnis und Bestürzung liegen, als Velisarios auf den Schultern der Menge davongetragen wurde.

Grüppchen von Betrunkenen setzten sich ab und sangen dabei heiser mit lautstarker Stimme:

Wir scheiden von den Feiernden
in bester Kampfeslaune.
Als Pilger sind wir gekommen
und als Betrunkene gegangen,
ganz nach altem, heil'gem Brauch.
Gerasimos belächelt uns,
und wir verehren ihn,
indem wir tanzen und hinfallen.

Pelagia und der Arzt fanden nach Hause, Pater Arsenios nahm die Gastfreundschaft des Klosters in Anspruch, Alekos schlief auf halber Strecke den Berg hinauf in einem steinernen Unterstand, und Kokolios und Stamatis verirrten sich auf der Suche nach ihren Frauen in der Macchia von Troianata.

Im Irrenhaus setzte sich Mina auf ihr Bett und fragte sich, wo sie sich befand. Sie blinzelte und blickte auf ihre Beine; dabei bemerkte sie, daß ihre Füße sehr schmutzig waren. Ihr Onkel kam herein, um ihr für ein Jahr wieder Lebewohl zu sagen, und zu seiner Verwunderung lächelte sie ihn strahlend an: »Theio, bist du gekommen, um mich heimzubringen?« Ihr Verwandter blieb wie vom Donner gerührt stehen, schrie ungläubig auf, wirbelte die in die Luft gestreckten geballten Fäuste herum, vollführte aus schierer Freude drei Schritte eines Kalamatianos und wiegte Mina dann in den Armen, wobei er immer wieder ausrief: »Efkaristo, efkaristo.« Sie hatte ihn erkannt, sie brabbelte nicht mehr, sie verspürte nicht mehr den Drang, ihre Röcke zu heben, sie war gesund und mit sechsundzwanzig auch noch zu verheiraten, mit einer Mitgift und etwas Glück. Er schickte Küsse in den Himmel und gelobte dem Heiligen, seiner Nichte eine Mitgift zu beschaffen, auch wenn es ihn umbrachte.

Allem Anschein nach hatte Gerasimos dieses Jahr zwei Wunder vollbracht und in seiner Bescheidenheit beschlossen, eines davon nicht zu einer so unmittelbaren Sensation wie das andere zu machen. Der Glasesser und seine unglücklichen Gefährten beobachteten verdrossen Minas Weggang. Sie fragten sich voll Bitterkeit, wie lange der Heilige sie noch warten lassen würde.

13

Delirium

Mandras zeigte sich nach dem Heiligenfest zwei Tage lang nicht, was Pelagia in schmerzliche Unruhe stürzte. Sie konnte sich nicht vorstellen, was ihm zugestoßen sein mochte, und erfand einen

Grund nach dem anderen für sein Ausbleiben, das sie als einen zunehmenden Mangel empfand, der realer zu werden drohte als ihre alltäglichen Verpflichtungen und Verrichtungen.

Sie war mit ihrem Vater vom Fest heimgegangen und hatte sich zusammengereimt, daß sein oberflächliches Gerede sowohl vom Trinken als auch davon herrührte, daß Mandras ihn nicht gefunden hatte. Bei jedem Schritt hatte sie seinen Redefluß über die psychologische Natur des Wunderbaren und seine überraschend groben Bemerkungen über die Begebenheiten am Rande des Festes unterbrechen wollen; so unerträglich gemischte Gefühle wie Beklommenheit und Glück drohten sie innerlich zu zerreißen, und sie wünschte nichts sehnlicher, als den Heiratsantrag von Mandras zu erwähnen. Diese Information wog schwerer als die ganze Welt, und sie brauchte ihren Vater, um sie mitzutragen, damit sie leichter wurde. Dem Arzt waren ihre geröteten Wangen, ihre sprunghafte Aufmerksamkeit, ihre Neigung, über Steine zu stolpern, ihre übersteigerten Gesten und ihre leicht erstickte Stimme nicht aufgefallen; er war genau bei jenem Zustand der Betrunkenheit angelangt, bei dem gute Laune auf der Kippe zu Übelkeit und schwankendem Gang stand, und hatte entschieden, sich zurückzuziehen. Seine Hochstimmung schloß jede Sensibilität für den Gemütszustand seiner Tochter aus, und so war sie ihre Neuigkeit noch nicht losgeworden, als sie zu Hause anlangten, wo der Arzt die gleichmütige Psipsina in die Arme nahm und mit ihr über den Hof walzte. Danach hatte er auf die Pfefferminze gepinkelt und sich übelriechend und vollkommen angekleidet schlafen gelegt.

Pelagia ging ebenfalls zu Bett, konnte aber nicht einschlafen. Durch die Spalten der Fensterläden schickte ein noch nicht ganz voller Mond Fädchen aus geisterhaftem Silberlicht, das sich mit dem energischen Zirpen der Grillen verschwor, so daß sie mit weit offenen Augen auf dem Rücken dalag. Noch nie hatte sie sich wacher gefühlt. In einer endlosen Schleife ließ sie die Ereignisse des Tages vor ihrem geistigen Auge Revue passieren; das Wunder, die Lieder und Tänze, die Prügeleien, das Rennen, den Heiratsantrag. Darauf lief es stets hinaus; jede Erinnerungsspur führte um ein paar Ecken wieder zurück zu jenem knienden hübschen jungen Mann bei der Bank, auf der sie gesessen hatte. Mandras mit den Knien in einer Weinpfütze, Mandras, herrlich schön, strahlend und jugendlich, Mandras, so köstlich wie Apollo. Der Schweiß brach ihr aus allen Poren, als sie sich in seiner Umarmung gefangen vorstellte, ihn in einen Inkubus verwandelte, Arme und Beine bewegte, seinen Rücken liebkoste und in absentia die sanfte Schnecke seiner Zunge auf ihren Brüsten und den geschmeidigen Druck seines Körpers spürte.

»Ich liebe dich«, verkündete sie, doch zugleich fielen Zweifel wie winzige, unsichtbare Teufel über sie her. Eine Ehe war eine so große Sache, sie bedeutete, ein Leben für ein anderes hinzugeben. Sie bedeutete, das Vaterhaus zu verlassen, sie bedeutete Kinderkriegen und harte Arbeit an Stelle dieser sanften Idylle mit ihren neckischen dummen Zufällen, ihren ruhigen alltäglichen Erledigungen samt den entsprechenden Überspanntheiten. Sie schreckte vor dem Gedanken zurück, Anweisungen und Entscheidungen von jemand anders als ihrem Vater entgegenzunehmen, dessen Befehle, egal wie brüsk und gebieterisch, eigentlich ironisch verkleidete Bitten waren. Wie würde Mandras sein? Wie gut kannte sie ihn wirklich? Was für Beweise hatte sie, daß er geduldig und menschlich war? Er brachte ihr Geschenke, sicher, aber würden diese nicht ausbleiben, wenn der Handel unter Dach und Fach war? War er nicht zu jung und impulsiv? Seine Bewegungen, seine unüberlegten Erwiderungen waren ihr etwas zu entschieden; konnte sie jemand trauen, der sofort antwortete, ohne nachzudenken? Jemand, dessen Taten und Worte eher poetisch als gründlich überlegt waren? Es beschlich sie der Verdacht, daß sein Herz etwas zu unnachgiebig war. »Könnte er ein Romoi sein«, fragte sie sich, »ohne es selbst zu wissen?« Und wie sollte sie den Unterschied zwischen Begierde und Liebe herausfinden? Sie hörte auf das blecherne Summen einer Stechmücke, während sie ihren Verlobten mit ihrem Vater verglich. Sie himmelte den letzteren an; ja, das war Liebe. Doch welche Gemeinsamkeiten gab es da mit den Empfindungen, die sie Mandras entgegenbrachte? War es denkbar, daß es ihr ein Gefühl der Freiheit vermittelte, wenn sie ganz für ihn da war? War es einfach so, daß es verschiedene Arten der Liebe gab? Wenn das, was sie für Mandras empfand, nicht Liebe war, warum dann diese Atemlosigkeit, dieses bodenlose beständige Sehnen, das ihre Zunge pelzig machte und ihr Herzklopfen verursachte? Warum kommandierte diese Empfindung sie grundlos und unwiderstehlich herum wie Gott oder ein Diktator? Warum schien sie wie die Schiedssprüche von Pater Arsenios Gesetzeskraft zu haben, nur ohne die formale Verbindlichkeit? Der Mond rückte hinter den Ölbaum und warf ein stetiges Laubflimmern an die Wand, die melancholischen Glocken der Ziegen auf dem Ainos bimmelten in der sanften Nachtkühle, und draußen war Psipsina zu hören, die im Hof nach Futter suchte. »Fängt sich jetzt selber Mäuse«, dachte Pelagia, als sie auf ihren vor Hunger knurrenden Magen lauschte. Sie dachte an die kapriziöse Lebensfreude des Marders, an seine Unschuld und daran, daß er in der Aufgabe, er selbst zu sein, völlig aufging, und erkannte ziemlich schlagartig, daß sie die Unbekümmertheit der Jugend gegen etwas eingetauscht hatte, was sehr nach Unglück aussah. Sie stellte sich vor, daß Mandras gestorben war, und als ihr die Tränen kamen, machte sie gleichzeitig die schockierende Entdeckung, daß sie auch Erleichterung verspürte. Sie verbannte gebieterisch dieses Bild und sagte sich, daß sie ekelhaft sei.

Am Morgen begab sie sich in den Hof und dachte sich Tätigkeiten aus, die es ihr ermöglichen würden, ihn zu erblicken, sobald er um die Straßenbiegung kam, dieselbe Biegung, wo er von Velisarios angeschossen worden war. Sie untersuchte die wiederkäuende Ziege nach Zecken, brannte diese mit einer heißen Nadel aus und durchwühlte dann nochmals das grobe Fell. Sie blickte wiederholt auf, um zu schauen, ob Mandras endlich kam. Ihr Vater ging zum Frühstücken in die Kapheneia, und da fiel ihr ein, daß Psipsina vielleicht auch Zecken hatte. Sie setzte das Tier auf die Mauer, wo sie der Straße noch näher war, und bürstete mit den Fingern das Fell gegen den Strich. Pelagia vergrub die Nase in das weiche Bauchfell und fühlte sich gleichzeitig betrübt und getröstet durch den süßen Geruch. Psipsina zappelte und quiekte vor Vergnügen, als die geschäftigen Finger zwei Flöhe fanden und zwischen Daumen- und Zeigefingernagel zerdrückten. Da Pelagia nicht von der Mauer wegwollte, kämmte sie den Marder gründlich und entwirrte die verfilzten Fellknoten. Sie drapierte sich Psipsina um den Hals und entschied, Wasser zu holen, denn dann würde sie ganz um die Biegung kommen. Psipsina schlief, als Pelagia sich an den Brunnen setzte und die anderen Frauen in ein

Gespräch verwickelte; doch sie vergaß die Einzelheiten aller besprochenen Skandale gleich wieder, und ihr Blick schweifte ständig ab. Ihr wurde allmählich etwas übel. Sie holte mehr Wasser, als sie brauchen konnte, und beschloß, die Kräuter zu gießen. Des Wartens müde, setzte sie sich in den Schatten des Olivenbaums und legte den Arm um den dürren Hals ihrer Ziege, die unbeteiligt weiterkaute, als gäbe es keine andere Welt als ihre eigene. Die Sehnsucht verwandelte sich in Ungeduld und weiter in Ungehaltenheit. Um Mandras eins auszuwischen, entschied sich Pelagia, einen Spaziergang zu machen. Es würde ihm recht geschehen, wenn sie nicht da war, falls er noch käme. Sie ging auf der Straße in die Richtung, aus der sie ihn erwartete, setzte sich auf eine Mauer, bis es zu heiß wurde, und wanderte dann in die Macchia, wo sie auf Lemoni traf, die nach Grillen suchte.

Pelagia ließ sich auf einem Felsblock nieder und sah zu, wie das Mädchen von einem Strauch zum anderen eilte und mit ihren feisten Fingern in die Luft griff, als die Grillen ihr Heil in der Flucht suchten. »Wie alt bist du, Koritsimou?« fragte Pelagia auf einmal.

»Sechs«, sagte Lemoni. »Gerade erst. Nach dem nächsten Fest werde ich sieben.«

»Kannst du schon bis zehn zählen?«

»Ich kann bis dreißig zählen«, verkündete Lemoni und führte es ihr gleich vor: »... einundzwanzig, zweiundzwanzig, dreißigzwanzig.«

Pelagia seufzte. Sie nahm an, daß Lemoni, bevor zwei weitere Feste vorbei wären, Arbeiten im Haus zugeteilt bekäme, und dann hätte das Jagen nach kleinen Tierchen in der Macchia ein Ende. Dann ginge es darum, im immer gleichen Ton über die Männer herzuziehen und wichtige Angelegenheiten nur mit anderen Frauen zu besprechen, wenn die Männer nicht zuhörten oder beim Backgammonspiel in der Kapheneia waren, obwohl sie eigentlich arbeiten sollten. Für Lemoni gäbe es bis zur Witwenschaft keine Freiheit, und genau zu dem Zeitpunkt würde sich die Gemeinde gegen sie wenden, als hätte sie kein Recht, länger als ihr Mann zu leben, als wäre er nur gestorben, weil seine Frau ihn vernachlässigt hatte. Deswegen mußte eine Frau Söhne haben, das war die einzige Versicherung gegen ein erbärmliches und schreckliches Alter. Pelagia wünschte sich ein besseres Los für Lemoni, als wäre es eitel, für sich selbst bessere Verhältnisse zu wünschen.

Auf einmal heulte Lemoni auf und riß Pelagia aus ihren Gedanken. Es klang wie das Maunzen einer Katze. Lemoni schossen Tränen aus den Augen, sie hielt sich den Zeigefinger, krümmte sich zusammen und wiegte sich vor und zurück. Pelagia eilte zu ihr, öffnete dem Mädchen die kleinen Finger und sagte: »Was ist passiert, Koritsimou? Was hat dir weh getan?«

»Es hat mich gebissen, es hat mich gebissen«, schrie Lemoni.

»Ach du liebe Zeit. Hast du nicht gewußt, daß sie beißen?« Sie führte die Finger an den Mund und blies darauf. »Sie haben große Zangenkiefer. Es wird aber gleich nicht mehr weh tun.«

Lemoni umklammerte wieder ihren Finger. »Es sticht.«

»Wenn du eine Grille wärst, würdest du nicht auch die Leute beißen, die dich aufheben? Die Grille hat gedacht, du willst ihr was antun, und deswegen hat sie dir weh getan. So ist das eben. Wenn du älter bist, wirst du drauf kommen, daß die Menschen sich ziemlich ähnlich verhalten.«

Pelagia gab vor, einen speziellen Zauber zur Heilung von Grillenbissen anzuwenden, und führte die besänftigte Lemoni wieder ins Dorf. Mandras war immer noch nicht da, und alles war ungewöhnlich still, da die Leute herumschlichen und ihre Katerstimmung und ihre unerklärlichen blauen Flecken kurierten. Ein Esel brüllte lächerlich lange, worauf aus den dunklen Zimmern der Häuser ein rauher Chor mit »Ai gamisou« antwortete. Pelagia machte sich an die Zubereitung des Abendessens und war dankbar, daß es heute keinen Fisch gab. Als sie später nach dem üblichen Peripato mit ihrem Vater zusammensaß, sagte dieser ziemlich unerwartet: »Ich schätze, er ist nicht gekommen, weil ihm wie allen anderen schlecht ist.« Pelagia strömte über vor Dankbarkeit, ergriff seine Hand und küßte sie. Der Arzt drückte ihre Hand und sagte traurig: »Ich weiß gar nicht, wie ich zurechtkommen soll, wenn du weg bist.«

»Papakis, er hat mich gefragt, ob ich ihn heiraten will ... Ich hab ihm gesagt, er müßte dich fragen.«

»Ich will ihn doch nicht heiraten«, erwiderte Dr. Iannis. »Ich halte es für die viel bessere Lösung, wenn er dich heiratet.« Er drückte wieder ihre Hand. »Auf einem der Schiffe, auf denen ich war, waren ein paar Araber. Die haben nach jedem Satz ›Inschallah‹ gesagt. ›Ich werd es morgen erledigen, Inschallah.‹ Das konnte einem ganz schön auf die Nerven gehen, weil sie anscheinend von Gott erwarteten, daß er das für sie erledigte, wozu sie selber keine Lust hatten, aber da steckt eine gewisse Weisheit drin. Du wirst Mandras heiraten, wenn es die Vorsehung so entschieden hat.«

»Hast du was gegen ihn, Papakis?«

Er wandte sich ihr zu und sah sie begütigend an. »Er ist zu jung. Alle heiraten zu jung. Bei mir war es jedenfalls so. Außerdem habe ich dir auch keinen Gefallen getan. Du liest die Gedichte von Kavafis, ich habe dir Katharevousa und Italienisch beigebracht. Er ist dir nicht ebenbürtig, aber erwartet eigentlich, seiner Frau überlegen zu sein. Er ist schließlich ein Mann. Ich hab mir oft gedacht, daß du nur mit einem Ausländer, einem Zahnarzt aus Norwegen oder so, eine glückliche Ehe führen könntest.«

Pelagia lachte über diesen ungereimten Gedanken und verstummte. »Er nennt mich ›Signora‹«, sagte sie dann.

»So was hab ich schon befürchtet.« Sie schwiegen längere Zeit, während sie beide die Sterne über dem Berg betrachteten, bis dann Dr. Iannis fragte: »Ist dir je in den Sinn gekommen, wir sollten auswandern? Die Staaten oder Kanada oder so?«

Pelagia schloß die Augen und seufzte. »Mandras«, sagte sie nur.

»Ja. Mandras. Und das ist unsere Heimat. Es gibt keine andere. In Toronto schneit es möglicherweise, und in Hollywood würde uns keiner eine Rolle geben.« Der Arzt stand auf, ging ins Haus und kam mit etwas, das im Halbdunkel metallisch glänzte, wieder heraus. Sehr förmlich händigte er es seiner Tochter aus. Sie nahm es, sah, was es war, spürte das ominöse Gewicht und ließ es mit einem leisen Schreckensschrei in den Rockschoß fallen.

Der Arzt blieb stehen. »Es wird Krieg geben. Da passieren entsetzliche Dinge. Besonders den Frauen. Nimm sie zu deiner Verteidigung und richte sie notfalls auch gegen dich. Du darfst sie auch gegen mich einsetzen, wenn es die Umstände verlangen. Es ist nur eine kleine Derringer, aber ...« er machte eine ausladende Handbewegung »... eine fürchterliche Finsternis ist über die Welt hereingebrochen, und jeder von uns muß sein möglichstes tun, das ist alles. Vielleicht weißt du es noch nicht, Koritsimou, aber es könnte sein, daß deine Heirat aufgeschoben werden muß. Wir müssen uns erst vergewissern, daß sich Mussolini nicht zur Hochzeit einlädt.« Der Arzt machte auf dem Absatz kehrt und ging ins Haus, überließ Pelagia der Angst, die sich in ihrem Busen breitmachte, und einer überaus unwillkommenen Einsamkeit. Ihr fiel ein, daß in den Bergen von Souli sechzig Frauen auf einen der Gipfel gestiegen waren, miteinander getanzt und dann sich und ihre Kinder in die Tiefe gestürzt hatten; das war ihnen lieber, als sich in die türkische Sklaverei zu begeben. Einige Augenblicke später ging sie in ihr Zimmer, schob die Derringer unter ihr Kissen und setzte sich auf die Bettkante, wobei sie Psipsina abwesend streichelte und sich wieder vorstellte, daß Mandras tot war.

Am zweiten Tag nach dem Fest vollführte Pelagia den gleichen gemächlichen Reigen nutzloser Erledigungen, die jedoch die Abwesenheit ihres Geliebten nicht aufwiegen konnten, sondern ihr eher einen Rahmen gaben. Alles – die Bäume, die spielende Lemoni, die Ziege, die Launen von Psipsina, der wichtigtuerische, beschwerliche Watschelgang von Pater Arsenios, das entfernte Hämmern von Stamatis, der einen Holzsattel für einen Esel zimmerte, Kokolios' heiseres Absingen der *Internationale*, wobei er die Hälfte des Textes ausließ –, alles war lediglich ein Zeichen für das, was fehlte. Die Welt versank und machte einem Leichentuch aus Hoffnungslosigkeit und Niedergeschlagenheit Platz, das den Dingen selbst anzuhaften schien; sogar der Lammbraten mit Rosmarin und Knoblauch, den sie zum Abendessen machte, bedeutete nichts weiter als das quälende Fehlen von Fisch. Nachts fühlte sie sich zu erschöpft und niedergedrückt, um sich in den Schlaf zu weinen. In ihren Träumen warf sie Mandras Grausamkeit vor, doch er lachte sie nur aus wie ein Satyr und tanzte über die Wellen davon.

Am dritten Tag ging Pelagia ans Meer. Sie setzte sich auf einen Felsen und sah ein riesiges Kriegsschiff unheildrohend nach Westen dampfen. Es fuhr höchstwahrscheinlich unter britischer Flagge. Sie dachte an den Krieg und fühlte, wie ihr das Herz schwer wurde. Sie sann darüber nach, daß in alter Zeit die Menschen nur ein Spielball der Götter waren und es jetzt zu nichts weiter gebracht hatten als zu Schachfiguren anderer Menschen, die sich für Götter hielten. Sie spielte mit dem Gleichklang der

Wörter Hitler, Attila, Caligula; Hitler, Attila, Caligula. Für Mussolini fand sie kein ähnliches Wort, bis ihr Metaxas einfiel. Und so kam sie auf Mussolini, Metaxas und fügte noch Mandras hinzu.

Gleichsam als Antwort auf ihre Gedanken erfaßte sie aus den Augenwinkeln eine Bewegung. Links unten tauchte ein Körper wie ein menschlicher Delphin durch die Wellen. Sie sah dem braunen Fischer mit ausschließlich ästhetischem Genuß zu, bis sie leicht entsetzt bemerkte, daß er völlig nackt war. Er mußte ungefähr hundert Meter entfernt sein, und sie wußte, daß er ein Schwimmnetz ausrichtete, dessen Maschen so klein waren, daß damit auch Sardellen gefangen werden konnten. Er tauchte lange, ordnete sein Netz in einem Halbrund an, umkreist von Möwen, die sich herabstürzten, um sich ihren Beuteanteil zu holen. Verstohlen, doch ohne Schuldgefühl, schlich Pelagia näher, um diesen schlanken Jüngling weiter zu bewundern, der ganz wie ein Fisch mit der See verschmolz, ein nackter und unzivilisierter Mensch, ein Mann wie Adam.

Sie sah zu, wie sich das Netz um den Schwarm zuzog, und als er glitzernd am Strand stand und es mit gespannten Muskeln und rhythmisch arbeitenden Schultern in gleichmäßigen Handbewegungen einholte, erkannte sie erst, daß es Mandras war. Sie schlug sich die Hand auf den Mund, um ihren Schrecken und das plötzliche Schamgefühl zu unterdrücken, aber sie schlich nicht davon. Sie war immer noch verzaubert von seiner Schönheit, von der Harmonie und Kraft seiner Arbeit, und sie konnte dem Gedanken nicht widerstehen, daß Gott ihr Gelegenheit gegeben hatte, das, was ihr gehören sollte, zu betrachten, bevor sie es in Besitz nahm: die schlanken Hüften, die spitzen Schultern, den straffen Bauch, den dunklen Schatten des Unterleibs mit dem geheimnisvollen Gebaumel, das Thema so viel schlüpfrigen Weibertratsches am Brunnen war. Mandras war für einen Poseidon noch zu jung, zu sehr ohne Arg. War er dann eine männliche Meeresnymphe? Gab es so was wie eine männliche Nereide oder Potamide? Sollte sie nicht Honig, Öl, Milch oder eine Ziege opfern? Oder sich? Es fiel ihr schwer, Mandras zuzuschauen, wie er durchs Wasser glitt, und nicht zu glauben, daß solch ein Geschöpf, wie Plutarch gesagt hat, 9720 Jahre leben würde. Doch diese Vision von Mandras besaß Ewigkeitswert, und die von Plutarch vermutete Lebensspanne erschien zu willkürlich und zu kurz. Pelagia fiel ein, daß diese Szene sich schon seit mykenischen Zeiten Generation für Generation abgespielt hatte; vielleicht hatte es schon zur Zeit von Odysseus Mädchen wie sie gegeben, die ans Meer gegangen waren, um sich an der Nacktheit ihrer Geliebten heimlich zu ergötzen. Es überlief sie ein Schauder bei dem Gedanken an eine solche Verschmelzung mit der Geschichte.

Mandras hatte sein Netz eingeholt und bückte sich, um aus den Maschen die winzigen Fische zu klauben, die er dann in säuberlich auf dem Sand aufgereihte Eimer warf. Die silbernen Fische blitzten in der Sonne wie nagelneue Messer auf, verwandelten ihr Ersticken in ein Bild der Schönheit, so wie sie gegeneinander schnalzten und hüpften, bis sie tot waren. Pelagia bemerkte, daß sich auf Mandras' Schultern die Haut abschälte, die von der Sonne nicht ausreichend gebräunt war, obwohl er den ganzen Sommer im Freien gewesen war. Sie war überrascht, ja sogar enttäuscht, denn es zeigte ihr, daß der schmucke Knabe nur aus Fleisch und Blut und nicht aus unvergänglichem Gold war.

Er richtete sich wieder auf, steckte zwei Finger in den Mund und stieß einen durchdringenden Pfiff aus. Sie sah, daß er aufs Meer hinausschaute und mit den Armen über dem Kopf bedächtige Signale gab. Sie versuchte vergebens, das auszumachen, was seine Aufmerksamkeit so fesselte. Verwirrt hob sie den Kopf etwas höher über den Felsen, hinter dem sie sich versteckt hatte, und erspähte drei dunkle Schatten, die in einträchtiger Harmonie durch die Wellen auf ihn zuglitten. Sie hörte seinen Freudenschrei und sah zu, wie er mit drei größeren Fischen in den Händen auf sie zuwatete. Sie sah ihn die Fische hoch in die Luft werfen, worauf die drei Delphine in hohem Bogen aus dem Wasser schnellten, um sie wegzuschnappen. Dann beobachtete sie, wie er sich an einer Rückenflosse festhielt und hinaus aufs Meer glitt.

Sie rannte bis ans Wasser und kniff die Brauen bei dem verzweifelten Versuch zusammen, die funkelnden und schwankenden Lichtblitze, die die Sonne aus dem Wasser kitzelte, auszublenden, konnte aber nichts sehen. Ob Mandras ertrunken war? Ihr fiel siedendheiß ein, daß es großes Unglück brachte, eine Nymphe nackt zu sehen, es konnte zum Delirium führen. Was war los? Sie rang die Hände und biß sich auf die Lippen. Die Sonne brannte mit einer schon an Rachsucht grenzenden Heftigkeit auf ihre Unterarme, und sie drückte sie ängstlich an die Brust. Sie blieb noch kurz am Strand, drehte sich dann um und lief heim.

In ihrem Zimmer kuschelte sie sich an Psipsina und weinte. Mandras war ertrunken, er war mit den Delphinen verschwunden, würde nie mehr zurückkommen; alles war aus. Sie beschwerte sich beim Marder über die Ungerechtigkeit und Vergeblichkeit des Lebens und wehrte sich nicht gegen die raspelnde Zunge, die genüßlich das Tränensalz abschleckte. Es klopfte zaghaft an der Tür.

Da stand Mandras scheu lächelnd mit einem Eimer Sardellen in der Hand. Er trat von einem Fuß auf den anderen und sprudelte in einem Schwall hervor: »Tut mir leid, daß ich nicht eher gekommen bin, aber am Tag nach dem Fest bin ich krank gewesen, weißt du, vom Wein, es ist mir gar nicht gutgegangen, und gestern hab ich nach Argostoli gehen müssen, um meine Einberufungspapiere zu holen, und übermorgen muß ich aufs Festland, und ich hab in der Kapheneia mit deinem Vater gesprochen, und er hat seine Zustimmung gegeben, und ich hab dir Fisch mitgebracht. Schau, ein paar Sardellen.«

Pelagia setzte sich auf die Bettkante; jede Empfindung wich aus ihr. Das war zuviel Glück, zuviel Verzweiflung auf einmal. Da war sie offiziell verlobt mit einem jungen Mann, der mit dem Schicksal ringen würde, der eigentlich im Meer ertrunken sein sollte, der Heiraten mit Sardellen und Krieg in einen Topf warf, der mit Delphinen spielte und zu schön war, um in der Eiseskälte von Tsamouria zu sterben. Er schien auf einmal eine Traumgestalt von erschreckender und unendlicher Zerbrechlichkeit geworden zu sein, etwas zu Kostbares und Vergängliches, um menschlich zu sein. Ihr zitterten die Hände. »Geh nicht, geh nicht«, flehte sie ihn an und dachte daran, daß es Unglück brachte, eine Nymphe nackt zu sehen, daß es zum Delirium und gelegentlich zum Tod führte.

14

Grazzi

Ich bedauere vieles in meinem Leben und nehme an, das kann auch jeder sonst von sich sagen. Aber nicht, daß ich kindische Kleinigkeiten bereue wie etwa einen Streit mit meinem Vater oder einen Flirt mit einer fremden Frau. Ich bedauere, daß ich eine überaus bittere Lektion darüber zu lernen hatte, wie persönlicher Ehrgeiz einen Mann gegen seinen Willen und gegen seine Natur im Lauf der Zeit in eine Rolle drängen kann, wofür ihn die Geschichte mit Tadel und Verachtung überhäufen wird.

Ich hatte einen ausgesprochen netten Posten; es war angenehm, der italienische Gesandte in Athen zu sein, und zwar aus dem einfachen Grund, daß Oberst Mondini und ich keine Ahnung hatten, daß es überhaupt Krieg geben würde, bis er schon angefangen hatte. Man sollte meinen, daß Ciano, Badoglio oder Soddu uns was gesagt hätten, man sollte meinen, daß sie uns ein oder zwei Monate Vorbereitungszeit gegeben hätten; aber nein, sie ließen uns mit dem gewöhnlichen heiteren Diplomatenleben fortfahren. Es erzürnt mich, daß ich auf Empfänge und ins Theater ging, gemeinsame Vorhaben mit dem Erziehungsminister organisierte, meinen griechischen Freunden beteuerte, der Duce würde keine feindlichen Absichten hegen, der italienischen Gemeinde erzählte, daß sie nicht ihre Koffer packen müßte, nur um dann herauszufinden, daß sich niemand die Mühe gemacht hatte, mich davon zu unterrichten, was vor sich ging, so daß ich selbst nicht einmal mehr die Zeit zum Packen hatte.

Ich konnte mich nur auf Gerüchte und Witze stützen. Zumindest dachte ich, es wären Witze. Curzio Malaparte, dieser dämliche Snob mit seinem ironischen und verdrehten Sinn für Humor und seiner Kriegslüsternheit, die in seinen Zeitungsartikeln aufloderte, besuchte mich und sagte: »Mein guter Freund Graf Ciano hat mir aufgetragen, Ihnen zu erzählen, daß Sie machen können, was Sie wollen, weil er sowieso gegen Griechenland Krieg führen wird, und daß er bald Jacomonis Albaner auf griechisches Territorium führen wird.« Die Art, wie er das sagte, scheel und spaßhaft, ließ mich an einen Witz glauben, weil ich mir einbildete, daß dieser Kakadu alles nachplapperte, sei es auch noch so lachhaft, unglaubwürdig oder unbedeutend, solange er damit durchblicken lassen konnte, daß er ein persönlicher Freund von Ciano war.

Einen einzigen weiteren Fingerzeig erhielt ich, als Mondini zum Flughafen bestellt wurde, um einen Geheimdienstoffizier zu treffen, der ihm berichtete, daß es innerhalb von drei Tagen zum Krieg kommen und daß Bulgarien zur selben Zeit einmarschieren würde. Er vertraute Mondini auch noch an, daß alle griechischen Beamten bestochen worden waren. Selbstverständlich telegrafierte ich nach Rom und sprach auch mit dem bulgarischen Botschafter. Rom antwortete nicht, und der bulgarische Botschafter sagte mir, daß Bulgarien nicht die geringste Absicht habe, den Krieg zu erklären (was, wie sich herausstellte, der Wahrheit entsprach). Ich wiegte mich in Sicherheit, aber ich bin nun der Meinung, daß Ciano und der Duce nur versuchten, mich zu verwirren oder sich alle Möglichkeiten offenzuhalten. Vielleicht versuchten sie auch, sich gegenseitig zu verwirren. Oberst Mondini und ich saßen in denkbar gedrücktester Stimmung in meinem Büro und dachten laut darüber nach, uns ins Privatleben zurückzuziehen.

Die Lage wurde immer undurchschaubarer. Zum Beispiel bat mich Rom für »dringende vertrauliche Instruktionen« um die Entsendung eines bevollmächtigten Vertreters, doch Ala Littoria bot keine Flüge an, und so kam niemand weg. Dann kündigte der Palazzo Chigi telegrafisch die Ankunft eines Kuriers mit einem Sonderflug an, doch wer es auch sein sollte, er traf niemals ein. Praktisch die gesamte diplomatische Gemeinde in Athen wurde bei mir vorstellig, damit ich etwas zur Vermeidung des Krieges unternähme, und ich konnte bloß verlegen stammeln, weil ich mich in der unhaltbaren Lage befand, ein Botschafter zu sein, der nicht die geringste Ahnung hatte, was vor sich ging. Mussolini und Ciano demütigten mich, und ich werde ihnen nie verzeihen, daß sie mich nötigten, mich auf die Propaganda der Agentur Stefani als einzige Informationsquelle zu verlassen. Informationen? Es waren alles Lügen, und selbst die Griechen waren über die bevorstehende Invasion besser informiert als ich.

Folgendes war geschehen: Im griechischen Nationaltheater gab es eine Sondervorstellung von *Madame Butterfly*, Puccinis Sohn und seine Gemahlin waren als Staatsgäste eingeladen. Es war eine wunderbar noble Geste, wie sie für die Griechen typisch ist, und wir verschickten Einladungen zu einem Empfang am 26. Oktober nach Mitternacht. Empfänge nach Mitternacht sind eine griechische Sitte, an die ich mich nie ganz gewöhnen konnte, wie ich gestehen muß.

Metaxas und der König erschienen nicht, aber es war trotzdem ein herrliches Fest. Es gab eine riesige Torte mit »Lang lebe Griechenland« in Zuckerguß darauf, und die Tische hatten wir mit den ineinandergeschlungenen Fahnen Griechenlands und Italiens gedeckt, um unsere Freundschaft zu symbolisieren. Wir hatten Dichter, Dramatiker, Professoren, Intellektuelle und auch hochrangige Vertreter der Gesellschaft und der diplomatischen Gemeinde aufgeboten. Mondini sah glänzend aus in seiner ordengeschmückten Galauniform, doch mir fiel auf, daß er, als die Telegramme aus Rom eintrafen, bleich wurde und in seinem Hofstaat sichtlich kleiner zu werden schien, bis es so aussah, als könnte er sich nicht mehr dazu bekennen oder hätte ihn von jemand geborgt.

Es war eine entsetzliche Lage. Die Überbringer der Telegramme mußten sich als Gäste ausgeben, und während ich die Depeschen las, sank mir das Herz in die Hose. Ich mußte gefällige Konversation mit den Menschen treiben, während ich von immer neuen Wogen des Entsetzens und des Abscheus überrollt wurde. Ich schämte mich für meine Regierung, zürnte ihr, daß sie mich in Unkenntnis gelassen hatte, wurde verlegen vor meinen griechischen Freunden, und in meinem Kopf wiederholte sich ständig dieselbe Frage: »Wissen die denn nicht, was Krieg ist?« Ein Romancier fragte mich, ob ich wohlauf sei, weil ich sehr blaß geworden war und meine Hände zitterten. Ich blickte von einem Gesicht zum anderen und sah, daß alle aus meiner Gesandtschaft das gleiche durchgemacht hatten; wir waren Hunde, denen befohlen worden war, die Hand zu beißen, die uns Futter gab.

Der erste Teil von Mussolinis Ultimatum traf als letzter ein, und ich war noch bis fünf Uhr morgens über die Vorgänge im unklaren. Ich war müde und angeschlagen, und ich weiß nicht mehr, ob mich die Anweisung erleichterte oder schmerzte, es erst um drei

Uhr morgens am 28. zu übergeben und bis sechs Uhr auf eine Antwort zu warten. Anscheinend war der »niemals schlafende Diktator« (der, wie ich zufällig weiß, ziemlich viel schlief) entschlossen, nicht nur ein Chaos anzurichten, sondern uns auch nicht in die Federn kommen zu lassen.

Am 27. beorderte der griechische Stabschef Mondini zu sich, um abzustreiten, daß Griechenland etwas mit den Grenzzwischenfällen und der Explosion bei Santi Quaranta zu tun hatte. Mondini kam sehr niedergeschlagen zurück und berichtete mir, daß Papagos ihn mit einer einzigen berechtigten Frage gedemütigt hatte: »Aufgrund welchen Wunders wissen Sie, daß wir das getan haben, wenn niemand weiß, wer es gewesen ist, und niemand je erwischt worden ist?« Mondini versuchte ihn mit der Aussage zu besänftigen, daß es womöglich die Briten waren, woraufhin Papagos lachte und erwiderte: »Ich nehme an, Sie sind sich bewußt, daß jeder Fußbreit Grenze von griechischen Patrioten bewacht wird, die bis zum letzten Blutstropfen kämpfen werden?« Mondini litt wie ich unter dem Gefühl von Scham und Ohnmacht; Badoglio hatte ihn in Unkenntnis gelassen. Später gestand mir Badoglio, daß er selbst nicht unterrichtet gewesen war, obwohl er daheim unser Stabschef war – hat es schon jemals einen Krieg gegeben, in dem der Oberbefehlshaber nicht wußte, daß er stattfinden wird? Mondini und ich sprachen wieder von unserer Abdankung, während draußen die Athener lautstark wie üblich ihren Geschäften nachgingen. Es war ein schöner, warmer, herrlicher Herbsttag, und Mondini und ich wußten beide, daß diese Schönheit und dieser Friede bald von Sirenen und Bomben zerrissen würden; der Gedanke war einfach zu widerwärtig, ja sogar zu gotteslästerlich. Allmählich stellten sich aschfahle Abgesandte der italienischen Gemeinde in Athen ein, die im Falle eines Krieges Internierung und Verfolgung fürchteten. Ich mußte ihnen etwas vorlügen und schickte sie mit blutendem Herzen weg. Wie sich herausstellte, versuchten die Griechen äußerst ehrenhaft, sie zu evakuieren, doch bei Salonika wurden sie versehentlich von unserer eigenen Luftwaffe bombardiert.

Meine Unterredung mit Metaxas war die schmerzlichste Begebenheit meines Lebens, und danach wurde ich in die Heimat zurückgeschickt, aber ich bekam Ciano nicht vor dem 8. November zu Gesicht. Der Feldzug war bekanntlich bereits damals ein Fiasko, und Ciano wollte mich nicht sagen hören: »Ich habe es ja kommen sehen.« Eigentlich wollte er das Gespräch mit mir gar nicht; er unterbrach mich ständig und wechselte das Thema. In meiner Gegenwart telefonierte er mit dem Duce und berichtete ihm, daß ich Dinge behaupten würde, die ich keineswegs gesagt hatte, und dann verkündete er mir, der Albanien-Feldzug wäre in zwei Wochen vorüber. Später, als ich schon viel Aufhebens um den wahren Sachverhalt machte, sandte er Anfuso, um mir einen Urlaub anzuraten, und das war vermutlich das Ende meiner Karriere.

Sie wollen etwas über meine Unterredung mit Metaxas erfahren? Ist die nicht schon berühmt genug? Ich spreche im Grunde ungern darüber. Wissen Sie, ich habe Metaxas bewundert, und wir waren eigentlich Freunde. Nein, es stimmt nicht, daß Metaxas bloß »Nein« sagte. Also gut, ich erzähle es Ihnen.

Wir hatten einen griechischen Chauffeur, mir fällt sein Name nicht mehr ein, doch wir hatten ihn heimgeschickt, so daß Mondini uns zur Villa in Kifisia fuhr. De Santo kam zum Dolmetschen mit, obwohl er gar nicht gebraucht wurde. Wir fuhren um halb drei los, die Sterne funkelten wie Diamanten über uns, und es war so mild, daß ich meinen Mantel gar nicht zuzuknöpfen brauchte. Gegen dreiviertel drei trafen wir an der Villa ein, einem bescheidenen Anwesen in einem Vorort, und der Kommandant der Wache kam durcheinander – er muß unsere italienische Trikolore mit der französischen verwechselt haben –, denn er rief Metaxas an und teilte ihm mit, daß der französische Botschafter ihn aufzusuchen wünschte. Bei jeder anderen Gelegenheit wäre das komisch gewesen. Während ich wartete, lauschte ich auf das Rauschen der Pinien und versuchte, die Eule zu entdecken, die in einem der Bäume schrie. Mir war übel.

Metaxas kam selbst an den Diensteingang. Er war sehr krank, wissen Sie, und wirkte ziemlich klein und erbärmlich; er sah wie ein Kleinbürger aus, der die Morgenzeitung holt oder die Katze hereinruft. Er trug einen mit weißen Blumen gemusterten Morgenmantel. Von Eminenzen wird doch allgemein erwartet, daß sie ein würdevolleres Nachtgewand tragen. Er blinzelte mir ins Gesicht, erkannte mich und rief erfreut aus: »*Ah, monsieur le ministre, comment allez-vous?*« Ich weiß nicht mehr, was ich ihm zur Antwort gab, aber ich wußte, Metaxas hatte mich im Verdacht, ich wäre gekommen, um ihm den Judaskuß zu geben. Er war schon dem Tod nahe, wie Sie ja wohl wissen, und die Last auf seiner Seele muß bereits unvorstellbar groß gewesen sein.

Wir gingen ins Wohnzimmer, in dem billige Möbel standen und diese kleinen Nippes, die anscheinend jeder bürgerliche Grieche mag. Metaxas, wissen Sie, war ein ehrenwerter Politiker. Er ist nie der Korruption bezichtigt worden, nicht einmal von seinen Feinden, ja nicht einmal von den Kommunisten, und an seinem Haus war zu sehen, daß zu dessen Verschönerung nie Staatsmittel abgezweigt worden waren. Niemand hätte sich deutlicher vom Duce unterscheiden können.

Er ließ mich in einem Ledersessel Platz nehmen. Später erfuhr ich, daß Metaxas' Witwe niemand mehr darin sitzen ließ. Er setzte sich auf eine mit Cretonne überzogene Couch. Wir sprachen nur französisch. Ich sagte ihm, daß meine Regierung mir befohlen habe, eine dringende Note zu überreichen. Er nahm sie entgegen und las sie langsam mehrmals hintereinander durch, als wäre der Inhalt eigentlich nicht zu glauben. Er ließ jenes Zungenschnalzen hören, mit dem Griechen ihre Ablehnung ausdrücken, und wakkelte mit dem Kopf.

Die Note besagte, daß Griechenland sich offen auf die Seite Englands gestellt hätte, daß es die Neutralitätspflicht verletzt und Albanien provoziert hatte …, und schloß mit den Worten, die ich nie mehr vergessen werde:

»Dies alles kann nicht länger von Italien geduldet werden. Die italienische Regierung ist deshalb zu dem Entschluß gekommen, von der griechischen Regierung als Garantie der Neutralität Griechenlands und der Sicherheit Italiens die Ermächtigung zu erlangen, mit der eigenen Wehrmacht für die Dauer des gegenwärtigen Konflikts mit Großbritannien einige strategische Punkte auf griechischem Gebiet zu besetzen. Die italienische Regierung fordert die griechische Regierung auf, sich einer solchen Besetzung nicht zu widersetzen und den freien Durchzug der für diese Besetzung bestimmten Truppen nicht zu behindern. Diese Truppen kommen nicht als Feinde des griechischen Volkes, und die italienische Regierung hat in keiner Weise die Absicht, durch die zeitweilige

Besetzung einiger strategischer Punkte, die von der Notwendigkeit der Lage bestimmt wird und rein defensiven Charakter trägt, die Souveränität und Unabhängigkeit Griechenlands zu beeinträchtigen. Die italienische Regierung richtet an die griechische Regierung das Verlangen, daß sie sofort den militärischen Stellen die notwendigen Befehle erteilt, damit diese Besetzung in friedlicher Weise erfolgen kann. Falls die italienischen Truppen auf Widerstand stoßen, wird dieser Widerstand mit Waffengewalt gebrochen werden, und die griechische Regierung würde die Verantwortung für die daraus folgenden Konsequenzen tragen müssen.«

Metaxas' Brille beschlug, doch hinter den Gläsern konnte ich Tränen sehen. Es ist hart, einen mächtigen Mann, einen Diktator, in einem solchen Zustand zu sehen. Seine Hände zitterten ein wenig; er war zwar ein hartgesottener Mann, aber auch leidenschaftlich. Ich saß ihm gegenüber, die Ellbogen auf den Knien, und schämte mich bitterlich für den Irrsinn und die Ungerechtigkeit dieser Eskapade, in die ich verwickelt war. Auch ich war den Tränen nahe. Er blickte auf und sagte: »*Alors, c'est la guerre.*«

Sie sehen also, er sagte nicht bloß *ochi*, wie die Griechen glauben; es war kein schlichtes »Nein«, doch es bedeutete das gleiche. Es hatte dieselbe Entschlußkraft und dieselbe Würde und war genauso endgültig.

»*Mais non*«, erwiderte ich in vollem Wissen, daß ich log, »Sie können das Ultimatum akzeptieren. Sie haben drei Stunden.«

Metaxas zog eine Augenbraue hoch, beinahe mitleidig, weil er wußte, daß ich zu keiner Unredlichkeit fähig war, und erwiderte: »*Il est impossible*. In drei Stunden ist es unmöglich, den König zu wecken, Papagos herzuzitieren und Befehle an alle Grenzposten zu schicken. Viele von ihnen haben nicht einmal ein Telefon.«

»*Il est possible, néanmoins*«, beharrte ich, doch er schüttelte den Kopf. »Welche strategischen Punkte wollen Sie besetzen?« Er legte einen sarkastischen Nachdruck auf das Wort »strategisch«. Ich zuckte verlegen mit den Achseln und sagte: »*Je ne sais pas. Je suis désolé.*«

Er blickte mich wieder an, diesmal eine Spur amüsiert: »*Alors, vous voyez, c'est la guerre.*«

»*Mais non*«, wiederholte ich und sagte ihm, ich würde bis sechs

Uhr morgens auf seine endgültige Antwort warten. Er begleitete mich zur Tür. Ihm war klar, daß wir ganz Griechenland besetzen wollten, wie seine Antwort auch immer ausfallen mochte, und er wußte, wenn er gegen uns kämpfte, würde er am Ende gegen die Deutschen kämpfen müssen. *»Vous êtes les plus forts«*, sagte er, *»mais c'est une question d'honneur.«*

Es war das letzte Mal, daß ich Metaxas sah. Er starb am 29. Januar an einer Zellgewebsentzündung im Rachenraum, die sich zu einem Abszeß entwickelt und zu Toxikämie geführt hatte. Er starb mit dem Wunsch, die Briten hätten ihm fünf Panzerdivisionen geschickt, obwohl er es ohne sie dennoch geschafft hatte, unseren Blitzkrieg in einen schändlichen Rückzug auf ganzer Linie zu verwandeln.

Als ich ihn verließ, stand er dort in seinem geblümten Gewand, ein kleiner Mann, der in den Augen der Welt zumeist als lächerlich galt, der nie gewählt worden und mit einer berüchtigten und halsstarrigen Tochter geschlagen war, aber zu mir mit der Stimme des ganzen griechischen Volkes gesprochen hatte. Es war Griechenlands erhabenste und Italiens schmachvollste Stunde. Metaxas hatte sich seinen Platz in der Geschichte unter den Befreiern, Cäsaren und Königen verdient, wohingegen ich mich entwürdigt und beschämt fühlte.

Nun habe ich Ihnen erzählt, was geschehen ist. Hoffentlich sind Sie damit zufrieden.

15

L'Omosessuale IV

Wir meldeten uns nicht wieder bei Oberst Rivolta, weil es nicht in unseren Anweisungen stand. Wir sollten ja tot sein. Doch die Depeschen waren voll mit Berichten über »Grenzzwischenfälle«, die die griechischen »Lakaien Englands« verübt hätten. Die ganze Armee wurde von grimmiger Empörung ergriffen, und jeder außer Francisco und mir wollte am liebsten gleich losschlagen.

Wir äußerten uns nicht. Wir hielten es für ein Wunder, daß wir kein Maschinengewehr bekommen hatten, das nach dem ersten Schuß blockierte.

Doch wir redeten oft miteinander, und unsere Komplizenschaft vertiefte unser Gefühl gemeinsamer Isolation. Wir fühlten uns schrecklich verraten, lange bevor diese Stimmung sich in der Brust eines jeden unserer Soldaten in den Bergen von Epirus breitmachte. Wir erhielten Orden für unsere Tat und bekamen den Befehl, sie nicht zu tragen. Uns wurde auch noch befohlen, niemand zu erzählen, daß wir sie errungen hatten. Wir waren durch üble Schliche zu Mordgehilfen gemacht worden und hätten sie sowieso nicht getragen. Francisco und ich schlossen einen Pakt, daß eines Tages einer von uns Oberst Rivolta eine Kugel ins Hirn jagen würde.

Ich wollte desertieren, aber auch meinen schönen Angebeteten nicht im Stich lassen. Es war sowieso rein physisch nicht möglich, da ich durch Gebirgszüge und eine unwirtliche Wildnis hätte ziehen müssen. Ich hätte einen Weg übers Meer nach Italien finden müssen. Und was dann? Verhaftung? Der einzige Weg, den ich ernsthaft in Erwägung zog, war das Überschreiten der Grenze nach Griechenland. Ich wäre der erste der vielen italienischen Soldaten gewesen, der sich dem antifaschistischen Bündnis angeschlossen hätte.

Die Ereignisse kamen meinen Plänen zuvor. Unser unvorhergesehener Erfolg hatte offensichtlich Eindruck gemacht, weil Francisco und ich kurzfristig von unserer Einheit abgezogen und zu einem streng geheimen Ausbildungslager bei Tirana geschickt wurden. Wir kamen dort nach einer Reise an, die wir zum größten Teil wieder zu Fuß hatten zurücklegen müssen, und erwarteten, für Kommandoeinsätze ausgebildet zu werden. Ich gebe unumwunden zu, daß uns beide diese Aussicht reizte, wie wohl jeden Mann in unserer Lage.

Stellen Sie sich unsere Bestürzung und unser ungläubiges Staunen vor, als wir bei unserem Eintreffen erfuhren, daß wir die Ausbilder sein sollten. Stellen Sie sich die bösen Ahnungen vor, als uns gesagt wurde, wir sollten einhundertfünfzig Albaner in der Kunst der Sabotage ausbilden. Stellen Sie sich unsere skeptische Belustigung vor, als wir uns betranken und die Lage besprachen.

Wie kamen wir dazu? Wir hatten einen Einsatz hinter uns gebracht und galten nun als Experten. Jene Albaner waren abscheuliche und übertrieben balkaneske Banditen, und keiner von ihnen sprach ein Wort Italienisch. Wir konnten kein Albanisch. Für die Ausbildung hatten wir ungefähr eine Woche Zeit.

Das Vorhaben stand unter dem persönlichen Kommando von Jacomoni, und wir waren nun vollends beteiligt an einer offiziellen Verschwörung, die »griechische« Provokationen herbeiführen sollte, denn der Duce brauchte eine plausibel klingende Ausrede für eine Kriegserklärung. Es war der reinste Zynismus. Sicherlich meinte der Duce, Griechenland sei eine leichte Beute und böte ihm die Gelegenheit, Adolf Hitlers Blitzkrieg etwas entgegenzusetzen.

Die Mitglieder des zu schaffenden albanischen Kommandos waren alle übergewichtig, trugen offenbar alle riesige Schnurrbärte, waren alle Säufer, waren alle mordgierig, liederlich, raubgierig und zu Arbeit oder Aufrichtigkeit unfähig. Sie waren nominell Moslems, was hieß, daß wir in den ungünstigsten Augenblicken zum Gebet innehalten mußten, doch Francisco und ich kamen rasch zu dem Schluß, daß sie es geschafft hatten, von religiösen oder menschlichen Empfindungen jeder Art unberührt zu bleiben.

Wir machten Übungsmärsche mit ihnen, doch Francisco und ich kamen als einzige am Ziel an. Wir brachten ihnen bei, kurze Feuerstöße aus den Maschinengewehren abzugeben, doch sie leerten ganze Gurte und verbogen die Läufe durch Überhitzung. Wir brachten ihnen den unbewaffneten Kampf bei, doch wenn wir am Gewinnen waren, gingen sie plötzlich mit Messern auf uns los. Wir brachten ihnen bei, sich von dem, was das Land bot, zu ernähren, mußten jedoch feststellen, daß sie sich mitten in der Nacht zu irgendwelchen Kneipen davonstahlen. Wir brachten ihnen bei, wie sie Telegrafenmasten und Fernmeldeeinrichtungen zerstören konnten, dabei starb einer von ihnen an einem Stromschlag in den Penis, weil er auf einen Umspanner gepinkelt hatte. Wir brachten ihnen bei, Wachtürme zu vernichten; dazu ließen wir sie einen bauen, aber dann weigerten sie sich, das Zerstören an ihm zu üben, weil sie sich schon so viel Mühe mit dem Erbauen gemacht hatten. Wir brachten ihnen bei, die Landbevölkerung zur Rebellion aufzustacheln, doch die Landbevölkerung rebellierte gegen unsere Albaner. Das einzige, was wir ihnen erfolgreich beibrachten, war, Generäle zu ermorden und Verwirrung zu stiften, indem sie hinter den Linien das Feuer eröffneten; das bewiesen sie, indem sie einen der Lagerposten erschossen und dann auf ein Bordell feuerten, weil sie die Zuhälter ausrauben wollten. Am Ende der Ausbildungswoche erhielten diese Kommandos einen Haufen Geld und wurden auf griechisches Gebiet geschickt, um den Destabilisierungsprozeß in Gang zu setzen. Sie verschwanden ausnahmslos mit dem Geld und wurden nie wieder gesehen. Francisco und ich erhielten weitere Orden für unsere »hervorragende Mitwirkung« und wurden wieder zu unserer Einheit zurückversetzt.

Es passierte noch mehr. Einer unserer eigenen Flieger warf »griechische« Flugblätter auf uns ab, in denen die Albaner dazu aufgerufen wurden, gegen uns zu revoltieren und mit den Briten gemeinsame Sache zu machen. Das Flugzeug identifizierten wir fast sofort als eines der unseren, und einige der einfältigeren Soldaten bei uns konnten nicht verstehen, warum wir die eigenen Leute zum Aufstand ermutigten. Es wurden noch mehr unserer Grenzposten von unseren eigenen, als Griechen verkleideten Leuten angegriffen, und auf einige Albaner wurde hinterrücks geschossen, damit sie denken sollten, sie brauchten uns als Schutzmacht. Einige Albaner schossen aber auch auf uns, doch wir ließen verlauten, daß es Griechen waren. Der Generalgouverneur ließ seine eigenen Büroräume in die Luft jagen, damit der Duce endgültig und unwiderruflich den Krieg erklären konnte. Das tat dieser dann auch, kurz nachdem er die Demobilisierung angeordnet hatte, weswegen wir zuwenig Truppen und keine entsprechende Aussicht auf Verstärkung hatten.

Ich habe von diesen Ereignissen so berichtet, als wären sie amüsant, doch in Wirklichkeit war es der reinste Wahnwitz. Uns war gesagt worden, daß die Griechen demoralisiert und korrupt seien, daß sie desertieren und auf unserer Seite kämpfen würden, daß wir einen Blitzkrieg führen würden, der in Sekundenschnelle vorüber wäre, daß Nordgriechenland voller unzufriedener Irredentisten stecke, die eine Vereinigung mit Albanien wollten; doch wir wollten bloß nach Hause. Ich wollte nur in Francisco verliebt sein. Wir wurden in den Tod geschickt, ohne Transportmöglichkeiten, ohne Ausrüstung, ohne Panzer, die der Bezeichnung würdig waren, mit einer Luftwaffe, die sich größtenteils in Belgien befand, mit unzureichender Truppenstärke. Von den Offizieren, die einen höheren Rang als den eines Obersts innehatten, war niemand taktisch geschult. Unser Kommandant lehnte Verstärkungen ab, weil ein Sieg mit einer kleinen Armee ihm mehr Ruhm einbringen würde. Noch so ein Idiot. Ich desertierte nicht. Vielleicht waren wir alle nicht ganz bei Trost.

Die Beschreibung dieses Feldzugs treibt mich in unermeßliche Verbitterung und Stumpfsinn. Hier auf der sonnigen, abgelegenen Insel Kephallonia mit ihren herzlichen Bewohnern und ihren Basilikumtöpfen scheint es unfaßbar, daß so vieles je geschehen ist. Hier auf Kephallonia aale ich mich in der Sonne und schaue den Tanzwettbewerben zwischen den Einwohnern von Lixouri und Argostoli zu. Hier auf Kephallonia sind meine Träume erfüllt von Phantasien über Hauptmann Antonio Corelli, einen Ausbund an Fröhlichkeit, der nichts anderes als Mandolinen im Sinn hat und sich von meinem verschwundenen und geliebten Francisco nicht stärker unterscheiden könnte, den ich aber genausosehr liebe.

Wie wunderbar es doch war, daß wir uns im Krieg befanden. Wie wir pfiffen und sangen, als wir uns hektisch auf den Vormarsch vorbereiteten, als Motorradkuriere wie Bienen hin und her summten; wie froh es uns stimmte, ohne Widerstand eine fremde Grenze zu überschreiten; wie schmeichelhaft es war, uns als die neuen Legionäre des neuen Imperiums zu sehen, das zehntausend Jahre bestehen sollte. Wie angenehm der Gedanke war, daß unsere deutschen Verbündeten bald von Siegen hören würden, die es mit den ihren aufnehmen konnten. Welche Kraft wir doch ausstrahlten, als wir uns mit unserem Beitrag zum berühmten Stahlpakt brüsteten. Ich marschierte an Franciscos Seite, sah die schwungvolle Bewegung seiner Glieder und die klaren Schweißtröpfchen, die an seinem Gesicht herabrannen. Von Zeit zu Zeit blickte er mich an und lächelte. »Athen in zwei Wochen«, meinte er.

Die Nacht vom 28. Oktober. Mit einem Munitionsvorrat für fünf Tage und dem Proviant wegen fehlender Mulis auf dem eigenen Buckel wurden wir nach Osten geschickt, um den Metsovon-Paß einzunehmen. Wie unbeschreiblich leicht wir uns fühlten, als wir spätabends diese Lasten vom Rücken nahmen! Wir schliefen wie die Säuglinge und erwachten im Licht des frühen Morgens mit knirschend steifen Armen und Beinen. Wir erfuhren, daß keine Verstärkungen eintreffen würden, weil die See zu rauh war und die Briten unsere Schiffe versenkten. Wir stimmten Lieder darüber an, daß wir gegen widrigste Umstände siegen würden. Daß wir unter Prascas direktem Befehl standen, stärkte uns den Rücken.

Wie wunderbar es doch war, daß wir uns im Krieg befanden, bis sich das Wetter gegen uns wandte. Wir stapften durch Schlamm. Unsere Flugzeuge wurden durch die Wolken am Boden festgehalten. Wir waren zehntausend Mann, alle bis auf die Knochen durchnäßt. Unsere zwanzig schweren Geschütze versanken im Morast, und unsere wenigen armen, mißhandelten und geprügelten Mulis bemühten sich vergebens, sie wieder rauszuziehen. Uns wurde versichert, daß der Duce sich für einen Winterfeldzug entschieden hatte, um das Malariarisiko auszuschalten, aber Winterkleidung wurde uns nicht zugesichert. Die mit uns losgezogenen albanischen Truppen lösten sich allmählich in Luft auf. Es wurde deutlich, daß die Bulgaren nicht auf unserer Seite kämpfen würden, und die Griechen zogen Verstärkungen von der bulgarischen Grenze ab. Unsere Kommunikations- und Nachschubwege funktionierten schon nicht mehr, bevor auch nur ein einziger Schuß gefallen war. Die griechischen Soldaten desertierten nicht. Mein Gewehr setzte Rost an. Ich erhielt die falsche Munition. Wir erfuhren, daß wir keine Luftunterstützung bekommen würden und daß ein Bürohengst aus Versehen unsere Fiat-666-Lkws nach Turin beordert hatte. Es war sowieso egal. Die Lastwagen blieben genauso wie die Geschütze im Schlamm stecken. Absätze, die früher beim Salutieren markig geknallt hatten, wurden nun mit einem klebrig dumpfen Ton zusammengeschlagen, und wir begannen uns nach dem beißenden gelben Staub vom 25. Oktober zurückzusehnen. Immer noch von einem leichten Sieg überzeugt, marschierten wir weiter und sangen davon, in zwei Wochen in Athen zu sein. Wir hatten bisher keine einzige Patrone abgefeuert.

Wir dachten, die Griechen stellten sich uns nicht entgegen, weil ihre Truppen schwach und feige waren, was uns trotz allem in gute

Laune versetzte. Keiner von uns kam auf die Idee, daß sie unsere Strategie vorhergesehen und eine flexible Verteidigungsstellung bezogen hatten, um ihre Kräfte zu konzentrieren. Wir mühten uns in unerbittlichem Regen und zähem Dreck voran, während sich über uns der gewaltige Berg Smolikas in Nebel hüllte und die Griechen geduldig abwarteten.

Wie ich Wickelgamaschen hasse. Ich habe nie kapiert, wozu sie gut sind. Ich haßte es, sie genau nach Vorschrift umzuwickeln. Nun haßte ich sie, weil sich klebrige Brocken gelber Erde an sie hefteten und weil sie das eiskalte Wasser in meine Stiefel leiteten. Die Haut an meinen Füßen wurde weiß und schälte sich ab. Die Hufe der Mulis wurden weich und schuppten ab, aber sie warfen immer noch den Matsch hoch, der uns von Kopf bis Fuß bespritzte. Francisco und ich drangen in ein Haus ein, in dem ein Foto von König Georg und General Metaxas an der Wand hing. Wir erbeuteten einen Regenmantel und trockene Socken. Ein halb verzehrtes Essen stand da, noch warm, und wir aßen es. Danach machten wir uns stundenlang Sorgen darüber, ob es nicht etwa vergiftet gewesen und absichtlich stehengelassen worden war. Es waren keine Griechen zu sehen, und wir siegten kampflos. Wir vergaßen, daß einige von uns den faschistischen Milizen Antikriegsparolen zugerufen und sie vermöbelt hatten, wann immer wir ihnen im Dunkeln begegnet waren.

Wir erreichten den Fluß Sarandaporos und stellten fest, daß wir keine Pontons und keine Pioniere hatten. Er war reißend angeschwollen, und auf ihm trieben die Überreste gesprengter Brükken und die Kadaver von Bergschafen. Francisco rettete mir das Leben, indem er mir nachstürzte, als ich bei dem Versuch, ein Geschütz herüberzuschaffen, davongetrieben wurde. Es war das erste Mal, daß er mich in den Armen hielt. Wir hörten, daß jemand griechische Soldaten gesehen hatte, die im Wald verschwanden. »Feiglinge«, spöttelten wir. Die Hölle des Sarandaporos wiederholte sich beim Vojussa. Francisco meinte: »Gott ist gegen uns.«

Ich hasse Wickelgamaschen. Auf eintausend Metern Höhe gefror das Wasser in ihnen. Wenn Wasser gefriert, dehnt es sich aus. Das ist ein nichtssagender Gemeinplatz, stimmt, aber bei Wickelgamaschen wirkt sich das zweifach aus. Das Eis wird kiloschwer und schnürt den Blutzufluß zu den Füßen ab. Sie werden taub. Wir sehnten uns nach den dreckigen Löchern, aus denen wir in Albanien gekrochen waren. Wir stellten fest, daß unsere schweren Geschütze meilenweit hinter uns zurückgefallen waren und uns wahrscheinlich nie mehr einholen würden. »Athen in zwei Monaten«, sagte Francisco und zog ironisch die Mundwinkel herab.

Krieg ist was Herrliches, bis jemand getötet wird. Am 1. November besserte sich das Wetter, und ein Heckenschütze erschoß unseren Unteroffizier. Es krachte in den Bäumen, und der Unteroffizier machte einen Schritt rückwärts und warf die Arme hoch. Er taumelte auf mich zu und fiel mit einem hellglänzenden Fleck mitten auf der Stirn rücklings in den Schnee. Die Männer warfen sich zu Boden und erwiderten das Feuer, während ein Zug in die Pinien ausschwärmte, um den Feind aufzustöbern, der aber bereits verschwunden war. Ein Mörser bellte los, es machte »Wumm«, als der Sprengkörper zwischen uns fiel, dann kam ein Aufschrei, als das Schrapnell einem armen Rekruten aus Piemont die Beine zerfetzte, darauf entsetzliche Stille. Ich merkte, daß ich mit blutigen Fetzen Menschenfleisch bespritzt war, die an meiner Uniform bereits festfroren. Wir scharten uns um die Verwundeten und erkannten, daß es keine Möglichkeit gab, sie hinter die Linien zu schaffen. Francisco legte mir die Hand auf die Schulter und sagte: »Schieß mir in den Kopf, wenn ich verwundet bin.«

Die verspotteten Griechen hatten uns in Positionen hineinmanövriert, wo sie uns einkreisen und den Rückzug abschneiden konnten, aber dennoch sahen wir sie kaum. Wir saßen im Talboden auf den Straßen und Wegen in der Falle, und die Griechen schwirrten wie Geister auf den Hängen über uns umher. Wir wußten nie, wann und woher der nächste Angriff kommen würde. Die Granaten schienen in einem Augenblick von hinten zu kommen, im nächsten schon von der Flanke oder von vorn. Wir wirbelten wie Derwische herum, feuerten auf Geister und Bergziegen.

Der heldenhafte Einsatz der unsichtbaren Griechen brachte uns aus der Fassung. Sie tauchten aus dem Nichts auf und fielen über uns her, als würden wir gerade ihre Mütter vergewaltigen. Das schockierte uns. Auf dem Hügel 1289 verschreckten sie unsere

135

Albaner so sehr, daß diese flohen und sogar auf die Carabinieri schossen, die sie aufzuhalten versuchten. Neunzig Prozent dieses Tomor-Bataillons desertierten. Unsere ganze Linie wurde mit uns als Angelpunkt gegen den Uhrzeigersinn gedreht und von beiden Flügeln unserer Front abgeschnitten. Keine Luftunterstützung. Griechische Soldaten in ihren britischen Uniformen und Tommy-Helmen mähten uns mit MGs und Mörsern nieder und blieben selbst unsichtbar. »Athen in zwei Jahren«, meinte Francisco. Wir waren völlig allein.

Die Griechen nahmen Samarini ein und waren hinter uns. Zu essen hatten wir nichts als trockene Kekse, die wie Skrofeln zerbröselten. Die Pferde starben uns weg, also verzehrten wir sie. Die kleinen Pferde der Griechen trugen deren Kavallerie über uns hinweg und waren zu zäh zum Sterben. Wir erhielten Befehl, uns nach Konitsa zurückzuziehen, und mußten uns unseren Rückweg durch die Truppen freikämpfen, die uns umzingelt hatten.

Wir waren nicht mehr zu erkennen. Uns wuchsen riesige Bärte, wir wurden unter Graupelschauern begraben, unsere blutunterlaufenen Augen lagen tief in den Höhlen, unsere Uniformen verschwanden unter einer Eiskruste, unsere Hände waren wie von Katzen zerkratzt, und unsere Finger krümmten sich zu Bleiklumpen. Francisco sah aus wie ich, und ich sah allen anderen gleich; wir lebten wie in der Steinzeit. Innerhalb von wenigen Tagen waren wir zu Skeletten abgemagert und wühlten wie Schweine nach Futter.

Dann endlich sahen wir einen italienischen Bomber. Wir winkten ihm zu, er kreiste und warf eine Bombe ab, die uns knapp verfehlte, aber drei unserer Mulis tötete. Wir schnitten ihr Fleisch in Streifen und aßen es roh, während es noch warm war und vor Leben pulsierte. Die Funkgeräte gaben den Geist auf. Es wurde klar, daß die Griechen ihre Truppen an genau den Stellen zusammenzogen, wo wir am schwächsten waren. Sie fingen damit an, isolierte Kommandos aufzugreifen und gefangenzunehmen. »Haben die Schweine Glück«, bemerkte Francisco. »Ich wette, in Athen ist es heiß.« Nachts schliefen wir beide aneinandergekuschelt, um etwas Wärme zu haben. Die Erschöpfung verscheuchte jede Lust. Wir schliefen alle so. Ich wollte meinen Freund nur beschützen.

Unser Kommandant wurde gefeuert und durch General Soddu ersetzt, dem wir natürlich den Spitznamen »General Sodomia« gaben. Visconti Prasca verlor dann seinen Posten als Kommandant der Elften Armee. Wie tief die Mächtigen fielen! Er war ein Meteor, der sich als glühender Furz entpuppte. Alle unsere Kommandanten waren glühende Fürze, angefangen bei Mussolini, der sie ausgewählt hatte.

Wir zogen uns nach Konitsa zurück wie ein verwundeter Riese, den eine wilde Meute tollwütiger Hunde peinigt. Es war ein Inferno aus Maschinengewehren und Artillerie, Granaten und Eis. Die Zivilbevölkerung stellte uns mit Sportflinten und Schlingen nach. Eine ganze Woche verging ohne Mahlzeiten oder Erholungspausen. Schlachten auf Kernschußweite dauerten bis zu acht Stunden an. Wir verloren Hunderte von Kameraden. Die Berge wurden zu einer Totenstätte. Wir kämpften weiter, verloren aber den Mut. Eine große Dunkelheit hatte sich über das Land gesenkt. Francisco redete mit seiner Maus selbst bei Angriffen aus dem Hinterhalt oder bei plötzlichem Flankenbeschuß, und wir alle waren kurz vor dem Durchdrehen. Wir erreichten unsere alte Stellung an der Perati-Brücke, nachdem wir sinnlos ein Fünftel unserer Männer geopfert hatten. Ich sah um mich und spürte mit nagendem Entsetzen die unwiederbringliche Abwesenheit der Männer, die ich liebengelernt hatte und deren unbezwingbaren Mut niemand je anzweifeln oder unbedacht in Frage stellen sollte. Krieg ist etwas Herrliches. In Filmen und in Büchern. Gladiators, Wellingtons und Blenheims tauchten immer öfter am Himmel über uns auf, und so fügten die Engländer ihre Kräfte den griechischen Dolchen hinzu, die sich in unsere Wunden bohrten. General Soddu inspizierte uns und verglich uns mit Granit. »Blutet Granit auf Golgatha?« fragte Francisco.

16

Pelagias Briefe an die Front

1

Mandras, Agapeton,
seit so langer Zeit habe ich nichts mehr von Dir gehört, Du hast
seit dem traurigen Tag nicht mehr geschrieben, als ich Dir in Sami
Lebewohl gesagt habe. Ich habe Dir jeden Tag geschrieben, und
ich vermute schon, daß Du meine Briefe nie erhalten hast oder
daß Deine Antworten mich wegen des Krieges nicht erreichen.
Gestern habe ich den besten geschrieben, der alles vollkommen
ausdrückte, aber ob Du's glaubst oder nicht, die Ziege hat ihn
gefressen. Ich war wütend und habe sie mit dem Schuh auf den
Kopf geschlagen. Das war sicher ein komisches Bild, und ich weiß,
Du hättest gelacht, wenn Du es gesehen hättest. Die ganze Zeit ist
hier was los, und ich wünschte, Du wärst hier, um alles mit
eigenen Augen zu sehen. Ich versuche, es für Dich zu sehen und es
mir zu merken, und ich phantasiere darüber, daß ich, wenn ich
mich fest genug konzentriere, es Dir schicken kann, damit Du es
in Deinen Träumen siehst. Wenn es bloß so sein könnte.

Ich habe so große Angst, daß ich deshalb keine Briefe von Dir
bekomme, weil Du verwundet oder gefangengenommen worden
bist, und habe Alpträume, daß Du tot bist. Bitte, bitte schreib mir,
so daß ich wieder atmen kann und mein Herz zur Ruhe kommt.
Jeden Tag bestürme ich erwartungsvoll die Leute, die mit der Post
fürs Dorf aus Argostoli kommen, und jedesmal ist nichts dabei,
und ich fühle mich verzweifelt und hilflos und vergehe fast vor
Kummer. Jetzt, wo es Dezember ist, ist es hier sehr kalt geworden,
die Sonne scheint nicht, und es regnet fast jeden Tag, was mich auf
die Idee bringt, daß der Himmel mit mir weint. Mich schaudert
bei dem Gedanken daran, wie kalt es in den Bergen von Epirus
sein muß. Hast Du die Socken bekommen, die ich für Dich
gestrickt habe, und die Fischerjacke und den Schal? War es schlau
von mir, daß ich sie in Khaki eingefärbt habe? Oder war es dumm
von mir, daß ich sie nicht weiß gemacht habe? Hoffentlich hast Du

den Kaffee und das Glas Honig und das Räucherfleisch bekommen. Mein armer Liebling, wie Du leiden mußt in der Kälte, in jener so fernen und wilden Gegend, die schon fast ein fremdes Land ist. Wie Du Dein Boot und Deine Delphine vermissen mußt; hast Du gemerkt, daß ich von Deinen Delphinen gewußt habe, die bis zu Deiner Rückkehr keinen Freund haben, der sie mit Fischen füttert?

Alles hier ist noch immer so wie früher, außer daß bestimmte Dinge knapp werden. Gestern konnte ich kein Öl für die Lampen bekommen, und letzte Woche gab es kein Mehl zum Brotbacken. Mein Vater hat Lampen gemacht, indem er einen Docht durch einen Korken zog und ihn in einer Schale mit Olivenöl schwimmen ließ. Er sagt, so haben sie es in der Antike gemacht, aber das Licht ist schwach, es ist sehr rauchig und riecht unangenehm. Wer hätte gedacht, daß wir uns nach Kerosin sehnen würden?

Alle reden darüber, wie still und trostlos es im Ort jetzt geworden ist, wo alle jungen Männer weg sind, und wir fragen uns alle, wie viele zurückkommen werden. Ich habe gehört, daß Dimos gefallen und Marigos Verlobter gefangengenommen worden ist. Immer wenn ich so was höre, danke ich Gott, daß es nicht Dich getroffen hat, obwohl es schrecklich ist, sich zu wünschen, daß das Unglück andere treffen soll. Ich würde es nicht ertragen, wenn Du getötet werden würdest. Ich glaube, ich würde selber sterben. Ich glaube, ich würde Gott das Angebot machen, daß er mich an Deiner Stelle nimmt, bloß damit Du weiterlebst. Wir Frauen schämen uns, daß wir keine mit Euren vergleichbaren Opfer bringen können, aber jede von uns würde ein Gewehr in die Hand nehmen und sich Euch anschließen, wenn es möglich oder erlaubt wäre. Papakis hat mir eine kleine Pistole gegeben, und ich lege sie mir nachts unters Kopfkissen, und tagüber trage ich sie in der Schürzentasche mit mir herum. Wenn es eine Invasion auf dieser Insel gibt, dann werden Frauen und alte Männer bis zum Tod mit Besenstielen und Küchenmessern kämpfen, und wir haben uns schon daran gewöhnt, die Dinge zu erledigen, die sonst die Männer getan haben. Nur sitzen wir nicht in der Kapheneia herum und spielen Backgammon. Wir gehen ziemlich oft in die Kirche, und Pater Arsenios hat uns viele schöne und rührende Predigten gehalten. Er sagt uns, daß eine Ikone von St. Iannis ganz von allein vor einer Höhle erschienen ist, die von Gerasimos benutzt wurde. Selbst Gott scheint uns Botschaften zu schicken und zeigt, daß wir im Recht sind. Jemand hat mich darauf hingewiesen, daß wir das einzige Land außer dem Britischen Empire sind, das noch kämpft. Wenn ich daran denke, fasse ich wieder Mut, weil die Engländer das größte Reich haben, das die Welt je gesehen hat, und wie können wir in dem Fall verlieren? Ich sehe oft britische Kriegsschiffe, und sie sind so groß, daß ich mir nicht vorstellen kann, daß sie schwimmen. Ich weiß, daß wir gewinnen werden.

Alle Nachrichten von der Front sind so gut, daß unser Sieg schon festzustehen scheint. Jeden Tag hören wir, daß noch mehr italienische Truppen zurückgedrängt oder geschlagen worden sind, und wir jubeln wie David, als Goliath tot zu seinen Füßen lag. Wer hätte das noch vor zwei Monaten geglaubt? Es schien unmöglich zu sein. Wir haben Euch weggeschickt, um ihnen ehrenhaft Widerstand zu leisten, aber ohne große Siegeshoffnungen, und nun warten wir darauf, Euch als siegreiche Helden daheim empfangen zu können. Ganz Griechenland platzt vor Stolz und Dankbarkeit auf seine Männer, die größer sind als Achilles und Agamemnon zusammen. Es wird davon gesprochen, daß Ihr das ganze Land zurückerobert habt, das früher umstritten gewesen ist, und daß die Italiener praktisch aus Albanien vertrieben worden sind. Wie großartig Ihr seid, Eure Namen werden auf ewig in den Herzen der Griechen leben, und die Welt wird sich immer daran erinnern, was passiert, wenn jemand es wagt, uns etwas anzutun. Wir sind so stolz, mein Mandras, so stolz. Wir stolzieren erhobenen Hauptes herum und denken an die glorreiche Vergangenheit, die uns von den Römern und Türken entrissen wurde und die Du und Deine Kameraden uns endlich wieder zurückgegeben habt. Der Tag wird kommen, an dem wir und das Britische Empire uns hinstellen und der Welt verkünden werden: »Wir haben euch befreit.« Die Amerikaner, die Russen und die anderen Pontius Pilatusse werden die Köpfe hängen lassen und sich schämen, daß wir allen Ruhm eingeheimst haben.

Alle hier sind vom Kriegsgeist beflügelt. Papas, der Metaxas so sehr gehaßt hat, und Kokolios, der Kommunist ist, und Stamatis, der Monarchist ist, sie alle spenden Metaxas als dem größten Griechen seit Perikles oder Alexander Beifall, und alle zusammen preisen den militärischen Erfolg von Papagos. Sie arbeiten zusammen, um Päckchen für die Truppen zu sammeln, und mein Vater hat sich sogar angeboten, als Arzt an die Front zu gehen. Sie haben ihn nicht genommen, als sie erfuhren, daß er alles auf Schiffen gelernt hat und keine Zeugnisse besitzt. Du hättest seinen Zorn sehen sollen. Er ist durchs Haus gepoltert, und ich habe ihn noch nie so oft und mit so viel Gehässigkeit »Heston« sagen hören. Ich freue mich, daß er nicht hinkann, doch es ist ungerecht, denn sogar die reichen Leute kommen zu ihm statt zu den studierten Ärzten. Er hat die Gabe der Heilkraft ganz wie der Heilige, er braucht eine Wunde bloß zu berühren, dann heilt sie schon.

Mandras, Du wärst belustigt, wie sehr seit Kriegsbeginn das Wahrsagen ausgebrochen ist. Alle lesen im Kaffeesatz, um zu erfahren, ob und wann ihre Cousins, Brüder und Söhne zurückkommen werden, es ist ein richtiges Geschäft geworden. Die Frau von Kokolios hat für mich im Kaffeesatz gelesen und mir gesagt, jemand würde von weit her kommen und mein Leben auf ewig verändern, und sie hat das so ernst gesagt, als ob sie nicht wüßte, daß ich weiß, daß sie weiß, daß ich auf Deine Rückkehr von weit her warte.

Den italienischen Familien auf der Insel ist es schlimm ergangen, und die Behörden mußten einschreiten, um das Anzünden von Häusern und andere dumme Gewaltakte zu verhindern. Einige Hitzköpfe in Lixouri haben sogar einen alten Mann zusammengeschlagen, der hier seit vierzig Jahren lebt und unsere Flagge aus dem Fenster gehängt hat. Warum sind die Menschen solche Tiere?

Du wirst Dich freuen zu hören, daß Psipsina und die Ziege beide wohlauf sind. Ich jedenfalls freue mich darüber, und da wir beide bald vereint sein werden, heißt das, daß Du Dich auch freuen wirst. Hoffentlich freut es Dich auch, wenn Du hörst, daß ich beschlossen habe, meine eigene Mitgift anzufertigen. Mein Vater hat, glaube ich, kein Schamgefühl, und manchmal bin ich sehr böse auf ihn, weil er das, was für jedes andere Mädchen völlig normal ist, nicht zuläßt. Er ist nicht gerecht, weil er zu rational ist. Er hält sich für einen Sokrates, der das Brauchtum verachten kann, aber mir ist es jedesmal peinlich, wenn ich jemandem aus Deiner Familie begegne, und ich kann nicht zulassen, daß sie denken, Du seist nicht erwünscht, selbst wenn das gar nicht stimmt. Ich habe angefangen, eine große Decke für unser Ehebett zu häkeln, mußte sie aber wieder auftrennen, weil sie nichts geworden ist und wie ein totes Tier ausgesehen hat. In Frauendingen bin ich nicht gut, weil meine Mutter gestorben ist, als ich noch ganz klein war, und nun muß ich versuchen, all das nachzulernen, womit ich hätte aufwachsen sollen. Ich fange mit Sachen fürs Bett an, weil dort unser Leben beginnen wird, doch danach werde ich andere Sachen fürs Haus machen, die wir an Festtagen gebrauchen können oder wenn Besuch kommt. Das Häkeln ist ziemlich langweilig, doch ich tröste mich damit, daß Du bei Deiner Rückkehr alle Beweise meiner Liebe für Dich vorfinden wirst. Ich denke daran, daß es recht nett wäre, wenn ich für Dich eine mit Goldfaden und mit Blumen in Feston und Fil-tiré bestickte Jacke machen würde, damit Du beim Tanzen im Sonnenlicht glitzerst.

Am Weihnachtstag haben die Italiener Korfu bombardiert, und sogar mein Vater war von ihrer Gottlosigkeit schockiert. Im Radio hören wir, daß die Engländer viele ihrer Schiffe versenkt haben. Hoffentlich stimmt das, aber ich höre solche Nachrichten trotzdem ungern, weil ich den Verlust von Menschenleben nicht ertragen kann und weil mir das Herz schwer wird, wenn ich an all die Alten denken muß, deren Kinder vor ihnen ins Grab sinken. Ich habe auf der Agora Deine Mutter getroffen, und sie sagt mir, daß sie auch keine Nachricht von Dir hat. Sie ist so besorgt, daß sie noch mehr Falten im Gesicht hat als früher. Bitte schreib ihr, auch wenn Du mir nicht schreibst. Ich glaube, sie leidet noch mehr als ich, wenn das überhaupt möglich ist.

Mandras, wir haben seit Deiner Abreise keinen Fisch mehr gehabt, das fehlt mir sehr. Wir essen nichts anderes als Bohnen, wie die Armen. Mein Vater sagt, daß sie guttun, aber sie blähen den Bauch auf. Zu Weihnachten mußten wir ohne Kourabiedes, Christopsomo und Loukomades auskommen, und es war ein ödes Fest, auch wenn wir unser Bestes getan haben. Pater Arsenios hat uns alle überrascht, als er sich nicht betrank.

Denk daran, daß es hier welche gibt, die Dich lieben und für Dich beten, und daß ganz Griechenland mit Dir marschiert, wo Du auch sein magst. Komm nach dem Sieg zu uns zurück, damit es wieder so wird, wie es war. Deine Delphine, Dein Boot und Deine

Insel warten auf Dich, und ich warte auch auf Dich, weil ich Dich so sehr liebe und vermisse, als wärst Du ein Glied meines Körpers, das abgeschnitten worden ist. Mein Liebling, ohne Dich ist nichts vollkommen, und selbst wenn ich glücklich bin, schmerzt mich mein Glück.

Deine Dich liebende Verlobte Pelagia, die Dich mit diesen Worten küßt.

2

Am Sankt-Basilius-Tag
Agapeton,
immer noch keine Zeile von Dir, und sonderbarerweise finde ich mich allmählich damit ab. Panayis ist zurückgekommen. Er hat an der Front eine Hand verloren. Er hat mir gesagt, daß es an der Front zu kalt ist, um überhaupt einen Stift halten zu können. Er sagt, er hat dich nicht gesehen, aber das ist vermutlich gar nicht überraschend, da Ihr nicht in derselben Einheit seid. Er will beim König um sein Recht streiten, an die Front zurückzukehren und weiterzukämpfen, da er meint, daß auch mit einer Hand noch jeder ein Gewehr benutzen kann. Der Töpfer an der Straße nach Kastro sagt, er wird Panayis eine neue Hand aus Ton machen, die besser als die alte aussehen und sehr kräftig sein wird, und Panayis hat ihm aufgetragen, sie frostsicher zu machen für den Fall, daß er wieder in den Kampf zieht. Er hat sogar um zwei Ausführungen der Hand gebeten, eine als geballte Faust zum Kämpfen, die andere mit gekrümmten Fingern, so daß er damit ein Glas halten kann. Es würde mich nicht überraschen, wenn er noch um eine dritte mit einer Bajonettfassung bittet; er hat so viel Elan.

Dieser Sankt-Basilius-Tag ist besser gewesen als Weihnachten. Mein Vater hat mir einen Band mit Gedichten und politischen Schriften von Andreas Laskaratos geschenkt und dazu gesagt, daß es meiner Seele guttäte, etwas von jemandem zu lesen, der exkommuniziert wurde. Ich habe das Sprichwort »*Mega biblion, mega kakon*« zitiert, da hat er gedroht, das Buch wegzunehmen und mir ein kleineres zu geben. Ich habe ihm ein schönes Klappmesser geschenkt. Wir haben die Samen eines Granatapfels gezählt, um zu sehen, ob dieses Jahr ertragreich werden wird oder nicht. Nicht so schlecht, scheint es. Es ist mir gelungen, eine Vasilopeta zu machen, weil ich einige Zutaten bei Deiner Mutter eingetauscht habe, und mein Vater hat mir einen englischen Goldsovereign gegeben, den ich reingetan habe. Es hat ihn sehr erfreut, als er weder in dem Stück für Christus noch in dem für St. Basilius war, weil er der Kirche nicht gerne Geld gibt. Er ist in meinem Stück aufgetaucht, und so bekomme ich dieses Jahr das ganze Glück ab. Ist das nicht wunderbar? Hoffentlich heißt das, daß Du zurückkehrst.

Ich habe mit der Jacke für Dich angefangen, aber die Bettdecke mußte schon wieder aufgetrennt werden, weil sie noch schlimmer wurde als vorher. Ich weiß nicht, was mit mir los ist.

Nichts als gute Nachrichten von der Front, alle freuen sich ungeheuer, daß unsere Jungs es Mussolini gehörig zeigen. Wir haben gehört, daß unsere Jungs italienische Panzer aus dem Schnee und Schlamm graben und sie gegen ihre früheren Besitzer einsetzen. Bravo für uns. Es wird auch berichtet, daß wir Argyrokastro, Korytsa und Agioi Saranda eingenommen haben, doch es gibt schlimme Gerüchte, daß es Metaxas nicht gutgeht.

Hast Du schon das neue Plakat gesehen, das überall klebt? Falls nicht: Es zeigt einen unserer Männer, der vorwärts schreitet und von der Hand der Heiligen Jungfrau am Ellbogen geführt wird. Sie hat den gleichen Gesichtsausdruck wie der Soldat, und dabei steht: »Sieg. Freiheit. Die Jungfrau ist mit ihm.« Wir finden es alle schrecklich gut.

Vater macht seinen Schnurrbart jetzt patriotischer, da er ihn buschig werden läßt. Mich freut es, daß er ihn nicht mehr wachst, weil es sich immer so hart und stachlig angefühlt hat, wenn ich ihn auf die Wange küßte. Jetzt kitzelt er. Ich schätze, Du hast Dir mittlerweile auch einen Bart wachsen lassen, bloß damit dein Gesicht warm bleibt.

Mandras, Du mußt wirklich Deiner Mutter schreiben, sie macht sich solche Sorgen. Es ist genau soeine Frage des Philotimo wie der Kampf fürs Vaterland. Die Ehre hat viele Gesichter, und dazu gehört auch, meine ich, gut zu seiner Mutter zu sein. Aber ich will Dich nicht kritisieren. Ich meine bloß, daß Du vielleicht eine kleine Gedächtnisstütze brauchst.

Deine Dich liebende Verlobte
Pelagia

3

In der Woche von Apokrea

Agapeton,

das ist mein hundertster Brief an Dich, und immer noch nichts von Dir. Papakis meint, daß keine Nachrichten weder gute noch schlechte Nachrichten sind, und so weiß ich nicht, ob ich mich traurig oder zuversichtlich fühlen soll. Ich danke Gott, daß Dein Name nicht auf der Totenliste auftaucht, die in Argostoli angeschlagen ist. Ich muß Dir die traurige Mitteilung machen, daß Kokolios zwei seiner Söhne verloren hat (Gerasimos und Yanaros). Es hat ihn sehr mitgenommen. Seine Lippen zittern beim Sprechen, er hat Tränen in den Augen, und er stürzt sich seit neuestem so in die Arbeit, daß er sogar noch herumwerkelt, wenn es dunkel geworden ist. Er sagt, er gibt nicht den Italienern die Schuld, sondern den Russen, die ihre Pflicht nicht erfüllt haben, den Faschisten Widerstand zu leisten. Er meint, Stalin kann kein echter Kommunist sein, und seit die Engländer die Italiener aus Somaliland rausgeworfen und 200 000 in Libyen gefangengenommen haben, läuft er herum und küßt immer wieder ein Bild von Winston Churchill, das er aus einer Zeitung ausgeschnitten hat. Neulich, als Papas von Hitlers Ultimatum an uns erfahren hat, wir sollten den Kampf gegen die Italiener einstellen, hat er seinen Bart ganz abgeschnitten, weil selbst ein großer, buschiger patriotischer Schnauzer noch zu sehr dem von Hitler gleicht. Seit Metaxas gestorben ist, trägt Papas Trauerflor am Arm, und er schwört, er wird ihn nicht abnehmen, bis der Krieg vorbei ist. Wir sind immer noch betrübt über den Tod des alten Mannes, doch wir sind entschlossen, uns davon nicht schwächen zu lassen. Wir haben vollstes Vertrauen, daß Papagos uns zum Sieg führen wird.

Also dieses Jahr gibt es keinen großen Karneval, da ja alle jungen Männer weg sind, es ist eher schon so wie in der Fastenzeit. Wir fasten alle, ob wir wollen oder nicht, und ich sehe schon, daß auch Ostern kein großes Fest sein wird. Ohne gefärbte Eier und Tsoureki, Kokoretsi, Mayeritsa und ein am Spieß brutzelndes Lamm wird es einfach nicht so wie früher sein. Ich schätze, es wird schon Eier geben, doch ansonsten werden wir wahrscheinlich Schuhleder mit Avgolemono-Soße essen müssen. Mir läuft das Wasser im Mund zusammen, wenn ich bloß an all die Sachen denke, die wir nicht haben können, und ich kann es gar nicht erwarten, daß alles wieder normal wird.

Seit Dezember haben wir einige schreckliche Unwetter gehabt, und es ist sehr kalt und windig gewesen. Deine Jacke habe ich fast fertig, aber sie ist nicht so schön geworden, wie ich gehofft hatte. Das schlechte Wetter gibt mir viel Zeit, daran zu arbeiten, obwohl das nicht leichtfällt, wenn die Hände blau vor Kälte sind. Die Bettdecke hatte ich auch schon halb fertig, aber dann hat Psipsina darauf gereihert, und ich habe sie waschen müssen. Sie ist nicht eingegangen, Gott sei Dank, aber als ich sie zum Trocknen auslegte, hat die Ziege drei Maulvoll aus der Mitte rausgefressen. Ich bin so wütend geworden, daß ich sie tatsächlich mit einem Besenstiel verprügelt habe, und als ich dann in Tränen aufgelöst war, ist Papakis rausgekommen. Ich habe ihn auch geschlagen. Du hättest seinen Blick sehen sollen. Jedenfalls habe ich die Decke wieder aufgetrennt und soviel Wolle gerettet, wie ich konnte, aber allmählich glaube ich, das Schicksal möchte, daß ich etwas anderes mache.

Hoffentlich bist Du wohlauf und guten Mutes, ich freue mich immer noch auf Deine Rückkehr, wie wir alle natürlich.

In aller Liebe, Deine Pelagia, die Dich sehr vermißt.

17

L'Omosessuale V

Die Division Bari übernahm unseren Abschnitt, damit wir ausruhen und uns umgruppieren konnten, doch die Griechen rückten mit einem Feuervorhang an und erwischten sie, bevor sie ihre Artillerie in Stellung bringen konnte. Wir von der Division Julia wurden zurück in die vorderste Linie gerufen, um sie herauszuhauen. Mir war, als hätte sich ein Teil meines Verstandes verabschiedet oder als wäre meine Seele zu einem grauen Lichtpünktchen geschrumpft. Mein Denken war ausgeschaltet. Ich kämpfte verbissen, ich war ein Automat ohne Empfindung oder Hoffnung, und wenn ich überhaupt eine Sorge hatte, dann die, daß Francisco sich immer seltsamer benahm. Er war zu der Überzeugung gelangt, daß er eines Tages einen Schuß ins Herz bekommen würde, und hatte deshalb die Maus Mario von der Brusttasche in eine Tasche am Hemdsärmel verlegt. Er war besorgt, daß die Maus mit ihm erschossen werden würde, und nahm mir das Versprechen ab, mich nach seinem Tod um sie zu kümmern.

Unsere Einheiten kamen durcheinander. Teile anderer Divisionen wurden uns zugeteilt. Keiner kannte sich mehr in der örtlichen Befehlshierarchie aus. Ein Bataillon mit Frischlingen, nur teilweise ausgebildeten Burschen vom Land, traf am falschen Geländepunkt ein und wurde von den Griechen vernichtet. Am 14. November begannen die Griechen eine Offensive, deren gnadenlose Raserei wir uns im voraus gar nicht hatten vorstellen können.

Wir mußten uns mit dem Mrava-Massiv im Rücken eingraben. Das heißt noch gar nichts, wenn Sie nicht wissen, daß es eine unbewohnte, wüste Gegend mit steilen Hängen und engen Schluchten, rauhen und zerklüfteten Felszacken ohne Wege ist, ein Gelände, durch das unser Nachschub nicht herangeschafft werden konnte. Wir befanden uns in einem Land, das die Griechen schon immer als ihren rechtmäßigen Besitz betrachtet und schon zweimal nur durch Verträge abgetreten hatten. Jetzt wollten sie es zurück. Wir waren in Nebel gehüllt, vom Schnee zugedeckt, und von Norden her fegte ein abscheulicher arktischer Wind, der wie die geballte Faust eines Titanen auf uns niedersauste.

Sie schlugen tiefe Kerben in unsere Linien, und wir verloren die Verbindung zu anderen Einheiten. Wir mußten uns zurückziehen. Doch wir konnten nirgends hin. Die Stokes-Brandt-Granatwerfer des Feindes löschten ganze Infanteriezüge auf einmal aus. Wir hatten kein Verbandszeug und kein Feldlazarett. Ein weinender Kaplan entfernte mir auf dem Küchentisch einer dachlosen Hüttenruine ohne Betäubung einen Granatsplitter aus dem Arm. Es war zu kalt, als daß ich gespürt hätte, wie das Messer in mein Fleisch schnitt oder die Nadel meine Haut durchbohrte. Ich dankte Gott, daß ich und nicht Francisco der Verwundete war. Gleich darauf wurde ich wieder ins Schlamassel geschickt, wo ich feststellte, daß die Männer der Mulikarawane ihre Tiere verlassen hatten und mit uns kämpften. Unser Offizier war getötet und durch einen Major aus der Versorgungseinheit ersetzt worden. »Es gibt keinen Nachschub mehr«, erzählte er uns, »und deshalb bin ich hergekommen, um meine Pflicht zu tun. Ich verlasse mich auf eure guten Ratschläge.« Diesem bewundernswerten und ehrenhaften Mann, der es gewohnt war, Handtücher zu stapeln und Inventuren zu machen, wurden seine Därme bei einem Bajonettangriff herausgerissen, den er heldenhaft mit einer leergeschossenen Pistole in der Hand angeführt hatte. Wir wurden vernichtend geschlagen.

Ich hasse nicht nur Wickelgamaschen, ich hasse meine ganze Uniform. Ihre Fäden verrotteten, und sie fiel auseinander. Der Stoff wurde steif wie ein Pappkarton und erstarrte zu steinharter Unbiegsamkeit. Wie ein Kühlschrank speicherte er die Kälte, die mir unter die Haut kroch. Die Uniform wurde von Tag zu Tag schwerer und rauher. Ich schoß eine Ziege und hüllte mich in ihr ungegerbtes Fell. Francisco häutete ein verendetes Muli und tat es mir nach. Koritsa wurde dem Feind überlassen, und nun verfügten wir über weniger Territorium als zu Anfang. Wir ließen das schwere Gerät liegen. Es war sowieso aufgebraucht. Wir mußten mit der schrecklichen Eiterbildung und dem Jauchegestank von Wundbrand leben. Während Koritsa evakuiert wurde, harrten wir von der Division Julia in Epirus aus. Wir waren nicht so leicht unterzukriegen. Doch dann zogen wir uns auf denselben Straßen zurück, auf denen wir vorgerückt waren. Die Division Centauro ließ, um schneller voranzukommen, ihre im Morast versunkenen Panzer zurück. Die Griechen fanden diese traurigen kleinen rostigen Hüllen, gruben sie aus, reparierten sie und setzten sie gegen uns ein. Wir erhielten Verstärkung durch ein Bataillon der Zollwache. Um Gottes willen. Wir hielten einen Brückenkopf in Perati. Nutzlos.

Ein kleines Wunder: Die Griechen gewährten uns ein paar Tage Ruhe. Sie dachten sicherlich, wir hätten die Straßen vermint. Dann erfuhren wir, daß wir Pogradec verloren hatten, weil der Feind die Frontlinie unterlaufen hatte, indem er einem Bergbach gefolgt war, während unsere Abwehrstellungen an den Wegen aufgereiht waren. »Was hat das noch für einen Sinn?« fragte Francisco. »Wir tun unser Bestes, und die anderen vermasseln alles.« Dann wurde durch das Manöver von irgend jemand unsere rechte Flanke exponiert, und wir wurden von der Division Modena abgeschnitten. Unser General Soddu, der Prasca ersetzt hatte, wurde nun durch Cavallero abgelöst. Es sah ganz so aus, als würde unsere glorreiche Eroberung Griechenlands schändlich als griechische Eroberung Albaniens enden. Es schneite erbarmungslos, und wir entdeckten, daß wir unsere Köpfe warm halten konnten, indem wir verendenden Mulis das Hirn herausschnitten und in unsere Helme legten. Wir erkannten, daß wir nur dann den ständigen Angriffen von oben entgehen konnten, wenn wir die Höhen hielten. Die aber wurden von grimmigen Winden gepeitscht, die einen stechenden Schild aus Eiskristallen vor sich hertrugen. Meine Stiefel fielen auseinander, und auf mir wimmelte es von Läusen, daß es überall juckte. Ich glaube, es war zu Weihnachten, als wir endgültig begriffen, daß wir so kaputt waren wie unsere Stiefel.

Aufwachen am Morgen, zehn Grad unter Null. Die erste Frage: Wer ist erfroren? Wer ist vom Schlaf in den Tod geglitten? Die zweite Frage: Wie viele angeschwollene Furten, wo das eiskalte Wasser uns an die Hoden geht, so daß wir vor Schmerz ächzen und stöhnen, müssen wir heute überqueren? Wie viele Meilen mit hüfthohem Schneematsch auf den »Straßen« heute? Die dritte Frage: Wie können die Griechen uns bei zwanzig Grad minus angreifen, wenn die Sperrvorrichtungen unserer Gewehre festgefroren sind? Die vierte Frage: Warum arbeiten die »befreundeten« Albaner als Führer für die Griechen? Die fünfte Frage: Welche Einheit ist heute so endlos erschöpft, daß sie sich lieber einer unterlegenen Truppe ergibt? Die Julia nicht. Wir nicht. Noch nicht. Francisco hat ganz aufgehört, mit mir zu reden. Er spricht nur noch mit seiner Maus. Ein weiteres Mal werden wir von unseren eigenen Fliegern angegriffen, einer Staffel von SM79ern; zwanzig Tote. Wir erfahren, daß die Offiziere der Division Modena Befehl erhalten haben, alle unter ihnen, die keine ausreichenden Führungsqualitäten zeigen, zu erschießen. Mein Vorgesetzter, Oberst Gaetano Tavoni, ist am Mali Topojanit gefallen, als er uns nach sechzig Tagen ohne Verschnaufpause in den Angriff geführt hat. Gott gebe seiner Seele Ruhe und belohne ihm seine

Fürsorglichkeit uns gegenüber. Die Frauen in Italien schicken uns jetzt Wollhandschuhe, die das Wasser aufsaugen und an der Haut festfrieren, so daß wir sie nicht mehr ausziehen können. Francisco hat einen Panettone von seiner Mutter bekommen und teilt ihn sich mit der Maus Mario. Er schnippelt die Portionen mit dem Bajonett ab. Es heißt, daß Ciano und die faschistischen Oberbonzen sich zusammengetan und patriotischerweise entschieden haben, mit den Bombern Spritztouren nach Korfu zu unternehmen, wo es keine Luftabwehr gibt.

Wie ich Wickelgamaschen hasse. Dies sind die Tage des Weißen Todes. Der nichtdränierten Gräben. Des Eises, das sich im Stoff ausdehnt und die Blutzufuhr abschneidet. Wir hassen die Griechen nicht, wir kämpfen gegen sie aus unerfindlichen Gründen, die mit Ehre nichts zu tun haben, aber wir hassen den Weißen Tod.

Zugegeben, zuerst ist kein Schmerz zu spüren. Über den Wickelgamaschen schwellen die Beine an, und darunter schlafen die Füße ein. Die Beine färben sich gespenstisch von lila über purpurrot bis ebenholzschwarz. Weil ich ein sehr großer Mann bin, verbringe ich die Tage damit, unsere davon befallenen Jungs hinter die Linien zu tragen. Ich bin erschöpft, von den Schmerzensschreien verstört. Ich habe meine Wickelgamaschen durch Katzenfell ersetzt, das ich innen mit Waffenöl eingerieben habe. Meine Stiefel habe ich mit Kerzenwachs imprägniert. Das Wasser dringt weiterhin ein, und ich habe immer noch Angst vor dem Weißen Tod. Aus den Zelten höre ich die unmenschlichen Schreie bei einer Amputation. Ich sehe mir meine Füße alle paar Stunden an und massiere sie mit Ziegenfett, das ich über einem Streichholz aufgetaut habe. Ich erfahre, daß Graziani in Afrika besiegt worden ist. Wir haben dreizehntausend Opfer des Weißen Todes. Selbst die Griechen sind starr vor Kälte; die Angriffe haben nachgelassen. Francisco ist zweifellos verrückt. Sein Mund bewegt sich ständig, sein Bart ist ein Eiszapfen geworden, er verdreht die Augen im Kopf und erkennt mich nicht. Er macht absichtlich in die Hose, um die momentane Wärme zu genießen. Meine ganze Liebe verwandelt sich in Mitleid. Aus einem erlegten Paar Kaninchen mache ich ihm Pulswärmer und lasse das Fett am Fell. Er ißt das Fett. Wir sind nur noch eintausend Mann mit fünfzehn Maschinengewehren und fünf Mörsern. Wir haben viertausend Mann verloren. In unseren Linien geht nur noch der Weiße Tod um. Unsere Freunde fehlen uns sehr, und wir verzweifeln in der Wildnis.

In Klisura fallen die verwegenen und wütenden Griechen über uns her. Wir sind nur noch erschöpft und bekümmert. Francisco spricht zu seiner Maus Mario: »Athen in zwei Wochen, der Maus von Albanien ein Platz in der Geschichte. Die Maus, die einen König vom Thron stürzte. Mario die Maus. Mausi Mausi Mausi.« Wir können nicht länger standhalten, und die Julia mit ihren durchgedrehten und brandigen Soldaten, denen die Körper von den Seelen getrennt werden, ist am Ende. Die Division Lupi di Toscana kommt uns zu Hilfe und wird niedergemacht; aus Wölfen werden Hasen, und wir nennen sie die Lepri di Toscana. Wenn die alten Hasen der Julia nicht siegen können, was haben dann die jungen für eine Chance? Sie sind ohne Proviant an unbekannte Orte geschickt worden, deren Lage nicht mit den Karten übereinstimmte. Sie hatten keinen Offizier. Sie wurden sofort angegriffen. Opfer über Opfer. Ein Kalvarienberg nach dem anderen. Sie sind hergeschickt worden, um uns zu retten, aber wir haben sie gerettet.

Ein Gegenangriff. Er schlägt fehl. Wir verlieren Klisura. Ein verzweifelter Aufruf von Cavallero: »Macht diese letzte Anstrengung, ich flehe euch an im Namen Italiens. Ich sollte mit euch dem Tode entgegengehen.« Scheiß auf den Namen Italiens. Scheiß auf die Generäle, die nie mit dir dem Tode entgegengehen. Scheiß auf euer Vertrauen und eure verlogenen Versprechen von Verstärkung. Scheiß auf eure Niederlagen, die ihr dem Rachen des Sieges entreißt. Scheiß auf diesen nichtigen Krieg, den wir nicht wollten und nicht verstehen. Lang lebe Griechenland, wenn es dem Ganzen hier ein Ende setzt, diesem Weißen Tod, diesem fleischfarbenen Schnee, dieser gnadenlos tödlichen Kälte, diesen ausgeweideten Eingeweiden, diesen zerschmetterten Knochen, diesen knurrenden Bäuchen, die von Granaten zerrissen und von Bajonetten aufgeschlitzt werden, diesen frostgelähmten Fingern, diesen blockierten 91er Gewehren, diesen gebrochenen jungen Männern und diesen in den Wahnsinn getriebenen unschuldigen Gemütern.

Wir leben in einer ständigen Benommenheit. Der Schnee hat alles unkenntlich gemacht, so daß wir nie wissen, wo wir sind. Ist das der Steilhang, den wir einnehmen sollten? Ist da in diesem Talgrund etwa zwei Meter unter der schimmernd weißen Decke ein Bach? Welcher Berg ist das? Reiß doch einer mal die Wolken auf, Herrgott noch mal, damit wir es herausfinden. Ist das eine Straße, auf der wir dahinwanken, oder ein Fluß? Keine Bange, wir werden es erfahren, wenn wir an der Quelle sind. Keine Bange, wenn wir an den falschen Ort kommen, werden wir mit etwas Glück vielleicht gefangengenommen. Funk ans Hauptquartier, daß wir das Objekt eingenommen haben; ich weiß zwar nicht, wo die Stelle ist, aber eine ist so gut wie die andere. Was macht es schon noch? »Das Hauptquartier ist in der Leitung. Sie wollen die Kote.« »Sagen Sie ihnen, sie sollen uns eine Karte liefern, die mit irgendwas am Boden übereinstimmt, dann werde ich ihnen die Kote geben. Nein, tun Sie so, als wäre der Funkverkehr gestört.« »Zu Befehl.« »Was tun Sie jetzt, Unteroffizier?« »Ich pinkle auf meinen Helm, damit er nicht mehr glänzt. Es ist zur Tarnung. Sie müssen draufpinkeln und ihn mit Schlamm einreiben.«

Die Griechen marschieren auf Tepeleni zu, und wir von der Julia werden zur Unterstützung der Elften Armee abkommandiert. Wir erhalten neuntausend unausgebildete Reservisten zugeteilt, um wieder auf Sollstärke zu kommen, und dazu zweihundert unerfahrene sowie zusätzlich einige alte, pensionierte Offiziere, die von Taktik keine Ahnung mehr haben und nicht mehr wissen, wie ihre Waffen funktionieren. Die alten Schlachtrosse schnauben die Hänge hoch und sterben genauso wie alle anderen, husten sich zu Tode, liegen mit dem Gesicht im Schlamm und haben rote Schaumbläschen an den Lippen. Die Griechen sind fanatisch, aber kaltschnäuzig, verwegen, aber zielbewußt. Sie nehmen Golico, die Berge Monasteri und Scialesit ein, doch wir halten sie auf, bevor sie Tepeleni einschließen können. Der Duce kommt zu uns zu Besuch und erhält den von uns verlangten Beifall. Ich sitze bei Francisco und gehe kein einziges Mal hinaus, um zu jubeln. Es wird eine Offensive begonnen, die ausdrücklich den Zweck hat, ein Schauspiel für unseren Duce zu bieten, der bei Komarit steht und sich feinmacht, während er zusieht, wie seine

Soldaten in einer Welle nach der anderen in den sicheren Tod geschickt werden. Eitelkeit ist die Mutter des Untergangs, Signor Duce.

Francisco schreibt einen Brief, den ich im Falle seines Todes seiner Mutter überbringen soll, weil er glaubt, daß er nicht durch die Zensur käme, wenn er ihn mit der Feldpost schicken würde.

Geliebte Mutter,
diesen Brief erhältst Du aus den Händen von Carlo Guercio, einem guten Freund und alten Kameraden von mir, der mit mir durch das Tor zur Hölle gegangen ist. Erschrick nicht vor seiner großen Gestalt, denn er ist ein guter und gütiger Mann. Seine Witze haben mich in harten Zeiten immer zum Lachen gebracht, seine Hand hat mir Halt gegeben, wenn ich Angst hatte, und seine Arme haben mich getragen, wenn ich erschöpft war. Ich möchte, daß Du ihn als Deinen eigenen Sohn betrachtest, damit Du nicht alles verloren hast. Er ist loyal und zuverlässig, es gibt keinen besseren Menschen, und er wird Dir ein besserer Sohn sein, als ich es war.

Liebe Mutter, ich bin unschuldig in diesen Krieg gezogen, und ich verabschiede mich von ihm so voller Überdruß, daß mir der Tod willkommen ist. Hiernach kann es kein erwähnenswertes Leben mehr geben. Ich habe mit der Zeit begriffen, daß Gott aus dieser Welt keinen Garten gemacht hat, daß sie nicht in der Obhut von Engeln ist und daß das Fleisch sich verleugnen läßt. Mir ist, als wäre ich schon seit Monaten tot, nur meine Seele braucht noch eine Weile für ihren Abgang. Ich küsse Dich und alle meine lieben Schwestern, und ich liebe Dich über alles. Sag meiner Frau, daß ich immer an sie denke und sie wie eine ständige Flamme in meinem Herzen bewahre. Sei nicht traurig.

Francisco

Oh, was ich Franciscos Mutter an jenem trüben Apriltag alles nicht erzähle, als ich den Brief überbringe.

18

Weitere literarische Bemühungen von Dr. Iannis

Dr. Iannis saß am Schreibtisch und blickte zum Berg hinüber. Er klopfte mit dem Füller auf die polierte und ausgeblichene Tischplatte und dachte darüber nach, daß es allmählich Zeit wäre, sein Ränzlein zu schnüren und Alekos' Ziegenherde aufzusuchen. Er fluchte über sich selbst. Er sollte über die venezianische Besetzung der Insel schreiben, statt dessen sinnierte er über Ziegen. Ein Dämon in ihm schien sich geschworen zu haben, ihn am Abschluß seines literarischen Werks zu hindern, und erfüllte seinen Kopf und sein Leben mit Ablenkungen. Der Dämon untergrub sein Denken mit nichtssagenden Fragen. Warum weigerten sich Ziegen, aus einem Eimer am Boden zu fressen, wenn sie ganz zufrieden damit waren, Pflanzen zu fressen, die aus dem Boden wuchsen? Warum mußte der Eimer an einem Ring aufgehängt sein? Warum wuchsen die Ziegenhufe im Frühling zu schnell und mußten beschnitten werden? Warum hat die Natur diesen merkwürdigen Konstruktionsfehler eingeführt? Wann war eine Ziege kein Schaf – und umgekehrt? Warum waren sie so feinfühlige Tiere und doch gleichzeitig so grenzenlos dumm wie Dichter und Künstler? Jedenfalls ließ der Gedanke an den Aufstieg zum Ainos, um Alekos' Ziegen zu untersuchen, seine Beine schon müde werden, bevor er einen einzigen Schritt getan hatte.

Er hob seinen Füller, und ihm fiel ein Vers von Homer ein: »Nichts ist besser und wünschenswerter auf Erden, / als wenn Mann und Weib, in herzlicher Liebe vereinigt, / ruhig ihr Haus verwalten, den Feinden ein kränkender Anblick, / aber Wonne den Freunden.« Warum bloß gerade jetzt dieser Gedanke? Was hatte er mit den Venezianern zu tun? Er dachte kurz an seine allerliebste Frau, die ihm auf so grausame Weise entrissen worden war, und merkte dann, daß seine Gedanken zu Pelagia und Mandras schweiften.

Seit der junge Mann plötzlich abgereist war, hatte er beobachtet, wie seine Tochter eine Reihe von Emotionen durchmachte, die ihm alle ungesund und besorgniserregend schienen. Zunächst war sie in einen Strudel aus Panik und Sorge geraten, dann in einem Strom von Tränen versunken. Auf die heftigen Anfälle folgten Tage voller ominöser und nervöser Ruhe, an denen sie draußen an der Mauer saß, als erwartete sie, daß er gleich um die Straßenbiegung käme, wo ihn Velisarios angeschossen hatte. Es war schon vorgekommen, daß sie selbst in bitterster Kälte dort zu sehen war, wie sie der in ihrem Schoß zusammengerollten Psipsina die weichen Ohren kraulte. Einmal hatte sie sogar im Schnee draußen gesessen. Später war sie schweigend bei ihm im Zimmer geblieben, die Hände reglos im Schoß, während eine Träne nach der anderen ihre Wangen herabkullerte. Ganz unvermutet wurde sie dann von einer zwanghaft optimistischen und betriebsamen Laune gepackt und arbeitete verbissen an einer Decke, die sie für ihr Ehebett häkelte, und dann, genauso abrupt, sprang sie auf die Beine, schmiß ihre Arbeit auf den Boden, gab ihr einen Tritt und machte sich daran, sie mit einem Ungestüm wieder aufzutrennen, das schon an Gewalttätigkeit grenzte.

Als die Tage ins Land gingen, wurde klar, daß Mandras nicht nur bisher nicht geschrieben hatte, sondern es überhaupt nie tun würde. Der Arzt las im Gesicht seiner Tochter und erkannte, daß sie bitter wurde, als müßte sie mit immer größerer Gewißheit daraus schließen, daß Mandras sie nicht lieben konnte. Sie versank in Apathie, und der Arzt diagnostizierte die eindeutigen Symptome einer Depression. Er brach mit einer lebenslangen Gewohnheit und nahm sie auf seine Krankenbesuche mit; dabei stellte er fest, daß sie in der einen Minute fröhlich schwatzte, in der nächsten völlig verstummte. »Unglückseligkeit versteckt sich im Schlaf«, sagte er sich, schickte sie früh ins Bett und ließ sie am Morgen ausschlafen. Er beauftragte sie mit unsinnigen Botengängen an Orte, die unerreichbar weit weg lagen, damit er sicher sein konnte, daß körperliche Müdigkeit vorbeugend gegen die sonst unvermeidliche Schlaflosigkeit der Jungen und Unglücklichen wirkte, und er bemühte sich ganz besonders, ihr die witzigsten Geschichten zu erzählen, an die er sich nach all den Jahren erinnern konnte, in denen er geschwätzigen Männern in der Kapheneia und in den Offiziersmessen der Schiffe gelauscht hatte. Er erkannte, scharfsinnig, daß Pelagia in ihrer Gemütsverfassung es sowohl logisch wie angebracht fand, traurig, antriebslos und entrückt zu sein, und so strengte er sich nicht nur an, sie gegen ihren Willen zum Lachen zu bringen, sondern wollte sie auch zu Wutausbrüchen provozieren. Er holte hartnäckig das Olivenöl aus der Küche, um Ekzeme zu behandeln, und stellte es absichtlich nicht mehr zurück. Er sah es als einen Sieg der psychologischen Wissenschaft an, wenn ihre Erbitterung sie dazu trieb, mit den Fäusten gegen seine Brust zu trommeln, während er ihr Einhalt gebot, indem er sie an den Schultern packte.

Seltsamerweise versetzte es ihm einen Schock, als seine Behandlung Wirkung zeigte; Pelagia kehrte zu ihrem normalen fröhlichen Gleichmut zurück, was er als Zeichen dafür wertete, daß sie ihre Leidenschaft für Mandras ganz und gar aufgegeben hatte. Einerseits hätte er sich darüber gefreut, da er nicht wirklich glaubte, daß Mandras einen guten Ehemann abgeben würde, doch andererseits war Pelagia bereits verlobt, und die Auflösung der Verlobung würde viel Scham und Schande nach sich ziehen. Ihm kam die schreckliche Möglichkeit in den Sinn, daß Pelagia schließlich aus Pflichtgefühl einen Mann heiraten würde, den sie nicht mehr liebte. Der Arzt ertappte sich dabei, wie er mit schlechtem Gewissen hoffte, Mandras würde den Krieg nicht überleben, und das ließ in ihm den beunruhigenden Verdacht aufkommen, daß er kein so guter Mensch war, wie er sich immer vorgegaukelt hatte.

Das war alles schon schlimm genug, doch der Krieg brachte eine Menge Schwierigkeiten mit sich, die er nicht vorhergesehen hatte. Mit dem Ausbleiben der Lieferungen von Mitteln wie Jod und Zinksalbe kam er noch zurecht, da es dafür Ersatz gab, der genausogut wirkte, aber schon seit Kriegsausbruch war keine Borsäure mehr zu bekommen, da diese Substanz aus dem vulkanischen Dampf in der Toskana gewonnen wurde; es war die beste Medizin, die er kannte, um Blasenentzündungen und Harnverunreinigungen zu behandeln. Weitaus schlimmer war, daß es Syphilisfälle gab, gegen die mit Wismut, Quecksilber und Novarsenobenzol vorgegangen werden mußte. Letzteres mußte zwölf Wochen lang einmal die Woche injiziert werden, und zweifellos waren die Vorräte an die Front umdirigiert worden. Er verfluchte den einzigartigen Perversen, der sich das erste Mal mit der Krankheit angesteckt hatte, als er mit einem Lama kopulierte, sowie die spanischen Rohlinge, die sie aus der Neuen Welt einschleppten, nachdem sie eine Schneise der Notzucht durch die von ihnen unterjochten Gebiete geschlagen hatten.

Glücklicherweise hatte die Kriegsbegeisterung die Zahl der eingebildeten Kranken verringert, doch nichtsdestoweniger hatte er wiederholt seine medizinische Enzyklopädie zu Rate ziehen müssen, um herauszufinden, wie er ohne all die Dinge zurechtkommen sollte, auf die er bisher vertraut hatte. Er hatte seinen *Complete and Concise Home Doctor* (zwei dicke Bände mit Querverweisen, fünfzehnhundert Seiten, die alles enthielten, von Ptomainvergiftung bis zu Schönheitstips zu Pflege und Formgebung der Augenbrauen) im Hafen von London gefunden und sogar Englisch gelernt, um das Buch zu verstehen. Er hatte es von A bis Z auswendig gelernt und dabei größere Begeisterung und Hingabe entfaltet als ein Moslem, der den Koran lernt, um ein Hafis zu werden. Dennoch waren seine Kenntnisse mittlerweile etwas verblaßt, da sich die Krankheitsfälle ständig wiederholten und er zu der Erkenntnis gekommen war, daß fast alle Leiden von selbst verschwanden, ungeachtet dessen, was er tat. Es ging nur darum, zu erscheinen und entsprechend ernst dreinzublicken, während er das Untersuchungsritual durchführte. Die meisten exotischen und aufregenden Leiden, von denen er mit so morbider Neugier gelesen hatte, waren auf seinem Teil der Insel nie vorgekommen, und er hatte erkannt, daß er, wenn Pater Arsenios ein Priester für die Seele war, eher ein Priester für den Körper war. Die meisten wirklich interessanten Krankheitsfälle schienen bei Tieren aufzutreten, und es bereitete ihm das größte Vergnügen, die Beschwerden eines Pferdes oder eines Ochsen zu diagnostizieren und zu heilen.

Dem Arzt war nicht entgangen, daß als eine der Auswirkungen des Krieges seine Bedeutung wie auch die von Pater Arsenios wuchsen. In der Vergangenheit hatte er sich an seinen Status als Quelle der Weisheit gewöhnt, doch die Fragen waren meist philosophischer Natur gewesen – Lemonis Vater hattte das Kind zu ihm geschickt, um ihn zu fragen, warum Katzen nicht sprechen können –, während die Leute heutzutage nicht nur alles über die Politik und den Verlauf der Kämpfe wissen wollten, sondern auch dringend seinen Rat zur optimalen Größe und Anordnung von Sandsäcken brauchten. Er hatte sich nicht zum Gemeindeoberhaupt gemacht, sondern war es durch einen Prozeß unsichtbarer Privilegierung geworden, als müßte ein Autodidakt wie er über ungewöhnlichen Gemeinsinn wie auch entlegenes Wissen verfügen. Er war eine Art Ersatz für die türkischen Agas geworden, die früher für kurze Zeit auf der Insel gelebt hatten. Aber im Gegensatz zu den osmanischen Vorstehern hatte er kein gesteigertes Interesse daran, den ganzen Tag auf Kissen herumzuliegen und in die Körperöffnungen hübscher kleiner Lustknaben einzudringen, die dann als Erwachsene ähnlich unnatürliche Vorlieben für Päderastie, Drogen und wundersame Exzesse an Faulheit entwickeln würden.

Der Arzt hörte Pelagia in der Küche singen und griff zu seinem Füller. Er hob den Finger, um seinen Schnurrbart zu zwirbeln, war sonderbar verwirrt, als ihm wieder einfiel, daß er ihn ja als Geste des Trotzes gegen Hitler abrasiert hatte, und blickte dann auf seinen schwarzen Trauerflor, den er seit dem Tod von Metaxas trug. Er seufzte und schrieb:

»Griechenland liegt auf einer geographischen wie kulturellen Verwerfungslinie, die den Osten vom Westen trennt; wir sind gleichzeitig ein Schlachtfeld und ein Schauplatz verheerender Erdbeben. Wenn die Inseln der Dodekanes zum Osten gehören, so ist Kephallonia eindeutig ein Bestandteil des Westens, wohingegen das Festland beides zugleich in sich birgt und weder das eine noch das andere richtig ist. Die Balkanländer sind immer ein Werkzeug der Außenpolitik der Großmächte gewesen und haben es seit dem Altertum nicht geschafft, sich auch nur den Anschein einer fortschrittlichen Kultur zu geben, weil ihre Völker faul, zänkisch und brutal sind. Es trifft allerdings zu, daß Griechenland nicht so viele Balkan-Unarten hat wie die anderen Nationen im Norden und Osten, und es ist zweifellos so, daß die Kephallonier von allen Griechen die bekanntesten Pfiffikusse und Intellektuellen sind. Die Leser werden sich erinnern, daß Homer aus diesem Gebiet kam und daß Odysseus ja als der »Listenreiche« berühmt wurde. Homer nennt uns auch wild und ungesittet, aber wir sind nie der Grausamkeit beschuldigt worden. Es gibt gelegentlich Todesfälle aufgrund von Grundstücksstreitigkeiten, doch in uns steckt kaum jene Blutrünstigkeit, die der charakteristische Makel der benachbarten slawischen Völker ist.

Die Insel ist deshalb nach Westen orientiert, weil sie von den Türken nur einundzwanzig Jahre lang besetzt war, von 1479 bis 1500, als sie von einer vereinigten spanischen und venezianischen Streitmacht vertrieben wurden. Sie kehrten nur 1538 zu einem Überfall zurück und zogen mit dreizehntausend Kephalloniern ab, die in die Sklaverei verkauft werden sollten. Die kurze Dauer ihres Aufenthalts zusammen mit ihrer Veranlagung zu Lethargie und Untätigkeit boten die Gewähr dafür, daß sie kein fortdauerndes Erbe in kultureller Hinsicht hinterließen.

Außer dieser kurzen Zeitspanne war die Insel von 1194 bis 1797 venezianisch und wurde dann von Napoleon Bonaparte eingesackt, dem notorischen Kriegstreiber und Megalomanen, der der Insel die Vereinigung mit Griechenland versprach, sie aber dann heimtückisch annektierte.

Der Leser wird bereitwillig erkennen, daß die Insel etwa sechshundert Jahre lang in jeder praktischen Hinsicht italienisch war, und dies erklärt sehr viele Dinge, die einen Fremden vor ein Rätsel stellen. Der Inseldialekt enthält eine Fülle von italienischen Wörtern und Redewendungen, die Gebildeten und Adligen beherrschen Italienisch als zweite Sprache, und die Kampanile der Kirchen gehören zum Gebäude, ganz im Gegensatz zur griechischen Anordnung, bei der sich die Glocke in einem abgesonderten und einfacheren Bauwerk bei den Toren befindet. Eigentlich ist die Architektur auf der Insel fast gänzlich italienisch und verleitet aufgrund der schattigen Balkone, Innenhöfe und externen Treppenhäuser zu einem zivilisierten und geselligen Privatleben.

Die italienische Besatzungszeit bot die Gewähr, daß die Volksentwicklung hauptsächlich in westlicher statt in östlicher Richtung verlief, was sogar die Gewohnheit einschloß, unbequeme Verwandte zu vergiften (Anna Palaiologos brachte Johann II. zum Beispiel auf diese Weise um), und unsere Herrscher waren hauptsächlich überschwengliche und unehrliche Exzentriker ausgesprochen italienischen Zuschnitts. Der erste Orsini nutzte die Insel zur Piraterie und täuschte wiederholt den Papst. Unter seiner Herrschaft wurden die orthodoxen Bischöfe abgesetzt, und bis auf den heutigen Tag besteht weiter eine starke Abneigung gegen den römisch-katholischen Glauben, die noch verstärkt wird durch die historische Arroganz dieses Bekenntnisses und seine bedauernswerte Fixierung auf Sünde und Schuld. Eingeführt wurden hier auch die italienischen Bräuche, Steuern zu erheben, um Geld für umfangreiche Bestechungen einzutreiben, Intrigen und Machenschaften von labyrinthischer Komplexität auszuhecken, verheerend unangemessene Vernunftehen einzufädeln, sich untereinander gnadenlos zu bekämpfen, Familienfehden anzuzetteln und die Insel von einem italienischen Despoten an den anderen zu verschachern (so daß wir eine Zeitlang zu Neapel gehörten), und schließlich kam es im achtzehnten Jahrhundert zu einem solch ungeheuren Ausbruch von Gewalt zwischen den führenden Familien (den Aninos, Metaxas, Karoussos, Antypas, Typaldos und Laverdos), daß die Herrschenden alle Unruhestifter nach Venedig verschleppten und hängten. Die Inselbewohner selbst enthielten sich dieser seltsamen italienischen Unarten, aber es gab viele Mischehen, und bei uns ging viel früher als im übrigen Griechenland der Brauch verloren, die Volkstracht zu tragen. Die Italiener haben uns eher eine europäische als eine östliche Lebensanschauung hinterlassen, unsere Frauen waren beträchtlich freier als sonstwo in Griechenland, und über Jahrhunderte haben sie uns eine Adelsschicht beschert, die wir sowohl verunglimpfen als auch nachäffen konnten. Wir waren ungeheuer froh, als sie abzogen, weil uns nicht bewußt war, daß uns Schlimmeres bevorstand, doch im Hinblick auf die Dauer ihres Aufenthalts waren sie zweifellos neben den Briten die bedeutendste Macht, die unsere Geschichte und Kultur gestaltet hat; wir fanden ihre Herrschaft erträglich und gelegentlich belustigend, und wenn wir sie je haßten, taten wir dies mit Zuneigung und sogar Dankbarkeit im Herzen. Vor allem hatten sie das unschätzbare Verdienst, keine Türken zu sein.«

Der Arzt legte den Füller hin und las das eben Geschriebene durch. Er lächelte verkniffen über seine letzten Bemerkungen; es war unter den gegenwärtigen Umständen unwahrscheinlich, daß diese Dankbarkeit anhalten würde. Er ging in die Küche und legte alle Messer von der einen Schublade in eine andere, so daß Pelagias Zorn eine neue Gelegenheit zur Katharsis bekäme.

Es war leichter, ein Psychologe zu sein als ein Historiker; er machte sich klar, daß er gerade einige hundert Jahre auf ein paar Seiten bewältigt hatte. Er mußte es wirklich langsamer angehen und die Ereignisse in einem gewissenhaften, gemessenen Gang erzählen. Er kehrte an seinen Schreibtisch zurück, sammelte den kleinen Stapel von Seiten ein, trat auf den Hof, schnupperte in der Luft nach Anzeichen des herannahenden Frühlings und verfütterte stoisch und entschlossen die Seiten nacheinander an Pelagias Ziege. Den Arzt betrübte ihre philisterhafte Fähigkeit, Literatur zu verdauen. »Verfluchter Wiederkäuer«, murmelte er und beschloß, in der Kapheneia einzukehren.

19

L'Omosessuale VI

Franciscos Mutter war eine kleine graue Frau mit einem Leberfleck auf der Wange und schwarzem Flaum über der Oberlippe. Sie trug Schwarz, und während ich mit ihr sprach, drehte sie unentwegt einen Staubwedel in den Händen. Es war ihr anzusehen, daß sie einmal schön gewesen war und daß mein geliebter Francisco sein Aussehen von ihr geerbt hatte; die gleichen slawischen Augen, die gleiche olivenfarbene Haut, die gleichen filigranen Finger. Franciscos Frau war auch da, doch ich konnte ihren Anblick kaum ertragen; sie hatte seinen Körper auf eine Art genossen, die mir nie vergönnt war. Sie schluchzte in einer Ecke, während ihre Schwiegermutter den Staubwedel umklammerte und mich ausfragte.

»Wann ist er gestorben, Signore? War es ein guter Tag?«

»Er ist an einem schönen Tag gestorben, Signora, als die Sonne schien und die Vögel sangen.«

(Er starb an einem Tag, als der Schnee schmolz und unter diesem Schild tausend verrenkte Leichen, Rucksäcke, verrostete Gewehre, Wasserflaschen und unleserliche, unvollendete, mit Blut getränkte Briefe zum Vorschein kamen. Er starb an dem Tag, als einer unserer Männer merkte, daß ihm seine Genitalien vollständig abgefroren waren, und sich ein Gewehr in den Mund steckte und seinen Hinterkopf wegpustete. Er starb an dem Tag, als wir

161

die Leiche eines Mannes mit heruntergelassenen Hosen fanden, der an einem Baum gehockt hatte und bei der Anstrengung steif gefroren war, gegen die durch die Militärverpflegung hervorgerufene hartnäckige Verstopfung anzukämpfen. Unter dem Toten lagen zwei winzige Kotklümpchen mit Blutspuren. Der Kadaver trug Bandagen anstelle von Stiefeln. Francisco starb an einem Tag, als die Geier von den Bergen herabkamen und den schon seit langem Toten die Augen aushackten. Die griechischen Granatwerfer husteten über dem Steilhang, und wir wurden unter einem Schlammhagel begraben. Es regnete.)

»Ist er im Kampf gefallen, Signore? Hat es einen Sieg gegeben?«
»Ja, Signora. Wir griffen eine griechische Stellung mit Bajonetten an, und der Feind wurde vertrieben.«

(Die Griechen hatten uns zum vierten Mal mit Sperrfeuer abgewehrt. Sie hatten vier Maschinengewehre über uns postiert, wo wir sie nicht sehen konnten, und wir wurden beim Rückzug in Stücke gerissen. Schließlich erhielten wir einen Befehl, der das Kommando, die Stellung zu erstürmen, widerrief, da sie von keinerlei taktischer Bedeutung war.)

»Ist er glücklich gestorben, Signore?«
»Er ist mit einem Lächeln auf den Lippen gestorben und hat mir gesagt, daß er stolz sei, seine Pflicht getan zu haben. Sie sollten sich freuen, so einen Sohn gehabt zu haben, Signora.«

(Im Graben humpelte Francisco mit wildem Blick zu mir. Seit Wochen sprach er das erste Mal wieder mit mir. »Dreckskerle, Dreckskerle«, brüllte er. Er sagte: »Schau her« und rollte seine Hosenbeine auf. Ich sah die violetten Geschwüre des Weißen Todes. Francisco berührte das faulende Fleisch mit einem verwunderten Leuchten in den Augen. Er streifte das Hosenbein wieder herunter und sagte: »Das reicht, Carlo. Das ist zuviel. Es ist alles aus.« Er schloß mich in die Arme und küßte mich auf beide Wangen. Er fing an zu schluchzen. Ich spürte, wie er in meinen Armen zitterte. Er nahm die Maus Mario aus der Tasche und übergab sie mir. Er ergriff sein Gewehr und kletterte über den

Grabenrand. Ich packte seine Ferse, um ihn daran zu hindern, doch er schlug mir mit dem Gewehrkolben auf den Kopf. Langsam rückte er gegen die feindliche Stellung vor, hielt alle paar Schritte an, um zu feuern. Die Griechen erkannten seinen Heldenmut und erwiderten das Feuer nicht. Sie nahmen tapfere Männer lieber gefangen, als sie zu erschießen. Eine Granate schlug neben ihm ein, und er verschwand unter einem Schauer von gelbem Lehm. Es blieb lange still. Dann sah ich eine Bewegung dort, wo Francisco gewesen war.)

»Er ist schnell gestorben, nicht wahr, Signore? Er hat keine Schmerzen verspürt?«
  »Er ist sehr rasch gestorben, durch eine Kugel ins Herz. Er kann nichts gespürt haben.«

(Ich legte mein Gewehr hin und kletterte aus dem Schützengraben. Die Griechen schossen nicht auf mich. Ich erreichte Francisco und sah, daß ihm eine Seite des Schädels weggerissen worden war. Die Knochensplitter sahen grau aus und waren mit Bindegewebe und gestocktem Blut überzogen, das teils hellrot, teils purpurrot war. Er war noch am Leben. Ich sah auf ihn herab, und meine Augen wurden blind vor Tränen. Ich kniete mich hin und nahm ihn in die Arme. Er war vom Winter und den Entbehrungen so ausgezehrt, daß er leicht wie ein Spatz war. Ich stand auf und bot mich den Gewehren der Griechen dar. Erst war es still, dann ertönte Jubel aus ihren Reihen. Einer schrie heiser: »Bravissimo.« Ich drehte mich um und trug das schlaffe Bündel zurück zu unserer Linie.

Im Graben dauerte es zwei Stunden, bis Francisco starb. Sein dickes Blut tränkte die Ärmel und Seiten meiner Uniform. Ich wiegte seinen zerschmetterten Kopf wie ein kleines Kind in den Armen, und sein Mund formte Worte, die nur er hören konnte. Tränen rannen über seine Wangen; ich sammelte sie mit den Fingern auf und trank sie. Ich beugte mich zu ihm und flüsterte ihm ins Ohr: »Francisco, ich habe dich immer geliebt.« Seine Augen sahen zu mir auf. Er blickte mich unverwandt an. Mühsam räusperte er sich und sagte: »Ich weiß.« Ich erwiderte: »Ich habe es dir nie gesagt, erst jetzt.« Er setzte sein zögerndes lakonisches

Lächeln auf und meinte: »Das Leben ist eine Sau, Carlo. Bei dir habe ich mich gut gefühlt.« Ich sah, wie das Licht seiner Augen schwächer wurde und er die lange, langsame Reise in den Tod antrat. Es gab kein Morphium. Seine Schmerzen müssen unbeschreiblich gewesen sein. Er hat mich nicht gebeten, ihn zu erschießen; vielleicht hat er ganz zum Schluß sein schwindendes Leben geliebt.)

»Was waren seine letzten Worte, Signore?«
    »Er hat Ihnen einen Gruß ausgerichtet, Signora, und ist mit dem Namen der Jungfrau auf den Lippen gestorben.«

(Einmal öffnete er die Augen und sagte: »Vergiß unsere Abmachung nicht, den Schweinehund Rivolta zu töten.« Später packte er mich in einem heftigen Schmerzanfall am Kragen und flehte: »Mario.« Ich nahm das Mäuschen aus meiner Tasche und legte es ihm in die Hände. In der Entrückung seines eigenen Todes ballte er die Faust so fest zusammen, daß das kleine Wesen mit ihm starb. Genauer gesagt, ihm traten die Augen aus dem Kopf.)

»Signore, wo ist er begraben?«
    »Er ist an einem Berghang begraben, der im Frühjahr voller Tulpen steht und das erste Sonnenlicht empfängt. Er ist mit allen militärischen Ehren beerdigt worden, und an seinem Grab haben seine Kameraden Salut geschossen.«

(Ich beerdigte ihn selbst. Ich schaufelte in unserem Graben ein tiefes Loch, das sich augenblicklich mit ockerfarbenem Wasser füllte. Ich beschwerte den Leichnam mit Steinen, so daß er nicht wieder zur Bodenoberfläche hochkommen konnte. Ich beerdigte ihn an einem von riesigen Ratten und winzigen Ziegen bewohnten Ort. Ich stand über seinem Grab und schlug mit einer Schaufel die Ratten tot, die herkamen, um seinen Leichnam wieder auszuscharren. Die Maus Mario legte ich ihm in die Brusttasche über dem Herz. Seine persönlichen Habseligkeiten nahm ich an mich. Sie sind in dem Beutel, den ich Ihnen überlassen werde. Er enthält einen Talisman aus Epirus, einen Brief von seiner Frau, die Abzeichen des 9. Regiments der Alpini, drei Verdienstorden und die

Flügelfeder eines Adlers, über die er sich gefreut hat, als sie ihm auf dem Weg zum Metsovon-Paß in den Schoß fiel. Er enthält auch ein Foto von mir. Ich wußte gar nicht, daß er es besaß.)

»Signore, solange er nicht umsonst gestorben ist.«
»Signora, wir haben nun die Herrschaft über Griechenland dank unserer deutschen Verbündeten.«

(Wir verloren den Krieg und wurden erst erlöst, als die Deutschen von Bulgarien her einfielen und eine zweite Front eröffneten, für deren Verteidigung die Griechen keine Kräfte mehr hatten. Wir kämpften, erfroren und starben für ein Imperium, das keinen Zweck erfüllt. Als Francisco starb, hielt ich seinen zerschmetterten Schädel und küßte ihn auf den Mund. Ich saß da, und Tränen der Wut fielen auf seine entsetzlichen Wunden. Ich gelobte, von nun an für uns beide zu leben.

Ich beteiligte mich weder an der Zerstückelung Griechenlands noch an dem beschämenden Triumphgeschrei über eine Eroberung, die nur dem Namen nach ein Sieg war. Die tapferen Griechen wurden unter elfhundert deutschen Panzern zermalmt, denen sie nicht einmal zweihundert leichte, hauptsächlich von uns erbeutete Kampffahrzeuge entgegenstellen konnten. Unser glorreicher italienischer Vorstoß bestand lediglich darin, ihnen nachzusetzen, als sie sich in dem vergeblichen Bemühen zurückzogen, der deutschen Umzingelung zu entgehen.

Ich beteiligte mich nicht an dieser schändlichen Farce, weil ich am Tag nach Franciscos Beerdigung eine Pistole nahm, die ich einem verwundeten Griechen abgenommen hatte, und mir in einem Augenblick kaltblütiger Berechnung in den Oberschenkel schoß.)

20

Der wilde Mann aus dem Eis

Pelagia kam mit einem Krug auf der Schulter vom Brunnen zurück; sie setzte ihn im Hof ab und trat singend durch die Tür. Die schlimmen Nachrichten, die die Insel in Aufruhr versetzt hatten, erhöhten bei ihr nur den Gefallen an flüchtigen Schönheiten, und sie hatte soeben den ersten Schmetterling in diesem Jahr gesehen. Sie fühlte sich stark und gesund und hatte es genossen, das Haus für sich allein zu haben, während ihr Vater auf dem Berg war und sowohl Alekos als auch seine Ziegenherde untersuchte; weder dem Hirten noch den Ziegen fehlte je etwas, doch Alekos profitierte davon, die letzten Neuigkeiten zu erfahren, ein bißchen menschliche Gesellschaft zu haben und Wörter zu hören, die in seinen Selbstgesprächen nicht vorkamen. Der Arzt profitierte davon, mit einem üppigen Vorrat an Dörrfleisch heimzukehren, das beim Gehen in seinem Proviantbeutel knarrte und knisterte. Darüber hinaus glaubte er, daß die Freude über die Rückkehr die Mühen des Aufbruchs mehr als wettmachte und es sich deshalb immer lohnte, wegzugehen.

Als Pelagia die Küche betrat, hörte sie abrupt mit dem Singen auf. Sie war fassungslos, weil ein Fremder am Küchentisch saß, ein äußerst entsetzlicher und wilder Fremder, der schlimmer aussah als die Banditen aus den Kindermärchen. Der Mann war reglos bis auf das rhythmische Flattern und Zittern seiner Hände. Sein Kopf verschwand unter einer Kaskade von verfilztem Haar, das weder Form noch Farbe zu haben schien. An manchen Stellen stach es in verdrehten Locken heraus, an anderen wieder war es zu starren Polstern verpappt; es war das Haar eines Nazareners oder eines Einsiedlers, den die Herrlichkeit und Einsamkeit Gottes um seinen Verstand gebracht hatten. Darunter konnte Pelagia nichts außer zwei winzigen hellen Augen entdecken, die ihrem Blick auswichen. Mitten in dem gewaltigen struppigen Bart war eine gerötete Nase, von der sich die Haut in Flocken abschälte und dunkles, geädertes und schmutziges Fleisch sehen ließ.

Der Fremde trug die fast unkenntlichen zerlumpten Überreste

von Hemd und Hose sowie eine Art Überwurf, der aus Tierhäuten geschnitten und mit Sehnen zusammengeheftet worden war. Pelagia sah unter dem Tisch, daß er keine Schuhe trug, sondern daß seine Füße von Bandagen umhüllt waren, verkrustet mit altem, geronnenem Blut und mit hellen Flecken von frischem. Er holte röchelnd Luft und stank bestialisch; es war der Geruch von verrottendem Fleisch, eiternden Wunden, Kot und Urin, altem Schweiß und von Angst. Sie blickte auf die Hände, die in dem Bemühen verschränkt waren, das Zittern zu unterbinden, und wurde sowohl von Furcht wie von Mitleid ergriffen. Was sollte sie tun?

»Mein Vater ist weggegangen, er dürfte morgen wieder zurück sein«, verkündete sie.

»Jedenfalls geht es dir gut, und du singst«, sagte der Mann mit brüchiger und rasselnder Stimme, wodurch Pelagia erkannte, daß seine angegriffenen Lungen verschleimt waren; das konnte Tuberkulose oder der Beginn einer Lungenentzündung sein, oder vielleicht war es die Stimme eines Mannes, dessen Kehle durch Polypen oder durch Krebs eingeschnürt war.

»Das Eis«, sagte der Fremde, als hätte er sie nicht gehört. »Mir wird nie wieder warm sein. Dieses widerwärtige Eis.« Die Stimme versagte ihm, und Pelagia merkte, daß seine Schultern bebten. »O Gott, dieses Eis«, wiederholte er. Er hielt sich die Hände vors Gesicht und schrie sie zornig an: »Ihr Biester, laßt mich in Ruhe; um Gottes willen, haltet still.« Er schloß die Finger fest zusammen, und sein ganzer Körper schien sich gegen einen Krampfanfall aufzubäumen.

»Sie können morgen wieder herkommen«, sagte Pelagia, von dieser schnatternden Erscheinung entsetzt und völlig hilflos.

»Keine Steigeisen, weißt du. Der Wind fegt den Schnee weg, und das Eis ist schartig, schärfer als ein Messer, und wenn du hinfällst, schneidest du dich. Schau meine Hände an.« Er hielt sie ihr entgegen, mit der Innenfläche nach außen – eine Geste, die normalerweise eine Beleidigung wäre –, und sie sah das furchtbare Netzmuster harter weißer Narben, die alle natürlichen Handlinien ausgelöscht, Ballen und Schwielen eingekerbt und nässende Risse an den Gelenken hinterlassen hatten. Von Fingernägeln und Nagelbetten war keine Spur mehr zu sehen.

»Und das Eis schreit. Es kreischt. Und Stimmen rufen dir daraus zu. Und dann blickst du darauf und siehst Leute, die sich wie Hunde paaren. Sie winken und wedeln und machen sich lustig, und dann schießt du ins Eis, aber sie verstummen nicht, und dann kreischt das Eis. Es quietscht die ganze Nacht, die ganze Nacht.«

»Also, Sie können hier nicht bleiben«, sagte Pelagia und fügte entschuldigend hinzu: »Ich bin allein im Haus.«

Der wilde Mann ignorierte sie. »Ich hab meinen Vater gesehen, meinen Vater, der gestorben ist, und er steckte unterm Eis fest, und seine Augen haben mich angestarrt, und sein Mund war offen, und ich habe mit dem Bajonett auf das Eis eingehackt. Um ihn herauszuholen. Aber als ich ihn heraushatte, war es jemand anders. Ich weiß nicht, wer, das Eis hat mich getäuscht, weißt du. Ich weiß, mir wird nie wieder warm sein, nie wieder.« Er schlang beide Arme um sich und fing heftig zu zittern an. »Pathemata mathemata, pathemata mathemata; Leiden sind also Lektionen, nicht wahr? Geh nicht hinaus in die Kälte, geh nicht hinaus in die Kälte.«

Pelagias Bestürzung wuchs sich zu akuter Angst aus, als sie sich fragte, was um alles in der Welt sie allein mit einem verrückten Vagabunden tun sollte, der in ihrer Küche wirres Zeug redete. Sie dachte daran, ihn dort sitzen zu lassen und wegzulaufen, um Stamatis oder Kokolios zu holen, war aber von dem Gedanken gelähmt, was er in ihrer Abwesenheit anstellen oder entwenden könnte. »Bitte gehen Sie«, flehte sie. »Mein Vater wird morgen zurück sein, und er kann …« sie hielt inne, weil sie nicht wußte, welche der vielen in seinem Fall notwendigen medizinischen Behandlungen sie aufzählen sollte »… sich um Ihre Füße kümmern.«

Der Mann entgegnete ihr zum ersten Mal etwas. »Ich kann nicht gehen. Ich bin von Epirus zu Fuß hergekommen. Keine Stiefel.«

Psipsina hüpfte ins Zimmer und schnupperte die Luft, wobei die Schnurrhaare zuckten, als sie die Witterung starker und ungewohnter Gerüche aufnahm. Sie rannte in ihrer fließenden und sprunghaften Art über den Boden und landete auf dem Tisch. Sie näherte sich dem Steinzeitmenschen und buddelte in den Überresten einer Tasche, wonach sie triumphierend mit einem Stückchen weißem Käse auftauchte, das sie mit offensichtlichem Behagen verschlang. Sie wandte sich noch einmal der Tasche zu, fand aber nur eine durchgebrochene Zigarette, die sie liegenließ.

Der Mann lächelte, entblößte gute Zähne, aber blutendes Zahnfleisch, und tätschelte den Kopf des Tiers. »Ach, wenigstens Psipsina kennt mich noch«, sagte er, und stumme Tränen rannen seine Wangen herab in seinen Bart. »Sie riecht immer noch süß.«

Pelagia war verwundert. Psipsina war Fremden gegenüber scheu, doch warum kannte dieses schreckliche Wrack ihren Namen? Wer konnte ihn ihm gesagt haben? Sie wischte sich die Hände an der Schürze ab, weil sie sonst nicht wußte, was sie denken oder tun sollte, und sagte: »Mandras?«

Der Mann wandte ihr das Gesicht zu und meinte: »Rühr mich nicht an, Pelagia; ich hab Läuse und stinke. Und ich hab in die Hosen gemacht, als neben mir eine Bombe hochging. Ich hab nicht gewußt, was ich machen soll, also bin ich zuerst hierhergekommen. Ich hab die ganze Zeit gewußt, daß ich zuerst hierherkommen muß, das ist alles, und ich bin müde und stinke. Hast du einen Kaffee für mich?«

Pelagias Denken verlor seinen Halt, weil zu viele Gefühle auf sie einstürmten. Sie spürte Verzweiflung, unerträgliche Aufregung, Schuldgefühle, Mitleid und Ekel. Ihr Herz pochte wild in ihrer Brust, und sie ließ die Arme sinken. Vor allem fühlte sie sich hilflos. Es erschien ihr unbegreiflich, daß dieser verwahrloste Schemen die Seele und den Körper des Mannes beherbergte, den sie so sehr geliebt, begehrt, vermißt und schließlich aus ihren Gedanken verbannt hatte. »Du hast mir nie geschrieben«, sagte sie und sprach das erste aus, was ihr in den Sinn kam, die Anschuldigung, die schon seit seinem Weggang an ihrer Seele genagt hatte, die Anschuldigung, die sich zu dem zornigen, rachsüchtigen Ungeheuer ausgewachsen hatte, das ihre Zuneigung bis ins Mark ausgezehrt hatte.

Mandras sah erschöpft hoch und sagte so, als wäre er derjenige, der Mitleid mit ihr empfand: »Ich kann nicht schreiben.«

Aus unerfindlichen Gründen stieß Pelagia dieses Eingeständnis noch mehr ab als seine Verdrecktheit. Hatte sie sich also, ohne es zu wissen, mit einem Analphabeten verlobt? Nur um irgend etwas zu erwidern, fragte sie: »Hätte nicht jemand anders für dich schreiben können? Ich hielt dich schon für tot. Ich hab gedacht…, du würdest mich nicht mehr lieben.«

Mandras blickte auf, eine unendliche Erschöpfung in den Augen, und schüttelte den Kopf. Er versuchte, seine Tasse ruhig zu halten, damit er trinken konnte, schaffte es aber nicht und stellte sie wieder auf den Tisch. »Ich konnte doch keinem Kameraden diktieren. Hätten es dann nicht alle erfahren? Wie hätte ich meine Gefühle von den Jungs bereden lassen können?« Er schüttelte wieder den Kopf und versuchte erneut vergeblich, einen Schluck Kaffee zu trinken, der in seinen Bart und auf die Tierhäute rann. Er blickte wieder auf, so daß sie endlich seine Augen erkannte, und sagte: »Pelagia, ich hab alle deine Briefe. Ich hab sie nicht lesen können, aber ich hab sie.« Er kramte in seiner Kleidung herum und zog einen dicken verschmutzten Packen heraus, der mit Stolperdraht zusammengebunden war. »Ich hab sie dort aufgehoben, wo sie mich warm hielten, allein weil ich gewußt hab, daß sie da waren. Ich hab mir gedacht, du könntest sie mir vorlesen. Lies sie mir vor, Pelagia, damit ich alles weiß.« Eher resigniert als mit bewußtem Pathos fügte er hinzu: »Auch wenn es schon zu spät ist.«

Pelagia war entsetzt. Mandras würde in der Abfolge der Briefe unweigerlich die ständige Abnahme von Zärtlichkeiten zugunsten einer stärkeren Konzentration auf Ereignisse erkennen. Er würde das alles mit einer weitaus größeren Klarheit erfassen, als wenn er sie im Lauf der Monate einzeln gelesen hätte. »Später«, erwiderte sie.

Mandras seufzte tief auf und kraulte Psipsina hinter den Ohren. Er tat so, als redete er eher mit dem Marderweibchen als mit seiner Verlobten. »Ich hab dich hier getragen«, sagte er und schlug sich mit der Faust auf die Brust. »Jeden Tag, die ganze Zeit, hab ich an dich gedacht, zu dir gesprochen. Wegen dir hab ich weitermachen können. Wegen dir war ich kein Feigling. Die Bomben, die Minen, das Eis, die Nachtangriffe, die Leichen, die Freunde, die ich verloren hab. Ich hab dich statt der Jungfrau gehabt, ich hab sogar zu dir gebetet. Ja, ich hab sogar zu dir gebetet. Ich hab dich im Kopf gehabt, wie du im Hof gesungen hast, und ich hab dich beim Fest gesehen, als ich deine Röcke auf die Bank geheftet und dich gebeten hab, mich zu heiraten. Ich wär tausend Tode gestorben, aber ich hatte dich vor Augen wie ein Kreuz, wie ein Kreuz zu

Ostern, wie eine Ikone, und ich hab nichts vergessen, hab mich an jede Sekunde erinnert. Das hat mir im Herzen gebrannt, hat sogar im Schnee gebrannt, hat mir Mut gegeben, und ich hab mehr für dich als für Griechenland gekämpft. Ja, mehr als für Griechenland. Und als die Deutschen von hinten gekommen sind, bin ich durch die Linien geschlüpft und hab nur an Pelagia denken können; ich muß heim zu Pelagia, und jetzt …« sein Körper erschauerte noch einmal, und ein heftiges Schluchzen entrang sich ihm »… erkennen mich bloß die Tiere.«

Zu Pelagias Bestürzung und Kummer begrub er das Gesicht in den Händen und wiegte sich wie ein beleidigtes Kind. Sie trat hinter ihn und legte ihm die Hände auf die Schultern, die sie mit den Fingern massierte. Wo einmal begehrtes, makelloses, zartes Fleisch gewesen war, spürte sie nur noch Knochen, und sie sah, daß er tatsächlich Läuse hatte.

21

Pelagias erster Patient

Die Mutter von Mandras war eine jener verstörenden Gestalten, die so häßlich sind wie die mythische Gemahlin des Königs Antiphates, von der der Dichter geschrieben hat, sie sei eine »Frau, so groß wie das Haupt eines Berges, und sie entsetzten sich vor ihr«, und dennoch hatte sie einen hübschen Mann geheiratet, ein Kind bekommen und war allgemein beliebt. Einige sagten, daß sie alles ihren Hexenkünsten verdankte, doch in Wahrheit war sie eine liebenswerte und gutmütige Frau, der das Schicksal in der Jugend keinen Vorwand geboten hatte, eitel zu werden, und demzufolge hatte es sie auch nicht verbittert, als sie immer fülliger und haariger wurde. Kyria Drosoula stammte von einer Familie von »Giaourtovaptismenoi« – in Joghurt Getauften – ab, was hieß, daß ihre Eltern aus dem türkischen Gebiet vertrieben worden waren und nichts hatten mitnehmen dürfen als die Säcke mit den Gebeinen ihrer Vorfahren.

Durch die Vereinbarung von Lausanne waren beinahe eine halbe Million Moslems im Austausch gegen über eine Million Griechen in die Türkei umgesiedelt worden. Es war ein Beispiel für ethnische Säuberungen gewesen, das, obwohl es der Verhinderung künftiger Kriege diente, ein Erbe von tiefer Bitterkeit hinterlassen hatte. Drosoula hatte nur türkisch sprechen können, und sie und ihre Mutter waren von den alteingesessenen Griechen rundweg verachtet worden, während sie noch vor Heimweh nach dem Leben in der verlorenen Heimat weinten. Drosoulas Mutter begrub die Gebeine ihres Vaters und ihres Gatten und zog es aus Angst, wegen ihres pontischen Dialekts ausgelacht zu werden, vor, stumm zu werden und alle Verpflichtungen ihrer fünfzehnjährigen Tochter zu überlassen, die innerhalb von drei Jahren den kephallonischen Dialekt erlernte und einen schlauen Fischer heiratete, der in ihr auf Anhieb eine treue Frau erkannte. Wie so viele der bootsverliebten Inselbewohner verlor er sein Leben in einer Sturmbö, die urplötzlich aus dem Osten aufsprang, und hinterließ einen Sohn, der sein Gewerbe übernahm, und eine kräftig gebaute Witwe, die manchmal auf türkisch träumte, aber vergessen hatte, wie es gesprochen wurde.

Während Mandras' Abwesenheit war Pelagia fast täglich zu Drosoula gegangen und hatte sich verzaubern lassen von den Geschichten aus der Kaiserstadt Byzanz und über das Leben unter den Ungläubigen am Schwarzen Meer. In dem kleinen, nach Fisch riechenden, aber blitzsauberen Haus an der Hafenmole hatten sie sich gegenseitig mit Worten getröstet, die, so tief sie auch empfunden sein mochten, mittlerweile zu Klischees in jedem europäischen Haushalt geworden waren. Während die sich stets wandelnde See draußen an die Steine klatschte, hatten sie geweint und einander umarmt und immer wiederholt, daß Mandras wohlauf sein müsse, sonst hätten sie erfahren, daß ihm was zugestoßen wäre. Sie probten für den Ernstfall, daß sie einem Italiener eins mit der Schaufel auf den Kopf geben müßten, und lachten hinter vorgehaltener Hand über einige schrecklich unflätige Witze, die Drosoula in der Türkei von den Moslemjungen aufgeschnappt hatte.

Zu dieser bewundernswerten und borstigen Amazone rannte Pelagia nun und ließ ihren Verlobten am Küchentisch zurück, wo er sich in den weltumspannenden Ozeanen seiner Erschöpfung und seiner schrecklichen Erinnerungen an Kameraden verlor, die zum Beutefraß der Aasvögel geworden waren. Als die beiden Frauen atemlos eintrafen, saß er noch an der gleichen Stelle und kraulte noch immer Psipsina hinter den Ohren.

In der Absicht, ihren Sohn in die Arme zu schließen, stürzte Drosoula mit einem Freudenschrei in die Küche, erstarrte dann aber so abrupt in ihrer Bewegung, daß es unter anderen Umständen vielleicht komisch gewesen wäre. Sie blickte in der Küche umher, um sich zu vergewissern, ob noch jemand anders als die heruntergekommene Erscheinung da sei, und sah dann Pelagia fragend an.

»Das ist er«, sagte Pelagia. »Ich hab dir doch gesagt, daß er in einem furchtbaren Zustand ist.«

»Du lieber Gott«, rief Drosoula, packte ohne Umschweife ihren Sohn an den Schultern, zog ihn vom Stuhl hoch und führte ihn nach draußen, obwohl Pelagia Einspruch erhob und es offensichtlich war, daß seine Füße ihm den Dienst versagten. »Es tut mir leid«, sagte Drosoula, »aber ich lasse meinen Sohn nicht in so einem Zustand in einem ehrenwerten Haus sitzen. Es ist zu beschämend.«

Draußen im Hof inspizierte Kyria Drosoula ihren Sohn, als wäre er ein Tier, dessen Kauf sie erwog. Sie spähte in seine Ohren, lüpfte angeekelt seine verfilzte Haarmatte, ließ ihn die Zähne blecken und verkündete dann: »Da siehst du, Pelagia, wie sich die Männer herrichten, wenn sich keine Frauen um sie kümmern. Es ist eine Schande und einfach nicht zu entschuldigen, durch gar nichts. Sie sind wie Babys, die ohne ihre Mütter nicht zurechtkommen, so ist es doch, und mir ist es egal, ob er im Krieg war. Setz bitte einen großen Topf mit Wasser auf, weil ich ihn von Kopf bis Fuß waschen werde, doch zuerst muß ich diesen schrecklichen Haarwust wegkriegen, also, Koritsimou, bring mir eine Schere, und wenn seine Flöhe und Läuse auf mich springen, werde ich ihm bei lebendigem Leibe die Haut abziehen, mich juckt's schon bloß vom Hinschauen, ich halt es kaum aus, mit ihm auf derselben Insel zu sein, und erst der Gestank, pfui, der ist ja schlimmer als bei Schweinen.«

Mandras blieb geduldig sitzen, als seine Mutter ihm unter Mißfallensbekundungen resolut das verfilzte Haargeflecht von Schädel, Backen und Kinn entfernte. Sie machte jedesmal, wenn sie eine Laus erblickte, eine Grimasse und sagte: »Pfui.« Die widerlichen Strähnen trug sie in der Schere weg, damit sie samt ihrer Nissenfracht in der Holzkohle des Steinofens übelriechend, glosend und brutzelnd verbrennen konnten. Dabei entwickelte sich ein dicker, beißender Rauch, der abscheulich genug war, um Dämonen zu vertreiben oder Tote aufzustören.

Pelagia verzog ebenso wie ihre zukünftige Schwiegermutter das Gesicht, als sie das Gewimmel der grauen Parasiten sah und die entzündeten Schrunden und Ekzeme zum Vorschein kamen; die Schädeldecke war übersät mit Kratzern, in denen Wundsekret glänzte. Am besorgniserregendsten war jedoch die Entdeckung, daß die Lymphdrüsen geschwollen und vereitert waren. Sie verspürte Ekel, obwohl sie doch wußte, daß sie Mitleid empfinden sollte, und eilte ins Haus, um nach dem Sassafrasöl zu suchen. Als sie danach griff, erkannte sie zum ersten Mal und mit leichter Bestürzung, daß sie im Lauf der Jahre schon genug von ihrem Vater gelernt hatte, um selbst ärztlich tätig zu sein; wenn es überhaupt so etwas wie eine Ärztin gab. Sie spielte kurz mit diesem Gedanken und suchte dann einen Pinsel, als könnte diese Handlung die ungemütliche Empfindung auslöschen, in die falsche Welt hineingeboren worden zu sein.

Als sie mit dem Krug stark und stechend riechenden Öls wieder in das Frühlingssonnenlicht trat, war Mandras schon völlig kahlgeschoren. Sie reichte Drosoula das Töpfchen. »Pinsle es ziemlich dick auf, denn das hilft sogar gegen Scherpilzflechte, wenn er die auch hat. Dann wickelst du seinen Kopf in ein Tuch und bindest es mit einem Faden fest. Ich fürchte, es reizt, also mußt du ihn mit Olivenöl einreiben, wenn die Läuse weg sind, doch Paraffinöl braucht etwa zwei Wochen, bis es wirkt, deshalb hab ich gedacht, wir nehmen lieber das.«

Kyria Drosoula sah sie bewundernd an, roch an der Flüssigkeit, sagte: »Puuh« und fing an, sie ausgiebig auf dem Kopf ihres Sohnes zu verstreichen. »Ich hoffe, du weißt, was ich da tue«, kommentierte sie. Mandras sprach zum ersten Mal – »Das brennt« –, woraufhin seine Mutter bemerkte: »Oh, du bist wirklich da drin?« und mit dem Einstreichen fortfuhr.

174

Als der Kopf in ein Leinentuch gewickelt war, traten die beiden Frauen zurück und bewunderten ihr Werk. Mandras' Gesicht war so ausgezehrt wie das des Heiligen in seinem Sarkophag und sah so hohläugig und bleich aus wie das eines eben erst Verstorbenen, der schon erkaltet ist. »Ist er es wirklich?« fragte Drosoula, die echte Zweifel hatte, und dann fragte sie, warum die Kratzer auf dem Kopf entzündet waren. »Das ist, weil die Exkremente der Läuse in die Kratzer eingerieben werden«, antwortete Pelagia, »die Läuse an sich verursachen das nicht.«

»Ich hab ihm immer gesagt, er soll sich nicht kratzen«, sagte Drosoula, »bloß hab ich bis jetzt nicht gewußt, warum. Sollen wir mit ihm noch weitermachen?«

Die beiden Frauen tauschten Blicke aus, und Pelagia wurde rot. »Ich weiß nicht …« setzte sie an, und Drosoula zwinkerte ihr zu und grinste breit. »Willst du nicht sehen, was du kriegst? Die meisten Mädchen würden für die Gelegenheit sogar jemand umbringen. Ich werd's niemand verraten, versprochen, und was ihn betrifft«, sie nickte zu ihrem Sohn hin, »so ist er so weit hinüber, daß er's gar nicht merkt.«

Pelagia dachte drei Dinge auf einmal: ›Ich möchte ihn gar nicht mehr heiraten. Ich hab ihn schon gesehen, aber das kann ich nicht verraten, und das war zu einer Zeit, als er schön war; nicht so wie jetzt. Und ich kann nichts sagen, weil ich Drosoula so mag.‹

»Nein wirklich, ich kann nicht.«

»Also gut, dann hilf mir mit allem anderen, und sag mir von hinter der Tür, was ich sonst noch tun muß. Ist das Wasser heiß? Im Vertrauen gesagt, ich kann's gar nicht abwarten, bis ich seh, was für einen Mann ich in die Welt gesetzt hab; findest du, daß ich schrecklich bin?«

Pelagia lächelte. »Jeder hält dich für schrecklich, aber niemand denkt deswegen schlechter über dich. Sie sagen bloß: ›Oh, das ist eben Kyria Drosoula.‹«

Ohne seine Kleidung zitterte Mandras nicht stärker als angezogen. Er war so erbärmlich geschwächt, daß Pelagia sich nicht schämte, bei ihm zu bleiben, als er nackt war, und sie brauchte die Anweisungen nicht von der anderen Seite der Tür her zu geben. Seine Muskeln waren verschwunden, die Haut hing in schlaffen Lappen um seine Knochen. Sein Bauch war aufgedunsen, was entweder von Unterernährung oder von Parasiten herrührte, und seine Rippen stachen so spitz hervor wie die Rückgratknochen. Schultern und Rücken schienen eingefallen zu sein, und Ober- wie Unterschenkel waren so unverhältnismäßig zusammengeschrumpft, daß die Knie stark geschwollen erschienen. Der schlimmste Anblick aber bot sich ihnen, als sie die verkrusteten Bandagen von seinen Füßen abschälten; Pelagia erinnerte sich an die Geschichte von Philoktet, einst Argonaut und einer der Freier von Helena, der von Odysseus auf der Insel Lemnos ausgesetzt worden war, weil sein Fuß unrettbar verfaulte. Er hatte nur seinen großen Bogen und die Pfeile von Herkules zur Gesellschaft. Pelagia fiel später ein, daß die Geschichte damit endete, daß Philoktet von Asklepios geheilt wurde und mithalf, Troja zu erstürmen, und sie überlegte, daß sie selbst die Heilerin gewesen war, während die Italiener entsprechend den Platz von Pelagias eigenen Vorfahren eingenommen hatten.

Sie fühlte sich jedoch nicht gerade wie eine Heilerin, als sie diese Füße sah; sie waren als solche unkenntlich. Sie bildeten eine brandige, schillernde und unförmige Masse. Eine Schicht aus Eiter und Schorf bedeckte die Innenseiten der abgeschälten Bandagen, und gelbe Maden wanden und krümmten sich in Fleisch, das so gut wie tot war. »Gerasimos!« rief Drosoula aus und hielt sich an den kümmerlichen Schultern ihres Sohnes fest, als sie versuchte, nicht in Ohnmacht zu fallen. Der Gestank war unfaßbar betäubend, und endlich überwältigte Pelagia das heilige Mitleid, dessen Nichtvorhandensein sie vorher so erschreckt hatte. »Wasch ihn ganz ab«, sagte sie zu Drosoula, »und ich kümmere mich um seine Füße.« Sie blickte mit tränenerfüllten Augen zu Mandras hoch und sagte: »Agapeton, ich werde dir weh tun müssen. Es tut mir so leid.«

Er erwiderte ihren Blick und sprach zum zweitenmal: »Es ist der Krieg. Wir haben sie kurz und klein geschlagen, wir haben sie davongejagt. Wir haben die Spaghettifresser geschlagen. Du kannst mir meinetwegen weh tun. Aber gegen die Deutschen sind wir nicht angekommen. Wegen der Panzer, das ist alles.«

Pelagia zwang sich, die Füße anzuschauen, bis diese in ihrem Kopf eher ein zu lösendes Problem als ein ekelhaftes, schreckliches Leiden geworden waren. Sanft zupfte sie die Maden ab und warf sie über die Mauer. Dann nahm sie ihren Verstand zusammen, um zu entscheiden, ob die Fäulnis bis in die Knochen gedrungen war. Wenn ja, dann war eine Amputation notwendig, und sie wußte, daß sie die anderen überlassen müßte; wahrscheinlich würde nicht einmal ihr Vater sie durchführen wollen. Was konnte ein Arzt einem Mitmenschen Schlimmeres antun? Sie schauderte, wischte die Hände an der Schürze ab, schloß kurz die Augen und nahm den rechten Fuß in die Hand. Sie drehte ihn hin und her, fühlte das Gewebe und kam überrascht zu dem Schluß, daß es kein Granulationsgewebe gab und kein Knochen abgestorben war und sich abgelöst hatte. »Keine Sequestration«, sagte sie, während sie dachte: »Aber das habe ich bisher doch nur bei einem Hund gemacht.« Drosoula erwiderte: »Aber auf alle Fälle ungeheuer viel Dreck.« Pelagia stellte fest, daß das Fleisch am Fuß trocken war, und seufzte, als wäre ihr eine Last abgenommen worden; feuchter Wundbrand war am schlimmsten. Sie sah auch, daß keine rote Trennlinie zwischen den gesunden und den befallenen Bereichen zu sehen war, und schloß daraus, daß es sich gar nicht um Wundbrand handelte. Sie inspizierte den anderen Fuß und kam zu demselben Schluß. Sie holte eine Schüssel mit sauberem Wasser, salzte es kräftig und wusch die schrecklich zugerichteten Füße, so sanft sie konnte. Mandras zuckte vor Schmerz zusammen, sagte aber nichts. Pelagia stellte fest, daß die grausigsten Teile beim Waschen abfielen und daß darunter gesundes Fleisch zum Vorschein kam.

Sie verspürte ein Gefühl der Erleichterung und des Triumphes, als sie in der Küche stand und fünf dicke Knoblauchzehen im Mörser zerstampfte. Der starke Geruch tröstete sie, und sie lächelte, als Drosoulas Stimme aus dem Hof zu ihr drang. Die Mutter schalt ihren Sohn, als hätte er nicht Monate im Schnee verbracht, als wäre er kein Held, der wie alle seine Kameraden Widrigkeiten ertragen hatte, die weit über das hinausgingen, was die Pflicht gebot, und eine Übermacht geschlagen hatte, die von den gleichen widrigen Umständen besiegt worden war. Mit einem Messer verteilte Pelagia den Knoblauch auf zwei lange Mullbinden und trug sie nach draußen. Zu Mandras sagte sie: »Agapeton, das wird noch mehr beißen als das Salz.« Er zuckte zusammen, als sie den Umschlag um seine Füße wickelte, und zog scharf die Luft ein, aber er beklagte sich nicht. Pelagia wunderte sich über seine Standhaftigkeit und bemerkte: »Mich überrascht es nicht, daß wir gewonnen haben.«

»Das haben wir doch gar nicht«, erwiderte Drosoula. »Die Spaghettis haben's nicht geschafft, also hat's Attila getan.«

»Hitler. Aber das macht nichts, weil Großbritannien auf unserer Seite ist.«

»Die Briten sind abgehauen. Wir sind nun in Gottes Hand.«

»Das glaub ich nicht«, sagte Pelagia entschieden. »Denk an Lord Napier, Lord Byron. Sie werden wiederkommen.«

»Was ist denn das alles?« wollte Drosoula wissen und meinte die Gesamtheit der Narben, Entzündungsherde und knallroten Muster auf dem Körper ihres Sohns. Pelagia sah sich den bedauernswerten, frisch gewaschenen Körper genau an und diagnostizierte alle Parasiten, die sie je im Beisein ihres Vaters kennengelernt hatte. »Das auf den Schultern ist Grindflechte. Es riecht nach Mäusen, merkst du's? Dafür brauchen wir Schwefel und Salizylsäure. Es ist eine Art Trichophythie. Glücklicherweise hat er sie nicht im Haar, sonst wäre es ihm ausgefallen. Diese roten Pünktchen sind normale Läuse. Wir müssen seine ganze Kleidung verbrennen und ihn überall rasieren – das kannst du machen –, um die Eier aus den Haaren zu kriegen. Oder wir können ihn mit Essig abwaschen. Und dann reiben wir ihn mit Eukalyptusöl und Paraffinemulsion ein. Der Ausschlag an Beinen und Armen sind *bêtes rouges*, die kriegen wir mit Ammonium- und Zinksalbe weg. Die verschwinden sowieso von selber. Der Fleck ist Schuppenflechte, schau her, er ist kaffeebraun. Das, was wir gegen die anderen Beschwerden verwenden, wird auch hier helfen. Wenn du ihn rasierst, da unten, du weißt schon, wird das auch die Filzläuse vertreiben. Ich werd nicht hinsehen, wenn's recht ist. Und er hat schreckliche Ekzeme an Armen und Knöcheln. Wir müssen die Risse mit Jod einpinseln, wenn ich was davon finden kann, dann heilen sie aus, und dann schmieren wir Zinkspatlösung drauf, wenn wir auch davon was finden können, und das müssen wir so lange auftragen, bis alles verheilt ist. Das kann Wochen dauern. Ich schätze, wir können auch Olivenöl nehmen, bloß nicht am Unterleib. Etwas Öliges sollte nicht an den Unterleib kommen. Und diese rotbraunen Stiche sind Flohbisse.« Pelagia hielt inne, blickte auf und sah, daß Drosoula sie verwundert anlächelte. »Koritsimou«, sagte das riesenhafte Weib, »du erstaunst mich. Du bist die erste Frau, die mir je untergekommen ist, die was weiß. Laß dich umarmen.« Pelagia wurde rot vor Freude, und um die Aufmerksamkeit von sich abzulenken, umarmte sie Drosoula und sagte: »Ich weiß, daß du dich über die schrecklichen roten Knoten auf dem Bauch und seinem … Dingsda wunderst. Sie sind auch zwischen seinen Fingern, aber mach dir keine Sorgen, das ist bloß Krätze. Die Mittel werden das auch heilen, besonders Zink und Schwefel. Zumindest meine ich das, aber wir sollten lieber meinen Vater fragen«, schloß sie bescheiden.

Drosoula wies auf ihren völlig apathischen Sohn: »Da hast du dir was eingehandelt.«

Pelagia schluckte ihren Unwillen hinunter und sagte: »Man verliebt sich in die Person, nicht in den Körper.«

Drosoula lachte: »Romantisches Papperlapapp. Liebe geht rein durch die Augen und kommt wieder raus durch die Augen, und falls du dich wunderst, warum mein Mann sich in mich verguckt hat, so häßlich ich bin, so hat er einen ausgefallenen Geschmack gehabt, Gott und dem Heiligen sei's gedankt. Sonst wäre ich immer noch Jungfrau.«

»Ich glaub dir kein Wort«, sagte darauf Pelagia, die sich wie alle anderen schon immer gefragt hatte, wie es Drosoula gelungen war, einen Ehemann zu finden.

Am nächsten Morgen kehrte Dr. Iannis erschöpft vom Berg zurück, nachdem er vorher noch in der Kaphencia eingekehrt war, und sah nicht nur einen schlafenden, halbtoten Mann im Bett seiner Tochter liegen, sondern in seinem eigenen auch noch Pelagia und eine grobschlächtige und abstoßende Frau. Im Haus stank es nach Knoblauch, Seife, Ammoniak, Jod, Schwefel, krankem Fleisch, Essig und verbranntem Haar, kurz, es roch wie in einer vielbesuchten Arztpraxis. Er rüttelte seine Tochter aus dem Schlaf und fragte sie: »Tochter, wer ist dieser alte Mann in deinem Bett?«

»Das ist Mandras, Papakis, und hier ist seine Mutter, Kyria Drosoula. Ihr seid euch schon begegnet.«

»Aber nicht in meinem Bett«, entgegnete er. »Und das ist doch nicht Mandras; es ist ein schrecklicher alter Mann mit Krätze und verbundenen Füßen. Ich hab schon nachgeschaut.«

Später dann hörte sich Dr. Iannis den Bericht seiner Tochter über ihre Behandlung an, wobei er bei jeder zaghaften Diagnose und Prognose schnaubte und an seiner Pfeife sog. Als Pelagia fertig war, wurde sie rot, weil sie aus der Haltung ihres Vaters einen strengen Tadel für ihre Anmaßung herauszulesen vermeinte. Doch er ging einfach zu dem Patienten und untersuchte ihn gründlich, wobei er die Füße besonders eingehend inspizierte.

Er sagte nichts, bis er nach seinem verbeulten Hut griff, um aus dem Haus zu gehen. Pelagia drehte nervös den Staubwedel in den Händen und wartete auf seinen Wutausbruch. »Wenn ich kochen könnte«, sagte er endlich zu ihrer Verblüffung, »dann würde ich mit dir die Arbeit tauschen. Das heißt, ich würde mich eigentlich zur Ruhe setzen. Gut gemacht, Koritsimou, ich bin noch nie so ungeheuer stolz gewesen.« Er küßte sie auf die Stirn und rauschte dramatisch von dannen, wobei er den Himmel nach der erwarteten Invasion absuchte. Er mußte zu einer Sitzung des Verteidigungskomitees in der Kapheneia.

Drosoula lächelte Pelagia zu, die so von Erleichterung und Dankbarkeit überwältigt war, daß ihr die Hände zitterten. »Ich hab mir immer eine Tochter gewünscht«, sagte sie. »Du weißt ja, wie die Männer sind, die wollen immer nur Söhne. Mit deinem Vater hast du Riesenglück. Meiner war ein völliger Versager, soweit ich mich erinnern kann, immer randvoll mit Raki. Ich bete zum Heiligen, daß Mandras wieder auf die Beine kommt, denn dann wirst du meine Tochter.«

Pelagia nahm sie am Arm und sagte: »Sobald es geht, sollten wir ihn in die Sonne und ans Meer bringen. In solchen Fällen macht die seelische Einstellung viel aus.«

Drosoula fiel auf, daß Pelagia ihre Äußerung wohlweislich übergangen hatte, verzieh ihr jedoch. Ihr genügte schon der Anblick der jungen Frau, die in jener besonderen Schönheit aufblühte, die von einem plötzlichen Gefühl der Berufung herrührt.

180

22

Mandras hinter dem Schleier

Die reden über mich, als wär ich gar nicht da – Pelagia, der Doktor und meine Mutter. Sie sprechen von mir, als wär ich alt und tattrig oder bewußtlos, als wär ich ein Körper ohne Geist. Ich bin zu müde und zu traurig, um mich gegen die unwürdige Behandlung zu wehren. Pelagia hat mich nackt gesehen, meine Mutter wäscht mich an den intimsten Stellen, als wär ich ein Baby. Sie reiben mich ein mit Salben und Wässerchen, die brennen, wohltun und stinken, daß ich mir schon vorkomme wie ein Möbelstück, das mit Öl und Wachs behandelt wird, dessen Wurmlöcher zugemacht werden und dessen Polsterung ausgebessert und neu gefüllt wird. Mutter inspiziert meinen Stuhlgang und spricht mit meiner Verlobten darüber, sie füttern mich mit einem Löffel, weil sie nicht die Geduld haben, mich gegen das Zittern meiner Hände ankämpfen zu sehen. Ich frag mich schon, ob ich mich überhaupt noch als existierend betrachten kann.

Ich nehm es nicht an. Alles ist zu einem Traum geworden. Zwischen ihnen und mir befindet sich ein Schleier, der sie zu Schatten und mich zu einem Toten macht, und der Schleier ist vielleicht ein Leichentuch, das das Licht und die Sicht trübt. Ich bin im Krieg gewesen, und das hat einen Abgrund geschaffen zwischen mir und denen, die nicht dabeigewesen sind; was wissen die schon? Seit ich den Tod getroffen hab, dem Tod auf jedem Gebirgspfad begegnet bin, mit dem Tod im Schlaf gesprochen und im Schnee gerungen und mit ihm Würfel gespielt hab, bin ich zu dem Schluß gekommen, daß der Tod kein Feind, sondern ein Bruder ist. Der Tod ist ein wunderschöner nackter Mann, der wie Apollo aussieht, er gibt sich nicht mit denjenigen zufrieden, die im Alter dahinwelken. Der Tod ist ein Perfektionist, er mag die Jungen und Schönen, er möchte uns durchs Haar fahren und die Sehne streicheln, die den Muskel an den Knochen bindet. Er tut alles, um uns zu begegnen, unsere Gesichter erfreuen sein Herz, er stellt sich uns in den Weg, um uns herauszufordern, weil er einen sauberen, fairen Kampf liebt, und nach dem Kampf freundet er sich gern mit uns an, klopft uns auf die Schulter und bringt uns zum Lachen über die Geringfügigkeit und Unsinnigkeit der Lebenden. Nach Beendigung einer Schlacht wandert er unter den Toten umher, hilft ihnen auf und drückt den Hübschesten einen Lorbeerkranz auf die Stirn. Dann versammelt er sie um sich wie seine eigenen Kinder und geht mit ihnen einen Wein trinken, der nach Honig schmeckt und ihnen das Gefühl der Harmonie vermittelt, das sie im Leben nie gehabt haben.

Bloß mich hat er nicht geholt, und ich weiß nicht, warum. Ich war sicher mutig genug, bin der Gefahr nie ausgewichen und hab noch weitergemacht, als mein Körper schon ein Wrack war. Ich glaub, ich hab überlebt, weil unsere Anführer zu schlau waren, ich glaub, ich hab überlebt, weil der Tod die Italiener geliebt hat. Der Tod hat ihnen gesagt, sie sollen in einer geschlossenen Linie gegen unsere stärksten Stellungen vordringen, und wir haben sie wie Ähren niedergemäht. Unsere Generäle aber haben uns Zangenbewegungen ausführen und Hinterhalte legen lassen, um sie auszumanövrieren, um zu verschwinden und wiederaufzutauchen. Unsere Generäle haben es dem Tod schwergemacht, und so hat er, statt mich mit Kugeln zu durchlöchern, meinen Körper in wenigen Monaten so verfallen lassen wie bei anderen in sechzig Jahren. Es lag an der Kälte, dem Schlamm, dem Ungeziefer, der Unterernährung, dem Kummer, der Angst, den Schneestürmen mit Kristallen, schärfer als Glas, und dem Regen, der so dicht war, daß Fische darin hätten schwimmen können – es lag an all den Dingen, die sich nicht zu erklären lohnen, weil ein Zivilist sie sich nicht einmal vorstellen kann.

Wißt ihr, was mich hat durchhalten lassen? Pelagia und ein Gefühl für Schönheit. Pelagia war für mich ein Daheim. Ich hab nicht für Griechenland gekämpft, wißt ihr, sondern für ein Daheim. Ich hab es hinter mich gebracht, um zurückkommen zu können. Leider ist mein Traum von Pelagia besser als sie selbst gewesen. Ich seh und hör doch, daß sie sich vor ihrem heimgekehrten Helden ekelt, und ich hab schon gewußt, bevor ich wegging, daß ich nicht gut genug für sie bin. Wenn sie mich liebt, heißt das, sie läßt sich dazu herab, bringt ein Opfer, und das kann ich nicht aushalten, weil ich davon einen Haß auf sie bekomme und mich verachte. Ich werd wieder weggehen, wenn ich gesund bin, damit ich den Traum von Pelagia wieder im Kopf haben und sie ohne Bitterkeit lieben kann, so wie oben in den Bergen, als ich für sie und den Gedanken an ein Daheim gekämpft hab. Wenn ich zurückkomme, werd ich neu gemacht sein, weil ich das nächste Mal dafür sorge, daß ich so großartige Taten vollbracht hab, daß selbst eine Königin darum betteln würde, meine Braut zu werden. Was es für Taten sein werden, weiß ich noch nicht, doch sie werden Ruhm und Wunder in die Welt bringen, sie werden mich so reich und großartig schmücken wie die Juwelen des Heiligen.

Ich muß auch wieder weg, weil ich schon gar nicht hätte herkommen sollen. Ich bin heimgekommen, weil es möglich war und das Heimkehren so wie eisgekühltes Wasser nach einem windstillen Augusttag auf See ist. Ich hab im Rascheln der Ölbäume, im Gebimmel der Ziegenglocken, im Schnarren der Grillen, im Geschmack von Robola und im Geruch von Meersalz baden müssen. Ich hab wieder Kraft tanken müssen, mit den nackten Füßen auf heimatlichem Boden, das ist alles.

Meine Einheit ist ja in der Nähe des Olymp von den Deutschen ausgelöscht worden. Ich war der einzige Überlebende, und als ich so unter den Leichen meiner Freunde gesessen habe, ist mir Pelagia in einer Vision erschienen. Es heißt, so was kommt von Unterernährung und Überanstrengung, auf jeden Fall ist es für mich so gewesen, als würde sie vor mir stehen und mich anlächeln. Hätte sie das nicht getan, dann hätte ich mich einer anderen Einheit angeschlossen und den ganzen Weg bis zu den Thermopylen gegen die Deutschen gekämpft, doch auf einmal hab ich gewußt, daß ich nach Hause mußte, auch wenn mir der Weg unbekannt war. Ich hab unter den Leichen nachgesehen und mir das beste Paar Stiefel rausgesucht, bei dem sich zwar die Sohlen ablösten, das aber immer noch besser als meins war. Ich hab die Schuhe angezogen und bin nach Südwesten marschiert.

Jeden Abend hab ich mir gemerkt, wo die Sonne unterging, und am Morgen, wo sie aufging. Ich hab den Halbkreis geteilt, mir einen Geländepunkt gesucht und bin losgegangen. Mittags hab ich geschaut, daß ich auch links von der Sonne ging. Die Straßen sind durch das Chaos des Rückzugs verstopft gewesen – sterbende Esel, stehengelassene Fahrzeuge, Rucksäcke und Waffen, die Opfer der Stukas –, und so bin ich querfeldein marschiert, durch die unendliche Wildnis, die, wie ich jetzt weiß, den größten Teil Griechenlands bedeckt. Erst ist es eine Wildnis aus Dornen und gerade erst knospenden, verkrüppelten Bäumen gewesen, doch irgendwo hinter Elasson ist das Gelände angestiegen und zu einer unmenschlichen Wüstenei aus Kiefern, Schluchten, Wasserfällen und Geröllfeldern geworden, zu einem Land der Habichte und Fledermäuse. Da hat es Sümpfe mit torfigem Wasser und fremdartigen Blumen, Berghänge mit rutschigem Schiefergeröll und Ziegenpfade gegeben, die plötzlich und unerklärlich am Rand eines Abgrunds aufgehört haben. Meine neuen Schuhe waren hin, und da hab ich meine Füße mit Lumpen umwickelt. Nachts hat Pelagia neben mir gelegen, wenn ich in Grotten gefroren hab, und in der Frühe ist sie vor mir nach Süden gegangen. Ich hab die Röcke um ihre Hüften schwingen sehen, hab gesehen, wie sie sich bückte, um Blumen zu pflücken, und sie hat gelächelt und auf mich gewartet, wenn ich hinfiel.

In dem Land gibt es Bären, wilde Hunde, die auch Wölfe sein könnten, Luchse und Hirsche. Es hat Zeiten gegeben, da hab ich mit den Zähnen das rohe Fleisch von einem liegengelassenen Beutetier gerissen, und einmal hat ein Adler eine Taube vor meine Füße fallen lassen und ist ihr hinterhergestürzt, so daß seine Krallen mir die Hände zerkratzt haben, als ich mich nach seiner Beute bückte. In diesen verlassenen Gegenden leben auch Menschen, Leute, die schon fast Tiere sind. Einige von ihnen sind blond und reden so merkwürdig, daß ich sie unmöglich verstehen konnte. Sie wohnen in Stein- oder Holzhäuschen und laufen in Lumpen herum. Sie ernähren sich von greulichen Eintöpfen, die aus Fleisch und Wurzeln bestehen und in uralten Töpfen gekocht werden, deren Risse mit Lehm abgedichtet sind. Diese Leute haben Steine nach mir geworfen, doch als ich mich hingekniet hab und mit dem Finger auf meinen Mund deutete, haben sie mich hereingeholt und so treusorgend gefüttert, als wäre ich ein Kind. Einer von ihnen hat mir auch das Fellwams geschenkt.

Während der Wanderung ist mir schon der Verdacht gekommen, daß mein Körper zerfiel und ich langsam durchdrehte. Ich hab nicht mehr genau gewußt, was los war. Ich hab nicht nur Pelagia gesehen, sondern auch seltsame Ungeheuer, die mich mit ihren vor Zähnen starrenden Mäulern bedrohten. Da war eine Stelle, wo ich zu einen Wasserfall gekommen bin, einem, der so hoch war, daß er mit einem Brüllen wie die Meeresbrandung bei heftigem Sturm runterprasselte. Er ist in eine Vertiefung gefallen, in der das Wasser wirbelte und strudelte und alles verschluckte, was vorbeikam. Ich hab keinen anderen Weg gesehen, weiter nach Südwesten zu gehen, als da durchzuschwimmen. Links ist ein überhängender Felsen gewesen, den nicht mal eine Ziege hätte hochklettern können, und mir ist es so vorgekommen, als wär da drauf ein dreiköpfiges Biest, das mich verschlingen wollte. Ich hab dagestanden und nichts im Kopf gehabt außer dem Kampf zwischen meiner verzweifelten Sehnsucht nach der Heimat und der Angst vor dem Wasserstrudel und dem Ungeheuer. Ich hab Pelagia wie unsern Heiland scheinbar übers Wasser vorangehen sehen und erkannt, daß am Fuß des Felsens unter der Wasseroberfläche ein Sims war, deshalb bin ich so leicht dran vorbeigekommen, als ob ich an den Flachstellen der Bucht von Assos zu einem Boot hinausgewatet wär.

Als ich gewußt hab, daß ich durchdreh, ist mir auch klargeworden, daß ich ausruhen mußte, und sei es nur einen Tag lang, und da bin ich zu einem Steinschuppen im Wald gekommen, wo das Gelände am Fuß eines Berges anstieg und die Piniennadeln so weich und dick wie eine Decke am Boden lagen. Es war niemand drin, und ich bin mir nicht sicher gewesen, ob er bewohnt war oder nicht, also bin ich reingegangen, hab mich an die Wand gelegt und bin eingeschlafen. Dann hab ich geträumt, ich wär im Bombenhagel.

Ich bin aufgewacht, als mich jemand mit dem Fuß angestupst hat. Als ich gesehen hab, daß es eine alte Hexe war, hab ich mich gefragt, ob es bloß ein anderer Traum war, aber das war nicht der Fall. Sie war klein und verwelkt und hatte ihre wenigen Haarsträhnen hinten am Kopf zusammengebunden. Sie hatte einen Buckel, ihre Kleider waren zerrissen, ihre Wangen hohl und ihr Kinn spitz, weil sie keinen einzigen Zahn mehr im Kiefer hatte.

Eines Tages, wenn ich soweit bei Kräften bin, um wieder zu reden, werd ich diese Geschichte in der Kapheneia erzählen, damit die Jungs was zum Lachen haben, weil diese alte Vogelscheuche doch tatsächlich einen Narren an mir gefressen hat. Ich hab vergessen zu erwähnen, daß sie nur ein Auge hatte. Das andere war geschlossen und verkümmert.

Sie hat nur ein Wort gekannt, »Circe«, was vermutlich ihr Name war – sie hat immer auf sich gedeutet und das Wort gesagt, so daß ich »Mandras« sagen und auf mich deuten mußte –, und ihre Stimme war wie das Gekrächze eines Raben. Ihr eines Auge hat immer aufgeleuchtet, wenn sie mich gesehen hat, und sie hat mich mit Schweinefleisch von ihrer Herde gefüttert, die sie in einem Eichenwäldchen hielt, wo sie Eicheln fressen konnten. Ich hab sie widerlich und entsetzlich gefunden, hab aber gemerkt, daß sie eine schlichte Seele war, der Gott ein gütiges Herz geschenkt hatte.

In der dritten Nacht dort hab ich friedlicher geschlafen als seit mehreren Monaten, und weil mein Körper dank des Eberfleisches sich selbst heilte, hab ich nicht von Bomben und Leichen geträumt, sondern von Pelagia. In meinem Traum hat sie die Stirn gerunzelt und ist wegen meiner Verspätung ungeduldig geworden, und zum ersten Mal bei allen meinen Visionen bin ich zu ihr gerannt und hab sie geküßt. Sie ist in meinen Armen ganz weich geworden und hat meine Leidenschaft erwidert, so daß wir im Nu auf dem Waldboden herumkugelten. Sie hat mich an sich gedrückt und am ganzen Körper gestreichelt, was mich erregt hat, und ihr Mund war glühend heiß. Sie hat mich in die Lippe gebissen und sich gekrümmt, und ich hab ihr die Kleider vom Leib gerissen, damit meine Hände ihre Brüste und ihre Hüften spüren konnten. Ich hab vor dionysischer Verzückung gezittert und bin in sie eingedrungen. In Null Komma nichts hab ich das Aufwallen in den Lenden gespürt, und genau im schönsten Augenblick bin ich aufgewacht.

Unter mir hat sich die uralte Hexe gewunden und geächzt und gekrächzt, das eine irre Auge vor Ekstase halb geschlossen. Einen Augenblick bin ich verdutzt und verwirrt auf ihr liegengeblieben, aber dann bin ich mit einem Schrei der Wut und des Entsetzens auf die Füße gesprungen, denn ich hab gewußt, daß sie unter meine Felle gekrochen war und mich in der Gestalt Pelagias verführt hatte. »Hexe, Hexe«, hab ich geschrien und nach ihr getreten, und sie hat sich aufgesetzt und sich zu schützen versucht, wobei ihr die Zitzen bis auf die Hüfte hingen; und ihr Körper war mit eitrigen Entzündungen wie bei mir übersät. Sie hat mit den

Armen gefuchtelt und wie ein Vogel in den Fängen einer Katze gezwitschert, und da hab ich den Wahnsinn in uns beiden und im ganzen Bau der Welt erkannt. Ich hab den Kopf zurückgeworfen und losgelacht. Ich hatte meine Jungfräulichkeit an ein uraltes, ungeliebtes und einsames Scheusal verloren, doch das war alles bloß ein klitzekleines Steinchen in Gottes Plan, sein Antlitz von uns abzuwenden und uns alle der Bosheit und den Launen der Finsternis auszusetzen. Die Welt hat noch genauso ausgesehen, aber unter der Oberfläche hat es gebrodelt. Ich hab mich wieder neben sie gelegt, und wir haben so bis in den Morgen geschlafen. Ich hatte erkannt, daß wir Menschen schuldlos sind.

Sie hat versucht, mich nicht fortgehen zu lassen, hat sich mir greinend und heulend vor die Füße geworfen und meine Knie umklammert. Es war zum Erbarmen, aber ich erinnere mich, daß ich gedacht hab, wo sowieso schon alles egal ist, macht es auch nichts mehr aus, wenn sie dieses Leiden genauso spürt, das die Welt im Sturm erobert und dem Verfall preisgegeben hat.

Ich hab Trikkala erreicht und es geschafft, mir einen Platz auf einem Laster zu ergattern, der mit einer Ladung Verwundeter von der Front zurückkam. Der Fahrer hat auf das Blut an meinen Füßen und die Fetzen meiner Uniform geschaut und eingesehen, daß ich auch verwundet war, deshalb hab ich den Platz von einem, der gestorben war, einnehmen können. In Lipson bin ich auf einem anderen Laster über Agios Nikolaos bis Arta und Preveza gefahren, und von dort ist es einfach gewesen, mit einem Fischerkollegen nach Levkas zu kommen, der Post auf die Insel brachte. Ich hab dann wieder ein Fischerboot nach Ithaka genommen und noch eins, um heimzukommen. Den ganzen Weg von Sami bis zu Pelagias Haus bin ich zu Fuß gegangen.

Und als ich angekommen bin, hab ich ein Entsetzen ausgelöst wie damals das alte Weib im Wald bei mir, und nur ein dummes kleines Tier, Psipsina, hat mich erkannt. Die Enttäuschung nach so vielen Träumen, so vielen Kämpfen und der langen Wegstrecke mit Pelagia als meinem Licht hat mir den letzten Lebensfunken ausgeblasen, und die Erschöpfung hat mich überfallen wie ein Nebel, der ein Boot im Oktober in der Meerenge von Zanthe einhüllt. Ich hab die Augen zugemacht und bin wie die Geister der Toten ins Schattenreich gestürzt.

Ich hab gesagt, daß Pelagia und das Gefühl für Schönheit mich heimgebracht haben, aber ich hab noch nichts von dem Schönheitsempfinden gesagt. Einmal, im Dezember, in der Nähe vom Metsovon-Paß, als zwanzig Grad unter Null waren, weil es wolkenlos war, haben die Italiener eine Leuchtkugel hochgeschossen. Sie ist in einer Kaskade aus strahlendblauem Licht vor dem käsigen Gesicht des Vollmonds explodiert, und die Funken sind ganz langsam wie die Seelen widerstrebender Engel zur Erde gesunken. Während die kleine Magnesiumsonne noch am Himmel strahlte, sind die Schwarzkiefern aus ihrem bescheidenen Schatten getreten, als wären sie vorher wie Jungfrauen verhüllt gewesen, aber hätten nun entschieden, sich so sehen zu lassen, wie sie im Himmel sind. Die Schneewehen haben in der weißen Glut des Eises pulsiert, das vollkommene Keuschheit bedeutete, ein Mörser hat trostlos gebellt, und eine Eule hat geschrien. Zum ersten Mal in meinem Leben hab ich am ganzen Körper vor etwas anderem als der Kälte gezittert; die Welt hatte ihre Haut abgestreift und sich als Energie und Licht enthüllt.

Es ist mein Wunsch, gesund zu werden, so daß ich wieder in die Linien zurückkehren und vielleicht nur einmal noch diesen unvergeßlich schönen Augenblick erleben kann, als mir das Gesicht von Gabriel in einem Kriegsgerät erschienen ist.

23

30. April 1941

Es geht die Geschichte, daß im Königspalast, der so riesig und leer war, daß die königliche Familie darin auf Fahrrädern fuhr, und so verfallen, daß die Wasserhähne Kakerlaken ausspien, eine Weiße Frau als Unglücksbotin ihr Unwesen treibt. Sie kommt immer geräuschlos mit tückisch leuchtendem Gesicht, und einmal, als zwei Adjutanten sie festzunehmen versuchten, weil sie die Großmutter des Prinzen Christophoros angegriffen hatte, löste sie sich in Luft auf. Wenn sie an diesem Tag im Palast umhergewandert wäre, hätte sie darin nicht König Georg angetroffen, sondern deutsche Soldaten. Wenn sie in die Stadt gegangen wäre, hätte sie die Hakenkreuzfahne auf der Akropolis wehen sehen und nach Kreta reisen müssen, um den König zu finden.

Die Kephallonier brauchten keine solchen bösen Geister, um gewarnt zu sein. Vor zwei Tagen hatten die Italiener unter lächerlichen Umständen Korfu eingenommen, und das sollte sich nun hier genauso wiederholen. Es gab niemand auf der Insel, der nicht das Schlimmste befürchtete.

Am qualvollsten war das Warten. Wie ein greifbarer Nebel stieg eine große Wehmut auf, als stünde der letzte Liebesakt mit einer angebeteten Person bevor, die für immer fortzog. Jeder ließ sich den letzten Augenblick in Freiheit und Sicherheit auf der Zunge zergehen und prägte sich seinen Geschmack und die Erinnerung daran ein. Kokolios und Stamatis, der Kommunist und der Monarchist, saßen an einem Tisch beisammen und reinigten die Einzelteile einer Jagdflinte, die fünfzig Jahre lang an einer Wand Staub angesetzt hatte. Sie hatten keine Munition, aber wie allen auf der Insel schien es ihnen wichtig, wenigstens eine Geste des Widerstands zu machen. Ihre geschäftigen Finger sollten die Stürme der Angst und Ratlosigkeit in ihrem Innern besänftigen, und sie unterhielten sich leise und zutraulich, was ihre jahrelangen heftigen ideologischen Zwistigkeiten Lügen straften. Keiner von beiden wußte, wie lang er noch zu leben hatte, und so merkten sie endlich, wie sehr sie einander schätzten.

Familienmitglieder umarmten sich häufiger als gewöhnlich; Väter, die erwarteten, zu Tode geprügelt zu werden, streichelten das Haar hübscher Töchter, die erwarteten, vergewaltigt zu werden. Söhne saßen mit ihren Müttern vor den Haustüren und frischten liebevolle Erinnerungen auf. Bauern holten ihre Fässer mit dem Wein, in dem das glitzernde Sonnenlicht eingefangen war, und vergruben sie im Boden, damit kein Italiener das Vergnügen hätte, davon zu trinken. Großmütter wetzten ihre Küchenmesser, Großväter erinnerten sich vergangener Taten und redeten sich ein, daß das Alter ihnen noch nichts hatte anhaben können; in ihren Schuppen übten sie mit Schaufeln und Stöcken heimlich »Gewehr über«. Viele Leute suchten ihre Lieblingsplätze auf, als wäre es das letzte Mal, und stellten fest, daß Steine und Staub, die durchsichtige See und die uralten Felsen eine traurige Stimmung angenommen hatten, so wie in einem Zimmer, in dem ein wunderschönes Kind mit dem Tode ringt.

Pater Arsenios kniete in seiner Kirche und versuchte, die Worte zu einem Gebet zu finden, denn ihn verstörte das unerhörte Gefühl, daß Gott ihn im Stich gelassen hatte. Er hatte sich so an den Gedanken gewöhnt, daß er auf ewig dazu verdammt war, derjenige zu sein, der Gott im Stich ließ, daß ihm keine Formulierungen einfielen, die nicht voller Vorwürfe und sogar Schimpfworte steckten. So verfiel er in sein übliches »Herr Jesus, Sohn Gottes, hab Erbarmen mit mir armem Sünder« und merkte, daß selbst nach all den Jahren dessen Wiederholung ihm nicht zu Herzen ging. In seiner Jugend hatte er geglaubt, daß dieses Gebet ihm eines Tages die Vision des göttlichen und ungeschaffenen Lichts offenbaren würde, doch nun wußte er, daß es eine Formel geworden war, eine Barriere zwischen ihm und dem Gott, der sprachlos und ausweichend war. »Herr Jesus, Sohn Gottes«, betete er schließlich, »was zum Teufel hast du dir denn da einfallen lassen? Was hatte denn Golgatha für einen Sinn, wenn der Teufel nicht besiegt worden ist? Ich dachte, du hättest verkündet, daß du die Sünde vertrieben hast. Bist du denn für nichts und wieder nichts gestorben? Läßt du uns alle auch sinnlos sterben? Warum unternimmst du nichts? Ich weiß, daß du in der Eucharistie unsichtbar anwesend bist, aber wie soll ich bei deiner Unsichtbarkeit wissen, daß du da bist?« Seine fetten Kinnbacken zitterten vor innerer Erregung; er fühlte sich wie ein Junge, der auf das Landgut kommt und entdeckt, daß sein Vater ihm kein Erbe hinterlassen hat. »Herr Jesus, Sohn Gottes«, betete er, »wenn du nichts unternehmen willst, dann werde ich was tun.«

An seinem Schreibtisch las Dr. Iannis noch einmal den berühmten offenen Brief an Hitler durch, den Vlachos im *Kathimerini* veröffentlicht hatte. Von dieser noblen, in hehren Worten vorgebrachten Verfechtung des Rechts auf nationale Unabhängigkeit gerührt, schnitt er ihn aus der Zeitung, stand auf und befestigte ihn mit einem Reißnagel an der Wand, nicht ahnend, daß jeder gebildete Mann in Griechenland das gleiche getan hatte. Der Artikel würde bis 1953 dort bleiben, trocken und gelb werden, sich an den

Ecken einrollen, aber die Empfindungen, die er weckte, würden mit jedem Jahr frischer und tiefer werden.

Der Arzt schob Psipsina vom Schreibtisch, setzte sich hin und schrieb: »Es ist so Sitte bei uns, die vielen Nationen, die diese Insel usurpiert haben, mit den Türken zu vergleichen. So waren die Römer und die Normannen schlimmer als die Türken, die Katholiken gleichfalls, während die Türken selbst womöglich nicht so schlimm waren, wie wir es uns gern vorstellen, und so waren sie paradoxerweise nicht so schlimm wie sie selbst. Die Russen waren um vieles besser, und die Franzosen waren geringfügig besser. Die letzteren bauten gerne Straßen, aber ihnen war nicht zu trauen – die Türken versprachen uns nie etwas und waren deshalb per definitionem unfähig zum Wortbruch –, und die Briten waren eine Zeitlang schlimmer als die Türken und die übrige Zeit die besten von allen. Die allgemeine griechische Verbitterung über die Briten kam auf, weil diese unverschämterweise Parga an Ali Pascha verkauften, aber auf dieser Insel wurde sie ursprünglich durch den Gouverneur Thomas Maitland ausgelöst, der durch und durch ein Tyrann war. Charles de Bosset jedoch, ein Schweizer in Diensten der britischen Armee, baute unsere unschätzbare Brücke über die Bucht von Argostoli. Lord Napier baute den großartigen Gerichtssaal in Lixouri mit seinen Marktarkaden darunter (den Markato) und war so populär, daß die Bevölkerung Geld für ein Denkmal zur Erinnerung an ihn sammelte, als er fort war. Lord Nugent wurde so beliebt, daß unser Parlament ihn mit einer Dankadresse beehrte. Frederic Adam, Stewart McKenzie und John Seaton scheinen philhellenistischer als wir selbst gewesen zu sein, aber General Howard Douglas war empörend und schändlich despotisch. Und so geht das weiter. Was lernen wir daraus?

Wir lernen daraus, daß der Umgang mit den Briten uns nur die Wahlmöglichkeit zwischen zwei Säcken bietet, die mit einer Schnur um den Hals gebunden werden. Der eine enthält eine Viper und der andere Gold. Wer Glück hat, erwischt den Sack voll Gold, nur um festzustellen, daß die Briten sich das Recht vorbehalten haben, ihn ohne weiteres gegen den anderen auszutauschen. Umgekehrt könnte das Pech einem den Sack mit der Viper bescheren, woraufhin die Briten warten, bis sie zugebissen hat, nur um dann zu sagen: »Wir haben es nicht so gemeint; nimm den anderen Sack.«

Wir wissen nicht, was wir von den Briten halten sollen. Bei den Türken wußten wir, daß unsere Söhne zu den Janitscharen und unsere Töchter in einen Harem kommen würden. Wir wußten, daß wir vom Militärdienst freigestellt werden würden, daß wir keine Pferde reiten dürften und daß unsere Sultane Lüstlinge und Irre waren. Bei den Briten ist nichts sicher, außer daß sie einen verächtlich behandeln und es dann hundertfach wiedergutmachen. Einmal liebten wir sie so sehr, daß wir Prinz Alfred als unseren König haben wollten – und wir treiben immer noch einen Kult um Lord Byron –, und ein anderes Mal haben sie uns ins Gesicht getreten. Schweren Herzens berichte ich hier davon, daß sie uns unserem Schicksal überlassen haben, weil ihrer Einschätzung nach der Krieg nicht in Griechenland entschieden werden wird.

Ich warte verzweifelt in der Gewißheit, daß Korfu gefallen ist und daß dies das letzte sein könnte, was ich je schreibe. Ich empfehle meine Erinnerung der Nachwelt und meiner geliebten Tochter Pelagia, und ich bitte denjenigen, der diese Papiere und meine unvollendete Geschichte findet, sie gut aufzuheben. Ich bete darum, daß die Briten uns nicht unwiderruflich aufgegeben haben, und ich bete darum, daß sie letztlich noch siegen werden, auch wenn ich schon tot bin. Ich glaube, daß ich ein gutes und nützliches Leben geführt habe, und wäre da nicht meine Tochter, die möglicherweise nicht überleben wird, und meine Enkel, die ich vielleicht nie sehen werde, so würde ich zufrieden in der Hoffnung sterben, daß der Tod, mit Sokrates' Worten, ›eine Versetzung und ein Umzug der Seele von hinnen an einen anderen Ort‹ sein möge. Ich habe nie daran geglaubt, aber die unmittelbar drohende Invasion bestärkt mich in der Überzeugung, daß das Leben traurig und trostlos sein kann und der Tod als eine Zeit vorstellbar ist, in der ich wieder mit meiner Frau zusammensein kann, an welchen Ort auch immer sie gegangen sein mag. Solon hat gesagt, daß niemand einen Menschen vor dessen Tod glücklich nennen sollte, weil er bis dahin höchstens beglückt ist. Doch ich bin sowohl glücklich wie beglückt gewesen, glücklich in meiner Ehe und beglückt mit einer Tochter. Möge es nicht umsonst gewesen sein.«

Der Arzt langte zum obersten Bord und holte eine schwarze

Blechschachtel herunter. In die legte er das Manuskript mit seiner Geschichte und dieses letzte Schreiben, das wie üblich mit einem Thema angefangen und bei einem anderen aufgehört hatte, und verschloß sie. Er nahm die Schachtel unter den Arm, hob die Matte unter dem Tisch hoch und öffnete die Falltür, unter der sich die 1849 geschaffene große Kammer auftat, worin sich die Radikalen versteckt hatten, die von den Briten erst verfolgt und dann an die Regierung gebracht worden waren. In dieses Gelaß, das einst die Flüchtlinge Joseph Momferatos und Gerasimos Livadas aufgenommen hatte, legte der Arzt seinen literarischen Nachlaß. Er kehrte an den Schreibtisch zurück, nahm seine zwei dicken Bände *The Complete and Concise Home Doctor* hervor und memorierte noch einmal die Abschnitte über Blutungen, Verbände, Schock, Aderpresse, Schußverletzungen, Verbrennungen, Schnittwunden, Stichwunden, Asepsis, Dränage und Spülung von Wunden, Kieferklemme, Eiter, Trepanation zur Linderung von Depressionsfrakturen des Schädels.

In Drosoulas Haus, wohin Mandras verlegt worden war, saß die Tochter des Arztes in qualvoller Scham; sie hatte allmählich den Verdacht, daß Mandras sie absichtlich quälte.

Seine körperlichen Beschwerden waren beträchtlich abgeklungen. Die roten Knötchen, die Ekzeme und die Haut an seinen Füßen waren nach und nach von selbst geheilt. Sein Gesicht war etwas voller geworden, die Rippen hatten sich unter neuem Fleisch versteckt, das Haar fing wieder an zu wachsen, und der irre Glanz in seinen Augen hatte sich zu einem schwachen Glimmen abgeschwächt, das der Arzt nicht für eine Verbesserung hielt. »Es ist eine Schande«, hatte er gesagt, »daß er nicht richtig verwundet worden ist. Das hätte ihm etwas Konkretes gegeben, womit er sich beschäftigen könnte.« Pelagia hatte diese Bemerkung verstört und verschreckt, doch im Augenblick wollte sie nichts lieber tun, als ihre kleine Derringer aus der Schürze ziehen und ihrem Verlobten in den Kopf schießen. Tatsächlich hatte sich Mandras' Zustand so weit verschlimmert, daß mit ihm weniger anzufangen war als mit einem Kleinkind, und sie war überzeugt, daß er das absichtlich aus Rache oder zur Bestrafung tat. Sie war der Meinung, er wollte, daß sie sich entsetzliche Sorgen um ihn machte, und das tat sie auch.

Der Arzt hatte zu verschiedenen Zeiten dieses Verhalten als anergischen Stupor, melancholischen Stupor, resistenten Stupor und katatonischen Stupor diagnostiziert. Die sonderbare Art, auf die es mal das eine, mal das andere war, zeigte ihm an, daß es keines davon war, aber er wußte es nicht anders zu deuten. »Kriegsschock« traf auch nicht ganz zu, und wie Pelagia war er schon versucht, Mandras' Befinden einem pathologischen Bedürfnis zuzuschreiben, andere dadurch zu versklaven, daß er sich in einen Zustand vollständiger Abhängigkeit hineinmanövrierte. »Er meint, niemand mag ihn«, sagte Dr. Iannis, »und er tut das, um uns dazu zu zwingen, ihm zu demonstrieren, daß wir ihn mögen.«

»Aber ich will ihn nicht«, dachte Pelagia immer wieder, als sie an seinem Bett saß und an der Hochzeitsbettdecke häkelte, die noch nie größer als ein Handtuch geworden war.

Mandras hatte seine Selbstverbannung in die Unerreichbarkeit damit begonnen, daß er sich totstellte. Wie im Rigor mortis erstarrt lag er im Bett, völlig steif, die Arme so verdreht in die Luft gestreckt, daß kein gewöhnlicher Mensch das eine einzige Minute ausgehalten hätte. Speichel triefte ihm aus dem Mund über das Kinn und die Schulter und sickerte ins Bett. Drosoula legte ein Tuch hin, um ihn aufzufangen, doch als sie wiederkam, stellte sie fest, daß ihr Sohn sich umgedreht hatte und der Speichel nun von der anderen Schulter herabbrann. Wegen seiner Armhaltung hatte sie die größten Schwierigkeiten beim An- und Ausziehen. Der Arzt hatte ihn auf Katatonie untersucht, indem er ihn mit Nadeln gepiekt hatte; Mandras hatte keine Reaktion gezeigt und auch nicht das Auge geschlossen, als der Arzt mit einer Nadel darauf zufuhr. Er war mit Suppe gefüttert worden, die ihm durch einen Trichter in den Schlund gegossen wurde, und er hatte seit Tagen weder uriniert noch defäkiert, und zwar genau bis zu dem Zeitpunkt, als Drosoula schon aufgegeben hatte, ihn dazu zu bewegen. Dann hatte er die Laken so üppig besudelt, daß sie hinausrennen und auf der Straße würgen mußte.

Am 25. März war Mandras aufgestanden, um den Nationalfeiertag zu begehen, hatte sich angezogen, war ausgegangen und betrunken und fröhlich um drei Uhr früh zurückgekehrt. Drosoula und Pelagia hielten sich an den Händen und tanzten im Kreis, wirbelten lachend vor Freude und Erleichterung herum.

Doch am nächsten Tag war er wieder im Bett, sprachlos und ohne jede Regung. Seine Starre war gewichen, aber nur durch einen Zustand ersetzt worden, in dem er seinen Körper zu verleugnen schien. Der Arzt hatte seinen Arm gehoben, und der war wieder aufs Bett gefallen wie eine locker mit Lumpen ausgestopfte Socke. Seine Temperatur sank, seine Lippen schwollen an und wurden blau, sein Puls raste, und er atmete so flach, daß es schien, als würde er die Luft verschmähen.

Am Tag darauf behielt Mandras denselben Zustand bei, nur kämpfte er jetzt ungestüm, aber gekonnt gegen jeden Versuch, ihn zu bewegen oder zu füttern. Drosoula zog Kokolios, Stamatis und Velisarios hinzu, und nicht einmal die beiden zähen Alten und der Riese konnten ihn dazu bringen, den Mund aufzumachen und zu essen. Anscheinend war er wild entschlossen, sich zu Tode zu hungern. Kokolios schlug vor, ihn auszupeitschen, was das traditionelle Heilmittel für die Verrückten war, und schritt gleich zur Tat, indem er dem Patienten heftig ins Gesicht schlug. Mandras richtete sich urplötzlich auf, legte eine Hand ans Gesicht, sagte: »Scheißkerl, dich erwisch ich schon noch« und fiel wieder auf die Laken zurück. Jeder Anwesende war mittlerweile so zornig und frustriert, daß die Idee, ihn auszupeitschen, allen nicht die schlechteste schien.

Mandras setzte seine Widerstandspolitik und seinen Hungerstreik bis zum Abend des 19. April fort, als er sich wundersamerweise rechtzeitig zum großen Osterfest erholte. Am Gründonnerstag waren die Lämmer geschlachtet und aufgehängt worden, die Eier waren rot angemalt und mit Olivenöl auf Glanz gebracht worden, und Mandras hatte der traditionellen Linsensuppe beinahe nicht widerstehen können. Am Karfreitag hing auf der ganzen Insel der Geruch der von den Frauen gebackenen Osterbrote in der Luft, und am Samstag rösteten die Männer die Lämmer am Spieß, hänselten einander und betranken sich schamlos, während die Frauen fleißig Suppen und Würste machten. Während all der Zeit hatte Mandras reglos im Bett gelegen und es stets vollgeschissen und vollgepinkelt, wenn Drosoula gerade die Laken gewechselt hatte.

Doch am Samstag abend stand er auf und schloß sich schwarz gekleidet und mit einer unangezündeten schwarzen Kerze der feierlichen Prozession der Ikonen zum Kloster in Sissia an. Er wirkte völlig normal; als Stamatis ihm gute Genesung wünschte, erwiderte er: »Dein Wort in Gottes Ohr.« Als Kokolios ihm auf den Rücken klopfte und ihm zu seinem unerwarteten Erscheinen unter den Lebenden gratulierte, grinste Mandras wie in alten Tagen und antwortete mit dem Sprichwort: »Ich bin Grieche, und wir Griechen unterliegen nicht den Naturgesetzen.«

In der völlig finsteren und stillen Kirche wartete Mandras in wachsender Erregung. Die Spannung war unerträglich, und der drohende Krieg hatte diesem Osterfest eine prägnante Bedeutung verliehen; würde Christus auferstehen, wenn die Griechen dahinsanken? Es waren viele da, die sich fragten, ob dies nicht ihre letzte Passionszeit auf Erden gewesen war, und sie hielten die Hände ihrer Kinder fester und inniger gepackt. Diejenigen, die Uhren hatten, bemerkten, daß die Minuten langsamer als gewöhnlich vergingen, und die Leute reckten ihre Hälse, um eine bessere Sicht auf die Ikonostasis zu erhalten.

Endlich erschien der Priester mit seiner brennenden Kerze und verkündete mit volltönender Stimme: »Christos anesti, Christos anesti.«

Zur Antwort stimmten die Pilger ein gewaltiges Freudengeschrei an: »Alithos anesti, alithos anesti.« Dann zündeten sie sich gegenseitig die Kerzen an. »Christus ist auferstanden«, schrie Drosoula und umarmte ihren Sohn. »Wahrhaftig auferstanden«, rief er und küßte Pelagia auf die Wange. Während sie ihre Flamme mit der Hand abschirmte, fragte sich Pelagia: »Mandras anesti? Ist Mandras auferstanden?« Sie fing Drosoulas Blick auf und erkannte, daß sie beide den gleichen Gedanken hatten. Auf der ganzen Insel läuteten die Glocken, die Leute schrien und hüpften im Freudentaumel, die Hunde jaulten, die Esel brüllten, und die Katzen maunzten; eine Welle der Heiterkeit und Glaubenszuversicht erfaßte die Herzen, und die Leute grüßten einander mit »Christos anesti« und wurden nicht müde, »alithos anesti« als Antwort zu hören. Das Fasten der letzten Woche war vorüber (ein Fasten, das ihnen in Wirklichkeit schon seit Monaten zwangsweise auferlegt worden war), und es stand ein neues Wunder der Speisung der

Fünftausend bevor, als die Menschen die Festessen auftrugen, für die sie gespart und improvisiert hatten – ein Schmaus, der als Stachel im Fleisch des Duce, als Geste des Trotzes und des Widerstands gemeint war.

Während des mitternächtlichen Fests und beim Lammbraten am Sonntag schien Mandras wieder ganz der alte zu sein. Die Mayeritsa-Suppe mit der Avgolemono-Soße verschwand in seinem Rachen, als wäre er gerade von einem ganztägigen Fischzug zurückgekehrt, und der Lammbraten, mit Oregano bestreut und üppig mit Knoblauch gespickt, wurde mit einem Heißhunger, der eines Türken würdig war, in den Schlund gestopft. Doch am Sonntag abend zog er sich aus und legte sich unweigerlich wieder ins Bett.

Diesmal schaffte er es, nicht nur dem Tod nachzueifern, sondern dazu noch alle Anzeichen äußerster seelischer Pein zu zeigen. Er rührte sich nicht, sprach nicht, sein Puls wurde schwächer, sein Atem ging auf das Lebensnotwendigste zurück, und sein Gesicht drückte bedenklichstes und außergewöhnlichstes Leid aus. Der Arzt erklärte Drosoula, daß Mandras womöglich seine Willenskraft verloren habe, und wurde prompt eines Besseren belehrt, als Mandras sich aufsetzte und nach einem Priester verlangte.

Pater Arsenios sah sich außerstande, durch die schmale Haustür zu treten, und so wurde Mandras von seiner ehrfurchtgebietenden Mutter nach draußen getragen und auf dem Kai abgestellt, um mit dem Geistlichen zu reden.

»Ich hab ganz schlimme Dinge getan«, sagte er, »Dinge, die so entsetzlich sind, daß ich sie nicht aussprechen kann.« Er redete sehr angestrengt, bemühte sich qualvoll, die Worte zu formulieren, doch seine Stimme war beinahe unhörbar.

»Nenne sie getrost«, sagte Arsenios, der wegen des langen Wegs vom Dorf her noch schwitzte und solche Situationen immer unendlich zermürbend fand.

»Ich habe Ehebruch begangen«, bekannte Mandras. »Ich habe die Königin gefickt.«

»Aha«, meinte Arsenios. Ein langes Schweigen trat ein.

»Ich habe Königin Circe gefickt, weil ich sie für eine andere hielt.«

»Die Königin heißt nicht Circe, also macht das nichts aus«, antwortete Arsenios und wünschte sich, daß er nicht eingewilligt hätte zu kommen.

»Gott hilf mir, ich tauge nicht zum Leben«, fuhr Mandras mit heiserer und vertraulich wispernder Stimme fort. »Und ich habe diesen Fluch.«

»Fluch?«

Mandras klopfte auf sein Knie. »Siehst du? Ich kann meine Beine nicht bewegen, und weißt du, warum?«

»Gerade habe ich dich deine Beine bewegen sehen.«

Mandras drehte langsam, mit einer mechanischen Bewegung, die der Rotation eines Zahnrads entsprach, den Kopf. »Sie sind aus Glas.«

Pater Arsenios erhob sich und ging zu Pelagia und Drosoula, die in diskreter Entfernung abseits standen. »Ich weiß, was mit ihm los ist«, sagte er.

»Was denn, Patir?« fragte Drosoula voller mütterlicher Sorge und Hoffnung.

»Er ist völlig übergeschnappt. Ihr solltet ihn ins Irrenhaus im Kloster des Heiligen bringen und auf das Wunder warten.« Der dicke Priester watschelte gemächlich den Hügel wieder hinauf und ließ die Frauen kopfschüttelnd stehen. Zu ihrer Überraschung stand Mandras auf und schritt mit starren Hüften zu ihnen hinüber, wobei er die Beine hölzern nur von den Knien an bewegte. Er blieb vor ihnen stehen, rang zerknirscht die Hände, zupfte einen Hautfetzen von dem noch verbliebenen Ekzem an seinem Bein, wedelte damit vor ihren Gesichtern herum, fummelte an den Knöpfen seines Nachthemds und krächzte: »Aus Glas.«

Er kehrte ins Bett zurück, und zwei Tage später begann eine Phase hysterischer Raserei. Sie fing mit Brüllen an, setzte sich fort mit einer bizarren Episode, als er versuchte, sein Bein mit einem Löffel zu amputieren, ging über in ein Stadium, in dem er heftig gegen Pelagia und Drosoula wütete, und endete am 30. April mit einem erschreckend lichten Wutanfall, bei dem seine Gesundheit völlig wiederhergestellt zu sein schien und er darauf bestand, daß Pelagia ihm ihre Briefe vorlas. Dies versetzte sie in äußerste und angstvollste Verlegenheit und Scham.

Sie hatte mit dn ersten angefangen, denjenigen, in denen die Liebe und das Gefühl der Trennung aus ihr geströmt und in lyrischen Crescendi eines romantischen Dichters würdig auf die Seite übergeflossen waren. »Agapeton, Agapeton, ich liebe Dich und vermisse Dich und sorge mich um Dich, ich kann's gar nicht erwarten, daß Du zurückkommst, ich möchte Dein liebes Gesicht in die Hände nehmen und Dich küssen, bis mein Geist mit den Engeln fliegt, ich möchte Dich in die Arme nehmen und Dich so lieben, daß die Zeit stillsteht und die Sterne fallen. In jeder Sekunde einer jeden Minute träume ich von Dir, und jede Sekunde weiß ich deutlicher, daß Du das Leben selbst bist, das einzige, was das Leben bedeuten kann ...«

Sie spürte, wie ihre Wangen vor Unmut rot anliefen, sie war entsetzt über diese heißen Gefühlsergüsse, die ihr wie die eines anderen, geringeren Selbst vorkamen. Sie wand sich in der gleichen Weise, wie wenn ihre Tante sie an etwas Reizendes erinnerte, was sie als Kind getan oder gesagt hatte. Die liebevollen Worte blieben ihr jetzt im Hals stecken und hinterließen einen bitteren Geschmack auf der Zunge, doch jedesmal, wenn sie innehielt, starrte Mandras sie mit blitzenden Augen an und verlangte, daß sie weiterlas.

Mit großer Erleichterung, die ihr beinahe Übelkeit verursachte, kam sie zu den Briefen, in denen allmählich die Nachrichten überwogen. Ihre Stimme wurde leichter, sie entspannte sich allmählich. Doch Mandras heulte plötzlich auf, hämmerte mit den Fäusten auf seine Schenkel ein. »Ich will das nicht, ich will das Zeug nicht, ich will nichts davon hören, wie aufgebracht alle sind, daß ich nicht schreibe. Ich will die anderen Sachen.« Seine Stimme, so quengelnd wie die eines verzogenen Kindes, tat ihr weh, doch sie fürchtete seine Strenge und seinen rachsüchtigen Irrsinn und las weiter aus den Briefen vor, klammerte aber alles bis auf die Abschnitte aus, in denen sie die vielfältigen Spielarten ihrer Zuneigung benannte.

»Die Briefe werden zu kurz«, schrie er, »sie sind zu kurz. Glaubst du, ich weiß nicht, was das heißt?« Er griff sich den letzten Brief unten im Stoß und wedelte damit vor ihrem Gesicht herum. »Schau dir das an«, rief er, »fünf Zeilen, das ist alles. Glaubst du, ich weiß das nicht? Lies sie vor.«

Pelagia nahm den Brief und las ihn stumm durch, obwohl sie den Inhalt schon kannte. »Du schreibst mir nie, und zuerst war ich traurig und besorgt. Jetzt erkenne ich, daß Du kein Gefühl hast, und das hat mich dazu gebracht, meine Zuneigung auch zu verlieren. Ich möchte Dir mitteilen, daß ich beschlossen habe, Dich aus Deinem Versprechen zu entlassen. Es tut mir leid.«

»Lies sie vor«, verlangte Mandras.

Pelagia war entsetzt. Sie fummelte mit dem Blatt herum und lächelte begütigend. »Meine Handschrift ist schrecklich, ich bin nicht sicher, ob ich noch draus schlau werde.«

»Lies sie vor.«

Sie räusperte sich, und mit einem Zittern in der Stimme improvisierte sie: »Mein Liebling, bitte komm bald zurück. Ich vermisse Dich so sehr und sehne mich mehr nach Dir, als Du Dir vorstellen kannst. Hüte Dich vor den Kugeln, und ...« Sie hielt inne, weil ihr von der notwendigen Doppelzüngigkeit ihrer Rolle in dieser Farce übel wurde. Sie nahm an, so mußte es sich anfühlen, wenn einem von einem Fremden Gewalt angetan wurde.

»Und was?« beharrte Mandras.

»... und ich weiß gar nicht, wie ich sagen soll, wie sehr ich Dich liebe«, schloß Pelagia und kniff verzweifelt die Augen zu.

»Lies den Brief davor.«

Es war einer, der anfing mit »Gestern dachte ich, ich hätte eine Schwalbe gesehen, und das heißt, daß der Frühling kommt. Mein Vater ...« Doch sie zögerte und verfiel wieder ins Improvisieren. »Mein Liebling, ich denke, Du bist wie eine Schwalbe, die weggeflogen ist, aber eines Tages ins Nest zurückkehren wird, das ich für sie in meinem Herzen gemacht habe ...«

Mandras ließ Pelagia alle Briefe vorlesen, händigte sie ihr einen nach dem anderen aus, so daß sie, mit Tränen in den Augen und zitternder Stimme, eine Stunde im Fegefeuer schierer Panik auszustehen hatte, denn jeder Brief war eine Sisyphusqual, der Schweiß lief ihr übers Gesicht und brannte in den Augen. Sie bat darum, aufhören zu dürfen, aber das wurde ihr versagt. Sie spürte, wie sie innerlich abstarb, als sie verzweifelt Koseworte für diesen Mann erfand, den sie erst zu bemitleiden und dann zu hassen gelernt hatte.

Sie wurde durch das rhythmische Dröhnen von Flugzeugen

errettet. Drosoula rannte herein und rief: »Italiener, Italiener. Das ist die Invasion.«

»Gott sei Dank, Gott sei Dank«, dachte Pelagia, erkannte aber fast im selben Augenblick das Absurde und Groteske ihrer Erleichterung. Sie rannte mit Drosoula nach draußen, stand Arm in Arm mit ihr da, als die dickbäuchigen Marsupiali über ihnen schwebten und ihre langen Schleppen winziger schwarzer Puppen ausspien, die hoch in die Luft gerissen wurden, als ihre Fallschirme aufgingen, die so sauber und adrett aussahen wie frische Champignons in einem herbstbetauten Feld.

Es kam ganz anders, als alle erwartet hatten. Diejenigen, die gemeint hatten, daß sie wutentbrannt sein würden, spürten statt dessen ein Gefühl der Verwunderung, Neugier oder Apathie. Diejenigen, die gewußt hatten, daß sie entsetzt sein würden, fühlten eine eisige Ruhe und ein Aufwallen grimmiger Entschlossenheit. Diejenigen, die schon lange eine schreckliche Angst verspürt hatten, wurden gelassen, und es gab eine Frau, die von einer beinahe verzeihlichen Heilserwartung ergriffen war.

Sie rannte den Hügel hoch, um bei ihrem Vater zu sein, denn sie folgte nur dem Urinstinkt, der besagt, daß diejenigen, die sich lieben, im Augenblick ihres Todes vereint sein müssen. Sie fand ihn an der Türschwelle wie alle anderen; er schirmte die Augen gegen die Sonne ab, als er zusah, wie die Fallschirmjäger herunterkamen. Atemlos flog sie in seine Arme und spürte, wie er zitterte. Hatte er etwa Angst? Sie blickte zu ihm auf, als er ihr das Haar streichelte, und erkannte schockiert, daß seine Lippen sich bewegten und seine Augen glänzten, nicht vor Angst, sondern vor Aufregung. Er blickte auf sie herab, richtete sich auf und wies mit der einen Hand zum Himmel. »Geschichte«, verkündete er, »die ganze Zeit habe ich Geschichte geschrieben, und nun passiert Geschichte direkt vor meinen Augen. Pelagia, meine geliebte Tochter, ich habe immer in der Geschichte leben wollen.« Er ließ sie los, ging ins Haus und kam mit einem Notizbuch und einem gespitzten Bleistift wieder heraus.

Die Flieger verschwanden, und es trat eine lange Stille ein. Fast schien es so, als würde nichts geschehen.

Unten am Hafen stiegen die Männer der Division Acqui verlegen von ihren Landungsbooten und winkten fröhlich, aber schüchtern den Leuten in ihren Haustüren zu, von denen einige als Erwiderung die Fäuste schüttelten, andere zurückwinkten und viele die eindringliche Geste mit dem nach außen gekehrten Handteller machten, die so beleidigend ist, daß sie in späteren Zeiten zu einem mit Gefängnis bestraften Vergehen wurde.

Im Dorf sahen Pelagia und ihr Vater zu, wie die Trupps der Fallschirmjäger eintrudelten. Ihre Kommandanten konsultierten mit zerfurchten Stirnen und aufgeworfenen Lippen die Landkarten. Einige der Italiener waren so klein, daß sie kürzer als ihre Gewehre erschienen. »Das ist ein komischer Haufen«, bemerkte der Arzt. Am Ende einer Reihe von Soldaten marschierte ein besonders kleinwüchsiger Mann, dessen Hahnenfedern am Hals wippten und der satirisch einen Finger als Andeutung eines Schnurrbarts unter die Nase hielt, im Stechschritt. Er riß die Augen auf und erklärte: »Signor Hitler«, als er an Pelagia vorbeischritt, weil er unbedingt wollte, daß sie den Witz erkannte und daran teilhatte.

Vor seinem Haus hob Kokolios trotzig die Faust zum kommunistischen Gruß, den Arm ausgestreckt, geriet aber vollständig außer Fassung, als eine kleine Gruppe ohne Offizier ihm im Vorbeigehen zujubelte und seinen Gruß zackig und übertrieben erwiderte. Er ließ den Arm sinken und sperrte erstaunt den Mund auf. Machten sie sich über ihn lustig, oder gab es Genossen in der faschistischen Armee?

Ein Offizier, der nach seinen Leuten suchte, blieb vor dem Arzt stehen, fuchtelte mit einer Karte vor dessen Gesicht herum und fragte besorgt: »*Ecco una carta della Ceffallonia; dov' è Argostoli?*«

Der Arzt blickte in die dunklen Augen im hübschen Gesicht, diagnostizierte Liebenswürdigkeit im Endstadium und erwiderte auf italienisch: »Ich spreche kein Italienisch, und Argostoli ist mehr oder weniger gegenüber von Lixouri.«

»Für jemand, der die Sprache nicht kann, sprechen Sie sie sehr flüssig«, entgegnete der Offizier lächelnd. »Also, wo ist Lixouri?«

»Gegenüber von Argostoli. Wenn Sie das eine finden, dann finden Sie auch das andere, nur müssen Sie zwischen beiden schwimmen.«

Pelagia stieß ihrem Vater in die Rippen, weil sie Angst um ihn bekam. Aber der Offizier seufzte nur, lüpfte seinen Helm, kratzte sich die Stirn und blickte sie von der Seite an. »Ich werde den anderen nachgehen«, sagte er und eilte davon. Doch er kam gleich wieder zurück, übergab Pelagia ein gelbes Blümchen und verschwand wiederum. »Außergewöhnlich«, bemerkte der Arzt, während er sich Notizen machte.

Eine Kolonne Männer, viel fescher als die meisten anderen, marschierte im Gleichschritt vorbei. An ihrer Spitze schwitzte Hauptmann Antonio Corelli vom 33. Artillerieregiment. Auf dem Rücken trug er einen Kasten mit der Mandoline, der er den Namen Antonia gegeben hatte, weil sie seine andere Hälfte war. Er entdeckte Pelagia. »*Bella bambina* auf neun Uhr«, brüllte er, »Au-gen links!«

Einträchtig zuckten die Köpfe der Soldaten in ihre Richtung, und eine erstaunliche Minute lang zogen die komischsten und aberwitzigsten Fratzen und Mienen, die Menschen sich ausdenken können, an ihr vorbei. Ein Soldat fing an zu schielen und stülpte die Unterlippe vor, ein anderer spitzte die Lippen und hauchte ihr einen Kuß zu, ein weiterer verfiel vom Marschtritt in den Charlie-Chaplin-Gang, der nächste tat so, als ob er bei jedem Schritt über seine eigenen Füße stolpern würde, und wieder ein anderer drehte seinen Helm zur Seite, blähte die Nüstern und verdrehte die Augen so weit, daß die Pupillen hinter den oberen Lidern verschwanden. Pelagia hielt sich die Hand vor den Mund.

»Lach nicht«, befahl der Arzt sotto voce. »Es ist unsere Pflicht, sie zu hassen.«

24

Eine äußerst unfreundliche Kapitulation

Ich kam erst Mitte Mai auf Kephallonia an, denn ich war nur in das 33. Artillerieregiment der Division Acqui versetzt worden, weil ich mit meinen verletzten Schenkelmuskeln für eine gewisse Zeit zu nichts anderem als Stubendienst tauglich war. Mittlerweile war ich von der Armee so desillusioniert, daß ich überallhin gegangen wäre, bloß um ein geruhsames Leben zu führen, meinen Erinnerungen nachzuhängen und meine Wunden zu lecken. Ich war so tief deprimiert, wie es nur Soldaten sein können, die erkennen, daß sie auf der falschen Seite gekämpft, sich körperlich total verausgabt und die Quellen ihres Muts und ihrer geistigen Gesundheit so sehr aufgezehrt haben, daß sie sich völlig ausgebrannt vorkommen; ich hatte wirklich das Gefühl, daß mein Kopf hohl war und mein Brustkorb ein Vakuum. Ich war immer noch ganz benommen vor Kummer über den Tod von Francisco und entsetzt über meine eigene Dummheit, nicht vorhergesehen zu haben, daß meine Träume davon, mein Laster vorteilhaft einzusetzen, auf einer unvollständigen Annahme beruhten; es stimmte, daß meine Liebe zu Francisco mich zu großen Taten angespornt hatte, aber ich hatte nicht an die Möglichkeit gedacht, daß er getötet werden konnte. Ich war mit romantischen Ideen in den Krieg gezogen und niedergeschlagen, elend und einsam daraus hervorgegangen. »Mit gebrochenem Herzen«, fiel mir ein, nur genügt das nicht, das Gefühl zu beschreiben, sowohl an Körper wie Seele gebrochen zu sein. Ich hatte den Wunsch zu fliehen – ich beneidete unsere Soldaten in Jugoslawien, die die Seiten gewechselt und sich der Division Garibaldi angeschlossen hatten –, doch letztendlich ist es unmöglich, jenen Ungeheuern zu entkommen, die am eigenen Innern nagen, und der einzige Weg, sie zu überwinden, ist der, mit ihnen zu ringen wie Jakob mit seinem Engel oder wie Herkules mit der Hydra oder sie eventuell so lange zu ignorieren, bis sie aufgeben und verschwinden. Ich tat das letztere, und das wurde mir erleichtert durch ein kleines Wunder namens Antonio Corelli. Er ließ mich wieder Hoffnung schöpfen, denn er ist ein klarer Brunnen, eine Art Heiliger ohne anstoßende Züge von Frömmelei, eine Art Heiliger, der mit der Versuchung eher spielen als kämpfen will. Er ist stets ein Ehrenmann geblieben, weil er sich gar nicht anders zu verhalten weiß.

Ich traf ihn das erste Mal im Lager vor Argostoli während der Zeit, als die Quartiermeister uns noch keine Unterkunft bei den ortsansässigen Griechen besorgt hatten. Es war mitten im Frühling, wenn die Insel am heitersten und schönsten ist. Am Jahresanfang kann das Wetter äußerst stürmisch sein, und später kann es ganz unerträglich heiß werden, doch im Frühling ist es mild, nachts kommt mit einer leichten Brise ein sanfter Regen, und Wildblumen blühen an den unmöglichsten Stellen. Nach all den Kriegsgreueln kam es mir so vor, als wäre ich von einem Boot gestiegen und im Paradies gelandet. Der friedliche Eindruck war so überwältigend, daß mir vor ungläubiger Dankbarkeit die Tränen kamen. Auf dieser Insel konnte einfach niemand mürrisch sein, böse Gefühle konnten hier nicht aufkommen. Bei meinem Eintreffen war die Division Acqui bereits dem Reiz der Insel verfallen, war in ihre Kissen gesunken, hatte die Augen geschlossen und sich von einem sanften Traum umgarnen lassen. Wir vergaßen, daß wir Soldaten waren.

Als erstes fiel mir die peinigende Klarheit des Lichts auf. Vermutlich mache ich mich mit der Behauptung lächerlich, daß die Luft auf Kephallonia keine Dichte hat, aber das Licht ist so durchscheinend, so rein, daß jeder erst einmal geblendet und überwältigt ist, aber dennoch keinen Schmerz empfindet. Ich lief zwei oder drei Tage mit zusammengekniffenen Augen herum. Ich habe festgestellt, daß auf Kephallonia die Nacht ohne eine Einmischung des Zwielichts anbricht und daß vor einem Regen das Licht perlmuttartig ist. Nach einem Regen riecht die Insel nach Pinien, warmer Erde und der dunklen See.

Als zweites fiel mir merkwürdigerweise das unglaubliche Ausmaß und Alter der Ölbäume auf. Sie waren schwarz und knorrig, verdreht und ausladend, so daß ich mir seltsam ephemer vorkam, weil sie Leute wie uns schon tausendmal haben kommen und gehen sehen müssen. Sie strahlten eine geduldige Allwissenheit aus. In Italien fällen wir unsere alten Bäume und pflanzen junge nach, aber hier konnte ich meine Hand an diese uralte Rinde legen, zu den durch das Laubdach glitzernden Bruchstücken des Himmels aufblicken und mir bei dem Gefühl, daß andere genau das gleiche unter genau diesem Baum schon tausend Jahre vorher getan hatten, ganz winzig vorkommen. Die Griechen erhalten sie von Generation zu Generation am Leben, indem sie sie sorgfältig stutzen, und vielleicht gewöhnen sich die Bäume auf die gleiche Weise an eine Familie wie ein Haus oder eine Schafherde.

Als drittes fiel mir die stille, entschlossene Würde der Inselbewohner auf, und ich entdeckte bald, daß auch unsere Soldaten sich davon hatten beeindrucken lassen. Viele unserer Jungs waren von der rüpelhaften und ungehobelten Sorte, die in jeder Armee zu finden ist, die Art von Kriminellen, die durch einen unerwarteten Glücksfall auf einen legitimen Weg gestoßen sind, ein Schweinehund sein zu dürfen. Einige von ihnen waren versoffen und gemein genug, um sich so zu benehmen, als hätte die Eroberung ihnen das Recht gegeben, mit der Bevölkerung nach Belieben umzuspringen, aber die Inselbewohner machten uns eigentlich von Anfang an klar, daß sie sich nichts gefallen lassen würden, ob wir nun bewaffnet waren oder nicht. Glücklicherweise waren die Offiziere der Division Ehrenmänner, und wenn sie das nicht gewesen wären, hätten sich die Inselbewohner, da bin ich ziemlich sicher, bald aufgelehnt, so wie sie es sehr schnell an den von den Deutschen besetzten Orten getan haben.

Ich möchte den Stolz der Bevölkerung mit dem Bericht darüber veranschaulichen, was geschah, als wir die Kapitulation verlangten. Ich habe ihn von Hauptmann Corelli. Er neigt zu dramatischen Übertreibungen, wenn er etwas erzählt, weil er einfach ein Original ist. Er bauscht immer alles auf und sagt etwas nur wegen des Unterhaltungswerts, wobei er die Wahrheit ironisch außer acht läßt. Er betrachtet das Leben generell mit hochgezogenen Augenbrauen und läßt jene empfindliche Selbstachtung vermissen, die einen Menschen davor bewahrt, einen Witz auf eigene Kosten zum besten zu geben. Einige Leute halten ihn für nicht ganz klar im Kopf, doch ich sehe ihn als Mann, der das Leben so sehr liebt, daß es ihm egal ist, welchen Eindruck er macht. Er mag Kinder über alles, und ich sah ihn ein Mädchen auf die Stirn küssen und in seinen Armen herumwirbeln, während seine ganze Batterie in Habtachtstellung dabeistand und darauf wartete, von ihm inspiziert zu werden. Er bringt auch liebend gerne hübsche Frauen zum Kichern, indem er seine Hacken zusammenschlägt und mit einer so vollendeten militärischen Exaktheit salutiert, daß es auf eine Verhöhnung alles Soldatischen hinausläuft. Wenn er vor General Gandin salutierte, so tat er das so nachlässig, daß es schon unverschämt war; daraus können Sie ersehen, was für ein Mensch er ist.

Das erste Mal begegnete ich ihm bei den Latrinen des Lagers. Seine Batterie hatte eine Latrine, die »La Scala« hieß, weil es einen kleinen Opernclub gab, der dort jeden Morgen zur gleichen Zeit in einer Reihe auf dem Donnerbalken mit den Hosen in den Kniekehlen seine Notdurft verrichtete. Er verfügte über zwei Baritone, drei Tenöre, einen Bassisten und einen Kontratenor, der viel verspottet wurde, weil er alle Frauenpartien singen mußte. Dem Ganzen lag die Idee zugrunde, daß jeder Soldat während der Crescendi seine Wurst oder seinen Furz herausdrücken sollte, so daß es bei dem Gesang nicht zu hören war. Auf diese Art wurde die Würdelosigkeit des gemeinsamen Kackens gemildert, und die ganze Lagerbesatzung begann ihr Tagewerk, indem sie eine zündende Melodie summte, die sich ihr in den Kopf gesetzt hatte. »La Scala« erlebte ich das erste Mal um halb acht mit dem Zigeunerchor, der von sehr ungewöhnlichen und schallenden Paukenschlägen begleitet wurde. Natürlich konnte ich der Versuchung nicht widerstehen, nachzuschauen, und näherte mich einer mit Planen abgeteilten Umfriedung, auf die mit dem weißen Armeefärbemittel »La Scala« gemalt war. Mir wehte zwar ein abstoßender und äußerst übler Geruch entgegen, ich ging aber trotzdem hinein und sah Soldaten mit hochroten Gesichtern aufgereiht auf dem Donnerbalken sitzen, die aus voller Kehle sangen und dabei mit Löffeln auf ihre Stahlhelme einhämmerten. Ich war sowohl verwirrt wie verwundert, besonders als ich einen Offizier unter den Männern sitzen sah, der das Konzert unbekümmert mit Hilfe einer Feder in seiner rechten Hand dirigierte. Üblicherweise muß vor einem Offizier in Uniform salutiert werden, insbesondere wenn er seine Kappe aufhat. Mein Salutieren war eine eilige und unvollendete Geste, die meinen Abgang begleitete – ich kannte schlichtweg nicht die Regelung, wie vor einem Offizier in Uniform zu grüßen ist, der mit der Hose auf halbmast gerade eine chorische Entleerung in besetztem Gebiet durchexerziert.

Daraufhin sollte ich der Operngesellschaft beitreten, da mich der Hauptmann »freiwillig« anmeldete, nachdem er mich beim Stiefelputzen singen gehört und erkannt hatte, daß ich ein weiterer Bariton war. Er übergab mir einen Zettel, den er aus General Gandins eigener Befehlsmappe stibitzt hatte und auf dem stand:

STRENG GEHEIM
Auf Befehl des HQ Supergrecia hat sich Schütze Carlo Guercio grundsätzlich nach Belieben des Hauptmanns Antonio Corelli

vom 33. Artillerieregiment der Division Acqui zum Operndienst zu melden.

Dienstregeln:

1. Alle, die zum regelmäßigen musikalischen Arbeitsdienst berufen werden, sind verpflichtet, ein Musikinstrument zu spielen (Löffel, Stahlhelm, Kamm mit Papier etc.).

2. Jeder, der ständig die hohen Noten verfehlt, wird entmannt; die Hoden werden einem wohltätigen Zweck gestiftet.

3. Jeder, der behauptet, daß Donizetti besser als Verdi ist, soll Frauenkleider anziehen und öffentlich vor der Batterie und ihren Geschützen verhöhnt werden, einen Kochtopf auf dem Kopf tragen und in besonders schweren Fällen dazu verdonnert werden, *Funiculi Funicula* und andere, von Hauptmann Antonio Corelli nach seinem Gutdünken zu bestimmende Lieder über Züge zu singen.

4. Alle Wagner-Anhänger werden unwiderruflich ohne Prozeß und ohne Möglichkeit der Berufung erschossen.

5. Trunkenheit ist nur zu den Zeiten Pflicht, wenn Hauptmann Antonio Corelli nicht für die Getränke sorgt.

Unterschrift General Vecchiarelli, Oberkommandant Supergrecia, im Auftrag Seiner Majestät König Vittorio Emmanuele.

Der Hauptmann berichtete von der Kapitulation, daß die Kommandeure gleich nach der Landung zum Rathaus von Argostoli gegangen waren, wo ihnen die Stadt offiziell übergeben werden sollte.

Sie hatten, begleitet von einem Bataillon bewaffneter Soldaten, draußen gestanden und eine Botschaft ins Rathaus geschickt, in der die Übergabe des Gebäudes und der Macht verlangt wurde. Heraus kommt eine Notiz, die schlicht besagte: *»Va fanculo.«* Bestürzung und helle Aufregung bei den Offizieren. Das ist nicht die Sprache der Diplomatie und kaum eine angemessene Antwort derjenigen, die sich eigentlich unter dem Stiefelabsatz der Eroberer krümmen sollten. Eine zweite Botschaft, mit der Drohung, das Gebäude zu stürmen, wird reingeschickt. Heraus kommt ein Zettel mit der Feststellung, daß jeder Italiener, der die Kapitulation verlangt, umgehend erschossen wird. Zusätzliche Verwirrung wird durch die Spekulation ausgelöst, ob die da drinnen wirklich

Waffen haben oder nicht. Die Offiziere bringt die Vorstellung in Verlegenheit, daß sie tatsächlich eine Belagerung planen müßten. Sie schicken eine weitere Botschaft mit der Bitte um Klärung hinein, und heraus kommt eine andere, die lautet: »Wenn ihr nicht wißt, was ›Schleicht euch‹ heißt, dann kommt nur rein; wir werden es euch zeigen.« Die Offiziere sagen: »Ach, du Scheiße« und stehen sich in der Sonnenglut die Beine in den Bauch. Es gibt eine halbstündige Verzögerung, während der die Verwirrung wächst. Dann kommt von drinnen noch ein Zettel: »Wir weigern uns kategorisch, vor einem Volk zu kapitulieren, das wir vollständig in die Flucht gejagt haben, und fordern das Recht, vor einem hinreichend ranghohen deutschen Offizier zu kapitulieren.« Es wird tatsächlich ein deutscher Offizier von Zanthe oder Korfu oder sonstwoher eingeflogen, und die Stadtoberen treten triumphierend vor das Rathaus, nachdem sie uns an unserem ersten Tag der Eroberung gedemütigt und bezwungen haben.

So erzählte es mir Corelli, und ich bin sicher, daß er einige Einzelheiten ausgeschmückt hat. Doch es stimmt, daß die Stadtverwaltung sich schlichtweg weigerte, vor uns zu kapitulieren, und wir schließlich einen Deutschen einfliegen mußten. Corelli findet diese Geschichte zum Wiehern komisch und erzählt sie immer wieder gern, wobei er die Zahl der Zettel und Beschimpfungen ständig erhöht, während wir ihm mit roten Ohren lauschen.

Ich denke, für Corelli war das so lustig, weil das einzige, was er ernst nahm, die Musik war – bis er Pelagia begegnete. Ich aber liebte ihn schließlich so sehr wie Francisco, nur auf eine völlig andere Art. Er gleicht einer jener auf Fäulnis gedeihenden Orchideen, die selbst noch auf einem Haufen Scheiße oder einer Schädelstätte mit ihren Blüten eine wunderbare Harmonie verbreiten können. Er ließ sein Gewehr verrosten, verlor es sogar ein- oder zweimal, gewann aber Schlachten mit nichts als seiner Mandoline als Waffe.

25

Widerstand

Auf der Insel tauchten überall Schmierereien auf, die es auf lustige oder bösartige Weise ausnutzten, daß die Italiener die griechischen Schriftzeichen nicht entziffern konnten. Sie verwechselten R mit P, wußten nicht, daß ein G wie ein Ypsilon oder ein umgedrehtes L aussehen konnte, hatten keinen blassen Schimmer, was das Dreieck bedeuten sollte, hielten das E für ein H, machten aus Theta so etwas wie ein O, erkannten nicht, daß der zeltförmige Buchstabe der gleiche wie das umgekehrte Ypsilon war, wußten mit den drei horizontalen Strichen, die auch als Schnörkel geschrieben werden konnten, nichts anzufangen, kannten aus der Mathematik bloß, daß Pi 22 durch 7 hieß, hatten keine Ahnung, daß das umgekehrte E ein S war, daß das Ypsilon auch als V geschrieben werden konnte und eigentlich ein E war, wurden verwirrt durch die Existenz eines senkrecht durchgestrichenen O, das eigentlich das F war, verstanden nicht, daß das X ein CH war, konnten in dem eleganten Dreizack überhaupt keine Bedeutung erkennen und fanden, daß das Omega sie an einen Ohrring erinnerte. Also herrschten ideale Bedingungen, um nachts alle erreichbaren Wände mit riesigen Buchstaben in weißer Farbe zu beschmieren, besonders da das Gekritzel der individuellen Handschriften die Buchstaben noch unkenntlicher machen konnte. ENOSIS stritt sich mit ELEFTHERIA um den Platz, »Lang lebe der König« stand, ohne daß dies ungewöhnlich erschien, einträchtig neben »Proletarier aller Länder, vereinigt euch«, »Spaghettis, schleicht euch« kam gleich neben »Duce, friß meine Scheiße«. Ein Bewunderer Lord Byrons schrieb in krakeligen römischen Buchstaben: »Ich träumte davon, daß Griechenland noch frei wäre.« General Tsolakoglou, der neue Quisling-Anführer des griechischen Volkes, tauchte überall als Witzfigur auf, die zahlreiche obszöne Geschmacklosigkeiten mit dem Duce trieb.

In der Kapheneia und auf den Feldern erzählten sich die Männer Italienerwitze. Wie viele Gänge hat ein italienischer Panzer? Einen Vorwärtsgang und drei Rückwärtsgänge. Was ist das kürzeste Buch der Welt? Das Buch der italienischen Kriegshelden. Wie viele Italiener werden benötigt, um eine Glühbirne einzuschrauben? Einer, der die Birne hält, und zweihundert, um den Raum zu drehen. Wie heißt Hitlers Hund? Benito Mussolini. Warum tragen die Italiener Schnurrbärte? Damit sie immer an ihre Mütter denken. In den Feldlagern fragten die italienischen Soldaten wiederum: »Wie erkennst du, wann ein griechisches Mädchen seine Periode hat?« Darauf lautete die Antwort: »Sie trägt nur einen Strumpf.« Es war ein langes Zwischenspiel, während dessen die Angehörigen beider Völker sich voneinander fernhielten und auf der einen Seite das schuldbewußte Mißtrauen und auf der anderen die haßerfüllte Abneigung mit der Hilfe von Witzen entschärften. Die Griechen sprachen insgeheim von Partisanen, von der Aufstellung einer Widerstandsbewegung, und die Italiener blieben im Lager; die einzigen Zeichen von Aktivität waren das Aufstellen von Geschützbatterien, tägliche Aufklärungsflüge mit Wasserflugzeugen und – während der Ausgangssperre – eine berittene Wache, die in der Abenddämmerung herumtrottete. Deren Mitglieder legten es mehr darauf an, Personen weiblichen Geschlechts Komplimente zu machen, als eine frühe Nachtruhe durchzusetzen. Dann wurde beschlossen, Offiziere bei geeigneten Vertretern der örtlichen Bevölkerung einzuquartieren.

Pelagia erfuhr erstmals bei der Rückkehr vom Brunnen davon, als sie einen rundlichen italienischen Offizier, begleitet von einem Feldwebel und einem einfachen Soldaten, in der Küche stehen sah. Er blickte sich mit anerkennender Miene um und machte sich mit einem so stumpfen Bleistift Notizen, daß er sein Geschreibsel nur lesen konnte, wenn er die Einkerbungen gegen das Licht hielt.

Pelagia hatte bereits aufgehört, sich vor Vergewaltigungen zu fürchten, und sich daran gewöhnt, bei lüsternen Blicken eine finstere Miene aufzusetzen und auf die Hände zu schlagen, die ihr versuchsweise in den Hintern kniffen; die Italiener hatten sich als bescheidene Ausgaben von Romeo entpuppt, der sich damit abfindet, zurückgewiesen zu werden, aber die Hoffnung nicht aufgibt. Dessenungeachtet bekam sie es auf einmal mit der Angst zu tun, als sie eintrat und die Soldaten vorfand, und nur weil sie einen Augenblick gezögert hatte, konnte sie nicht auf dem Absatz kehrtmachen und weglaufen. Denn schon lächelte der rundliche Offizier breit und hob die Arme in einer Geste, die ausdrücken sollte: »Ich würde ja gerne alles erklären, wenn ich könnte, aber ich spreche nicht Griechisch.« Aus seinem Mund kam nur ein »Ah«, das so klang wie: »Ich bin entzückt, Sie zu sehen, da Sie so hübsch sind, und es ist mir peinlich, in Ihrer Küche zu sein, aber ich kann nichts dafür.« Pelagia sagte: *»Aspettami, vengo«* und ging schnell ihren Vater aus der Kapheneia holen.

Die Soldaten warteten wie verlangt, und bald kehrte Pelagia mit ihrem Vater zurück, der dieser Begegnung mit einigem Bangen entgegensah. Eine Welle der Furcht war bereit, sein Herz zu überfluten und es zu schwächen, aber er spürte auch einen Anflug des kalten und unerschütterlichen Muts, der diejenigen beflügelt, die entschlossen sind, dem Unterdrücker mit Würde entgegenzutreten; er erinnerte sich an seinen Rat an die Jungs in der Kapheneia – »Gebrauchen wir unseren Zorn weise« – und straffte die Schultern. Er wünschte sich, daß er noch seinen Schnurrbart mit den gewachsten Spitzen hätte, um sie unheildrohend und tadelnd zwirbeln zu können.

»Buon giorno«, sagte der Offizier und streckte hoffnungsvoll die Hand aus. Der Arzt erkannte das Versöhnliche in dieser Geste, der jede Überheblichkeit des Eroberers fehlte, und sehr zu seiner eigenen Verwunderung ergriff er die dargebotene Hand und schüttelte sie.

»Buon giorno«, erwiderte er, »hoffentlich genießen Sie Ihren bedauerlicherweise kurzen Aufenthalt auf unserer Insel.«

Der Offizier zog eine Braue hoch: »Kurz?«

»Aus Libyen und Äthiopien sind Sie schon vertrieben worden«, meinte der Arzt und überließ es dem Italiener, sich einen Reim darauf zu machen.

»Sie sprechen sehr gut Italienisch«, bemerkte der Offizier, »und Sie sind der erste, auf den ich treffe. Wir brauchen ganz dringend Dolmetscher für die Zusammenarbeit mit der Bevölkerung. Das brächte gewisse Vorrechte. Anscheinend spricht hier niemand Italienisch.«

»Das sollte wohl eher heißen, daß von Ihnen niemand Griechisch spricht.«

»Ganz recht, Sie sagen es. War nur so eine Idee von mir.«

»Sie sind sehr freundlich«, sagte Dr. Iannis beißend, »aber ich glaube, Sie werden feststellen, daß diejenigen von uns, die Italienisch sprechen, plötzlich ihr Gedächtnis verlieren, wenn sie es unter Beweis stellen sollen.«

Der Offizier lachte. »Ist unter den Umständen verständlich. Nichts für ungut.«

»Da ist Pasquale Lacerba, der Fotograf. Er ist ein Italiener, der in Argostoli lebt, aber vielleicht würde nicht einmal er kooperieren wollen. Er ist jung genug, um es nicht besser zu wissen. Ich dagegen bin Arzt und habe genug zu tun, ohne ein Kollaborateur zu werden.«

»Es wäre den Versuch wert«, entgegnete der Quartiermeister. »Die meiste Zeit verstehen wir gar nichts.«

»Besser so«, bemerkte der Arzt. »Vielleicht könnten Sie mir sagen, warum Sie hier sind.«

»Ah«, seufzte der Mann und trat verlegen von einem Fuß auf den anderen, da er sich der Unerfreulichkeit seiner Lage bewußt war. »Es ist so, daß ich Ihnen leider und mit großem Bedauern mitteilen muß, daß … wir uns genötigt sehen, einen Offizier in diesem Anwesen einzuquartieren.«

»Hier sind nur zwei Zimmer, das von meiner Tochter und mein eigenes. Das geht gar nicht, und es ist auch, wie Sie womöglich einsehen, empörend. Ich muß das zurückweisen.«

Der Arzt sträubte sich wie eine wütende Katze, und der Offizier kratzte sich mit dem Bleistift am Kopf. Es war aber auch äußerst unangenehm, daß der Arzt Italienisch sprach; in anderen Häusern war er solchen Szenen aus dem Weg gegangen und hatte es den unglücklichen Gästen überlassen, die Situation mit Knurren und Händefuchteln zu erklären, wenn sie unangemeldet mit ihren Seesäcken und Fahrern aufkreuzten. Die beiden Männer sahen sich an. Der Arzt gab seinem Kinn eine stolze Neigung, und der Italiener suchte nach Worten, die sowohl entschieden wie besänftigend waren. Auf einmal änderte sich die Miene des Arztes, und er fragte: »Haben Sie gesagt, Sie sind der Quartiermeister?«

»Nein, Signor Dottore, das scheinen Sie selbst herausgefunden zu haben. Aber ich bin der Quartiermeister. Warum?«

»Haben Sie Zugang zu Medikamenten?«

»Natürlich«, erwiderte der Offizier, »ich habe Zugang zu allem.« Die beiden Männer tauschten Blicke aus, und jeder erahnte vollkommen den Gedankengang des anderen. Dr. Iannis sagte: »Mir fehlt sehr viel, und durch den Krieg ist alles schlimmer geworden.«

»Und mir fehlen Unterkünfte. Also?«

»Also beschließen wir einen Handel«, sagte der Arzt.

»Abgemacht«, erwiderte der Quartiermeister. »Alles, was Sie wollen; Sie brauchen mir nur eine Nachricht durch Hauptmann Corelli zukommen zu lassen. Ich bin sicher, Sie werden ihn ganz reizend finden. Übrigens, kennen Sie sich mit Hühneraugen aus? Unsere Ärzte taugen nichts.«

»Für Ihre Hühneraugen bräuchte ich wahrscheinlich Morphium, Injektionsspritzen, Schwefelsalbe und Jod, Neosalvarsan, Verbandszeug und Lint, Desinfektionsmittel, Salizylsäure, Skalpelle und Watte«, verkündete der Arzt, »aber davon brauche ich eine große Menge, wenn Sie verstehen. In der Zwischenzeit sollten Sie sich ein Paar Stiefel beschaffen, die passen.«

Als der Quartiermeister gegangen war und eine genaue Liste dessen, was der Arzt brauchte, mitgenommen hatte, ergriff Pelagia ängstlich den Ellbogen ihres Vaters und fragte: »Aber Papas, wo soll er schlafen? Soll ich für ihn kochen? Und was denn? Es gibt fast keine Nahrungsmittel.«

»Er wird mein Bett bekommen«, sagte der Arzt, der genau wußte, daß Pelagia protestieren würde.

»O nein, Papas, er soll meins haben. Ich werde in der Küche schlafen.«

»Gut, wenn du darauf bestehst, Koritsimou. Denk nur an all die Medizin und die Ausrüstung, die das für uns bedeutet.« Er rieb sich die Hände und fügte hinzu: »Das Geheimnis, besetzt zu sein, besteht darin, die Ausbeuter auszubeuten. Du mußt nur wissen, wie du Widerstand leisten kannst. Ich denke, wir werden ganz scheußlich zu diesem Hauptmann sein.«

Am frühen Abend traf Hauptmann Corelli ein, von seinem neuen Bariton, Schütze Carlo Piero Guercio, gefahren. Der Jeep kam draußen quietschend zum Stehen, wirbelte Staubwolken auf und verursachte unter den auf der Straße scharrenden Hühnern einen gackernden Aufruhr. Die beiden Männer kamen durch den Hofeingang herein. Carlo sah den Ölbaum und wunderte sich über dessen Größe. Der Hauptmann blickte sich um und war angetan von den Zeichen eines ruhigen häuslichen Lebens. Eine Ziege war an den Baum gebunden, Wäsche hing auf einer Leine vom Baum zum Haus, eine üppige Bougainvillea und Weinranken waren da, und auf einem alten Tisch lag ein Häufchen kleingehackter Zwiebeln. Da war auch eine junge Frau mit dunklen Augen, die ein Tuch um den Kopf gebunden hatte und ein großes Küchenmesser in der Hand hielt. Vor ihr fiel der Hauptmann auf die Knie und rief theatralisch: »Bitte bringen Sie mich nicht um, ich bin unschuldig.«

»Seien Sie unbesorgt«, erklärte Carlo, »er ist immer so närrisch. Er kann nichts dafür.«

Pelagia lächelte gegen ihren Willen und gegen ihre Entschlossenheit und fing Carlos Blick auf. Der Schütze war so groß wie Velisarios. Zwei normal gewachsene Männer hätten in eines seiner Hosenbeine gepaßt, und sie hätte zwei Hemden für ihren Vater aus dem einen schneidern können, das er anhatte. Der Hauptmann sprang wieder auf. »Ich bin Hauptmann Antonio Corelli, aber Sie dürfen mich meinetwegen Maestro nennen, und dies«, er nahm Carlo am Arm, »ist einer unserer Helden. Er hat hundert Orden dafür bekommen, daß er Leben gerettet hat, und keinen einzigen dafür, daß er eines ausgelöscht hätte.«

»Hören Sie nicht auf ihn«, sagte Carlo und lächelte scheu. Pelagia blickte an dem vor ihr aufragenden Mann hoch und wußte instinktiv, daß er trotz seiner Größe und seiner riesigen Pranken, die einen Stiernacken hätten umschlingen können, ein sanfter und bekümmerter Mann war. »Ein tapferer Italiener ist ein Irrtum der Natur«, sagte sie patzig, eingedenk der Anweisung ihres Vaters, sowenig entgegenkommend wie möglich zu sein.

Corelli wandte ein: »Er hat auf offenem Feld unter Beschuß einen gefallenen Kameraden geborgen. Er ist in der ganzen Armee berühmt und hat jede Beförderung abgelehnt. Er ist ein Ein-Mann-Sanitätstrupp. Was für ein Mann! Er kann eine griechische Kugel in seinem Bein vorweisen. Und das«, er klopfte auf einen Kasten in seiner Hand, »ist Antonia. Vielleicht werden wir uns später in aller Form vorstellen. Sie brennt darauf, Ihre Bekanntschaft zu machen, genauso wie ich. Unter welchem Namen kennen die Menschen Sie, wenn ich fragen darf?«

Pelagia sah ihn sich zum ersten Mal richtig an und erinnerte sich blitzartig, daß es derselbe Offizier war, der seinem Komödiantenzug befohlen hatte, mit den Augen nach links an ihr vorbeizumarschieren. Im gleichen Moment erkannte Corelli sie auch und biß sich in auffälliger Selbstironie auf die Unterlippe. »Ah«, rief er aus und schlug sich auf das Handgelenk. Er fiel nochmals auf die Knie, ließ in scheuer Bußfertigkeit den Kopf hängen und sprach leise: »Vater, vergib mir, denn ich habe gesündigt. Mea culpa, mea culpa, mea maxima culpa.« Er schlug sich auf die Brust und wischte eine imaginäre Träne weg.

Carlo tauschte einen Blick mit Pelagia und zuckte die Achseln. »So ist er immer.«

Dr. Iannis trat heraus, sah den Hauptmann vor seiner Tochter knien, bemerkte ihre verdutzte Miene und schnarrte: »Hauptmann Corelli? Ich muß mit Ihnen reden; sofort.«

Vom barschen Ton des älteren Mannes eingeschüchtert, stand Corelli verlegen auf und streckte ihm die Hand hin. Der Arzt reagierte nicht darauf, sondern sagte scharf: »Ich verlange eine Erklärung.«

»Für was? Ich habe nichts getan. Sie müssen schon entschuldigen, ich habe nur mit Ihrer Tochter gescherzt.« Er zappelte nervös, da er das ungute Gefühl hatte, möglicherweise einen schlechten Einstand gegeben zu haben.

»Ich möchte wissen, warum Sie das Denkmal entstellt haben.«

»Das Denkmal? Verzeihen Sie, aber …«

»Das Denkmal in der Mitte der Brücke, die de Bosset gebaut hat. Es ist entstellt worden.«

Der Hauptmann runzelte verblüfft die Stirn, doch dann hellte sich sein Gesicht auf. »Ah, Sie meinen die über die Bucht bei Argostoli. Warum, was ist damit passiert?«

»Auf dem Obelisk stand ›Zum Ruhme des britischen Volkes‹. Ich habe erfahren, daß einige Ihrer Soldaten die Buchstaben weggemeißelt haben. Meinen Sie, Sie können so einfach unsere Geschichte ausradieren? Sind Sie so dumm, zu denken, daß wir vergessen werden, was da draufstand? Ist das Ihre Kriegsführung, das Abmeißeln von Buchstaben? Was ist das für ein Heldentum?« Der Arzt ließ seine Stimme mit neuer Vehemenz ertönen. »Ich möchte gern wissen, wie es Ihnen gefiele, wenn wir die

Grabsteine auf dem italienischen Friedhof so entstellen würden, Hauptmann.«

»Ich hatte damit nichts zu tun, Signore. Sie beschuldigen den Falschen. Ich entschuldige mich für die Beleidigung, aber«, er zuckte die Achseln, »es war nicht meine Entscheidung und auch nicht die der Soldaten.«

Der Arzt grollte und fuchtelte mit erhobenem Zeigefinger in der Luft herum. »Es gäbe keine Tyrannei, Hauptmann, und keine Kriege, wenn feige Speichellecker nicht ihr Gewissen verleugnen würden.«

Der Hauptmann sah zu Pelagia hinüber, als erwartete er von ihr Unterstützung, und litt unter der unerträglichen Empfindung, wieder die Schulbank drücken zu müssen. »Ich muß doch bitten«, äußerte er zaghaft.

»Sie haben gar nichts zu bitten, weil das nicht zu entschuldigen ist. Und warum, sagen Sie mir mal, ist der Unterricht in griechischer Geschichte in unseren Schulen verboten worden? Warum ist jeder gezwungen, Italienisch zu lernen, hm?«

Pelagia mußte in sich hineinlächeln. Sie konnte es gar nicht mehr zählen, wie oft sie ihren Vater schon gehört hatte, wie er sich über die absolute Notwendigkeit ausließ, Italienisch zum Pflichtfach an den Schulen zu machen.

Der Hauptmann verspürte den Wunsch, sich wie ein kleiner Junge zu winden, der dabei erwischt worden ist, wie er einen von den Bonbons, die es nur sonntags gibt, aus der Dose gestohlen hat. »Im italienischen Imperium«, verkündete er, wobei ihm die Worte bitter auf der Zunge schmeckten, »ist es logisch, daß jeder Italienisch lernt ... Ich glaube, das ist der Grund. Ich wiederhole, ich bin nicht dafür verantwortlich.« Er kam sichtlich ins Schwitzen. Der Arzt schoß ihm einen Blick zu, der seinen Zweck nicht verfehlte, den Hauptmann ganz kleinlaut zu machen. »Jämmerlich«, meinte er nur und machte auf dem Absatz kehrt. Er ging ins Haus und setzte sich, äußerst zufrieden mit sich selbst, an den Schreibtisch. Er beugte sich vor, ärgerte Psipsina, indem er ihre Schnurrhaare kitzelte, und vertraute ihr an: »Dem haben wir es aber gezeigt.«

Hauptmann Corelli draußen auf dem Hof war sprachlos, und Pelagia hatte Mitleid mit ihm. »Ihr Vater ist ...« setzte er an, aber er wußte nicht weiter. »Ja, ist er«, bestätigte Pelagia.

217

»Wo soll ich schlafen?« fragte Corelli, froh über jede Ablenkung, denn all sein Humor hatte sich verflüchtigt.

»Sie werden mein Bett bekommen«, antwortete Pelagia.

Normalerweise hätte Antonio Corelli strahlend gefragt: »Sollen wir beide drin schlafen? Wie gastfreundlich.« Doch nun, nach den Worten des Arztes, war er von ihrer Aussage entgeistert. »Das kommt nicht in Frage«, sagte er rasch. »Heute nacht werde ich im Hof schlafen, und morgen werde ich eine andere Unterbringung verlangen.«

Pelagia war schockiert über die Bestürzung, die sich in ihrer Brust breitmachte. War da vielleicht etwas in ihrem Inneren, das sich wünschte, dieser Fremde, dieser freche Eindringling möge bleiben? Sie ging nach drinnen und gab die Entscheidung des Italieners an ihren Vater weiter. »Er kann nicht gehen«, meinte dieser. »Wie soll ich ihm denn den Kopf waschen, wenn er nicht da ist? Überhaupt macht er einen ganz einnehmenden Eindruck.«

»Papakis, du hast ihn zur Schnecke gemacht. Mir hat er beinahe schon leid getan.«

»Er hat dir leid getan, Koritsimou. Das habe ich in deinem Gesicht gesehen.« Er nahm seine Tochter am Arm und ging mit ihr wieder hinaus. »Junger Mann«, sagte er zu dem Hauptmann, »Sie bleiben hier, ob es Ihnen paßt oder nicht. Es ist durchaus möglich, daß Ihr Quartiermeister beschließt, uns einen noch Schlimmeren aufs Auge zu drücken.«

»Aber das Bett Ihrer Tochter, Dottore? Es würde nicht … Es wäre schrecklich.«

»Sie wird es sich in der Küche bequem machen, Hauptmann. Mir ist es egal, wie schlimm Sie sich dabei fühlen, das ist nicht mein Problem. Ich bin nicht der Aggressor. Verstehen Sie mich?«

»Ja«, erwiderte der Hauptmann entwaffnet, kapierte aber noch nicht ganz, wie ihm geschah.

»Kyria Pelagia wird Wasser, etwas Kaffee und etwas Mezedakia zum Essen auftischen. Sie werden feststellen, daß es uns nicht an Gastfreundlichkeit mangelt. Es ist bei uns Brauch, Hauptmann, auch denen gegenüber gastfreundlich zu sein, die es nicht verdienen. Es ist eine Frage der Ehre, ein Beweggrund, der Ihnen vielleicht etwas fremd und ungewohnt vorkommen mag. Ihr umfangreicher Freund ist auch willkommen.«

Carlo und der Hauptmann genehmigten sich etwas von den kleinen Spinatpasteten, den gebratenen jungen Tintenfischen und den mit Reis gefüllten Dolmades. Der Arzt blickte sie finster an, war aber insgeheim entzückt über die erfolgreiche Einführung seines neuen Widerstandsprojekts. Die beiden Soldaten wichen seinem Blick aus, machten höfliche und abgerissene Bemerkungen über die laue Nacht, die unwahrscheinliche Größe des Olivenbaums und alle möglichen anderen Belanglosigkeiten, die ihnen einfielen.

Carlo fuhr erleichtert davon, und der Hauptmann setzte sich betrübt auf Pelagias Bett. Es war Zeit fürs Abendessen, und trotz der Appetithäppchen knurrte sein Magen gewohnheitsmäßig. Der Gedanke an mehr von diesen wunderbaren Speisen machte ihn ganz schwach. Der Arzt kam herein und sagte: »Wegen Ihrer Beschwerden sollten Sie viel Zwiebeln, Tomaten, Petersilie, Basilikum, Oregano und Knoblauch essen. Der Knoblauch wirkt antiseptisch auf ihre Fissuren, und das übrige wird, zusammengenommen, Ihren Stuhlgang weich machen. Es ist sehr wichtig, daß Sie nicht zu sehr drücken, und wenn Sie Fleisch essen, sollten immer viel Flüssigkeit und Gemüsebeilagen dabeisein.«

Der Hauptmann sah ihn hinausgehen und fühlte sich gedemütigter, als er es für möglich gehalten hätte. Wie um alles in der Welt hatte der Arzt erkannt, daß er unter Hämorrhoiden litt?

In der Küche fragte der Arzt Pelagia, ob ihr denn aufgefallen sei, daß der Hauptmann sehr behutsam ging und gelegentlich zusammenzuckte.

Vater und Tochter setzten sich zum Essen hin, klapperten beide mit dem Besteck auf den Tellern herum und warteten, bis sie sicher waren, daß der Italiener vor Hunger sterben und sich wie ein Kind armer Leute vorkommen mußte, das nach Coventry in die Schule geschickt worden ist. Erst dann luden sie ihn ein, mit an den Tisch zu kommen. Er setzte sich zu ihnen und aß schweigend.

»Das ist eine kephallonische Fleischpastete«, teilte der Arzt ihm zu seiner Information mit, »nur daß sie dank Ihrer Leute kein Fleisch enthält.«

Dann, als die Patrouille zur Überwachung der Ausgangssperre schon vorüber war, tat der Arzt seine Absicht kund, einen Spaziergang zu machen. »Aber die Sperrstunde ...« wandte Corelli ein, doch der Arzt erwiderte: »Ich bin hier geboren, das ist meine Insel.« Er nahm sich seinen Hut und seine Pfeife und rauschte davon.

»Ich muß doch darauf bestehen«, rief der Hauptmann ihm vergeblich nach. Der Arzt drehte vernünftigerweise eine Runde ums Haus, setzte sich eine Viertelstunde wartend auf die Mauer und lauschte auf die Unterhaltung der beiden jungen Leute.

Pelagia sah den ihr gegenübersitzenden Corelli an und spürte das Bedürfnis, ihn zu trösten. »Was ist Antonia?« fragte sie.

Er wich ihrem Blick aus. »Meine Mandoline. Ich bin Musiker.«

»Ein Musiker? In der Armee?«

»Als ich zum Militär ging, Kyria Pelagia, wurde ich hauptsächlich fürs Herumsitzen und Nichtstun bezahlt. Eine Menge Zeit zum Üben, nicht wahr? Ich hatte mir vorgenommen, der beste Mandolinenspieler Italiens zu werden, und dann wollte ich die Armee verlassen und mir mein Brot verdienen. Ich wollte kein Kaffeehausmusikant werden, ich wollte Hummel, Conforto und Giuliani spielen. Die Nachfrage ist nicht groß, also muß einer sehr gut sein.«

»Sie meinen, Sie sind aus Versehen Soldat geworden?« fragte Pelagia, die von den erwähnten Komponisten noch nie gehört hatte.

»Ja, der Plan ist schiefgegangen; der Duce hat sich Flausen in den Kopf gesetzt.« Er blickte sie nachdenklich an.

»Nach dem Krieg«, meinte sie nur.

Er nickte lächelnd: »Nach dem Krieg.«

»Ich möchte Ärztin werden«, sagte Pelagia, die diese Idee nicht einmal ihrem Vater gegenüber erwähnt hatte.

In dieser Nacht, als sie, schön zugedeckt, gerade am Einschlummern war, hörte sie einen erstickten Schrei, und kurz darauf erschien der Hauptmann mit aufgerissenen Augen in der Küche, ein Handtuch um die Hüfte gewickelt. Sie setzte sich auf und drückte die Bettdecke an ihre Brüste.

»Verzeihen Sie«, sagte er, als er ihre Bestürzung wahrnahm, »aber es sieht so aus, als wäre ein riesiges Wiesel auf meinem Bett.«

Pelagia mußte lachen. »Das ist kein Wiesel, das ist Psispina. Sie ist unser Haustier. Sie schläft immer auf meinem Bett.«

»Was ist es?«

Pelagia konnte nicht umhin, probehalber in die Widerstands-haltung ihres Vaters zu verfallen. »Haben Sie noch nie was von griechischen Katzen gehört?«

Der Hauptmann sah sie argwöhnisch an, zuckte die Achseln und schlich wieder in sein Zimmer. Er ging auf das Marderweib-chen zu und streichelte es zaghaft mit dem Zeigefinger an der Stirn. Es fühlte sich weich und tröstlich an. »*Micino, micino*«, gurrte er versuchsweise und tätschelte ihm die Ohren. Psipsina schnup-perte an dem wackelnden Finger, der ihr unbekannt vorkam, nahm an, daß er eßbar war, und biß hinein.

Hauptmann Antonio Corelli riß die Hand weg, sah Blut aus seinem Finger perlen und kämpfte gegen die beschämend kindi-schen Tränen an, die ihm ungewollt in die Augen stiegen. Er strengte seinen ganzen Willen an, um das von dem Biß ausgelöste, stärker werdende Stechen zu ignorieren, und war sich sicher, daß sein Finger bis auf den Knochen durchbohrt war. Noch nie in seinem Leben hatte er sich so ungeliebt gefühlt. Diese Griechen. Wenn sie »Ne« sagten, hieß es »Ja«, wenn sie nickten, hieß es »Nein«, und je zorniger sie waren, desto mehr lächelten sie. Selbst die Katzen waren von einem anderen Stern und hatten dazu noch nicht einmal ein Motiv für solche Bösartigkeit.

Er legte sich niedergeschlagen auf den harten Boden und kam nicht zum Schlafen, bis Psipsina schließlich Pelagia vermißte und wegsprang, um sie zu suchen. Er stieg wieder ins Bett und sank dankbar auf die Matratze. »Mmh«, entfuhr es ihm, als er erkannte, daß er den noch wahrnehmbaren, sich verflüchtigenden Geruch einer jungen Frau in der Nase hatte. Er dachte eine Weile an Pelagia, erinnerte sich an die saubere Mulde aus heller Haut, wo der Hals in die Schulter und die Brust überging, und schlief endlich ein.

Er wachte in der Nacht auf, weil er spürte, daß sein Hals unmäßig heiß war und etwas sein Kinn kitzelte. Als er zu Bewußt-sein kam, erfaßte er mit schrecklicher Gewißheit, daß die griechi-sche Katze sich um seinen Hals geringelt hatte und fest schlief. Entsetzt und verängstigt versuchte er sich ein bißchen zu bewe-gen. Das Tier knurrte verschlafen.

Stundenlang, wie es ihm schien, lag er da wie gelähmt, schwitzte und widerstand dem Jucken und der unnatürlichen Wärme, während er den Eulen und den unheimlichen Geräuschen der Nacht lauschte. Irgendwann bemerkte er, daß die Last an seinem Hals betörend süß roch. Das Aroma mischte sich angenehm mit dem Geruch Pelagias. Schließlich schlummerte er ein und träumte unzusammenhängend von Elefanten, Bakelit und Pferden.

26

Scharfe Kanten

In der Stunde nach dem Morgengrauen wartete Hauptmann Antonio Corelli am Hofeingang vergeblich auf das Eintreffen Carlos, der ihn abholen sollte. Dem war nämlich ein Gabelbein an der Aufhängung seines Jeeps gebrochen. Er war gerade dabei, gegen die Reifen zu treten und über die tiefen Schlaglöcher in den Straßen zu fluchen, die seinen frühen Aufbruch vereitelt hatten. Wie alle unter Corelli dienenden Männer hatte auch er schon eine tiefsitzende Furcht davor, den Hauptmann im Stich zu lassen, und seine äußerst gereizte Stimmung wurde noch weiter aufgeheizt, als er sich eine Zigarette anzuzünden versuchte und feststellen mußte, daß der zu einem Pulver getrocknete Tabak aus seiner Papierhülle glitt und im Staub unverschämt vor sich hin glimmte. Ihm blieb bloß das sengendheiße Papier hartnäckig an der Unterlippe kleben. Er riß es weg, da ging ein Fetzchen Haut mit ab. Er leckte sich die brennende Wunde, legte den Finger drauf und verfluchte die Deutschen, die die Versorgung mit dem besten Tabak ganz unter ihre Kontrolle gebracht hatten. Ein abgemagerter alter Bauer, der seitlich auf dem Sattel seines Esels saß, kam vorbei, sah das kaputte, nach einer Seite hängende Fahrzeug, lächelte zufrieden und hob beiläufig die Hand zum Gruß. Carlo knirschte mit den Zähnen und lächelte zurück. »Scheißkrieg«, sagte er, da bei einem Griechen ein Gruß so gut wie der andere war. Es sah ganz danach aus, als müßte »La Scala« heute morgen ausfallen, es sei denn, der Opernclub konnte den Soldatenchor allein zusammenstellen. Er ließ den Jeep stehen und machte sich zu Fuß auf den Weg ins Dorf.

Velisarios kam ihm entgegen, und die beiden Männer sahen sich an, als würden sie sich irgendwie kennen. Mochte Velisarios auch mager und verwahrlost sein, seit er an die Front gegangen war, er blieb immer noch der größte Mensch, der je gesehen wurde, doch Carlo war trotz gleicher Erfahrungen auf der anderen Seite der Front ebenfalls der größte Mensch, der je gesehen wurde. Diese beiden Titanen hatten sich insgeheim schon an den betrüblichen Verdacht gewöhnt, daß sie mißgestaltet seien; übermenschlich zu wirken war eine solche Bürde, daß es ihnen unmöglich vorgekommen war, sich gewöhnlichen Menschen anzuvertrauen und zu erklären, weil sie es nicht geglaubt hätten.

Sie waren beide erstaunt und vergaßen für einen Augenblick, daß sie Feinde waren. »He«, rief Velisarios mit freudig erhobenen Händen. Carlo, dem im Augenblick kein Ausruf einfiel, der für einen Griechen verständlich gewesen wäre, versuchte es von ungefähr mit einem mißglückten Kompromiß, der sehr wie »Ang« klang. Carlo bot eine seiner gräßlichen Zigaretten an, Velisarios nahm sich eine, und sie gestikulierten und verzogen die Mienen, als sie den Rauch inhalierten, der sie wie mit Nadeln stach.

»Scheißkrieg«, sagte Carlo zum Abschied, und sie gingen beide in entgegengesetzte Richtungen weiter, aber Carlo kam mit sich allmählich wieder ins reine. Einen Kilometer weiter stieß Velisarios auf den kaputten Jeep, blieb nachdenklich stehen und holte dann einen Freund. Er kam zurück, hob das Fahrzeug nacheinander an jeder Ecke hoch, während sein Kamerad die Räder abmontierte. Dann ließ er das Wasser aus dem Kühler und füllte ihn mit dem Benzin aus dem Reservekanister, der hinten angeschnallt war.

Corelli wartete immer noch. Der Arzt kam auf seinem Weg in die Kapheneia vorbei. Er war schon im voraus verstimmt, weil der Kaffee, der heutzutage serviert wurde, nach Flußschlamm und Teer schmeckte und alle paar Sekunden teurer wurde. »Buon giorno«, rief der Hauptmann, und der Arzt drehte sich um. »Ich hoffe, Sie haben schlecht geschlafen«, sagte er.

Der Hauptmann lächelte resigniert. »Aus irgendeinem Grund habe ich von Tieren aus Bakelit geträumt. Sie waren wie Delphine mit scharfen Kanten und sprangen herum. Es ist sehr verstörend gewesen. Und Ihre Katze hat mich auch gebissen.« Er hielt dem Arzt den verwundeten Finger hin, und dieser inspizierte ihn. »Er ist ganz schön geschwollen«, meinte er, »und wird womöglich eitern. Baummarder können ganz böse zubeißen. An Ihrer Stelle würde ich den Finger einem Arzt zeigen.« Damit machte er sich auf den Weg. Der Hauptmann konnte bloß noch dümmlich wiederholen: »Baummarder?« Er merkte, daß Pelagia sich zwar nur einen kleinen Scherz auf seine Kosten erlaubt hatte, aber merkwürdigerweise kam er sich gedemütigt und sehr leichtgläubig vor.

Als Pelagia heraustrat, sah sie den Usurpator ihres Betts, wie er Lemoni an den Achseln immer wieder in die Luft schwenkte. Das Kind schrie und lachte, und anscheinend waren sie beim Italienischunterricht. »Bella fanciulla«, sagte der Hauptmann. Er wartete darauf, daß Lemoni dies wiederholte. »Bla fanschla«, kicherte sie, und der Hauptmann warf sie wieder hoch und rief: »No, no, bella fanciulla.« Er dehnte genüßlich das Doppel-L, und als Lemoni wieder in seinen Armen war, zog er eine Augenbraue hoch und wartete ihren nächsten Versuch ab. »Bla flanschla«, sagte sie triumphierend, worauf sie gleich wieder gen Himmel geschleudert wurde.

Pelagia sah lächelnd zu, und dann erblickte Lemoni sie. Der Hauptmann folgte ihrem Blick und richtete sich etwas verlegen auf: »Buon giorno, Kyria Pelagia. Anscheinend hat sich mein Fahrer verspätet.«

»Was heißt das, was heißt das?« wollte Lemoni wissen, die so viel Vertrauen in die Allwissenheit der Erwachsenen hatte, daß sie sicher war, Pelagia würde es ihr erklären können. Pelagia tätschelte ihr die Wange, strich ihr ein paar Haarsträhnen aus dem Gesicht und sagte ihr: »Es heißt ›hübsches Miezchen‹, Koritsimou. Jetzt geh aber; ich bin sicher, sie suchen schon nach dir.«

Das Mädchen hüpfte auf seine übliche kapriziöse und flatterhafte Weise davon, wedelte mit den Armen und sang: »Bla, bla, bla. Bla, bla, bla.«

Corelli tadelte Pelagia. »Warum haben Sie sie weggeschickt? Wir haben uns prächtig amüsiert.«

»Fraternisieren«, gab Pelagia zurück. »Es gehört sich nicht, auch nicht bei einem Kind.«

Corelli machte eine betrübte Miene und stieß mit der Stiefelspitze in den Staub. Er blickte in den Himmel, ließ den Kopf wieder sinken und seufzte. Ohne Pelagia anzusehen, sagte er mit aufrichtiger Herzlichkeit: »Signorina, in so einer Zeit, im Krieg, müssen wir alle das Beste aus den wenigen unschuldigen Vergnügen machen, die es gibt.«

Pelagia sah die Resignation und Verdrossenheit in seinem Gesicht und schämte sich. Während des Schweigens, das folgte, dachten beide über ihre Unwürdigkeit nach. Dann sagte der Hauptmann: »Eines Tages möchte ich selber so ein hübsches Miezchen.« Ohne eine Antwort abzuwarten, brach er in die Richtung auf, aus der er Carlo erwartete.

Pelagia sah ihm nach und dachte sich ihren Teil. Sein sich entfernender Rücken strahlte eine ergreifende Einsamkeit aus. Dann ging sie ins Haus, holte die zwei Bände *The Complete and Concise Home Doctor* hervor, öffnete sie auf dem Tisch und las unschuldig die Abschnitte über Fortpflanzung, Geschlechtskrankheiten, Entbindung und das Skrotum. Beiläufig las sie auch noch etwas über Cascarillarinde, pelzige Zunge, Beschwerden am Anus und Angst.

Da sie die Rückkehr ihres Vaters von der Kapheneia befürchtete, stellte sie die Bücher schließlich wieder aufs Regal und suchte nach Gründen, um den notwendigen Gang zum Brunnen aufzuschieben. Sie schnitt einige Zwiebeln klein. Ihr war zwar noch nicht klar, zu welcher Mahlzeit sie gehören sollten, aber sie war darauf aus, daß ihr Vater handfeste Zeichen einer Tätigkeit wahrnahm. Dann ging sie nach draußen, um ihre teilnahmslose Ziege zu bürsten. Sie entdeckte zwei Zecken und eine kleine Schwellung in der lockeren Haut an der Lende. Sie fragte sich besorgt, ob sie sich darüber Sorgen machen sollte oder nicht, und dachte auf einmal an den Hauptmann. Mandras erwischte sie beim Träumen.

Er war am Tag der Invasion fluchend und völlig geheilt aus dem Bett gestiegen. Es war so, als wäre die Ankunft der Italiener etwas so Wichtiges, so Bedeutendes gewesen, daß es den Luxus ausschloß, sich weiter seiner Krankheit hinzugeben. Der Arzt hatte sich gar nicht überrascht gezeigt, aber Drosoula und Pelagia waren einer Meinung gewesen, daß an einem Leiden, das mit einem so vollendeten Paukenschlag abgestellt werden konnte, etwas verdächtig war. Mandras war ans Meer gegangen und mit den Delphinen geschwommen, als wäre er nie weg gewesen, und dann erfrischt, mit ein paar Tropfen Salzwasser im wirren Haar, einem Lächeln auf den Lippen und ganz entspannten Muskeln zurückgekommen. Er war mit einer Meeräsche den Hügel hinaufgestiegen, die er Pelagia überreichte. Er war Psipsina über die Ohren gefahren, hatte sich kurz in den Olivenbaum geschwungen und bei Pelagia den Eindruck hinterlassen, in seiner neuen Gesundheit noch durchgedrehter zu sein als in der Zeit, in der er verrückt gewesen war. Immer wenn sie ihn sah, fühlte sie sich schuldig und zutiefst unbehaglich.

Sie fuhr zusammen, als er ihr auf die Schulter tippte, und trotz ihrer Bemühung, ein strahlendes Lächeln aufzusetzen, bemerkte er das ängstliche Flackern in ihren Augen. Er überging es, sollte aber später daran denken. »Hallo«, sagte er. »Ist dein Vater da? Die Haut auf meinem Arm ist immer noch nicht geheilt.«

Froh, ihre Aufmerksamkeit auf etwas Objektives richten zu können, bot sie ihm an: »Laß mich mal nachsehen.« Darauf erwiderte er strahlend: »Ich hatte gehofft, den Orgelspieler und nicht bloß den Affen zu treffen.«

Mandras hatte diese Metapher an der Front gehört, sie gemocht und lange auf eine Gelegenheit gewartet, sie anzubringen. Sie war ihm geistreich vorgekommen, und er hatte gedacht, daß das, was geistreich war, wohl auch charmant sein müßte. Er wünschte sich nichts lieber, als in Pelagia wieder die Zuneigung zurückzuzaubern, die er unglücklicherweise verloren zu haben befürchtete.

Doch Pelagias Augen sprühten Feuer, und Mandras sank der Mut. »Ich hab's nicht so gemeint, es war bloß ein Witz«, beschwichtigte er sie. Die beiden jungen Leute sahen einander an, als würden sie gemeinsam alles, was verlorengegangen war, noch einmal Revue passieren lassen, und dann sagte Mandras: »Ich werde zu den Partisanen gehen.«

»Oh«, entfuhr es ihr.

Er zuckte die Achseln. »Ich hab keine Wahl. Morgen geh ich weg. Ich fahr mit dem Boot nach Manolas.«

Pelagia war entsetzt. »Was ist mit den U-Booten? Und den Kriegsschiffen? Das ist doch Wahnsinn.«

»Es ist das Risiko wert, wenn ich nachts aufbreche. Ich kann mich nach den Sternen richten. Ich hab an morgen nacht gedacht.«

Ein langes Schweigen setzte ein. Pelagia sagte schließlich: »Ich werde nicht schreiben können.«

»Ich weiß.«

Pelagia ging kurz ins Haus und kehrte mit der Weste zurück, die sie so hingebungsvoll geschneidert und bestickt hatte, während ihr Verlobter an der Front war. Sie zeigte sie ihm scheu und meinte dazu: »Die hab ich für dich gemacht, wenn du auf Festen tanzt. Willst du sie jetzt haben?«

Mandras nahm sie und hielt sie hoch. Er neigte den Kopf und sagte: »Sie ist nicht ganz gleichmäßig, oder? Ich meine, das Muster ist auf jeder Seite ein bißchen anders.«

Pelagia spürte Enttäuschung in sich aufwallen, die nach Verrat schmeckte. »Ich hab mich so bemüht«, rief sie kläglich und aufgebracht. »Du bist nie mit mir zufrieden.«

Mandras klatschte sich mit der flachen Hand auf die Stirn, machte ein ganz zerknirschtes Gesicht und sagte: »O Gott, es tut mir leid. Ich hab's nicht so gemeint, wie es geklungen hat.« Er seufzte und schüttelte den Kopf. »Seit ich weggegangen bin, hab ich das Gefühl, mein Mund, mein Herz und mein Hirn sind nicht mehr so gut miteinander verbunden. Alles läuft verkehrt.«

Pelagia nahm die Weste wieder an sich und meinte: »Ich versuch, sie noch hinzukriegen. Was sagt denn deine Mutter?«

Er sah sie flehend an. »Ich hab gehofft, du könntest es ihr beibringen. Ich könnte ihr Flennen und Bitten nicht aushalten, wenn ich es ihr selbst sage.«

Pelagia lachte bitter. »Bist du denn so ein Feigling?«

»Bei meiner Mutter schon«, gestand er. »Sag du es ihr bitte.«

»Schon gut, schon gut, ich mach's. Sie hat einen Mann verloren und wird nun einen Sohn verlieren.«

»Ich werd zurückkommen«, erwiderte er.

Sie neigte langsam den Kopf und seufzte. »Versprichst du mir was?« Als er Zustimmung andeutete, fuhr sie fort: »Immer wenn du dabei bist, etwas Schreckliches zu tun, denk an mich, und tu's dann nicht.«

»Ich bin Grieche, kein Faschist«, sagte er sanft. »Und ich werd jede Minute an dich denken.«

Sie vernahm die rührende Aufrichtigkeit in seiner Stimme und verspürte das Bedürfnis zu weinen. Sie umarmten sich spontan, als wären sie eher Geschwister denn Verlobte, und dann sahen sie sich eine Weile tief in die Augen. »Gott sei mit dir«, sagte Pelagia. Er lächelte traurig. »Mit dir auch.«

»Ich werde immer dran denken, wie du im Baum geschaukelt hast.«

»Und wie ich auf den Topf gefallen bin.«

Sie lachten eine Weile gemeinsam, dann sah er sie einen letzten Moment sehnsüchtig an und ging fort. Nach ein paar Schritten hielt er inne, drehte sich noch einmal um und sagte leise, mit brüchiger Stimme: »Ich werd dich immer lieben.«

Ganz weit weg auf der Straße inspizierten Carlo und der Hauptmann, beide mit feinem, hellem Staub überzogen, betreten ihr Fahrzeug. Die Räder fehlten, und im Innern türmte sich ein noch dampfender Haufen Mist.

Am Abend fiel dem Hauptmann eine exquisit bestickte Weste auf, die in der Küche über der Stuhllehne hing. Er hob sie hoch und hielt sie gegen das Licht; der Samt war tiefrot, und die Seidenstickerei war gewissenhaft mit feinen Fäden ausgeführt, die so aussahen, als wären sie von den Fingern einer winzigen Sylphe aufgenäht worden. In goldenem und gelbem Faden sah er matte Blumen, schwebende Adler und springende Fische. Er fuhr mit dem Finger über die Stickerei und spürte das feine Muster. Er schloß die Augen und merkte, daß jede Figur im Relief die Umrisse des gezeigten Geschöpfes wiedergab.

Da trat Pelagia ein und ertappte ihn. Sie wurde ganz verlegen, weil sie vielleicht nicht wollte, daß er erfuhr, warum sie das Stück gemacht hatte, oder weil sie sich vielleicht seiner Unvollkommenheit schämte. Er schlug die Augen auf und hielt ihr die Weste hin. »Die ist so schön«, sagte er, »ich habe noch nie eine so gute wie die hier gesehen; es sei denn, in einem Museum. Wo kommt sie her?«

»Die hab ich gemacht. Und sie ist gar nicht so gut.«

»Nicht so gut?« wiederholte er ungläubig. »Sie ist ein Meisterwerk.«

Pelagia verneinte. »Die beiden Seiten stimmen nicht ganz überein. Die Bilder sollen einander widerspiegeln, und wenn Sie hinsehen, ist dieser Adler in einem anderen Winkel als der gegenüber, und diese Blume soll genausogroß wie die andere sein, ist aber größer.«

Der Hauptmann schnalzte mißbilligend mit der Zunge. »Symmetrie ist nur eine Eigenschaft von toten Dingen. Haben Sie je einen Baum oder einen Berg gesehen, der symmetrisch war? Für Gebäude ist das ja gut, aber wenn Sie mal ein symmetrisches Gesicht sehen, werden Sie den Eindruck haben, daß Sie es für schön halten sollten, es aber tatsächlich kalt finden. Das menschliche Herz schätzt etwas Unordnung in seiner Geometrie, Kyria Pelagia. Schauen Sie sich Ihr Gesicht im Spiegel an, Signorina, und Sie werden sehen, daß eine Braue etwas höher sitzt als die andere, daß Ihr linkes Augenlid so angeordnet ist, daß das Auge einen Bruchteil offener ist als das andere. Genau dies macht Sie attraktiv und wunderschön, wohingegen … Sonst wären Sie eine Statue. Symmetrie ist für Gott, nicht für uns.«

Pelagia machte eine skeptische Miene und wollte ungeduldig seine Behauptung, sie sei wunderschön, zurückweisen, doch da fiel ihr auf, daß seine Nase nicht ganz gerade war. »Was ist das?« fragte der Hauptmann und deutete auf einen Adler. »Ich meine, wie wird das gemacht?«

Pelagia wies mit dem Finger darauf. »Das ist Fil-tiré, und das ist Feston.« Er konnte zwar die feine Gliederung ihres Fingers und den Geruch von Rosmarin in ihrem Haar würdigen, schüttelte aber dennoch den Kopf. »Ich bin um keinen Deut weiser. Möchten Sie es mir verkaufen? Wieviel wollen Sie dafür?«

»Die ist nicht zu verkaufen.«

»O bitte, Kyria Pelagia, ich werde Ihnen zahlen, was Sie wollen: Drachmen, Lire, Büchsenschinken, Dosenoliven, Tabak. Nennen Sie einen Preis. Ich habe auch britische Goldsovereigns.«

Pelagia wehrte ab; es gab nun kaum noch einen Grund, sie nicht zu veräußern, aber der Hauptmann hatte sie stolz genug darauf gemacht, daß sie sie behalten wollte, und außerdem wäre es irgendwie ziemlich unangebracht, sie ihm zu verkaufen.

»Das tut mir aufrichtig leid«, meinte der Hauptmann. »Aber da fällt mir ein: Wieviel Miete verlangen Sie?«

»Miete?« fragte Pelagia ganz entgeistert.

»Haben Sie gedacht, ich wollte hier umsonst wohnen?« Er langte in seine Tasche und brachte ein großes Stück Salami zum

Vorschein. »Ich habe mir gedacht, das würden Sie sich gern aus der Offiziersmesse ausleihen. Ich habe bereits eine Scheibe der ›Katze‹ gegeben und glaube, daß wir nun Freunde sind.«

»Sie haben Psipsina und Lemoni zu Kollaborateuren gemacht«, erwiderte Pelagia schnippisch, »doch wegen der Miete fragen Sie besser meinen Vater.«

Eine Woche später, nachdem der Jeep abgeholt worden war und neue Räder verpaßt bekommen hatte, explodierte der Motor spektakulär während der Fahrt durch die Haarnadelkurven hinauf nach Kastro. Der Fahrer war ein ganz junger Kavallerieschütze, der bei Corellis Opernclub Tenor gewesen war und auf das Ende des Krieges gewartet hatte, um seine Kindheitsliebe in Palermo zu heiraten.

Inzwischen war Mandras im Herzen des Peloponnes, machte Frauen zu Witwen und erschuf sich wieder seinen Traum von Pelagia.

27

Ein Vortrag über Mandolinen und ein Konzert

Der Arzt erwachte zur üblichen Stunde und ging in die Kapheneia, ohne Pelagia zu wecken; er hatte sie betrachtet, wie sie auf dem Küchenboden in ihre Decke gekuschelt dalag, und es nicht übers Herz gebracht, sie zu stören. Zwar beleidigte es seinen Sinn für den natürlichen Anstand, – denn es gehörte sich, pünktlich aufzustehen –, aber andererseits arbeitete sie hart für ihn und war außerdem von den Anstrengungen, mit der Kriegssituation zurechtzukommen, erschöpft. Dazu bot sie einen sehr reizvollen Anblick mit den auf dem Kopfkissen wirr ausgebreiteten Haaren und der bis über die Nase gezogenen Bettdecke, unter der nur ein kleines Ohr heraussspitzte. Er hatte über ihr gestanden und die väterlichen Gefühle genossen, die in seiner Brust aufkeimten, aber er hatte es doch nicht lassen können, sich herabzubeugen und in

230

das Ohr zu spähen, um zu prüfen, ob alles in Ordnung war. Eine winzige Hautschuppe hing an der Spitze eines spinnwebdünnen Härchens, wo die Ohrmuschel in den Gehörgang überging, doch insgesamt machte das Ohr einen vollkommen gesunden Eindruck. Der Arzt lächelte auf sie herab und brachte sich dann selbst in eine trübe Stimmung durch den Gedanken, daß sie eines Tages alt, krumm und verhutzelt sein würde; die liebliche Schönheit würde eintrocknen und wie dürres Laub dahinwelken, bis niemand mehr wußte, daß sie je dagewesen war. Vom Eindruck der Kostbarkeit des Ephemeren ergriffen, kniete er sich hin und küßte sie auf die Wange. In seiner düsteren Stimmung, die schlecht zu dem heiter-wolkenlosen Morgen paßte, ging er in die Kapheneia.

Der Hauptmann, den ein scharfes Stechen seiner Hämorrhoiden geweckt hatte, kam in die Küche, sah Pelagia schlafen und wußte nicht, was er tun sollte. Er hätte sich gern eine Tasse Kaffee aufgebrüht und etwas Obst gegessen, aber auch er ließ sich von der reizvollen Ruhe des schlafenden Mädchens bezaubern und spürte, daß es eine Entweihung wäre, sie durch sein Herumklappern aufzuwecken. Zudem wollte er sie nicht in die Verlegenheit bringen, sich in seiner Anwesenheit im Nachtgewand zu zeigen, und noch dazu war es unangenehm, so beschämend daran erinnert zu werden, die rechtmäßige Besitzerin aus ihrem Bett vertrieben zu haben. Er blickte auf sie herab und spürte den Drang, zu ihr unter die Bettdecke zu kriechen – für ihn das Natürlichste der Welt –, doch statt dessen ging er wieder in sein Zimmer und holte Antonia aus ihrem Kasten. Er begann mit Fingerübungen für die linke Hand, schlug die Noten nur ganz wenig an, indem er mit den Fingern zupfte, statt ein Plektrum zu benutzen. Das wurde er bald leid, und so nahm er doch das Plektrum und legte die rechte Handkante auf den Steg, um die Saiten zu dämpfen und sordo zu spielen. Das klang ganz wie eine pizzicato gespielte Geige, und mit großer Konzentration wagte er sich an ein sehr schwieriges und schnelles Stück von Paganini, das ganz auf diesen Effekt hin ausgerichtet war.

Noch im Halbschlaf, übernahm Pelagia den fernen Rhythmus des Stücks. Sie erinnerte sich an den vorigen Tag, als der Hauptmann auf einem Grauschimmel am Haus angekommen war; er hatte das Tier von einem der Soldaten ausgeliehen, die allnächtlich die Ausgangssperre überwachten. Der kapriziöse Schimmel hatte die Karakole gelernt, und sein Besitzer hatte sich angewöhnt, Mädchen damit zu beeindrucken, indem er jedesmal, wenn er eines sah, das Pferd dieses hübsche Kunststück ausführen ließ. Das Tier hatte sich bald mit der Idee angefreundet und führte gern ungebeten seine Nummer vor, sobald es einem menschlichen Wesen im Rock, mit langem Haar und strahlenden Augen begegnete. Es war bei allen Soldaten äußerst begehrt, und sein Reiter war stets bereit, es an Offiziere auszuleihen, unter der Bedingung, daß sein Dienstplan zu seinem Vorteil abgeändert wurde. An dem Tag, an dem der Hauptmann es sich geborgt hatte, sollte der Reiter vom Latrinendienst freigestellt werden.

Als Corelli am Hofeingang angekommen und auf Pelagia, die ihre Ziege bürstete, aufmerksam geworden war, spitzte das Pferd die Ohren und führte seine Karakole vor. Der Hauptmann hatte seine Feldmütze gezogen und breit gelächelt, und Pelagia war pfeilschnell eine Freude ins Herz gefahren, wie sie sie zuvor selten erlebt hatte. Es war die Art von Freude, die jemand verspürt, wenn ein Tänzer, der seine Beine unwahrscheinlich hoch geschwungen hat, plötzlich einen Salto rückwärts macht oder wenn ein Apfel vom Bord rollt, auf einen Löffel fällt, der davon in die Luft gewirbelt wird und, mit der Spitze nach unten, klingelnd in einer Tasse landet, als wäre er absichtlich dorthin katapultiert worden. Pelagia hatte Corelli und sein sich zur Schau stellendes Pferd betrachtet, dann spontan gelächelt und geklatscht, während Corelli von einem Ohr zum anderen wie ein Junge gegrinst hatte, der nach jahrelangem Betteln und Jammern endlich einen Fußball geschenkt bekommt.

In ihrem Traum vollführte das Pferd seine Karakole zu Musik von Paganini, und sein Reiter hatte einmal das Gesicht von Mandras und dann wieder das des Hauptmanns. Sie fand das störend und strengte sich im Geiste an, die Gesichter auf eins zu verringern. Dabei blieb Mandras übrig, aber das befriedigte sie nicht, und so wechselte sie wieder zu Corelli. Wäre jemand im Zimmer gewesen, hätte er sie im Schlaf lächeln sehen; das Klingeln von Messing, das Knarren von Leder, der durchdringend süßliche Geruch von Pferdeschweiß, das schlaue Spitzen der Ohren, das graziöse Seitwärtstrippeln der Hufe, die den Staub und die Steinchen auf der Straße aufwirbelten, das Muskelspiel in den Flanken des Pferdes und die elegante Geste des lächelnden Hauptmanns, als er seine Kappe zog, all das wurde für sie noch einmal lebendig.

Corelli auf dem Bett war bald so in sein Üben versunken, daß er das schlafende Mädchen vergaß und daran arbeitete, sein Tremolo auf Trab zu bringen. Es verstimmte ihn sehr, daß er jeden Tag mindestens eine Viertelstunde spielen mußte, bis es stetig und regelmäßig wurde. Er begann die Übung, indem er das Plektrum mit halber Geschwindigkeit mechanisch über die beiden Diskantsaiten vor und zurück schnippte.

Pelagia erwachte zehn Minuten später. Sie schlug die Augen auf und blieb noch eine Weile liegen; sie fragte sich, ob sie noch schlief. Von irgendwoher im Haus drang ein überaus schöner Klang, als hätte eine Drossel ihr Lied auf den menschlichen Geschmack abgestimmt und würde auf einem Zweig beim Fensterbrett aus vollem Herzen singen. Ein Sonnenstrahl brach durchs Fenster, Pelagia war es zu heiß, und sie merkte, daß sie verschlafen hatte. Sie setzte sich auf, schlang die Arme um die Knie und lauschte. Dann hob sie ihre Kleider auf, die sich neben ihrem Lager befanden, und ging zum Anziehen ins Zimmer ihres Vaters. Sie hatte noch immer das Trillern der Mandoline im Ohr.

Corelli hörte das metallische Klappern eines Löffels in einem Topf, erkannte daran, daß sie endlich aufgestanden war, und betrat mit der Mandoline in der Hand die Küche. »Spülwasser?« fragte sie und bot ihm eine Tasse des bitteren Suds an, der dieser Tage als Kaffee gehandelt wurde. Er nahm sie lächelnd an und spürte, daß er noch ganz schön wund vom Reiten, aber auch ganz schön erleichtert war, daß er nicht plötzlich heruntergefallen war; das wäre ihm beinahe passiert, als das Pferd zu tänzeln begann. Seine Schenkel taten ihm weh, das Gehen bereitete ihm Schmerzen, und so setzte er sich hin. »Das war sehr schön«, kommentierte Pelagia.

Der Hauptmann sah seine Mandoline an, als würde er ihr für etwas die Schuld geben. »Ich habe nur Tonleitern und Tremolo geübt.«

»Das ist mir egal«, erwiderte Pelagia. »Ich hab's trotzdem gern gehört; mir ist das Aufwachen viel leichter gefallen.«

Er sah betrübt drein. »Es tut mir leid, daß ich Sie geweckt habe, das wollte ich nicht.«

»Die ist sehr schön«, sagte sie und deutete mir ihrem Löffel auf das Instrument. »Die Verzierung ist wunderbar. Verbessert das alles den Klang?«

»Das bezweifle ich«, entgegnete der Hauptmann, während er seine Mandoline in den Händen drehte. Er selbst hatte vergessen, was für ein erlesenes Stück sie war. Der Rand des Resonanzkastens war mit schimmernden Perlmutttrapezen eingefaßt, und das schwarze Spielblatt hatte die Form einer Klematis, eingelegt mit vielfarbigen Blüten, die ein reines Produkt der überbordenden Phantasie des Erbauers waren. Der Hals aus Ebenholz war am fünften, siebten und zwölften Bund mit einem Punktmuster aus Elfenbein markiert, und der runde Bauch bestand aus sich verjüngenden Spänen feingemaserten Ahornholzes, die kunstvoll durch dünne Rippen aus Rosenholz getrennt waren. Die Wirbel hatten die Form antiker Leiern, und Pelagia fiel auf, daß die Saiten selbst unten am silbernen Steg mit winzigen Flaumbällchen in kräftigen Farben geschmückt waren. »Ich nehme an, Sie haben es nicht gern, wenn ich sie berühre«, sagte sie, und er drückte Antonia fest an die Brust.

»Meine Mutter hat sie einmal fallen lassen, und einen Augenblick lang habe ich gedacht, ich würde sie umbringen. Und manche Leute haben schmierige Finger.«

Pelagia war beleidigt. »Ich habe keine schmierigen Finger.«

Der Hauptmann bemerkte ihre ungehaltene Miene und erklärte: »Jeder Mensch hat schmierige Finger, und jeder muß sich die Hände waschen und abtrocknen, bevor er in die Saiten greift.«

»Ich mag die winzigen Flaumbällchen«, meinte Pelagia.

Corelli lachte. »Die sind dumm; ich weiß nicht einmal, warum sie da sind. Das ist so Brauch.«

Sie setzte sich ihm gegenüber auf die Bank und fragte: »Warum spielen Sie sie?«

»Was für eine sonderbare Frage. Warum tut jemand was? Meinen Sie, was mich dazu gebracht hat?«

Sie zuckte die Achseln, und er sagte: »Ich habe früher Geige gespielt. Viele Geiger spielen auch Mandoline, weil die genauso gestimmt ist, verstehen Sie.« Ganz in Gedanken fuhr er mit dem Fingernagel über die Saiten, um seine Erklärung verständlich zu machen, eine Erklärung, die Pelagia der Einfachheit halber zu verstehen vorgab. »Sie können Geigenmusik darauf spielen, nur müssen Sie da Tremoli spielen, wo die Geige eine einzige Note halten würde.« Er führte ein rasches Tremolo vor, um diese zweite Erklärung zu illustrieren. »Aber ich habe das Geigenspielen aufgegeben, weil, sosehr ich mich auch bemüht habe, immer Katzenmusik herauskam. Wenn ich aufsah, war der ganze Hof voller Katzen, die alle gemaunzt haben. Nein, im Ernst, es klang wie das Maunzen einer Horde Katzen oder noch schlimmer, und die Nachbarn haben sich immer bei meiner Mutter beschwert. Eines Tages hat mein Onkel mir Antonia geschenkt, die seinem eigenen Onkel gehört hatte, und ich habe entdeckt, daß ich dank der Bünde am Griffbrett ein guter Musiker sein konnte. Da haben Sie's.«

Pelagia lächelte: »Also, mögen Katzen die Mandoline?«

»Es ist eine wenig bekannte Tatsache«, gab er in vertraulichem Ton zu verstehen, »aber Katzen mögen alles, was in der Sopranlage ist. Altstimmen mögen sie nicht, also können Sie einer Katze keine Gitarre oder Bratsche vorspielen. Da laufen die einfach mit hocherhobenem Schwanz hinaus. Aber eine Mandoline mögen sie.«

»Also haben sich die Katzen und die Nachbarn über den Wechsel gefreut?«

Er nickte dankbar und fuhr fort: »Und noch etwas. Die Leute wissen gar nicht, wie viele der großen Meister für Mandoline geschrieben haben. Nicht bloß Vivaldi und Hummel, sondern sogar Beethoven.«

»Sogar Beethoven«, sagte Pelagia vor sich hin. Das war einer dieser geheimnisvollen, ehrfurchtgebietenden mythischen Namen, die an die äußersten Möglichkeiten der menschlichen Kunstfertigkeit denken ließen, ein Name, der ihr eigentlich gar nichts Besonderes sagte, da sie noch nie ein Musikstück von ihm bewußt gehört hatte. Sie ahnte bloß, daß es der Name eines allmächtigen Genies war.

»Wenn der Krieg vorbei ist«, verkündete Corelli, »dann werde ich Berufsmusiker, und eines Tages werde ich ein richtiges Concerto in drei Sätzen für Mandoline und Kammerorchester schreiben.«

»Werden Sie dann reich und berühmt sein?« fragte sie neckisch.

»Arm, aber glücklich. Ich müßte noch einen anderen Beruf ausüben. Wovon träumen Sie? Haben Sie nicht gesagt, Sie wollten Ärztin werden?«

Pelagia zuckte mit den Achseln, zog resigniert und skeptisch die Mundwinkel herab. »Ich weiß nicht«, sagte sie schließlich. »Ich weiß bloß, ich will etwas tun, aber ich weiß nicht, was. Frauen werden zum Arztberuf doch nicht zugelassen, oder?«

»Sie können *bambini* bekommen. Alle sollten *bambini* haben. Ich möchte dreißig oder vierzig.«

»Ihre arme Frau«, sagte Pelagia mißbilligend.

»Ich habe keine, also werde ich wohl welche adoptieren müssen.«

»Sie könnten Lehrer werden. Auf die Art wären Sie tagsüber mit Kindern zusammen und hätten am Abend Zeit für die Musik. Warum spielen Sie mir nicht was vor?«

»O Gott, immer wenn mich Leute bitten, etwas zu spielen, vergesse ich, welche Stücke ich kenne. Und ich bin immer darauf angewiesen, die Noten vor mir zu haben. Es ist schlimm. Ah, ich weiß, ich werde eine Polka spielen. Sie ist von Persichetti.« Er legte sich die Mandoline zurecht und spielte zwei Noten. Dann brach er ab und erklärte: »Sie ist mir weggerutscht. Das ist das Problem mit diesen rundbäuchigen Instrumenten aus Neapel. Ich denke mir oft, ich sollte mir eine portugiesische mit einem flachen Schallkörper besorgen, aber wo sind die in diesen Kriegszeiten zu bekommen?« Er ließ dieser rhetorischen Frage ritardando wieder die beiden Noten folgen, spielte vier Achtelnoten, dann einen Takt, der mit den Hörerwartungen durch Einfügung einer Pause und zweier Sechzehntelnoten brach, und fiel darauf unvermittelt in Kaskaden harmonischer und unharmonischer Sechzehntel, daß Pelagia der Mund offenblieb. Sie hatte noch nie zuvor etwas so ausgefeilt Virtuoses gehört, und noch nie zuvor war ihr ein Musikstück so voller Überraschungen begegnet. Da gab es plötzlich aufblitzende Tremoli an den Auftakten und Stellen, wo die Musik zögerte, ohne das Tempo zu verlieren, oder die gleiche Geschwindigkeit hielt, obwohl es so schien, als hätte sie sich halbiert oder verdoppelt. Am besten von allem waren die Stellen, wo eine Note, die so hoch war, daß sie kaum angeschlagen werden konnte, in fröhlichen Sprüngen die Tonleiter herabstieg und bei einem satten Baßton landete, der kaum Zeit gehabt hatte, auszuklingen, als schon ein allerliebstes Wechselspiel von Baß und Diskant folgte. Diese Musik weckte in ihr den Wunsch, zu tanzen oder irgend etwas Dummes anzustellen.

Sie sah verwundert zu, wie die Finger seiner linken Hand gleich einer mächtigen und bedrohlichen Spinne auf dem Hals herauf- und herunterkrochen. Sie sah die Sehnen unter der Haut sich kräuseln und zusammenziehen, und dann merkte sie, daß in seinem Gesicht eine ganze Symphonie von Mienen spielte. Sie waren manchmal heiter, manchmal unvermittelt zornig, gelegentlich lächelnd, hin und wieder streng und diktatorisch, dann wieder schmeichelnd und sanft. Davon wie gebannt, erkannte sie auf einmal, daß da etwas an der Musik war, was ihr bis dahin noch nie offenbart worden war; es ging nicht nur um die Erzeugung süßer Klänge, es bedeutete für diejenigen, die sie verstanden, eine emotionale und intellektuelle Odyssee. Sie betrachtete sein Gesicht und vergaß, auf die Musik zu achten; sie wollte an der Reise teilnehmen. Sie beugte sich vor und faltete die Hände, als würde sie beten.

Der Hauptmann wiederholte den ersten Teil und beendete ihn plötzlich mit einem Arpeggio, das er augenblicklich dämpfte, so daß sich Pelagia um etwas betrogen fühlte. »Das war's«, sagte er und wischte sich mit dem Ärmel über die Stirn.

Sie war ganz aus dem Häuschen, wollte aufspringen und eine Pirouette drehen, sagte statt dessen aber nur: »Ich versteh einfach nicht, warum ein Künstler wie Sie sich dazu herabläßt, Soldat zu werden.«

Er runzelte die Stirn. »Sie sollten sich von Soldaten keine dummen Vorstellungen machen. Soldaten haben Mütter, wissen Sie, und die meisten von uns werden schließlich ganz normal Bauern und Fischer.«

»Ich meine, für Sie muß das doch vergeudete Zeit sein, das ist alles.«

»Natürlich ist es Zeitverschwendung.« Er stand auf und sah auf seine Armbanduhr. »Carlo müßte schon längst hiersein. Ich verstaue schnell noch Antonia.« Er sah sie mit hochgezogener Augenbraue an. »Übrigens, Signorina, ist mir leider nicht entgangen, daß Sie eine Derringer in Ihrer Schürzentasche haben.«

Pelagia fiel aus allen Wolken und fing an zu zittern. Doch der

Hauptmann fuhr fort: »Ich verstehe, warum Sie die bei sich haben wollen, und eigentlich habe ich sie überhaupt nicht gesehen. Aber Sie müssen sich darüber im klaren sein, was passieren würde, wenn jemand anders sie sieht. Insbesondere ein Deutscher. Seien Sie etwas diskreter.«

Sie blickte flehentlich zu ihm hoch, und er lächelte, tippte ihr auf die Schulter, hielt den Zeigefinger an die Nasenspitze und zwinkerte mit den Augen.

Als er weg war, kam Pelagia der Gedanke, daß sie den Hauptmann inzwischen schon hundertmal hätten vergiften können, wenn sie gewollt hätten. Sie hätten Akonitum aus Eisenhut gewinnen, Schierling sammeln oder sein Herz mit Digitalis zum Stillstand bringen können, und die Behörden hätten nie erfahren, woran er gestorben wäre. Sie steckte die Hand in die Schürzentasche und krümmte den Finger in einer vertrauten Bewegung, die sie schon hundertmal geübt hatte, um den Abzug. Sie wog die Pistole in der Hand. Es war nett vom Hauptmann, ihr zu verstehen zu geben, daß er ihr Bedürfnis nach Sicherheit, nach dem beruhigenden und wahrhaften Gefühl respektierte, das der Besitz einer Waffe vermittelt. Und einen Musiker vergiftete man nicht, nicht einmal einen italienischen; es wäre so abscheulich gewesen, wie Exkremente auf den Grabstein eines Priesters zu schmieren.

An diesem Abend wollte der Arzt ein Konzert hören. Er und Pelagia fanden sich draußen im Hof ein, während der Hauptmann ein Notenblatt auf dem Tisch ausbreitete und es sowohl beleuchtete wie davor bewahrte, weggeweht zu werden, indem er eine Laterne auf die obere Kante stellte. Feierlich setzte er sich hin und begann, mit dem Plektrum auf das Spielblatt zu klopfen.

Der Arzt zog verdutzt die Augenbrauen hoch. Dieses Klopfen schien sehr lange so weiterzugehen. Vielleicht wollte der Hauptmann seinen Rhythmus finden. Vielleicht war das auch eines jener neumodischen Stücke, von denen er schon gehört hatte, die nur aus Gequieke und Gepiepe ohne Melodie bestanden. Vielleicht war es aber auch die Einleitung. Er sah Pelagia an, sie bekam seinen Blick mit und hob verständnislos die Hände. Das Klopfen ging weiter. Der Arzt spähte in das Gesicht des Hauptmanns, das völlig in sich gekehrt war. Dr. Iannis stellte bei unverständlichen künstlerischen Darbietungen wie dieser immer fest, daß es ihn unausweichlich am Rücken juckte. Er rutschte auf seinem Sitz herum und verlor dann die Geduld. »Entschuldigen Sie, junger Mann, aber was um Himmels willen machen Sie da? Das ist nicht das, was meine Tochter mir angekündigt hat.«

»Verdammt«, rief der Hauptmann aus, dessen Konzentration völlig dahin war. »Ich wollte gerade anfangen.«

»Na, es wurde auch Zeit, meine ich. Was um Himmels willen haben Sie denn gemacht? Was ist es? Irgend so ein greulicher moderner Krampf mit dem Titel ›Zwei Blechbüchsen, eine Karotte und eine tote Dirne‹?«

Corelli war beleidigt und sprach mit deutlich hochmütiger Verachtung: »Ich spiele eines von Hummels Mandolinenkonzerten. Die ersten fünfundvierzigeinhalb Takte sind dem Orchester vorbehalten, allegro moderato e grazioso. Das Orchester müssen Sie sich vorstellen. Jetzt darf ich wieder ganz von vorne anfangen.«

Der Arzt sah ihn mit aufgerissenen Augen an. »Ich werde den Teufel tun und dieses ganze Geklopfe noch mal über mich ergehen lassen, und ich werde den Teufel tun und mir ein Orchester vorstellen. Spielen Sie einfach Ihren Part.«

Der Hauptmann blickte ebenso eindringlich zurück und brachte deutlich seine Überzeugung zum Ausdruck, daß der Arzt ein Kulturbanause sei. »Wenn ich das mache«, erwiderte er, »komme ich mit meinem Einsatz durcheinander, und das wäre im Konzertsaal eine Katastrophe.«

Der Arzt stand auf, machte mit den Armen eine Geste, die den Ölbaum, die Ziege, das Haus und den Nachthimmel darüber umfaßte. »Meine Damen und Herren«, verkündete er lauthals, »ich entschuldige mich für die Störung des Konzerts.« Er wandte sich an Corelli. »Ist dies ein Konzertsaal? Und täuschen mich meine Augen, oder ist da gar kein Orchester? Sehen meine Augen eine einzige Posaune? Die winzigste und unbedeutendste Geige? Wo, mit Verlaub, ist der Dirigent, und wo ist die juwelenbehangene Königsfamilie?«

Der Hauptmann seufzte resigniert, Pelagia sah ihn mitfühlend an, und der Arzt setzte hinzu: »Und noch etwas. Während Sie vor sich hin klopfen und sich Ihr Orchester vorstellen, reißen Sie eine blöde Grimasse nach der anderen. Wie sollen wir uns vor so einer Galerie konzentrieren können?«

28

Volksbefreiungsfront I

Als die Deutschen sich aus Nordafrika zurückzogen, richteten sie ihr regionales Hauptquartier auf dem Peloponnes ein, was bedeutete, daß Mandras und seine kleine Gruppe von Andartes gezwungen waren, sich über den Kanal von Korinth nach Roumeli abzusetzen.

Auf dem Peloponnes hatte Mandras sehr wenig unternommen. Er hatte sich mit einem Mann zusammengetan, dann noch mit zwei anderen, und sie hatten sich weder auf ein Ziel noch auf einen Zweck besonnen. Sie wußten nur, daß etwas aus der innersten Tiefe ihrer Seele sie antrieb, etwas, das ihnen befahl, ihr Land von den Fremden zu befreien oder bei dem Versuch ihr Leben zu lassen. Sie setzten Lastwagen in Brand, und einer von ihnen erdrosselte einen feindlichen Soldaten und saß dann zitternd vor nachträglicher Angst und Abscheu da, während die anderen ihn trösteten und lobten. Sie hausten am Rande eines Waldes in einer Höhle und lebten von Nahrungsmitteln, die ein Priester aus dem benachbarten Dorf brachte; er kam mit Brot, Kartoffeln und Oliven und nahm ihre schmutzige Kleidung mit, um sie von einer Frau aus dem Dorf waschen zu lassen. Eines Tages hackten sie die Stützen einer hölzernen Fußgängerbrücke ab, die auf dem Weg zu einer örtlichen Garnison lag. Als Vergeltungsmaßnahme dafür, daß er sich nun im Bach die Füße naß machen mußte, brannte der Feind vier Häuser im Dorf nieder, und der Priester und der Schulmeister baten die Gruppe von Mandras, abzuziehen, bevor noch Schlimmeres passierte. Die vier nun obdachlosen Hausherren schlossen sich ihnen an.

In Roumeli gab es ein kleines britisches Team engagierter Freiwilliger, von denen keiner Griechisch sprach und die einen Tag lang ausgebildet worden waren, bevor sie mit dem Fallschirm absprangen. Sie hatten einen neuen Fallschirmtyp erhalten, bei dem oben in den Seilen Lebensmittel und Funkgeräte angebunden waren, die den Soldaten bei der Landung kräftig auf den Kopf schlugen. Diese Briten hatten schon angefangen, die Guerillagruppen zu koordinieren; sie hatten die Absicht, die Viadukte der eingleisigen Bahnstrecke in die Luft zu jagen, die die Hauptnachschubroute von Piräus nach Kreta und weiter nach Tobruk bildete. Sie nahmen an, daß die autonomen Gruppen selbstverständlich begeistert wären, von britischen Offizieren kommandiert zu werden, und die Griechen waren von dieser zuversichtlichen Annahme so beeindruckt, daß sie sich beinahe augenblicklich darauf einließen.

Es gab jedoch eine Gruppe, ELAS, die der militärische Arm einer Organisation namens EAM war, die wiederum von einem Komitee in Athen kontolliert wurde, dessen Mitglieder zur KKE gehörten. Aufgeweckte Menschen erkannten auf Anhieb, daß eine Gruppe mit solchen Verflechtungen kommunistisch sein mußte und daß der Zweck solch feingesponnener Kontrollfäden der war, den gewöhnlichen Bürgern zu verschleiern, daß es sich um eine kommunistische Organisation handelte. Ursprünglich stammten ihre Rekruten aus allen Bevölkerungsschichten, dazu gehörten auch venizelistische Republikaner und Royalisten sowie gemäßigte Sozialisten, Liberale und Kommunisten, die sich alle in den Glauben wiegen ließen, daß sie Teil des nationalen Befreiungskampfes und nicht Teil einer ausgeklügelten versteckten Strategie waren, die mehr mit der Machtergreifung nach dem Krieg als mit der Bekämpfung der Achsenmächte zu tun hatte. Die Briten bewaffneten sie, weil niemand den Äußerungen britischer Offiziere vor Ort Glauben schenkte, damit würden sie sich später große Schwierigkeiten einhandeln, und weil sowieso niemand glaubte, daß dunkelhäutige Eingeborene der britischen Armee viel Schwierigkeiten machen konnten. Brigadier Myers und seine Offiziere zuckten die Achseln und taten weiter ihren Dienst, während ELAS ihnen nur half oder gehorchte, wenn es ihr paßte. Myers und seine Offiziere hatten eine unmögliche Aufgabe vor sich, aber sie erreichten alles, was sie sich vorgenommen hatten, mit einer Mischung aus Willensstärke, Geduld und Elan. Sie rekrutierten sogar zwei Palästinenser, die im allgemeinen Durcheinander von 1941 irgendwie zurückgelassen worden waren.

Mandras hätte sich der EKKA, EDES oder EOA anschließen können, doch wie es der Zufall wollte, gehörten die ersten Andartes, auf die er in Roumeli traf, zur ELAS, und der Kommandant, der ihn in seine Bande aufnahm, war stolz und unverhohlen

Kommunist. Er war scharfsinnig genug, um zu erkennen, daß Mandras eine verlorene Seele war, ohne ersichtlichen Grund verbittert, jung genug, um sich beeindrucken und begeistern zu lassen, wenn hochtrabende Vorhaben wohlklingende Namen verpaßt bekamen, sowie einsam und traurig genug, um ihn zum Freund zu gewinnen.

Mandras haßte das Gebirge. Natürlich gab es auch daheim Berge, aber die waren bis zum endlosen Horizont von den schäumenden Wogen der See eingefaßt. Es lag nicht nur daran, daß das Gebirge von Roumeli den Horizont verdeckte und Mandras wie die Arme einer riesenhaften, häßlichen und muffig riechenden Tante umschlang, es lag auch daran, daß es ihn an den Krieg an der albanischen Grenze erinnerte, der ihm so viel von seinem Verstand, so viele seiner Kameraden und so viel von seiner Gesundheit geraubt hatte. Es erdrückte und bestrafte ihn, obwohl es für ihn nichts Neues war. Er kannte bereits das Gefühl, Schenkel und Bauch an einem Feuer zu rösten, während Rücken und Hintern bis auf die Knochen froren, sich auszuziehen und im Winter nackt mit der über den Kopf gehaltenen Kleidung durch Wildbäche zu waten, die ihm den Atem raubten und so auf ihn eindonnerten, daß er blaue Flecken bekam. Er wußte ebenso, daß die Italiener mit grob gerechnet der Hälfte ihrer Truppenstärke zu schlagen waren, er konnte auch schon eine Mannlicher laden und abfeuern, wenn die eine Hand blutete und eine weitere Wunde abdichten mußte. Er war ebenfalls schon darin bewandert, sich ein Leben zu erschaffen, das aus Träumen von Pelagia und feuchtfröhlichen Umtrünken mit geschätzten Kameraden bestand, die in der Nacht noch sterben konnten.

Mandras schloß sich ELAS zuerst an, weil er keine andere Wahl hatte. Er und seine Mitstreiter lungerten in einem kleinen Schlupfwinkel im Unterholz herum, dessen Laub ihnen als Bettlager diente, als sie von zehn Mann überrascht und umzingelt wurden. Sie waren alle in die Überreste von Uniformen gekleidet, hatten Patronengurte umgehängt und Messer in die Gürtel gesteckt, und alle waren so bärtig, daß sie fast gleich aussahen. Ihr Anführer war nur durch einen roten Fez gekennzeichnet, der eine armselige Tarnung dargestellt hätte, wenn er nicht so verblichen und verdreckt gewesen wäre.

Mandras und seine Freunde blickten in einen Halbkreis aus Mündungen leichter Automatikgewehre, und der Mann mit dem Fez herrschte sie an: »Kommt raus!«

Widerwillig standen die Männer auf und traten mit hinter dem Kopf verschränkten Händen heraus, da sie um ihr Leben fürchteten. Ein oder zwei Andartes drangen in den Unterstand ein und warfen die Waffen heraus, die auf dem Boden mit dem sonderbaren Klang festen Metalls aufeinanderschlugen, das von hölzernen Schäften und Öl gedämpft wird.

»Zu wem gehört ihr?« wollte der mit dem Fez wissen.

»Zu niemand«, erwiderte Mandras verwirrt.

»Gehört ihr zu EDES?«

»Nein, wir sind allein. Wir haben keinen Namen.«

»Ist auch gleich«, sagte der mit dem Fez. »Geht jetzt in eure Dörfer zurück.«

»Ich hab kein Dorf mehr«, meinte einer der Gefangenen. »Die Italiener haben es niedergebrannt.«

»Die Sache ist die: Entweder geht ihr in eure Dörfer zurück und überlaßt uns eure Waffen, oder ihr kämpft es mit uns aus, und wir murksen euch ab, oder ihr schließt euch meinem Kommando an. Das ist unser Gebiet, und da mischt sich niemand ein, schon gar nicht EDES; also was wollt ihr tun?«

»Wir sind zum Kämpfen hergekommen«, erklärte Mandras. »Wer seid ihr?«

»Ich bin Hektor, nicht mein wirklicher Name, den kennt keiner, und dies …« er wies auf seine Truppe »… ist der Ortsverband der ELAS.« Die Männer grinsten ihn äußerst freundlich an, was mit der diktatorischen Miene des Fezträgers gar nicht in Einklang stand. Mandras sah seine Männer der Reihe nach an. »Bleiben wir?« fragte er, und alle nickten zustimmend. Sie waren zu lange im Gelände gewesen, um aufzugeben, und es war gut, einen Anführer gefunden zu haben, der vielleicht wußte, was zu tun war. Es war demoralisierend gewesen, wie Odysseus von Ort zu Ort zu wandern, fern der Heimat, und einen Widerstand zu improvisieren, der scheinbar nie zu etwas führte.

»Gut«, sagte Hektor, »kommt mit uns, dann sehen wir schon, woraus ihr gemacht seid.«

Der kleine entwaffnete Trupp wurde drei Kilometer weit zu

einem winzigen Dorf geführt, das bloß aus dürren Hunden, ein paar brüchigen Häusern, deren Steine den Mörtel schon verloren hatten und nur durch Schwerkraft und Gewohnheit zusammengehalten wurden, sowie einem Weg zu bestehen schien, der sich kurzfristig und verheißungsvoll zu einer staubigen Straße verbreitert hatte. Ein Haus wurde von einem Andarte bewacht, und diesen Mann wies Hektor an: »Bring ihn raus.«

Der Partisan ging hinein und beförderte unter Fußtritten und Faustschlägen einen ausgemergelten alten Mann ans Sonnenlicht. Der bis zur Hüfte nackte Mann stand zitternd und blinzelnd vor dem Trupp. Hektor händigte Mandras einen zusammengeknoteten Strick aus und sagte, auf den alten Mann deutend: »Schlag ihn.«

Mandras blickte Hektor ungläubig an, und dieser starrte grimmig zurück. »Wenn du zu uns gehören willst, mußt du lernen, Gerechtigkeit auszuüben. Dieser Mann«, er zeigte auf ihn, »ist für schuldig befunden worden. Jetzt schlag ihn.«

Es war widerwärtig, aber nicht ganz unmöglich, einen Kollaborateur zu züchtigen. Er schlug den Mann aus Ehrfurcht vor dem Alter einmal leicht mit dem Strick, doch Hektor rief ungeduldig: »Fester, fester! Was bist du denn? Ein Weib?« Und so schlug Mandras noch einmal fester zu. »Weiter!« befahl Hektor.

Mit jedem Schlag wurde es leichter. Eigentlich verschaffte es sogar eine gewisse Befriedigung. Es war so, als ob alle Wut aus der frühesten Kindheit in ihm aufwallte, ihn läuterte und wie neu geschaffen und rein machte. Der alte Mann, der bei jedem Streich aufgeschrien und zur Seite gesprungen war, bis er torkelte und taumelte, warf sich schließlich zu Boden und wimmerte erbärmlich. Da wußte Mandras auf einmal, daß er ein Gott sein konnte.

Eine junge Frau, vielleicht nicht älter als neunzehn Jahre, rannte herbei, entwischte dem Zugriff eines der Andartes und warf sich Hektor zu Füßen. Sie keuchte vor Angst und Verzweiflung. »Mein Vater, mein Vater!« schrie sie. »Habt Erbarmen, habt Erbarmen mit ihm, er ist ein alter Mann, oh, mein armer Vater.«

Hektor setzte den Stiefelabsatz auf ihre Schulter und warf sie um. »Halt den Mund, Genossin, hör auf zu winseln, oder ich kann für nichts mehr garantieren. Schafft sie weg.«

Sie wurde flehend und weinend weggezerrt, und Hektor nahm

Mandras den Strick ab. »Das geht so«, sagt er, als würde er einen wissenschaftlichen Sachverhalt erläutern. »Du fängst oben an«, er hieb einen breiten Striemen quer über die Schultern des Mannes, »dann machst du das gleiche unten«, er zog einen weiteren blutigen Streifen übers Kreuz, »und dann füllst du das mit parallelen Strichen aus, bis die Haut weg ist. Das habe ich gemeint, als ich gesagt habe: ›Schlag ihn‹.«

Mandras bemerkte gar nicht, daß der Mann sich nicht mehr rührte und auch nicht mehr schrie und winselte. Mit entschlossen zusammengekniffenen Lippen füllte er den Freiraum zwischen den Striemen aus, schlug dort ein zweites Mal hin, wo eventuell noch ein Rest rosiger Haut geblieben war. Seine eigenen Schultermuskeln schmerzten zum Schreien, und schließlich hörte er auf und wischte sich mit dem Ärmel über die Stirn. Eine Fliege setzte sich auf die blutige Masse am Rücken, und er zermanschte sie mit noch einem Hieb. Hektor trat vor, nahm ihm den Strick weg und drückte ihm eine Pistole in die Hand. »Und jetzt töte ihn.« Er legte sich den Zeigefinger an die Schläfe und ließ den Daumen wie einen Hahn zuschnappen.

Mandras kniete sich hin und drückte dem alten Mann den Lauf an den Kopf. Er zögerte, weil er irgendwo in seinem Hirn über sich selbst entsetzt war. Er konnte es nicht tun. Um den Anschein der Beflissenheit zu erwecken, ließ er den Hahn zurückschnappen und legte den Finger an den Abzug. Er konnte es nicht tun. Er schloß fest die Augen. Er konnte aber nicht sein Gesicht verlieren. Es galt, sich vor den anderen Männern als Mann zu erweisen, es war eine Frage der Ehre. Jedenfalls hatte Hektor die Exekution befohlen, er selbst war nur der Handlanger. Der Mann war zum Tode verurteilt worden und würde sowieso sterben. Mit seinem schütteren grauen Haar und dem deutlich ausgeprägten Hinterkopf sah er Dr. Iannis ein wenig ähnlich. Dr. Iannis, der ihn keiner Mitgift für wert erachtete. Wen kümmerte schon so ein nutzloser Alter? Mandras spannte seine Gesichtsmuskeln an und drückte ab.

Danach blickte er nicht auf die blutige Masse aus Knochen und Hirn, sondern ungläubig auf die rauchende Mündung des Pistolenlaufs. Hektor nahm die Waffe wieder an sich und gab ihm seinen Karabiner zurück. Er klopfte Mandras auf den Rücken und meinte: »Das wird schon.« Mandras versuchte sich aufzurichten, war aber zu schwach, und Hektor griff ihm unter die Achseln, um ihm aufzuhelfen. »Revolutionäre Gerechtigkeit«, sagte er und fügte noch hinzu: »Historische Notwendigkeit.«

Als sie auf der staubigen und unebenen Straße, die wieder zu einem Pfad geschrumpft war, das Dorf verließen, stellte Mandras fest, daß er niemand ins Gesicht sehen konnte, und so starrte er leeren Blicks in den Dreck. »Was hat er getan?« fragte er schließlich.

»Er war ein lumpiger alter Dieb.«

»Was hat er gestohlen?«

»Nun ja, gestohlen hat er eigentlich nicht«, räumte Hektor ein, nahm seinen Fez ab und kratzte sich am Kopf, »aber die Briten werfen für uns und EDES Nachschub ab. Wir haben den Leuten hier strikte Anweisungen gegeben, daß jeder Abwurf uns gemeldet werden muß, so daß wir als erste drankommen können. Unter den Umständen nur vernünftig. Dieser Mann hat den Abwurf an EDES gemeldet, und danach hat er einen der Behälter aufgemacht und eine Flasche Whisky rausgenommen. Wir haben ihn noch unter der Fallschirmseide aufgegriffen, sternhagelvoll. Das war Diebstahl und Ungehorsam.« Er setzte sich den Fez wieder auf. »Mit diesen Leuten mußt du unnachgiebig sein, sonst machen sie, was sie wollen. In ihren Köpfen steckt noch viel falsches Bewußtsein, und das müssen wir einfach aus ihnen rauskriegen, schon in ihrem eigenen Interesse. Du wirst es nicht glauben, aber die Hälfte dieser Bauern sind Royalisten. Stell dir mal vor! Sich mit den Unterdrückern zu identifizieren!«

Mandras war es nie eingefallen, etwas anderes als ein Royalist zu sein, doch er nickte zustimmend und fragte dann: »War es für EDES abgeworfen worden?«

»Ja.«

Hinter ihnen im Dorf erhob sich in der Stille ein Klageschrei, der einem das Blut gefrieren ließ. Er wallte auf und ab wie eine Sirene, wurde vom Steilhang über ihnen quer durchs Tal an die gegenüberstehenden Felsen geworfen, kehrte zurück und mischte sich mit späteren Phasen dieser Klage. Mandras schloß in seinem Gemüt das gestochen scharfe Bild dessen aus, was sich abspielte – das weinende, wehklagende Mädchen, schwarzhaarig und jung wie Pelagia, das stöhnend über den entstellten und im Staub

246

liegengelassenen Überresten ihres Vaters kauerte – und konzentrierte sich auf die Lautfolge. Wenn er nicht daran dachte, worum es ging, klang sie sonderbar schön.

29

Der gute Ton

Eines strahlenden Morgens während der ersten Tage der Besetzung wachte Hauptmann Antonio Corelli schuldbewußt wie üblich auf. Dieses Gefühl ergriff ihn jeden Morgen und hinterließ den Geschmack ranziger Butter in seinem Mund. Es kam von dem Wissen, daß er im Bett einer anderen Person schlief. Sein Selbstwertgefühl rutschte jeden Tag einen Zacken tiefer angesichts der Vorstellung, daß er Pelagia vertrieben hatte, daß sie in Decken gewickelt auf den kalten Steinfliesen des Küchenbodens schlafen mußte. Es stimmte, daß Psipsina in kälteren Nächten zu ihr kroch, und es stimmte ebenfalls, daß er ihr zwei Armeedecken mitgebracht hatte, die übereinandergelegt eine Matratze bildeten, aber er fühlte sich immer noch unehrenhaft und fragte sich, ob sie ihr Bett für immer als unrein betrachten würde. Es war auch nicht recht, daß sie anstandshalber genötigt war, sehr früh aufzustehen und ihr Bettzeug zusammenzurollen, bis er in die Küche kam. Meist traf er sie an, wenn sie noch gähnend den schwierigen englischen Zeilen in der medizinischen Enzyklopädie mit dem Finger folgte oder verbissen an einer Häkeldecke arbeitete, die nie größer zu werden schien. Jeden Tag lüpfte er seine Feldmütze und sagte: »*Buon giorno*, Kyria Pelagia.« Und jeden Tag kam es ihm lächerlich vor, daß er zwar das griechische Wort für »Fräulein« kannte, aber in der Landessprache nicht »Guten Morgen« sagen konnte. Nichts machte ihm mehr Freude, als sie lächeln zu sehen, und aus diesem Grund entschloß er sich, »Guten Morgen« auf griechisch zu lernen, so daß er es ihr beiläufig auf dem Weg zum draußen im Jeep abfahrbereit wartenden Carlo sagen konnte. Er bat Dr. Iannis um die entsprechende Auskunft.

Dieser war gereizter Stimmung, und zwar aus keinem anderen Grund als dem, daß es ihm gefiel, an ebendiesem Morgen in ebendieser Stimmung zu sein. Durch seine Bekanntschaft mit dem dicken Quartiermeister lief seine Praxis besser als selbst zu Friedenszeiten, und da dieser zweifellos ein Hypochonder war, hatte er ihn oft genug aufgesucht, um sich einen ständigen Zustrom an benötigten Mitteln zu sichern. Doch als er endlich ausreichend versorgt war, hatten die Inselbewohner sonderbarerweise aufgehört, krank zu werden. Daß in Notzeiten Krankheiten in der Gemeinde sozusagen aufgeschoben wurden, war ein Phänomen, von dem er schon gehört, das er bisher aber noch nicht selbst beobachtet hatte, und jedesmal, wenn er von einem Erfolg der Alliierten benachrichtigt worden war, hatte er sich Sorgen gemacht über die unvermeidliche Flut von Krankheitsfällen, die nach der Befreiung kommen würde. Er hatte es den Italienern schon übelgenommen, daß sie seinen gesellschaftlichen Nutzen eingeschränkt hatten, und vielleicht war dies der Grund, warum er Corelli sagte, daß »Guten Morgen« auf griechisch »ai gamisou« hieße.

»Ai gamisou«, wiederholte Corelli drei- oder viermal und setzte hinzu: »Jetzt kann ich Pelagia damit begrüßen.«

Der Arzt war entsetzt und überlegte blitzschnell. »O nein«, stieß er hervor, »das können sie Kyria Pelagia nicht sagen. Bei einer Frau, die im selben Haus wohnt, heißt es ›kalimera‹. Das ist eine dieser blödsinnigen Regeln, die bestimmte Sprachen haben.«

»Kalimera«, wiederholte der Hauptmann.

»Und wenn jemand Sie grüßt«, fuhr der Arzt fort, »müssen Sie mit ›putanas yie‹ antworten.«

»Putanas yie«, übte der Hauptmann. Beim Weggehen sagte er dann stolz: »Kalimera, Kyria Pelagia.«

»Kalimera«, grüßte Pelagia zurück und trennte weiter ihre zu nichts führende Häkelarbeit auf. Corelli wartete darauf, daß sie überrascht war oder lächelte, aber es kam keine Reaktion. Enttäuscht ging er weg, und erst nachdem er fort war, lächelte Pelagia.

Draußen stellte Corelli fest, daß Carlo noch nicht aufgekreuzt war, und so übte er seine neue Grußformel bei den Dorfbewohnern. »Ai gamisou«, sagte er fröhlich zu Kokolios, der ihn grimmig anstarrte, finster die Stirn runzelte und in den Staub spuckte.

»Ai gamisou«, begrüßte er Velisarios, der prompt auf ihn zuschwenkte und einen Sturzbach von Schimpfworten über ihn ausgoß, die der Hauptmann glücklicherweise nicht verstand. Corelli konnte es nur vermeiden, von dem riesenhaften und erbosten Mann geschlagen zu werden, indem er ihm eine Zigarette anbot. »Vielleicht sollte ich die Griechen einfach nicht ansprechen«, dachte er.

»Ai gamisou«, sagte er zu Stamatis, der in letzter Zeit mit seinem Eheleben so gut zurechtgekommen war, weil er dauernd so tat, als wäre er wieder taub. »Putanas yie«, brummte der alte Mann im Vorbeigehen.

In Argostoli probierte der Hauptmann an diesem Abend stolz seine neue Grußformel an Pasquale Lacerba aus, dem einfältigen Fotografen, der als Dolmetscher zwangsverpflichtet worden war. Nach einigen Mißverständnissen stellte er zu seinem Entsetzen fest, daß der Doktor ihn angeschmiert hatte. Da saß er nun in einem Café beim Rathaus und war eher betrübt als böse. Warum machte der Arzt so was? Er hatte schon gedacht, daß sie beide es zu einer gewissen gegenseitigen Wertschätzung gebracht hatten, und dennoch hatte der Arzt ihm beigebracht, »Fick dich« und »Hurensohn« zu sagen. Den ganzen Tag hatte er sich zum Narren gemacht, hatte seine Mütze gezogen und lächelnd diese schrecklichen Ausdrücke gebraucht. Um Gottes willen, er hatte das sogar zu einem Priester, einem freundlichen Hund und einem Mädchen mit schmutzigem, aber rührend unschuldigem Gesicht gesagt.

30

Der gute Nazi I

Eine der vielen Merkwürdigkeiten der alten englischen Regierungsbehörden bestand darin, daß die Beamten klar erkannten, was zu Hause nicht in Ordnung war, aber nie etwas reformierten. Statt dessen wandten sie die Lektionen bei ihren ausländischen

Besitzungen an. So bemerkte der Philosoph Josiah Tucker in einem *Treatise Concerning Civil Government* aus dem Jahr 1781, daß London im Parlament gehörig überrepräsentiert sei und ungerechterweise Vorteile für sich beanspruche, die allen zugute kommen sollten. Er hatte noch ein dringlicheres Anliegen:

»WIEDERUM; Alle übermäßig gewachsenen Städte sind in anderer Hinsicht erschröcklich und sollten deswegen nicht durch neue Privilegien ermuntert werden, sich noch gefährlicher zu entwickeln; denn sie sind schon immer der Sitz von Zwietracht und Abtrünnigkeit und die Wiege von Anarchie und Verwirrung gewesen. In jeder Großstadt ist ein kecker und tollkühner Anführer an der Spitze eines vielköpfigen Pöbels für den gesellschaftlichen Frieden eine Bedrohung, selbst unter den despotischen Regierungen …

Noch einmal, wenn einem Menschen noch ein Sinn für Rechtschaffenheit und gute Moral oder ein Funken Güte und Menschlichkeit verblieben ist, so kann er nicht wünschen, Menschen durch zusätzliche Verführung in Großstädte zu locken. Solche Orte sind in jedem Sinne bereits Gift für die Menschheit, was deren Gesundheit, Vermögen, Moral, Religion usw. usf. angeht. Und insbesondere in London ist zu beobachten, daß, wenn nicht frische männliche oder weibliche Rekruten vom Lande zuströmen würden, um die durch Laster, Unmäßigkeit, Bordelle und den Galgen angerichteten Verwüstungen wiedergutzumachen, die gesamte Einwohnerschaft dieser Stadt bald ausgerottet sein würde, denn die Zahl der Todesfälle übersteigt die der Geburten um mindestens 7000 pro Jahr.«

Philosophen, die nur eine Idee haben und sie in dreißigbändigen Werken voller barbarischer Neologismen verbreiten, ist eine Zukunft an den Universitäten gesichert, doch der unglückliche Josiah Tucker, der zu seiner Zeit so einflußreich war, ist aus den neuzeitlichen philosophischen Fakultäten verschwunden, weil er nicht rätselhaft genug schrieb, seine Theorien nicht verrückt genug klangen und er sein Denken mit konkreten Beispielen veranschaulichte. Weil die englische Hauptstadt nicht vernünftigerweise nach York verlegt wurde, konnte London sich zur übelsten menschlichen Jauchegrube in der Weltgeschichte auswachsen. Doch auf Kephallonia merkten die britischen Behörden, daß Argostoli zu groß wurde, nahmen sich Tuckers Rat zu Herzen und machten sich daran, die feine Stadt Lixouri auszubauen.

In Lixouri gab es die weiträumige, baumgesäumte Agora und das großartige Gerichtsgebäude mit den Marktarkaden darunter, die geschickt die aufeinander bezogenen Vorzüge des Handels, der Justiz und des geselligen Schutzes vor Sonne und Regen vereinigten. Bis zum heutigen Tag betrachten Lixouri und Argostoli sich gegenseitig als außergewöhnlich und exzentrisch und stehen in einem verbissenen Wettstreit in Tanz, Musik, Handel und Bürgerstolz. 1941 aber wurde ihnen durch fremde Mächte eine neue und unheilvolle Rivalität aufgedrängt. Die Italiener richteten ihre Garnison in Argostoli, die Deutschen ihre in Lixouri ein.

Das deutsche Kommando war klein und bescheiden, und es besteht kein Zweifel, daß es nur dort war, weil die Nazis sehr genau wußten, daß den Italienern nicht zu trauen war, und sie deshalb im Auge behalten wollten. Freilich hat Hitler Mussolini als »großen Mann hinter den Alpen« bezeichnet, aber mittlerweile wußte er auch, daß der Duce und seine Gefolgsleute die einzigen in Italien noch verbliebenen echten Faschisten waren. Er wußte, daß ihre Generäle altmodisch und einfallslos waren, er hatte selbst erkannt, daß die Soldaten disziplinlos, störrisch und eigensinnig waren, und in Nordafrika hatte er dafür gesorgt, daß sie bei wichtigen Operationen stets aus den vordersten Linien herausgehalten wurden. So wie Gott seinen Regenbogen an den Himmel gesetzt hatte, um die Israeliten daran zu erinnern, wer der Herr war, schickte Hitler dreitausend Grenadiere des 996. Regiments unter Oberst Barge nach Lixouri.

Niemand mochte sie, obwohl die Beziehungen zwischen Deutschen und Italienern nach außen hin freundlich und kooperativ waren. Die Deutschen hielten die Italiener für rassisch minderwertige Halbneger, und die Italiener stieß der Todeskult der Nazis ab. Die grimmig mit Totenköpfen und gekreuzten Knochen geschmückten Gürtel und Uniformen kamen ihnen krankhaft vor, genauso wie die eiserne Disziplin, die irrational und irritierend gleichförmigen Ansichten im Gespräch und das unbegreifliche Hegemoniestreben. Die Italiener, die aus alter Gewohnheit immer gern dem anderen den Arm um die Schulter legten, verspürten, wenn sie mit einem Deutschen zusammen waren, dieses Bedürfnis nicht, so als würden sie einen elektrischen Schlag abbekommen, als würde ihr Arm vereisen oder sich in Luft auflösen. Abends waren aus den Messen die Töne von *Lili Marleen*, die geselligen Tischgespräche, die Lachsalven und die Ausgelassenheit zu hören, aber das war eine Welt für sich. Tagsüber waren die Deutschen ernst, verstanden keine Ironie, nahmen in aller Form Anstoß und griffen bei der Ortsbevölkerung kaltblütig und brutal durch. Hauptmann Corelli freundete sich dennoch mit einem von ihnen an, einem jungen Kerl, der ein bißchen Italienisch sprach, und entdeckte, daß dieser nur wirklich Mensch wurde, wenn er seine Uniform ablegte, seine Badehose anzog und im Meer herumplanschte.

Günter Weber wünschte sich nichts sehnlicher, als blond zu sein, und aus diesem Grund suchte er in der dienstfreien Zeit häufig die sonnigen Strände auf, in der Hoffnung, die Sonne würde sein Haar bleichen. Aber es gab nichts, womit er seine braunen Augen in ein unverdächtiges arisches Blau verwandeln konnte. Am Strand der Lepada-Bucht machte er die Bekanntschaft des Mannes, der sein Freund wurde und den er später mit einem Judaskuß in Form eines Geschoßhagels verraten sollte, der an ganz unerwarteten Stellen tiefrote, blutende Münder bei den Kameraden öffnete, die er schätzengelernt hatte.

Die Lepada-Bucht liegt bei Lixouri unter dem Kloster, wo Anthimos Kourouklis mit Gott Zwiesprache hielt. Über ihr erheben sich die Ruinen der korinthischen Hügelsiedlung Pale, wo in der Antike der unschuldige Persephone-Kult blühte. Der Strand macht einen eleganten Bogen, und an der einen Spitze gibt es einen gezackten Felsen, der ganz wie das Wrack einer Galeone mit Schlagseite aussieht. Der Stein ist von Natur aus ideal zum Sonnen, und von der Kante aus bietet sich ein herrlicher Blick über die ungetrübte See und auf die winzigen Fische, die zu Hunderten im Tang herumflitzen.

Günter Weber saß auf dem Achterdeck des versteinerten Schiffes, als er einen italienischen Lastwagen bis zum Rand des Grasstreifens fahren hörte, wo er seine fröhliche Ladung von Bajazzi und Dirnen ausspie.

Diese Freudenmädchen hätten sich als frisch eingetroffen aus

Nordafrika beschreiben lassen, wenn nicht der Begriff »frisch« völlig unangemessen gewesen wäre. Nachdem sie von stechenden Insekten gepiesackt und von der unfaßbar trockenen Hitze der grauen Wüste verzehrt worden war, war diese Gesellschaft verbrauchter, aber liebenswerter Miezen erst kürzlich auf ihrem neuen Inselparadies angekommen und konnte ihr Glück immer noch nicht fassen. In ihren dürftigen Kleidchen, mit ihren puder- und rougebeschmierten Gesichtern, mit ihren zur Karikatur eines Amorsbogens geschminkten Lippen genossen sie es, wie den alten Bauern der Mund offenstehen blieb, wenn sie mit ihren Sonnenschirmen vorbeischlenderten. Besonders gern hatten sie den frischen Geschmack des Wassers, das seidige Gefühl des Meers, wenn sie schamlos nackt herumschwammen, die wundertätige Kraft der Sonne, die ihre unreine Haut heilte, und die gesellige Lethargie ihrer freien Augenblicke im Militärbordell, wenn sie nur herumlagen, ihre Fingernägel lackierten und sich über die Männer im allgemeinen und im besonderen beschwerten. Vor allem mochten sie es, wenn sie sich Krankheiten zuzogen, die die Militärärzte verpflichteten, ihnen Erholungspausen zu verordnen, während deren sie wochenlang nichts zu tun brauchten. Das war mal etwas anderes, als früh aufzustehen und wie Vieh von einem Stützpunkt zum anderen gekarrt zu werden, nur um am Abend wieder sportlichen Verrenkungen und dem unabänderlich gleichförmigen Grunzrepertoire ausgesetzt zu sein. Ihr Leben bestand nur aus Reibung (kein Wunder, daß ihre Haut so weich war) und unzähligen Zimmerdecken.

Wie der junge Grenadier wollten die Huren alle blond sein, aber sie erreichten mit ausgiebigen Dosen Wasserstoffperoxyd das Ziel, zu dem Weber mit Hilfe der Sonne zu kommen suchte. Nur die wenigen Zentimeter der dunklen Wurzeln am Scheitel ihrer spröden, groben Haare verliehen ihnen eine enttäuschte und enttäuschende Stimmung, als würde ihnen wie bei einem talentierten, aber antriebslosen Künstler der letzte Schliff fehlen, der die Illusion des Kunstwerks vollkommen gemacht hätte.

Die Schönheit dieser welken, aber sonnenliebenden Blumen war völlig selbsterzeugt und selbsterhaltend. Ihr spinnwebzarter Jugendglanz und ihr Liebreiz schienen sie locker wie die Aura eines zaghaften Zauberspruchs zu umgeben, aber das war in Wirklichkeit ihren eigenen Bemühungen, ihren hartnäckigen Anstrengungen zu verdanken, war mehr das Ergebnis von Beharrlichkeit als von Hoffnung. Standhaft bemühten sie sich, an ihre Eitelkeit zu glauben. Die pflichtgemäße Ausübung ihres Berufs hielt ihre Körper schlank und rank, aber nicht zu übersehen waren die unauslöschlichen Krähenfüße in den Augenwinkeln und die schlaffen Stellen an der Unterseite der Brüste, die schon leicht durchhingen. Ihre Zähne waren weiß und sauber, aber ihr Lächeln war automatisch, selbst wenn es aufrichtig war. Sie hatten rasierte Beine und Achselhöhlen, rochen wie ein mit Hyazinthen vollgestopftes Gewächshaus und trimmten und kupierten ihr Schamhaar so gewissenhaft, daß Soldaten, die gern in einem guten, üppigen, echten Muff wühlten und versanken, mit dem flauen Gefühl davongingen, ausgetrickst worden zu sein, so als hätte die Penetration nicht stattgefunden. Die Frauen waren blitzsauber, und Corelli und sein Opernclub nahmen sie manchmal in einem Laster an den Strand mit, weil sie dachten, es würde sie aufheitern. Die Frauen, denen nichts Männliches fremd war, kamen mit, weil das Leben sie immer schon überspült und wie Seetang in der Gezeitenzone hierhin und dorthin gewirbelt hatte, wobei die Männer die herumstöbernden Fische waren, von denen sie gefressen wurden.

Günter Weber sah von seinem Felsen aus zu, wie die Gruppe italienischer Soldaten Weinflaschen öffnete, mit den Armen wedelte und sang. Er sah zu, wie die nackten Nymphen ausschwärmten, aufkreischend ins Meer rannten und einander harmlos naß spritzten. Er lächelte überlegen, als er darüber sinnierte, daß alle Italiener verrückt waren. Es war eine ausgemachte Sache in der Messe und im gesamten Einzugsgebiet der vereinigten deutschen Völker, daß die Italiener wie Kinder waren, die am Ende eines Festes schließlich mit einem Luftballon in der Hand und einem Lutscher in den klebrigen Fingern heimgeschickt werden würden. Sie würden Albanien und alles, was der Führer als unergiebig für sich betrachtete, erhalten.

Weber war zweiundzwanzig Jahre alt und hatte noch nie eine nackte Frau gesehen; er gehörte nicht zu den draufgängerischen und zwanghaft nach Opfern suchenden Vergewaltigern wie die Kroaten und deutschen Tschechen, die sich hatten anwerben lassen, und bei einer Vergewaltigung durch Soldaten mußten der Frau ohnehin nicht die Kleider vom Leib gerissen werden, denn die Brutalität dabei war mechanisch und wurde mit der Ermordung abgeschlossen. Weber war noch »Jungfrau«, sein Vater war Pastor, und er war in den österreichischen Bergen aufgewachsen und nur fähig, die Juden und Zigeuner zu hassen, weil er keinem von ihnen je begegnet war. Er schlenderte zu den Italienern hinüber, angetrieben von der als Gleichgültigkeit getarnten drängenden Begierde, eine nackte Frau zu sehen.

Corelli blickte in das offene, junge Gesicht, das ihm auf Anhieb sympathisch war, denn es war klug und freundlich. »Heil Hitler«, sagte Weber und streckte die Hand aus. »Heil Puccini«, entgegnete Corelli und ergriff sie.

»Ich bin Leutnant Günter Weber von den Grenadieren in Lixouri. Ich habe Ihre Gesellschaft gesehen und gedacht, ich komme mal vorbei und stelle mich vor.«

»Aha«, sagte Carlo verschmitzt, »Sie wollten herkommen und sich die Frauen ansehen.«

»Das ist nicht der Fall«, lautete Webers verklemmte Lüge. »So was hat naturgemäß doch jeder schon mal gesehen.«

»Ich bin Antonio Corelli«, sagte der Hauptmann, »und naturgemäß kann einer nie genug von so was sehen, wenn er ein Mann ist.«

»Genau«, log Carlo, bei dem die Gegenwart der Frauen ein tiefes seelisches Unbehagen und Verlegenheitsgefühl auslöste. Er dachte immer noch an Francisco und war dabei, sich eng an Corelli anzuschließen, obwohl er sicher war, daß diese Zuneigung zum Hauptmann sich selbst zum Lohn gereichen müßte. Bei Francisco war er sich dessen nie völlig sicher gewesen, obwohl dieser verheiratet war und eine heftige Abneigung gegen Homosexuelle bekundet hatte. Carlo war froh, daß Corelli nicht zum Kundenkreis des Bordells gehörte und ihn nicht wie andere zu einem Besuch gedrängt hatte. Carlo wußte, daß Corelli sich in Pelagia verguckt hatte, schon bevor dieser es selbst merkte, und dies, zusammen mit seiner Musikbegeisterung und seiner Liebe zu Kindern und zu seiner Mandoline, war für einen Mann schon Promiskuität genug.

»Sie stammen nicht zufällig von dem großen Komponisten ab?«

fragte Corelli, und der Deutsche erwiderte: »Ich sagte ›Weber‹, nicht ›Wagner‹.«

Der Hauptmann lachte: »Wagner ist kein großer Komponist. Zu aufgeblasen, zu windig, zu pompös und überwältigend. Nein, ich habe Carl Maria von Weber gemeint, der den *Freischütz*, zwei Klarinettenkonzerte und die Symphonie in C-Dur geschrieben hat.«

Weber zuckte die Achseln. »Bedaure, Signore, von dem habe ich nie gehört.«

»Und Sie sollten mich eigentlich auch fragen, ob ich von dem großen Komponisten abstamme«, sagte Corelli, schon in der Vorfreude lächelnd. Weber zuckte erneut die Achseln, und der Hauptmann half ihm auf die Sprünge. »Arcangelo Corelli? Die ›Concerti grossi‹? Mögen Sie Musik nicht?«

»Nein, ich mag …« Der Leutnant verstummte, da ihm nichts einfiel, was er mochte. »Sie haben mir Ihren Rang noch nicht genannt.«

»Ich bin die Brevis, Carlo ist die ganze Note, er ist die Viertelnote, der da ist die Achtelnote, der Bursche im Wasser ist die Sechzehntelnote, und der kleine Piero ist die Zweiunddreißigstel. Im Opernclub haben wir unsere eigene Rangordnung, aber sonst bin ich Hauptmann. Dreiunddreißigstes Artillerieregiment. Setzen Sie sich zu uns, wir haben genug Wein, aber die Mädchen sind außer Dienst. Ich bin sicher, Sie haben Ihr eigenes. Übrigens, Ihr Italienisch ist ausgezeichnet.«

Günter Weber machte es sich im Sand bequem. Er war auf der Hut vor all diesen dunkelhäutigen und jovialen Fremden und erwiderte: »Ich stamme aus Tirol. Viele bei uns sprechen Italienisch.«

»Sie sind also kein Deutscher?«

»Selbstverständlich bin ich Deutscher.«

Corelli blickte verdutzt drein: »Ich habe gedacht, Tirol ist in Österreich.«

Weber spürte, wie er allmählich die Fassung verlor. Es war schon schlimm genug, sich Verunglimpfungen Wagners anhören zu müssen, der doch einer der größten Vorläufer der Faschisten war. »Unser Führer ist Österreicher, und da sagt niemand, er sei kein Deutscher. Ich bin Deutscher.«

Peinliches Schweigen trat ein, das Corelli brach, als er Weber eine Flasche Rotwein reichte: »Trinken Sie und vergnügen Sie sich.«

Günter Weber trank und vergnügte sich. Der Wein, die gleißende Sonnenhitze, die linde Meeresbrise, der Geruch nach Aloen, der aufmunternde Chorgesang, die immer noch unglaubliche Nacktheit der Freudenmädchen, der Morsecode jungfräulichen Lichts, der im ständig bewegten Wasser aufblitzte, all das zusammen bewirkte, daß sich das morsche Gewebe seines Herzens erweichte.

Er gestattete Adriana, eine Kugel aus seiner Luger abzufeuern, schlief ein, wurde vom Felsen ins Meer geworfen, sonnte sich in der Bewunderung der nackten Mädchen, die seine goldglänzende Haut und sein sonnengebleichtes Haar liebten, und wurde an diesem Abend mit sandverkrusteter und derangierter Uniform als mit allen Ehren aufgenommenes Mitglied des Opernclubs bei seinem Stützpunkt abgeliefert. Im Rausch hatte er sich damit einverstanden erklärt, daß er, sollte er je Bewunderung für Wagner bekunden, ohne Prozeß und ohne Möglichkeit der Berufung erschossen würde. Er war der einzige, der keinen Ton singen konnte, und sein Rang wurde als Zweiunddreißigstelpause notiert.

31

Augenkrieg

Pelagia behandelte den Hauptmann so ungnädig wie möglich. Wenn sie ihm Essen servierte, stellte sie den Teller so ungestüm hin, daß der Inhalt überschwappte. Wenn dabei seine Uniform Flecken bekam, holte sie einen feuchten Lappen, wrang ihn extra nicht aus und verschmierte die Suppe oder den Eintopf in weitem Bogen über seine Jacke, wobei sie sich zynisch für das schreckliche Mißgeschick entschuldigte. »Ach nein, bitte, Kyria Pelagia, das ist doch nicht notwendig«, wandte er vergebens ein, und schließlich stellte sie fest, daß er sich angewöhnt hatte, seinen Stuhl erst heranzurücken, wenn sie das Essen schon auf den Tisch geknallt hatte.

Daß er sie nicht zurechtwies und sich weigerte, ihr mit den Drohungen zu kommen, die von einem Besatzungsoffizier zu erwarten wären, vergrößerte nur ihre Irritation. Sie hätte es gern gehabt, daß er schrie, ihr befahl, ihre Unverschämtheiten einzustellen, weil ihre Wut so tief und bitter war, daß anscheinend nur eine Auseinandersetzung sie aus der Welt schaffen konnte. Sie wollte ihrem Ärger Luft machen, wie ein protestantischer Prediger mit den Armen herumfuchteln, doch er schien darauf erpicht zu sein, sie zu enttäuschen. Er blieb ergeben und höflich. Nur wenn sie allein war, konnte sie das Zusammenziehen der Augenbrauen und das harsche Aufwerfen der Lippen üben, das schließlich den hypothetischen Sturm der Entrüstung begleiten sollte, den sie gern über seinem Haupt entladen hätte. Nach zwei Monaten, während deren sie ihre Nächte auf dem Küchenboden, in ihre Decke gewickelt und schlaflos vor Zorn verbrachte, hatte sie verschiedene Fassungen der improvisierten verletzenden Rede ausgefeilt, mit der sie ihn beschämen wollte. Doch wann würde die Gelegenheit kommen, sie zu halten? Wie sollte sie in rechtschaffenem Groll in die Luft gehen, wenn ihr Opfer umsichtig und zurückhaltend blieb?

Der Hauptmann schien ihr kein typischer Italiener zu sein. Freilich kam er manchmal etwas angetrunken ins Haus, litt gelegentlich unter Anfällen von unverbesserlich guter Laune; manchmal platzte er herein, fiel auf die Knie und überreichte ihr eine Blume, die sie annahm und dann ostentativ vor seinen Augen an die Ziege verfütterte; manchmal legte er die rechte Hand an ihre Hüfte, faßte ihre Rechte mit seiner Linken und wirbelte sie ein paarmal schwindelerregend durchs Zimmer, als würde er mit ihr Walzer tanzen, aber das passierte nur, wenn seine Batterie ein Fußballspiel gewonnen hatte. Er war schon impulsiv wie ein typischer Italiener und schien sich um nichts in der Welt zu scheren, aber andererseits wirkte er wie ein nachdenklicher Mensch, der dies meisterhaft zu verschleiern wußte. Ziemlich oft sah sie ihn an der Hofmauer stehen, die Hände wie ein Deutscher hinter dem Rücken verschränkt, die Beine auseinandergestellt und tief in die

Betrachtung der Berge oder auch irgendeiner Angelegenheit versunken, angesichts deren diese Erhebungen nichts weiter als eine friedliche Augenweide waren. Sie meinte, er sei von einer Traurigkeit befallen, die ganz wie Heimweh aussah, ohne es eigentlich zu sein. »Wenn er nur wie die anderen Italiener wäre, die ›psst‹ machen, wenn ich vorbeigehe, oder mich in den Po zu kneifen versuchen«, dachte sie. »Dann könnte ich ihn anfauchen und ihm eine kleben und sagen: ›*Testa d'asino*‹ und ›*Possate muri massa*‹, und mir wäre viel wohler.«

Eines Tages ließ er seine Pistole auf dem Tisch liegen. Sie dachte daran, wie leicht es für sie wäre, sie zu stibitzen und die Schuld einem Gelegenheitsdieb zuzuschieben. Es fiel ihr sogar ein, daß sie ihn, wenn er zur Tür hereinkam, erschießen und dann mit der Waffe abhauen könnte, um sich den Andartes anzuschließen. Das Problem aber war, daß er längst nicht mehr bloß ein Italiener war, sondern der charmante, rücksichtsvolle und Mandoline spielende Hauptmann Antonio Corelli. Sie hätte ihn inzwischen längst mit der Derringer erschießen, ihm mit einer Bratpfanne den Schädel einschlagen können, aber sie hatte die Versuchung nicht verspürt. In Wahrheit war ihr selbst der Gedanke daran schon widerwärtig, und es wäre sowieso nutzlos und kontraproduktiv gewesen, hätte zu schrecklicher Vergeltung geführt und wohl kaum den Krieg entschieden. Sie beschloß, die Pistole ein paar Minuten ins Wasser zu legen, so daß der Lauf innen rostete und der Mechanismus klemmte.

Der Hauptmann kam herein und ertappte sie dabei, wie sie sie aus dem Wasser holte. Sie stand da, den Zeigefinger durch den Abzugsbügel gesteckt, und schüttelte die Tropfen von dem überraschend schweren Ding ab. Sie hörte eine Stimme hinter sich und war so verdutzt, daß sie die Waffe wieder in die Schüssel fallen ließ.

»Was machen Sie da?«

»Mein Gott, haben Sie mich erschreckt!« rief sie.

Der Hauptmann sah mit einer Miene wissenschaftlicher Objektivität auf die gewässerte Pistole herab, zog die Augenbrauen hoch und sagte: »Wie ich sehe, erlauben Sie sich gerade einen bösen Streich.«

Das hatte sie nicht erwartet, aber nichtsdestoweniger raste ihr

Herz schmerzhaft vor Furcht und Beklemmung, und ein Gefühl äußersten Schreckens raubte ihr für einen Augenblick die Sprache. »Ich wollte sie waschen«, piepste sie endlich. »Sie war schrecklich ölverschmiert.«

»Ich hatte keine Ahnung, daß Sie so rührend unwissend sind«, bemerkte der Hauptmann lakonisch. Pelagia errötete mit einem äußerst merkwürdigen Gefühl, ausgelöst durch seinen Sarkasmus und seine ironische Unterstellung, daß sie ein süßes und albernes Mädchen sei, das Dummheiten machte, weil es viel zu süß und albern war, um es besser zu wissen. Er tat so, als sei er herablassend, und das war genauso verdrießlich, als wenn er sich tatsächlich herablassend benommen hätte. Sie war immer noch verschreckt, wartete bange darauf, was er tun würde, und war irgendwo im Hinterkopf auch noch wütend darüber, daß sie es nicht schaffte, ihn zu provozieren.

»Sie sind nicht hinterlistig genug, um gut zu lügen«, sagte er.

»Was erwarten Sie denn?« wollte sie wissen, wunderte sich aber auf der Stelle, was sie damit bloß gemeint hatte.

Der Hauptmann jedoch schien es zu wissen. »Es muß sehr schwierig für Sie alle sein, mit uns auskommen zu müssen.«

»Sie haben kein Recht...« setzte sie mit den ersten Worten ihrer gut eingeübten Rede an und vergaß augenblicklich den Rest.

Er fischte die Pistole aus der Schüssel, seufzte und sagte: »Ich schätze, Sie haben mir einen Gefallen getan. Ich hätte sie schon längst auseinandernehmen sollen, um sie zu säubern und zu ölen. Ich vergesse das immer, oder ich schiebe es auf.«

»Sie sind also nicht böse? Warum sind Sie nicht böse?«

Er warf ihr einen fragenden Blick zu. »Was hat Zorn mit Kadenzen zu tun? Glauben Sie im Ernst, ich hätte nichts Wichtiges im Kopf? Denken wir doch einfach an die wichtigen Dinge und lassen einander in Ruhe. Ich lasse Sie in Ruhe, und Sie lassen mich in Ruhe.«

Diesen Vorschlag fand Pelagia ganz unerhört und unannehmbar. Sie wollte ihn nicht in Ruhe lassen, sie wollte ihn anbrüllen und schlagen. Mit einem Mal überkam es sie, und weil sie sich zynischerweise bewußt war, daß sie nichts zu befürchten hatte, gab sie ihm mit aller Kraft eine schallende Ohrfeige auf die linke Backe.

Er versuchte noch, rechtzeitig auszuweichen, aber es war schon zu spät. Etwas benommen und verdutzt nahm er wieder Haltung an und legte die Hand ans Gesicht, wie um sich zu trösten. Er hielt ihr die Pistole hin. »Legen Sie sie wieder ins Wasser«, sagte er, »es würde mir weniger weh tun.« Pelagia war über diesen neuen Schlich gleich wieder erzürnt, gerade weil er genau darauf abzielte, ihren Zorn augenblicklich zu dämpfen. Über jedes menschenmögliche Maß enttäuscht, schlug sie die Augen zum Himmel auf, ballte die Fäuste, knirschte mit den Zähnen und stolzierte hinaus. Im Hof trat sie mit aller Wucht nach einem gußeisernen Topf und verstauchte sich dabei schmerzhaft die große Zehe. Sie hüpfte so lange herum, bis der Schmerz nachließ, und warf dann den blöden Topf über die Mauer. Sie humpelte mit erbitterter Vehemenz ein paar Schritte und pflückte eine unreife grüne Olive vom Baum. Das befriedigte und tröstete sie, also riß sie noch ein paar ab. Als sie gut eine Handvoll beisammen hatte, kehrte sie in die Küche zurück und warf sie heftig nach dem Hauptmann, der sich nach ihr umgewandt hatte. Er duckte sich vergeblich, und die harten Früchte prallten harmlos von ihm ab; er schüttelte verwundert den Kopf, als Pelagia wiederum verschwand. Diese griechischen Mädchen, so aufbrausend und feurig. Er fragte sich, warum noch niemand eine Oper im modernen Griechenland angesiedelt hatte. Vielleicht doch, wenn er es genauer bedachte. Vielleicht sollte er selbst eine schreiben. Ihm fiel eine Melodie ein, und er summte sie, aber sie verwandelte sich dauernd in die Marseillaise. Er schlug sich an den Kopf, um den Störer rauszuwerfen, und die Melodie wurde perverserweise zum Radetzkymarsch. »*Carogna*«, schrie er äußerst aufgebracht. Pelagia hörte ihn draußen, fürchtete eine verzögerte Reaktion und eilte den Hügel hinab, um zu Drosoula ins Haus zu flüchten, bis er sich wieder beruhigt hatte.

Als die Monate vergingen, merkte Pelagia, daß ihr Zorn verrauchte, und das verwirrte und erboste sie. Es war einfach so, daß der Hauptmann zum festen Bestandteil des Hauses geworden war wie die Ziege oder ihr eigener Vater. Sie war schon daran gewöhnt, ihn ganz in sich versunken mit einem Bleistift zwischen den Zähnen am Tisch sitzen oder eifrig schreiben zu sehen. Frühmorgens erwartete sie mit nicht geringer häuslicher Freude den Augenblick, da er aus dem Zimmer treten und sie mit »Kalimera, Kyria Pelagia; ist Carlo schon da?« begrüßen würde. Und abends wurde sie tatsächlich leicht besorgt, wenn er etwas später kam, seufzte erleichtert auf, wenn er durch die Tür trat, und lächelte ganz gegen ihren Willen.

Der Hauptmann hatte einige gewinnende Züge. Er band einen Korken an eine Schnur und rannte, von Psipsina eifrig verfolgt, damit ums Haus. Abends vor dem Schlafengehen trat er hinaus und rief sie, weil sie aus aufrichtigem Gerechtigkeitssinn normalerweise die Nacht bei ihm begann und bei Pelagia beendete. Der Hauptmann war auch oft auf den Knien zu finden, wenn er Psipsina mit einer um ihren Bauch geschlungenen Hand auf den Fliesen herumrollte, während sie ihn spielerisch biß und mit den Krallen kratzte, und wenn das Tier mal auf einem Notenblatt saß, holte er lieber ein anderes, als es zu stören.

Auch war der Hauptmann äußerst neugierig, denn er konnte mit unerschütterlicher Geduld dasitzen und zusehen, wie Pelagias Hände den eleganten Häkeltanz aufführten, bis es ihr so vorkam, als strahlten seine Augen eine sonderbare und mächtige Kraft aus, die bewirkte, daß sich ihre Finger verkrampften und sie eine falsche Masche machte. »Ich frage mich«, bemerkte er eines Tages, »wie ein Musikstück klingen müßte, um auszudrükken, wie Ihre Finger aussehen.« Sie konnte mit dieser offenbar unsinnigen Bemerkung ganz und gar nichts anfangen, und als er sagte, daß er eine bestimmte Melodie nicht mochte, weil sie eine besonders üble Schattierung von Rotbraun hatte, mutmaßte sie, daß er noch einen zusätzlichen Wahrnehmungssinn hatte oder daß die Drähte in seinem Hirn falsch miteinander verbunden waren. Die Vorstellung, daß er leicht verrückt war, weckte ihren Beschützerinstinkt, und dies untergrub wahrscheinlich ihre Prinzipientreue. Die bedauerliche Wahrheit war – italienischer Besatzer hin oder her –, daß er das Leben auf sonderbare und vielfältige Art bereicherte.

Eine neue Irritation ersetzte bei ihr die alte, nur daß sie sich diesmal gegen sie selbst richtete. Es schien, als könnte sie es nicht vermeiden, ihn anzusehen, und er ertappte sie stets dabei.

Es war etwas an ihm, wenn er am Tisch saß und sich durch den Berg von Papierkram wühlte, den die byzantinische Militärbürokratie der Italiener mit sich brachte, was sie veranlaßte, regelmäßig wie durch einen konditionierten Reflex zu ihm hinzublicken.

Zweifellos war sein Verstand damit beschäftigt, die Familienprobleme seiner Soldaten zu regeln; zweifellos schlug er der Frau eines Kanoniers taktvoll vor, sie solle sich in einer Klinik untersuchen lassen; zweifellos unterschrieb er die vierfachen Bestellformulare; zweifellos versuchte er herauszukriegen, warum eine Sendung mit Flugabwehrgranaten mysteriöserweise in Parma aufgetaucht war und er statt dessen eine Kiste mit Kampfanzügen erhalten hatte. Zweifellos; aber trotzdem war jedesmal, wenn sie aufsah, sein Blick auf sie gerichtet, und sie war in seinem unverwandten und ironischen Starren so fest gefangen, als hätte er sie an den Handgelenken gepackt.

Ein paar Sekunden sahen sie sich so an, und dann stieg Scham in ihr auf, ihre Wangen röteten sich ein wenig, und sie wandte sich wieder ihrer Häkelei zu, wußte zwar, daß sie ihn durch ihr Abwenden gekränkt hatte, war sich aber genauso der Unverfrorenheit bewußt, wenn sie seinem Blick noch einen Augenblick länger standgehalten hätte. Ein paar Sekunden später sah sie wieder verstohlen hin, und genau in diesem Moment erwiderte er ihren Blick. Es war unmöglich. Es war zum Verrücktwerden. Es war so peinlich, daß es schon demütigend war.

»Ich muß damit aufhören«, ermahnte sie sich und blickte, überzeugt, er sei in seine Arbeit versunken, wieder auf und wurde erneut erwischt. Sie versuchte, sich streng im Zaum zu halten, und sagte sich: »Ich werde ihn die nächste halbe Stunde nicht mehr ansehen.« Aber das nützte alles nichts. Sie stahl sich trotzdem einen Blick, seine Augen blinzelten, und schon war sie wieder von einem amüsierten Lächeln und einer hochgezogenen Augenbraue eingefangen.

Sie wußte, daß er sein Spiel mit ihr trieb, daß sie so sanft geneckt und verspottet wurde, daß es unmöglich war, dagegen zu protestieren oder es offen zum Thema zu machen, um eine Entscheidung herbeizuführen. Schließlich erwischte sie ihn nie dabei, wie er sie anschaute, also war es eindeutig ihr Fehler. Nichtsdestoweniger handelte es sich um ein Spiel, das er voll in der Hand hatte, und in diesem Sinn war sie das Opfer. Sie beschloß, ihre Taktik in diesem Augenkrieg zu ändern. Sie beschloß, daß sie künftig dieser Verlegenheit nicht mehr ausweichen würde; sie würde einfach darauf warten, daß ihn der Mut verließ, sie würde so lange warten, bis er auswich. Sie nahm sich zusammen, bot die letzten Funken Entschlossenheit auf und sah zu ihm hin.

Sie sahen sich stundenlang – wie es schien – an, und Pelagia fragte sich absurderweise, ob es strenggenommen zulässig war, zu blinzeln. Sein Gesicht wurde unscharf, und sie konzentrierte sich auf seinen Nasenrücken. Auch der verschwamm, und sie wechselte wieder zu seinen Augen über. Bloß welches Auge? Es war wie das Paradox von Buridans Esel: ein genau gleichwertiges Angebot führt zu keiner Lösung. Sie konzentrierte sich auf sein linkes Auge, das zu einem ungeheuren und wabernden Leerraum zu werden schien, und deshalb wechselte sie zum rechten Auge. Dessen Pupille schien sie wie eine Ahle zu durchbohren. Wie seltsam, daß das eine Auge ein bodenloser Abgrund und das andere eine so spitze Waffe wie eine Lanze sein konnte. Ihr wurde allmählich furchtbar schwindlig.

Er sah nicht weg. Gerade, als ihr Schwindel sie irremachte, begann er, Gesichter zu schneiden, während er weiterhin ihrem Blick standhielt. Er blies die Nasenflügel rhythmisch auf, wackelte mit den Ohren, bleckte wie ein Pferd die Zähne und bewegte die Nasenspitze hin und her. Ein lüsterner Blick wie der eines Satyrs kam in seine Augen, und dann machte er eine Grimasse.

Ein Lächeln begann an Pelagias Mundwinkeln zu zupfen und zog immer fester. Schließlich zerrte es unwiderstehlich, und plötzlich lachte sie laut auf und blinzelte. Corelli sprang tanzend auf die Beine, hüpfte albern herum und rief: »Ich habe gewonnen, ich habe gewonnen.« Der Arzt sah von seinem Buch auf und fragte unwirsch: »Was? Was? Was denn?«

»Sie haben gemogelt«, protestierte Pelagia lachend. Sie wandte sich an ihren Vater. »Papas, er hat gemogelt. Das ist nicht fair.«

Der Arzt blickte vom ausgelassenen Hauptmann zu seiner spitz grinsenden Tochter, rückte seine Brille zurecht und seufzte. »Was kommt bloß als nächstes?« fragte er rhetorisch, denn er wußte ganz genau, was als nächstes kommen würde, und überlegte sich schon im voraus, wie er am besten damit umgehen sollte.

32

Volksbefreiungsfront II

»He, he, was macht ihr da? Raus hier! Laßt meine Schafe in Ruhe.«
Hektor ließ das Lamm nicht fallen, das er sich um die Schultern
drapiert hatte. Für Mandras sah er genau wie der Gute Hirte auf
den Bildern in den religiösen Erbauungsbüchern aus, die katholische Missionare früher in den orthodoxen Dörfern verteilt hatten,
und wie Jesus aus der Bibel war Hektor so eingebungsvoll, so
deutlich in allen seinen Erklärungen. Er war ein Mann, der alles
verstand. Er hatte ein Buch, das *Was tun?* hieß, und wußte genau,
wo er darin um Rat nachschlagen konnte. Es war ein altes Buch,
sehr oft benutzt, und fiel schon auseinander, aber es war von
einem Mann namens Lenin, der sogar noch bedeutender war als
Jesus. Mandras war überaus beeindruckt von der Art, wie Hektor
auf all diese verschlungenen schwarzen Würmer der Druckbuch-
staben schauen und sie in Wörter verwandeln konnte. Hektor
hatte versprochen, ihm zusammen mit einigen anderen Analphabeten das Lesen beizubringen, und sie würden ein Arbeiter-
Selbstbildungsgremium formieren. Mandras hatte schon das Al-
phabet gelernt und einen Vortrag gehalten über die Kunst, im
Meer zu fischen. Alle hatten applaudiert. Hektor hatte ihm beigebracht, daß er kein Fischer, sondern ein Arbeiter war, und Mandras hatte gelernt, daß er mit dem Schreiner und dem Fabrikarbei-
ter gemein hatte, daß die Kapitalisten den ganzen Profit aus ihrer
Arbeit abschöpften. Bloß wurde der Profit Mehrwert genannt.
Mandras verstand noch nicht, wie das ging, daß etwas von seinem
Mehrwert bei einem anderen landete, aber das war nur eine Frage
der Zeit. Er war auf den König sehr böse, weil er es so eingerichtet
hatte, und hatte gelernt, jedesmal finster dreinzublicken oder
sarkastisch zu lachen, wenn jemand die Briten oder Amerikaner
erwähnte. Das taten alle. Er brachte die Leute zum Lachen, indem
er sein Gewehr »bourgeois« nannte, wenn es nicht richtig funktionierte. Angestellte und Bootsbesitzer und jeder Bauer, der andere
Leute einstellte, waren bourgeois – und die Ärzte genauso. Er
dachte an all den Fisch, den er Dr. Iannis als Zahlung für seine

Behandlung gegeben hatte, und verspürte Bitterkeit. Der Doktor war reicher als er, und in einer gerechten Welt sollte der Mehrwert des Doktors ihm zukommen. Er hätte sich mit anderen Fischern zusammentun und sich weigern müssen, überhaupt noch Fisch zu verkaufen, es sei denn, zu einem guten Preis. Jetzt war alles klar.

Mandras fühlte sich immer aufgeklärter und wissender, und er verehrte Hektor, diesen stärkeren und älteren Mann, der bei Guadalajara im heftigsten Kampfgetümmel gewesen war und die italienischen Faschisten vertrieben hatte. Wo ist Guadalajara? In Spanien. Aber wo genau in Spanien? Wir werden mal eine Geographiestunde abhalten, keine Bange. Ein Schulterklopfen. Danke, Genosse. Das war die Welt der Erwachsenen, hier gab es kein »mein Herr« und »meine Dame«, bloß Genosse. Soldatisch, bekräftigend, einbeziehend, männlich. *Genosse.* Ein warmes Wort voller Solidarität.

Hektor lächelte dem erzürnten Kleinbauern zu und sagte: »Wir nehmen das Schaf auf Befehl des Alliierten Oberkommandos in Kairo mit.«

Der Bauer seufzte erleichtert auf und meinte: »Und ich hab schon gedacht, ihr seid Diebe.«

Hektor lachte, und so lachte Mandras auch. Der Mann hielt die Hand auf. Hektor sah auf die schwielige, schmutzige Handfläche, und seine Stirn runzelte sich. »Einen Goldsovereign«, erklärte der Bauer.

»Mach, daß du wegkommst«, sagte Hektor. »Bist du ein Faschist oder was?«

»Die Briten zahlen immer einen Goldsovereign für ein Schaf«, erwiderte der Mann. »Das ist so üblich. Seid ihr nicht von EDES? Das müßt ihr doch wissen?«

»Wir gehören zu ELAS, und wir meinen, daß der Verlust eines Schafes keine übermäßige Härte ist, wenn du bedenkst, was wir euch zuliebe zu tun versuchen. Wir werden dich später bezahlen. Jetzt mach, was ich gesagt habe, und verschwinde. Die neue Anordnung der Briten lautet, daß wir die Schafe holen, und sie bezahlen sie dir später.«

Der Bauer blickte auf seine Stiefel. »EDES hat mir heute früh für ein anderes Schaf einen Goldsovereign gegeben.«

»Wenn ich noch mal höre, daß du Lebensmittel an EDES verkauft hast, bist du ein toter Mann«, sagte Hektor, »also halt deinen
Mund. Weißt du nicht, daß sie mit den Faschisten kollaborieren?«

»Gestern haben sie eine Brücke in die Luft gesprengt«, beharrte
der unglückliche Mann.

»Um Himmels willen«, explodierte Hektor, »bist du so blöd,
daß du ein Ablenkungsmanöver nicht auf Anhieb erkennst?«

Als sie fortgingen – das enteignete Lamm blökte verzweifelt auf
der Schulter des Andarte, und der Bauer kratzte sich verdutzt am
Kopf –, kicherte Mandras und sagte: »Dem hast du's gezeigt.« Er
verstummte, bedauerte das Schweigen, so genossenhaft es auch
war, und fügte etwas zögernd, aber mit geziemender Verachtung
hinzu: »Faschistischer Helfershelfer.«

33

Händekrieg

Es war eine teuflische Nacht. Draußen zogen Regenschleier vorbei, und ein böig blasender Ostwind ließ unbekannte Gegenstände auf der Straße vorbeirattern und den Arzt um die Sicherheit
des Daches fürchten, dessen Ziegel er aneinanderschaben hören
konnte, als sie sich hoben und senkten und rutschten. Sie saßen zu
dritt in der Küche; Pelagia trennte ihre immer kleiner werdende
Decke auf, der Arzt las in einem Gedichtband, und der Hauptmann komponierte eine Sonate im Stil Scarlattis. Pelagia war
fasziniert von seiner Fähigkeit, die Musik anscheinend im Kopf zu
hören, und hin und wieder ging sie zu ihm, um nachzusehen, wie
er mit den unverständlichen Krakeln auf dem Blatt vorankam.
Einmal stand sie mit der Hand auf seiner Schulter da, weil es als die
natürlichste und unumgänglichste Pose erschien, und erst nach ein
paar Minuten erkannte sie, was sie da tat.

Überrascht blickte sie ihre auf dem Körper des Mannes ru-
hende Hand an, als würde sie diese dafür tadeln, sich in Abwesenheit der schicklichen Aufsicht durch einen Erwachsenen so eigen-

267

willig zu benehmen. Sie fragte sich, was sie tun sollte. Wenn sie sie wegriß, würde das womöglich grob wirken. Vielleicht würde sie damit erst verraten, daß sie sie unbewußt dorthin getan hatte, und er würde daraus schließen, daß sie ihm gegenüber Gefühle hegte, die sie weder ihm noch sich selbst gern eingestanden hätte. Vielleicht gelänge es ihr, wenn sie sie einfach dort ließ, als würde sie jemand anderem gehören, die Verantwortlichkeit für deren Handeln abzustreiten. Was aber, wenn er auf einmal wahrnahm, wo diese Hand sich befand? Wenn sie die Hand bewegte, würde er augenblicklich merken, daß sie tatsächlich auf seiner Schulter gelegen hatte; und wenn sie sie nicht bewegte, dann würde er vielleicht wahrnehmen, daß sie da war, und seine Schlüsse aus der Tatsache ziehen, daß sie nicht bewegt worden war. Sie blickte ihre Hand strafend an und spürte, wie ihre Verärgerung sie daran hinderte, seinen belehrenden Monolog über Phrasierung und Harmonie zu verstehen. Sie entschied nach reiflicher Erwägung, daß es das beste wäre, ihre Hand dort zu lassen, wo sie war, und so zu tun, als gehöre sie jemand anderem. Sie beugte sich vor und legte einen Ausdruck in ihr Gesicht, der äußerste intellektuelle Ernsthaftigkeit vermitteln sollte, aber keinerlei Spur natürlicher Zuneigung oder körperlicher Anziehung enthielt. »Mm, wie interessant«, behauptete sie.

Psipsina scharrte an der Tür und quiekte erbärmlich.

Erleichtert lief Pelagia weg, um sie einzulassen. Da genau wurde dem Hauptmann bewußt, daß eine Hand einige Minuten lang leicht auf seiner Schulter geruht hatte. Das Fehlen ihres Gewichts war richtig zu spüren, und ihr früheres Vorhandensein war im Rückblick überaus angenehm und tröstlich. Er lächelte in versonnener Freude, und ein siegessicherer Ton hätte sich in seine Stimme gemischt, wenn er Gelegenheit zu sprechen gehabt hätte.

Seine erfreulichen Gedanken wurden auf unangenehmste Weise von Psipsina unterbrochen, deren durchnäßter, schwerer Körper in seinem Schoß jede Freude, jedes Siegesgefühl verscheuchte, das er empfunden haben mochte. Psipsinas Taktik bei Regengüssen war stets, so naß wie nur möglich zu werden und dann in den nächsten und wärmsten Schoß zu hüpfen, um sich so gründlich wie möglich zu trocknen. Dieses Mal war der Hauptmann ihr Opfer, da der Arzt wohlweislich aufgestanden war, um zu verhindern, daß es ihn traf. Corelli blickte entsetzt auf das pitschnasse Fellbündel und spürte schon das Wasser zwischen seine Beine sickern. »Aaah«, schrie er und warf die Hände in die Luft.

Pelagia lachte voller Schadenfreude auf und schubste das durchnäßte Tier von seinem Schoß. Er spürte, wie ihre Finger rasch über seine Schenkel strichen, und wurde kurzfristig von Überraschung überwältigt, die sich beinahe endlos ausweitete, als Pelagia anfing, mit den Händen über seine Hose zu bürsten, und dabei sagte: »Ach, was für eine Schweinerei, Sie Ärmster, schau bloß den ganzen Sand und Dreck an …« Erstaunt sah er auf ihre geschäftigen Hände und merkte dann, daß sie seinen Gesichtsausdruck mitbekommen hatte. Sie richtete sich rasch auf, schoß ihm einen vernichtenden und anklagenden Blick zu und kehrte hochmütig zu ihrer Auftrennarbeit zurück, woraufhin die hartnäckige Psipsina wieder auf seinen Schoß sprang. Als das Wasser in seiner Leistengegend sich unter dem Gewicht des Baummarders erwärmte, verspürte er die merkwürdige innere Befriedigung, die er einmal als kleiner Junge erlebt hatte, als er im Schlaf versehentlich seine Blase entleerte, weil er träumte, er würde gegen eine Wand pinkeln. Es war dieselbe gemütliche Wärme, die noch vor dem entsetzten und beschämten Aufwachen spürbar gewesen war. Er ließ Scarlatti Scarlatti sein und dachte an Pelagias Hände. So schlanke Finger, so rosige Nägel. Er stellte sich vor, wie sie sich nachts amourös betätigten, und merkte, daß er Psipsina aufstörte. Er versuchte, seine schlüpfrige Phantasie zu unterdrücken, indem er an Vivaldi dachte.

Das war ein Fehler, weil ihm auf der Stelle einfiel, daß Vivaldi in einem Kloster junge Mädchen unterrichtet hatte. Sein eigensinniges Gehirn beschwor Bilder einer ganzen Klasse berückender kleiner Pelagias herauf, die alle verführerisch die Spitzen ihrer Bleistifte leckten und ihn mit ihren glühenden dunklen Augen lockten. Es war ein reizvolles Bild. Er stellte sich vor, daß sie alle an seinem Tisch standen und sich über ihn beugten, während er etwas erklärte und sein Finger über die Zeilen eines Textes fuhr, wobei ihn ihr schwarzes Haar an den Wangen kitzelte und seine Nase mit dem Duft von Rosmarin erfüllte.

Eine von ihnen steckte die Hand in sein Hemd, und eine andere begann sein Haar und seinen Nacken zu streicheln. Bald gab es

Dutzende von identischen schlanken Händen, und in Sekundenschnelle schoß ihm das Bild in den Kopf, wie er splitternackt auf einem großen Tisch lag, während alle wie durch ein Wunder entkleideten Pelagias über ihn krochen und ihn köstlich mit ihren Brüsten, Händen und heißen, feuchten und liebkosenden Lippen bestürmten. Er mußte heftig atmen und kam ins Schwitzen.

Psipsina entschied, daß sie diese drückende Störung von unten nicht mehr ertragen konnte, und sprang von seinem Schoß. Seine wunderbare Träumerei schlug in Panik um. Wenn Pelagia zufällig aufblickte, würde sie nur allzudeutlich sehen, daß er einen pyramidenförmigen Auswuchs an einer bestimmten Stelle der Hose hatte, für den es nur eine überzeugende Erklärung gab.

Verzweifelt versuchte er, an etwas zutiefst Unerfreuliches zu denken, und drehte sich unterdessen mit dem Stuhl etwas mehr von ihr weg. Er legte seine Blätter in den Schoß und tat so, als würde er sie in dieser Position studieren. Nun wieder in Sicherheit, ließ er seine Gedanken erneut zu all den Pelagias um den Tisch wandern, deren unzählige Hände über seinen ganzen Körper fuhren, deren unzählige reife Brüste sich wie kühle und saftige Früchte an seinen Mund drückten.

Die echte Pelagia seufzte, weil sie merkte, daß sie das Häkeln satt hatte. Zu ihren Füßen lag ein wirrer Haufen aufgetrennter Wolle, die sich bei dem Versuch, die verknoteten Anordnungen ihres früheren Zustandes wiederzuerlangen, verwirrt und verwickelt hatte. Pelagia verstand nicht, warum Wolle so nostalgisch war, jedenfalls war es irritierend. Sie fing an, sie aufzuwickeln, scheiterte aber an deren Unnachgiebigkeit. »Hauptmann«, sagte sie, »hätten Sie einen Moment Zeit? Ich brauche ein Paar Hände, um diese Wolle aufzuwickeln.«

Es war ein äußerst kritischer Augenblick; der Hauptmann hatte sich so sehr in sein Feenland verloren, daß er gerade der Reihe nach jede seiner nackten Pelagias beschlief. Ihre Stimme schnitt in seinen Traum vom Elysium wie ein Messer durch eine Melone. Er hörte beinahe leibhaftig das Gleiten des schneidenden Messers und das hohle Klopfen, als es auf das Schneidebrett darunter stieß und die Melone auseinanderfiel. »Was?« fragte er.

»Helfen Sie mir mal«, sagte sie, »ich bin ganz von der Wolle umgarnt.«

»Ich kann nicht. Ich meine, ich bin gerade am entscheidenden Punkt der Sonate. Können Sie sich einen Augenblick gedulden?« Es war eine verzweifelte Situation; er konnte unmöglich jetzt aufstehen, ohne seine Schwellung offenkundig zu machen. Er rief sich zur Ordnung, indem er an seine Großmutter dachte, an das Schwimmen im eiskalten Meer, an einen fliegenübersäten Pferdekadaver am Straßenrand nach einer Schlacht. Die Erektion neigte etwas den Kopf, aber noch nicht weit genug.

Da war nichts zu machen; es war sein Glück, daß sie schon so daran gewöhnt war, daß er sich manchmal närrisch benahm. Er ging auf die Knie und kroch auf allen vieren zu ihr. Er wackelte wie ein Hund mit dem Hintern und sah mit einer Miene äußerst hündischer Ergebenheit zu ihr auf. Mit etwas Glück würde er mit dieser Farce etwas Zeit gewinnen, bis er bereit war, wieder aufzustehen. Sie sah zu ihm hinunter und verzog das Gesicht: »Sie sind ein sehr alberner Mensch«, meinte sie.

»Wuff«, belferte er und wackelte noch einmal mit dem Hintern. Er hielt ihr seine beiden Hände entgegen, als wollte er mit den Pfoten betteln, und Pelagia richtete sie gebieterisch gerade und rückte sie ein paar Zentimeter auseinander, so daß sie sie zum Aufwickeln der Wolle gebrauchen konnte. Sie versuchte verzweifelt, nicht zu lächeln.

Der Hauptmann ließ noch übertriebener die Zunge heraushängen und schaute ihr mit so hündischer Verehrung ins Gesicht, daß sie mit dem Aufwickeln aufhörte und sagte: »Also, wie soll ich das richtig machen, wenn Sie mich dauernd zum Lachen bringen? Sie Verrückter.«

»Wuff«, belferte er wieder, mittlerweile so eingesponnen in seine komische Maskerade, daß ihm bereits entfallen war, warum er sich darauf hatte einlassen müssen; das Problem hatte sich gelegt. Er winselte, als würde er darum betteln, hinausgelassen zu werden, und fing dann an, scharf die Wolle anzubellen, als wäre er überzeugt, es handelte sich um einen gefährlichen und unverständlichen Feind. »Dummer Hund«, sagte Pelagia und gab ihm einen sanften Klaps auf die Nase.

»Habt ihr eine Ahnung, wie dämlich ihr beide ausseht?« tadelte der Arzt. »Herrschaft noch mal! Das ist doch peinlich. Wenn ihr euch bloß sehen könntet.«

271

»Ich kann doch nichts dafür«, sagte Pelagia vorwurfsvoll, da die Unterbrechung ihres äußerst kindischen Vergnügens sie verstimmte. »Er ist übergeschnappt, und das steckt an.«

Der Hauptmann warf den Kopf zurück und jaulte zur Melodie von *Sola, Perduta, Abbandonata.* Der Arzt zuckte zusammen und schüttelte den Kopf, und Psipsina lief zur Tür und kratzte daran, da sie es vorzog, in den strömenden Regen hinausgelassen zu werden, statt im Zimmer zu bleiben und dieses erschreckende Geheul weiter auszuhalten; echte Hunde waren schon schlimm genug. Pelagia stand auf, holte einen Pfirsich vom Tisch und ging wieder an ihren Platz. Gerade als der Hauptmann den Kopf zu einem äußerst wehmütigen Jaulen nach hinten gebeugt hatte, stopfte sie ihm den Pfirsich in den Mund. Seine erstaunte Miene mit den weit aufgerissenen Augen war ein Bild für Götter. »Wissen Sie, wie albern Sie ausschauen?« fragte sie. »Auf den Knien, mit der Wolle umwickelt und den Pfirsich im Mund?«

»Besatzer sollten sich würdevoller benehmen«, meinte der Arzt, dessen Sinn für historische Größe Anstoß nahm.

»Ung«, brachte der Hauptmann heraus.

Pelagia war verständlicherweise abgelenkt, und als sie mit dem Aufwickeln der Stränge fertig war, zeigte sich, daß sie das mit zunehmend größerem Druck getan hatte. Der Hauptmann stand auf und merkte, daß seine Nase verstopft war, nur weil er durch den Mund nicht atmen konnte. Er biß in den Pfirsich und ließ den Rest auf den Boden fallen, wo Psipsina ihn interessiert untersuchte, bevor sie damit davonrannte. Er bemühte sich, seine Hände freizubekommen, was nicht gelang. »Ein Komplott«, rief er, »ein verräterisches griechisches Komplott gegen die italienischen Befreier.«

»Ich werde es nicht wieder abwickeln«, meinte Pelagia, »es hat so schon lange genug gedauert.«

»Fürs Leben gebunden«, sagte der Hauptmann, und ihre Blicke trafen sich spontan. Sie lächelte scheu, und völlig grundlos schlug sie die Augen wieder nieder und flüsterte: »Schlimmer Hund.«

34

Volksbefreiungsfront III

Es war erniedrigend und peinlich, von Oberstleutnant Myers heruntergeputzt zu werden, doch das war Hektor und Aris, seinem Kommandanten, schon so oft passiert, daß es fast zu einem Spiel geworden war. Sie mußten nur jedesmal Unwissen, Empörung oder reumütigen Abscheu heucheln, wenn Übergriffe oder Schandtaten der Andartegruppe an die Briten gemeldet wurden, und dann sagen, daß sie keine Vereinbarungen ohne Erlaubnis des Komitees in Athen unterschreiben könnten, und dafür müßten sie einen Läufer schicken, der wohl erst in zwei Wochen wieder zurück wäre. Sie konnten immer sagen, daß der Bote gefangengenommen oder getötet worden war, von den Italienern oder auch von den Deutschen, oder sie konnten sogar die Briten beschuldigen und sagen, daß sie offensichtlich EDES bevorzugten. Es war auch möglich, den einheimischen Griechen die Schuld zuzuschieben, die von den Deutschen bewaffnet worden waren, damit sie ihre Hühner gegen die gnadenlose Requirierungspolitik der patriotischen ELAS-Guerillas verteidigen konnten. Das hatte den Vorteil, daß es gelegentlich der Wahrheit entsprach und beinahe nie nachzuweisen war.

Hektor rückte seinen roten Fez zurecht und stand wie ein ungezogener Schuljunge vor Oberstleutnant Myers. Er hatte Mandras draußen gelassen, weil er nicht wollte, daß dieser Zeuge seiner Demütigung wurde. Mandras sah dem Kommen und Gehen der britischen Verbindungsoffiziere zu. Ihm fielen wieder ihre hohen Gestalten auf, ihre roten, sich schälenden Nasen und ihre große Freude am Hänseln. Einige von ihnen waren aus Neuseeland, und Mandras nahm an, daß dies ein besonderer Ort irgendwo in Großbritannien war, wo Soldaten speziell dafür ausgebildet wurden, mit dem Fallschirm aus Liberators abzuspringen und Viadukte in die Luft zu jagen. Sie waren zwar ständig erkältet, aber unglaublich zäh und ausdauernd, und sie machten unverständliche Witze, deren Ironie durch die Übersetzung völlig verlorenging. Sie bemühten sich aufrichtig, Neugriechisch zu lernen, sprachen aber gern alles falsch aus. Wenn eine Frau Antigone hieß, nannten sie sie »Auntie Gonie«, und Hektor war bekannt als »Mein Sektor«. Mandras konnte nicht wissen, daß der Grund dafür die Standardantwort seines Mentors war, wenn er wegen seiner Doppelzüngigkeit, seiner Unaufrichtigkeit und seiner Grausamkeit zur Rede gestellt wurde. Die lautete nämlich: »Das ist mein Sektor.«

»Das ist mein Sektor«, sagte Hektor gerade zu Myers, »und ich erhalte meine Befehle aus Athen, nicht von Ihnen. Sind Sie Grieche, daß Sie uns die ganze Zeit befehlen können?«

Myers seufzte ergeben. Er war im diplomatischen Taktieren nicht geübt, war nicht davon unterrichtet worden, daß neunzig Prozent seiner Tätigkeit darin bestehen würden, zu verhüten, daß die Griechen sich dauernd gegenseitig abschlachteten, und sehnte sich nach einem unkomplizierten Leben, in dem er bloß gegen die Deutschen kämpfen müßte. Er war beinahe an Lungenentzündung gestorben und immer noch sehr abgemagert und müde, aber nichtsdestoweniger besaß er die moralische Autorität eines Menschen, der sich weigert, im Namen eines Ideals seine ethischen Grundsätze aufs Spiel zu setzen. Alle ELAS-Führer haßten ihn, weil sie sich bei ihm wie lästiges Ungeziefer vorkamen, aber sie wagten doch nicht, sich ihm zu sehr zu widersetzen, weil er die Quelle aller Waffen und Goldsovereigns war, die sie für die Revolution nach dem Verschwinden der Deutschen horteten. Sie mußten ihn bei Laune halten, indem sie auf einige seiner Pläne eingingen, gelegentlich kleinere Angriffe gegen die Achsenmächte ausführten und die Lektionen über sich ergehen ließen, die er stets mit blitzenden Augen und unwiderleglicher Bestimmtheit vortrug.

»Es war von Anfang an vereinbart, daß alle Andartegruppen unter dem Kommando von Kairo stehen. Bitte zwingen Sie mich nicht dazu, jedesmal, wenn ich Sie treffe, das gleiche zu wiederholen. Wenn Ihr derzeitiges schädigendes Verhalten andauert, werde ich, ohne zu zögern, veranlassen, daß Sie keinen weiteren Nachschub mehr erhalten. Haben wir uns verstanden?«

»Sie geben uns ja gar nichts, der ganze Nachschub geht an EDES. Sie gehen nicht fair mit uns um.«

»Derselbe Blödsinn«, erwiderte der Oberstleutnant in scharfem

Ton. »Wie oft muß ich Ihnen noch sagen, was Sie schon wissen? Wir haben immer alles proportional verteilt.« Der Oberst richtete sich auf. »Wie oft muß ich Sie noch daran erinnern, daß wir in diesem Krieg einen gemeinsamen Feind haben? Ist Ihnen je in den Sinn gekommen, daß wir gegen die Deutschen kämpfen? Meinen Sie wirklich, es genügt, das Viadukt von Gorgopotamos in die Luft gejagt zu haben? Denn das war die letzte sinnvolle Tat, die ELAS begangen hat, und das war auch das letzte Mal, daß Sie mit EDES kooperiert haben.«

Hektor wurde rot. »Sie müßten mit Aris reden. Ich erhalte meine Befehle von ihm, und er kriegt seine aus Athen. Es nützt nichts, mich anzugehen.«

»Ich habe mit Aris gesprochen. Immer und immer wieder. Und jetzt rede ich mit Ihnen. Aris hat mir gesagt, ich soll mit Ihnen reden, denn er meint, die Verantwortung für diese letzten Ungeheuerlichkeiten liegt bei Ihnen.«

»Ungeheuerlichkeiten? Was für Ungeheuerlichkeiten?«

Der Oberstleutnant wurde von Verachtung übermannt und wollte den doppelzüngigen Andarte schon schlagen, aber er beherrschte sich. Während er redete, zählte er die einzelnen Punkte an den Fingern ab. »Erstens haben wir letzten Freitag etwas für EDES abgeworfen, die – ich möchte Ihnen das noch einmal in Erinnerung rufen – bisher die einzige Gruppe ist, die wirklich gegen den Feind kämpft. Sie und Ihre Männer haben EDES angegriffen, sie verjagt und das ganze Zeug gestohlen.«

»Haben wir nicht«, beharrte Hektor, »und wir hätten es außerdem nicht machen müssen, wenn Sie uns gerecht versorgen würden. Es ist niemand getötet worden.«

»Sie haben fünf Leute von Zervas' Gruppe umgebracht, einschließlich eines britischen Verbindungsoffiziers. Zweitens haben wir euch mit genügend Geld ausgestattet, aber dennoch bezahlt ihr die Bauern nie für das, was ihr euch nehmt. Sind Sie so dumm, nicht einzusehen, daß Sie sie damit dem Feind in die Arme treiben? Ich habe zahllose Beschwerden erhalten, Bauern sind fünfzig Meilen zu Fuß hergekommen, um Entschädigung zu verlangen. Ihr habt drei Dörfer, deren Einwohner euren Diebereien Widerstand geleistet haben, unter dem Vorwand niedergebrannt, sie wären Kollaborateure. Ihr habt zwölf Männer und fünf Frauen ermordet. Ich habe die Leichen gesehen, Hektor, und ich bin nicht blind. Wozu soll das gut sein, zu kastrieren, Augen herauszureißen und den Mund aufzuschlitzen, damit die Leute lächelnd sterben?«

»Wenn die uns nicht versorgen wollen, sind sie offenbar Kollaborateure, und wenn Sie uns nicht versorgen, was sollen wir denn dann tun? Wenn sie Kollaborateure sind, kann ich meinen Männern nicht dafür die Schuld geben, daß sie über die Stränge schlagen, oder? Und überhaupt, wer sagt denn, daß wir das waren?«

Myers war nahe daran, zu explodieren. Er sagte beinahe: »Die Dorfbewohner«, erkannte aber gerade noch, daß dies weitere kommunistische Vergeltungsmaßnahmen nach sich ziehen würde. Statt dessen sagte er: »Einer unserer Offiziere hat's gesehen.«

Hektor zuckte die Achseln: »Lügen.«

Myers wurde ganz kühl. »Britische Offiziere lügen nicht.« Er bedauerte schweren Herzens die notwendige Unaufrichtigkeit. Er starrte den Andarteführer mit snobistischer Verachtung an; das Schlimme an diesen roten Faschisten war, daß sie keine Gentlemen waren. Sie hatten überhaupt kein persönliches Ehrgefühl. »Drittens«, fuhr er fort, »habt ihr Dorfbewohner von weit oben im Gebirge daran gehindert, in EDES-Gebiete zu gehen, um Weizen zu kaufen, ohne den sie verhungern würden. Ist das patriotisch? Ihr laßt sie erst durch, wenn sie sich ELAS anschließen, und dann verhängt ihr großzügig die Todesstrafe für ›Deserteure‹, obwohl ihr nicht die Befugnis dazu habt. Viertens habt ihr Vergeltungsmaßnahmen gegen ein Dorf verursacht, indem ihr euch bereits von den Italienern requirierte Kartoffeln angeeignet habt. Fünftens haben Sie persönlich einen unserer Verbindungsoffiziere auf den falschen Weg geschickt, als er Aris aufsuchen wollte, um sich über Ihre Schandtaten zu beschweren. Sechstens besteht eure Taktik darin, andere Andartegruppen zu entwaffnen und ihre Offiziere umzubringen.«

Hektor war geschult in Ablenkungsmanövern und ging zum Gegenangriff über: »Wir kennen die britische Politik. Halten Sie uns für blöd? Sie werden, ohne das Volk zu fragen, den König wieder herholen.«

Myers schlug mit der Faust so heftig auf die Tischplatte, daß ein

Glas zu Boden fiel. »Siebtens«, brüllte er, »habt ihr einen Gendarmeriechef entführt und umgebracht, der einen Massenübertritt seiner eigenen Leute zu EDES in die Wege leitete, und ihr habt sie unter Androhung des Todes zu euch überlaufen lassen. Achtens habt ihr verkündet, daß jeder, der sich nicht ELAS anschließt, ein Verräter Griechenlands sei und erschossen werde. Neuntens bringt ihr die Geldmittel, die wir euch geben, der EAM, die sie wiederum an die KKE in Athen weiterleitet, und statt zu zahlen, stellt ihr den Bauern leere Schuldscheine aus. Zehntens haben einige Ihrer Leute schäbigerweise eine EDES-Einheit von der Seite angegriffen, als sie in einem erbitterten Gefecht mit einer SS-Einheit stand. Das ist ein Schandfleck auf dem guten Namen Griechenlands, eine Niederträchtigkeit, die sich keinesfalls wiederholen darf. Ist das klar?« Der Oberstleutnant verstummte und nahm ein Blatt Papier vom Schreibtisch. »Ich habe hier eine Vereinbarung, die von EDES, EKKA und EDA unterzeichnet worden ist, die sich alle verpflichtet haben, sie als bindende Vorschrift anzunehmen. Ich werde Aris dazu bringen, sie auch zu unterzeichnen, und ich möchte, daß Sie sie lesen und mir Ihr Ehrenwort als Gentleman geben, daß Sie sich daran halten werden. Wenn nicht, werden wir uns überlegen müssen, Ihre Versorgung einzustellen.«

Hektor blickte trotzig zurück. Der Oberstleutnant hatte diese Taktik schon hundertmal probiert. »Das kann ich nicht, und Aris wird erst was unterschreiben, wenn wir entsprechende Anweisungen vom Komitee in Athen haben. Wir werden einen Läufer schicken müssen. Wer weiß, wie lange das dauern wird.«

»Das sind die Bedingungen«, sagte Myers und gab ihm das Blatt. Hektor nahm es entgegen, salutierte mit respektloser Nachlässigkeit und ging.

»Worum ging's denn?« fragte Mandras, als sie den steilen und rutschigen Ziegenpfad hinabstiegen, der sich von der Höhle, die Myers als sein lokales Hauptquartier benutzte, ins Tal wand.

»Einen Haufen Scheiße«, antwortete Hektor. »Was du von den Briten wissen mußt, ist, daß sie Faschisten sind, und sie wollen Griechenland bloß für ihr Empire, und Leute wie Zervas und seine Lakaien bei EDES helfen ihnen dabei. Deshalb hat er den ganzen Nachschub, und wir haben nichts.«

»Wir haben tonnenweise Zeug«, meinte Mandras. »Es reicht, um jeden Nazi in Griechenland in die Luft zu jagen.«

Hektor ging nicht darauf ein; Mandras war jung und würde es schon noch lernen. Er sagte: »Diese Dorfbewohner haben uns an Myers verraten. Ich meine, wir sollten hingehen und ihnen ein paar Lektionen erteilen, Kollaborateursschweine.«

»Dort hat es einige hübsche Frauen gegeben«, warf Mandras lächelnd ein.

»Denen wir auch das eine oder andere beibringen«, erwiderte Hektor, und die beiden Männer lachten in verschwörerischer Freude. Diese Dorfbewohner waren alle kleinbürgerliche Sympathisanten, Royalisten, Republikaner, die nur so taten, als wären sie gegen den König, den alle verächtlich »Glücksburg« nannten. Das waren alles faschistische Mitläufer, und sie alle pfiffen auf den wissenschaftlichen Sozialismus. Es tat gut, wenn diese Verräterweiber sich kreischend unter einem wanden, und keiner brauchte ein schlechtes Gewissen dabei zu haben, weil es das mindeste war, was sie verdienten; die Genossen waren dabei, ein neues und besseres Griechenland aufzubauen, und konnten mit minderwertigen Bausteinen, die sowieso weggeworfen werden würden, machen, was sie wollten. Wer ein Omelett macht, wirft ja auch die Eierschalen weg.

Oben in seiner Höhle dachte Myers wieder daran, um seine Abberufung zu bitten. Kairo ließ alles, was er von ELAS berichtete, unbeachtet und schien nicht zu begreifen, daß die Kommunisten eher früher als später einen Bürgerkrieg anzetteln würden. Er vergeudete bloß seine Zeit. Mit dem Taschentuch wischte er sich die Stirn ab und fuhr mit den Fingern durch den immer noch ungewohnten, juckenden Bart. Tom Barnes kam herein. Er war fünf Tage lang gewandert, nachdem er mit Hilfe von Zervas' Leuten eine Brücke zerstört hatte. Er ließ sich auf den alten Holzstuhl plumpsen, zog seine Stiefel aus und untersuchte die offenen Blasen an den Fußsohlen und Zehen. Myers zog eine Augenbraue hoch und befragte ihn, und Barnes blickte lächelnd auf: »Einwandfreie Explosion«, berichtete er in seinem neuseeländischen Zungenschlag, »absolut kolossal. Ausleger in alle Himmelsrichtungen verstreut. Da haben die Spaghettis und die Jerrys wochenlang dran zu knabbern.«

»Ausgezeichnet«, bemerkte Myers. »Eine Tasse Tee? Dieser Hektor war gerade bei mir. Er ist fast so widerlich wie Aris, ein komplettes Arschloch durch und durch.«

»Das ist das Schlimme an schlechten Hüten«, meinte Barnes. »Sie enden garantiert immer auf dem Kopf.«

35

Ein auf der Insel verteiltes Pamphlet mit der faschistischen Parole »Glauben, Kämpfen und Gehorchen«

Italiener! Laßt uns gemeinsam das Leben und die Leistungen von Benito Andrea Amilcare Mussolini würdigen, der uns aus wenig versprechenden Anfängen ins Verderben geführt hat.

In Seiner Kindheit wurde Er für stumm gehalten, erwies sich aber später als unverbesserlich redselig und aufgeblasener als alle in den Alpen weidenden Kuhherden zusammen. Als Junge blendete Er gefangene Vögel mit Stecknadeln, rupfte Hühnern die Federn aus, wurde für unerziehbar gehalten und zwickte in der Schule kleine Mädchen, um sie zum Weinen zu bringen. Er führte Banden an, provozierte Prügeleien, suchte grundlos Streit und weigerte sich, verlorene Wetten zu zahlen. Im Alter von zehn Jahren verletzte Er beim Abendessen einen Jungen mit dem Messer, und kurz darauf stach Er nochmals auf jemand ein. Er verbreitete, Er sei Klassenbester, was Er nicht war, und mit Einsetzen der Pubertät fing Er an, sonntags das Bordell in Farti zu besuchen. Unter welch glorreichen Vorzeichen hat Er demnach Sein Leben begonnen!

Er vergewaltigte eine Jungfrau in einem Treppenschacht, und als sie um ihre verlorene Ehre weinte, tadelte Er sie dafür, daß sie zu wenig Widerstand geleistet hätte. Der Misanthrop und Einzelgänger war schlampig, ungezogen, arbeitsscheu und ging nur nach Einbruch der Dunkelheit aus. Wie vorzüglich hat Er Seine Talente weiter ausgebaut!

Als Lehrer war Er unter dem Namen »der Tyrann« bekannt, konnte Seine Klassen aber dennoch nicht beherrschen. Er griff zur Flasche und zu Karten, ließ sich auf eine ehebrecherische Beziehung zur Frau eines Soldaten ein, der gerade Wehrdienst leistete, verletzte sie mit einem Messer und schaffte sich einen Schlagring an. Um Seinen Gläubigern, Seinen Affären und dem Militärdienst zu entgehen, floh Er in die Schweiz, wo Er Arbeit ablehnte und sich statt dessen auf erpresserisches Betteln verlegte. Einmal wurde Er als Vagabund verhaftet, worauf Er der Polizei klarzumachen versuchte, daß Er Landstreicher hasse und deshalb selbst keiner sein könne. Darin bekundete Er Seine Gabe wohlgesetzter Rede, die uns seitdem so gut bekannt ist.

Er arbeitete bei einem Weinhändler, wurde aber gefeuert, weil Er die ganzen Vorräte wegtrank. Seine offizielle Version dieser Geschichte lautet, daß Er zu der Zeit Besprechungen mit Lenin abhielt, der die höchste Wertschätzung für Seine Talente bekundete. 1904 begann Er, italienische Soldaten zur Desertion zu ermuntern, was in vollem Einklang mit Seiner späteren Forderung stand (mit der wir alle derzeit vertraut sind), daß alle Deserteure erschossen werden müßten.

Er zog nach Paris, wo Er sich als Wahrsager durchschlug. Dort entwickelte Er eine Neigung zur Philosophie, und erst kürzlich hat er offenbart, daß Er an den Universitäten Genf und Zürich studiert hat. Das ist auf jeden Fall richtig, auch wenn es keinen Nachweis Seiner Vorlesungsbesuche oder Seiner Immatrikulation gibt. Es ist auch richtig, daß Er Seine Mutter nicht in Armut hat krepieren und Seinen Vater nicht im Gefängnis hat schmachten lassen. Wie wir alle wissen, glaubt der DUCE an Seine eigene Propaganda, und wir tun es deshalb auch.

Er nahm wieder einen Lehrerposten an und wurde nach einem Jahr gefeuert, weil Er zügellose Feste auf Friedhöfen gefeiert hatte. Während einer ehebrecherischen Affäre holte Er sich auch die Syphilis. Das kann allerdings nicht als Grund für Seinen derzeitigen Irrsinn angesehen werden, da Er bereits verrückt war, als Er sich die Krankheit zuzog. Zu jener Zeit verfaßte Er auch Seine vorzügliche Geschichte der Philosophie, die Seinen Worten nach von einem eifersüchtigen Liebhaber zerrissen wurde, aber von allen unseren Professoren als geniales Werk geschätzt wird, auch wenn sie es nie zu Gesicht bekommen haben. Aus einem anderen Lehramt wurde Er wieder entlassen und entdeckte danach eine neue politische Ideologie, die darin besteht, daß einer erst handeln und danach an seine Beweggründe denken sollte. Nur in diesem Punkt unterscheiden sich Seine Lehren von denen Stalins, der stets im voraus gewußt hat, was er erreichen wollte.

Der DUCE begann, sich den Hut tief in die Stirn zu ziehen, damit Er von niemand erkannt wurde, mit dem er dann reden müßte, ließ absichtlich Seine Kleidung verwahrlosen, befleißigte sich einer vulgären Sprache und schrieb einen ausgezeichneten Roman im Stil von Edgar Allan Poe; unerklärlicherweise wurde er von allen Verlagen abgelehnt, an die Er ihn geschickt hatte. Es war ein Geniestreich und wahrscheinlich zu anspruchsvoll für ihren Geschmack. Kurz darauf wurde Er Redakteur bei *Il Popolo* und entdeckte, daß Er Journalisten einsparen konnte, indem Er die Nachrichten selbst erfand. Zehn Nummern wurden wegen Verunglimpfung konfisziert, und Er wurde wegen unterlassener Zahlung einer Geldstrafe verhaftet. Originalität ist schon immer so verfolgt worden.

Der DUCE wurde dadurch berüchtigt, daß Er Jesus Christus des Beischlafs mit Maria Magdalena bezichtigte und ein Flugblatt mit dem Titel »Es gibt keinen Gott« anschlug. Kurz darauf wurde Er ins Gefängnis gesteckt, weil Er zum Aufruhr innerhalb der Armee ermuntert hatte. Er heiratete Seine eigene Halbschwester, die das uneheliche Kind Seines Vaters war, womit Er der Liste Seiner Fähigkeiten den Inzest hinzufügte, und zeugte dann ein uneheliches Kind in Trento. Gehorsame Söhne sollten ihren Vätern immer so nacheifern, und auf diese Art wird eine Generation das Licht sein, das auf ewig jeder anderen voranleuchtet. Damals hieß es von Ihm, daß Er im Gespräch niemand in die Augen sehen konnte, keinen Humor besaß, verbrecherisch und paranoid veranlagt war. Bei allen hieß Er »der Irre«. Das stimmt selbstverständlich nicht, auch wenn alle, die Ihn damals gekannt haben, sich noch genau daran erinnern. 1911 lehnte Er den Krieg gegen Libyen ab, und als Er dann später an der Macht war, verfolgte Er eine Politik der bestialischen Unterdrückung in demselben Land, womit Er Seine außergewöhnliche Anpassungsfähigkeit angesichts einer unveränderten Lage unter Beweis stellte.

Als Herausgeber von *Avanti* begann Er eine Affäre mit Ida Dalser, die ein Kind von Ihm bekam und Ihm erlaubte, von ihrem Geld zu leben. Er verließ sie und steckte sie später in eine Irrenanstalt, womit Er Seine unglaubliche Fähigkeit zur Loyalität an den Tag legte. In ähnlicher Weise machte Er Margherita Sarfatti zu Seiner Geliebten und ließ sie später aufgrund der antijüdischen Gesetzgebung einsperren. Es sollte vermerkt werden, daß jede einzelne Seiner Dutzenden von Konkubinen abgrundtief häßlich war, und zweifellos hat der DUCE durch die Beziehung zu ihnen Seinen wohltätigen Impulsen gefrönt. Die Schönheit liegt im Auge des Betrachters, und möglicherweise sieht der DUCE schlecht. An diesem Punkt sollten wir auch erwähnen, daß Leda Rafanelli sich weigerte, eine Seiner Frauen zu werden, weil Er ein Irrer und ein Lügner sei. Wegen dieser Verleumdung setzte Er sie polizeilichen Schikanen aus, die vollkommen gerechtfertigt waren und nichts mit kleinkarierten und nachtragenden Motiven wie etwa Rache zu tun hatten.

Der DUCE verfeinerte Seine Ideologie so weit, daß Er immer mit der letzten Person, mit der Er gerade gesprochen hatte, ganz einer Meinung war, und 1915 versuchte Er, der Rekrutierung zum Dienst in dem Krieg zu entgehen, den Er zu verschiedenen Zeiten sowohl bekämpft wie befürwortet hatte. Er wurde aus unerfindlichen Gründen für eine Kommission abgelehnt und behauptete, daß die Österreicher das Krankenhaus, in dem Er Seine Schrapnellwunden behandeln ließ, allein in der Absicht, Ihn auszulöschen, mit Granaten beschossen hätten, da Er der wichtigste Mann in Italien sei. Zu der Zeit finanzierte sich Seine Zeitung ausschließlich durch Anzeigen der Rüstungsindustrie, was nichts mit Seinem plötzlichen Umschwung zur Sache der Alliierten zu tun hatte.

Der DUCE zweigte Geldmittel ab, die für das Fiume-Abenteuer bestimmt waren, und verwendete sie für Seine eigene Wahlkampagne. Er wurde wegen unerlaubten Waffenbesitzes verhaftet, schickte Paketbomben an den Erzbischof und den Bürgermeister von Mailand und war nach der Wahl, wie bestens bekannt ist, verantwortlich für die Ermordung von di Vagno und Matteoti. Seit damals hatte Er außerdem den Tod von Don Mizzoni Amendola, der Gebrüder Roselli und des Journalisten Piero Gobetti zu verantworten, ganz abgesehen von den Hunderten, die Opfer Seiner Squadristi in Ferrara, Ravenna und Triest geworden sind, und den Tausenden, die an fremden Orten umgekommen sind, deren Eroberung sinn- und zwecklos war. Wir Italiener werden dafür ewig dankbar sein und sind der Meinung, daß so viel Gewalt uns zu einer überlegenen Rasse gemacht hat, genauso wie die Einführung von Revolvern im Parlament und die völlige Zerstörung der verfassungsgemäßen Demokratie unsere Institutionen auf die größtmögliche Höhe der Kultur gehoben haben.

Seit der illegalen Machtergreifung kommt es in Italien im Durchschnitt zu fünf politischen Gewaltakten pro Tag. Der DUCE hat verkündet, daß 1922 das neue Anno Domini ist, und Er hat sich als Katholik ausgegeben, um den Heiligen Vater zu beschwatzen, Ihn gegen die Kommunisten zu unterstützen, obwohl Er selbst eigentlich einer ist. Er hat die Presse völlig gleichgeschaltet, indem Er die Redaktionen andersdenkender Zeitungen und Zeitschriften zerstört hat. 1923 hat Er aus unerfindlichen Gründen Korfu überfallen und wurde durch den Völkerbund zum Rückzug gezwungen. 1924 hat Er die Wahlen manipuliert und die Minderheiten in Südtirol und im Nordosten unterdrückt. Er hat unsere Soldaten an der Vergewaltigung Somalias und Libyens beteiligt und ihre Hände mit dem Blut Unschuldiger getränkt. Er hat die Zahl der Beamten verdoppelt, um die Bourgeoisie zu zähmen, Er hat die Regionalregierungen abgeschafft, in die Justiz eingegriffen und angeblich den Lavafluß am Ätna wie ein Gott durch einen reinen Willensakt aufgehalten. Er gibt sich napoleonischen Attitüden hin, während Er zuläßt, daß mit Ihm für Perugina-Schokolade geworben wird. Er hat sich den Kopf geschoren, weil Er sich schämt, daß jemand Seine beginnende Glatze sieht, Er war gezwungen, einen Lehrer anzustellen, der Ihm Tischmanieren beibringt, Er hat den römischen Gruß als hygienischere Alternative zum Händedruck eingeführt, Er gibt vor, keine Brille zu brauchen, Er hat nur zwei Mienen im Repertoire, Er steht während Seiner Ansprachen auf einem verborgenen Podest, weil Er so klein ist, Er gibt vor, bei Pareto Ökonomie studiert zu haben, und Er nimmt Unfehlbarkeit für sich in Anspruch und hat die Menschen dazu ermutigt, Sein Bild bei Aufmärschen zu tragen, als wäre Er ein Heiliger. Und selbstverständlich ist Er ein Heiliger.

Er hat (und wie können wir das abstreiten?) sich selbst größer als Aristoteles, Kant, Thomas von Aquin, Dante, Michelangelo, Washington, Lincoln und Bonaparte genannt und hat Minister zu Seinen Diensten, die Denunzianten, Renegaten, Schieber, Postenschacherer sind – und kleiner als Er. Er hat Angst vor dem bösen Blick und hat die zweite Person Singular als Anrede abgeschafft. Er hat veranlaßt, daß Toscanini verprügelt wurde, weil er sich weigerte, *Giovinezza* zu spielen, und Er hat Professoren gedungen, die beweisen sollen, daß alle großen Erfindungen von Italienern gemacht worden sind und daß Shakespeare das Pseudonym eines italienischen Dichters war. Er hat eine Straße mitten durch das Forum in Rom gebaut – und dabei fünfzehn uralte Kirchen zerstört – und eine Herkules-Statue von achtzig Metern Höhe in Auftrag gegeben, die Sein eigenes Antlitz tragen wird und bisher nur aus einem Teil des Gesichts und einem gigantischen Fuß besteht und nicht fertiggestellt werden kann, weil für sie schon einhundert Tonnen Metall verbraucht wurden.

Alles in Seinen Reden wird irgendwo von einer anderen Rede widerlegt, da Er treffend beobachtet hat, daß wir Italiener nur das aufnehmen, dem wir selbst zustimmen, und auf die Art hat Er sich zu allem für alle gemacht. Er hat Bücher verbrannt und Texte für den Schulunterricht manipuliert, Er hat den Philosophen Benedetto Croce verfolgt, Er hat Revolutionsgerichte eingerichtet, die die Todesstrafe verhängen können, und Er hat idyllische Inseln in Gefängnisse verwandelt, in denen Seine Gegner gefoltert werden. Er hat uns alle mit achtzehn den Gefolgschaftseid schwören lassen, so daß nur die unaufrichtigen Heuchler und die endgültig Verblödeten vorankommen, und Er hat versucht, uns alle in Puritaner zu verwandeln, indem Er uns erzählt hat, daß es männlich ist, nicht zu lächeln, außer zum Ausdruck des tiefsten Sarkasmus.

Er hat die Inseln der Dodekanes geschändet und sogar die Grabsteine der Griechen entstellt, Er hat eine Schule in Parma eröffnet, um den Kroaten und Mazedoniern den Terrorismus beizubringen, Er hat den Völkerbund untergraben, indem Er dessen Verwaltung unterminierte, Er hat die Friedensverhandlungen zwischen Albanien und Jugoslawien blockiert, Er hat Deutschland, Belgien und Österreich wiederbewaffnet und Seine eigene Armee auf skandalös unverantwortliche Weise ohne Waffen in nicht zu rechtfertigenden Kriegen kämpfen lassen und doch den Kellogg-Pakt unterzeichnet, der den Gebrauch von Gewalt als Mittel der Außenpolitik ächtet.

Dieser der Promiskuität huldigende Syphilitiker hat die Übertragung der Syphilis mit Gefängnisstrafe belegt, dieser Vater unzähliger verkrüppelter Bastarde hat die Empfängnisverhütung illegal gemacht, dieses bäurische Schandmaul hat das Fluchen verboten und das Tanzen und den Alkoholverzehr gemaßregelt, weil Er versuchen wollte, uns ernster zu machen. Er hat gesetzlich verfügt, daß Frauen Legehennen zu sein haben, Er hat jede Religionsfreiheit abgeschafft, Er hat dafür gesorgt, daß alle auf Ihn bezogenen Pronomen mit großem Anfangsbuchstaben geschrieben werden und das Wort DUCE in Zeitungen in Großbuchstaben gedruckt wird, Er hat in Libyen Konzentrationslager errichtet, und Er hat zu verschiedenen Zeiten beschlossen, in Frankreich, Jugoslawien, Französisch-Somaliland, Äthiopien, Tunesien, Korsika, Spanien und Griechenland einzumarschieren. Der DUCE hat gesagt: »Lieber einen Tag ein Löwe als hundert Jahre ein Schaf«, und deswegen ist Er ein Löwe aus Pappmaché geworden, und wir Italiener sind nun die Schafe, die Ihm auf die Schlachtbank folgen und einander sagen, daß wir auch Löwen seien. Er hat gesagt: »Viel Feind, viel Ehr.« Deshalb haben wir uns Feinde aus der Luft gegriffen und sind ausgezogen, um gegen sie zu kämpfen – ohne Stiefel an den Füßen und in Panzerwagen, deren Geschützrohre aus Holz sind.

Dieser lachhafte Possenreißer und Besitzer von eintausend mit falschen Ordensbändern für niemals begangene Heldentaten dekorierten Phantasieuniformen hat uns dazu gebracht, Fotos unserer Babys in Schwarzhemden aufzunehmen, Er hat uns den Applaus bei Seinen Ansprachen mit Hilfe von Stichworttafeln und Glocken proben lassen, Er hat eine »Bewegung für die Jugend« gegründet, die Meuchelmördern und katastrophal Unerfahrenen zu Machtpositionen verholfen hat. Gegen die katholische Lehre der Heiligen Kirche hat Er die Sterilisation für »rassisch Minderwertige« eingeführt, Er hat Nichtangriffspakte mit der UdSSR und mit Großbritannien abgeschlossen, mit denen wir uns nun aus unerfindlichen Gründen im Krieg befinden, Er hat die Wehrerziehung ab dem Alter von acht Jahren zur Pflicht gemacht, so daß unsere Kinder in Spielzeugsoldaten verwandelt werden. Er hat Hitler als »tragischen Clown«, als »entsetzlich sexuell Entarteten« und als »illoyal und nicht vertrauenswürdig« bezeichnet, und doch ist es dieser Mann, von dem Er Befehle entgegennimmt. Er hat bekanntgegeben, daß Sein Name in Krankenhäusern vor Operationen als Betäubungsmittel eingesetzt werden soll, und als wäre Sein eigener Verstand betäubt, hat er dummdreist erklärt, daß die Briten zu dekadent seien, um gegen uns zu bestehen. Die Briten haben seither in ihrer Dekadenz unsere halbe Flotte versenkt, weswegen wir überall am Verhungern sind, und sie haben uns in Nordafrika geschlagen, wo unsere farbigen Soldaten einhellig desertiert sind. Wir haben Äthiopien zum Preis von 5000 Leben, einem ganzen Jahresetat und dem Gegenwert der Ausrüstung von 75 Divisionen überfallen und auf diese Art die dekadenten Briten dazu gebracht, sich mit ebendiesen Waffen frisch zu versorgen, die nun gegen uns eingesetzt werden.

Dieser moralische und geistige Pygmäe hat veranlaßt, daß das Felix-Mater-Gebet an Seine tote Mutter gerichtet wird, daß wir im Spanischen Bürgerkrieg 6000 Soldaten ohne jede Entschädigung verloren haben. Weil wir von einem Esel geführte Löwen waren, wurden wir in Guadalajara von einer Laienarmee besiegt, und Er hat, schlimmer noch, unsere Namen für immer befleckt, indem Er das Massaker an spanischen Gefangenen auf Mallorca angeordnet hat. Genauso schändlich hat Er die Torpedierung neutraler Schiffe befohlen und die Genehmigung verweigert, Überlebende aufzulesen, Er ist ein Bündnis mit Japan eingegangen und hat den Zeitungen befohlen, sie »Arier« zu nennen, Er hat uns zu Lakaien des Deutschen Reiches gemacht, indem Er uns zwang, im Stechschritt zu marschieren, Er hat die semantisch unmögliche Großtat vollbracht, sich und den König zugleich zum »Ersten Marschall« zu ernennen, Er hat italienische Juden verfolgen lassen, um Hitler zu gefallen, und Er hat erklärt, daß wir gegen die Briten nicht verlieren können, weil sie so verweiblicht seien, daß sie Regenschirme tragen.

Soldaten! Wir haben keine Uniformen zum Anziehen, weil der DUCE angeordnet hat, daß alle Lehrer und Regierungsangestellten eine tragen müssen, wir sind in Nordafrika wegen fehlender Transportmittel im Stich gelassen worden, nachdem wir mitten im

Sommer 600 Kilometer durch die Wüste marschiert waren. Wir haben ein Drittel unserer Handelsflotte verloren, weil Er vergessen hat, sie vor der Kriegserklärung in die Heimathäfen zu schikken, wir haben uns einreden lassen, daß wir, wenn wir unsere Divisionen halbieren, über die doppelte Anzahl von Divisionen verfügen, wir mußten unmittelbar nach der Demobilisierung in der Schlechtwetterperiode vom Norden her in Griechenland einmarschieren – über Adriahäfen, wo es unmöglich war, an Land zu gehen –, ohne Winterkleidung und ohne Wissen des Heeres-Stabschefs, der erst durchs Radio davon erfuhr. Alle unsere albanischen Soldaten sind auf der Stelle desertiert, und wir können uns über die laufenden Ereignisse nur durch die BBC unterrichten. Unsere Marine ist aus Mangel an Luftsicherung und Flugzeugträgern bei Taranto und dem Kap Matapan vernichtet worden, wobei die Briten nur ein Flugzeug verloren, und in Nordafrika sind unsere 300 000 Mann von 35 000 besiegt worden, weil wir keine Luftwaffe haben, unsere leichten Panzer aus Papier sind und unsere motorisierten Einheiten keine Motoren haben. Während wir sinnlos sterben, hat der DUCE Sein Hauptquartier in der Nähe des Vatikans aufgeschlagen, damit es nicht bombardiert wird.

Soldaten! Wir mußten ein unschuldiges Land mit tapferen Menschen überfallen, wobei wir wußten, daß wir sie im Falle unseres Sieges nie würden ernähren können, so daß sie noch schlimmer Hunger leiden als wir. Gegen alle Regeln des Krieges und des Gewissens hat der DUCE uns befohlen, für jeden Gefallenen auf unserer Seite zwanzig von ihnen zu töten, und zu unserer ewigen Ehre haben die meisten von uns nicht auf Ihn gehört.

Soldaten! Laßt uns über die Geschehnisse daheim weinen, wo 350 000 von uns zum Frondienst nach Deutschland verschleppt worden sind, wo der DUCE den unmöglichen Zustand heraufbeschworen hat, daß es während eines Krieges Arbeitslosigkeit gibt, wo eine hoffnungslose Inflation herrscht und wo drei Viertel der Lebensmittel nur auf dem Schwarzmarkt zu erhalten sind, der von Seinen Beamten beherrscht wird, wo Lebensmittelkarten ohne Zurückhaltung gefälscht werden und wo es vierzig Verteilungsämter mit überlappenden Befugnissen gibt, die die Gewähr bieten, daß niemals etwas vorangeht.

Laßt uns um unser Land weinen, wo Orden für das imaginäre

Versenken nicht existierender britischer Schiffe verliehen werden, wo wir verpflichtet sind, während der Nachrichtensendungen im Radio aufzustehen und zu salutieren, wo die Ansprachen eines Irren als heilige Texte behandelt und in einer Million Exemplaren gedruckt werden, wo der fragliche Irre sich wie ein Dirigent aufführt, der selbst versucht, simultan alle Instrumente im Orchester zu spielen. Wir haben es mit einem Irren zu tun, der wie ein Kraftwerk ist, an das nur eine einzige kaputte Birne angeschlossen ist, der sich selbst hat filmen lassen, wie Er im Tennis mit dem Propagandaminister als Schiedsrichter gegen Profis gewinnt, der derjenige Mann in der Geschichte ist, dem am wenigsten gehorcht wird, weil alle wissen, daß jeder Befehl binnen kurzem widerrufen wird.

Soldaten! Das ist der Mann, der uns befohlen hat, Senfgas und Phosgen gegen mit Speeren bewaffnete Eingeborene einzusetzen, das ist die lächerliche Figur, deren bösartige, schwarzbehemdete Banditen und Brandstifter in der Schlacht davonrennen, aber unsere Väter, Mütter und Onkel umbringen, indem sie ihnen mit Benzin versetztes Rizinusöl zu trinken geben, das ist der Mann, der die Wirtschaft zugrunde gerichtet und uns für immer beschämt hat.

Soldaten! Es ist sehr treffend gesagt worden, daß jedes Volk die Führer bekommt, die es verdient. VIVA IL BUFFONE. VIVA IL BALORDO. VIVA L'ASSASSINO. VIVA IL DUCE.

36

Erziehung

Die Jungs hatten aus den Innereien und Gedärmen der Ziege, die sie dem empörten Nomarchen des Dorfes entwendet hatten, Kokoretsi gemacht und sahen zu, wie es in der glühenden Asche des Feuers brutzelte. Während der Appetit wuchs, beschloß Hektor, um die Zeit bis zum Garwerden zu überbrücken, ihnen wieder einmal etwas von seinem Wissen zu vermitteln. Einige der

Andartes gähnten in kaum verhüllter Langeweile. Einige andere, die aus Mangel an Alternativen in die Gruppe gezwungen worden waren, saßen grollend und schmollend da und dachten daran, wie gut es wäre, diesem Wichtigtuer das Maul mit Ziegenscheiße zu stopfen. Während der Nacht würden zwei von ihnen ihre Waffen nehmen und sich auf die Suche nach einer Bande begeben, die gegen die Deutschen statt gegen die eigenen griechischen Kameraden kämpfte. Sie wußten, daß sie sterben müßten, wenn man sie erwischen würde, aber selbst das war anscheinend dem Verbleib in der Gruppe vorzuziehen. Ein Royalist schrieb »Erchetai« in den Staub und deckte es sorgfältig mit Kiefernnadeln zu, damit Hektor es nicht sah; es war eine inbrünstige Hoffnung, die notwendigerweise geheim bleiben mußte. Vier venizelistische Republikaner lauschten Hektor und fragten sich verbittert, wie es kam, daß alle Banden am Ende irgendwie aus einem Komitee mit drei Anführern bestanden, Kommunisten, die gegen die Briten waren, die einzige Nation, die ihnen seit Kriegsausbruch zu helfen versucht hatte. Wenn Hektor etwas sagte, war es ganz natürlich, anzunehmen, daß das Gegenteil des von ihm Gesagten zutraf; so kamen sie an Nachrichten, indem sie einfach Hektor zuhörten und alles umkehrten. Nur Mandras und die beiden anderen nominellen Anführer lauschten Hektor mit einiger Aufmerksamkeit, während er mit seinem geheiligten Exemplar von *Was tun?* unter dem Arm auf und ab schritt. In der Ferne schrie eine Eule, wie um seinen Vortrag zu verhöhnen, und die Nacht wurde kälter, als ein Nordwind durch die Kiefernzweige rauschte. Hinter ihnen saß der Berggipfel unheilvoll zwischen zwei pulsierenden Sternen und bedrückte und bedrängte den endlosen Wald mit seiner merkwürdig gemischten Bevölkerung aus Helden, Baummardern, Ebern, Räubern und Dieben.

»Also, Genossen, ich möchte zu euch sprechen, weil ich glaube, daß viele von euch noch nicht gelernt haben, daß es ohne revolutionäre Theorie keine revolutionäre Bewegung geben kann und daß die Rolle einer kämpferischen Vorhut nur von einer Partei erfüllt werden kann, die sich von der fortschrittlichsten Theorie leiten läßt. Die Sache ist die, daß viele von euch noch keine genaue Vorstellung davon haben, wie sie unsere historische Erfahrung begreifen sollen, und das führt zu engstirniger Herumbesserei,

Ökonomismus, Konzessionismus und Demokratismus. Nun, es stimmt, daß diese Art von bourgeoisem Sozialismus, bourgeoisem Sozialreformismus und opportunistischem Sozialismus ein Bewußtsein in seiner embryonalen Form ist, aber dabei werden der notwendige und unversöhnliche Antagonismus zwischen den Interessen des Proletariats und den Interessen des reaktionären Obskurantismus und die Dialektik des gesellschaftlichen Widerspruchs völlig außer acht gelassen. Ihr wißt, die Interessen des Proletariats sind den Interessen der Bourgeoisie diametral entgegengesetzt. Das offenbart nicht bloß die Theorie, sondern auch die Praxis, und das brauche ich euch wohl kaum zu beweisen, weil es so offensichtlich ist. Was wir uns immer vor Augen halten und verstehen müssen, ist, daß die welthistorische Bedeutung unseres Kampfes das direkte Eingreifen des Proletariats ins gesellschaftliche Geschehen verlangt und nicht bloß irgendeinen parlamentarischen Republikanismus oder militärischen Semi-Absolutismus. Die Sache ist die, daß der Kommunismus immer allen anderen weit überlegen sein wird, wenn es darum geht, die revolutionärste Einschätzung eines gegebenen Ereignisses zu bieten, und daß er im Kampf gegen die Ewiggestrigen immer am unversöhnlichsten sein wird. Und ich möchte nicht, daß ihr weiterhin denkt, daß wir die revisionistischen und eklektizistischen Geschichts-Ideologien der herrschenden Klassen bloßstellen und ablehnen können, indem wir einfach Streiks organisieren und Gewerkschaften bilden, weil die gewerkschaftliche Politik der Arbeiterklasse nichts weiter ist als eben eine kleinbürgerliche Politik der Arbeiterklasse. Wir gehen weit, weit darüber hinaus.

Es ist wissenschaftlich absolut richtig, daß das, worum es uns geht, die politische und ökonomische Befreiung der Massen ist, aber wir wissen nur zu gut, daß das Proletariat von einer Intelligenzija mit ausreichender Bildung und Muße zum Theoretisieren geführt werden muß; Marx, Engels, Plechanow, Lenin, das waren alles bourgeoise Intellektuelle, die ihre eigenen Interessen opferten, um das Bewußtsein des Weltproletariats zu heben, das das Wesen der Strukturen, die zurechtgerückt werden müssen, noch nicht voll und ganz versteht. Was wir anstreben, ist das Auslöschen aller Unterschiede zwischen Arbeitern und Intellektuellen, und deshalb brauchen wir entsprechend ausgebildete, entwickelte und erfahrene Führer, die das spontane Erwachen der Massen aus irrigen, von der Wahrnehmung des notwendigen und unvermeidlichen Wesens der materialistischen Geschichtsauffassung ablenkenden Theorien steuern.

Wir brauchen Führer, die nicht anfällig sind für Rückständigkeit, Führer, die über den Horizont der Arbeiterklasse hinausblicken und ihr helfen können, einen korrekten Ehrgeiz zu entwickeln. Mit den richtigen Führern ist es nicht mehr notwendig, die Arbeiter auf das Niveau von Intellektuellen zu bringen, weil sie nur noch ihren Glauben und ihr Vertrauen in die Führer setzen müssen, die für die stabile Organisation sorgen werden, die die Kontinuität aufrechterhält und zu einem wissenschaftlichen Verständnis der konkret vorherrschenden Bedingungen gelangt.

Ich weiß, daß einige von euch sich darüber beschwert haben, daß wir Entscheidungen keiner demokratischen Abstimmung unterwerfen, aber was ihr verstehen müßt, ist, daß gegen uns so viele revanchistische, rückständige, chauvinistische und reaktionäre Kräfte aufgereiht sind, daß es für unsere Führung lebensnotwendig ist, geheim zu bleiben. Und wenn sie geheim bleiben muß, wie kann sie dann demokratisch sein? Demokratie verlangt eine Offenheit, die selbstmörderisch wäre. Das liegt doch auf der Hand, oder? Also weg mit der ganzen Abstimmerei. Sie ist ein nutzloses und gefährliches Spielzeug.

Und noch etwas. Jedem, der ein bißchen Grips hat, ist klar, daß Führung eine funktionale Spezialisierung bedeutet und deshalb unausweichlich eine Zentralisierung voraussetzt. Also hört auf, darüber zu meckern, daß wir nicht genug gegen die Deutschen kämpfen, und hört auf, darüber zu meckern, daß wir gegen EDES und EKKA kämpfen müssen. Die Führungszentrale weiß genau, was sie tut. Sie hat das ganze Bild vor sich, während wir nur einen winzigen Ausschnitt davon sehen, und deswegen dürfen wir keinesfalls auf eigene Faust handeln; es könnte einen umfassenderen Plan geben, den wir durcheinanderbringen, wenn wir uns opportunistisch verhalten. Opportunismus heißt, daß klare und feste Grundsätze fehlen. Unter Revolutionären muß ein absolut kameradschaftliches gegenseitiges Vertrauen herrschen, und wir müssen im entscheidenden Kampf unverbrüchlich zusammenhalten. Und wenn ihr euch noch einmal darüber beschwert, daß wir gegen die reaktionäre und faschistische sogenannte Guerilla der EDES vorgehen, dann möchte ich euch nur daran erinnern, daß ein schlechter Frieden nicht besser ist als ein guter Kampf. Sie behaupten, daß sie gegen den gleichen Feind wie wir kämpfen, aber sie schwächen uns, indem sie Leute rekrutieren, die zu uns hätten kommen sollen, und indem sie ihnen ein falsches Bewußtsein über das wahre Wesen des welthistorischen Kampfes einimpfen. Es ist unsere absolute historische Pflicht, sie hinwegzufegen, weil eine Partei durch Säuberungen stets stärker wird.

Das heißt, daß wir zu allen Zeiten unbedingte Solidarität und eiserne Disziplin bewahren müssen, und deswegen geschieht es in Übereinstimmung mit den strengsten Forderungen der Gerechtigkeit, daß die Führung entschieden hat, daß jeder Abweichler die Todesstrafe verdient. Da ich hier in der Gegend der Repräsentant der Führung bin, läuft alles auf die einzige Bedingung hinaus, daß ihr mir gehorchen müßt, ohne Fragen zu stellen. In diesem Augenblick der Geschichte ist für Zweifler, Zauderer und falsche Humanitätsapostel einfach kein Platz. Wir müssen unseren Blick fest auf das einzige Ziel richten, weil, wenn wir etwas anderes tun, wir nicht bloß Griechenland und die Arbeiterklasse verraten, sondern die Geschichte selbst. Irgendwelche Fragen?«

Mandras hob ergeben die Hand. »Ich hab nicht alles verstanden, Genosse Hektor, aber ich will dir sagen, daß du auf mich zählen kannst.« Eines Tages würde er dieses Buch von Hektor vielleicht selbst lesen können. Er würde es in den Händen halten, als wäre es auf Diamanten gedruckt. Nachts würde er den Einband küssen und mit dem Buch unterm Kopf schlafen, als würde dessen unfaßbare Weisheit kapillarisch in sein Gehirn sickern. Eines Tages würde er ein Intellektueller sein, und weder der Doktor noch Pelagia würden es abstreiten können. Er stellte sich als Schullehrer vor, den alle »Daskale« nannten und auf dessen Meinung sie in der Kapheneia begierig hörten. Er sah sich als Bürgermeister von Lixouri.

Mandras las dieses Buch nie, und so blieb ihm die enttäuschende Entdeckung erspart, daß es eine ungeheuer langatmige und irrationale Tirade gegen eine rivalisierende kommunistische Zeitung war. Aber es sollte die Zeit kommen, da er jedes Wort von Hektor verstand und dessen berauschende Visionen von der Diktatur des Proletariats verschlang, als wären sie die Offenbarungen eines Heiligen.

Doch an diesem Abend, als es dunkel war, kam einer der Venizelisten, der sein Leben aufs Spiel setzen und zu EDES überlaufen wollte, zu ihm, bot ihm freundlich eine Zigarette an und erklärte: »Schau, du brauchst den ganzen Jargon unseres Schaumschlägers gar nicht zu verstehen, weil es doch wirklich nur darauf hinausläuft, daß du genau das tun mußt, was er sagt, sonst schneidet er dir die Kehle durch. So einfach ist das.« Der Mann, im Zivilleben ein Anwalt, klopfte ihm auf die Schulter und sagte im Weggehen geheimnisvoll: »Du tust mir leid.«

»Warum?« rief ihm Mandras nach, erhielt aber keine Antwort.

37

Eine Episode, die Pelagia in dem Glauben bestärkt, daß Männer nicht den Unterschied zwischen Mut und fehlendem gesundem Menschenverstand kennen

Eine gewaltige Stimme dröhnte hinter Hauptmann Corelli, und der völlig in die Lektüre der Schmähschrift Vertiefte starb fast vor Schreck.

»Diejenigen, die meine Seele zu zerstören suchen, werden den Tiefen der Erde anheimfallen, sie werden durch das Schwert fallen, sie werden den Füchsen zum Fraß dienen, Gott wird mit einem Pfeil nach ihnen schießen, und plötzlich werden sie verwundet werden.«

Corelli sprang auf und hatte direkt vor sich den Patriarchenbart und die flammenden Augen von Pater Arsenios, der ihn über die Mauer finster anstarrte. In letzter Zeit hatte der Priester sich darauf verlegt, nichtsahnende italienische Soldaten unvermutet mit donnernden Stegreifsprüchen aus griechischen Bibeltexten zu erschrecken. Die beiden Männer starrten sich an. Corelli hielt sich die Hand an die Brust, und Arsenios schwenkte sein selbstgemachtes Kruzifix. »Kalispera, Patir«, sagte Corelli, dessen Beherrschung der griechischen Etikette immer besser wurde, woraufhin Arsenios in den Staub spuckte und verkündete: »Du sollst sie in der Zeit deiner Wut wie einen Feuerofen machen, du sollst sie in der Zeit deines Zorns verschlingen, und das Feuer soll sie verzehren. Ihre Früchte sollst du von der Erde vertilgen und ihren Samen von den Kindern der Menschen, denn sie haben sich einem Frevel anheimgegeben, den sie nicht werden durchführen können.«

Der Priester verdrehte prophetisch die Augen, und Corelli sagte begütigend: »Ganz recht, ganz recht«, obwohl er kein Wort verstanden hatte. Arsenios spuckte wieder aus, verrieb den Speichel mit dem Fuß im Boden und wies auf den Hauptmann, um anzuzeigen, daß dieser auf die gleiche Weise zu Staub zerrieben werden würde. »Ganz recht«, wiederholte Corelli höflich lächelnd, woraufhin Arsenios in einer Haltung davonwatschelte, die Abscheu und absolute Gewißheit zum Ausdruck bringen sollte.

Der Hauptmann wandte sich wieder seiner Lektüre zu, wurde aber gleich darauf aufs neue gestört, diesmal vom Arzt und Pelagia, die von einem Krankenbesuch zurückkamen, sowie von Carlo Guercio, der im Jeep vorfuhr. Hastig versteckte er das Dokument in der Jackentasche, aber der Arzt hatte es schon erspäht.

»Aha«, sagte er, »ich sehe, Sie haben auch ein Exemplar. Amüsant, nicht wahr?«

»Scheißkrieg.« Mit seinem üblichen, fröhlich gesprochenen Gruß kam Carlo durch den Hofeingang. Er schlug sich die Stirn an einem tiefhängenden Ast des Ölbaums an, desselben, auf dem Mandras geschaukelt hatte, und setzte sich kurzfristig außer Gefecht. Er grinste dämlich. »Dauernd passiert mir das. Ich sollte mittlerweile schon wissen, daß er da ist.«

»Sie sollten nicht so groß sein«, meinte der Arzt. »Es zeigt, daß es Ihnen an Voraussicht und gutem Urteilsvermögen mangelt. Es ist schon mal ein französischer König an so etwas Ähnlichem gestorben.«

»Aber ich scheine noch zu leben«, erwiderte Carlo und rieb mit dem Zeigefinger über die sich abzeichnende Beule. »Haben Sie die Schmähschrift gesehen?«

Corelli warf ihm einen erbosten Blick zu, aber Pelagia sagte: »Sie scheint über Nacht auf der ganzen Insel aufgetaucht zu sein.«

»Tatsächlich versucht der Hauptmann in diesem Augenblick, ein Exemplar zu verbergen«, sagte der Arzt fröhlich.

»Britische Propaganda«, meinte der Hauptmann, der mangelndes Interesse heuchelte.

»Letzte Nacht waren keine Flugzeuge da«, sagte Carlo. »Wenn die kommen, rumpelt und wackelt alles, aber da war nichts.«

»Kann also nicht britisch sein«, sagte der Arzt erfreut. »Ich glaube, unter Ihnen ist jemand, der Zugang zu einer Druckmaschine und einem ausgezeichneten Zustelldienst hat.« Er sah, daß Carlo rot wurde und ihn böse anschaute, und merkte, daß er lieber nicht weiterreden sollte. »Wie Sie sagen, bloß britische Propaganda«, schwächte er ab und zuckte mit den Achseln.

»Es muß jemand sein, der eine Menge weiß«, sagte Pelagia, »weil alles da drin stimmt.«

Corelli wurde rot vor Zorn und stand urplötzlich auf. Sie fürchtete einen Augenblick, daß er sie schlagen würde. Er zog die Schrift aus der Jacke, riß sie theatralisch mitten entzwei und warf die Fetzen der Ziege hin. »Das ist nichts als ein Haufen Scheiße«, verkündete er und schritt ins Haus.

Die anderen drei tauschten Blicke aus, und Carlo machte eine Grimasse, die ein spöttischer Ausdruck von Angst und Zittern war. Dann wurde er sehr ernst und sagte zu Pelagia: »Bitte sehen Sie es dem Hauptmann nach, und erzählen Sie ihm nicht, daß ich das gesagt habe, aber Sie müssen verstehen, daß er in seiner Position ... Er ist schließlich Offizier.«

»Ich verstehe schon, Carlo. Er würde nicht zugeben, daß es stimmt, selbst wenn er es selbst geschrieben hätte. Meinen Sie, ein Grieche hätte das verfassen können?«

Der Arzt grollte: »Was für eine hirnrissige Idee.«

»Ich habe nur gedacht ...«

»Wie viele Griechen könnten das alles wissen, und wie viele Griechen hier können italienisch schreiben, und wie viele Griechen verfügen über Fahrzeuge, um es über die ganze Insel zu verbreiten? Hör doch auf mit dem Quatsch.«

Doch Pelagia ereiferte sich an ihrer These. »Viele R sind als P geschrieben, und das ist ein echt griechischer Fehler. Ein Italiener könnte doch einem Griechen alle Informationen geliefert haben, sie hätten es aufsetzen und drucken können, und dann hätte der

Italiener es mit dem Motorrad oder sonstwas überall verteilen können.« Sie lächelte siegessicher und hob die Hände, um zu zeigen, wie einfach alles war. »Außerdem weiß doch jeder, daß die Leute BBC hören.« Sie hielt es für unklug, vor Carlo zu erwähnen, daß die Männer aus dem Dorf den britischen Sender hörten. Dazu pferchten sie sich in der Kapheneia in einen riesigen Schrank, rauchten mordsmäßig viel und kamen dann keuchend und hustend wieder heraus, um die Meldungen zu Hause ihren Frauen mitzuteilen, die sie wiederum am Brunnen und in den Küchen den anderen weitererzählten. Sie konnte nicht wissen, daß die italienischen Soldaten in ihren Kasernen und Privatquartieren so ziemlich das gleiche machten, was erklärt hätte, warum alle auf der Insel dieselben Witze über Mussolini kannten.

Carlo und der Arzt sahen sich an und fürchteten beide, daß auch ein anderer das herausfinden könnte, wenn schon Pelagia drauf kam. »Tu bloß nicht so gescheit«, sagte Dr. Iannis, »sonst kommt dir das Hirn noch zu den Ohren raus.« Es war ein Spruch aus ihrer Kindheit.

Pelagia sah ihrem Vater und Carlo das Unbehagen an, erinnerte sich, daß Kokolios vor dem Krieg von der Kommunistischen Partei eine kleine Handpresse erhalten hatte, um Parteipropaganda herzustellen, und dann fiel ihr noch ein, daß Carlo ja einen Jeep zur Verfügung hatte. Sie schüttelte den Kopf, wie um diese Spekulationen aus ihrem Denken zu verscheuchen, und dann kam sie auf die Frage, wie sie an lateinische Lettern herangekommen sein mochten. Ihre Erleichterung war gleich wieder wie weggeblasen, als ihr einfiel, daß ihr Vater sich mit dem dicken, hypochondrischen und von unerklärlichen Hühneraugen geplagten Quartiermeister auf gewisse Gegenleistungen geeinigt hatte. Sie schaute von Carlo zu ihrem Vater, und Ärger schnürte ihr die Kehle zu; wenn sie es gewesen waren und es sich um eine Verschwörung handelte, wie dämlich und unverantwortlich würden sie dann noch werden? Kannten sie nicht die Gefahr? »Das Blöde mit den Männern ...« setzte sie an, folgte dann aber dem Hauptmann ins Haus, ohne den Satz zu vollenden. Sie jagte Psipsina vom Küchentisch, als würde es ihr Gefühl für Gefahr verringern, wenn sie sie in den Arm nähme.

Carlo und der Arzt hoben die Hände und ließen sie wieder

sinken. In betretenem und beredtem Schweigen standen sie da. »Ich hätte sie dumm bleiben lassen sollen«, meinte schließlich der Arzt. »Wenn Frauen es schon schaffen, von sich aus ihre Schlüsse zu ziehen, dann wird das noch böse enden.«

38

Wie »Pelagias Marsch« entstand

Eines Tages geschah es, daß Hauptmann Corelli nicht zum Dienst antrat, weil in seinem Kopf ein Erdbeben tobte. Er lag in Pelagias Bett und versuchte, nicht die Augen zu öffnen und sich nicht zu bewegen. Der kleinste Lichtfunken bohrte sich in sein Gehirn wie ein spitzer Dolch durchs Auge, und wenn er sich rührte, verspürte er die klare Gewißheit, daß sich sein Kleinhirn losgelöst hatte und in seinem Schädel herumschwappte. Seine Kehle war so trocken und spröde wie Leder; zweifellos hatte jemand daran Rasierklingen geschärft. Von Zeit zu Zeit machte sich Übelkeit in seiner Speiseröhre breit, die sowohl zu seinem Bauch wie zu seinen Lippen vorstieß, und er bemühte sich angeekelt, die bitteren Gallensäfte abzuwürgen, die entschlossen schienen, einen Weg nach draußen zu finden und seine Brust zu dekorieren. »O Gott«, ächzte er. »O Gott, hab Erbarmen.«

Er schlug die Augen auf und hielt sie mit den Fingern offen. Äußerst langsam, um sein Gehirn nicht zu sehr durcheinanderzubringen, sah er sich im Zimmer um und wurde von einer verstörenden Halluzination heimgesucht. Er blinzelte; ja, wahrhaftig, seine Uniform lag auf dem Boden und bewegte sich von selbst. Er vergewisserte sich in seiner Benommenheit, daß ihre Bewegung unabhängig vom Kreisen des Zimmers war, und schloß wieder die Augen. Psipsina tauchte aus dem Stoffbündel auf und sprang auf den Tisch, um sich in seiner Feldmütze einzurollen, die ihr Lieblingsplatz geworden war, seit sie Gefallen an akrobatischen Verrenkungen gefunden hatte. Sie füllte die Kopfbedeckung aus und schwappte in einem solchen Wirrwarr und Mischmasch aus Schnurrhaaren, Ohren, Schwanz und Pfoten über, daß es unmöglich war, noch einen Körperteil vom anderen zu unterscheiden. Sie schlief auch darin, weil das die Erinnerung an geschenkte Salamischeiben und Hühnerhäute wachrief. Der Hauptmann schlug wieder die Augen auf, sah, daß sein Uniformhaufen nun im Einklang mit dem Rest der Welt rotierte, und war sicher, sein Zustand hätte sich schon gebessert, bis ein irrsinniger und metaphysischer Schlagwerker gegen seine Schläfen zu trommeln begann. Er verzerrte das Gesicht und drückte beide Hände seitlich an den Kopf. Er verspürte den Drang, seine Blase zu leeren, erkannte zu seinem Leidwesen aber auch, daß er dabei Hilfestellung brauchte, weil er schwanken und die Entleerung nicht würde steuern können, so daß er schließlich unbegreiflicherweise gleichzeitig auf seine Füße pinkeln und umfallen würde. Der Gedanke an seine Sterblichkeit setzte ihm ungeheuer zu, und er fragte sich schon, ob er nicht lieber sterben als weiterhin leiden sollte. »Ich will sterben«, stöhnte er, als würde der Gedanke größere Schärfe und Prägnanz erhalten, wenn er ihn äußerte.

Pelagia trat mit einem Krug Wasser ein, den sie zusammen mit einem Glas neben dem Bett absetzte. »Sie müssen das ganze Wasser trinken«, sagte sie streng. »Es ist das einzige Mittel gegen Kater.«

»Ich habe keinen Kater«, jammerte der Hauptmann. »Ich bin sehr krank, das ist alles.«

Pelagia füllte das Glas und hielt es ihm an die Lippen. »Trinken«, befahl sie. Er nippte argwöhnisch und war erstaunt über die wohltuende Wirkung auf seinen körperlichen wie seelischen Zustand. Pelagia füllte das Glas gleich wieder. »Ich habe noch nie jemand so betrunken gesehen«, sagte sie vorwurfsvoll, »nicht einmal am Fest des Heiligen.«

»O Gott, was habe ich getan?«

»Carlo hat Sie um zwei Uhr früh hergebracht. Um genauer zu sein, er ist mit dem Jeep draußen in die Mauer geknallt, hat Sie wie ein Baby in den Armen hereingetragen, ist gestolpert, hat sich die Knie angeschlagen und alle, die nicht sowieso schon wach waren, durch sein Brüllen und Fluchen geweckt. Dann hat er sich auf den Tisch im Hof gelegt und ist eingeschlafen. Er ist noch draußen, und während der Nacht hat er sich naß gemacht.«

»Wirklich?«

»Ja. Dann sind Sie aufgewacht und haben sich vor mich hinge-kniet, mit den Armen herumgefuchtelt und aus vollem Hals und völlig falsch *Io sono ricco e tu sei bella* gesungen und dann den Text vergessen. Dann haben Sie versucht, mir die Füße zu küssen.«

Der Hauptmann war völlig entgeistert. »Falsch gesungen? Ich vergesse niemals einen Text, ich bin Musiker. Was haben Sie gemacht?«

»Ich habe nach Ihnen getreten, dann sind Sie hintübergefallen, haben mir ewige Liebe geschworen und sich übergeben.«

Der Hauptmann schloß in beschämter Verzweiflung die Au-gen. »Ich war betrunken. Meine Batterie hat das Fußballturnier gewonnen, müssen Sie wissen. Das kommt nicht jeden Tag vor.«

»Leutnant Weber hat heute früh vorbeigeschaut. Er hat gesagt, Ihre Seite hätte geschummelt und mitten im Spiel hätte es eine halbstündige Unterbrechung gegeben, weil zwei kleine Jungen den Ball gestohlen haben, als er über den Zaun geflogen war.«

»Das war Sabotage«, erklärte der Hauptmann.

»Ich mag Leutnant Weber nicht. Er schaut mich an, als wäre ich ein Tier.«

»Er ist ein Nazi; er hält mich auch für ein Tier. Das läßt sich nicht ändern. Ich mag ihn. Er ist nur ein kleiner Junge, das wird sich schon noch geben.«

»Und Sie sind ein Trunkenbold. Mir kommt es so vor, als ob ihr Italiener immer betrunken seid, stehlt, den Dorfmädchen nach-jagt oder Fußball spielt.«

»Wir schwimmen auch im Meer und singen. Und Sie können die Jungs nicht dafür anklagen, daß sie den Mädchen nachjagen, weil sie das daheim nicht dürfen, und außerdem kommen einige der Mädchen sehr gut dabei weg. Geben Sie mir noch etwas Wasser.«

Pelagia runzelte die Stirn; etwas an den Bemerkungen des Hauptmanns empfand sie als beleidigend und sogar grausam. Außerdem war sie gerade in streitsüchtiger Stimmung. Sie stand auf, goß ihm den Inhalt des Krugs ins Gesicht und sagte aufge-bracht: »Sie wissen ganz genau, daß sie dazu gedrängt und aus schierer Notwendigkeit dazu getrieben werden. Und wir schämen uns alle dafür, daß Sie Ihre Huren hier haben. Was glauben Sie denn, wie uns dabei zumute ist?«

Dem Hauptmann hämmerte es zu sehr im Schädel, als daß er sich hätte streiten wollen; es hämmerte sogar schon zuviel, um eine Reaktion darauf zu erlauben, daß er unversehens von einem erbosten Fräulein begossen worden war. Nichtsdestoweniger spürte er mit einem Mal, daß er ganz ungerecht behandelt wurde. Er setzte sich auf und redete sie an: »Sie sagen und tun das alles nur, weil Sie eine Entschuldigung von mir wollen, in jedem Ihrer Blicke sehe ich nichts als Vorwürfe. Das geht schon so, seit ich hergekommen bin. Was glauben Sie, was ich dabei empfinde? Warum fragen Sie sich das nicht? Halten Sie mich für stolz? Glauben Sie, ich stünde unter einem inneren Zwang, Griechen zu unterdrücken? Glauben Sie, ich bin der Duce und hätte mir selbst befohlen, hier zu sein? Es ist Scheiße, es ist alles Scheiße, aber ich kann überhaupt nichts dafür. Na gut, na gut, ich entschuldige mich. Sind Sie zufrieden?« Er sackte wieder ins Kissen.

Pelagia stemmte die Hände in die Hüften und nutzte ihre Überlegenheit aus, die daher rührte, daß sie stand und er lag. Sie verzog das Gesicht und sagte: »Wollen Sie mir im Ernst sagen, daß Sie genauso ein Opfer sind wie wir? Armer kleiner Junge, armer kleiner Junge.« Sie ging zum Tisch, bemerkte, daß Psipsina in der Feldmütze des Hauptmanns schlief, und lächelte vor sich hin, als sie aus dem Fenster blickte. Sie vereitelte jede beabsichtigte Wirkung dessen, was der Hauptmann entgegnet hätte, indem sie dafür sorgte, daß er ihr dabei nicht in die Augen blicken konnte. Er tat ihr leid, sie konnte einem Mann nicht feindlich gesinnt bleiben, der einen Baummarder in seiner Kopfbedeckung schlafen ließ, aber sie würde ihre Zuneigung nicht zeigen, wenn es ums Prinzip ging.

Es kam keine Antwort. Corelli betrachtete ihre sich vor dem hellen Fenster abzeichnende Gestalt, und ihm kam eine Melodie in den Sinn. Er sah seine Finger schon nach einem bestimmten Muster auf dem Hals der Mandoline marschieren, er konnte die geordneten hohen Noten ertönen hören, die Pelagias Ruhm verkündeten, während sie ihren Zorn ebenso wie ihren Widerstand darstellten. Es war ein Marsch, der Marsch einer stolzen Frau, die mit harten Worten und Liebenswürdigkeiten gegen den Krieg zu

Felde zog. Er hörte drei einfache Akkorde und eine martialische Melodie, die eine Welt voller Anmut heraufbeschwor. Er hörte die Töne anschwellen und in eine Sturzflut heller Tremoli ausbrechen, die klarer als das Lied der Drossel waren, durchscheinender als der Himmel. Er erkannte mit einiger Bestürzung, daß dazu zwei Instrumente notwendig wären.

39

Arsenios

Pater Arsenios wurde durch den Krieg gerettet, als hätte sein ganzer Lebenslauf nichts als einen weiten Bogen durchs Purgatorium beschrieben, der endlich durch einen unsichtbaren Schild gebrochen wäre und ihn zu seiner Mission geführt hätte. Sein quälender Selbstekel fiel von ihm ab, seine Gier, seine Trägheit und seine Alkoholexzesse folgten einander auf den Friedhof seiner Vergangenheit, und er schien um eine Elle gewachsen zu sein. Sein religiöses Denken ringelte sich wie eine Schlange raffiniert um sich selbst und veränderte seine Seele, so daß er im Gegensatz zu früher, als er gemeint hatte, er hätte seinen Gott im Stich gelassen, nun wußte, daß Gott das heilige Land der Griechen aufgegeben hatte. Er ermannte sich zu dem Gedanken, daß er den Gott, der ihn geschaffen hatte, übertreffen und für Griechenland das tun könnte, was Gott versäumt hatte. Er entdeckte in sich die Gabe der Prophetie.

Er kam auf die Idee, sich einen großen Hund anzuschaffen und ihn darauf abzurichten, Italiener zu beißen, und zu diesem Zweck kaufte er von Stamatis ein Tier, bei dem der Patriotismus gewährleistet sein sollte, weil sein Ahnherr bereits ein langes und ehrenwertes Register von Bissen in Soldatenknöchel aufzuweisen hatte. Sein eigener Köter jedoch, der Arsenios' Dressurversuche als Kommandos mißdeutete, in die Reifen vorbeifahrender Militärlastwagen zu beißen, trat frühzeitig die Reise ins Jenseits an, und Arsenios schaffte sich einen neuen, nicht so ungestümen

Hund an. Er machte sich zu Fuß auf den Weg, mit nichts weiter beladen als einer Pilgertasche und einem Olivenholzkreuz, das ihm auch als Wanderstab diente.

Arsenios wurde zum Wanderprediger. Seine schwabbeligen Schenkel rieben aneinander, bekamen Ausschlag und wunde Stellen im Schritt; im Hochsommer triefte ihm der Schweiß von der Stirn und den Achselhöhlen, so daß auf seiner schwarzen Robe feuchte, dunklere Ringe aufblühten, deren Umkreis durch weite, unregelmäßige weiße Salzränder markiert waren. Sein Bart glitzerte und tropfte wie die Arethusa-Quelle. Die Ledersohlen seiner schwarzen Stiefel rieben sich auf, bekamen eng aneinanderliegende Löcher, bis er auf nackten Füßen herumlief, die nur vom Oberleder eingefaßt waren, und lange Fäden Schusterzwirn hinter sich herzog, die im hellen Staub Abdrücke wie die Spuren haardünner Schlangen hinterließen. Im Winter entdeckte Arsenios, daß sich jeder warm halten konnte, der in Bewegung blieb, und er stemmte sich mit seinem ganzen Gewicht gegen den betäubenden Wind und den prasselnden Regen, während ihm sein unterwürfiger Hund, naß bis auf die Haut, den Schwanz zwischen die Hinterläufe geklemmt und den Kopf mißmutig gesenkt, als Inbegriff einfältiger und blinder Treue folgte.

Von den Pistaziensträuchern und Zypressen des Nordens bis zu den Kiesstränden von Skala im Süden, von den unterirdischen Seen von Sami im Osten bis zu den Steilhängen von Petani im Westen wanderte und predigte Arsenios. Während er mit ebenso gesenktem Kopf wie sein Hund ging, erdachte er sich Sätze voll gerechtem Zorn, die vor den Lagern der Italiener als wilde Tiraden hervorbrachen. Bei den Garnisonen der Deutschen wurde er ignoriert oder grob mit Gewehrkolben vertrieben, nicht weil sie brutal waren, sondern weil sie Dramatik nicht so liebten wie ihre Bundesgenossen. Für die Teutonen stellte er eher eine Irritation als eine Unterhaltung dar, aber für die Italiener war er eine willkommene Abwechslung von den endlosen Kartenspielen und dem Spähen nach britischen Bombern. Sie freuten sich auf seine Besuche genauso wie auf den Lastwagen mit den Huren, wobei Arsenios noch willkommener war, weil sein Kommen und Gehen so unvorhersagbar war.

Wenn er kam, scharten sich die Soldaten um ihn, von den

opernhaften Gesten des wettergegerbten Priesters und dem Donnergrollen des biblischen Griechisch gebannt, von dem sie kein einziges Wort verstanden. Arsenios blickte dann von einem lächelnden und erfreuten Gesicht zum anderen, wußte freilich, daß sie rein gar nichts verstanden, blieb aber beharrlich, weil er meinte, er hätte keine andere Wahl. In ihm häuften sich die Worte, Worte übernatürlicher Kraft, und es kam ihm so vor, als stoße ihn die Hand der Jungfrau vorwärts, als wäre das Leid Christi in ihn gegossen worden, auf daß es aus seiner Seele überfließe und dem Land geschenkt werde.

»Schismatiker aus Rom, irregeleitete Brüder, Kinder des Heilands, der um euch weint, Opferlämmer, willfährige Werkzeuge von Tyrannen, ihr, die ihr ungerecht seid, ihr, die ihr befleckt seid, ihr, die ihr verworfen seid, ihr Hunde und Huren, Zauberer und Götzendiener, ihr, in deren Herzen nicht die Sonne scheint und kein Tempel ist, ihr Kinder eines Volks, das nicht erlöst werden wird, ihr, die ihr Greueltaten ersinnt, ihr, die ihr die Jungfrau schändet, ihr, die ihr nach Wahrheit dürstet und sie nicht trinken könnt; ihr seid verderbt und habt nichts Gutes getan, ihr habt Schandtaten verübt, ihr habt mein Volk so aufgezehrt, wie es sein täglich Brot verzehrt, ihr habt Gott nicht angerufen, ihr habt unsere Städte belagert, ihr habt Schande auf euer Haupt geladen, und Gott hat euch verachtet und eure Knochen verstreut. Gebt acht, der Herrgott wird den Worten aus meinem Munde Sein Ohr leihen, denn Er ist mein Stecken und Stab, Er ist mit denen, die meine Seele aufrichten, Er wird meinen Feinden Übles antun, Er wird sie von Seiner Wahrheit abschneiden, denn Fremde haben sich gegen mein Volk erhoben, Unterdrücker stellen unseren Ölbäumen und unseren Jungfrauen nach, das Böse ist mitten unter ihnen. Meine Seele ist unter die Löwen gefallen, und ich lagere sogar bei denen, die im Feuer stehen, sogar bei den Söhnen der Menschen, deren Zähne Speere und Pfeile sind und deren Zunge ein scharfes Schwert ist.

Wahrlich, ihr tragt Schändliches im Herzen, die Gewalt eurer Hände lastet auf der Erde, ihr seid dem Schoß fremd geworden und geht auf Abwegen, sobald ihr geboren seid, ihr verbreitet Lügen, euer Geifer ist wie Schlangengift, ihr gleicht einem Natterngezücht.

Wir aber sind wie die grüne Olive im Hause Gottes, und wir werden immerdar auf Gottes Barmherzigkeit vertrauen, denn Gott hat Seine Hand ausgestreckt und Seinen Willen kundgetan, und siehe, ich habe Ihn sprechen hören in einem mächtigen Wind und inmitten von Stürmen, in den Steinen von Assos und den Felsenhöhlen. Er hat Salz in den See von Melissani gestreut, Er hält Eisen bereit in den Himmeln Lixouris.

Schismatiker von Rom, der Herrgott hat euch eine Grube bereitet, Er hat euch Fallstricke gelegt, und Not und Trübsal werden euch einholen, denn Satanas wird aus seinem Gefängnis losgelassen werden, und Gog und Magog werden ausgehen, zu verführen die Heiden an den vier Enden der Erde, sie zu versammeln zum Streit, welcher Zahl ist wie der Sand am Meer. Und Feuer vom Himmel wird über die geliebte Stadt fallen und euch verzehren, und ihr – ja, auch die Unschuldigen und diejenigen, die reinen Herzens wie die Kinder sind – werdet geworfen werden in den Pfuhl aus Pech und Schwefel, da auch das Untier und der falsche Prophet sind, und euer Fleisch wird euch von den Knochen gerissen werden, denn ihr seid nicht zu finden in dem Buch des Lebens, und so werdet ihr in die Flammen geworfen werden.

Und Gott wird meinem Volk abwischen alle Tränen von den Augen, und das Weinen und Geschrei wird nicht mehr sein, noch Leid; denn das Erste wird vergehen, und Er, der auf dem Stuhl sitzt, wird alles neu machen, und Er wird meinem Volke, das da dürstet, geben von dem Brunnen des lebendigen Wassers umsonst. Denn Er wird greifen das Tier und mit ihm den falschen Propheten und die gegen uns aufgebotenen Heere, die Zeichen taten vor ihnen, und sie niederstrecken, und alle Vögel des Himmels werden satt von ihrem Fleisch, und sie werden lebendig in den feurigen Pfuhl geworfen, der mit Schwefel brennt, und die andern werden erwürgt mit dem Schwert.«

Die Soldaten versorgten Arsenios und seinen Hund mit Brot und Wasser, Essensresten und Oliven, und in so weit auseinander liegenden Klöstern wie Agrilion und Kipoureon wurde er von den Nonnen und Mönchen betreut. Doch die harten Nächte in den Höhlen, das spärliche Essen und die zwei Jahre schonungslosen Wanderns zehrten sein fülliges Fleisch auf, bis seine weite schwarze Robe um einen Körper schlotterte, der nur noch aus

Haut und Knochen bestand und wund gescheuert war. Seine lebhaften Augen glühten über hohlen Wangen, das Pergament seiner Hände und seines Gesichts wurde dunkel wie Teak, und zum ersten Mal in seinem Leben fand er Frieden in sich und war glücklich. Freilich vernachlässigte er seine Gemeinde vollkommen, aber es ist wahrscheinlich, daß Arsenios, wenn er länger gelebt hätte, ein Heiliger geworden wäre.

40

Lippenkrieg

Sie trafen an der Tür aufeinander. Sie ging gerade hinaus, er kam vom Dienst zurück. Unbefangen legte sie ihm eine Hand auf die linke Wange und küßte ihn im Vorbeigehen auf die andere.

Er war überrascht, und am Hofeingang war sie es schließlich auch, denn erst dort kam ihr plötzlich zu Bewußtsein, was sie getan hatte. Sie blieb abrupt stehen, als wäre sie direkt gegen eine metaphysische, aber spürbare Steinwand gelaufen. Sie fühlte, wie das Blut ihr bis zu den Haarwurzeln stieg, und erkannte, daß sie sich jetzt unmöglich nach ihm umblicken konnte. Zweifellos stand auch er wie angewurzelt da. Sie spürte förmlich, wie sein Blick von ihren Füßen zu ihrem Schädel wanderte und schließlich in der Erwartung, sie würde sich umdrehen, auf ihrem Hinterkopf verweilte. Er rief, wie von ihr erwartet: »Kyria Pelagia.«

»Was?« wollte sie knapp wissen, als würde das Bemühen, sich kurz angebunden zu geben, die schrecklich simple Art, wie sie völlig gedankenlos ihre Zuneigung verraten hatte, wieder vergessen machen.

»Was gibt es zum Abendessen?«

»Veräppeln Sie mich nicht.«

»Würde ich Sie je veräppeln?«

»Bilden Sie sich nichts drauf ein. Ich habe gedacht, Sie wären mein Vater. Ich küsse ihn immer so, wenn er reinkommt.«

»Sehr einleuchtend. Wir sind beide alt und klein.«

»Wenn Sie mich auf den Arm nehmen wollen, werde ich nie wieder mit Ihnen reden.«

Er kam herüber, trat vor sie und warf sich auf die Knie. »O nein«, rief er, »alles, bloß das nicht.« Er senkte den Kopf und klagte erbärmlich: »Haben Sie Erbarmen. Erschießen Sie mich, züchtigen Sie mich, aber sagen Sie nicht, Sie würden nie mehr mit mir reden.« Er umklammerte ihre Knie und tat so, als würde er weinen.

»Das ganze Dorf schaut zu«, wehrte sie ab. »Hören Sie sofort auf. Sie bringen mich in Verlegenheit, lassen Sie mich los.«

»Mein Herz ist hin«, klagte er, packte ihre Hand und bedeckte sie mit Küssen.

»Sie dummes Schaf, Sie sind ja von Sinnen.«

»Ich bin gepeinigt, ich verbrenne, ich bin in Stücke zerbrochen, aus meinen Augen schießen Tränen.« Er beugte sich zurück und gestikulierte poetisch mit den Fingern, um die außergewöhnliche Kaskade unsichtbarer Tränen anschaulich zu machen, die er ihr vor Augen führen wollte. »Lachen Sie mich nicht aus«, fuhr er fort und probierte es auf eine neue Tour. »Oh, Licht meiner Augen, mach dich über den armen, elenden Antonio nicht lustig.«

»Sind Sie wieder betrunken?«

»Betrunken vor Kummer, betrunken vor Schmerz. Sprechen Sie mit mir.«

»Hat Ihre Batterie wieder ein Fußballturnier gewonnen?«

Corelli sprang auf die Beine und breitete erfreut die Arme aus. »Ja. Wir haben Günters Mannschaft mit vier zu eins besiegt, und wir haben drei von ihnen verletzt, und dann bin ich reingekommen, und Sie haben mich geküßt. Ein glorreicher Tag für Italien.«

»Es war ein Versehen.«

»Ein bedeutendes Versehen.«

»Ein unbedeutendes Versehen. Es tut mir sehr leid.«

»Kommen Sie rein«, sagte er, »ich muß Ihnen was sehr Interessantes zeigen.«

Erleichtert darüber, daß er plötzlich das Thema wechselte, folgte sie ihm durch die Tür. Doch sie mußte feststellen, daß er gleich wieder kehrtmachte. Er umklammerte mit beiden Händen ihren Kopf, küßte sie lange und glühend auf die Stirn und rief aus: »*Mi scusi*, ich habe gedacht, es wäre der Arzt, bilden Sie sich nichts

drauf ein.« Dann lief er durch den Hof auf die Straße hinaus. Sie
stemmte die Hände in die Hüften und starrte ihm verdutzt nach,
schüttelte den Kopf und bemühte sich nach Kräften, nicht zu
lachen oder zu lächeln.

41

Schnecken

Der Arzt blickte aus dem Fenster und sah Hauptmann Corelli, der
auf Lemoni zuschlich, um sie zu überraschen. Zur gleichen Zeit
sprang Psipsina mit allen vieren auf die Seite, die er gerade über die
französische Besetzung schrieb, und diese beiden Umstände zusammen gaben ihm eine wunderbare Idee ein. Er legte seine Pfeife
und seinen Füller hin und begab sich in das gleißende Sonnenlicht
des Frühnachmittags hinaus.

»*Fischio!*« rief der Hauptmann, und Lemoni kreischte auf.

»Entschuldigt, Kinder«, sagte der Arzt.

»Ah«, sagte Corelli, der sich linkisch aufrichtete. »Kalispera,
Iatre. Ich habe gerade …«

»Gespielt?« Er wandte sich an das Mädchen. »Koritsimou, erinnerst du dich noch, wie du Psipsina gefunden hast, als sie noch
ganz klein war und im Zaun gehangen hat? Und wie du mich
geholt hast, um sie zu retten?«

Lemoni bejahte mit wichtiger Miene, und der Arzt fragte: »Gibt
es dort noch so viele Schnecken?«

»Ja«, sagte sie. »Ganz viele. Ganz große.« Sie zeigte auf Corelli.
»Noch größer als er sogar.«

»Wann ist die beste Zeit, um sie zu finden?«

»Früh und spät.«

»Aha. Kannst du heute abend herkommen und mir noch mal
zeigen, wo sie sind?«

»Am besten, wenn's schon dunkel ist.«

»Wir können da nicht mehr rausgehen, es herrscht Ausgangssperre.«

»Dann bevor's dunkel wird«, willigte sie ein.

»Worum ging es denn?« wollte der Hauptmann wissen, als Lemoni gegangen war.

Der Arzt erwiderte steif: »Wir haben es Ihnen zu verdanken, daß es kaum noch etwas zu essen gibt. Wir gehen heute abend raus, um Schnecken zu suchen.«

Der Hauptmann warf sich in die Brust. »Die Blockade machen die Briten. Sie meinen, daß sie Ihnen am besten helfen können, wenn sie Sie hungern lassen. Wie Sie sehr wohl wissen, habe ich mein Bestes getan, um zu helfen.«

»Das, was Sie auf Kosten der Armee besorgen, schätzen wir sehr, doch es ist bedauerlich, daß sich diese Situation überhaupt ergibt. Wir brauchen das Protein. Sie sehen ja, in was für einem Zustand wir sind.«

»Bei uns daheim sind Schnecken ein teurer Luxus.«

»Und bei uns hier sind sie eine bedauerliche Notwendigkeit.«

Der Hauptmann wischte sich den Schweiß von der Stirn und sagte: »Gestatten Sie mir, daß ich mitkomme und helfe.«

Am Abend, eine Stunde vor Sonnenuntergang, als die Luft schon kühler geworden war, krochen also Pelagia und ihr Vater, Lemoni und der Hauptmann durch das unzugängliche Gewirr aus Wildwechseln und Dornbüschen, nachdem sie über die bröckelige Mauer geklettert waren und sich unter den Zweigen uralter und ungepflegter Olivenbäume einen Weg gebahnt hatten.

Der Arzt kroch hinter Lemoni, die plötzlich innehielt und sich zu ihm umblickte: »Du hast gesagt«, tadelte sie ihn, »daß du weggebracht und eingesperrt wirst, wenn du Schnecken suchen gehst.«

»Piräus«, erklärte der Arzt. »Ich hab gesagt, ich würde nach Piräus gebracht werden. Aber heutzutage sind wir sowieso alle eingesperrt.«

Im Zwielicht zeigte sich, daß es auf den Unterseiten der tiefer hängenden Blätter eine Unmenge fetter Schnecken gab, die miteinander wetteiferten, wer das bunteste Muster hatte. Da gab es braungelbe Schnecken mit fast unsichtbarer Musterung, helle Schnecken mit Streifenwindungen, ockergelbe und zitronengelbe Schnecken und Schnecken mit roten Tüpfeln und schwarzen Punkten. Oben in den Ästen neigten die Grasmücken ihre Köpfchen, flatterten herum und lauschten auf das dumpfe Klicken und Klatschen, als die Beute aufgesammelt und in Eimer geworfen wurde.

Das Kind und die drei Erwachsenen waren so in ihre Aufgabe vertieft, daß sie nicht merkten, wie sie voneinander getrennt wurden. Der Arzt und Lemoni verschwanden in einem Gang, und der Hauptmann und Pelagia in einem anderen. Irgendwann fiel dem Hauptmann auf, daß er ganz allein war, und er hielt einen Augenblick inne, um über die merkwürdige Tatsache nachzudenken, daß er sich nicht erinnern konnte, wann er sich je so zufrieden gefühlt hatte. Er bedauerte leichthin, wie seine Hose an den Knien aussah, und blinzelte zur Sonne hoch, deren rotes Licht weich auf den Zweigen und Blättern lag. Er atmete tief durch, seufzte und ruhte sich auf den Fersen aus. Mit dem Zeigefinger stupste er eine Schnecke an, die aus dem Eimer zu kriechen versuchte. »Böse Schnecke«, sagte er und war erleichtert, daß niemand in der Nähe war, der ihn solche Albernheiten von sich geben hörte. In der Ferne belferte eine Flak, und er zuckte die Achseln. Wahrscheinlich war es weiter nichts.

»Au, o nein«, ertönte eine Stimme aus der Nähe, die zweifellos Pelagia gehörte. »Oh, verflixt noch mal.«

Von dem schrecklichen Gedanken verstört, daß sie vielleicht von einem fallenden Granatsplitter getroffen worden war, kroch der Hauptmann auf allen vieren rasch auf den Platz zu, von dem der Ausruf gekommen war.

Er fand Pelagia, die in verdrehter Haltung mit zurückgebogenem Hals offenbar festhing. Sie war auf Händen und Knien, ein langer, dünner Streifen Blut lief ihr quer über die Wange, und sie befand sich eindeutig in einem Zustand äußerster Irritation. »*Che succede?*« fragte er, auf sie zukriechend. »*Che succede?*«

»Mein Haar hat sich verfangen«, erwiderte sie ungehalten. »Ein Dorn hat mir die Backe geritzt, und ich habe meinen Kopf herumgerissen, und dann bin ich mit dem Haar in diesem Gestrüpp hängengeblieben. Ich krieg's nicht wieder los. Ach, lachen Sie doch nicht.«

»Ich lache doch nicht«, sagte er lachend. »Ich hatte Angst, Sie wären verwundet.«

»Ich bin verwundet. Meine Backe brennt.«

Corelli langte in die Tasche nach einem Taschentuch und tupfte die Schramme ab. Er zeigte ihr das Blut und sagte leichtfertig: »Das werde ich ewig in Ehren halten.«

»Wenn Sie mich nicht losmachen, werde ich Sie umbringen. Hören Sie doch auf zu lachen.«

»Wenn ich Sie nicht losmache, werden Sie mich nie erwischen, um mich umzubringen, oder? Halten Sie still.« Er war gezwungen, die Hände über ihre Schultern auszustrecken und an ihrem Ohr vorbeizuspähen, um zu sehen, was er tat. Sie spürte, wie ihr Gesicht gegen seine Brust gedrückt wurde, und nahm das grobe Gewebe und das staubige Aroma seiner Uniform wahr. »Sie zerquetschen mir die Nase«, protestierte sie.

Corelli schnupperte anerkennend; Pelagia roch stets nach Rosmarin. Es war ein junger, frischer Geruch, der ihn an Festmahle daheim erinnerte. »Ich werde es wohl abschneiden müssen«, sagte er, vergeblich an den schwarzen Strähnen ziehend, die sich um die Dornen gewunden hatten.

»Au, au, ziehen Sie nicht so daran, seien Sie doch vorsichtig. Und Sie werden es nicht abschneiden.«

»Sie sind in einer sehr verletzlichen Lage«, bemerkte er, »also versuchen Sie gefälligst, sich dankbar zu geben.« Er wand Strähne für Strähne los, wobei er darauf achtete, daß ihm keine Haare aus den Fingern rutschten und ihr weh taten. Seine Arme schmerzten ihn schon, weil er sie weit nach vorn ausstrecken mußte, und er stützte die Ellbogen auf ihren Schultern ab. »Erledigt«, sagte er, zufrieden mit sich, und zog sich zurück. Sie schüttelte erleichtert den Kopf, und als die Lippen des Hauptmanns an ihrer Wange vorbeikamen, küßte er sie sanft kurz vorm Ohr, wo ein fast unsichtbarer weicher Flaum war.

Sie berührte die geküßte Stelle mit den Fingerspitzen und sagte vorwurfsvoll: »Das hätten Sie nicht tun sollen.«

Er setzte sich auf die Knie und hielt sie mit seinem Blick fest. »Ich konnte nicht anders.«

»Sie haben die Situation ausgenützt.«

»Ich entschuldige mich.« Sie sahen einander lange an, und dann, aus ihr selbst unerfindlichen Gründen, fing Pelagia an zu weinen.

»Was ist los? Was ist los?« fragte Corelli, das Gesicht voller Sorgenfalten. Pelagias Tränen kullerten die Wangen herab und fielen in den Eimer zu den Schnecken. »Sie ertränken sie«, sagte er, mit dem Finger darauf deutend. »Was ist los?«

Sie lächelte kläglich und weinte weiter. Er nahm sie in die Arme und tätschelte ihren Rücken. Sie merkte, daß ihr die Nase lief, und bekam Angst, daß Schleim auf die Epaulette seiner Uniform tropfen könnte. Sie schniefte fest, um dem zuvorzukommen. Plötzlich platzte sie los: »Ich halt es nicht mehr aus, ich kann nicht mehr. Es tut mir leid.«

»Alles ist lausig«, pflichtete ihr der Hauptmann bei und fragte sich, ob er auch der Versuchung zu weinen nachgeben sollte. Er nahm ihren Kopf sanft in die Hände und drückte die Lippen auf ihre Tränen. Sie sah ihn verwundert an, und auf einmal – mitten im Dornengestrüpp, bei Sonnenuntergang, von zwei Eimern mit davonkriechenden Schnecken flankiert, mit verdreckten und aufgeriebenen Knien – fanden sie sich umschlungen zu ihrem ersten unpatriotischen und heimlichen Kuß. Hungrig und verzweifelt, von Licht erfüllt, konnten sie einander nicht loslassen, und als sie schließlich in der Dämmerung nach Hause kamen, erreichte ihre gemeinsame Ausbeute, beschämend und anklagend, nicht die Menge, die Lemoni allein geschafft hatte.

42

Wie eine Mandoline doch einer Frau gleicht

Wie eine Mandoline doch einer Frau gleicht, wie grazil und lieblich. Abends, wenn die Hunde jaulen und die Grillen zirpen und der Mond über die Hügel steigt und in Argostoli die Suchscheinwerfer falschen Alarm auslösen, nehme ich meine süße Antonia. Ich fahre sanft über ihre Saiten und sage ihr: »Wie kannst du aus Holz sein?«, so wie ich Pelagia sehe und wortlos frage: »Bist du wirklich aus Fleisch? Ist da nicht ein Feuer? Die flüchtige Spur eines Engels? Etwas, was von Fleisch und Blut weit entfernt ist?« Ich fange im Vorbeigehen ihren Blick auf, der so offen und spöttisch ist und mich fesselt. Sie dreht den Kopf, ein Lächeln, ein kokettes und wissendes Lächeln, und dann ist sie weg. Ich sehe, wie sie Wasser holen geht, und dann kommt sie, den Krug auf der Schulter, eine lebende Karyatide, und als sie an mir vorbeigeht, läßt sie etwas auf meine Epauletten schwappen. Sie entschuldigt sich lachend, und ich sage: »Das kann schon mal vorkommen«, und sie weiß, daß ich weiß, daß es kein Zufall war. Sie hat es getan, weil ich Soldat und Italiener bin, weil ich der Feind bin, weil sie seltsam ist, weil sie gerne neckt, weil es ein Widerstandsakt ist, weil sie mich mag, weil es ein Kontakt ist, weil wir zunächst einmal Bruder und Schwester sind und dann erst Besatzer und Griechin. Ich stelle fest, daß ihre Handgelenke mich an die schlanken Hälse der Mandolinen erinnern, und ihre Hand verbreitert sich am Gelenk wie der Kopf mit den Wirbeln, und die Stelle, wo der Hals dicker wird und an den Resonanzkasten stößt, zeigt den gleichen Umriß wie die Linie von ihrem Hals zum Kinn und glänzt genauso mit der sanften Glätte von Jugend und Kiefernholz.

Nachts träume ich von Pelagia. Sie kommt, zieht sich aus, und ich sehe, daß ihre Brüste die runde Form der in Napoli angefertigten Mandolinen haben. Ich lege meine Hand um sie, und sie sind kalt wie Holz und warm wie die nachgiebige Haut einer Mutter, und sie dreht sich um, so daß ich sehe, daß jede Pobacke eine runde, birnenförmige, singende Mandoline ist, die sich fein abgestuft wölbt und verziert ist mit Perlmutt und Ebenholzstreifen. Ich bin verwirrt, denn ich kann mich nicht entscheiden, ob ich nach Saiten suchen oder der Pein meiner sehnsüchtigen Lenden nachgeben soll. Dann wache ich feucht von meiner eigenen Lust auf, packe Antonia, werde von den kratzenden Saitenenden gepikt und schwitze. Ich lege Antonia hin und sage: »Oh, Pelagia«, und eine Weile liege ich wach, denke an sie, bevor ich mich gewaltsam wieder zum Schlafen zwinge, weil es dann früher wieder Morgen wird und ich Pelagia sehen werde.

Ich denke an Pelagia in Begriffen der Solmisation. Antonia hat drei Akkorde, die zusammen in den ersten drei Bünden zu Hause sind, *do, re* und *sol*, und sie müssen jeweils mit zwei Fingern gegriffen werden. Ich spiele *sol*, gehe eine Stufe weiter und mache daraus *do*, und im Nachhall klingen sie wie Sopran und Alt in der gleichen Tonart aus einem toskanischen Lied. Ich spiele *re*, verdrehe die Hand und greife über einen doppelten Zwischenraum, und es stimmt mit den anderen beiden zusammen, ist aber traurig und unvollkommen wie eine unerfüllte Jungfrau. Es bittet mich: »Bring mich dahin zurück, wo ich meinen Frieden finden kann«, und ich kehre zu *sol* zurück, und alles stimmt, und ich fühle mich wie Gott selbst, der eine Frau erschuf und feststellte, daß seine Welt mit einem letzten und vollendenden Schliff vollkommen geworden war.

Pelagia hat auch diese einfachen, fröhlichen Tonlagen in sich. Sie spielt mit einer Katze und lacht, das ist *sol*. Sie hebt eine Augenbraue, wenn sie mich ertappt, wie ich zusehe, und tut so, als würde sie mich tadeln und rügen, weil ich mich der Bewunderung schuldig gemacht habe, das ist dann *do*. Sie fragt mich: »Hast du nichts Sinnvolles zu tun?« Das ist wie *re* und verlangt eine Auflösung. Ich sage: »Il Duce und ich erobern heute Serbien.« Da lacht sie, und alles ist auf einmal wieder geklärt. Sie wirft den Kopf zurück und lacht, ihre weißen Zähne blitzen, und sie weiß, daß sie schön ist und mir gefällt. Ich werde an blendend weiß gestrichene Häuser auf einem fernen Hügel in Kandia erinnert. Sie ist heiter, stolz und zurückhaltend, alles ist in sich abgerundet. Sie ist zu *sol* zurückgekehrt. Auch ich merke, daß ich lache; wir sind Oktaven auseinander, lachen in Oktaven miteinander, Mandola und Mandoline, und weit entfernt böllert ein Geschütz auf imaginäre britische Flugzeuge, nebenher rattern Maschinengewehre, und siehe, da haben wir unsere Pauken.

Pelagia hört die Geschütze und runzelt die Stirn. Wir waren glücklich zusammen, so wie wir auf dieser von Bougainvillea beschatteten, von Bienen besuchten Terrasse saßen, aber jetzt ist wieder Krieg; er ist zurückgekehrt, und Pelagia runzelt die Stirn und zieht die Brauen zusammen. Ich möchte sagen: »Es tut mir leid, Pelagia, es war nicht meine Idee, ich habe Ionien nicht gestohlen. Ich hatte nicht den Einfall, euch eure Ziegen wegzunehmen und eure Ölbäume als Brennholz zu verheizen. Ich bin von Natur aus kein Parasit.« Aber so etwas kann ich nicht sagen, wie Pelagia weiß. Sie versteht aber auch, warum ich das nicht sagen kann, doch sie wirft mir trotzdem mangelnden Willen vor. Sie hat gehört, wie ich von der neuen *Pax Romana* sprach – der Wiederherstellung des alten Machtbereichs, der allen Frieden und Ordnung bescherte, die längste der Menschheit bekannte Kulturepoche –, und sie macht ein finsteres Gesicht.

Wenn Pelagia wegen der fernen Geschütze das Gesicht verzieht, ist es wie ein Moll-Akkord mit einer Septime und einer erniedrigten Quinte; wenn ich das hart anschlage, klingt es martialisch und zornig, ein Akkord für Guerillas und Partisanen. Aber sanft angeschlagen, wird es ein Akkord endloser sehnsüchtiger Schwermut. Pelagia ist traurig, und ich hole mir Antonia und spiele *re minore*. Sie blickt auf und sagt: »Genauso habe ich mich gefühlt. Wie hast du das gewußt?« Darauf hätte ich gern erwidert: »Pelagia, ich liebe dich, und deshalb weiß ich es.« Doch statt dessen sage ich: »Weil du wehmütig und erwartungsvoll bist.«

»Was erwarte ich denn?« fragt sie, und ich sage: »Das mußt du mir sagen, Pelagia.« Ich weiß jedoch, daß sie mir nie sagen wird, daß sie auf eine neue Welt wartet, in der eine Griechin einen Italiener lieben darf, ohne sich etwas dabei zu denken.

»Ich bin dabei, einen Marsch für dich zu komponieren«, verrate ich. »Hör mal.« Ich spiele *re minore* – eins, zwei – und dann *do maggiore* – eins und zwei und – und wieder zurück zu *re minore*, eins zwei … Ich sage ihr: »Das Problem ist, daß ich einen zweiten Spieler brauche, um eine griechische Melodie darüberzulegen, vielleicht irgendeinen Rembetiko. Vielleicht kann ich im Bataillon jemand mit einer Mandoline finden und dann die Akkorde eine Oktave tiefer auf einer Mandola spielen. Ich glaube, das dürfte sehr gut klingen.«

»Jemand müßte eine Gitarre haben«, schlägt Pelagia vor, und ich erwidere: »Ein Akkord oder eine Melodie, die auf der Mandoline so und so ertönt, wird sich auf einer Gitarre vollkommen anders anhören; das ist eine der unerklärlichen Tatsachen des Musiklebens. Diese beiden Akkorde klingen auf einer Gitarre unglaublich banal, ohne jede Dramatik, es sei denn, ein Spanier spielt sie.«

Pelagia lächelt, und ich weiß, daß sie kein Wort von dem versteht, was ich gesagt habe, aber das macht nichts. Ich beginne, an eine Tremolo-Melodie zu denken, die über den Akkorden tanzt. Pelagia mag es sehr, wenn ich Tremoli spiele; sie meint, es ist ein ganz bewegender und erlesener Klang.

Aber es beleidigt sie, von einem Eindringling und Besatzer,

von jemand, der Käse und Robola-Wein requiriert, gerührt zu werden, und plötzlich steht sie auf, und ich sehe, daß ihre Seele in Flammen steht. Sie zeigt drohend mit dem Finger auf mich und schreit aus verkniffenem Mund: »Wie kannst du so sein? Was ist los mit dir? Wie kannst du, ein Musiker, ein gebildeter Mann, mit deiner Mandoline herkommen und einer Griechin schöne Melodien vorspielen, wenn rundherum die Insel geplündert und verheert wird? Und komm mir bloß nicht mit der Scheiße vom Wiederaufbau des Römischen Reiches. Wenn du es wirklich wissen willst, es war Griechenland, das Rom erzogen hat, und wir haben es eben nicht durch Eroberung getan. Was ist los mit dir? Wie kannst du es aushalten, hier zu sein? Befehle? Befehle von wem? Von einem eitlen, wortgewaltigen Größenwahnsinnigen, der Kephallonia von einem verrückten Ungeheuer bekommen hat, das auch so ein schwarzhaariger Größenwahnsinniger mit dem Wunsch ist, alle außer ihm sollten blond sein? Du bist der Verrückte, merkst du das nicht? Weißt du nicht, daß du ausgenutzt wirst? Meinst du, daß Hitler euch euer neues Römisches Reich behalten läßt, wenn er alle anderen fertiggemacht hat? Wie kannst du auf einer Bombe sitzen und Mandoline spielen? Warum nehmt ihr nicht eure Gewehre und zieht ab? Wißt ihr nicht, wer der Feind ist?«

Und Pelagia läuft die venezianischen Stufen hinab und in die Sonne. Sie bleibt stehen und blickt zu mir zurück, wobei ihre Augen sich mit zornigen und bitteren Tränen füllen, und ich weiß, daß sie mich haßt, weil sie mich liebt, weil sie mich liebt und ich ein Mann bin, dem der Mut fehlt, um das Übel an der Gurgel zu packen und zu erwürgen. Ich schäme mich. Ich spiele einen verminderten Akkord, weil ich vermindert bin. Mein Flirten und mein Versuch, charmant zu sein, haben mich bloßgestellt. Ich bin ein ehrloser Mensch.

Der runde, wie eine Brust gewölbte Bauch der Mandoline rutscht wie immer an seinen Platz über meinem Gürtel, und wie immer denke ich mir: »Vielleicht brauche ich eine flache portugiesische Mandoline, die nicht rutscht«, aber ich unterdrücke solche dummen Gedanken; woher bekommt man in Kriegszeiten eine flache portugiesische Mandoline? Statt dessen denke ich wieder: »Wie eine Mandoline doch einer Frau gleicht, wie eine

Mandoline doch Pelagia gleicht, wie grazil und lieblich«, und mir kommt ein Xenophanes selbst würdiges Paradox in den Sinn: daß der Krieg uns zusammengebracht hat und der Krieg uns wieder auseinandertreibt. Die Briten nennen das »mit einer Hand geben und mit der anderen nehmen«. Was habe ich gegen die Briten, daß ich nach Griechenland habe kommen müssen? Pelagia hat recht, aber wer wird es zuerst sagen? Bisher hat es nur Antonia geäußert, die unter meinen Fingern singend »Pelagias Marsch« hat erschallen lassen.

43

Die große rostige Stachelkugel

Pelagia bereitete Schnecken nicht besonders gern zu. Zum einen hatte sie viele widersprüchliche Ratschläge erhalten, wie sie genießbar zu machen seien, und sie haßte das Gefühl der Unsicherheit, das durch ihre Verwirrung hervorgerufen wurde; es graute ihr vor der Vorstellung, etwas aufzutischen, was schleimig und eklig war, und sie hatte Angst, sie würde in der Achtung des Hauptmanns sinken, wenn sie ein ungenießbares Essen kochte. Die warme und freudige Glut, die sie nach der Entdeckung ihrer gegenseitigen Liebe in sich gespürt hatte, war nun nicht nur durch das heimliche Schuldgefühl darüber bedroht, sondern auch durch den erschreckenden Gedanken, daß sie ihn im besten Falle abstoßen und im schlimmsten Fall vergiften würde, wenn sie mit den Schnecken etwas falsch machte.

Drosoula sagte ihr eindringlich, daß sie die Schnecken über Nacht in einem Topf voller Wasser lassen müsse, bei geschlossenem Deckel, damit sie nicht ausrissen, und am Morgen müsse sie sie gründlich waschen. Dann sollte sie die lebenden Schnecken im Wasser erhitzen und darauf warten, daß blasiger Schaum an die Oberfläche trat. In genau diesem Augenblick müsse sie etwas Salz zugeben und sie im Uhrzeigersinn umrühren (»Wenn du sie gegen den Uhrzeigersinn umrührst, schmecken sie scheußlich«).

Nach einer Viertelstunde sollte sie ein Loch hinten in jedes Haus bohren, »um den Teufel raus- und die Soße reinzulassen«, und dann sollte sie sie im Kochwasser sauber spülen. Sie erklärte Pelagia nicht, wie es bei diesem Arbeitsgang möglich sein sollte, die Finger in Wasser zu stecken, das noch kochendheiß war. Drosoula betonte auch nachdrücklich, daß nur die Schnecken eßbar waren, die Thymian gefressen hatten, und Pelagia glaubte ihr keine Minute, wurde nichtsdestoweniger aber nur noch verängstigter.

Die Frau von Kokolios sagte ihr am Brunnen, daß dies alles Unsinn sei und sie sich noch erinnern könne, wie ihre Großmutter es gemacht hatte: »Hör doch nicht auf diese Drosoula. Die Frau ist doch fast eine Türkin.« Nein, Pelagia sollte jede Schnecke anpiksen, und wenn sie sich bewegte, war sie lebendig. »Aber wie soll ich sie anpiksen, wenn sie sich verkrochen hat?« fragte Pelagia.

»Warte drauf, bis sie rauskommt«, erwiderte die Frau von Kokolios.

»Aber wenn sie rauskommt, dann ist sie doch offensichtlich lebendig, und dann brauche ich sie nicht mehr anzupiksen.«

»Pikse sie trotzdem. Sicher ist sicher. Dann nimmst du ein spitzes Messer und säuberst die Mundöffnung, und dann nimmst du sauberes Wasser und wäschst jede Schnecke einundzwanzigmal. Nicht mehr, weil das den Geschmack wegwäscht, und nicht weniger, weil sie dann noch schmutzig wären, und dann läßt du sie eine halbe Stunde abtropfen und streust dann Salz in die Mundöffnung, damit der ganze eklige, blasige, gelbe Schleim rauskommt; dadurch weißt du, daß sie bereit sind. Dann mußt du sie nacheinander mit der Öffnung nach unten in Öl braten und später Wein hinzufügen und zwei Minuten lang kochen, nicht mehr und nicht weniger. Dann eßt ihr sie.«

»Aber Drosoula sagt, ich sollte ...«

»Hör nicht auf diese alte Hexe. Frag diejenigen, die sich auskennen, und sie werden dir das gleiche wie ich sagen, und wenn sie dir was anderes sagen, dann wissen sie nicht, wovon sie reden.«

Pelagia fragte noch die Frau von Arsenios und die von Stamatis. Sie suchte sogar »Schnecken« in der medizinischen Enzyklopädie, fand aber keinen Eintrag. Am liebsten hätte sie sie im Hof auf den Boden geschmissen und wäre darauf herumgetrampelt. Sie war wirklich so frustriert, daß sie weinen oder schreien wollte. Ihr waren fünf verschiedene Zubereitungsarten der Gastropoden mitgeteilt worden, und sie hatte vier verschiedene Rezepte gehört: gekochte Schnecken, gebratene Schnecken, geschmorte Schnecken auf kretische Art und Schneckenpilaw. Es gab keinen Reis, also kam der Pilaw nicht in Frage. Bei dem Gedanken an Reis lief ihr das Wasser im Mund zusammen, und sie wünschte sich wieder einmal, daß der Krieg aufhörte.

Aber wie sollte sie wissen, wie viele Schnecken sie nehmen sollte? Drosoula meinte, ein Kilo für vier Personen. Aber war das mit oder ohne Häuser? Und wie um alles in der Welt sollte sie sie aus ihren Häusern herausbekommen? Und wie sollte sie sie wiegen, ohne Schleim auf die Waagschale zu bekommen? Denn dieser Schleim ließ sich nicht einmal mit heißem Seifenwasser abwaschen und legte sich auf alles, was damit in Berührung kam, als hätte er die mystische Fähigkeit, sich endlos zu vervielfältigen.

Pelagia blickte auf ihre glänzende Ladung schleimbildender Tierchen und stupste sie mit dem Finger weg, wenn sie aus dem Topf zu kriechen versuchten. Es überkam sie ein großes Mitleid mit ihnen. Sie waren nicht nur sehr grotesk mit ihren ausfahrbaren Stielaugen und den hilflos langsam sich windenden Körpern, wenn sie verkehrt herum gehalten wurden, sie waren auch zutiefst rührend mit ihrem traurigen und bedauernswerten Vertrauen in die Sicherheit ihres Kalkpanzers. Das erinnerte sie an die Zeit, als sie selbst noch klein war und ernsthaft geglaubt hatte, daß ihr Vater sie bei einem ungehörigen Tun nicht sehen könnte, wenn sie die Augen schloß. Während sie an den Schnecken herumfingerte, machte die Grausamkeit einer Welt sie betrübt, in der Lebewesen nur überleben konnten, wenn sie schwächere Tiere als Beute nahmen; es schien eine armselige Art zu sein, ein Universum einzurichten.

Ihre praktischen und ethischen Sorgen wurden unterbrochen von dem begeisterten Ruf: »*Barba C'relli, barba C'relli*«, und sie lächelte, als sie die Stimme der höchst aufgeregten und erfreuten Lemoni hörte. Das Mädchen nannte den Hauptmann neuerdings immer »Alter Mann« und kam jeden Abend her, um ihm in atemlosem und kindischem Griechisch alle Ereignisse des Tages zu berichten. »Barba« Corelli hörte geduldig zu, verstand überhaupt nichts davon, tätschelte ihr den Kopf, nannte sie »Koritsimou« und warf sie dann in die Luft. Pelagia verstand nicht, was für ein Vergnügen dies den beiden bereitete, aber einige Dinge sind nicht zu erklären, und Lemonis durchdringende Freudenschreie waren ein schlagender Beweis für das Unwahrscheinliche. Pelagia, froh über eine Ablenkung, ging auf den Hof hinaus.

»Ich hab eine riesengroße rostige Stahlkugel gesehen«, teilte Lemoni dem Hauptmann mit, »und ich bin draufgeklettert.«

»Sie sagt, sie hat eine riesengroße rostige Stahlkugel gesehen und ist draufgeklettert«, übersetzte Pelagia.

Carlo und Corelli wechselten Blicke und erbleichten. »Sie hat eine Mine gefunden«, meinte Carlo.

»Frag sie, ob es am Strand war«, sagte Corelli, an Pelagia gewandt.

»War es am Strand?« fragte sie.

»Ja, ja, ja«, sagte Lemoni fröhlich und fügte hinzu: »Und ich bin draufgeklettert.«

Corelli konnte genügend Griechisch, um das Wort »Ja« zu verstehen, und stand abrupt auf, um sich ebenso plötzlich wieder hinzusetzen. »Puttana«, rief er aus, nahm das Mädchen in die Arme und drückte es fest an sich, »sie hätte getötet werden können.«

Carlo formulierte es realistischer. »Sie müßte eigentlich tot sein. Es ist ein Wunder.« Er verdrehte die Augen und fügte hinzu: »Porco Dio.«

»Puttana, puttana, puttana«, sang Lemoni unbekümmert, wobei ihre Stimme aber durch die Uniform des Hauptmanns gedämpft wurde. Pelagia zuckte zusammen und sagte: »Antonio, wie oft habe ich dir schon gesagt, keine schlimmen Wörter vor einem Kind in den Mund zu nehmen? Was glaubst du, was ihr Vater sagen wird, wenn sie heimkommt und so redet?«

Corelli sah sie beschämt an und grinste dann. »Er wird womöglich sagen: ›Welcher figlio di puttana hat meinem kleinen Mädel beigebracht, puttana zu sagen?‹«

Niemand von den Dorfbewohnern wollte dem langen Zug der Wißbegierigen fernbleiben, der sich die Klippen hinunter zum Strand schlängelte. Als sie das Objekt sahen, zeigten sie mit den Fingern darauf und schrien: »Da ist sie, da ist die Mine«, und da lag sie tatsächlich, hatte sich mit dem täuschend unschuldigen Anschein, dorthin zu gehören, genau am Rand der pfauenblauen See niedergelassen. Es war eine mannshohe Kugel, die etwas abgeplattet und mit stumpfen Dornen besetzt war, so daß sie wie eine unnatürlich riesenwüchsige Roßkastanie aussah oder wie ein riesiger Seeigel, der seine Stacheln nach einer unliebsamen Begegnung mit einem Militärbarbier gerade wieder aufgerichtet hat.

Die Dörfler scharten sich in respektvollem Abstand darum, nur der Hauptmann und Carlo gingen nah heran, um sie zu inspizieren. »Was meinen Sie, wieviel Sprengstoff?« fragte Carlo.

»Wer weiß«, antwortete der Hauptmann. »Genug, um ein Schlachtschiff aus dem Wasser zu pusten. Wir müssen das Gelände absperren und sie zur Explosion bringen. Ich wüßte nicht, wie ich sie entschärfen sollte.«

»Großartig«, rief Carlo, der ungeachtet der Schrecken in Albanien im Grunde seines Herzens Explosionen liebte und nie seine jungenhafte Freude an harmloser Zerstörung verloren hatte.

»Geh zum Lager zurück und hol etwas Dynamit, Lunte und einen von diesen elektrischen Auslösern. Ich bleibe hier und passe auf die Leute vom Dorf auf.«

»Die ist türkisch«, sagte Carlo und deutete auf die geschwungenen Schriftzeichen, die unter den großen Rostblattern und -löchern kaum noch zu sehen waren. »Sie muß sich seit dem Großen Krieg zwanzig oder mehr Jahre herumgetrieben haben.«

»*Merda*, das ist ja unglaublich«, bemerkte Corelli, »ein wahres Monstrum. Ich schätze, daß der ganze Sprengstoff mittlerweile zerfallen ist.«

»Wird es also keinen großen Knall geben?« fragte Carlo bedauernd.

»Den wird es schon geben, wenn du genug Dynamit holst, *testa d'asino*.«

»Hab schon verstanden«, sagte Carlo und lief die Strandböschung hinauf zum Dorf.

Corelli wandte sich an Pelagia, die immer noch verwundert auf das riesige uralte Kriegsgerät starrte: »Sag Lemoni, wenn sie irgendwo etwas findet, was aus Metall ist, und sie kennt es nicht, dann darf sie es nie und nimmer anfassen und muß es mir schleunigst melden. Schärfe ihr ein, sie soll allen anderen Kindern dasselbe sagen.«

Corelli bat Pelagia, für ihn zu dolmetschen, und winkte die Dorfbewohner zu sich her. »Zunächst«, teilte er ihnen mit, »werden wir dieses Ding zur Detonation bringen müssen. Es könnte eine wirklich große Explosion geben; wenn es also soweit ist, möchte ich, daß ihr alle rauf zum Rand der Klippe geht und von dort zuschaut, weil es sonst aus Versehen ein böses Massaker geben könnte. Während wir auf das Dynamit warten, brauche ich ein paar starke Männer mit Spaten, die mir in fünfzig Meter Entfernung von dem Ding einen Graben ausheben, dort drüben, wo ich mich in Sicherheit bringen kann, während ich das Gerät detonieren lasse. Er muß etwa so tief sein wie ein Grab. Irgendwelche Freiwilligen?« Er blickte von einem Gesicht zum anderen, doch alle Augen waren von ihm abgewandt. Es war nicht gut, einem Italiener zu helfen, und obwohl alle den großen Knall sehen wollten, wäre es für den ersten, der sich freiwillig gemeldet hätte, eine Schande gewesen. Corelli sah diese widerspenstigen Gesichter und wurde rot. »Ihr könnt euch ein Hühnchen teilen«, verkündete er.

Kokolios hielt zwei Finger hoch und sagte: »Zwei Hühnchen.«

Corelli nickte zustimmend, und Kokolios sagte: »Ich werde es mit Stamatis machen, aber wir wollen jeder zwei Hühnchen.«

Pelagia übersetzte. Der Hauptmann verzog das Gesicht. »Jeder?« Er verdrehte unwirsch die Augen und brummte »Rompiscatole«.

Und so kam es, daß Kokolios und Stamatis, der Royalist und der Kommunist, die aber nichtsdestoweniger alte Freunde und durch Hunger und Unternehmungsgeist vereint waren, zu ihren Häusern gingen und mit Spaten zurückkamen. An der vom Hauptmann angegebenen Stelle hoben sie ein rechteckiges Loch aus, wobei sie den Sand auf der Minenseite als Schutzwall aufhäuften. Als es erst vier Fuß tief war, füllte es sich langsam mit Wasser, und der Hauptmann sah mißbilligend und bestürzt auf die ockerfarbene Brühe. »Es füllt sich mit Wasser«, bemerkte er unnötigerweise zu Pelagia, die mit allen anderen dastand und den beiden alten Männern bei der Arbeit zuschaute. Sie sah ihn an und lachte. »Das weiß doch jeder: Wenn man am Strand ein Loch gräbt, dann füllt es sich mit Wasser.«

Corelli runzelte die Stirn, und ihm kamen Vorbehalte gegen

den ganzen Plan, was ihn nur um so entschlossener machte, ihn durchzuführen.

Carlo kam wieder zurück, aber nicht nur mit dem Dynamit und der übrigen Ausrüstung, sondern mit einem ganzen Lastwagen voll Soldaten, die alle schwer bewaffnet und ganz darauf erpicht waren, sich das bevorstehende Spektakel nicht entgehen zu lassen. Corelli war ungehalten: »Warum hast du es nicht auch noch Hitler erzählt und die ganze deutsche Armee eingeladen?«

Carlo zeigte eher Verärgerung als Reue. »Ich habe alle diese Männer mitnehmen müssen, weil es gegen die Vorschriften ist, Sprengstoff ohne Sicherheitspersonal zu transportieren. Es ist wegen der Partisanen, also gib mir nicht die Schuld.«

»Partisanen? Was für Partisanen? Meinst du die Banditen, die die Dörfer ausplündern, wenn wir nicht hinsehen? Daß ich nicht lache.«

»Das Loch ist an der falschen Stelle«, mischte sich ein kleiner Mann in Pioniersuniform ein.

»Das Loch ist da, wo ich es haben will«, schrie der Hauptmann, der bei der Aussicht, dieses Freizeitvergnügen aus der Hand genommen zu bekommen, zunehmend gereizter wurde.

»Es ist zu nahe«, beharrte der Pionier, »die Schockwelle wird genau über dieses Loch fegen und Ihnen Augen und Hirn herauspusten, und dann werden wir Sie ausgraben müssen, es sei denn, es ist Ihr Wunsch, hier in Frieden zu ruhen.«

»Hören Sie, Unteroffizier, ich möchte Sie darauf hinweisen, daß ich Hauptmann bin, und Sie sind Unteroffizier. Ich habe hier das Kommando.«

Der Soldat blieb ungerührt: »Dann darf ich Sie darauf hinweisen, daß ich Sappeur bin, und Sie sind ein verrückter Blödmann.«

Corelli machte erst vor Überraschung große Augen und dann noch größere vor Zorn. »Ungehorsam!« brüllte er. »Dafür werde ich Ihnen was aufbrummen.«

Der Sappeur zuckte die Achseln und lächelte. »Sie können machen, was Sie wollen, weil ein Toter keinem mehr was aufbrummen kann. Wenn Sie sterben wollen, na schön, ich schau zu.«

»*Carogna*«, zischte Corelli, aber der Soldat blieb bei seinem »verrückten Blödmann« und schlenderte davon. Er wollte mit dem ganzen Vorgang nichts mehr zu tun haben und stieg auf die

Klippe hinauf, zündete sich eine Zigarette an und schaute mit verkniffenen Augen gegen die untergehende Sonne, als er die Vorbereitungen unten betrachtete. Es war herrlich. Das Meer zeigte unzählige Schattierungen von Aquamarin und Lapislazuli, und er konnte unter den Wellen die dunklen Erhebungen der Felsen und die schwankenden Stränge des Seetangs sehen. Er war gespannt, was diesem idiotischen Offizier widerfahren würde.

Corelli plazierte eine Ladung Dynamit unter der Mine und rollte die Zündleitung ab, die gerade lang genug war, um bis zu seinem Wassergraben zu reichen. Weil er befürchtete, daß die Aussage des Sappeurs zutreffen könnte, aber dennoch entschlossen war, sein Vorhaben zu Ende zu führen, häufte er, damit der Explosionsdruck nach oben gerichtet würde, mit dem aufgeregten Soldatentrupp einen dicken Sandwall um die Mine herum auf, bis sie schließlich wie der Negativabdruck eines Doughnut aussah, ein leerer Ring mit einem Sandhaufen in der Mitte, der von verloren wirkenden Borsten aus rostigen und abgestumpften Stacheln gekrönt wurde. Drosoula war nicht die einzige Frau, die sich dachte, daß das Ganze wie ein megalithischer Penis im Ruhezustand aussah.

»Avanti«, rief der Hauptmann endlich, und die Soldaten und Schaulustigen kletterten den Steilhang der Klippe hinauf. Sie schwitzten und keuchten, obwohl die Abendsonne längst nicht mehr so heiß strahlte. Corelli dort unten sah kaum größer aus als eine Maus. Die Soldaten ließen sich nieder und diskutierten, ob der Strand zum Fußballspielen geeignet sei oder nicht. Der Sappeur ließ sich heftig und beißend über den Irrsinn des Offiziers aus und bot an, Wetten zu dessen Überleben anzunehmen. Pelagia wurde allmählich sehr besorgt, und ihr fiel auf, daß Carlo vor Angst schwitzte. Sie sah, wie er sich wiederholt bekreuzigte und Gebete murmelte. Er wurde auf sie aufmerksam und warf ihr einen flehenden Blick zu, als wollte er sagen: »Sie sind die einzige, die ihn aufhalten kann.«

Unten in seinem Graben spähte Corelli über den Rand seines Bunkers und war betroffen von der unglaublichen Nähe der Mine. Je länger er hinsah, desto bildfüllender rückte sie heran, bis es ihm so vorkam, als sei sie zwanzig Meter hoch und säße direkt in seinem Schoß wie eine groteske korpulente und unliebsame

Hure in einem Bordell, das er naiverweise für eine Bar gehalten hatte. Er entschloß sich, nicht mehr hinzusehen. In seinen Eingeweiden rumorte es äußerst beunruhigend, und er merkte, daß er bis zu den Knien durchnäßt war und seine Stiefel sich mit irritierend sandigem und verblüffend nassem Wasser gefüllt hatten. Er legte beide Hände auf den T-förmigen Auslöserhebel und drückte ihn ein paarmal herunter, um sich an die Vorstellung zu gewöhnen, eine Sprengung auszulösen. Dann schloß er die Leitung an die Pole an.

Weil ihm die drastische Möglichkeit Sorgen machte, daß ihm Augen und Hirn herausgepustet werden könnten, übte er im Geist rasch das Manöver, den Auslöser niederzudrücken, sofort die Hände an den Kopf zu legen und dabei gleichzeitig die Augen fest zuzukneifen. Er richtete den Blick gen Himmel, bekreuzigte sich, sammelte sich und drückte elegant den Auslöser herunter.

Es kam ein scharfes Knacken, eine fast unmerkliche Pause, dann ein Aufbrüllen *basso profondo*. Die Leute auf der Klippe sahen eine gewaltige Trümmerfontäne mit majestätischer Bestimmtheit hochsteigen und vor ihren Blicken in den Himmel wirbeln. Mit ehrfürchtigen Gesichtern erkannten sie dunkle Stahlplatten, die sich langsam drehten, glitzernde Wassertropfen, die flüchtig in den Regenbogenfarben aufleuchteten, großflächige matschige Sandklumpen, Staubstürme aus trockenem Sand und aufwuchernde Ausblühungen aus schwarzem Rauch und orangefarbenen Flammen.

»Aira!« riefen die erleichterten Griechen, »*figlio di puttana di stronzo d'un cane d'un culo d'un porco d'un pezzo di merda!*« die Soldaten. Ganz unvermutet traf sie die Druckwelle und warf sie flach auf den Rücken wie die machtlosen Sterblichen, die in der Antike von der Hand des wolkengebietenden Zeus niedergestreckt wurden. »*Putanas yie!*« murmelten die verdutzten Griechen und »*Porco cane!*« die Soldaten, während sie sich noch aufrappelten, dabei nach oben blickten und sahen, daß das scheinbar unerschöpfliche Hochwirbeln der Materiebrocken aufgehört hatte. Sie stiegen nicht mehr in die Höhe, sondern entfalteten sich nun unerbittlich nach allen Seiten und dehnten sich in einem gebieterischen und allumfassenden Bogen aus. Gebannt vor Schreck sahen es die Leute auf der Klippe und legten die Köpfe immer weiter in den Nacken, als die gefährliche, aber schöne dunkle Wolke sich über ihnen ausbreitete. Pelagia wurde wie Carlo und viele andere von einer eisigen und lähmenden Ruhe gepackt, einem schrecklichen und hilflosen Entsetzen, doch dann warf sie sich wie die anderen bäuchlings auf die borstige Grasnarbe der Klippe und vergrub das Gesicht in den Händen.

Ein großflächiger, heimtückischer Batzen feuchten Sands klatschte ihr schmerzhaft auf den Rücken, so daß ihr die Luft wegblieb, und ein weißglühendes Metallteil schoß neben ihrem Kopf in den Boden und sengte sich hörbar bis zum Fels darunter durch. Ein Splitter fuhr in ihre Schuhsohle und trennte sie sauber vom Absatz. Glühendheiße Rostflusen setzten sich auf ihrer Kleidung ab und brannten winzige Pfefferlöcher, die ihre Haut peinigten. Sie zuckte wie von einem Pfeil getroffen vor einem Schmerz zusammen, der erst stach, dann nachklang und wie bei einem Hornissen- oder Wespenstich ausstrahlte. Ihr Empfinden leerte sich bis auf das Vakuum der Ergebung, die Hoffnungslose angesichts des Todes befällt.

Erst nach einer Ewigkeit endete alles mit einem sanften und zärtlich besänftigenden Regen aus trockenem Sand, der vom Himmel fiel und weich neben die Leute und auf sie platschte, wobei er sich zu symmetrischen Kegeln auf den Hinterköpfen aufhäufte, wie Zuckerguß auf den unregelmäßigen Batzen und Streifen feuchten Sands haftenblieb und mit heimtückischem Geschick in die Kragen ihrer Kleidung und die Öffnungen ihrer Schuhe eindrang. Er war warm und beinahe metaphysisch wohltuend.

Zitternd und unbeholfen tapsend wie kleine Kätzchen, richteten sich die Leute wieder auf. Einige kippten um, sobald sie halbwegs aufrecht standen, und andere fielen hin, weil jemand in ihrer Nähe die Hand ausgestreckt hatte, um sich Halt zu verschaffen. Es war eine *festa* des Aufstehens und Hinfallens, eine *festa* des Grapschens und Tapsens, ein *carnevale* unerklärlich weicher Knie und unkenntlicher, bleicher Gesichter, die mit festgebackenen oder abrieselnden Schmarren und Schmissen aus Sand verschmiert waren. Es entwickelte sich ein erhabenes und gravitätisches Durcheinander unglaublich und bizarr veränderter Frisuren und bis zur Unkenntlichkeit zerrissener Kleidung, eine unterweltliche und stygische *celebrazione* wankender Körper und starrender, jungfräulich unbefleckter Augen, die widernatürlicherweise in Gesichtern von schwarzen Gospelsängern steckten.

Der besänftigende Nieselregen aus Sand dauerte unvermindert an; er überzuckerte die Leute auf der Klippe, setzte sich gleich winzigen gelben Krümeln auf Lider und Brauen, blieb mit hartnäckiger elektrostatischer Kraft an den Nasenhärchen haften, schmuggelte sich scheußlich in den Speichel, drang schamlos bis in die Unterwäsche vor und entsetzte die Frauen, verband sich widerwärtig mit dem Achselschweiß und verjüngte nebenbei die Alten, indem er ihre Runzeln ausfüllte.

Die Menschen, vor Erstaunen wie benommen, klammerten sich wortlos aneinander und beobachteten, wie die aufsehenerregende schwarze Wolke aus schmutzigem Rauch immer stärker anschwoll und sich ausbreitete, Sonne und Himmel verdeckte und das Licht schluckte. Alle wischten sich mit dem Ärmel den Sand vom Gesicht, schafften es dabei aber nur, eine Strieme durch eine andere zu ersetzen. Ein oder zwei von ihnen fingen an, ihre Schnittwunden zu inspizieren und fasziniert zuzusehen, wie das scharlachrot austretende Blut durch die staubige Sandschicht brach, dunkel wurde und gerann.

Keiner erkannte mehr den anderen, Italiener und Griechen guckten sich forschend an, durch Husten, Schmutz und allgemeine Verdatterung denationalisiert. Plötzlich ertönte ein erstickter Schrei.

Wie elektrisiert scharten sich die Leute um den Leichnam des vorlauten Pioniers, dessen säuberlich abgetrennter Kopf seraphisch aus der pulvrigen, weißen Sandschicht hervorlächelte. Der Körper lag mit der Brust nach unten daneben, guillotiniert von einer noch qualmenden Scheibe rostigen und gezackten Stahls, die zur Hälfte im Gras steckte. »Er ist glücklich gestorben«, ertönte eine Stimme, die Pelagia als die von Carlo erkannte. »Mehr kann keiner verlangen. Aber Wetten wird er nicht mehr eintreiben.«

»*Puttana*«, ließ sich ein zaghaftes hohes Stimmchen vernehmen, das Lemoni gehört haben dürfte. Jemand begann zu würgen, und fünf oder sechs ließen sich anstecken, fügten der allgemeinen

Hustenepidemie noch das Geräusch eines quälenden Brechreizes hinzu.

Urplötzlich von Schreck ergriffen, rannte Pelagia an den Klippenrand und spähte mit Panik im Herzen durch den immer noch herabfallenden Sand. Was war dem Hauptmann zugestoßen?

Sie erblickte einen dreißig Meter weiten Krater, den sich die neugierige See bereits erobert hatte. Verschlungene Metallbänder waren über Hunderte von Metern verstreut, dazwischen befanden sich verschieden geformte Satellitenkrater und -hügel, doch vom Hauptmann und seinem Graben war keine Spur zu sehen. »Carlo!« heulte sie auf und drückte die Arme an die Brust. Benommen vor Gram sank sie in die Knie und fing an zu weinen.

Carlo rannte den Pfad zum Strand hinunter, wie Pelagia von Entsetzen gepackt; er war nur besser an die Pflicht gewöhnt, es zu überwinden. In seinem Gemüt machte sich die Erinnerung an das Pietàbild von Francisco breit, der mit zerschmettertem Schädel in Albanien in seinen Armen gestorben war, und nichts als das Rennen konnte dem wilden Sturm der Trauer zuvorkommen, der in seinem Herzen auszubrechen drohte.

Er kam an die Stelle, wo er den Graben vermutete, und blieb stehen. Da war nichts. Alles war zugeschüttet und nicht wiederzuerkennen. Er hob die Arme, als wollte er Gott anklagen, und war gerade dabei, sich an die Schläfen zu hämmern, als er aus dem Augenwinkel eine Bewegung wahrnahm.

Corelli war von dem feuchten Sand nicht zu unterscheiden, weil er völlig damit bedeckt war. Die Detonation hatte ihn durchgerüttelt, und der Luftdruck hatte ihn hoch in die Luft gerissen und dann auf den Rücken geschmettert. Er lag nun mit dem Gesicht nach oben da, durch Kannelierungen und Auskehlungen von herabgefallenem Sand perfekt in den Strand modelliert. Als er so zappelte und sich nicht aufrichten konnte, sah er ganz wie ein Filmmonster aus. Carlo lachte laut auf, doch zugleich wurde seine Erleichterung durch die Angst gezügelt, daß dieser von ihm so geliebte Mann doch bös zugerichtet sein könnte. Ihm fiel nichts anderes ein, als ihn aufzuheben und ins Meer zu tragen; das brachte ihm die Erinnerung zurück, wie er Francisco von der Stelle zwischen den Linien, wo dieser gefallen war, weggetragen hatte, und er hörte wieder den ritterlichen Jubel der Griechen.

In der Brandung spülte er den Hauptmann sauber und stellte fest, daß Corelli heillos durcheinander, aber offenbar unverletzt war. »War es gut?« fragte Corelli. »Ich hab's verpaßt.«

»Es war die wahre *sporcaccione* einer Explosion«, antwortete Carlo, »hundertmal besser als alles, was ich bisher erlebt habe.«

Corelli sah, wie sich die Lippen des Schützen bewegten, hörte aber keinen Ton. Tatsächlich konnte er nichts anderes vernehmen als das fortwährende Dröhnen der größten Glocke der Welt. »Sprich lauter«, sagte er.

Welch hohe Wellen diese Detonation im nachhinein schlug, muß noch ausführlich berichtet werden. Corelli war zwei Tage lang taub und litt bei dem Gedanken, seine Musik nie mehr hören zu können, größte Seelenqualen. Für den Rest seines Lebens war er anfällig für Ohrensausen, ein bleibendes Souvenir aus Griechenland. General Gandin erlegte ihm einen Strafdienst auf, weil er den Tod des Pioniers und die unmittelbare Mobilisierung aller Truppen auf der Insel verschuldet hatte. Der schreckliche Knall und die gewaltige Pilzwolke waren als Zeichen einer unerwarteten Invasion der Alliierten gedeutet worden. Corelli wäre um ein Haar degradiert worden, doch General Gandin überlegte, daß Italien davon keinen materiellen Vorteil hätte, weil der Sold für die italienischen Garnisonen ja von den Deutschen gezahlt wurde. Es bot sowieso schon Zündstoff genug, daß die Deutschen den Italienern nicht erlaubten, irgend jemand zu befördern, weil es zu viele Ausgaben verursachte, und der General sah überhaupt nicht ein, ihnen auch nur die kleinste Einsparung zuzubilligen. Er legte Corelli zur Last, daß er eigenmächtig gehandelt, die Verantwortung nicht an die dafür zuständige Dienststelle abgegeben, leichtsinnig eine Gefährdung heraufbeschworen und sich eines Offiziers unwürdig verhalten hatte. Der Hauptmann wurde mit einem strengen Verweis bestraft, der für die gesamte Dauer seiner militärischen Laufbahn in seiner Akte verbleiben sollte. Einfallsreich und mit großer Geste schenkte Corelli der attraktiven Sekretärin des Generals eine rote Rose und eine Tafel eingeschmuggelte Schweizer Schokolade, woraufhin der Verweis auf geheimnisvolle Weise aus der Akte verschwand, nachdem er nur drei Tage lang unheilvoll darin geschmort hatte.

Der Hauptmann genoß den Aufwand, mit dem ihn Pelagia wie

noch nie zuvor verwöhnte und verhätschelte, und sie drückte ihre Erleichterung durch ein Bombardement von Küssen, Koseworten und Versprechen aus, das den Sandregen mit Leichtigkeit übertraf. Günter Weber brachte sein aufziehbares Grammophon mit, setzte sich ans Bett des Hauptmanns und brachte ihm den Text zu *Mein blondes Baby* und *Leben ohne Liebe* bei. Carlo ging ein und aus und berichtete von der fortschreitenden betrüblichen Erosion des Kraters durch die See. Lemoni meldete sich ebenfalls. Sie war nun eine unschlagbare Expertin im Auffinden rostiger Metallteile und zwang ihn, aus dem Bett zu steigen und eine alte Pflugschar, die Spitze einer abgeschossenen Flakgranate und eine zerdrückte Blechdose zu identifizieren. Ihre Enttäuschung, als ihr klargemacht wurde, daß nichts davon in die Luft gejagt werden konnte, überstieg das Verständnisvermögen der Erwachsenen um ein Maß, das nur mit »unendlich« exakt zu beschreiben wäre.

Am Abend des außergewöhnlichen Ereignisses jedoch war der erboste Arzt auf der Suche nach Pelagia, der er gehörig die Meinung sagen wollte, gerade aus der Küche gekommen, als sich nicht nur seine Tochter, sondern eine ganze Schar unbeschreiblich dreckiger, erschöpfter und zerlumpter Gestalten im Hof einstellte. Ein unkenntlicher Mann, so groß wie Carlo – es stellte sich später heraus, daß es Carlo war –, trug den entrückten Körper von jemand in den Armen, der sich später als der Hauptmann erwies. Eine junge Frau, die wie eine verrückte und unrettbar verlorene Schlampe aus dem verrufensten Armenviertel von Kairo aussah, stellte sich als Pelagia heraus. Ein kleines Wesen, das sowohl ein Mädchen wie ein Junge aus einem frisch ausgehobenen Grab gewesen sein könnte, erwies sich als Lemoni. Den ganzen Abend war Dr. Iannis damit beschäftigt, Schnittwunden zu säubern, und wurde dafür reichlich mit Auberginen belohnt, die gerade reif waren.

Doch in jenem Augenblick, als er sich der jämmerlichen Meute orientierungsloser und bettlerhafter Soldaten und Griechen gegenübersah, war sein Denken ganz von dem widerlichen, verblüffenden Anblick erfüllt, der sich ihm eben in der Küche geboten hatte. »Wer«, brüllte er ausdrucksstark, »hat es gewagt, mein Haus mit Schnecken zu verpesten?«

Es war die reine Wahrheit. Überall waren Schnecken. Sie befanden sich an den Fenstern, unter den Tischkanten, quer an den Wänden hängend, an Psipsinas Schüssel, im Wasserkrug, sie klebten dummerweise an den Fußmatten, strebten zielsicher dem Gemüsekorb zu, hafteten mit rätselhaftem Gefallen am Stiel der Pfeife und an den Gläsern der Brille, die der Arzt arglos auf dem Fensterbrett hatte liegenlassen.

Pelagia schlug sich in schuldbewußtem Entsetzen die Hand vor den Mund, doch Lemoni klatschte vor Freude in die Hände, als sie die gewundenen, kreuz und quer laufenden und silbrig glitzernden Spuren sah und wie begeisternd planlos die Tiere selbst verteilt waren. *»Porca puttana«*, schrie sie, und ein Mann, der wohl ihr Vater war, gab ihr kräftig eins hinter die Löffel.

44

Diebstahl

Kokolios wurde mitten in der Nacht durch hellen Aufruhr im Hühnerstall geweckt. Sein erster Gedanke war, daß der Baummarder des Arztes beim Geflügel eingebrochen war; er hatte schon immer gesagt, daß es asozial war, einen notorischen Vogeldieb als Haustier zu halten, und hatte Psipsina bereits zweimal beim Eierstehlen erwischt. Er fluchte und sprang dann aus dem Bett; er würde dem kleinen Räuber mit dem Stock eins über die Rübe ziehen, und das würde dem Ganzen ein Ende bereiten, ob es Dr. Iannis gefiel oder nicht.

Er stieg in seine Stiefel und langte nach der Keule, die er seit Kriegsausbruch über dem Türsturz aufbewahrte. Es war ein schwerer knorriger Dornstrunk aus der Macchia, und er hatte ins dünnere Ende ein Loch gebohrt, um eine Lederschlaufe durchzuziehen. Er streifte die Schlaufe übers Handgelenk und riß die Haustür auf, die in einem Bogen über die Bodenfliesen schrammte. Seit zehn Jahren hatte er schon vor, die Tür neu einzuhängen. Glücklicherweise wurde das Geräusch vom aufgeregten Gackern und Kreischen der Hennen übertönt, und so trat er in die Nacht hinaus.

Es war sehr dunkel, weil eine dicke Wolke sich zwischen Erde und Mond geschoben hatte, und der Lärm war höllisch, weil die Grillen von der Aufregung unter den Hühnern angesteckt waren und im doppelten Forte zirpten. Kokolios blinzelte in die Finsternis und hörte eindeutig unterdrücktes Fluchen. Verdutzt spähte er noch angestrengter. Er sah zwei kleine italienische Soldaten im Hühnergehege herumhuschen, die verzweifelt nach dem Geflügel haschten.

Von Zorn ergriffen, handelte er, ohne nachzudenken. Kokolios beachtete die über die Soldatenrücken geschlungenen Gewehre gar nicht, stimmte ein fürchterliches Kriegsgeschrei an und stürzte sich ins Getümmel.

Die beiden Männer hatten den Albanien-Feldzug durchgestanden und sich dabei tapfer geschlagen, aber einem wild gewordenen, nackten und dämonischen Wesen im Finstern, das Hiebe auf Rücken und Köpfe verteilte, gegen die Beine trat und schauerliche Schreie ausstieß, waren sie nicht gewachsen. »*Puttana!*« schrien sie und hielten sich die Hände über den Kopf, nur um festzustellen, daß es nun weitere krachende Schläge auf ihre Knöchel und Ellbogen hagelte. Sie fielen auf die Knie, streckten unter jämmerlichem Geschrei die Hände aus und flehten das Wesen an, aufzuhören.

Kokolios konnte kein Wort Italienisch, aber einen besiegten Gegner erkannte er auf Anhieb. Also warf er seine Keule hin, packte die beiden Diebe am Kragen und zerrte sie hoch. Er trieb die beiden, während er sie bei jedem Schritt in den Hintern trat, vor sich her zum Haus des Arztes und stieß sie hin und wieder mit den Köpfen zusammen wie ein besinnungslos wütender Schullehrer.

Vor dem Haus rief er lauthals »Iatre! Iatre!«, während er die beiden immer noch schüttelte und trat.

Kurz darauf tauchte Dr. Iannis, dem sich der Hauptmann und Pelagia anschlossen, im Nachtgewand auf. Im jetzt wieder entschleierten Mondlicht erblickten sie Kokolios, der – bis auf seine schweren Stiefel splitternackt – vor Wut zitternd dastand, einen bezwungenen und sich windenden Soldaten in jeder Hand. Besonders merkwürdig war, daß beide Soldaten noch ihre Karabiner über den Rücken geschlungen hatten. »Geh sofort wieder rein«, befahl Dr. Iannis seiner Tochter, angesichts dieses erzürnten, unbekleideten Mannes mit O-Beinen und fettem Wanst um ihre Sittlichkeit besorgt. Gehorsam zog sie sich in die Küche zurück, um das Spektakel aus dem Schatten des Fensters zu genießen.

Kokolios deutete auf Corelli, schrie aber den Arzt an: »Sag diesem spaghettifressenden Hundesohn von einem Offizier, daß seine Männer Hühnerdiebe sind, nichts als Hühnerdiebe, verstehst du?«

Dr. Iannis gab diese Information an Corelli weiter, der einen Augenblick lang unschlüssig dastand, bevor er wieder ins Haus verschwand. Der Arzt riet Kokolios: »Ich glaube, es wäre nicht schlecht, wenn du dich etwas beruhigst.« Während der Offizier drinnen war, nahm Dr. Iannis die Gelegenheit wahr, seinen Nachbarn aufzuziehen. »Ich hab gedacht, du bist Kommunist«, bemerkte er.

»Natürlich bin ich Kommunist«, gab ihm Kokolios kurz angebunden zurück.

»Verzeih mir«, sagte der Arzt, »aber wenn ich mich recht erinnere, ist doch alles Eigentum Diebstahl. Wenn du also Hühner besitzt, bist du auch ein Dieb.«

Kokolios spuckte in den Staub. »Das, was die Reichen besitzen, ist Diebstahl, nicht das, was den Armen gehört.«

Das philosophische Streitgespräch wurde durch die Ankunft des Hauptmanns mit dem Revolver in der Hand abgeschnitten, und einen schrecklichen Augenblick lang glaubten sowohl Pelagia wie ihr Vater, er würde Kokolios niederschießen wollen. Sie fragte sich verzweifelt, ob sie ihre Derringer holen sollte, konnte sich aber nicht rühren. Kokolios sah den Hauptmann mit einer Mischung aus Entsetzen, Trotz und rechmäßigem Zorn an. Er bot ihm stolz die Brust, als wollte er für das Recht griechischer Hühner, selbst in besetztem Gebiet unbelästigt zu leben, sogar den Tod in Kauf nehmen.

Zu jedermanns Überraschung richtete der Hauptmann seine Pistole direkt auf das Gesicht eines der Schuldigen und befahl ihm, sich in den Staub zu legen. Der Dieb lächelte einschmeichelnd, da spannte Corelli den Hahn. Der Mann ließ sich mit komischer Bereitwilligkeit zu Boden fallen und stieß winselnde Entschuldigungen aus, die Corelli geflissentlich überhörte. Er bedeutete dem anderen Mann, das gleiche zu tun.

Corelli nahm Kokolios am Arm und zog ihn etwa einen Meter weg. Er stupste die beiden liegenden Männer mit dem Fuß an und befahl: »Jetzt kriecht.«

Die Männer sahen einander argwöhnisch an. »Ich hab gesagt: ›Kriecht‹«, schrie der Hauptmann, von ruhiger Wut in angewiderten Zorn wechselnd. Einer der Männer erhob sich auf Hände und Knie, doch der Hauptmann setzte ihm einen Fuß aufs Kreuz und zwang ihn brutal wieder zu Boden. »Auf den Bauch, ihr Hurensöhne.«

Sie wanden sich wie Schnecken vorwärts, bis sie auf gleicher Höhe mit Kokolios' Stiefeln waren. »Leckt sie«, befahl der Hauptmann.

Einwände waren sinnlos. Der Hauptmann schlug einem von ihnen an den Kopf, und der Arzt schloß die Augen, weil er vor der befürchteten Körperverletzung zusammenzuckte. Pelagia hielt sich schockiert die Hand vor den Mund, und ihr Herz flog den beiden im Staub kriechenden Gaunern zu; sie hätte sich nie träumen lassen, daß der Hauptmann so grausam sein konnte, so gnadenlos. Vielleicht konnte ein Musiker doch auch Soldat sein.

Die beiden Männer leckten Kokolios die Stiefel. Dieser starrte in stummer Verwunderung auf sie herab, und erst als sein Blick auf sein fleischiges Gemächt fiel, das fahl im Mondlicht glänzte, erinnerte er sich wieder, daß er unbekleidet war. Ihm klappte der Kiefer herunter, er legte beide Hände rasch über sein wertvolles Stück und hastete in sein Haus zurück.

In der Küche konnte sich Pelagia ein Lachen nicht verkneifen. Dem Hauptmann aber stand der Sinn nicht nach Fröhlichkeit, als er wieder hereinkam. »Diese Kerle aus dem Mezzogiorno!« schrie er. »Camorristen und Mafiosi! Verräter!« Die Diebe saßen am Tisch, während der Hauptmann ihnen bei jedem Kraftausdruck einen Schlag auf den Kopf versetzte. Sie sahen sehr klein und erbärmlich aus, und der Arzt streckte die Hand aus, um den Schlägen des Hauptmanns Einhalt zu gebieten. Dieser packte die beiden am Kragen wie vorhin Kokolios, zerrte sie zur Tür und stieß sie in die Nacht hinaus. Sie fielen der Länge nach auf das Pflaster, rappelten sich auf und rannten davon.

Corelli kam mit zornesblitzenden Augen wieder herein. Er starrte Pelagia und ihren Vater finster an, als ob auch sie irgendwie Schuld daran hätten, und schrie: »Wir sind alle hungrig!« Er hob die Hände in die Luft, als wollte er Gott anflehen, schüttelte den Kopf, schlug sich mit der Faust an die Brust und rief ungläubig: »Diese Schande!«, bevor er in sein Zimmer schritt und die Tür zuknallte.

Zwei Tage später trat Pelagia in den Hof und merkte gleich, daß etwas Vertrautes fehlte. Sie blickte sich um, aber ihr fiel nichts auf. Erst dann merkte sie es. Der Hauptmann kam heraus und sah, daß sie in die vors Gesicht geschlagenen Hände weinte.

»Sie haben meine Ziege geholt«, jammerte sie, »meine schöne Ziege.« Sie konnte sich gut vorstellen, wie das Tier geschlachtet und zerlegt wurde, um das Fleisch zu essen, und das war so entsetzlich, daß sie es nicht aushielt.

Der Hauptmann legte dem weinenden Mädchen die Hand auf die Schulter, doch sie schüttelte sie ab und schluchzte weiter. »Ihr seid alle Saukerle, alle, Diebe und Saukerle!«

Der Hauptmann richtete sich steif auf. » *Tesoro mio*, ich schwöre beim Leben meiner Mutter, ich finde eine andere Ziege für dich.«

»Mach das nicht!« schrie sie ihn an und wandte ihm ihr tränenüberströmtes Gesicht zu. »Von dir würde ich gar nichts annehmen.«

Er drehte sich um und ging weg, die bittere Beschämung nagte wie ein Wurm an seinen Herzmuskeln.

45

Eine Zeit der Unschuld

Sie wurden ein altmodisches Liebespaar und liebten sich auf altmodische Weise. Sie verstanden unter Liebe, sich im Dunkeln unterm Ölbaum zu küssen oder auf einem Felsen zu sitzen und durch sein Fernglas nach Delphinen Ausschau zu halten. Er liebte sie zu sehr, um ihr Glück aufs Spiel zu setzen, und sie wiederum war zu vernünftig, um alle Vorsicht fahrenzulassen. Wie oft hatte sie schon das Elend von jungen Frauen mit einem unerwünschten Kind gesehen oder den durch Blutvergiftung ausgelösten qualvollen Tod junger Frauen, die sich selbst mit Häkelnadeln und Drahtschlingen zu kürettieren versucht hatten. Sie kümmerte sich um sie mit ihrem Vater und später mit Priestern und wußte, daß der Hauptmann verstand: wenn sie nicht miteinander schliefen, so lag es nicht daran, daß ihr Verlangen nicht groß genug war, sondern daran, daß sie eigentlich keine andere Wahl hatten.

Sie machten das Beste aus der gestohlenen Zeit und hatten es noch leichter, als Günter Weber Corelli ein Motorrad besorgte, das er von der Wehrmacht gegen Parmaschinken, Chianti und Mozzarella »auslieh«. Offiziell war es nach einem vorgetäuschten Unfall abgeschrieben worden, und Weber hatte es einfach reparieren lassen und seinem Freund übergeben.

Das erste, was Pelagia davon mitbekam, war draußen vom Hof her das Geräusch eines stotternden Auspuffs, dann ein knatternder Motor, eine Fehlzündung und Stille. Psipsina rannte herein und versteckte sich unter dem Tisch. Pelagia ging nach draußen und sah Corelli mit Fliegermütze und Schutzbrille, das Gesicht dunkel vor Schmutz, wie er auf dem Sitz einer schwarzen Maschine wegen des Staubs hustete. Er sah sie kommen und schob die Brille hoch. Sie mußte über ihn lachen, weil er zwei helle Ringe um die Augen hatte, die in dem grauen und verschmierten Gesicht steckten, und seine Lippen sahen unnatürlich rosa aus, als hätte er sie geschminkt. Er grinste, da er glaubte, sie freue sich über sein Kommen, und sagte: »*Vuole fare un giro?*«

Sie schlug die Arme übereinander und verneinte. »Ich habe noch nie auf so etwas gesessen. Ich bin ja noch nicht einmal in einem Auto gefahren, und jetzt will ich nicht damit anfangen.«

»Ich habe auch noch nie auf so etwas gesessen«, erwiderte er, »aber es ist ganz leicht. Na, ist das nicht eine wunderschöne Maschine?«

»Sie hat nur zwei Räder und wird bestimmt umkippen. Das ist doch klar. Du mußt verrückt sein, auf so etwas rumzufahren.«

Er sah zu ihr hoch. »Ich gebe zu, daß sie umkippen müßte, aber das tut sie nicht. Sie fährt zwar nicht immer strikt geradeaus, aber ich krieg das schon noch raus. Und hör mal hin.« Er stieg ab, betätigte den Kickstart, ließ den Motor auf Touren kommen und fummelte am Gasgriff herum, bis die Maschine fröhlich schnurrte. »Hör mal«, rief er, »das ist metronomisch. Dazu ließe sich eine Melodie spielen. Dieses Tempo, es ist vollkommen, kein Takt ausgelassen, keine Verzögerung. Es ist eine musikalische Maschine, tucker-tucker-tucker, und der Auspuff, der singt. Schau, das ist eine BMW mit stehendem Einzylinder und Kardanantrieb. Da kann keine Kette reißen oder abspringen, und sie zieht den Berg hoch wie nichts. Fahr mit. Es ist das tollste Gefühl, das es gibt. Wind in deinem Haar.«

»Dreck im ganzen Gesicht«, versetzte Pelagia skeptisch. »Du siehst wie ein Affe aus. Und überhaupt, jemand könnte uns sehen.«

Der Hauptmann dachte darüber nach. »Na gut, morgen bringe ich dir einen Helm, eine Schutzbrille und einen weiten Ledermantel mit, dann erkennt dich niemand. Ist das ein Angebot?«

»Nein.«

Doch am nächsten Tag trafen sie sich hinter der Straßenbiegung, und Pelagia zog eilig ihre Verkleidung über. Der Hauptmann konnte mit dem zusätzlichen Gewicht das Motorrad kaum unter Kontrolle bringen, und anfangs schlingerten sie herum und gerieten auf das steinige Grasbankett. Zweimal fielen sie um, ohne sich zu verletzen, und dann vereinbarten sie, daß sie sich möglichst nicht rühren sollte, wenn sie hinter ihm saß. Sie klammerte sich an seine Hüften, die Handknöchel weiß vor Angst, den Kopf zwischen seinen Schulterblättern vergraben, während der donnernde Motor in ihrem Unterleib eine Empfindung erzeugte, die zugleich angenehm und durch und durch verstörend war. Als sie in Fiskardo ankamen, stieg sie schlotternd ab und merkte doch, daß sie es gar nicht erwarten konnte, wieder aufzusitzen. Er hatte recht, Motorradfahren war herrlich. Der Hauptmann war bester Laune.

Sie besuchten Orte, wo niemand Pelagia kannte, und einsame Gegenden. Sie hängte sich bei ihm ein und ging an seiner Seite, stützte sich auf seine Schulter und lachte ständig. Mit ihm, so sollte sie sich später erinnern, hatte sie immer gelacht. Manchmal nahmen sie eine Flasche Robola mit, und dann mußten sie noch mehr lachen, obwohl die Heimfahrt zu einem gewagten Abenteuer wurde – selbst wenn er nüchtern war, hielt er die Maschine nicht sehr gerade – und sie mehr als einmal an einer Stelle geradeaus fahren mußten, weil sie nicht mehr die Zeit hatten, zu bremsen und abzubiegen. Auf diese Weise entdeckten sie die verfallene Schäferhütte.

Sie war so alt, daß der Boden in die Erde eingesunken war, und enthielt nichts außer einer rostigen Pfanne und zwei grünen Flaschen. Die Dachlatten waren gebrochen und hatten sich verschoben, so daß die Ziegel gefährlich durchhingen. Es roch nach Moos und Geißblatt und alter Männerkleidung, und das Licht brach durch Ritzen zwischen den Steinen herein, wo der Mörtel schon lange verschwunden war. Sie nannten sie »Casa Nostra« und fegten den Boden mit Reisig. Sie freuten sich, die Hütte mit einer kleinen Kolonie taktvoll verschwiegener Fledermäuse und drei Schwalbenfamilien zu teilen. In diesem geheimen Häuschen breiteten sie ihre Decke aus, legten sich hin, umarmten und küßten sich und redeten, und hin und wieder spielte er Mandoline.

Er intonierte sentimentale Lieder aus vergessener Zeit, gewöhnlich auf melodramatische und ironische Weise; er war sich bewußt, daß seine Stimme nicht sehr kräftig war, und wollte sie nur zum Lachen bringen:

> *Alma del core, spirito dell'alma,*
> *sempre costante, t'adorerò.*
> *Sarò contento nel mio tormento,*
> *se quel bel labbro baciar potrò …*

Wenn sie sich leichtsinnig vom Wein beflügelt fühlte, sang er:

> *Danza, danza, fanciulla, al mio cantar;*
> *Danza, danza, fanciulla gentile, al mio cantar.*
> *Gira leggera, sottile al suono, al suono dell'onde del mar…*

In der Ferne war tatsächlich das Meer zu hören, und Pelagia drehte kichernd ein paar komische Pirouetten in der Hütte, wobei sie ihm einen Schmollmund zeigte und sich damit über die Armeehuren lustig machte, die sie so oft gesehen hatte, wie sie in ihrem Lastwagen vorbeifuhren, Gesichter schnitten und den Männern Kußhändchen zuwarfen.

Manchmal wurde Corelli niedergeschlagen und rührselig, wenn er über die Unmöglichkeit ihrer Zuneigung in alle Ewigkeit nachdachte. Dann klang seine dünne Tenorstimme ganz tragisch, und seine Augen, wenn nicht die von Pelagia, wurden feucht. Es war die Zeit für ein Klagelied, und so sang er *Donna non vidi mai ...*, nicht weil es traurig gewesen wäre, was nicht zutraf, sondern weil es *andante lento* gesungen wurde und er in den Refrain *Manon Lescaut mi chiamo* den stärksten Ausdruck *con anima* legen konnte.

All ihre verliebten Unterhaltungen begannen mit der Formel »Nach dem Krieg«.

Nach dem Krieg, wenn wir verheiratet sind, werden wir dann in Italien leben? Da gibt es schöne Orte. Mein Vater ist nicht der Ansicht, es würde mir gefallen, aber ich schon. Solange ich bei dir bin. Nach dem Krieg, wenn wir ein Mädchen haben, können wir es Lemoni nennen? Nach dem Krieg, wenn wir einen Sohn haben, müssen wir ihn Iannis nennen. Nach dem Krieg spreche ich mit den Kindern griechisch, und du kannst italienisch mit ihnen sprechen, auf die Art wachsen sie zweisprachig auf. Nach dem Krieg werde ich ein Konzert schreiben und dir widmen. Nach dem Krieg werde ich mich zur Ärztin ausbilden lassen, und es ist mir egal, ob sie Frauen zulassen, ich werde es trotzdem machen. Nach dem Krieg suche ich mir wie Vivaldi eine Stelle in einem Kloster, gebe Stunden, und alle Mädchen werden sich in mich verlieben und dich eifersüchtig machen. Nach dem Krieg könnten wir doch nach Amerika gehen, ich habe Verwandte in Chicago. Nach dem Krieg werden wir unsere Kinder nicht religiös erziehen; sie sollen selbst entscheiden, wenn sie älter sind. Nach dem Krieg werden wir uns ein eigenes Motorrad anschaffen und ganz Europa bereisen, und du kannst Konzerte in Hotels geben; so werden wir leben, und ich werde Gedichte schreiben. Nach dem Krieg besorge ich mir eine Mandola, damit ich Violamusik spielen kann. Nach dem Krieg werde ich dich lieben, nach dem Krieg werde ich dich lieben, ich werde dich ewig lieben nach dem Krieg.

46

Bunnios

Auf dem Gipfel des Ainos erhob sich Alekos im Morgengrauen von seinem Fellager mit dem Gedanken, er sollte einige Mutterziegen melken, wenn er noch Käse machen wollte. Doch zuallererst war es Zeit, mit seiner Flinte hinauszugehen und nachzusehen, ob all seine Schützlinge noch da waren. Erst vor kurzem waren aus dem Nichts Leute aufgetaucht, die sich »Andartes« nannten und versucht hatten, seine Ziegen zu stehlen. Er hatte bereits zwei von ihnen erschossen und ihre Leichen den Aasgeiern überlassen.

Er verstand das nicht. So etwas war seit der Zeit seines Urgroßvaters nicht mehr vorgekommen, als diese Andartes noch Klephten genannt wurden. Immerhin hatte er dank der Ziegendiebe zwei neue Gewehre und eine Menge Munition erhalten, und er bezweifelte stark, ob sich je wieder welche blicken lassen würden. Ein Mann mußte schon unglaublich zäh und ausdauernd sein, um auf diesen Berg zu klettern, und Alekos hatte wahrscheinlich die beiden einzigen erschossen, die entsprechend kräftige Beine und Lungen hatten.

Vielleicht hatte es mit dem Krieg zu tun. Ihm war vorher schon aufgefallen, daß wohl Krieg herrschte, weil nachts ganz weit weg manchmal der ganze Himmel von Suchscheinwerfern erhellt war und er häufig Geschützfeuer aufblitzen sah, dem ein fernes Grollen folgte. Es war nett und unterhaltsam, abends vor seiner Hütte zu sitzen, während er dem Feuerwerk zusah und in Olivenöl mit Thymian eingelegten Käse aß. Es gab ihm das Gefühl, nicht mehr so allein zu sein, und er hoffte wehmütig, daß der Krieg nicht vor dem Fest des Heiligen vorbei wäre. Als der Arzt den Berg heraufgekommen war, hatte er bestätigt, daß tatsächlich Krieg herrschte, und berichtet, daß einige Menschen so elendiglich hungerten, daß kleine Kinder gleich zu winzigen alten Menschen mit strähnigem Bart und gebeugtem Rücken herangewachsen waren. Anscheinend hatte ihr Magen ihnen gesagt, daß es sich nicht lohnte, jung zu bleiben, und Mutter

Natur würde wohl bald dafür sorgen, daß die Babys schon in einen Sarg genagelt aus dem Schoß kamen.

Wenn Liberators über ihm dröhnten, beachtete er sie nicht weiter, weil sie häufig zu zweit oder zu dritt vorbeiflogen und wie laute Fledermäuse in Richtung Festland verschwanden.

Diesmal aber blickte er auf, vielleicht intuitiv, und es bot sich ihm ein besonders hübscher Anblick. So etwas wie ein weißer Pilz mit einer darunter hängenden Gestalt segelte herab, und das Wunderbare daran war, daß die aufgehende Sonne am Pilz aufblitzte, noch bevor sie Zeit gehabt hatte, mehr als ein Schimmer am Horizont zu werden. Alekos stand auf und schaute fasziniert zu. Vielleicht war es ein Engel. Auf jeden Fall war er in Weiß gekleidet. Der Hirte bekreuzigte sich und versuchte, sich an ein Gebet zu erinnern. Er hatte noch nie von einem Engel gehört, der unter einem Pilz in der Luft schwebte, aber was wußte er schon. Und es sah so aus, als hinge dem Engel ein großer Felsbrocken, vielleicht ein Paket, an einem Seil von den Füßen.

Der Engel zog fest an einer Seite der Schnüre, die ihn mit dem Pilz verbanden, und in der letzten Minute schien er so rasch zu sinken, daß es eine Bruchlandung geben mußte. Alekos verspürte eine gewisse rechthaberische Befriedigung, als der Engel tatsächlich mit einem dumpfen Ton aufschlug, auf die Seite fiel, sich den Kopf an einem Felsbrocken stieß und über den Boden geschleift wurde, da Seitenwind den Pilz aufblähte. Alekos packte eine seiner Flinten und rannte zu ihm, sicher war sicher, denn es konnte ja sein, daß selbst die Engel heutzutage ausgehungert waren und sich aufs Ziegenstehlen verlegt hatten.

Es war ein Engel, der sehr rot im Gesicht und schrecklich in die Schnüre und den Stoff des durchsichtigen Pilzes verheddert war. Alekos richtete sein Gewehr direkt auf das Gesicht des Engels. Der schlug die Augen auf, blickte ihn höflich an, sagte »Oha« und verlor gleich wieder das Bewußtsein.

Alekos brauchte geraume Zeit, um den Engel aus seinen Stricken zu befreien, und er entschied, daß der wundersame Stoff des Pilzes ein luxuriöses Laken ergeben würde. Pfiffigerweise befand sich ein Loch in der Mitte, um den Kopf durchzustecken, womit der Pilz auch als Robe getragen werden konnte. Alekos beschloß, das beim Fest des Heiligen zu tragen, wenn der

Engel es ihm schenken und erlauben würde, daß er die Schnüre abschnitt.

Er bugsierte den himmlischen Besucher in seine Hütte und machte sich daran, das große Paket zu öffnen, das mit herabgefallen war. Es enthielt einen schweren Metallkasten mit Drehknöpfen und einen kleinen Motor. Alekos war keineswegs auf den Kopf gefallen und folgerte, daß der Engel wahrscheinlich den Motor mitgebracht hatte, um sich irgendein Fahrzeug zu bauen.

Zwei Tage lang fütterte er ihn mit Honig, Joghurt und anderen Leckerbissen, die er für so eine Gestalt aus einer anderen Welt als geeignet erachtete, und war höchst erfreut, als der Engel sich aufsetzte, den Kopf rieb und redete.

Schlimm war nur, daß er aus seinem Gerede nicht schlau wurde. Er erkannte einige Wörter, aber der Rhythmus der Engelsrede war ihm ziemlich fremd, die Worte schienen nicht zusammenzupassen, und die Gestalt sprach, als hätte sie einen Kieselstein im Mund und eine Biene in der Nase. Der Engel war offensichtlich sehr verärgert und enttäuscht, daß er nicht verstanden wurde, und Alekos litt unter Angst- und Schuldgefühlen, obwohl er ja nichts dafürkonnte. Sie mußten sich mit Zeichen und Grimassen verständigen.

Das Faszinierendste am Engel war aber, daß er, wenn er mit Gott oder einem der Heiligen sprechen wollte, an dem Metallkasten herumhantierte, der eine Menge interessanter Pfeif-, Zisch- und Knacklaute ertönen ließ. Dann antwortete Gott in Engelszungen und klang so weit entfernt und gestelzt, daß Alekos zum ersten Mal begriff, wie schwer es für Gott war, sich Gehör zu verschaffen. Allmählich erkannte er Wörter, die oft wiederholt wurden, etwa »Charlie«, »Bravo«, »Wilco« und »Roger«. Sonderbar an dem Wesen war auch noch, daß es eine Pistole, eine leichte Automatik, und etliche dunkelbraune eiserne Pinienzapfen mit Metallhebeln bei sich hatte, die Alekos nicht berühren durfte. Alle Engel, die er je auf Bildern gesehen hatte, trugen Schwerter oder Speere, und es kam ihm sonderbar vor, daß Gott sich für eine Modernisierung entschieden hatte.

Nach vier Tagen wollte der Engel allem Anschein nach irgendwohin gehen, und Alekos mußte erst noch den Widerwillen, seine Ziegen den Andarte-Dieben auszuliefern, überwinden, bevor er sich auf die Brust klopfte, lächelte und dem Engel zu verstehen gab, er solle ihm folgen. Der nahm dankbar an und schenkte ihm Schokolade, die der Hirte auf einmal verschlang, so daß ihm nachher etwas schlecht wurde. Der Engel wollte jedoch nicht bei Tageslicht aufbrechen, und so mußte Alekos bis zur Abenddämmerung warten. Er wollte auch seine weiße Plane gegen ein großes Ziegenfell tauschen. Aus Alekos' Sicht war es das beste Geschäft, das ihm je angeboten worden war, und er nahm eilfertig an, obwohl ihn ein leichtes Schuldgefühl beschlich, daß er einen Engel beschummelt hatte, wenn auch ungewollt und mit dessen Einverständnis. Das Himmelswesen wickelte den Metallkasten ins Ziegenfell, verschnürte es und warf es sich über die Schulter.

Alekos wußte, daß die einzige Person, die womöglich die Engelssprache verstehen konnte, Dr. Iannis war, und entsprechend führte er den Engel zu dessen Haus. Sie marschierten vier Nächte lang mit einer für Alekos ganz unnötigen Heimlichkeit und mußten sich drei Tage lang bei mörderischer Hitze in der Macchia verstecken, wo sie von Mücken völlig zerstochen wurden und sich nur flüsternd unterhalten durften. Es sah ganz danach aus, als hätte Gott diesen besonderen Engel wegen Irrsinn aus dem Himmel verstoßen. Aber Alekos hatte nichts dagegen einzuwenden, weil er so eingenommen war von dem äußerst hellen Haar, der außergewöhnlich großen Gestalt, der unerschöpflichen Ausdauer und den vollständig vorhandenen Zähnen, die dem Engel ein reizendes Lächeln verliehen. Das Wesen zog eine finstere Miene, wenn italienische oder deutsche Soldaten in der Nähe waren, und daraus schloß Alekos, daß Gott zweifellos auf seiten der Griechen kämpfte.

Dr. Iannis wurde um drei Uhr früh von einem sanften Klopfen an seinem Fenster geweckt. Er blieb eine Weile still liegen und fragte sich irritiert, wie ein Ästchen so etwas zustande bringen konnte, wenn kein Baum da war. Schließlich wälzte er sich aus dem Bett und entriegelte die Fensterläden. Er erblickte Alekos, was schon verwunderlich genug war, aber er sah auch noch einen sehr großen blonden Mann, der in die Fustanella, die Nationaltracht der griechischen Männer, gekleidet war. Alekos bekam den perplexen Gesichtsausdruck des Arztes mit, hob die

342

Hände, zuckte die Achseln und sagte: »Ich habe dir einen Engel gebracht.« Er verschwand, bevor er in irgendwelche Auseinandersetzungen über die Verantwortung dafür verwickelt werden konnte.

Der Engel lächelte und streckte die Hand aus. »Bunnios«, sagte er, »ist min Nam.«

Der Arzt schüttelte die dargebotene Hand durch das Fenster und erwiderte: »Dr. Iannis.«

»Viledler herre, so ir erloubet, wolt ich sprechen in iwerer kemenate von gewize maere.«

Der Arzt zog verdutzt die Brauen zusammen. »Was?«

Der fremde Mann deutete an, daß er hereinkommen wollte, und der Arzt seufzte ungeduldig, weil er ihn hatte bitten wollen, ums Haus herum zur Tür zu gehen. Doch sobald er seine Zustimmung zu erkennen gab, griff der Mann mit einer Hand an den Fensterrahmen und hüpfte herein. Er ließ sein Fell mit dem Gepäck auf den Boden fallen und schüttelte dem Arzt nochmals die Hand. Pelagia trat verschlafen ein, da sie Geräusche gehört hatte, und erblickte einen Mann, der die quastenbesetzte Mütze, den weißen Faltenrock und die gleichfarbigen Strümpfe, die bestickte Weste und die pomponbesetzten Schuhe anhatte, die einige Leute auf dem Festland noch zu feierlichen Anlässen trugen. Alles war zwar sehr dreckig, aber unverkennbar neu. Sie sah verdutzt zu ihm auf und schlug sich die Hand vor den Mund. Mit großen Augen wollte sie von ihrem Vater wissen: »Wer ist das?«

»Wer das ist?« wiederholte der Arzt. »Wie soll ich das wissen? Alekos hat gesagt, er sei ein Engel, und ist dann abgehauen. Er selbst sagt, er heiße Bunnios, und spricht Griechisch wie eine spanische Kuh.«

Der fremdländische Mann verbeugte sich höflich und schüttelte Pelagia die Hand. Die ihre erschlaffte in seinem Griff, da sie ihr Erstaunen nicht verhehlen konnte. Er lächelte charmant und sagte: »Von iwerer vil guote schoene und junce jare wande ich vil zu sahen han, traun.«

»Ich bin Pelagia«, erwiderte sie und fragte dann ihren Vater: »Was redet er da? Das ist nicht Katharevousa.«

»Natürlich nicht. Und es ist sicher kein Neugriechisch.«

»Meinst du, es ist Bulgarisch, Türkisch oder so was Ähnliches?«

343

»*Griechisch aus alter zit*«, sagte der Mann und fügte hinzu: »*Perikles, Demosthenes, Homer.*«

»Altgriechisch?« rief Pelagia ungläubig aus. Sie trat einen Schritt zurück, da sie fürchtete, vor einem Geist zu stehen. Sie hatte schon als Kind alles vom Marmorkaiser gehört, der von einem Engel in eine Höhle getragen worden war, aus der er eines Tages wiederkehren würde, um die Unterdrücker zu vertreiben. Doch dieser Mann schien mehr aus Fleisch als aus Marmor zu bestehen, und es war sowieso nur eine dumme Sage. Es gab noch eine andere Geschichte, von blonden Fremdlingen aus dem Norden, die die Befreiung bringen würden. Wer weiß?

Der Arzt legte den Zeigefinger an die Stirn und blickte dann siegessicher auf: »Englisch?« fragte er.

»*Engeland*«, stimmte der Mann zu. »*Annoch, traun, bi miner trouwe ...*«

»Selbstverständlich werden wir nichts verraten. Könnten wir bitte englisch sprechen? Ihre Aussprache ist wirklich grauenhaft. Sie bereitet mir Kopfschmerzen. Pelagia, bring ein Glas Wasser und Plätzchen.«

Der Engländer lächelte sichtlich erleichtert; es hatte ihm sehr zugesetzt, das feinste Hochschulgriechisch zu sprechen und nicht verstanden zu werden. Ihm war gesagt worden, daß er der sich noch am ehesten wie ein echter Grieche anhörende Mensch war, den sie unter den Umständen auftreiben konnten, und er wußte sehr wohl, daß das moderne Griechisch nicht ganz dem in Eton gepflegten entsprach, aber er hatte keinesfalls erwartet, so wenig verstanden zu werden. Es war auch sonnenklar, daß jemand beim Geheimdienst eine vollständig irrige Vorstellung davon gehabt hatte, wie ein Kephallonier gekleidet war.

»Wir haben einen italienischen Offizier schlafend in einem Raum«, erklärte der Arzt, dessen Englisch nicht so gut war, wie er sich einbildete, »also sind wir sehr stumm, bitte.«

Der Engländer schnürte sein Ziegenfell auf und entnahm ihm einen Revolver. Pelagia war entsetzt. Sie würde nie zulassen, daß jemand Antonio erschoß. Der Mann sah ihre Bestürzung und sagte: »Eine Vorsichtsmaßnahme. Ich möchte keine Vergeltungsaktionen heraufbeschwören, außer es geht überhaupt nicht mehr anders.«

»Ein Spion?« fragte der Arzt. »Spionage?«

Der Mann nickte und sagte: »Ganz pscht-pscht. Haben Sie irgendwelche Kleidung, die ich anziehen könnte? Ich wäre Ihnen äußerst dankbar.«

Der Arzt wies auf die Fustanella. »Das ist nicht unser Kleid in Kephallonia.« Er zeigte auf ein gerahmtes Bild an der Wand, das einen jungen Mann in Kniebundhosen, einer um die Hüfte gebundenen weißen Schärpe, einer weichen weißen Mütze auf dem Kopf und einer Weste mit zwei Reihen breiter Silberknöpfe zeigte. »Das ist unser Kleid«, erklärte er, »aber nur Fest. Wir kleiden wie Sie. Ich bringe Ihnen Kleid, Sie mir geben Fustanella, okay?«

Der Arzt hatte schon immer eine Fustanella haben wollen, sie sich aber nie leisten können. Während er normale Kleidung holte, sagte er: »Wiston Tzortzil sei Dank.« Dabei richtete er den Blick gen Himmel, als wäre Churchill eine Gottheit. Eines Tages würde er alle bei einem Fest überraschen. Er kicherte schon in der Vorfreude. Dic Mangas in der Kapheneia würden glauben, er hätte es aufgegeben, ein europäisierter Traditionalist zu sein, und sich in einen dieser traditionalistischen Fustanellophoroi verwandelt. Er überlegte, wo er noch einen kunstvollen traditionellen Dudelsack, eine Tsibouki, bekommen könnte, um das Bild abzurunden.

Es war gar nicht so leicht, den Spion in die Kleidung eines kleineren Mannes zu zwängen, und so war es nur ein schwacher Trost, daß sie beide dieselbe Hutnummer hatten. Der eingezwängte Engländer brach im Morgengrauen nach Argostoli auf, die Aufschläge seiner Hose reichten ihm nur halb über die Waden, und das Jackett ließ sich nicht zuknöpfen. Seine Ausrüstung trug er in einer ebenfalls vom Arzt zur Verfügung gestellten Jutetasche. Ohne einige wohlgemeinte Ratschläge durfte er sich aber nicht auf den Weg machen.

»Hören Sie, okay? Ihr Akzent schlimm-schlimm. Nicht reden, verstehen? Sie sind stumm, bis Sie lernen. Auch achten Sie auf Andartes. Sie Diebe, keine Soldaten, sie sagen, sie Kommunisten, aber sie Diebe. Sie nicht verstehen zu kämpfen, verstehen? Italiener in Ordnung, Deutsche nicht gut, ja?«

Und so geschah es, daß Oberleutnant »Bunny« Warren, von den King's Dragoon Guards zur SOE abkommandiert, sich mit erstaunlichem Unternehmungsgeist und außergewöhnlicher Keckheit in einem großen Haus einrichtete, in dem bereits vier italienische Offiziere einquartiert waren. Er verblüffte und verdutzte sie, indem er sich in Lateinisch mit ihnen zu verständigen suchte, und jede Woche wanderte er zu der verlassenen Hütte, wohin er sein Funkgerät und seinen Akkumulator gebracht hatte. Er übermittelte für den Fall, daß die Alliierten beschließen sollten, die Invasion in Griechenland statt in Sizilien stattfinden zu lassen, ausführliche Berichte mit Informationen über Truppenbewegungen und -zahlen nach Kairo.

Er führte ein einsames Leben, und es war bitter, als verrückt zu gelten, aber Wahnsinn war wohl noch die beste Tarnung. Mit einem Gürtel voller Goldsovereigns durchwanderte er Kephallonia, prägte sich alles ein, und ein- oder zweimal kletterte er auf den Ainos, um seinem ersten Gastgeber, der nie ganz überzeugt war, daß er keinen Engel vor sich hatte, einen Besuch abzustatten. Manchmal schloß er sich dem genauso wanderfreudigen Pater Arsenios an, und er galt als weiterer prophetisch-religiöser Fanatiker.

Sein Funkgerät ließ ihn nie im Stich. Es war ein Brown B2. Es hatte nur zwei Loctal-Röhren, eine Antenne, die ganz wie eine Wäscheleine aussah, funktionierte mit Netzanschluß oder einer 6-Volt-Batterie und war mit einem kümmerlichen Gewicht von zweiunddreißig Pfund ein Wunder der Kleinstbauweise.

47

Dr. Iannis redet seiner Tochter ins Gewissen

Dr. Iannis stopfte seine Pfeife mit dem mörderisch stinkenden Kraut, das in der Besatzungszeit als Tabak gehandelt wurde, drückte es fest, zündete es an und inhalierte unklugerweise zu stark. Der beißende Rauch drang ihm tief in die Kehle, so daß ihm fast die Augen austraten. Er spuckte, griff sich mit einer Hand an den Hals und hustete heftig. Er warf die Pfeife hin und brummte:

»Fäkalien, nichts als Fäkalien. Wie weit ist es mit der Welt gekommen, wenn ich bloß noch Koprolith zu rauchen kriege? Jetzt reicht's, ich werde nie wieder rauchen.«

Die Pfeife hatte ihm in letzter Zeit mehr Leid als Trost gebracht. Es war schon unmöglich, Pfeifenreiniger zu erhalten, und so hatte er den Garten nach Vogelfedern absuchen müssen. Er hatte sogar die kleine Lemoni bestochen, zum Strand zu gehen und welche für ihn zu finden, und dies hatte mit sich gebracht, daß er Pelagia dazu verleiten mußte, die kleinen Honigtörtchen zu machen, die Lemoni so mochte. Ein endloser und nicht mehr zu bändigender Rattenschwanz von Bestechungen drohte daraus zu werden. Er hatte versucht, den gordischen Knoten durchzuhauen, indem er das Reinigen der Pfeife sein ließ, aber dies hatte dazu geführt, daß er den unbeschreiblich widerwärtigen, ungemein bitteren und entsetzlich schleimigen kalten Tabaksaft in den Mund bekam. Davon wurde ihm so übel wie einem unwissenden Hund, der in Benzin getränkte Chilischoten gefressen hat; und das alles für einen Rauchgenuß, der mit nichts Geringerem gleichzusetzen war als einer laienhaft durchgeführten Mandeloperation. Er fühlte sich verraten und verkauft. Seine Pfeife war eine in Marseille gekaufte St. Claude und hätte eigentlich ein alter Freund sein sollen. Zugegeben, der Pfeifenkopf war schon angeschmort, und das Mundstück war vergilbt und zerbissen, aber noch nie zuvor hatte sie ihn so böswillig angegriffen. Er ließ die Pfeife am Boden liegen und widmete sich wieder seiner Schreiberei.

»Weil die Insel ein Juwel ist, ist sie seit Odysseus' Zeit der Spielball der Großen, der Mächtigen, der Plutokraten und der Scheusale geworden. Die unphilosophischen Römer, in keiner Kunst außer der Behandlung von Sklaven und der militärischen Eroberung bewandert, plünderten die Stadt Sami und massakrierten deren Bevölkerung nach einem heroischen Widerstand, der vier Monate dauerte. Da fing eine lange und bejammernswerte Epoche an, in deren Verlauf das Inseljuwel als Geschenk von Hand zu Hand ging, während es in der gleichen Zeit wiederholt von Korsaren aus allen möglichen Ecken des abgewirtschafteten Mittelmeers überfallen wurde. So wurde eine Insel in einem fort ausgeraubt, eine Insel, deren berühmter Musiker Melampous schon 582 v. Chr. bei den Olympischen Spielen den Preis für Kithara errungen hatte. Seit der Römerzeit ist unser einziger Preis das Überleben gewesen.«

Der Arzt hielt inne und hob seine Pfeife vom Boden auf, da er schon wieder vergessen hatte, daß er sie noch Augenblicke zuvor für immer verstoßen hatte. Es war andauernd das gleiche Problem: Er schrieb weniger eine Geschichte als vielmehr ein Lamento. Oder eine Tirade. Oder eine Philippika. Plötzlich kam ihm die erleuchtende Idee, daß es vielleicht nicht ihm unmöglich war, über die Geschichte zu schreiben, sondern daß die Geschichte selbst unmöglich war. Zufrieden mit dieser profunden Erkenntnis belohnte er sich mit einem tiefen Zug aus seiner Pfeife und wurde wiederum das hilflose Opfer eines Nies- und Hustenanfalls.

Zornerfüllt stand er auf und dachte daran, die Pfeife entzweizubrechen. Er war schon im Begriff dazu, als ihn eine präventive Panik packte. Denn mit dem Rauchen aufzuhören war so unvorstellbar wie die Geschichte. Es war klar, daß es zwischen ihm und seiner Pfeife zu einer Art von Übereinkunft kommen mußte. Er rief Pelagia herein, die sorgfältig den Kaffeesatz aus den Frühstückstassen herausgekratzt hatte, damit er nochmals verwendet werden konnte. Die Sache mit dem Kaffee war so schlimm wie die Tabakkrise.

»Tochter«, sagte er, »ich möchte, daß du ein bißchen Honig mit Brandy verdünnst und das dann in den Tabak mischst. So ist er schlicht unerträglich. Er ist auf unangenehmste Weise rachenreizend.«

Pelagia blickte ihn verkniffen an und nahm die ihr hingehaltene Dose. Sie wollte schon gehen, als ihr Vater hinzufügte: »Bleib bitte, da ist noch etwas, worüber ich mit dir reden muß.«

Der Arzt war überrascht. »Worüber will ich denn mit ihr reden?« fragte er sich. Es war so, als hätten sich einige Eindrücke bei ihm angesammelt, einige Eindrücke, die erörtert werden mußten, aber noch keine feste Gedankenform angenommen hatten.

Pelagia setzte sich ihm gegenüber, strich sich gewohnheitsmäßig einige lose Haarsträhnen aus dem Gesicht und fragte: »Worum geht es denn, Papakis?« Er sah sie vor sich sitzen, die Hände im Schoß gefaltet, einen erwartungsvollen Ausdruck um die Augen und ein zurückhaltendes Lächeln um die Lippen. Der Anschein reizender Unschuld, den sie sich gab, erinnerte ihn daran, was er hatte sagen wollen. Jede Person – und besonders eine Tochter –, die so jungfräulich und allerliebst erscheinen konnte, führte ganz offensichtlich Unfug und Ungezogenheiten im Schilde.

»Es ist mir nicht entgangen, Pelagia, daß du dich in den Hauptmann verliebt hast.«

Sie errötete zutiefst, sah völlig entsetzt drein und fing an zu stammeln. »In den Hauptmann?« wiederholte sie dämlich.

»Jawohl, in den Hauptmann, unseren ungebetenen, aber reizenden Gast. Der Mandoline im Mondschein spielt und dir italienische Pralinen mitbringt, die du nicht immer mit deinem Vater zu teilen bereit bist, welch letzteren du sowohl für blind wie für blöd hältst.«

»Papakis«, protestierte sie, war aber zu verdattert, um hinter diesen Ausruf eine deutliche Koda zu setzen.

»Selbst dein Hals und deine Ohren sind rot geworden«, bemerkte der Arzt, der sich an ihrer Verwirrung weidete und absichtlich noch mehr Kohlen nachlegte.

»Aber Papakis …«

Der Arzt fuchtelte überschwenglich mit seiner Pfeife herum. »Das läßt sich wirklich nicht mehr leugnen oder diskutieren, weil alles ganz offensichtlich ist. Die Diagnose ist gestellt und bestätigt. Wir sollten über die Folgen reden. Übrigens ist mir klar, daß auch er in dich verliebt ist.«

»Er hat nichts dergleichen gesagt, Papas. Warum versuchst du mich durcheinanderzubringen? Das macht mich langsam ganz schön wütend. Wie kannst du so was sagen?«

»Das ist ganz ihre Art«, sagte er zufrieden. »So ist meine Tochter.«

»Ich werde dich schlagen, ganz im Ernst.«

Er beugte sich vor und nahm eine ihrer Hände. Sie sah weg und wurde noch röter. Es war so typisch für ihn, daß er sie erst völlig ungehalten machte und ihr dann mit einer zärtlichen Geste den Wind wieder aus den Segeln nahm. Er war ein unmöglicher Vater: Im einen Augenblick gab er gebieterisch Befehle, im nächsten war er verschmitzt und schmeichelnd, dann wieder überlegen und aristokratisch erhaben.

»Ich bin Arzt, aber auch ein Mann, der schon viel vom Leben gesehen und es betrachtet hat«, sagte der Doktor. »Liebe ist eine Art von Wahn mit unverkennbaren und oft wiederholten klinischen Symptomen. Ihr errötet, wenn ihr zusammen seid, ihr haltet euch an Orten auf, an denen der andere wahrscheinlich vorbeikommt, ihr seid beide ein wenig mundfaul, ihr lacht beide unerklärlicherweise und zu lang, du wirst ganz ekelhaft kindisch, und er wird ganz lachhaft galant. Du bist auch etwas dumm geworden. Er hat dir neulich eine Rose geschenkt, und du hast sie in mein Symptombuch zum Pressen gelegt. Wenn du nicht verliebt wärst und deinen Verstand noch beisammen hättest, wäre dir ein anderes Buch, das ich nicht täglich zur Hand nehme, zum Pressen geeigneter vorgekommen. Ich finde es sehr passend, daß die Rose bei dem Abschnitt über Erotomanie zu finden ist.«

Pelagia befürchtete den unmittelbaren Kollaps von tausend schönen Träumen. Sie erinnerte sich an den vertraulichen Rat ihrer Tante: »Wenn eine Frau sich durchsetzen will, muß sie entweder weinen, nörgeln oder schmollen. Sie muß darauf gefaßt sein, dies jahrelang zu tun, weil sie der verfügbare Besitz der Männer in der Familie ist, und Männer brauchen wie Felsen eine lange Zeit, bis sie abgeschliffen sind.« Pelagia versuchte es mit Weinen, aber dem kam eine sich im ganzen Körper ausbreitende Panik zuvor. Sie stand plötzlich auf und setzte sich genauso abrupt wieder hin. Sie sah schon einen Abgrund sich vor ihren Füßen öffnen, und eine Armee von Türken in Gestalt ihres Vaters traf gerade Anstalten, sie über den Rand zu stürzen. Die trockene Sezierung ihres Herzens schien ihren Zukunftsvorstellungen bereits allen Zauber geraubt zu haben.

Doch Dr. Iannis drückte ihr die Hand, da er seinen groben Humor bereits bereute und durch nichts anderes als die unleugbare Tatsache, daß es wieder ein schöner Tag war, von Mitleid erfüllt war. Er beobachtete die Versuche seiner Tochter, eine Träne hervorzubringen, und verfiel in einen längeren Monolog.

»Es ist eine Lebenserkenntnis, daß die Ehre einer Familie auf dem Verhalten ihrer Frauen beruht. Ich weiß nicht, warum das so ist, und möglicherweise sind andernorts die Verhältnisse nicht so. Aber wir leben hier, und ich halte die Tatsache rein wissenschaftlich fest, genauso, wie ich beobachte, daß im Januar auf dem Ainos Schnee liegt oder wir keine Flüsse haben.

Es ist ja nicht so, daß ich den Hauptmann nicht mag. Freilich ist er ein bißchen plemplem, was sich ganz einfach dadurch erklärt,

daß er Italiener ist, aber er ist nicht so verrückt, daß er völlig
lächerlich wäre. Eigentlich mag ich ihn sehr gern, und daß er
Mandoline spielt wie ein Engel, wiegt fast wieder auf, daß er
Ausländer ist.« An diesem Punkt fragte sich der Arzt, ob es för-
derlich sei, seinen Verdacht zu äußern, daß der Hauptmann an
Hämorrhoiden litt; die Aufdeckung körperlicher Mängel und
Schwächen war oft ein mächtiges Gegengift gegen die Verliebtheit. Aus Achtung für Pelagia entschied er sich dagegen. Es gehörte sich einfach nicht, Hundekacke in Aphrodites Bett zu legen.

Er fuhr fort: »Aber du mußt dir vor Augen halten, daß du mit
Mandras verlobt bist. Das weißt du doch noch, oder? Genauge-
nommen ist der Hauptmann ein Feind. Kannst du dir die Qualen
vorstellen, die dir andere zufügen würden, wenn du ihrer Meinung nach die Liebe eines Besatzers, eines Unterdrückers, der
eines patriotischen Griechen vorziehst? Du wirst der Kollabora-
tion bezichtigt, eine Faschistenhure und tausend andere Dinge
genannt werden. Die Leute werden mit Steinen nach dir werfen
und dich anspucken, das weißt du doch, oder? Du würdest nach
Italien ziehen müssen, wenn du bei ihm bleiben willst, denn hier
wärst du deines Lebens nicht mehr sicher. Bist du bereit, deine
Insel und dein Volk zu verlassen? Was weißt du vom Leben dort?
Glaubst du, die Italiener wissen, wie eine Fleischpastete gemacht
wird, und haben St. Gerasimos geweihte Kirchen? Nein, das ist
nicht der Fall.

Und noch etwas. Verliebtheit ist eine vorübergehende Ver-
rücktheit, sie bricht aus wie ein Vulkan und legt sich dann wieder.
Und wenn sie vorüber ist, mußt du eine Entscheidung fällen. Du
mußt herausfinden, ob eure Wurzeln sich so ineinander ver-
schlungen haben, daß eine Loslösung nicht mehr vorstellbar ist.
Denn darin besteht die Liebe. Liebe ist nicht Atemlosigkeit, nicht
Begeisterung, nicht das heiße Versprechen ewiger Leidenschaft,
nicht die Begierde, sich jede zweite Minute am Tag zu vereinigen,
sie besteht nicht darin, nachts wach zu liegen und sich vorzustellen, daß er jeden Fleck deines Körpers küßt. Nein, werde nicht rot,
ich erzähle dir bloß ein paar Wahrheiten. Das alles ist nur das
Verliebtsein, was jeder Dummkopf zuwege bringt. Liebe an sich
ist das, was übrigbleibt, wenn die Verliebtheit verglimmt ist, und
dann ist sie sowohl eine Kunst wie ein glücklicher Zufall. Deine

Mutter und ich haben das besessen, wir hatten Wurzeln, die unter dem Boden aufeinander zuwuchsen, und als alle hübschen Blüten von unseren Zweigen gefallen waren, fanden wir heraus, daß wir ein Baum und nicht mehr zwei waren. Doch manchmal fallen die Blüten ab, und die Wurzeln haben sich nicht ineinandergeschlungen. Stell dir vor, du gibst deine Heimat und dein Volk auf, nur um nach sechs Monaten, nach einem Jahr oder nach drei Jahren zu entdecken, daß die Bäume keine Wurzeln gefaßt haben und umgefallen sind. Stell dir die Verlassenheit vor. Stell dir die Einkerkerung vor.

Ich sage dir, daß es unmöglich ist, den Hauptmann zu heiraten, bevor unsere Heimat befreit ist. Wir können eine Sünde erst vergeben, wenn der Sünder aufgehört hat, sie zu begehen, weil wir es uns nicht erlauben können, sie zu verzeihen, solange sie noch verübt wird. Ich gebe diese Möglichkeit zu, tatsächlich wäre ich glücklich darüber. Vielleicht liebst du Mandras nicht mehr. Vielleicht muß da eine Gleichung ins Lot gebracht werden, mit Liebe auf der einen und Ehrlosigkeit auf der anderen Seite. Niemand weiß, wo Mandras ist. Es könnte sein, daß er nicht mehr unter den Lebenden weilt.

Aber das heißt, daß du eine endlos hinausgeschobene Liebe vor dir hast. Pelagia, du weißt genausogut wie ich, daß eine hinausgeschobene Liebe verstärkte Begierde bedeutet. Jetzt schau mich nicht so an. Ich bin weder unwissend noch blöde, und ich bin nicht erst seit gestern auf der Welt. Ich bin außerdem Arzt und beschäftige mich nicht mit unmöglichen moralischen Imperativen, sondern mit vorweisbaren Fakten. Niemand kann mir sagen, daß eine Person, bloß weil sie jung, gut aussehend, wohlerzogen und vernünftig ist, nicht auch entflammt sein kann. Glaubst du, ich weiß nicht, daß junge Mädchen sich vor Begierde verzehren können? Ich bin sogar auf die Möglichkeit gefaßt, daß meine liebe kleine Tochter bereits in solch einem Zustand ist. Laß nicht den Kopf hängen, du sollst dich nicht schämen. Ich bin kein Priester, ich bin Arzt, meine Haltung ist anthropologisch, und außerdem, als ich jung war … Na gut, lassen wir das. Es genügt, wenn ich sage, daß ich nicht willens bin, zu heucheln oder einen plötzlichen und zuvorkommenden Gedächtnisverlust vorzutäuschen.

Aber das stellt uns vor noch mehr Probleme, oder etwa nicht?

Wenn wir von Sinnen sind, verlieren wir die Beherrschung. Wir werden zu Getriebenen. Deshalb haben unsere Ahnen sich dafür entschieden, den natürlichen Wahn der Jugend zu beherrschen, indem sie ihn mit Scham teerten. Deshalb hängen sie an manchen Orten nach der Hochzeitsnacht noch das befleckte Laken heraus. Erst letzte Woche habe ich in Assos eins gesehen, als ich wegen des gebrochenen Arms gerufen wurde, erinnerst du dich? Wenn wir uns dieser wunderschönen Sache nicht schämen würden, dann würden wir nichts anderes mehr machen. Wir würden nicht arbeiten, wir würden von Babys überschwemmt werden, und deshalb gäbe es keine Zivilisation. Kurz, wir lebten immer noch in Höhlen und würden uns gnadenlos und wahllos paaren. Wenn wir dafür nicht einen Ort und eine Zeit reserviert und es zu anderen Zeiten und an anderen Orten verboten hätten, würden wir wie die Hunde leben, und das Leben hätte wenig Schönes oder Friedliches.

Pelagia, ich sage dir nicht, daß du dich schämen sollst. Ich bin Arzt, kein Kulturgründer, der von den Leuten verlangt, sie sollten mit ihren Vergnügungen aufhören, damit endlich ein Dorf gebaut werden kann. Aber stell dir vor, wenn du schwanger würdest! Hör auf, so zu tun, als wärst du schockiert, wer weiß, was du in einem leidenschaftlichen Augenblick alles tun wirst? So etwas kommt vor, es ist eine natürliche Folge natürlicher Vorgänge. Was, glaubst du, wird passieren? Pelagia, ich würde dir nicht helfen, das Kind abzutreiben, obwohl ich weiß, wie das geht. Offen gesagt, ich würde mich nicht am Mord an einem Unschuldigen beteiligen. Was würdest du tun? Zu einer dieser Hebammen oder weisen Frauen gehen, die die Hälfte ihrer Kundinnen umbringen und die andere Hälfte auf Dauer unfruchtbar machen? Würdest du das Kind bekommen, nur um dann herauszufinden, daß kein Mann dich mehr heiraten will? Viele solcher Frauen enden als Prostituierte, das kannst du mir glauben, weil sie auf einmal merken, daß sie sowieso nichts mehr zu verlieren haben und Leib und Seele nicht anders zusammenhalten können. Aber, Pelagia, ich würde dich nicht verlassen, solange ich lebe, selbst unter solchen Umständen. Doch stell dir vor, ich würde sterben. Verzieh nicht das Gesicht, wir müssen alle unser Leben mit dem Tod bezahlen, da ist nichts zu machen. Und was, wenn

353

der Hauptmann dich nicht heiraten kann, weil die Armee es verbietet? Was dann?

Und bist du dir bewußt, daß leichtsinniges Verhalten auf diesem Gebiet widerwärtige Krankheiten nach sich ziehen kann? Kannst du dir völlig sicher sein, daß unser Hauptmann nicht das Bordell besucht hat? Junge Männer sind in dieser Hinsicht äußerst anfällig, wie ehrenhaft sie sonst auch sein mögen, und die Armee leistet dem Vorschub, indem sie ein Bordell zur Verfügung stellt. Weißt du, was Syphilis anrichten kann? Sie führt zu körperlichem Verfall und Gehirnerweichung. Sie verursacht Blindheit. Die Kinder von Syphilitikern werden als taube Kretins geboren. Was ist, wenn der Hauptmann dorthin geht, die Augen zumacht und sich vorstellt, er hält dich in den Armen? Das ist durchaus wahrscheinlich, obwohl es mich schmerzt, so etwas zu sagen, aber junge Männer sind nun mal so.«

Pelagia weinte echte Tränen. Noch nie hatte sie sich so vernichtet und gedemütigt gefühlt. Ihr Vater hatte all ihre rosigen Träumereien herabgezogen auf den Boden gesunden Menschenverstandes und medizinischer Unerquicklichkeiten. Sie blickte aus ihren Tränen zu ihm auf und merkte, daß er sie mit ungeheurem Mitgefühl anschaute. »Du steckst in der Klemme«, sagte er schlicht, »du hast uns beide in eine verzwickte Lage gebracht.«

»Du ziehst alles in den Dreck«, warf sie ihm bitter vor. »Du weißt nicht, wie es ist.«

»Ich habe viel davon mit deiner Mutter durchgemacht«, erwiderte er. »Sie war einem anderen versprochen. Ich weiß sehr wohl, wie es ist. Deshalb rede ich mit dir in aller Offenheit, und deshalb schreite ich nicht auf und ab, schrei dich nicht an oder verbiete alles, wie es ein Vater eigentlich tun sollte.«

»Du verbietest also nicht alles?« fragte sie hoffnungsvoll.

»Nein, ich verbiete nicht alles. Aber ich meine, du solltest sehr genau wissen, was du tust, und du solltest dich mit Rücksicht auf Mandras achtbar verhalten. Darum geht es. Du mußt auch die guten Seiten daran sehen. Je länger du den Hauptmann kennst, desto besser wirst du entscheiden können, ob ihr Wurzeln habt, die unter der Erde zusammenwachsen, oder nicht. Gib ihm keinesfalls nach. Verleugne dich. Denn dann werden deine Augen nicht von einem Wahn verblendet sein, den du nicht kontrollieren kannst, und dann wirst du lernen können, ihn so zu sehen, wie er ist. Verstehst du?«

»Papakis«, sagte sie leise, »der Hauptmann hat nie versucht, mich in Schwierigkeiten zu bringen.«

»Er ist ein guter Mensch. Er weiß, daß er schlechte Karten hat. Bete für die Befreiung der Insel, Pelagia, weil dann alles möglich wird.«

Pelagia stand auf und nahm die Tabakdose. »Honig und Brandy?« fragte sie leise, und ihr Vater nickte. Er setzte noch hinzu: »Laß dich von dem, was ich gesagt habe, nicht beirren. Ich wollte dich nicht verärgern. Ich bin auch einmal jung gewesen.«

»Also war zu deiner Zeit nicht alles anders«, sagte sie schnippisch von der Tür her. Ihr Vater lächelte zufrieden über diese Retourkutsche und sog zaghaft an der Pfeife; seiner Einschätzung nach sprach eine freche Erwiderung für eine unbeirrte Tochter. Es war wohl einfacher, ein Vater zu sein als ein Historiker. Er wandte sich seinem Manuskript zu und schrieb: »Die Insel ging in die Hände des Byzantinischen Reiches über, das den Vorteil hatte, griechisch zu sein, und den Nachteil, byzantinisch zu sein.«

48

»La Scala«

»Es stimmt, Antonio, einige deiner Männer machen irgendwelche Schiebereien, und nach meiner Ansicht und der meiner Offizierskollegen wirft das ein schlechtes Licht auf dich. Nicht auf dich persönlich, aber auf die italienische Armee. Es ist so skandalös wie diese Schmähschrift über den Duce, die alle lesen. Es ist Ausdruck des gleichen Mißstandes.«

Corelli wandte sich an Carlo: »Stimmt das, was Günter sagt?«

»Frag mich nicht. Du müßtest einen Griechen fragen.«

»Iatre«, rief Corelli. »Stimmt das?«

Der Arzt kam aus der Küche, wo er sorgfältig die Klingen alter Skalpelle an einem Wetzstein geschliffen hatte, und fragte: »Stimmt was?«

»Daß einige unserer Soldaten den Hungernden mit Lebensmittelkarten Waren abkaufen, und dann kommen andere Leute her und konfiszieren die Karten wieder, weil sie illegal erworben wurden.«

»Das sind nicht ›andere Leute‹, sagte der Arzt. »Es ist nur die andere Hälfte derselben Bande. Der Kreis schließt sich perfekt. Letzte Woche hat es Stamatis erwischt. Er hat eine wertvolle Uhr und zwei silberne Kerzenhalter verloren und stand am Ende ohne Lebensmittelkarten und mit so leerem Magen wie zuvor da. Sehr raffiniert.« Der Arzt wandte sich schon um, hielt dann aber inne. »Und noch etwas: Eure Soldaten stehlen von den Gemüsebeeten der Leute. Als ob wir nicht alle Hungers sterben würden.«

»Wir Deutschen tun das nicht«, warf Günter selbstgefällig ein und konnte sich einer gewissen Schadenfreude auf Corellis Kosten nicht enthalten.

»Die Deutschen können nicht singen«, konterte Corelli ausweichend, »und überhaupt, ich werde der Sache nachgehen und für Abhilfe sorgen. Das ist zu arg.«

Weber lächelte: »Du legst dich für die Rechte der Griechen ganz schön ins Zeug. Ich frage mich manchmal, ob du begreifst, warum du hier bist.«

»Ich bin nicht hier, um mich schweinisch aufzuführen«, sagte Corelli, »und ganz offen gesagt, mir behagt das alles nicht. Ich versuche, es als Urlaub zu sehen. Ich habe nicht diese Überlegenheit wie du, Günter.«

»Überlegenheit?«

»Ja. Ich habe nicht diese Überheblichkeit, daß ich andere Rassen für minderwertiger als meine halte. Ich fühle mich nicht dazu berechtigt, das ist es.«

»Da geht es doch um Wissenschaft«, meinte Weber. »Wissenschaftliche Tatsachen lassen sich nicht ändern.«

Corelli runzelte die Stirn. »Wissenschaft? Die Marxisten halten sich auch für Wissenschaftler und glauben genau das Gegenteil von dem, was du glaubst. Die Wissenschaft ist mir egal. Sie tut nichts zur Sache. Moralische Grundsätze sind unveränderlich, aber wissenschaftliche Tatsachen nicht.«

»Da bin ich anderer Meinung«, sagte Weber gutmütig. »Für mich ist es offensichtlich, daß die Ethik sich so wie die Wissenschaft im Lauf der Zeit ändert. Die Ethik hat sich aufgrund der Theorien von Darwin geändert.«

»Du hast recht, Günter«, warf Carlo ein, »aber deshalb muß es niemand gutheißen. Ich mag es nicht, genausowenig Antonio, das ist es. Und die Wissenschaft beschäftigt sich mit Fakten, die Moral aber mit Werten. Das ist nicht das gleiche und läßt sich auch nicht vereinbaren. Auf dem Objektträger eines Mikroskops findest du keinen Wert. Es mag ja stimmen, daß die Juden beispielsweise böse oder minderwertig sind, wie soll ich das wissen? Aber wieso muß das bedeuten, daß wir sie ungerecht behandeln sollen? Ich verstehe den Gedankengang nicht.«

»Erinnerst du dich noch«, sagte Weber und lehnte sich in seinem Stuhl zurück, »wie du eine Pistole auf mich gerichtet hast, als ich den Baummarder wegen seines Fells erschlagen wollte? Ich habe ihn nicht umgebracht. Ich habe ja nicht gewußt, daß es ein Haustier ist. Vor einer Pistole konnte ich nicht argumentieren. Das ist die neue Moral. Stärke benötigt keine Entschuldigung und muß keine Begründungen liefern. Das ist Darwinismus, wie gesagt.«

»Sie muß die Begründungen der Geschichte überlassen«, meinte Corelli, »sonst ist sie zu verurteilen. Es geht auch darum, mit sich selbst im reinen zu sein. Erinnerst du dich, als dieser Kanonier jenes Mädchen, das durch das vermeintliche Wunder geheilt worden ist, vergewaltigen wollte? Mina, so hieß sie. Weißt du, warum ich das getan habe?«

»Du meinst, als du ihn bis auf einen Stahlhelm und einen Rucksack unbekleidet in der Sonne hast strammstehen lassen?«

»Es war ein Rucksack voller Steine. Ja. Ich habe es getan, weil ich mir vorgestellt habe, daß diese Frau meine Schwester wäre. Ich habe es getan, weil ich mich sehr viel wohler fühlte, als er gut durchgebraten war. Das ist meine Moral. Ich gebe mich der Vorstellung hin, daß sie etwas Persönliches ist.«

»Du bist ein guter Mensch«, sagte Günter. »Das gebe ich zu.«

»Übrigens habe ich dich daran gehindert, Psipsina zu erschlagen, weil ich dein Leben retten wollte«, sagte Corelli. »Ich habe dich aufgehalten, weil dich Pelagia sonst umgebracht hätte.«

»Aaargh«, stöhnte Weber, wobei er so tat, als würde er sich

erwürgen. »Wo ist Pelagia? Ich habe gedacht, sie mag unseren Gesang.«

»Das tut sie auch, aber es ist ihr peinlich, die einzige Frau in einer Horde von Jungen zu sein. Ich schätze, sie hört in der Küche zu.«

»Nein, das tu ich nicht«, rief sie.

»Ah«, sagte Weber, »da sind Sie ja. Antonio hat gerade vorgeschlagen, wir sollten einige Mädel von der Casa Rosetta mitbringen, um das Geschlechterverhältnis auszugleichen. Was halten Sie davon?«

»Mein Vater würde ›La Scala‹ vor die Tür setzen, und ihr müßtet wieder auf der Latrine singen.«

»Wir könnten aber mit zwei Panzerwagen anrücken«, sagte Weber. Er blickte sich um und sah kein Gesicht, das über seine Bemerkung lächelte. »Nur ein kleiner Scherz.«

»Unsere Panzerwagen würden den Hügel gar nicht raufkommen«, sagte einer der Baritone. »Wir müßten uns welche von euch ausleihen.«

»Lügen und Verleumdungen«, ereiferte sich ein Tenor. »Sie laufen einwandfrei, wenn die Panzerung weg ist. Kommt, jetzt singen wir was.«

»*La Giovinezza*«, schlug Weber begeistert vor, und alle anderen stöhnten. »Schon gut, schon gut, ich hole mein Grammophon aus dem Wagen, und wir können alle mit Marlene singen.«

»Und danach können wir Liebeslieder singen«, sagte Corelli, »weil heute ein wunderschöner Abend ist, und alles ist so friedlich, da sollten wir uns doch etwas romantisch geben.«

Weber ging zu seinem Kübelwagen und kehrte voll Besitzerstolz mit seinem Grammophon zurück. Er stellte es auf den Tisch und legte die Nadel auf. Es kam ein Geräusch wie fernes Meeresrauschen, und dann ertönten die ersten markigen Takte von *Lili Marleen*. Die Dietrich fing an zu singen, ihre Stimme voll träger Melancholie, Mondänität, trauriger Erkenntnis und Sehnsucht nach Liebe. »Oh«, rief Weber, »sie ist die Inkarnation des Erotischen. Vor ihr schmelze ich dahin.«

Einige der Jungen fielen in das Lied mit ein, und Corelli nahm die Melodie mit seiner Mandoline auf. »Antonia mag das«, sagte er, »Antonia wird singen.« Er fügte ein paar Schnörkel ein und füllte mit rascher Fingerfertigkeit die Notenintervalle. Bei der letzten Strophe verfiel er in ein Tremolo, das eine Oberstimme über die Musik legte, sie mit leichten Glissandi, Pausen und Ritardandi verschönerte und ehrgeizig zum höchsten und dünnsten Ton des Instruments hochstieg, bis es dann wohltönend auf die sonore Mittellage der dritten und vierten Saite zurückfiel. Die Leute im Dorf ließen alles stehen und liegen und lauschten Corelli, der die Nacht zum Klingen brachte. Als die Musik aufhörte, seufzten sie, und Kokolios sagte zu seiner Frau: »Der Mann ist verrückt, und er ist ein Spaghetti, aber er hat Nachtigallen in seinen Fingern.«

»Es ist besser, als die ganze Nacht auf dein Schnarchen und Furzen zu hören«, meinte sie.

»Ein proletarischer Furz ist eine herrlichere Musik als ein bourgeoises Lied«, bemerkte er, worauf sie das Gesicht verzog und erwiderte: »Das hättest du wohl gern.«

Pelagia kam aus der Küche, ihre schlanke Silhouette erschien geisterhaft im trüben Licht der Kerzen drinnen. »Bitte, spiel das noch mal«, verlangte sie. »Es war so wunderschön.« Sie trat an Webers Grammophon und strich über das polierte Holz. Das Gerät war wie Corellis Motorrad ein weiteres Wunder der modernen Welt, das bis zu den Kriegsjahren nicht zur Welt Kephallonias gehört hatte. Es war etwas Erlesenes und Prächtiges inmitten des Verlusts und der Trennung, der Entbehrung und Angst.

»Mögen Sie es?« fragte Weber, und sie nickte sehnsüchtig. »Na schön«, fuhr er fort. »Wenn ich nach dem Krieg heimfahre, werde ich es Ihnen hinterlassen. Sie können es haben. Es würde mich sehr freuen, und Sie werden immer an Günter denken. Ich kann in Wien leicht ein anderes finden, und Sie können es als Entschuldigung an Psipsina annehmen.«

Pelagia war gerührt und fast außer sich vor Freude. Sie schaute den lächelnden Jüngling mit der schmucken Uniform, dem gestutzten ausgeblichenen Haar und den braunen Augen an und war voll freudiger Dankbarkeit. »Sie sind so süß«, sagte sie und küßte ihn ganz ungeniert auf die Wange. Die Jungen von »La Scala« jubelten, Weber errötete und hielt sich die Hände vor die Augen.

49

Der Arzt klärt den Hauptmann auf

Der Arzt und der Hauptmann saßen drinnen am Küchentisch. Corelli entfernte eine gerissene Saite von seiner Mandoline und beklagte sich darüber, daß neue Saiten unmöglich zu bekommen waren.

»Wie wär's mit Chirurgendraht?« erkundigte sich der Arzt, der sich vorbeugte und die kaputte Saite durch die Brille betrachtete. »Ich glaube, ich habe welchen von der gleichen Stärke.«

»Er muß genau richtig sein«, erwiderte Corelli. »Wenn er zu dick wäre, müßte ich ihn straffer spannen, als es das Instrument aushält. Wenn er zu dünn ist, bleibt er zu schlaff, um einen anständigen Ton hervorzubringen, und schlägt an die Bünde.«

Der Arzt lehnte sich zurück und seufzte. Plötzlich fragte er: »Haben Sie und Pelagia vor, zu heiraten? Als ihr Vater glaube ich ein Recht zu haben, es zu erfahren.«

Der Hauptmann war von der Offenheit der Frage so verblüfft, daß er viel zu fassungslos war, um zu antworten. Alles hatte sich nur auf der Grundlage entwickeln können, daß niemand die Angelegenheit offen ansprach; es ging überhaupt nur unter der stillschweigenden Voraussetzung gut, daß es sich um ein dunkles Geheimnis handelte, das jeder kannte. Er sah den Arzt entsetzt an, sein Mund klappte wortlos auf und zu wie bei einem unachtsamen Fisch, den eine Welle unvermutet auf eine Sandbank gespült hat.

»Sie können hier nicht leben«, sagte der Arzt. Er deutete auf die Mandoline. »Wenn Sie Musiker sein wollen, ist hier der allerletzte Ort für Sie. Sie müßten nach Hause gehen oder nach Amerika. Und ich glaube nicht, daß Pelagia in Italien leben könnte. Sie ist Griechin. Sie würde eingehen wie eine Blume, die kein Licht bekommt.«

»Ah«, brachte der Hauptmann heraus, weil ihm auf Anhieb keine geistreiche Bemerkung einfiel.

»Es stimmt«, meinte der Arzt. »Wußte ich es doch, daß Sie das nicht bedacht haben. Italiener handeln immer, ohne zu denken, das ist der Ruhm und Untergang Ihrer Kultur. Ein Deutscher plant einen Monat im voraus, wie seine Verdauung zu Ostern sein wird, und die Briten planen alles im nachhinein, so daß es immer so ausschaut, als wäre alles wie beabsichtigt eingetroffen. Die Franzosen planen alles, während es so aussieht, als feierten sie ein Fest, und die Spanier … Na ja, weiß Gott, was die machen. Jedenfalls ist Pelagia Griechin, das ist der Punkt. Kann es also gutgehen? Selbst wenn wir die offensichtliche Undurchführbarkeit außer acht lassen?«

Der Hauptmann wickelte die Saite von dem Wirbel ab und erwiderte: »Das ist nicht der Punkt, mit Verlaub. Es ist etwas Persönlicheres. Im Vertrauen gesagt, *Dottore*: Pelagia hat mir gestanden, daß Sie und ich einander sehr ähnlich sind. Ich bin von meiner Musik besessen und Sie von Ihrer Medizin. Wir sind beide Männer, die sich einen Lebenszweck geschaffen haben, und wir beide kümmern uns nicht viel um das, was andere von uns halten. Sie ist nur fähig gewesen, sich in mich zu verlieben, weil sie zuerst gelernt hat, einen anderen Mann, der mir gleicht, zu lieben. Und dieser Mann sind Sie. Ob Grieche oder Italiener, ist also unerheblich.«

Der Arzt war von dieser Annahme so gerührt, daß er einen Kloß in die Kehle bekam. Er würgte ihn hinunter und sagte: »Sie verstehen uns nicht.«

»O doch, das tu ich.«

Dr. Iannis wurde etwas gereizt und deshalb ein wenig heftig. »Aber das tun Sie nicht. Glauben Sie, Sie werden ein nettes, zugängliches Mädchen bekommen und alle Wege werden mit Rosen bestreut sein? Erinnern Sie sich nicht mehr daran, wie Sie mich gefragt haben, warum alle Griechen lächeln, wenn sie wütend sind? Also lassen sie mich Ihnen mal was sagen, junger Mann. Jeder Grieche, ob Mann, Frau oder Kind, hat zwei Griechen in sich. Es gibt sogar spezielle Ausdrücke dafür. Sie sind ein Teil von uns, so unvermeidlich wie die Tatsache, daß wir alle Gedichte schreiben und daß jeder von uns glaubt, er weiß alles, was es zu wissen gibt. Wir alle sind Fremden gegenüber gastfreundlich, wir alle haben Sehnsucht nach etwas, unsere Mütter behandeln ihre erwachsenen Söhne wie Babys, wir alle hassen die Einsamkeit, wir alle versuchen, von einem Fremden herauszufinden, ob wir nicht

mit ihm verwandt sind, wir alle benutzen sämtliche langen Wörter, die wir kennen, wo immer möglich, wir alle gehen am Abend
spazieren, damit wir bei den anderen über den Zaun spähen
können, wir alle meinen, wir sind den Besten ebenbürtig. Verstehen Sie?«

Der Hauptmann war verwirrt. »Sie haben mir noch nichts von
den zwei Griechen in jedem Griechen erzählt.«

»Habe ich das nicht? Nun, ich muß vom Thema abgekommen
sein.« Der Arzt erhob sich und schritt auf und ab, wobei er mit der
rechten Hand beredt gestikulierte und mit der linken seine Pfeife
hielt. »Schauen Sie, ich bin auf der ganzen Welt herumgekom-
men. Ich habe Santiago de Chile gesehen, Schanghai, Stockholm,
Addis Abeba, Sydney, alles. Und während dieser ganzen Zeit habe
ich den Arztberuf erlernt, und ich kann Ihnen sagen, daß kein
Mensch so sehr er selbst ist, als wenn er krank oder verletzt ist. Da
zeigen sich die wahren Eigenschaften. Und ich bin fast immer auf
Schiffen gewesen, deren Besatzungen hauptsächlich aus Griechen
bestanden. Verstehen Sie? Wir sind ein Volk von Exilanten und
Seefahrern. Ich will damit sagen, daß ich besser als die meisten
darüber Bescheid weiß, wie ein Grieche ist.

Ich werde Ihnen zuerst vom Hellenen erzählen. Der Hellene
hat eine Eigenschaft, die wir ›Sophrosyne‹ nennen. Dieser Grieche vermeidet jedes Übermaß, kennt seine Grenzen, unterdrückt
die Gewalttätigkeit in sich, sucht Harmonie und kultiviert ein
Gefühl der Ausgewogenheit. Er glaubt an die Vernunft, ist der
geistige Erbe von Platon und Pythagoras. Diese Griechen hüten
sich vor ihrer natürlichen Impulsivität und der Liebe zur Veränderung um der Veränderung willen, und sie beherrschen sich selbst,
damit ihnen nicht die Gäule durchgehen. Sie lieben die Bildung
um ihrer selbst willen, achten nicht auf Macht und Geld, wenn sie
den Wert eines anderen einschätzen, halten sich streng ans Gesetz,
meinen, daß Athen der einzige wichtige Ort auf der Welt ist,
verabscheuen unehrliche Kompromisse und halten sich für die
Quintessenz Europas. Das stammt aus dem Blut unserer antiken
Vorfahren, das immer noch in uns fließt.«

Er verstummte, paffte an seiner Pfeife und fuhr dann fort:
»Doch Seite an Seite mit dem Hellenen müssen wir mit den
Romoi leben. Vielleicht sollte ich Sie darauf hinweisen, Haupt-

mann, daß dieses Wort ursprünglich ›Römer‹ bedeutete, und es bezeichnet Eigenschaften, die wir von Ihren Vorfahren erlernt haben, die in den Hunderten von Jahren ihrer Herrschaft keine einzige technische Weiterentwicklung zustande gebracht und ganze Völker unter völliger Mißachtung der Moral versklavt haben. Die Romoi sind Ihren Faschisten sehr ähnlich, also müßten Sie mit ihnen vertraut sein, nur kommt es mir so vor, als hätten Sie persönlich keins von deren Lastern übernommen. Die Romoi improvisieren, sie streben nach Geld und Macht, sind nicht rational, weil sie nach Intuition und Instinkt handeln, so daß sie alles zu einem Kuddelmuddel machen. Sie zahlen keine Steuern und gehorchen nur dem Gesetz, wenn sie keine andere Wahl mehr haben, sie betrachten Bildung nur als Mittel, um voranzukommen, werden ein Ideal stets ihrer Selbstsucht opfern, betrinken sich, tanzen und singen gern und schlagen sich den Schädel mit Flaschen ein. Und sie befleißigen sich einer Bösartigkeit und Brutalität, von denen Ihre Vergasung von Eingeborenen in Äthiopien und Ihre Bombardierung von Feldspitälern des Roten Kreuzes auf sehr unschöne Weise einen Begriff geben. Der einzige Berührungspunkt dieser beiden Seiten eines Griechen ist die Stelle mit der Aufschrift ›Patriotismus‹. Romoi und Hellene werden beide freudig für Griechenland sterben, nur wird der Hellene klug und human kämpfen, während der Romoi mit allen Schikanen und Unmenschlichkeiten vorgehen und freudig das Leben seiner eigenen Männer opfern wird, ganz wie Ihr Mussolini. Tatsächlich bemessen sie ihren Ruhm nach der Zahl der in den Tod Geschickten, und ein Sieg ohne Blutvergießen ist eine Enttäuschung.«

Der Hauptmann setzte eine äußerst skeptische Miene auf. »Aber was wollen Sie mir sagen? Heißt das, Pelagia hat eine Seite, die ich nicht kenne und die mich sehr schockieren würde, wenn ich sie kennenlernte?«

Der Arzt beugte sich vor und hob mahnend den Zeigefinger. »Genau das ist es. Und noch etwas: Ich habe auch diese Seite. Sie haben sie nie gesehen, aber ich schon.«

»Mit Verlaub, *Dottore*, das glaube ich nicht.«

»Ich fühle mich sehr geehrt, daß Sie das nicht tun. Aber in meinen lichteren Momenten sehe ich die ganze Wahrheit vor mir.«

Schweigen herrschte zwischen den beiden Männern, und der Arzt setzte sich an den Tisch, um seine widerspenstige Pfeife mit ihrer abstoßenden Mischung aus Huflattich, Rosenblüten und anderen Kräutern neu anzuzünden, die nicht im entferntesten etwas mit Tabak zu tun hatte. Er hustete und spuckte heftig.

»Ich liebe sie«, sagte Corelli schließlich, als ob dies die Antwort auf alle Probleme wäre, und für ihn war es auch so. Er hatte einen Verdacht. »Es ist doch nicht so, daß Sie sie ungern gehen lassen, oder? Wollen Sie mir den Mut rauben?«

»Sie müßten hier leben, das ist alles. Wenn sie nach Italien ginge, würde sie vor Heimweh sterben. Ich kenne meine Tochter. Sie müßten zwischen der Liebe zu ihr und der Musikerlaufbahn wählen.«

Der Arzt verließ das Zimmer, mehr der dramatischen Wirkung als eines anderen Zweckes wegen, und kam dann wieder herein. »Und noch etwas. Dies ist ein sehr altes Land, und wir hatten zweitausend Jahre lang nichts als Gemetzel. Opfer, Kriege, Morde, lauter schlimme Tode. Bei uns gibt es so viele Orte voll bitterer Geister, daß jeder, der sich ihnen nähert oder dort lebt, herzlos oder wahnsinnig wird. Ich glaube nicht an Gott, Hauptmann, und bin auch nicht abergläubisch, aber ich glaube an Geister. Auf dieser Insel gab es Massaker in Sami und Fiskardo und Gott weiß wo noch. Es wird weitere geben. Es ist nur eine Frage der Zeit. Also nehmen Sie sich nichts vor.«

50

Breschen

Aus strategischen Gründen landeten die Alliierten auf Sizilien und verrieten damit ihren standhaftesten und mutigsten Verbündeten, Griechenland. Damit ließen sie den Kommunisten ein Jahr für die Vorbereitung eines Putsches und ein Jahr für den Bürgerkrieg. ELAS vernichtete EKKA und trieb EDES in eine von den Machtzentren so entfernte Ecke, daß ihr Führer Zervas sich für den Rest seines Lebens von den Briten verraten fühlte. Die Alliierten hatten sich in Italien eine Schlagader vorgenommen und das kleine Volk, das Europa seine Kultur, seinen inneren Antrieb und sein Herz gegeben hatte, links liegenlassen. Die erbosten Griechen hörten von der BBC alles über die Vernichtung des Faschismus in Italien und wollten wissen, warum sie übersehen worden waren. Die britischen Verbindungsoffiziere rangen machtlos und frustriert die Hände und sahen zu, wie das Land zerfiel. Kommunisten in der griechischen Armee in Syrien schürten eine Meuterei, die den Sieg in Italien noch weiter verzögerte. Genau zu diesem Zeitpunkt begann auch der kalte Krieg, und der Eiserne Vorhang senkte sich. Im Westen bekam die Bewunderung und Achtung des sowjetischen Heldenmuts erste Risse, und es wurde sonnenklar, daß eine Art von Faschismus bald durch eine andere ersetzt werden würde. In Großbritannien und Amerika wollte zunächst niemand glauben, daß die Kommunisten in Griechenland Greueltaten in unvorstellbarem Ausmaß begingen; Journalisten schrieben das rechter Propaganda zu, und die ungläubigen Griechen schoben es aufrührerischen Bulgaren in die Schuhe.

Doch in manchen griechischen Gewässern, wenn auch nicht im Ionischen Meer, kehrte die Zeit der Wunder und einzigartigen Vorfälle zurück. Mit der Operation »Noah's Ark« störten die Briten den Rückzug der Achsenmächte mit Beaufighters und Kanus und verwandelten den eisernen Ring in einen eisernen Käfig. Auf Lesbos übernahmen die Kommunisten die Macht und erklärten die Insel zu einer unabhängigen Republik. Auf Chios wurde ein Gestapo-Haus entdeckt, wo Leute gezwungen worden waren, eine Nacht mit einem Skelett im Keller zu verbringen. Der deutsche Kommandant war bei einem Fliegerangriff umgekommen, während er mit seiner Mätresse schlief. Bei Inousia fanden die Briten eine Insel, auf der alle fließend Englisch sprechen konnten und entweder Lemmos oder Pateras hießen. Überfallkommandos töteten die Kommandanten auf Nissiros, Simi und Piscopi, und Patrick Leigh-Fermor und Billy Moss entführten den Befehlshaber von Kreta. In Thira brachten die Angreifer zwei Drittel der Garnison für den Verlust zweier Männer ums Leben. Auf Kreta wiederum vernichteten sie 200000 Gallonen Benzin. Auf Mykonos und Amorgos wurden die Funkstationen unbrauchbar gemacht, und fünf Mann nahmen sieben Leute gefangen. Auf Chios zerstörten ein paar Royal Marines zwei Zerstörer, obwohl die Andartes vor Ort nicht wie vereinbart erschienen, da sie »das Interesse verloren« hatten. Sie mochten es nicht, bei Angriffen mitzumachen, die jemand anders geplant hatte, und verweigerten die Beteiligung, selbst wenn einer aus ihren Reihen die Idee dazu gehabt hatte. Auf Samos ergaben sich eintausend Italiener Maurice Cardiff und dreiundzwanzig Mann und ließen sich dann zum Frühstück nieder; Cardiff entdeckte, daß alle Ärzte dort aus unerfindlichen Gründen französisch sprachen. Auf Naxos ergab sich der deutsche Kommandant aus Versehen; er war hinausgerudert, um einen Dampfer zu begrüßen, der seiner Meinung nach die rote Hakenkreuzflagge zeigte, doch in Wirklichkeit war es die britische Handelsflagge. Er verfiel in eine so tiefe Depression und weinte derart bitterlich, daß die Besatzung ihn aufmuntern mußte, indem sie ihm Mensch-ärgere-dich-nicht beibrachte. Damals war ein Pfund Sterling zwei Milliarden Drachmen wert, und eine Zigarette kostete siebeneinhalb Millionen. Die Bevölkerung von Lesbos bot, unternehmerisch tüchtig, einen sehr vorteilhaften Wechselkurs, und so flog jede einzelne Münze und Banknote scheinbar ganz von selbst dorthin, wodurch überall sonst das Geld ausging. Auf Siros wurde eine Gruppe von Deutschen gesichtet, die ohne Hosen Reißaus nahm. Die Kommunisten gewöhnten sich daran, für alles fünfundzwanzig Prozent Steuern zu verlangen, und in vielen Orten traten die Leute aus der Partei aus. Später würden sie sich auf Kreta und Samos gegen die Kommunisten wenden und ihnen eine Niederlage beibringen. Es wird erzählt, daß die Kreter unter britische Hoheit gestellt zu werden verlangten, aber eine Absage mit der Begründung bekamen, daß schon die Einsetzung einer Regierung auf Zypern schlimm genug sei. Alles in allem hielten vierhundert Mann der Sondereinheiten vierzigtausend Soldaten der Achsenmächte in Schach, wobei sie dreihunderteinundachtzigmal insgesamt siebzig verschiedene Inseln aufsuchten und nur neunzehn Männer verloren. Weil sich auf völlig unvorhersehbare Weise durchschnittene Kehlen und unerklärliche Explosionen wie eine Epidemie häuften, wurden die Deutschen in ihrem Sinn für geordnetes Vorgehen so verwirrt, daß sie vollkommen hilflos wurden. Die Italiener, denen das

Kämpfen von vornherein schon unsinnig erschienen war, ergaben sich höflich und mit Freuden.

Auf Kephallonia hörten die Soldaten Radio und trugen den Vormarsch der Alliierten über das Rückgrat ihrer Heimat in die Karten ein, während die Deutschen in ihrer Garnison vor Empörung schäumten. Corelli und seine Offizierskollegen spürten die eisige Stimmung, und die brüderlichen Besuche zwischen den Stützpunkten der beiden Verbündeten ließen merklich nach. Wenn Weber zu den Treffen von »La Scala« kam, wirkte er still und unnahbar, und seine Miene wurde als vorwurfsvoll gedeutet.

Eines Tages während all dieser Ereignisse fand Pelagia Corelli an der Mauer, wie er geistesabwesend Psipsina streichelte, und als er sich zu ihr umdrehte, war sein Blick betrübt. »Was passiert, wenn wir kapitulieren müssen, bevor es die Deutschen tun?« fragte er.

»Dann werden wir heiraten.«

Er schüttelte traurig den Kopf. »Das wird ein völliges Durcheinander werden. Es besteht keine Aussicht, daß die Briten kommen. Sie rücken direkt auf Rom vor. Uns wird niemand retten, es sei denn, wir selbst. Alle meine Jungen finden, wir sollten die Deutschen jetzt entwaffnen, da ihre Garnison noch klein ist. Wir haben schon Abordnungen zu Gandin geschickt, aber er tut nichts. Er sagt, wir sollten ihnen vertrauen.«

»Traust du ihnen nicht?«

»Ich bin doch nicht blöd. Aber Gandin ist einer dieser Offiziere, die zur Spitze aufgestiegen sind, indem sie Befehle ausgeführt haben. Er weiß nicht, wie er welche zu geben hat. Er ist doch bloß einer unserer typischen eselhaften Generäle ohne Hirn und Mumm.«

»Komm rein«, sagte sie. »Mein Vater ist weg, und wir können ein bißchen miteinander schmusen. Er muß in letzter Zeit viele Tuberkulosefälle behandeln.«

»Schmusen würde mich nur traurig machen, Koritsimou. In meinem Kopf herrscht eine Leere, die nur mit Sorgen angefüllt ist.«

Pater Arsenios kam in Begleitung von Bunny Warren vorbei, beide heruntergekommen, abgerissen und staubbedeckt, und Pelagia sagte rasch: »Antonio, ich muß zu ihnen und sie was fragen; ich bin gleich wieder da.«

Arsenios stand am Brunnen und fuchtelte mit seinem Kreuz herum. Sein niedergeschlagener Hund ließ sich in den Schatten der Steine plumpsen und leckte sich. Er hatte Blut an den Ballen seiner Pfoten.

»Wie ist das Gold so gar verdunkelt und das feine Gold so häßlich geworden! Dem Säugling klebt seine Zunge am Gaumen vor Durst; die jungen Kinder heischen Brot, und ist niemand, der's ihnen breche. Die zuvor leckere Speise aßen, verschmachten jetzt auf den Gassen; die zuvor in Scharlach erzogen sind, müssen jetzt im Kot liegen ...« setzte Arsenios an, und Pelagia nahm Warren am Ellbogen und führte ihn beiseite.

»Bunnios, wann werden die Briten kommen? Ich muß es wissen. Was wird mit den Italienern geschehen, wenn sie sich ergeben? Bitte sagen Sie es mir.«

»Das kann ich nicht sagen«, antwortete er. »Denn ich weiß es selbst nicht, noch sonst einer.«

»Ihr Griechisch ist schon enorm besser geworden«, sagte sie verwundert, »aber Ihr Akzent ist immer noch ... seltsam. Bitte sagen Sie es mir. Ich bin in Sorge. Haben die Deutschen mehr Soldaten hierher verlegt? Es ist wichtig.«

»Nein, ich glaube nicht.«

Pelagia ging von ihm weg und hörte ihn noch hin und wieder »Amen« rufen. Vielleicht waren die Briten wirklich ein Volk von Schauspielern und Hochstaplern. Sie kehrte zu Corelli zurück und sagte: »Mach dir keine Sorgen, es wird alles gut werden.«

»Ist das dein Ernst? Du gehst hin und fragst einen religiösen Irren um seine Meinung und erwartest von mir, daß ich das dann glaube?«

»Oh, du Kleingläubiger. Jetzt komm schon rein. Psipsina hat eine Maus gefangen und sie unter dem Tisch losgelassen. Ich glaube, du mußt sie für mich fangen. Sie ist zuletzt gesehen worden, als sie hinter den Schrank gehuscht ist.«

»Nach dem Krieg, wenn wir verheiratet sind, kannst du die Mäuse selber fangen. Wenn ich erst mal dreißig bin, werde ich nicht mehr galant sein.«

Während Corelli mit einem Besenstiel hinter dem Schrank

herumstocherte, drangen Arsenios' prophetische Stimme und die stürmischen Amens von Warren wie Musik durchs Fenster herein: »... Unser Erbe ist den Fremden zuteil geworden und unsre Häuser den Ausländern. Wir sind Waisen und haben keinen Vater; unsre Mütter sind wie Witwen ... Man treibt uns über Hals; und wenn wir schon müde sind, läßt man uns doch keine Ruhe ... Knechte herrschen über uns, und ist niemand, der uns von ihrer Hand errette ... Unsre Haut ist verbrannt wie in einem Ofen vor dem greulichen Hunger ... Warum willst du unser so gar vergessen und uns lebenslang so gar verlassen?«

»Dieser Priester hat eine wunderbare Baßstimme«, bemerkte Corelli, während er die Maus, die er am Schwanz erwischt hatte, zum Fenster hinausbeförderte. »Da fällt mir ein, ich bin zum Hafen hinuntergegangen, um den Fischern zuzuhören. Die hatten einige wirklich seltsame Instrumente, wie ich sie noch nie gesehen habe, und der Gesang war phantastisch. Ich habe einige Melodien niedergeschrieben.«

»Sie denken sie sich spontan aus, weißt du. Es ist nie zweimal das gleiche.«

»Unglaublich. Aber ein Lied haben sie ein paarmal gesungen. Ich habe es mir beibringen lassen ...« Er summte eine feierliche und martialische Weise, bewegte dazu die Finger wie ein Dirigent und hörte erst auf, als er Pelagia lachen sah. »Was ist daran so komisch?«

»Es ist unsere Nationalhymne«, erwiderte sie.

51

Lähmung

Stellen wir uns den Geist Homers vor, wie er schreibt: »Nichts ist so schlimm wie die See, einen starken, gar stärksten der Männer, ganz zu vernichten. Doch wirkte keine unermeßliche Salzflut, keine stürmische Hoffahrt landerschütternder Wellen, kein auf Flügeln hinfegender Wind so verheerend wie General Gandins

Lähmung. Durch die Bürde seiner Zermürbung zur Untätigkeit verurteilt, war er mit Früchten der Tatkraft weniger gesegnet als das unfruchtbare Meer und die Wüste. Der schüchternste, am meisten seines Willens beraubte unter allen zum Tode geborenen Menschen, der Mann, in jedem Moment in blinder Stille zu enden, das war er. Nicht mehr zu lindernde Not, Entscheidungen treffen zu müssen, hatte er sich aufgeladen, und in seiner Bedrängnis war er hilflos wie die Männer, die zeit meines Lebens zahllose Vögel bei hellem Sonnenlicht, hierhin und dorthin fliegend, die Lüfte durchmessen sahen und nicht wußten, welche von ihnen nur des Himmels Botschaften trugen.

Wenn eine Regung die Samen seiner fehlenden Tatkraft belebte, war es der närrischen Hoffnung verzweifelter Drang, das Blut seiner glücklosen Gefährten, die er liebte, nicht zu vergießen. Der Weg, den er nahm, war bar aller Aussicht, das grausige Schicksal der Verdammnis all seiner Männer bald gewiß. Er war voller Vertrauen von Gemüt und sah nicht den Mantel der Falschheit, der die Nazi-Versprechungen eng umhüllte, und trug deshalb Schuld, daß Jünglinge, schön von Gestalt, ihre Leiber preisgeben mußten, Hunden und Vögeln zum Fraß oder, von Fischen zernagt, der Tiefe des wogenden Meeres. Furchtsam und fahl, verbarg er die Verstörung seines Herzens unter zaudernd geistlosem Tändeln und Aufbrausen ohne Sinn, und es schlug seinen Kriegern die Stunde, nicht nur die liebliche Insel, sondern das Leben selbst zu verlassen.« So hätte der blinde Barde schreiben können, denn es stand unumstößlich fest, daß dem General Gandin die Klarsicht des erfindungsreichen Odysseus fehlte, und auch Athene, die Göttin der reinen Augen, führte ihn nicht. Aus Rom kamen einander widersprechende Befehle, und aus Athen sandte Vecchiarelli unrechtmäßige Anordnungen. Gandin hatte keinen fixen Standpunkt und konnte deswegen die Erde nicht bewegen.

Doch es lief alles langsam ab. Mit dem Radio fing es an. Englisch-amerikanische Fliegerstaffeln in der Luft ließen die Fensterscheiben klirren, als Carlo planlos an den Knöpfen eines Geräts drehte, das schon seit langem nichts anderes mehr aus der Heimat übermittelt hatte als enttäuschendes Rauschen und Fledermauspfeifen. Auf Sizilien hatten die italienischen Soldaten in überschwenglicher Erleichterung kapituliert, und es war ein offenes

Geheimnis, daß Badoglio den Krieg zu beenden trachtete. Am 19. Juli hatten die Vereinigten Staaten eintausend Tonnen Sprengstoff auf Rom abgeworfen, Eisenbahnlinien, Flugplätze, Fabriken und Regierungsgebäude zerstört und Hunderten den Tod gebracht, aber die antiken Ruinen und den Vatikan verschont. Der Papst riet der zermürbten Bevölkerung, Geduld zu bewahren. Am 25. Juli hatte König Vittorio Emmanuele den unglaubwürdigen Draufgänger, der sein Ministerpräsident war, verhaften lassen und den ehrwürdigen Marschall Badoglio an dessen Stelle gesetzt, denselben, der sich gegen alle Pläne zum Einfall in Griechenland gewandt hatte und trotz seines Rangs als Generalstabsschef davon nicht in Kenntnis gesetzt worden war, als er schon im Gange war. Am 26. Juli hatte Badoglio den Ausnahmezustand ausgerufen, um einem Bürgerkrieg zuvorzukommen. Am 27. hatte er die argwöhnischen Alliierten um Bedingungen gebeten, und draußen auf den Straßen geriet die Bevölkerung in einen wahren Freudentaumel, als sie den wundersamen und unvermutet plötzlichen Sturz Benito Mussolinis feierte. Am 28. verbot Badoglio die Faschistische Partei, am 29. ließ er politische Gefangene frei, die ohne Anklage in den Gefängnissen geschmachtet hatten, einige von ihnen sogar länger als zehn Jahre, aber der Krieg wütete weiter. Die Deutschen verstärkten ihre Truppen massiv und kämpften mit erstaunlichem Mut gegen die Briten und Amerikaner, während die italienischen Verbündeten sich geschlagen gaben. Britischen Soldaten ist noch lebhaft in Erinnerung, daß die italienischen Einheiten sich angewöhnten, die Seiten entsprechend ihrer Auffassung, wer gerade gewann, zu wechseln, und daß die Bevölkerung immer die Seite mit Blumen überhäufte, die gerade vorrückte, wobei sie in den Gegenden, wo die Schlacht hin und her wogte, die Blüten wieder aufsammelte, um sie mehrmals zu verwenden.

Am 3. September unterzeichnete Badoglio einen geheimen Waffenstillstand mit den Alliierten, aber die Deutschen hatten dies schon kommen sehen und waren mit ihren Truppen auf einem vergessenen Kriegsschauplatz gelandet. Es war die Insel Kephallonia, der von Reisenden das Aussehen eines abgetakelten Kriegsschiffs zugeschrieben wird, und ihr Landungsort war Lixouri. Sie kamen am 1. August, ließen sich einen Monat Zeit für die Vorbereitungen und den Italienern einen Monat, um ihren

Vorbereitungen zuzusehen, wobei Gandin allerdings keine Vorkehrungen zur Abwehr anordnete.

In Argostoli auf der anderen Seite der Bucht waren die italienischen Soldaten seit der Invasion Siziliens in Schweigen verfallen. »La Scala« kam nicht mehr im Haus des Arztes zusammen, und die Musik der Militärkapelle auf dem Marktplatz der Stadt klang holprig und traurig. Militärpolizisten leiteten immer noch mit schrillen Pfiffen den Verkehr in die Irre, aber es liefen kaum noch deutsche Offiziere herum und besuchten mit ihren alten italienischen Freunden die Cafés. Günter Weber blieb in seinem Quartier und schäumte vor Wut über die täglich eintreffenden Nachrichten von weiteren italienischen Treuebrüchen. Er hatte sich noch nie so verraten gefühlt, obwohl die Soldaten auf der Insel selbst sich nicht unehrenhaft aufgeführt hatten. Er dachte an seinen Freund Corelli und fing an, ihn zu verachten. Neuerdings verachtete er sogar die Belegschaft des italienischen Bordells, die traurigen und einfältigen Mädchen, die sich mit ihren schönen Körpern und künstlichen Gesichtern noch immer nackt in den Wellen vergnügten, als wäre nichts geschehen. Sein Zorn ging so weit, daß er sie, die er sich früher gern gemietet hätte, nun nur noch vergewaltigen wollte. Groß war seine Freude, als die Kavalkade von Motorrädern und Lastwagen aus Lixouri auftauchte; die Italiener brauchten jemand, der ihnen zeigte, wie gekämpft und nicht gewichen wurde, wie sie sich lieber dem Tod zu stellen hatten, als der Ehrlosigkeit zu verfallen.

Corelli kam nicht mehr so häufig heim ins Haus des Arztes, weil er Tag und Nacht mit seiner Batterie exerzierte. Die Geschosse bereitlegen, laden, die Klappe zuknallen, zielen, feuern, die Entfernung berechnen, ein neues Ziel anpeilen und die Geschosse für den Fall von Luftangriffen entfernen, damit nach einem Volltreffer nicht ihre eigenen Granaten die Geschütze zerstörten. Seine Männer schufteten sich in der apokalyptischen Augusthitze ab, schwitzten ganze Bäche, die im Schmutz auf den Gesichtern und Armen unregelmäßige Rinnen auswuschen. Die Haut auf ihren Schultern bekam Blasen und platzte auf, der Sonnenbrand bildete scharlachrote Flächen, die näßten und juckten, weil keine Haut mehr vorhanden war, die heilen konnte, aber die Soldaten beklagten sich nicht. Sie wußten, daß der Hauptmann mit seinen Gefechtsübungen schon das Richtige tat.

Er selbst hörte auf, Mandoline zu spielen; es blieb so wenig Zeit dafür, daß sich das Instrument im Vergleich zu einer Waffe in seinen Fingern fremd anfühlte, wenn er es zur Hand nahm. Er mußte sehr viele Tonleitern spielen, bis seine Finger auf Trab kamen, und sein Tremolo wurde abgehackt und träge. Er fuhr auf seinem Motorrad zu der Zeit heim zu Pelagia, wenn ihr Vater wahrscheinlich weg war, und brachte ihr Brot, Honig, Wein und ein Foto, auf dessen Rückseite in seiner eleganten und fremd anmutenden Handschrift »Nach dem Krieg ...« zu lesen war, und er präsentierte ihr sein müdes graues Gesicht, seine traurigen und schicksalsergebenen Augen, seine Miene stummer Würde und verschwundener Freude. »Mein armer *carino*«, sagte sie, die Arme um seinen Hals geschlungen, »gräme dich nicht, gräme dich nicht, gräme dich nicht.« Daraufhin zog er sich immer ein wenig zurück und sagte: »Koritsimou, laß mich dich bloß anschauen.«

Und dann kam die Zeit, da Carlo das Radio anmachte und einen Sender zu finden versuchte. Es war der 8. September, die Abende waren beträchtlich kühler geworden. Es war nachts wieder möglich, etwas weniger fiebrig zu schlafen, und die Meeresbrise frischte hin und wieder auf. Carlo hatte in letzter Zeit viel an Francisco und die Schrecken Albaniens denken müssen, und er wußte nun besser als je zuvor, daß alles nur eine große Verschwendung und seine Zeit auf Kephallonia nur ein Zwischenspiel gewesen war. Er hatte nur Urlaub vom Krieg bekommen, der ihn wie ein Löwe umschlich und kurz davor war, wieder loszuspringen. Er wünschte sich, es gäbe ein Naturgesetz, das die Möglichkeit ausschloß, daß ein Mensch mehr als einmal die Reise durch den Hades antrat. Er stieß auf eine Stimme und drehte rasch den Knopf zurück, um sie hereinzubekommen. »... Alle feindseligen Handlungen der italienischen Streitkräfte gegen die der Briten und Amerikaner sind überall mit sofortiger Wirkung einzustellen. Sie müssen darauf vorbereitet sein, alle zu erwartenden Angriffe von anderer Seite abzuwehren.«

Draußen fingen die Glocken auf der Insel an zu läuten, die venezianischen Kampanile tönten die unwahrscheinliche Hoffnung auf Frieden hinaus, genauso wie sie einst in Italien in frohgemutem Kriegsstolz geläutet hatten. Das Bimmeln breitete sich aus: Argostoli, Lixouri, Soulari, Dorizata, Assos, Fiskardo. Über die Meerenge von Ithaka dröhnten die Glocken in Vathi und Frikes, und sie läuteten auch weit drüben auf Zanthe, Levkas und Korfu. Auf dem Ainos stand Alekos und lauschte. Es konnte kein Feiertag sein, also war wohl der Krieg aus. Er beschattete seine Augen und schaute über die Täler hinweg; so mußte es im Himmel klingen, wenn Gott in der Nacht all seine Schäfchen ins trockene brachte.

Carlo lauschte Marschall Badoglios Verlautbarung, und dann kam noch eine Botschaft von Eisenhower persönlich. »... Alle Italiener, die dazu beitragen, die deutschen Angreifer vom italienischen Boden zu entfernen, werden die Hilfe der Alliierten erhalten ...« Er rannte hinaus und sah, daß Corelli gerade vorfuhr, eine große blaue Qualmwolke hinter sich herziehend. »Antonio, Antonio, es ist alles vorbei, und die Alliierten haben uns Hilfe versprochen. Es ist vorbei.« Mit seinen riesenhaften Pranken umarmte er den geliebten Mann, hob ihn hoch und tanzte mit ihm im Kreis. »Carlo, Carlo«, entrüstete sich der Hauptmann, »stell mich hin. Sei nicht so aus dem Häuschen. Die Alliierten scheren sich doch nicht um uns. Wir sind in Griechenland, denk dran! *Merda*, Carlo, du weißt gar nicht, wie stark du bist. Du hast mich fast erdrückt.«

»Sie werden uns helfen«, bekräftigte Carlo, aber Corelli schüttelte den Kopf. »Wenn wir jetzt nicht handeln, sind wir geliefert. Wir müssen die Deutschen entwaffnen.«

In jener Nacht lichteten die italienischen Kriegsschiffe in den Inselhäfen die Anker und flohen Richtung Heimat. Es waren Minensuchboote, Torpedoboote und ein Schlachtschiff. Sie unterrichteten niemand von ihrer Flucht. Sie evakuierten keinen einzigen italienischen Soldaten, keine einzige hilflose Armeehure. Sie nahmen ihre gewaltige Feuerkraft mit sich und ließen nur den feuchtschwefligen Gestank von Feigheit und brennender Kohle zurück. Die deutschen Soldaten lachten sich ins Fäustchen, und Corellis Männer witterten Verrat. Der Hauptmann wartete am Telefon auf Befehle, und als keine kamen, schlief er auf seinem Stuhl ein, nachdem er eine doppelte Wache bei seiner Batterie postiert hatte. Er träumte von Pelagia und vom verrückten Priester, der predigte, daß sie alle im Feuer enden würden. Während er schlief, sendete das Radio die Bitten der Alliierten, gegen die Deutschen zu kämpfen. Das Telefon klingelte, und jemand aus dem Büro des Generals sagte dem Hauptmann, er solle nicht angreifen und sich ruhig verhalten. »Sind Sie übergeschnappt?« schrie er, aber die Leitung war schon wieder tot.

Leutnant Günter Weber döste auch im Halbschlaf auf seinem Stuhl und wartete auf Befehle. Er fühlte sich abgrundtief müde, und all sein Vertrauen war verschwunden. Er vermißte seine Freunde, und, was noch schlimmer war, er vermißte die Gewißheit, die aus so vielen früheren Erfolgen erwachsen war. Die »Herrenrasse« verlor in Italien und Jugoslawien, die russische Front brach zusammen, Hamburg war zerstört. Weber fühlte sich nicht mehr unbesiegbar und stolz; er fühlte sich minderwertig und gedemütigt, so gemein behandelt und verraten, daß er, wäre er eine Frau, geweint hätte. Er dachte an das Motto seines Regiments: »Gott mit uns«, und fragte sich, ob bloß Italien ihn verraten hatte. Jedenfalls war keine Rechnung aufgegangen; eine ganze italienische Division stand gegen die nur dreitausend Mann des 996. Grenadierbataillons, und selbst mit Gottes Hilfe hätten sie keine Chance. Er versuchte zu beten, aber die Lutherworte schmeckten bitter im Mund.

Am Morgen verlegte Oberst Barge, der Kommandant der deutschen Truppen, einige gepanzerte Fahrzeuge von Argostoli nach Lixouri, und General Gandin versuchte vergeblich, sowohl die neue Regierung in Brindisi wie das alte Oberkommando in Griechenland zu erreichen. Er hatte die ganze Nacht nicht geschlafen und war zu gut ausgebildet, um zu wissen, was zu tun war.

Pelagia und ihr Vater reihten ihre ganze medizinische Ausrüstung auf und zerrissen alte Laken in Streifen, um sie kochen und zu Verbänden aufrollen zu können. Sie hatten das vage Gefühl, daß einige Griechen in die Schußlinie geraten könnten, und mußten auf jeden Fall etwas unternehmen, allein schon, um die Spannung zu lösen. Corelli schaute auf seinem Motorrad vorbei und bat sie eindringlich, ihm zu verraten, wie er mit den Partisanen Verbindung aufnehmen könne. Aber sie wußten tatsächlich nicht, wie, und so fuhr er unglücklich in aller Eile nach Sami weiter. Vielleicht kamen die Partisanen nach langer Zeit endlich aus ihren

Löchern und beteiligten sich daran, die Deutschen in Schach zu halten.

In Sami wußte er gar nicht, wo er anfangen sollte, und die Griechen dort kannten ihn nicht. Es war eine vergebliche Reise. Er hielt sein Motorrad auf der Rückfahrt an und setzte sich bei einer bröckelnden Mauer am Straßenrand in den Schatten eines Öl-baums. Er dachte an die Rückkehr nach Italien, ans Überleben, an Pelagia. Tatsächlich hatte er keine Heimat, und deshalb hatte er nie davon gesprochen. Der Duce hatte seine Eltern im Zuge der Kolonisation nach Libyen umgesiedelt, und dort waren sie von Rebellen umgebracht worden, während er mit Ruhr im Kranken-haus lag. Welches von all den Häusern, in denen er sich bei Verwandten aufgehalten hatte, war seine Heimat? Seine Familie bestand bloß aus seinen Soldaten und seiner Mandoline, und sein Herz gehörte hierher nach Griechenland. Hatte er so viel Leid ausgehalten, so viel Einsamkeit, hatte er endlich einen Platz zum Leben gefunden, nur damit ihm das alles wieder entrissen wurde? Er versuchte, sich an seine Eltern zu erinnern, aber ihr Bild war so schwach und undeutlich, so flimmernd wie eine Geistererschei-nung. Ihm fiel ein freundlicher Araberjunge ein, mit dem zu spielen seine Eltern ihm verboten hatten. Die beiden Kinder hatten oft mit Steinen nach aufgereihten Flaschen geworfen, und er schien immer mit Sonnenstich und Durchfall heimgekommen zu sein. Ihm war verboten worden, Granatäpfel zu essen, weil er davon Gelbsucht bekommen könnte. Es war rührend, daß er sich an so viel und doch so wenig erinnerte, umd zum erstenmal ergriff ihn Sehnsucht nach Pelagia, als gehörte sie bereits der Vergangen-heit an. Ihm kam wieder die Geschichte in den Sinn, die der Arzt von den Lotophagen erzählt hatte, einem umherziehenden Volk, das einst Lotus gegessen und sein Heimweh verloren hatte. Er war einer von ihnen. Er dachte ans Sterben und fragte sich, wie lange Pelagia weinen würde. Es kam ihm schändlich vor, ihren reizen-den Körper durch Tränen zu verunstalten; allein die Vorstellung war schon mitleiderregend. Er wollte eine Hand aus dem Grab strecken und sie trösten, obwohl er noch gar nicht tot war.

Als er schließlich zu seiner Batterie zurückkehrte, befanden sich seine Männer im Aufstand. Von Supergrecia war ein Befehl einge-gangen, sich am Morgen den Nazis zu ergeben.

52

Entwicklungen

1

Ich habe eine unaussprechliche Wut im Bauch. Antonio meint zu mir: »Carlo, beruhige dich, wir müssen schlau sein, weil Wut sinnlos ist, kapiert?« Aber ich bin es leid, der Spielball von Irren, Trotteln, Narren und Idioten zu sein, die noch immer denken, sie wären im Großen Krieg, als alles in geordneten Schlachtreihen ablief und es selbst unter Feinden ehrenhaft zuging.

Es ist nicht zu glauben. Die Deutschen fliegen immer mehr Verstärkung ein, der Himmel ist voller Junkers, und Oberst Barge ist zu Gandin gegangen und hat gemäß den Befehlen von Supergrecia die Kapitulation verlangt, doch Gandin tut absolut nichts, außer seine Kapläne und hohen Offiziere zu konsultieren. Ist nicht er der General? Muß er nicht entscheiden und rasch handeln? Wie kann er sich anmaßen, über mein Schicksal zu bestimmen? Wo ich doch in Albanien monatelang eisige Qualen ausgestanden habe, wo ich doch den Körper eines Mannes gehalten habe, den ich liebte und der in meinen Armen starb, als wir in einem Graben voller Ratten und gefrierendem Matsch lagen. Hört Gandin nicht Radio? Ist er der einzige, der nicht weiß, daß die Deutschen in Italien plündern und morden? Weiß er nicht, daß sie erst vor ein oder zwei Tagen einhundert Leute in ein Zimmer gepfercht und mit Landminen in die Luft gejagt und in Aversa für einen toten Deutschen achtzig Polizisten und zwanzig Zivilisten erschossen haben? Weiß er nicht, daß entwaffnete Soldaten auf Viehwagen Gott weiß wohin befördert werden?

Ich bin außer mir vor Wut. Die Kommandanten haben bis auf zwei alle der Kapitulation zugestimmt. Wir sind zehntausend, und sie sind nur drei. Was ist das für ein Wahnsinn? Hat uns die Regierung nicht befohlen, die Deutschen zu ergreifen und zu entwaffnen? Wo liegt das Problem? Warum will er den Faschisten gehorchen, deren Partei abgeschafft worden ist, und den Willen des Ministerpräsidenten und des Königs mißachten?

2

»Oberst Barge? Ich habe als Zeichen des guten Willens das 317. Infanteriebataillon aus Kardakata abgezogen. Wie Sie wissen, ist die Insel ohne diese Stellung nicht zu verteidigen, und ich hoffe deshalb, Sie erkennen an, daß wir keine feindlichen Absichten hegen, und bestehen nicht mehr darauf, unsere Truppen zu entwaffnen.«

»Mein lieber General, ich muß darauf bestehen. Ich habe angeordnet, daß die Truppen direkt nach Italien heimgeschickt werden, und ich habe nicht die Absicht, mein Wort zurückzunehmen. Sie müssen jedoch entwaffnet werden, sonst könnten ihre Waffen leicht gegen uns eingesetzt werden, wenn sie heimkommen. Sie müssen einsehen, daß dies aus unserer Sicht nur gesundem Menschenverstand entspricht. Ich wende mich an Sie als an einen alten Freund.«

»Herr Oberst, ich warte immer noch auf klärende Befehle. Hoffentlich verstehen Sie meine Lage. Sie ist sehr verzwickt.«

»Herr General, Sie haben Ihre Befehle von Supergrecia erhalten, und was auch immer Sie an Befehlen aus Italien bekommen, ist ungültig, da diese Regierung unrechtmäßig ist. Wir sind Soldaten, Herr General, und müssen uns an Befehle halten.«

»Herr Oberst, ich werde Ihnen Bescheid geben, sobald ich kann.«

Oberst Barge legte den Hörer auf und wandte sich an einen seiner Majore. »Ich möchte, daß Sie mit einer Kompanie Kardakata besetzen. Die idiotischen Italiener haben es gerade geräumt, also dürfte es keine Schwierigkeiten geben.«

3

Ich bin bei Pelagia und dem Arzt gewesen. Ich bat sie, sich um meine Antonia zu kümmern, und Pelagia wickelte sie in ein Tuch und verstaute sie in dem Loch im Boden, wo sich in der Zeit der Briten politische Flüchtlinge versteckt hatten. Sie sagten mir, Carlo wäre auch dagewesen und hätte einen dicken Packen Manuskripte bei ihnen gelassen, den sie erst nach seinem Tode lesen sollten. Ich frage mich, was er geschrieben hat? Ich wußte nicht, daß er schriftstellerische Neigungen hatte. Von einem so großen und muskulösen Mann habe ich das nicht erwartet. Pelagia sieht sehr dünn und beinahe krank aus. Wir beschlossen, nicht zu unserem kleinen Versteck zu gehen, weil jeden Moment Befehle für meine Batterie kommen konnten. Sie kraulte mir so wehmütig das Kinn, daß ich schon gar nicht mehr wußte, wie ich die Tränen zurückhalten sollte. Sie hat versucht, über jemand, den sie Bunnios nennt, mit den Partisanen Kontakt aufzunehmen, aber ohne Erfolg.

4

Leutnant Weber zerlegte seine Pistole und ölte sie. Ihm war etwas bange ohne die Panzer, die seine Odyssee quer durch Europa begleitet hatten. Eine Erleichterung war allerdings, daß so viel Munition nach Lixouri geschafft worden war, aber es war besorgniserregend, daß bisher noch nicht viel Verstärkung eingetroffen war. Es war allgemein bekannt, daß der Oberst General Gandin ein letztes Ultimatum gesetzt und ihm einige peinliche Fragen über seine Loyalität und seine Absichten gestellt hatte. Es blieben noch acht Stunden. Er dachte an Corelli und fragte sich, was der wohl tat, dann nahm er das silberne Kruzifix vom Hals und sah es einfach an. General Gandin hatte die völlige Kapitulation verweigert, Bewegungsfreiheit für seine Truppen verlangt und um schriftliche Garantien für die Sicherheit seiner Leute gebeten. Weber lächelte und schüttelte den Kopf. Jemand würde denen eine Lektion erteilen müssen.

5

»Meine Herren, was soll ich machen?« fragte General Gandin, und die Kapläne sahen einander an. Sie freuten sich über ihre neuerworbene Wichtigkeit und genossen die seltene Gelegenheit, Strategen zu sein, die ein General um Rat fragte. Es war bei weitem erhebender, als die Beichte von Männern zu hören, die sie letztendlich nicht sehr ernst nahmen, und die Aufgabe, friedvolle Gesinnungen mit ungeheurer Gravität und moralischer Autorität zu äußern, ließ sie sich sehr heilig fühlen.

»Legen wir unter schriftlichen Garantien die Waffen nieder«, sagte einer, »und dann, so Gott will, werden wir alle heimkehren können.«

»Ich bin völlig anderer Ansicht«, erklärte nur einer von ihnen. »Meiner Meinung nach wäre das ein tiefgreifender Fehler.«

»Wir können sie entwaffnen«, sagte der General, »aber wir könnten es danach nicht mit der Luftwaffe aufnehmen. Wir müssen an die Stukas denken. Wir wären ohne Unterstützung aus der Luft oder von der See und würden zweifellos ausgelöscht werden.« Stukas waren eine Zwangsvorstellung des Generals. Der Gedanke an diese heulenden Todesvögel mit den geknickten Tragflächen ließ seinen Magen vor Angst rumoren. Möglicherweise wußte er nicht, daß sie aus militärischer Sicht zu den ineffektivsten Kriegswaffen gehörten, die je erdacht worden waren; es stimmte, daß sie Schrecken verbreiteten, doch die wahren Opfer wurden durch Granaten verursacht. Er verfügte über weit mehr Geschütze als die Deutschen und hätte den Gegner innerhalb von Stunden vernichten können.

»Ach ja, die Stukas«, stimmten die Kapläne zu, die ebenfalls gar nichts über sie wußten, aber darin geschult waren, mit weltmännischer Miene weise zu nicken.

6

»Also werden wir die Waffen strecken und heimgehen?« fragte einer der Männer.

»Ja, mein Sohn«, sagte der Kaplan der Einheit. »Gott sei es gedankt.«

Carlo rannte herbei. »Hört zu, Leute, die Garnison in St. Maura hat sich ergeben, und die Deutschen haben sie gefangengenommen und Oberst Ottalevi erschossen.«

»*Puttana*«, rief Corelli, zog seine Pistole und knallte sie auf den Tisch. »Das war's. Stimmen wir ab.«

»Wahrscheinlich ist es nur ein Gerücht«, meinte der Kaplan.

»Wir sollten in der ganzen Division abstimmen«, schlug Carlo vor, der den Geistlichen ignorierte. Er hatte für die Kirche und ihre Sendboten nichts übrig, seit er erkannt hatte, bloß dafür, wie er geboren war, in Abwesenheit zum Höllenfeuer verurteilt worden zu sein.

»Richtig, Männer«, sagte Corelli. »Ich werde mit jedem Batterieoffizier reden, den ich finden kann, und wir organisieren eine Abstimmung. Einverstanden?«

»Was ist mit Gandin?« fragte ein junger Bursche aus Neapel.

Die Männer sahen sich der Reihe nach an und hatten alle den gleichen Gedanken. »Wenn es sein muß, verhaften wir ihn«, sagte Corelli.

7

Am Morgen konnte sich General Gandin zu nichts durchringen. Er gab keine Anweisungen, obwohl ein Befehl aus Brindisi eingegangen war, die Deutschen gefangenzunehmen. Er verbrachte den Tag mit Schreibarbeit und schaute aus dem Fenster, die Hände hinter dem Rücken verschränkt. Sein Verstand war blockiert, und er konnte nur daran denken, welche Laufbahn er statt der eines Soldaten hätte einschlagen sollen. Er gab sich Erinnerungen an die alkyonischen Tage seiner Jugend hin und erkannte, daß auch sie nichts Besonderes gewesen waren. Er fühlte sich wie ein Achtzigjähriger, der auf ein unerfülltes Leben zurückblickt und sich fragt, ob sich überhaupt etwas gelohnt hat.

Oberst Barge hingegen hatte einen Gedankenblitz gehabt. Er wußte, daß die Italiener ihm nicht trauten, und deshalb machte er sich daran, ihre Reihen zu spalten, indem er sich den Anschein vorbildlichen Verhaltens gab. In der Abenddämmerung schickte er einen Oberleutnant und eine Kompanie Grenadiere aus, um klammheimlich eine italienische Batterie zu umstellen. Hauptmann Aldo Puglisi hatte keine andere Wahl, als sich friedlich zu ergeben, sobald er merkte, was geschehen war. Seine Leute wurden entwaffnet und weggeschickt, ohne daß ein Schuß fiel. Auf ihrem Weg kamen sie am Armeebordell vorbei, wagten aber nicht, dort einzukehren. Die Reihen der Division Acqui wurden von einer Woge aus Zuversicht und Erleichterung, aus Gesprächen von der Heimat und vom Frieden erfaßt, ganz wie der Oberst es vorgesehen hatte. Es war eine Täuschung, ein Taschenspielertrick meisterhaften Formats.

Am folgenden Morgen erschoß ein italienischer Feldwebel seinen Hauptmann, der sich hatte ergeben wollen, und aus dem

Nichts erschienen Tiger-Panzer und bauten sich wie ominöse Ungeheuer an den Kreuzungen auf, während ihre Aufbauten den unmenschlichen Geruch nach Öl und erhitztem Stahl ausdünsteten. Viele italienische Batteriekommandanten ignorierten sie, als wären es anachronistische Meeresfelsen, die zufällig aufgetaucht waren und genauso willkürlich wieder verschwinden würden, doch andere, wie etwa Hauptmann Corelli, verlegten einige ihrer Geschütze vom Meer weg und stellten sie auf neue Ziele ein, weil sie es leid waren, auf Befehle zu warten, die nie kamen.

8

»Direkter Befehl des Führers zu Händen von Oberst Barge. Anbei das Kodewort, nach dessen verschlüsselter telegrafischer Übermittlung Sie den Angriff und die totale Liquidierung aller antifaschistischen italienischen Streitkräfte auf Kephallonia zu beginnen haben. Verhandeln Sie in der Zwischenzeit so, daß Sie ihr Vertrauen gewinnen. Alle Leichen sind vollständig zu beseitigen, vorzugsweise mit Hilfe von Barkassen, die mit Ballast beladen und im Meer versenkt werden. Da keine förmliche Kriegserklärung durch Italien erfolgt ist, sind alle gegnerischen italienischen Streitkräfte als Freischärler und nicht als Kriegsgefangene zu behandeln.«

9

General Gandin schien innerhalb weniger Tage um Jahre gealtert. »Meine Herren, die Lage ist die. Ich habe hier vor mir das Memorandum OP44 vom 3. September. Es weist uns an, daß wir nur gegen die Deutschen vorgehen sollen, wenn wir angegriffen werden. Ich habe auch den Befehl Nummer N2 vom 6. des Monats, worin steht, daß wir mit den Streitkräften, die den Deutschen Widerstand leisten, nicht gemeinsame Sache machen sollen. Dieser letzte Befehl widerspricht den von Castellano unterzeichneten Waffenstillstandsvereinbarungen, also was sollen wir damit anfangen?«

»Herr General, das heißt schlichtweg, daß die Alliierten uns nicht trauen. Der Befehl ist unsinnig. Sind uns irgendwelche Vorbereitungen der Alliierten, uns zu helfen, bekannt?«

»Nein, Major. Sie haben über vierzig Tage Zeit gehabt und haben nichts unternommen, genausowenig das Heeresministerium. Wir haben Grund zu der Annahme, daß sie von den Absichten der Deutschen wissen und uns nicht davon in Kenntnis gesetzt haben. Es gibt offenbar keine Pläne zu einer Zusammenarbeit.«

»Aber Herr General, die Deutschen haben Hunderte von Fliegern auf dem Festland, und wir haben gar nichts. Warum haben die Alliierten uns im Stich gelassen?«

»Eine gute Frage. Des weiteren habe ich hier Befehl Nummer 24202, der besagt, daß wir mit den Deutschen verhandeln müssen, um Zeit zu gewinnen, und daß die Forderungen der Deutschen, wir sollten abrücken, nicht als feindselige Akte anzusehen sind. Wie Sie wissen, haben wir uns dem gefügt, aber das Ergebnis ist doch, daß sie jetzt die strategisch und taktisch wichtigsten Stellungen innehaben. Sind Sie der Meinung, wir sollten diesem Befehl eigenmächtig nicht mehr Folge leisten?«

»Ist denn der Befehl rechtmäßig, Herr General? Widerspricht er nicht Befehl Nummer OP44?«

»Aber welcher hat Vorrang? Ich bekomme keine Klarstellung. Mit der Verlegung des Heeresministeriums von Rom nach Brindisi ist alles durcheinandergeraten. Und jetzt haben wir diesen Befehl von Vecchiarelli, die Waffen zu strecken. Darin heißt es, General Lanz werde uns nach vierzehn Tagen heimschicken, aber ich bekomme dafür keine Bestätigung aus Brindisi. Was sollen wir also tun? Vecchiarelli glaubt General Lanz, aber tun wir es?«

»Ich jedenfalls tue es nicht, Herr General. Die Männer sind auf jeden Fall hundertprozentig dagegen. Sie haben abgestimmt, und drei Offiziere, die es ihren Leuten empfohlen haben, sind erschossen worden. Es wäre äußerst unklug. Außerdem haben wir seit gestern abend einen Befehl vom Heeresministerium, der besagt, daß wir die Deutschen als Feinde zu behandeln haben.«

»Deswegen habe ich ja an Vecchiarelli telegrafiert, daß wir diesen Befehl nicht befolgen können. Im übrigen halte ich es für meine Pflicht, Ihnen mitzuteilen, daß mir das Kommando über Mussolinis kleine Armee in seiner neuen sogenannten ›Republik‹ angeboten worden ist. Ich habe es abgelehnt, da ich zuerst dem König Gehorsam schulde. Ich hoffe, das Richtige getan zu haben.«

»Richtig, Herr General, wäre, eine Konfrontation mit den Deutschen zu vermeiden. Bis vor ein paar Tagen sind sie unsere Verbündeten gewesen, und es wäre eine untragbare Schande für die Streitkräfte, wenn wir gezwungen wären, uns gegen sie zu wenden. Viele von ihnen sind persönliche Freunde von uns. Ich glaube auch, daß das Beharren der Alliierten auf bedingungsloser Kapitulation für sie genauso schändlich ist wie das Beharren der Deutschen auf dem gleichen. Es ist besser zu sterben, als einer dieser beiden Forderungen nachzugeben.«

»Ich bin vollkommen Ihrer Meinung, Major, und habe verlangt, daß Oberst Barge bei unseren Verhandlungen durch einen echten General ersetzt wird. Das wird uns wertvolle Zeit geben, bis General Lanz eintrifft, und wenn es zum Schlimmsten kommt, bleibt uns die Schande erspart, unsere Waffen vor einem bloßen Oberst zu strecken.«

10

»Also Leute, aus Berlin ist der Befehl durchgekommen, daß die Sache auf Kephallonia losgehen soll. Sergeant, fassen Sie sich ein Herz, und bringen Sie das hier Jumbo.«

General Jumbo Wilson las die Meldung durch und entschied, nichts zu unternehmen. Er hatte jede Menge Soldaten, Schiffe, Flugzeuge und Kriegsgerät zur Verfügung, alles einsatzbereit. Aber es ging doch nicht an, die Krauts wissen zu lassen, daß er ihre Meldungen zu dekodieren verstand, oder?

53

Erster Blutzoll

Die Division Acqui votierte dafür, sich gegen die Deutschen zu wehren, hatte aber keine Zeit, eine straffe Führungsstruktur aufzubauen, um ihre Aktionen zu koordinieren. Nachdem die Schlacht schon begonnen hatte, trafen endlich Befehle von General Gandin ein, und die wurden von einigen befolgt, von anderen

384

nicht. Der Ablauf der Ereignisse ist nicht genau bekannt, aber zwei Dinge sind gewiß. Zum einen beteiligten sich die kommunistischen Andartes der ELAS nicht, da sie keinen Grund sahen, ihre parasitäre Lethargie abzuschütteln, und zum anderen war der italienische Widerstand nicht der militärischen Führung zu verdanken. Es war ein spontaner Beweis von Mut und Entschlossenheit in den Herzen einzelner Männer, die dunkel ahnten, daß endlich die Zeit für sie gekommen war, etwas Richtiges zu tun.

Wer weiß, was den Hauptmann Fienzo Appollonio wirklich dazu bewog, ohne Befehl das Feuer auf eine Flottille deutscher Landungsboote zu eröffnen?

Vielleicht war er ein ehrenhafter Mann, der es nicht mehr ertragen konnte, in der Geschichte eines halbgaren und zerfallenen Imperiums eine unwürdige und nachgiebige Rolle zu spielen. Vielleicht empfand er echtes Mitleid mit den Griechen, mit denen er so lange zusammengelebt hatte, und wollte nun die Scham tilgen, die er angesichts der Unterwerfung und Entbehrungen fühlte, die er ihnen selbst mit auferlegt hatte. Vielleicht schämte er sich der traurigen militärischen Erfolgsbilanz der Armee, in der er gedient hatte, und wollte die Gewalt über seinen kleinen Teil davon nun den Händen der selbstgefälligen Nichtskönner und Sykophanten entringen, die diese Leute von der Sicherheit ihrer Bunker aus in so viel blutige und sinnlose Not geschickt und immer wieder Niederlagen dem Rachen des Sieges entrissen hatten. Vielleicht war es einfach so, daß er nur zu deutlich sah: Es blieb ihm keine andere Wahl mehr, als fürs Überleben zu kämpfen.

Was die Gefühle und Gedanken auch gewesen sein mögen, die in den Tiefen seines Verstandes um sich selbst kreisten, seine Männer teilten seine Schlußfolgerungen. Sie hatten die Haubitzen bereits geladen und in Stellung gebracht, während er noch zusah, wie die mit Fahrzeugen und bleichen Soldaten befrachteten Landungsboote unbeholfen durch die Dünung schnitten. Ihm fiel die unnötige, aber merkwürdig vielsagende Disziplin auf, die sich daran zeigte, daß die Deutschen ihre Waffen exakt gleich trugen, nämlich senkrecht geschultert, so daß sie zusammen wie die in den Boden gerammten Spieße einer getarnten Erdfalle aussahen. Der Hauptmann spähte durchs Fernglas und teilte die See dazwischen in Einheiten von je hundert Metern ein. Er rechnete noch das nicht sichtbare Land zwischen seiner Batterie und dem Meer dazu und befahl mit einem Zutrauen, das er gar nicht spürte, das ihm nächste Geschütz solle die von ihm bestimmte Schußweite vorgeben und eine einzige Granate abfeuern.

Mit einem metallischen Krachen sprang das Geschütz zurück, wobei die Rohrwiege in ihrer Verankerung hochhüpfte wie ein aufgeregter Hund, der nach einem Leckerbissen schnappt. Nach all den Jahren hatte sich Hauptmann Appollonio immer noch nicht an das schmerzhafte Dröhnen des Metalls in seinen Ohren gewöhnt, und er zuckte zusammen, als er das schwarze Pünktchen mit unglaublichem und unberechenbarem Tempo so schnell durch die Luft zischen sah, daß er sich fragte, ob er es nun gesehen hatte oder nicht. Er verlor es aus den Augen und sah dann Sekunden später keine fünfzig Meter von der geschätzten Einschlagstelle entfernt die Wasserfontäne aus dem Meer steigen. Auf den Booten entwickelte sich eine hektische Aktivität, die ihm beinahe komisch vorkam, und dann gab er die exakte Schußweite an und befahl, nach Belieben zu feuern.

Die Männer waren begeistert. Endlich hatten sie einen Anführer, dessen Mut auf geheimnisvolle Weise in den Boden unter seinen Füßen fließen, unterirdisch weiter-, wie durch ein Wunder in ihre eigenen Herzen hinauflaufen und sie mit dem unbezähmbaren Freiheitsgefühl von Männern erfüllen würde, die endlich entdeckt haben, daß sie doch Soldaten sind. Die Männer lächelten sich zu. In ihren Augen leuchtete eine Freude, ein Stolz, den sie nie zuvor gefühlt hatten, und sie sahen verwundert zu, wie spektakuläre Wasserfontänen das regelmäßige und einschläfernde Wellenmuster auslöschten. In der Luft hing schwer der süßliche Gestank von Kordit und der unauslöschlich männliche und infernalische Geruch rotglühender Rohre und rauchenden aromatischen Öls. In den Linien ihrer Handteller sammelte sich Schmiere, und ihre Gesichter wurden schwarz, so daß ihre mit der Zunge angefeuchteten Lippen seltsam bleich und rosa aussahen. Der Schweiß ihrer ungestümen Begeisterung durchtränkte das Haar unter ihren Kappen, und sie warfen die zur Hälfte gerauchten Zigaretten weg, die früher ein Trost gewesen waren, nun aber nur noch ihre Handgriffe und ihre Atmung behinderten.

Von ihrem eigenen Erfolg, von der unglaublichen und nie zuvor dagewesenen Durchschlagskraft ihres Geschoßhagels benommen, hörten die Männer der Batterie auf zu feuern, als das letzte Landungsboot in den Wellen versank. Sie ballten zufrieden die Fäuste, als sie zwei Rettungsboote von Lixouri auslaufen und auf den Ort des Gemetzels und das Treibgut aus zerlegten und zersplitterten Booten zuhalten sahen. Keinem von ihnen war danach, auf einen Rettungstrupp zu feuern, und so schüttelten sie sich die Hände und umarmten sich. An diesen Tag würden sie sich immer erinnern, versicherten sie einander. Es war ein Initiationsritus wie die Firmung oder die Hochzeit gewesen.

Ein Wasserflugzeug kam über den Hügelrücken auf Argostoli zu und warf gleichgültig eine Reihe tödlicher Bomben ab, die in einer vollkommen geraden Linie einem bescheidenen und unschuldigen Häuschen nach dem anderen das Dach zerfetzten. Maschinengewehre und Flaks eröffneten das Feuer, als andere Kommandanten spontan ihre Befehle ignorierten und sich in die Schlacht warfen. In den Straßen von Argostoli rückten italienische Infanteristen – einige ohne ihre Offiziere – im Schutz stahlverkleideter Fahrzeuge gegen die Panzer vor. Sie waren von einem Heldenmut beseelt, den sie nie gezeigt hatten, als sie noch für die Faschisten und ihren lachhaften Diktator gekämpft hatten.

Die Wehrmachtspanzer eröffneten das Feuer auf die Batterie, und ihr Geschützdonner hallte in den engen Straßen wider, ließ die Wände erzittern und Flocken lockerer Leimfarbe als Staub ins Innere der Häuser rieseln. Appollonios Schützen richteten die Geschützrohre neu aus, und nicht weit entfernt eröffnete auch die Batterie von Hauptmann Antonio Corelli das Feuer. Die Panzer rückten vor, wobei die klägliche und unnötige Gestrüpptarnung von ihnen abfiel wie die Kleider von einer betrunkenen Hure. Ihre Motoren brüllten und heulten, bei jedem Gangwechsel ruckelten sie und spien schwarze Auspuffgase aus, als wären sie bereits von Granaten getroffen.

Die Panzer wurden mit Granaten eingedeckt, die rote Erdfontänen und weißen Staub aufspritzen ließen, und blieben alle mit einem Ruck stehen, als wären ihre Besatzungen zu verdutzt darüber, auf Widerstand zu stoßen, als wäre es unvorstellbar, daß Italiener sich widersetzten. Auf der alten britischen Brücke über die Untiefen der Bucht tauchte unglaublicherweise ein deutscher Panzerwagen auf, dessen Gefechtsturm eine große weiße Flagge zierte. Die Schützen bei den Batterien waren siegessicher, fühlten sich bestätigt; vielleicht würden die Deutschen bei Gandin um die Kapitulationsbedingungen bitten.

Bei Sonnenuntergang warteten und rauchten die Soldaten. Das Öl an ihren Fingern drang beißend, aber irgendwie dazugehörig ins Papier ihrer Zigaretten. Eine große Staffel von JU-90 mit Verstärkung für die Nazis flog über sie hinweg, und Hauptmann Appollonio riß verärgert die Hände in die Luft. »Warum feuern die Flakbatterien nicht? Was ist mit diesen Blödmännern los?« Er hatte doch nicht so viel riskiert, bloß um alles durch den Wankelmut anderer wieder zu verlieren. Sinnlos, aber zu seiner eigenen Befriedigung, feuerte er mit dem Karabiner auf die sich entfernenden Flieger, das Krachen der Schüsse klang merkwürdig höflich und scheu im Vergleich zu den Geschützsalven zuvor.

Das Feldtelefon klingelte. General Gandin hatte, statt im günstigen Augenblick die Kapitulation zu verlangen, sich auf einen Waffenstillstand eingelassen. Appollonio verdrehte ungläubig die Augen und brüllte den Vermittler so laut an, daß er erst nach einiger Zeit merkte, daß er in eine tote Leitung fluchte. »Verrückter Mistkerl«, schrie er, als er den Hörer niederknallte. Ein wenig Trost brachte ihm ein Bote, der eine Meldung von Hauptmann Antonio Corelli brachte: »Wenn Sie vors Kriegsgericht kommen, möchte ich die Ehre haben dürfen, zusammen mit Ihnen angeklagt zu werden.«

54

Carlos Abschied

Antonio, mein Hauptmann,
wir leben in schlechten Zeiten, und ich habe ganz stark das Gefühl, daß ich sie nicht überleben werde. Du weißt, wie das ist, wie eine Katze sich zum Sterben davonschleicht oder ein todkranker Mann

den Geist seiner Mutter neben seinem Bett erblickt oder seinem eigenen Geist begegnet, der ihm an der Kreuzung entgegenkommt.

Du wirst mit diesem Brief alle meine Aufzeichnungen finden, die ich seit der Ankunft auf dieser Insel gemacht habe, und wenn Du sie liest, wirst Du entdecken, was für ein Mensch ich bin. Hoffentlich ekelt es Dich nicht, und hoffentlich kannst Du mir vergeben und ohne Abscheu an mich denken, weil Du ein weites und großzügiges Herz hast. Hoffentlich denkst Du an all die Male, da wir uns als Kameraden und Brüder umarmt haben, und wirst nicht nachträglich von Entsetzen gepackt, weil es die Umarmungen eines Entarteten waren. Ich habe immer versucht, Dir die Zuneigung, die ich verspürt habe, zu zeigen, ohne Dir etwas zu nehmen und ohne Dir etwas zu geben, was du nicht wolltest.

Wenn Du diese Seiten liest, wirst Du erkennen, daß mir in Albanien der Verlust meines Kameraden Francisco großen Kummer bereitet hat, und ich möchte Dir hier sagen, daß ich die Wunde, die ich in diesem Krieg erhalten habe, mir selbst zugefügt habe. Ich schäme mich nicht. Ich habe nichts Unrechtes getan. Als Francisco starb, wollte ich auch sterben. Alle Schönheit wich aus meinem Leben, und alles war bedeutungslos, aber mir fehlte der unnatürliche Mut, den einer braucht, um sich sein Lebenslicht auszublasen. Ich kam auf diese wunderschöne Insel mit nichts weiter als einem grauen Nebel im Hirn und einem schmerzenden und leeren Herzen, das untröstlich war und vor Gram und Bitterkeit barst. Was ist schon ein Mann, dessen Brust voller Orden steckt, aber dessen Herz darunter zu verzweifelt ist, um zu schlagen?

Mein lieber Antonio, Du sollst erfahren, daß ich Dich für Dein unverwüstliches Lachen, Deine großartige Musik, Deinen unvergleichlichen Geist mit demselben Erstaunen, demselben Gefühl der Dankbarkeit geliebt habe, das ich in Deinen Augen sehe, wenn Du mit Pelagia zusammen bist, und ich werde ewig an Dich denken, auch wenn ich tot bin. Du hast mir den Kummer von der Brust genommen und mich wieder zum Lächeln gebracht, und

Deine Freundschaft habe ich mit Freuden angenommen, wobei ich mir stets meiner eigenen Unwürdigkeit bewußt war und gegen jeden Impuls gekämpft habe, sie schlecht zu machen, und ich verlasse mich darauf, daß Du mich nicht verachten wirst, wie ich es in den Augen manch anderer verdient hätte.

Antonio, ich habe so viele Erinnerungen an diese wenigen kurzen Monate, daß ich weinen muß bei dem Gedanken, daß sie nun vorbei sind. So viele glückliche Erinnerungen. Weißt Du noch, wie Du Dich mit dieser Mine beinahe selbst in die Luft gejagt hast und ich Dich zum Haus des Arztes getragen habe? Da wußte ich dann, daß ich verrückt geworden wäre, wenn Du gestorben wärst, und ich danke nun Gott, daß ich vor Dir sterben werde, damit ich den Kummer nicht aushalten muß. Antonio, ich spreche zu Dir schon aus dem Jenseits, ganz im Ernst. Ich habe Dich von ganzem, verschämtem Herzen geliebt, so sehr, wie ich Francisco geliebt habe, und ich habe jede Eifersucht überwunden, die ich vielleicht verspürt habe. Wenn einem Toten noch ein Wunsch gestattet sei, dann der, daß Du mit Pelagia glücklich wirst. Sie ist schön und lieb, keine verdient Dich mehr und keine ist Deiner eher würdig. Ich wünsche mir, daß Ihr Kinder habt, und ich wünsche mir, daß Ihr ihnen gelegentlich vom Onkel Carlo erzählt, den sie nie gesehen haben. Ich jedoch schultere meinen Rucksack, schnalle den Gurt fest zu, stecke den Arm durch den Gewehrriemen und lüfte den Schleier, um ins Ungewisse zu marschieren, wie es Soldaten immer tun werden. Denk an mich.

Carlo

55

Sieg

Trotz der unmißverständlichen Forderung seiner Männer, die Deutschen sollten zur Kapitulation gezwungen und ihre Waffen einkassiert werden, spielte General Gandin den Heiligen und vereinbarte mit Oberst Barge, daß seine italienischen Soldaten ihre Waffen behalten und die Insel räumen dürften. Es gab jedoch keine Schiffe, um sie zu evakuieren, aber das kam ihm anscheinend nicht so wichtig vor. Auf Korfu hatten die Deutschen anständigerweise zugestimmt, selbst die Truppentransporter zur Verfügung zu stellen, dann aber alle durch die Brandung zu ihnen hinwatenden Soldaten mit MGs niedergemäht und ihre Leichen den Wellen überlassen. Der unvergleichlich tapfere Oberst Lusignani hielt sich, von den Briten vollkommen im Stich gelassen, allen widrigen Umständen zum Trotz noch mehrere Tage. All seine Männer, die noch so lange überlebten, daß sie bis zu einem deutschen Gefangenentransport gelangten, wurden getötet, als die Briten sie auf dem Meer bombardierten. Diejenigen, die sich mit einem Sprung ins Wasser zu retten versuchten, wurden von den Deutschen mit MGs abgeknallt und dem Meer überlassen.

Auf Kephallonia hatten die Deutschen nun eine Frist von vierzehn Tagen, um sich zu organisieren und Verstärkungen wie zusätzliche Waffen heranzuschaffen, während die verwirrten Italiener aus Mangel an Führung je nach der Initiative einzelner Offiziere gehandelt hatten oder nicht. Einige, wie Appollonio und Corelli, hatten ihre Männer bis aufs letzte vorbereitet, doch andere, von der Aussicht auf die Heimat berauscht und geblendet, waren stumpfsinnig in selbstmörderisch optimistische Lethargie verfallen und hatten ihre Männer vor Unmut und Verdruß schäumen lassen. Ihnen schwante schon der Abtransport zu Arbeitslagern in Viehwagen ohne Licht, Klo oder Nahrungsmittel – wußte nicht ein jeder, daß dies den Griechen vielfach widerfahren war? –, und sie sahen Massaker voraus. Einige versanken in fatalistische Depression, doch andere bissen entschlossen die Zähne zusammen und packten die Stutzen ihrer Gewehre so fest, daß ihre Handknöchel weiß wurden.

Die Griechen, unter ihnen Pelagia und Dr. Iannis, sahen einander mit gehetztem Blick an, ihre Herzen waren aufgewühlt von bangen Ahnungen. Die bemitleidenswerten Huren des Armeebordells vergaßen ihre Schönheitspflege und wanderten in ihren Morgenmänteln wie die gramerfüllten, besinnungslosen Schatten in der Unterwelt hilflos von einem Zimmer zum anderen, öffneten die Fensterläden, blickten hinaus, schlossen sie wieder und drückten die Hand ans pochende Herz.

Als die Stuka-Staffel am frühen Nachmittag einflog, in geschlossener Formation in Schräglage kippte und im Sturzflug auf die italienischen Batterien zuraste, war dies fast eine Erleichterung. Jetzt war alles klar; endlich war offensichtlich, daß die Deutschen heimtückisch waren, daß jeder Soldat um sein Leben kämpfen mußte. Günter Weber wußte, daß er seine Waffen auf seine Freunde richten mußte, Corelli wußte, daß seine so gut an die friedlichen Künste gewöhnten Musikerfinger sich nun um den Abzug eines Gewehrs krümmen mußten. General Gandin merkte zu spät, daß er in seiner radikalen Unentschiedenheit und durch seine Konsultationen mit geschlechtslosen Priestern seine Leute zum Sterben verurteilt hatte; Oberst Barge wußte, daß er seine früheren Verbündeten mit Erfolg ins Hintertreffen gebracht hatte; die Huren merkten, daß Männer, die früher ihr Glück gestohlen hatten, sie nun den Krähen preisgeben würden, und Pelagia merkte, daß ein Krieg, der eigentlich immer woanders gewesen war, nun über ihr Haus hereinbrechen und es in Schutt verwandeln würde.

Die Männer in den Batterien verloren den Verstand und die Orientierung bei dem mechanischen Heulen der Stukas, dem dichten Maschinengewehrfeuer und dem Bombenhagel, der zwischen ihre Geschütze fiel und sie mit Erde und winzigen Fleischfetzen ihre Kameraden bespritzte, und bemühten sich, ihre Geschosse in Sicherheit zu bringen, damit ihre eigene Munition nicht in die Luft ging. Noch bevor die Batteriekommandanten das Feuer erwidern konnten, schwenkten die Stukas wie Stare ab und griffen eine Kolonne Männer an, die gerade in Argostoli am Rand des Sportplatzes ankam, wo die italienischen Soldaten früher ihren Militärdienst mit rauhen und hitzigen Fußballspielen herumgebracht und ihre verstohlenen Treffen mit griechischen Mädchen vereinbart hatten.

Für Corelli und Appollonio, für Carlo und die Mitglieder von »La Scala« war es offensichtlich, daß die Deutschen versuchten, Argostoli lahmzulegen, weil hier die meisten italienischen Truppen konzentriert waren; der Feind versuchte, seine verstreuten und unterbesetzten Stellungen an den Außenposten der Insel zu schützen. Dies war allerdings Gandin nicht klar, denn er zog seine Truppen in wachsender Zahl in der Stadt zusammen, wo es die

Deutschen leichter hatten, sie zu isolieren und niederzumetzeln. Er selbst verließ nur widerwillig seine prächtigen Büroräume im schönen Rathaus. Er beorderte Beobachtungsposten an sogar für einen Laien leicht zu erkennende Stellen wie die venezianischen Kirchtürme und bot den Deutschen die willkommensten Gelegenheiten zu Entfernungsmessungen und Zielübungen. Er unterließ es, diese Posten mit Funkgeräten oder Feldtelefonen auszustatten, und so waren sie gezwungen, mit ihren eigenen Schützen über Kradmelder und Läufer zu kommunizieren, die nach einer so ereignislosen Kriegsphase schnell aus der Puste kamen. Während Kugeln gegen die Glocken prallten und ihnen in dem engen Raum um die Ohren flogen, harrten die blutüberströmten Beobachter, deren Körper von Granatsplittern durchsiebt waren, so lange wie möglich aus, da sie wußten, daß die Stukas bei Einbruch der Dunkelheit abziehen mußten.

In dieser Nacht sah sich Alekos, in seinen luxuriösen Umhang aus Fallschirmseide gehüllt, vom Ainos aus das Feuerwerk an. Auf dem Hügel über Argostoli sah er Leuchtspurmunition in elegantem Bogen auf die deutschen Stellungen sinken, und er hörte das einfache und doppelte Krachen einschlagender Granaten, ein Geräusch, wie wenn ein Trommler mit einem Filzschlegel auf das Fell einer alten Baßtrommel schlägt. Er erblickte zwei strahlende Lichtsäulen, die über der Bucht aufglühten, und zupfte den Mann neben sich, den er früher für einen Engel gehalten hatte, am Ärmel. Bunny Warren sprach gerade hastig in sein Funkgerät. Er hob seinen Feldstecher und sah, daß eine Invasionsflotte eilig zusammengestellter Barkassen von Lixouri ausgelaufen war und wie ein unvorsichtiges Kaninchen, das vor die blendenden Lichter eines Autos geraten ist, von den Suchscheinwerfern erfaßt wurde. »Bravo!« rief er aus, als die italienischen Batterien das Feuer eröffneten und ein Boot nach dem anderen versenkten, während Alekos die herrlichen orangefarbenen Flammenblitze bewunderte, die am Hügel über der Stadt wie Glühwürmchen funkelten. »Diese Spaghettis haben also doch Mumm in den Knochen«, sagte Warren, dessen Griechisch sich nun so weit verbessert hatte, daß er schon fast wie ein Einheimischer klang. Noch einmal versuchte er seine Vorgesetzten von der dringlichen Notwendigkeit zu überzeugen, den belagerten Italienern Luft- und Seeunterstützung zu gewähren, doch die aalglatte Stimme am anderen Ende der Leitung sagte ihm: »Tut uns furchtbar leid, alter Knabe, es geht nicht. Chin-chin. Over and out.«

Dr. Iannis und seine Tochter, die beide nicht schlafen konnten, saßen nebeneinander am Küchentisch und hielten sich an den Händen. Pelagia weinte. Der Arzt hätte gern seine Pfeife wieder angezündet, aber aus Rücksicht auf seine verzweifelte Tochter ließ er seine Hände in ihren liegen und wiederholte: »Koritsimou, ich bin sicher, er ist wohlauf.«

»Aber wir haben ihn seit Tagen nicht mehr gesehen«, jammerte sie. »Ich weiß einfach, daß er tot ist.«

»Wenn er gestorben wäre, hätte uns das jemand gesagt, jemand von ›La Scala‹. Das waren alles nette Jungen, sie würden dran denken, uns zu benachrichtigen.«

»Waren?« wiederholte sie. »Meinst du, die sind alle tot? Du glaubst doch, daß sie auch tot sind, nicht wahr?«

»O Gott«, stöhnte er leicht gereizt. Es klopfte an der Tür, und Stamatis und Kokolios traten ein. Dr. Iannis blickte auf, und beide nahmen ihre Hüte ab. »Hallo, Männer«, begrüßte sie der Arzt.

Stamatis trat unruhig von einem Fuß auf den anderen und sagte, als wäre es eine Beichte: »Iatre, wir haben beschlossen, rauszugehen und ein paar Deutsche abzumurksen.«

»Soso«, meinte der Arzt, unsicher, was er mit dieser Information anfangen sollte.

»Wir möchten wissen«, sagte Kokolios, »ob wir deinen Segen haben können.«

»Meinen Segen? Ich bin kein Priester.«

»Du kommst aber gleich danach«, erklärte Stamatis. »Wer weiß, wo Pater Arsenios steckt.«

»Natürlich habt ihr meinen Segen. Gott sei mit euch.«

»Velisarios hat seine Muskete hervorgekramt und kommt auch mit.«

»Er hat ebenfalls meinen Segen.«

»Danke, Iatre«, redete Kokolios weiter, »und wir möchten wissen ... wenn wir getötet werden ... ob du dich um unsere Frauen kümmerst?«

»Ich werde mein Bestes tun, versprochen. Wissen sie es?«

Die beiden Männer wechselten einen Blick, und Stamatis be-

kannte: »Natürlich nicht. Sie würden nur versuchen, uns aufzuhalten. Ich könnte das ganze Kreischen und Heulen nicht ertragen.«

»Ich auch nicht«, fügte Kokolios hinzu.

»Ich möchte dir auch dafür danken, daß du mein Ohr geheilt
hast. Ich werd's jetzt brauchen, um die Deutschen zu hören.«

»Es freut mich, daß es noch zu was nützlich ist«, sagte der Arzt.
Die beiden Männer zögerten einen Augenblick, als wollten sie
noch etwas sagen, gingen aber dann doch. Der Arzt wandte sich an
seine Tochter: »Schau, zwei alte Männer ziehen für uns in den
Kampf. Faß dir ein Herz. Solange wir solche Männer haben, ist
Griechenland nicht verloren.«

Pelagia wandte ihrem Vater das tränenverschmierte Gesicht zu
und schluchzte: »Wen kümmert Griechenland? Wo ist Antonio?«

Antonio Corelli schritt in der Dunkelheit durch die Ruinen
Argostolis. Das hübsche Städtchen schien bloß noch aus zusam-
menfallenden Mauern und aus Wohnungen zu bestehen, die wie
ein Puppenhaus geöffnet waren und ganze Stockwerke zeigten,
wo noch Bilder an den Wänden hingen und hübsche Tücher auf
den Tischen lagen. Rings um ihn erhoben sich Trümmerhaufen.
Aus einem ragte eine Hand – sehr schmutzig und klein –, deren
Finger schlaff und entspannt waren. Er räumte die Brocken beiseite, Steine, die seit venezianischer Zeit Menschen malerisch
umgeben und geschützt hatten, und entdeckte den zerschmetterten Schädel eines Mädchens, das etwa im gleichen Alter wie
Lemoni gewesen war. Er schaute die bleichen Lippen, das liebe
Gesicht an und wußte nicht, ob Zorn oder Tränen ihm die Kehle
zuschnürten. Mit einem nie zuvor verspürten Gefühl der Tragik
im Herzen ordnete er dem Mädchen sorgfältig das Haar, so daß es
sich natürlich um ihre Wangen schmiegte. »Es tut mir leid, Koritsimou«, vertraute er der Leiche an, »wenn wir nicht dagewesen
wären, hättest du weiterleben können.« Er war so erschöpft, daß er
schon längst keine Furcht mehr empfand, und seine Ermattung
hatte ihn philosophisch gestimmt. Kleine Mädchen, so unschuldig
und süß wie dieses, waren in Malta, in London, in Hamburg und in
Warschau sinnlos gestorben. Aber es waren statistische Größen,
Kinder, die er nicht gekannt hatte. Er dachte an Lemoni und dann
an Pelagia. Die unaussprechliche Ungeheuerlichkeit dieses Krie-

ges brach ihm plötzlich das Herz, so daß er keuchend nach Luft rang, und im selben Augenblick wußte er mit völliger Sicherheit, daß nichts notwendiger war, als ihn zu gewinnen. Er tippte die Finger an die Lippen und berührte dann die toten Lippen des fremden Mädchens.

Es gab so viel zu tun. Flüchtlinge aus den Dörfern, die von den Deutschen unter Maschinengewehrfeuer genommen worden waren, strömten in die Stadt, und gleichzeitig verstopften die Städter die Straßen mit Handkarren, als sie in die Dörfer zu flüchten versuchten. Es war fast unmöglich, Geschütze und Truppen zu bewegen, und um alles noch schlimmer zu machen, drängten Soldaten aus den umliegenden Gegenden herein, wie Gandin es befohlen hatte; sie boten ein leichtes Ziel und vergrößerten die Verstopfung ungemein. Sie konnten nirgendwo untergebracht werden, die Befehlskette brach schon zusammen, und alle wußten stillschweigend Bescheid, daß ihnen keine Schiffe oder Flieger zu Hilfe kommen würden. Kephallonia war eine strategisch unbedeutende Insel, ihre Kinder brauchten nicht gerettet, ihre uralten und krummen Gebäude nicht für die Nachwelt erhalten zu werden, Fleisch und Blut hier waren denjenigen, die aus luftiger olympischer Höhe einen Krieg führten, nicht so kostbar. Für Kephallonia gab es keinen Winston Churchill, keinen Eisenhower, keinen Badoglio und keine Schiffsgeschwader oder Fliegerstaffeln. Vom Himmel fiel nur wie Schnee die übertriebene deutsche Propaganda voll falscher Versprechungen und Lügen, über Funk kamen aus Brindisi nur Durchhalteparolen, und in der blendendweißen Bucht von Kyriaki landeten zwei Bataillone frischer Gebirgsjäger unter dem Kommando des Majors von Hirschfeld.

Im Morgengrauen des nächsten Tages überrannte ein kaltschnäuziger Oberleutnant mit seinen Männern ein Lager, bestehend aus einer Feldküche und einer Mulikompanie, im Schlaf. Nachdem sich alle ergeben hatten, ließ der Oberleutnant sie erschießen und die Leichen in einen Graben werfen. Von dort führte er seine Männer auf den fichtenbestandenen Hügelrücken bei Daphni und wartete bis acht Uhr, da die neuen Gebirgsjägereinheiten des Majors von Hirschfeld bestimmt von der anderen Seite her eingetroffen sein mußten, um die Umzingelung zu vervollständigen. Wieder wurden die Italiener unvorbereitet erwischt und mußten sich ergeben. Der Oberleutnant scheuchte sie nach Kourouklata und wurde ihrer dann überdrüssig, also stellte er sie an der Kante des Steilhangs auf und erschoß das gesamte Bataillon. Aus rein theoretischem Interesse ließ er die Leichen in die Luft sprengen und war von den Ergebnissen beeindruckt. Die Gegend war berühmt für einen blutroten Wein namens »Thiniatiko«.

Nicht mehr von seinen Gefangenen belästigt, rückte er nach Farsa vor, einem reizvollen Dorf, das die Gebirgsjäger mit Granaten bereits in Schutt und Asche gelegt hatten, während die italienischen Soldaten dort noch verbissen und erfolgreich Widerstand leisteten. Als sie nun von zwei Seiten angegriffen wurden, kämpften und fielen sie, bis nur noch eine kleine Schar übrigblieb, die auf die Piazza getrieben und erschossen wurde. In Argostoli kamen die schwarzgeflügelten Bomber in mehreren Wellen und zerstörten die Batterien, bis alle Geschütze schwiegen.

Es war am Morgen des 22. September, als Hauptmann Antonio Corelli vom 33. Artillerieregiment in dem Wissen, daß über dem Hauptquartier in Argostoli bald die weiße Fahne gehißt werden würde, nach drei Tagen ohne Schlaf auf sein Motorrad stieg und zu Pelagias Haus raste. Da warf er sich in ihre Arme, ließ seine brennenden Augen an ihrer Schulter ruhen und sagte ihr: »*Siamo perduti.* Uns ist die Munition ausgegangen, und die Briten haben uns verraten.«

Sie bat ihn zu bleiben, sich im Haus zu verstecken, in dem Loch im Boden, wo seine Mandoline und Carlos Aufzeichnungen waren, aber er nahm ihr Gesicht in die Hände, küßte sie ohne Tränen, da er bei seiner Erschöpfung und Resignation gar nicht mehr weinen konnte, wiegte sie dann in den Armen und preßte sie so fest an sich, daß sie dachte, ihre Rippen und ihr Rückgrat würden einen Knacks bekommen. Er küßte sie wieder und sagte: »Koritsimou, das ist das letzte Mal, daß ich dich sehe. Das ist ein ehrloser Krieg, aber ich muß bei meinen Jungen sein.« Er ließ den Kopf hängen. »Koritsimou, ich werde sterben. Richte deinem Vater meine Grüße aus. Und ich danke Gott, daß ich lange genug gelebt habe, um dich zu lieben.«

Er fuhr auf seinem Motorrad davon, die Staubwolke stieg höher als sein Kopf. Pelagia sah ihm nach und ging dann ins Haus. Sie nahm Psipsina in die Arme und setzte sich an den Tisch, kalte Furcht krallte sich in ihr Herz. Männer werden manchmal von etwas getrieben, was für eine Frau keinen Sinn ergibt, aber sie wußte, daß Corelli bei seinen Jungen sein mußte. Ehre und gesunder Menschenverstand; im wechselseitigen Licht sind beide lächerlich.

Sie steckte ihre Nase ins Fell hinter den Ohren des Marders, ließ sich vom warmen, süßen Geruch trösten und lächelte. Sie dachte an die jüngste, schon entrückte Zeit zurück, als sie dem Hauptmann vorgegaukelt hatte, Psipsina gehöre zu einer besonderen griechischen Katzenrasse. Sie blieb darüber lächelnd sitzen, als eine Erinnerung nach der anderen, nur durch die romantische, sich entfernende Gestalt des Hauptmanns miteinander verbunden, geisterhaft durch ihren Kopf pirouettierte. Sie lauschte auf die ominöse Stille des Morgens und merkte, daß es tröstlicher war, dem Sperrfeuer und Donnern des Krieges zuzuhören.

56

Der gute Nazi II

»Vater, willst du, so nimm diesen Kelch von mir.« Wie oft hatte er seinen eigenen Vater diese Worte in der kleinen Kirche daheim rezitieren hören. An jedem Osterfest seit seiner Kindheit, ausgenommen während der Kriegsjahre.

Leutnant Weber stand vor dem Major stramm und sagte mit entschlossener Miene: »Herr Major, ich muß darum bitten, diesen Auftrag jemand anders zu erteilen. Ich kann das mit meinem Gewissen nicht vereinbaren.«

Der Major hob ungläubig die Augenbrauen, spürte aber irgendwie keinen Ärger. In Wahrheit liebäugelte er mit dem Gedanken, daß er an Webers Stelle dasselbe getan hätte. »Warum denn nicht?« fragte er. Die Frage war überflüssig, mußte aber der Form halber gestellt werden.

»Herr Major, es ist gegen die Genfer Konvention, Kriegsgefangene umzubringen. Es ist auch nicht recht. Ich muß darum bitten, davon befreit zu werden.« Ihm fiel ein anderer Satz aus der Heiligen Schrift ein, und er fügte hinzu: »Ihr Blut wird über uns kommen und über unsere Kinder.«

»Es sind keine Kriegsgefangenen, es sind Verräter. Sie haben sich gegen ihre eigene rechtmäßige Regierung und gegen uns gewandt, ihre Verbündeten durch einen rechtsgültigen Vertrag. Verräter hinzurichten verstößt nicht gegen die Genfer Konvention, wie Sie wohl wissen. Das hat es noch nie getan.«

»Mit Verlaub«, beharrte Weber, »die italienische Regierung kann vom König eingesetzt oder abgesetzt werden. Der König hat Badoglio die Regierung übergeben, und Badoglio hat den Krieg erklärt. Deshalb ist die Division Acqui in Kriegsgefangenschaft und kann daher nicht exekutiert werden.«

»Ja, Herrschaft noch mal«, entfuhr es dem Major. »Glauben Sie denn nicht, daß es Verräter sind?«

»Doch, Herr Major, aber meine Meinung und die Rechtslage sind zwei verschiedene Dinge. Ich glaube, es ist gegen die militärischen Vorschriften, wenn ein vorgesetzter Offizier einem Untergebenen anordnet, etwas Ungesetzliches zu tun. Ich bin kein Verbrecher, Herr Major, und ich möchte auch keiner werden.«

Der Major seufzte. »Krieg ist ein dreckiges Geschäft, Herr Weber, das sollten Sie wissen. Wir müssen alle schreckliche Dinge tun. Ich zum Beispiel mag Sie und bewundere Ihre Integrität. Besonders in diesem Augenblick. Aber ich muß Sie daran erinnern, daß die Strafe für Befehlsverweigerung die Exekution durch ein Erschießungskommando ist. Ich sage das nicht, um Ihnen zu drohen, ich stelle das nur als Tatsache fest. Sie wissen das genausogut wie ich.« Der Major ging zum Fenster und machte dann auf dem Absatz kehrt. »Sehen Sie, diese italienischen Verräter werden sowieso erschossen, ob Sie es tun oder nicht. Warum dann noch Ihren eigenen Tod hinzufügen? Es wäre schade um einen feinen Offizier. Alles umsonst.«

Günter Weber schluckte schwer, und seine Lippen zitterten. Es kostete ihn Überwindung zu sprechen. Schließlich sagte er: »Ich verlange, daß mein Einspruch festgehalten wird und in meine Akte kommt, Herr Major.«

»Ihrem Verlangen wird stattgegeben, Herr Weber, aber Sie müssen den Befehl ausführen. Heil Hitler.«

Weber verließ mit dem Hitlergruß das Büro des Offiziers. Er lehnte sich draußen an die Wand und zündete sich eine Zigarette an, aber seine Hände zitterten so sehr, daß sie ihm gleich aus der Hand fiel. Im Büro sinnierte der Major darüber nach, daß dafür, da der Befehl ursprünglich ja von oben kam, Oberst Barge oder vielleicht jemand in Berlin verantwortlich war. Letztlich ging es natürlich auf den Führer zurück. »Das ist der Krieg«, sagte er laut und beschloß, Leutnant Webers Einspruch nicht in dessen Akte einzutragen. Es hatte keinen Sinn, seine Karriere wegen ein paar lobenswerter Skrupel zu gefährden.

»Ein Lied, Männer«, sagte Antonio Corelli, als der Lastwagen mit ihnen von einem Schlagloch ins andere rumpelte. Von den leidenschaftslosen Gesichtern der deutschen Wachen sah er auf alle seine Männer. Einer von ihnen schlotterte bereits und weinte, andere beteten, die Köpfe bis auf die Knie gebeugt, und nur Carlo saß kerzengerade da, die wuchtige Brust herausgestreckt, als könnte keine Kugel der Welt sie verletzen. Corelli fühlte eine sonderbare Euphorie, als hätten die Erschöpfung und die untrügliche Erregung des sicheren Wissens ihn berauscht gemacht. Warum nicht dem Tod ins Gesicht lächeln? »Kommt, wir singen was«, forderte er noch einmal. »Carlo, sing.«

Carlo fixierte ihn mit unendlich kummervollen Augen und fing ganz leise an, ein Ave-Maria zu singen. Es war weder Schuberts noch Gounods Fassung, sondern etwas, was aus seiner eigenen Seele sickerte, und es war wunderschön, weil es sanft und lyrisch war. Die Männer hörten auf zu beten und lauschten. Einige erkannten die Noten eines Wiegenlieds, an das sie sich aus ihrer Kindheit erinnerten, andere wiederum hörten Fetzen eines Liebeslieds. Carlo wiederholte zweimal »Bitt für uns Sünder jetzt und in der Stunde unseres Todes«, hörte dann auf und wischte sich mit dem Ärmel über die Augen. Einer der Tenöre von »La Scala« stimmte den »Summchor« aus *Madame Butterfly* an, und bald stimmten andere mit ein oder stiegen wieder aus, je nachdem, wie ihre zugeschnürten Kehlen es zuließen. Diese einlullende Melodie hatte etwas Tröstliches und Angemessenes; sie paßte zu den erschöpften Männern, alle dreckig und zerlumpt, alle an der Schwelle des Todes, alle vom Leid zu niedergedrückt, um selbst zu den liebgewonnenen Gesichtern der Kameraden, die sie bald verlieren würden, aufzublicken. Das Summen fiel ihnen leicht, weil sie dabei an ihre Mütter denken konnten, ihre Dörfer, ihre Kindheit in den Weinbergen und Feldern, an die Umarmungen ihrer Väter, den ersten Kuß einer angebeteten Verlobten, die Hochzeit einer Schwester. Genauso leicht fiel ihnen das fast unmerkliche Schwanken zu diesem Lied und der nachdenkliche Blick auf diese Insel, auf der es so viele trunkene Nächte, ruppige Spiele und schöne Mädchen gegeben hatte. Es fiel ihnen leichter, zu summen, als an den Tod zu denken; das Herz war mit etwas beschäftigt.

Als der Laster bei den rosa Mauern des Bordells ankam, schlotterten Günter Weber die Knie. Er hatte wohl bereits vor Ankunft des Wagens gewußt, daß das Schicksal ihn dazu aufgerufen hatte, seine Freunde zu ermorden.

Er hatte nicht erwartet, daß sie singend ankommen und genau das Lied summen würden, das er mit »La Scala« spätnachts im Haus des Arztes angestimmt hatte, wenn sie schon zu sehr hinüber waren, um sich noch an einen anderen Text zu erinnern oder ihn vorzutragen. Er hatte nicht erwartet, daß sie so leicht vom Laster springen würden, er hatte gedacht, sie müßten mit Bajonetten und Gewehrkolben gestoßen und herabgeschubst werden. Er hatte nicht erwartet, daß Antonio Corelli ihn erkennen und ihm zuwinken würde. Vielleicht hatte er angenommen, daß das Gesicht eines Mannes sich verändert, wenn er zum Vollstrecker wird. Er bestimmte einen Feldwebel dazu, seine Freunde vor die Wand zu treiben, zündete sich noch eine Zigarette an und wandte das Gesicht ab. Er sah zu, wie seine Soldaten stumm umherliefen, und entschied, noch für den Fall zu warten, daß eine Aufhebung der Vollstreckung durchgegeben würde. Er wußte, sie würde nie kommen, aber er wartete trotzdem.

Endlich machte er auf dem Absatz kehrt, da er wußte, daß er einen letzten Rest Anstand wahren mußte, und ging auf die Italiener zu. Mehr als die Hälfte von ihnen betete, am Boden kniend, und andere weinten wie Kinder bei einem Todesfall. Antonio Corelli und Carlo Guercio umarmten sich. Weber langte nach seiner Packung Zigaretten und trat auf sie zu. »Zigarette?« fragte er sie, und Corelli nahm sich eine, während Carlo ablehnte. »Der Arzt hat gesagt, es schadet meiner Gesundheit«, meinte er.

Corelli sah seinen früheren Schützling an und sagte: »Deine Hände zittern – und deine Beine auch.«

»Antonio, es tut mir so leid, ich habe versucht ...«

»Ich bin sicher, das hast du, Günter. Ich weiß doch, wie das läuft.« Er nahm einen tiefen Lungenzug und fügte hinzu: »Eure Gruppe hat immer den besten Tabak bekommen. Das hat den Arzt geärgert.«

»*Così fan tutte*«, sagte Weber und ließ ein kurzes, hohles Lachen hören. Er hustete und hielt sich linkisch die Hand vor den Mund.

»Verpaß uns nicht noch eine Erkältung«, meinte Carlo.

Webers Gesicht zuckte vor unterdrückten Tränen und vor Verzweiflung, und schließlich sagte er unvermutet: »Verzeiht mir.«

Carlo antwortete höhnisch: »Dir wird nie verziehen.« Doch Corelli hob die Hand, um seinen Freund zum Schweigen zu bringen, und sagte leise: »Günter, ich verzeihe dir. Wenn ich es nicht tue, wer dann?«

Carlo stöhnte angewidert auf, und Weber streckte die Hand aus. »Lebe wohl, Günter«, sagte Corelli und ergriff sie. Er hielt die Hand seines früheren Freundes lange umfaßt, schüttelte sie kurz ein letztes Mal und ließ sie dann erst los. Er hängte sich bei Carlo ein und lächelte ihm zu. »Komm«, sagte er, »wir zwei sind im Leben Gefährten gewesen. Laß uns gemeinsam ins Paradies eingehen.«

Es war ein herrlicher Tag zum Sterben. Einige weiche Hitzewolken bekränzten den Gipfel des Ainos. In der Nähe war das Bimmeln von Ziegenglocken und das Meckern einer Herde zu hören. Er merkte, daß seine Beine zitterten und daß er nichts dagegen unternehmen konnte. Er dachte an Pelagia mit ihren dunklen Augen, ihrem aufbrausenden Wesen, ihrem schwarzen Haar. Er hatte das Bild vor sich, wie sie im Eingang der »Casa Nostra« stand und lächelte, als er sie fotografierte. Eine Folge von Bildern: Pelagia, die Psipsina kämmte und mit einer piepsigen, dem Tier angemessenen Stimme mit ihr sprach; Pelagia beim Zwiebelhacken, die sich Tränen aus den Augen wischte und lächelte; Pelagia, die ihn schlug, als ihre Ziege gestohlen worden war (ihm fiel ein, daß er sie nie wie versprochen ersetzt hatte –

402

vielleicht sollte er um einen Aufschub der Exekution bitten?); Pelagia voll Begeisterung, als er das erste Mal Pelagias Marsch spielte; Pelagia, die Günter Weber auf die Wange küßte, als er ihr das Grammophon versprach; Pelagia beim Häkeln einer Decke, die eigentlich von Tag zu Tag kleiner wurde; Pelagia, die angesichts der Asymmetrie der Stickerei auf der Weste verlegen war; Pelagia, die ihm ins Ohr kreischte, als die Bremsen des Motorrads versagten und sie einen Berghang hinabpurzelten; Pelagia, Arm in Arm mit ihrem Vater, bei der Rückkehr vom Strand. Pelagia, die so keck und wohlgerundet gewesen war, nun aber so bleich und dünn aussah.

Der Oberfeldwebel trat zum Leutnant. Er war Kroate, einer dieser gewalttätigen Fanatiker, die nationalsozialistischer und erheblich unliebenswürdiger als Goebbels waren. Weber hatte nie verstanden, wie dieser Mann zu den Grenadieren gekommen war. Er sagte: »Herr Leutnant, es werden noch mehr kommen. Wir können es nicht weiter hinauszögern.«

»Sehr wohl«, antwortete Weber und schloß die Augen, um zu beten. Es war ein wortloses Gebet, an einen unempfänglichen Gott gerichtet.

Das Blutvergießen hatte nichts von der rituellen Förmlichkeit, wie sie Filme und Gemälde vorgaukeln können. Die Opfer wurden nicht in einer Reihe an die Wand gestellt. Ihnen wurden nicht die Augen verbunden, ihre Gesichter wurden nicht einheitlich ausgerichtet. Viele durften knien bleiben, betend, weinend oder flehend. Einige lagen im Gras, als wären sie bereits umgemäht worden, rissen mit den Händen Erdklumpen heraus und scharrten verzweifelt. Einige kämpften sich ganz nach hinten durch. Andere standen lässig rauchend wie auf einem Fest da, und Carlo nahm neben Corelli Haltung an, froh, endlich zu sterben, und mit dem festen Entschluß im Herzen, sein Leben wie ein Soldat zu beenden. Corelli steckte eine Hand in die Hosentasche, um das Zucken seines Beins zu unterdrücken, knöpfte seine Jacke auf und sog tief die kephallonische Luft ein, die Pelagias Atem enthielt. Er roch Eukalyptus, Ziegendreck und das Meer. Auf einmal fiel ihm ein, daß der Tod vor einem Bordell etwas Pittoreskes hatte.

Die jungen deutschen Soldaten hörten den Befehl zum Feuern und schossen ungläubig. Diejenigen, die die Augen offenhielten,

403

zielten daneben, in die Luft oder so, daß sie nicht tödlich trafen. Die Gewehre in ihren Händen zuckten und ratterten, und ihre Arme wurden taub und verkrampft durch die Panik und die Rüttelei. Der kroatische Feldwebel zielte genau, gab kurze und sorgfältige tödliche Feuerstöße ab, so gewissenhaft wie ein Zimmermann oder ein Fleischer, der Lendenstücke heraustrennt.

Weber schwirrte der Kopf. Seine ehemaligen Freunde, die im waagerechten Regen umhersprangen und tanzten, schrien auf. Sie fielen auf die Knie, fuchtelten mit den Händen herum, hatten den Gestank von Kordit, versengtem Stoff und Öl in der Nase und den trockenen und staubigen Beigeschmack von Blut im Mund. Einige standen wieder auf, breiteten die Arme wie Christus aus, entblößten die Brust in der Hoffnung auf einen rascheren Tod, einen kürzeren Weg durch den Schmerz, die Vollendung ihres Untergangs. Niemand, nicht einmal Weber, hatte gesehen, daß Carlo beim Feuerbefehl elegant einen Schritt zur Seite machte wie ein Soldat, der sich in Reih und Glied stellt. Antonio Corelli, von Heimweh und Vergessenheit benebelt, hatte auf einmal die titanische Körperfülle von Carlo Guercio vor sich, spürte seine Hände im schmerzhaften Griff jener mächtigen Fäuste und konnte sich plötzlich nicht mehr rühren. Verwundert starrte er mitten auf Carlos Rücken, als ausgefranste und erschreckende Löcher aus dessen Körper brachen, aus denen Fetzen von zerrissenem Fleisch und scharlachrote Blutfontänen spritzten.

Carlo hielt unerschütterlich stand, als eine Kugel nach der anderen sich wie ein weißglühender, messerscharfer Parasit in seine Brustmuskeln bohrte. Er verspürte Schläge, als würde eine Axt seine Knochen zersplittern und seine Adern zerhacken. Er stand vollkommen still, und als sich seine Lungen mit Blut füllten, hielt er den Atem an und zählte: »Uno, due, tre, quattro, cinque, sei, sette, otto, nove …« Er beschloß mit der Willkür seiner Furchtlosigkeit, stehend bis dreißig zu zählen. Bei jeder geraden Zahl dachte er an den in Albanien sterbenden Francisco, und bei jeder ungeraden packte er Corelli fester. Gerade als er meinte, jetzt würde er umkippen, war er bei dreißig angelangt, und da blickte er in den Himmel, spürte, wie eine Kugel in die Backenknochen einschlug, und warf sich nach hinten. Corelli lag unter ihm, vom Gewicht Carlos gelähmt, ganz mit dessen Blut getränkt, von einem so unbegreiflichen und unbeschreiblichen Akt der Liebe betäubt und so von göttlichem Wahnsinn erfüllt, daß er die Stimme des Feldwebels nicht hörte.

»Italiener, es ist alles vorbei. Wer von euch noch lebt, soll jetzt aufstehen, und er wird am Leben gelassen.«

Er sah nicht, daß zwei oder drei aufstanden, die Hände über ihre Wunden gekrampft, einem hatte es sogar die Gedärme herausgerissen. Er sah nicht, wie sie taumelten, aber er hörte das erneute Knattern der Schnellfeuerwaffe, als der Feldwebel sie niedermähte. Dann hörte er einzelne Schüsse, als Weber mit zitternder Hand und vor Entsetzen ganz von Sinnen zwischen den Toten herumlief und mit einem scheinbaren Gnadenschuß ihr Ableben sicherstellte. Neben seinem Kopf erblickte er Webers Kanonierstiefel und sah, daß dieser sich bückte und direkt in seine Augen sah, während er noch unter Carlos massigem Gewicht eingeklemmt lag. Er sah den wackelnden Lauf der Luger sich seinem Gesicht nähern, sah den abgrundtiefen Kummer in Webers braunen Augen und dann, wie die Pistole unabgefeuert weggeschwenkt wurde. Er versuchte, freier durchzuatmen, merkte aber, daß das nicht so leicht ging, nicht nur wegen Carlos Gewicht, sondern weil die Kugeln, die seinen Freund so zerstörerisch durchschlagen hatten, ihn selbst auch getroffen hatten.

57

Feuer

Corelli lag mehrere Stunden unter seinem Freund. Das Blut der beiden mischte sich im Boden, in den Uniformen und in ihrem Fleisch. Erst am Abend kam Velisarios zu diesem wirren Haufen schauerlicher menschlicher Überreste und erkannte den ihm von der Körpergröße ebenbürtigen Mann, der ihm einmal über die Barrieren der Feindschaft hinweg die Hand gereicht und ihm eine Zigarette angeboten hatte. Er blickte in die leer starrenden Augen, erschauerte vor dem zertrümmerten und ausgerenkten Kiefer, streckte die Hand aus und versuchte, ihm die Lider zu schließen. Er schaffte es nicht. Aber die Unwürdigkeit, solch einen Bruder den Fliegen und Vögeln zu überlassen, machte ihn betroffen. Er kniete sich hin und schob die Arme unter den massigen Rumpf und die baumdicken Beine. Mit erheblicher Mühe hob er Carlo vom Boden auf, stürzte vor Anstrengung beinahe hin und blickte nach unten. Er sah den verrückten Hauptmann, der beim Arzt untergebracht war und von dessen verstohlener und sorgfältig geheimgehaltener Liebe zu Pelagia alle auf der Insel wußten und sprachen. Seine Augen waren nicht leer, sie flackerten sogar. Auch die Lippen bewegten sich. »*Aiutami*«, sagten sie.

Velisarios lehnte Carlo gegen die kugelgespickte rosa Wand und kniete sich neben den Hauptmann. Er besah sich die schauderhaften Wunden und die dunkle Blutlache, die schon schwarz wurde, und fragte sich, ob es nicht gütiger wäre, ihn einfach vom Leben zu erlösen. »Iatro«, sagte der sterbende Mann, »Pelagia.« Der starke Mann hob ihn achtsam auf, spürte sein leichtes Gewicht und machte sich über die steinigen Felder auf den Weg, um Corellis Leben zu retten.

Niemand kennt die genaue Zahl der toten Italiener, die auf kephallonischer Erde fielen. Mindestens viertausend, möglicherweise sogar neuntausend wurden massakriert. Waren es 288 000 Kilo gemetzeltes Menschenfleisch oder 648 000? Waren es 18 752 Liter helles junges Blut oder 42 192? Die Beweise sind in Flammen aufgegangen.

Auf dem Gipfel des Ainos blickte Alekos auf sein Heimatland hinunter und fragte sich einen wahnwitzigen Augenblick lang, ob es der 24. Juni war oder der Johannistag im September? War er verlegt worden? Riesige Feuer flackerten in regelmäßigen Abständen auf, aber an Orten, wo die Feuer für den Heiligen nie angezündet worden waren. Er roch Oliven- und Fichtenholz, Kerosin, trockenes Dorngestrüpp, Harz, Öl und schmorendes Fleisch; er rümpfte angewidert die Nase. Die Italiener hatten noch nie Fleisch kochen können. Er roch den abscheulichen Gestank brennender Haare und Knochen selbst aus so großer Höhe und sah mit Bestürzung, daß der dunkle Qualm die Sterne auslöschte. Vielleicht war das Ende der Welt gekommen.

Unten in den Tälern kämpften die Deutschen gegen die historische Wahrheit an, indem sie die Beweise zerstörten und das erdrückende Wissen um ihre Schuld dadurch offenbarten, daß sie Fleisch in Rauch verwandelten. Eine Wagenladung Benzin nach der anderen wurde angekarrt. Soldaten fällten tausendjährige Ölbäume und stapelten sie so hoch um die Haufen mit den erschlafften Leichen, bis sie sie nicht mehr höher aufschichten konnten. Verächtlich deuteten sie auf einen Toten und sagten: »Der hat sich bepißt« oder »Der stinkt nach Scheiße«, aber nur wenige konnten darüber lachen. Ausscheidungen und Blut gelangten an ihre Hände und Uniformen, ein süßer und stickiger Geruch nach frischem Fleisch benebelte ihre Köpfe wie ein starkes Getränk, und Schweiß rann ihnen die Schläfen hinab, als sie sich einen verstorbenen Jungen nach dem anderen über die Schultern warfen und auf den Scheiterhaufen schmissen. Sie arbeiteten, bis ihnen die Beine einknickten und die Flammen zu heiß wurden, um sich ihnen zu nähern, aber ihre Arbeit schien kein Ende zu nehmen. Immer noch mehr Leichen trafen ein, gespenstisch zu einem Vorwurf erstarrt in diesem flackernden Licht. Sie kamen auf Lastwagen, in Jeeps, auf gepanzerte Wagen und Mulis geworfen, ein- oder zweimal auf Bahren.

Außer Arsenios war kein Priester vorhanden. Er hatte seit Monaten prophezeit, daß genau diese Jungen in den Flammen enden würden, und war von Entsetzen gelähmt, als es tatsächlich geschah. Er fühlte sich sogar verantwortlich. An jenem Abend, als alle Griechen sich in ihren Häusern hinter den Fensterläden versteckten und in die Nacht spähten, kam Pater Arsenios mit seinem Hündchen zum Feuer bei Troianata, dem größten von allen, nicht weit vom Kloster des Heiligen, und ihm bot sich ein Bild von Armageddon. Wie unsichtbar lief er unter den bleichen Gesichtern der Toten herum und mußte an katholische Abbildungen des Jüngsten Tages denken. Überall um ihn herum schufteten die dunklen und gehetzten Gestalten der deutschen Soldaten und grunzten wie Schweine, als sie eine Leiche nach der anderen in die Flammen warfen. Nicht weit entfernt hörte er den herzzerreißenden erstickten Schrei eines Jungen, der noch nicht ganz tot war und in höchster Not um sich schlug und gegen seine Verbrennung aufbegehrte.

Pater Arsenios spürte, wie der Geist in ihm sich regte, breitete die Arme weit aus und schrie mit einer Stimme, die gegen das Gebrüll der Soldaten und das Zischen und Knistern der Flammen ankämpfte. Er zückte sein Olivenholzkruzifix und warf den Kopf in den Nacken: »Ich denke der alten Zeiten, der vorigen Jahre. Ich denke des Nachts an mein Saitenspiel und rede mit meinem Herzen.

Wird denn der Herr ewiglich verstoßen und keine Gnade mehr erzeigen? Ist's denn ganz und gar aus mit seiner Güte, und hat die Verheißung ein Ende? Hat Gott vergessen, gnädig zu sein, und seine Barmherzigkeit vor Zorn verschlossen?

Weh aber dir, du Verstörer! Meinst du, du werdest nicht verstört werden? Wenn du das Verstören vollendet hast, so wirst du auch verstört werden.

Wehe euch, denn der Herr ist zornig über alle Heiden und grimmig über all ihr Heer. Er wird sie verbannen und auf die Schlachtbank werfen. Und ihre Erschlagenen werden hingeworfen werden, daß der Gestank von ihren Leichnamen aufgehen wird und die Berge von ihrem Blut fließen.

Wehe euch, denn da werden die Bäche des Landes zu Pech werden und seine Erde zu Schwefel; ja, das Land wird zu brennendem Pech werden, das weder Tag noch Nacht verlöschen wird, sondern ewiglich wird Rauch von ihm aufgehen; und es wird für und für wüst sein, daß niemand dadurchgehen wird in Ewigkeit.«

Da er nicht merkte, daß niemand ihn gehört hatte, wurde Pater Arsenios von apokalyptischem Zorn beflügelt; er umklammerte seinen Stab mit beiden Händen und brüllte: »Ich will, daß deine Blöße aufgedeckt und deine Schande gesehen werde. Ich will mich rächen, und soll mir kein Mensch abbitten. Du hast mein Erbe entweiht.« So warf er sich in die Schlacht. Sein Kruzifix nach allen Seiten schwingend, fiel er über die Schultern und Köpfe der deutschen Soldaten her. Ein Helm klirrte, müde Schultern wurden von erbitterten Schlägen gebeutelt, Hände legten sich schützend auf die Köpfe, nur um die Finger zerschmettert zu bekommen. Die Männer, die Tausende gründlich ausgerottet hatten, schienen nicht mehr zu wissen, was sie tun sollten. »Scheiße, schafft ihn doch weg, um Gottes willen!« schrien sie, und von den Umstehenden, die erleichtert stehengeblieben waren, um zuzuschauen, kamen Kommentare wie »Schaut euch den verrückten

Priester an!« Sie stießen einander an und lachten, ergötzten sich an der Verwirrung der Getroffenen. In der orangeroten Glut sah Arsenios in seiner flatternden weiten Robe wie ein blutrünstiger Vampir aus, und der Prophetenbart, die wild glitzernden Augen und der zerbeulte hohe Hut verstärkten nur den Eindruck eines aus einer anderen Welt eingesickerten Irrsinns. Sein Hündchen hüpfte und sprang um ihn herum, bellte vor Aufregung wie von Sinnen und schnappte nach den Fersen der von Arsenios gewählten Opfer.

Der Spuk hörte erst auf, als ein Soldat zu Boden ging und in Gefahr geriet, den Schädel eingeschlagen und die Hände gebrochen zu bekommen. Ein Offizier der Grenadiere zog seine Selbstladepistole, trat hinter Arsenios und feuerte einen einzigen Schuß aufwärts durchs Genick, der Hirn und Schädelknochen zur Stirn heraussprengte. Arsenios starb in einem glänzendweißen Lichtblitz, den er für die Offenbarung des Angesichts Gottes hielt, und seine ausgemergelten und spindeldürren Überreste wurden auf den Scheiterhaufen geworfen, zusammen mit den jungen Männern, deren Schicksal er vorhergesehen hatte, ohne zu ahnen, daß er es mit ihnen teilen würde.

Sein Hündchen winselte, da ihm die Flammen und die fremden Männer angst machten, aber es versuchte, sich seinem brennenden Herrn zu nähern, mußte sich jedoch immer wieder zurückziehen. Es drückte seine Verständnislosigkeit dadurch aus, daß es erst die eine Pfote, dann die andere hob und sitzen blieb, bis die Soldaten abzogen und die von Abscheu erfüllten Griechen eintrafen, die es versengt und jaulend vorfanden.

Die Einheimischen und die wenigen italienischen Soldaten, die dem Ganzen entronnen waren, näherten sich den Feuern so weit, wie es die Hitze zuließ. Ohne vorherige Absprache begannen sie, die Leichen wegzuziehen, die sie je nach Windrichtung am Rand erreichen konnten. Viele lagen noch wie verrenkte Gliederpuppen an Stellen, die nicht von den Flammen erfaßt worden waren. All die sich abplagenden Leute dachten das gleiche: Ist es das, was uns unter den Deutschen erwartet? Wie viele Burschen können es gewesen sein? Wie viele von diesen jungen Männern habe ich gekannt? Kann ich mir ihren entsetzlichen Tod überhaupt vorstellen? Kann ich begreifen, wie es ist, langsam zu verbluten? Gleicht es, wie es heißt, dem Huftritt eines Pferdes, wenn eine Kugel den Knochen durchschlägt?

Scheinbar allen zitterten die Hände und tränten die Augen. Die Leute redeten sowenig wie möglich, weil sie entweder wegen des üblen Rauchs von schmorendem Fleisch oder wegen des quälenden Leids kaum sprechen konnten. Zu zweit oder zu dritt trugen sie die Leichen zu Höhlen und Spalten, zu hastig aufgeworfenen, aber geräumigen Gräbern, zu Löchern, wo sie in der Vergangenheit Geld und Wertsachen vor den Steuerbeamten oder Zollfahndern versteckt hatten. Gruppenweise wurden die Orte abgesucht, wo es Kämpfe gegeben hatte, und diejenigen Leichen geborgen, die die Nazis nicht gefunden hatten. Orthodoxe Gebete wurden hastig über katholischen Seelen gesprochen, und es wurde bemerkt, daß keiner Ringe oder Bargeld an sich hatte. Die Leichen waren ausgeraubt, Finger abgehackt, Goldzähne gezogen und Silberkettchen mit dem Kruzifix abgenommen worden.

Im Morgengrauen hing zäh eine dunkle Wolke über dem Land und verfinsterte die Sonne, und die Leute gingen in ihre Häuser zurück und sperrten die Türen zu, bis es dunkel wurde. Im Himmel über Kephallonia hatte sich der Rauch von General Gandin mit dem seiner Männer vermischt. Er war einer der ersten, die sterben mußten, ein ehrenhafter, ritterlicher und betagter Soldat der alten Schule, der seinen Feinden vertraut und seine Männer zu retten versucht hatte. Er starb aufrecht und unerschütterlich in dem Wissen, daß seine häufigen Meinungswechsel und sein skrupelhaftes Zögern sie so sicher getötet hatten wie die Salven, die nun sein Blut auf die Felsen spritzten. Bald würde der Rest seiner Offiziere von der Mussolini-Kaserne in Argostoli weggebracht werden, und auch sie würden in den Flammen schmoren und schrumpfen.

Am Abend kamen die Griechen wieder heraus, zogen leblose Körper aus den Brunnen und Gruben, wobei ihnen wieder auffiel, daß keiner eine Uhr, einen Füller oder eine einzige Münze bei sich hatte. Sie fanden Fotos von lachenden Mädchen, Liebesbriefe, Bilder von lächelnd aufgereihten Familien. Sie entdeckten, daß viele Soldaten sich angesichts der unmittelbar bevorstehenden Auslöschung entschieden hatten, auch von jenseits des Grabes noch zu sprechen, und Adressen auf die Rückseite von Karten oder Fotos gekritzelt hatten – in der rührenden Hoffnung, irgend jemand würde einen Brief schreiben, irgend jemand würde die Nachricht übermitteln. Auf vielen Briefen war die Tinte zerlaufen, als hätten den Leser im Freien einige schwere Regentropfen überrascht.

Sie wußten nicht, daß die Deutschen, die aus der vorigen Nacht rasch ihre Lehren gezogen hatten, nun ihre körperlichen Strapazen verminderten, indem sie die Offiziere zwangen, ihre eigenen Toten zu den Lastern zu tragen, und sie erst erschossen, als die Arbeit erledigt war. Sie wußten nicht, daß es einen Leutnant Weber gab, der nicht der einzige Nazi war, den seine eigenen pflichtgetreuen Schandtaten irrsinnig gemacht und gebrochen hatten. Doch sie sahen wieder die gleichen Feuer und waren fassungslos, als dieselbe üble Geruchsmischung in ihre Häuser und Kleider drang, und wiederum taten sie ihr Bestes, um die Leichen mitten in der Nacht zu bergen, während die langgezogenen Schatten von Bäumen und Menschen um die aufzüngelnden orangeglühenden Scheiterhaufen einen Totentanz aufführten.

Am folgenden Tag verbreitete sich das Gerücht, St. Gerasimos wäre in der Dunkelheit herumgewandert und dann wieder in seinen Katafalk zurückgekehrt, denn angeblich hatten die Nonnen ihn am Morgen mit Tränenspuren auf seinen eingeschrumpften, ledrigen schwarzen Wangen und scharlachrotem Blut auf der Vergoldung und dem Samt seiner Schuhe gefunden.

58

Operation und Totenfeier

Als in der Dämmerung plötzlich die Tür aufgestoßen wurde, war Pelagias erster Gedanke, es wären die Deutschen. Sie wußte, daß alle Italiener tot waren.

Wie alle anderen hatte sie den ersten Kampflärm gehört – das mechanische Rattern der MGs, das abgehackte Knallen der Gewehre, die kurzen Feuerstöße der Selbstladepistolen, die gedämpften, tiefen Paukenschläge der Granaten – und danach das endlose Feuern der Exekutionskommandos. Durch die Fensterläden hatte sie Lastwagen auf Lastwagen vorbeifahren sehen, alle entweder voll von triumphierenden Grenadieren oder erschlafften Körpern von Italienern, denen das Blut aus den Mundwinkeln rann und deren Augen in die Unendlichkeit starrten. Nachts war sie mit ihrem Vater hinausgegangen, dessen Wangen vor Zornestränen und Mitleid bebten, und hatte sich aufgemacht, um unter den bei den ungeheuerlichen Feuern verstreut liegengelassenen Körpern Überlebende zu finden, die noch zu retten waren.

Sie hatte die Sprache verloren, nicht vor Angst oder Kummer, sondern vor einer grauenhaften Leere.

Das Leben war also schon vorbei. Sie wußte, daß Frauen, die jung und hübsch waren, von den Deutschen abtransportiert wurden, da ihre Bordelle sich nicht aus Freiwilligen rekrutierten. Sie wußte, daß sie voller terrorisierter und gequälter Mädchen aus der Gegend zwischen Polen und Slowenien steckten und daß die Nazis sie bei den ersten Anzeichen von Widerstand oder Krankheit erschossen. Sie hatte am Tisch gesessen, die Gedanken voller Erinnerungen, während sie hin und wieder um sich blickte und zum letzten Mal die alltäglichen Kleinigkeiten des Lebens in sich aufnahm, die Verdickungen unten am Tischbein, die verbeulten Pfannen, die sie so dünn gescheuert hatte, die unerklärliche Farblosigkeit einer der Bodenfliesen, das verbotene Bild von Metaxas an der Wand, das ihr Vater dort aufgehängt hatte, obwohl er ein unversöhnlicher Venizelist war. Sie hatte die Hand in der Schürzentasche, und wenn die Deutschen kämen, würde sie einen von ihnen erschießen, so daß wiederum sie sie erschießen müßten. Die kleine Derringer schien für die Aufgabe ungeeignet, aber schließlich hatte ihr Vater noch eine italienische Pistole und fünfzig Patronen, die jemand, vielleicht ein Mitglied von »La Scala«, vor ihrer Tür als freudloses Vermächtnis hatte liegenlassen.

Demnach war sie, als die Tür aufflog, bestürzt, aber es lief alles mit der narrativen Unvermeidlichkeit eines oft gelesenen Schmökers ab. Sie stand rasch auf, schloß die Hand um die Waffe – aus ihrem Gesicht war jede Farbe gewichen – und erblickte Velisarios, der wie ein Hund keuchte, von der Hüfte abwärts blutbesudelt war und dessen Augen in der übernatürlichen Kraft strahlten, mit

412

der ihn das Schicksal von Geburt an ausgestattet hatte. »Ich bin gerannt«, stieß er hervor und schritt zum Tisch, wo er sanft das jämmerliche Bündel niederlegte, das so schlaff, entspannt und friedlich wie alle anderen der tausend Toten war, die sie in der letzten Nacht gesehen hatte. »Wer ist das?« fragte Pelagia, die sich wunderte, warum der starke Mann sich mit einem unter den vielen abgegeben hatte.

»Er lebt noch«, sagte Velisarios. »Es ist der verrückte Hauptmann.«

Sie bückte sich rasch, während Entsetzen und Hoffnung in ihrem Herzen miteinander rangen. Sie erkannte ihn nicht. Zuviel geronnenes Blut, zu viele Fetzchen und Klümpchen Fleisch, zu viele Löcher im Brustgewebe, aus denen immer noch Blut sikkerte. Sein Gesicht und sein Haar glänzten und waren blutverkrustet. Sie wollte ihn berühren, zog aber die Hand wieder zurück. Wo sollte sie so einen Mann berühren? Sie wollte ihn umarmen, aber wie sollte sie einen so gebrochenen Mann in die Arme nehmen?

Die Leiche öffnete die Augen, und der Mund lächelte. »Kalimera, Koritsimou«, sagte der.

Sie erkannte die Stimme. »Es ist schon Abend«, sagte sie idiotischerweise, da ihr nichts Tiefsinniges einfiel.

»Dann Kalispera«, murmelte er und schloß die Augen.

Pelagia blickte mit vor Verzweiflung weit offenen Augen zu Velisarios auf und sagte: »Velisarios, du hast noch nie etwas Großartigeres getan. Ich werde meinen Vater holen. Bleib bei ihm.«

Es war das erste Mal, daß eine Frau je die Kapheneia betrat. Dort war nicht mehr alles beim alten, aber der Ort war noch immer den Männern heilig, und als sie hereinplatzte und die Tür des riesigen Schranks aufzog, wo die Männer BBC hörten (die gesamte Division Venezia der italienischen Armee war zu Titos Partisanen übergelaufen), war die Explosion der Entrüstung fühlbar. Eine Wolke von Zigarettenqualm drang aus dem Inneren, und da waren ihr Vater und vier Männer, alle kerzengerade in diesem engen Raum, die sie mit einer Verärgerung anstarrten, die schon an Haß grenzte. Kokolios brüllte sie an, aber sie zog ihren protestierenden Vater an der Hand aus dem Lokal.

Der Arzt sah sich den Körper an und wußte, daß er nie einen

schlimmeren Fall vor sich gehabt hatte. Da war genug Blut, um die Adern eines Pferdes zu füllen, und es gab genug Fleischfetzen, um die Krähen monatelang zu füttern. Zum ersten Mal in seiner ärztlichen Laufbahn fühlte er sich bezwungen und nutzlos, und er ließ die Hände sinken. »Es wäre gütiger, ihn zu töten«, sagte er, und bevor Velisarios sich anschließen konnte mit »Das hab ich mir auch gedacht«, hämmerte Pelagia empört und aufgebracht mit beiden Händen auf die Brust ihres Vaters ein und trat mit den Füßen gegen seine Schienbeine. Velisarios ging dazwischen, legte ihr einen Arm um die Taille und lüpfte sie dorthin, wo gewöhnlich seine Muskete ihren Platz hatte, auf den natürlichen Sims seiner Hüfte, wo sie heulend auf seine Schenkel einschlug.

Und so kam es, daß Wasser aufgesetzt und die Fetzen von Corellis Uniform behutsam weggeschnitten wurden. Pelagia riß in wilder Hast nicht nur ihre eigenen Bettlaken, sondern auch noch die ihres Vaters in Streifen. Danach holte sie jede Flasche Spiritus, die ihr Vater versteckt hatte, und sicherheitshalber noch seinen geschätzten Vorrat an Inselwein.

Dr. Iannis jammerte, als er das Blut abwischte. »Was soll ich denn machen? Ich bin nicht entsprechend ausgebildet. Ich bin kein richtiger Chirurg. Ich habe keinen Kittel, kein Haarnetz, keine Handschuhe, nichts von dem Penizillin, von dem ich gehört habe. Kein Röntgengerät, kein steriles Wasser, kein Serum, kein Plasma, kein Blut ...«

»Sei still, sei still, sei still«, schrie Pelagia, deren Herz nun vor Panik und Entschlossenheit raste. »Ich hab schon gesehen, wie du einen Bruch mit einem Zehn-Zentimeter-Nagel zusammengefügt hast. Halt den Mund, und mach dich an die Arbeit.«

»Jesus!« sagte der eingeschüchterte Arzt.

Weil Dr. Iannis nicht wußte, daß das meiste Blut und Fleisch vom breiten Rücken Carlo Guercios stammte, erschien es ihm wohl wie ein Wunder des Heiligen, daß Antonio Corelli dann tatsächlich so wenige Wunden aufwies. Sobald er gesäubert war und ein Haufen blutiger Lumpen vom Boden aufgeklaubt und zum Abkochen gebracht worden war, wurde deutlich, daß der Hauptmann sechs Kugeln in der Brust, eine im Unterleib, einen Einschuß im rechten Arm und eine häßliche, aber ungefährliche Schramme an der Wange hatte.

Aber es schien dennoch aussichtslos. Der Arzt kannte sich zu gut aus, um Optimist zu sein, und wußte zuwenig Bescheid, um seinem Pessimismus abzuhelfen. In diesen Löchern würden sich Uniformfetzen und von den Kugeln nach innen gedrückte Lufttaschen befinden, dazu Rippensplitter, die er nicht lokalisieren könnte. Aus der Entzündung durch eine Myriade von Mikroben würde sich Osteomyelitis entwickeln, die ihr Gift durch das Mark ins Blut schicken und zum Tod durch Sepsis führen würde. Der Arzt wußte, daß Kugeln an Stellen sitzen konnten, die einen massiven Blutverlust auslösen würden, wenn er sie entfernte, aber eine unaufhaltsame Infektion herbeiführen würden, wenn er sie nicht herausnähme. Es konnte sich auch schon ein Hämothorax gebildet haben, ein Bluterguß in der Brusthöhle. Über kurz oder lang könnte Gasbrand entstehen. Knochensplitter wären von Stellen zu entfernen, die er beim besten Willen nicht aufspüren konnte. Der Arzt öffnete eine der Rakiflaschen, nahm einen tiefen Zug und reichte sie an Velisarios weiter, der aus Solidarität das gleiche tat und im Raum blieb, gebannt von dem ganzen Vorgang.

Dr. Iannis nahm seinen Verstand zusammen und erkannte, daß es keinen Sinn hatte, voreilige Schlüsse zu ziehen. Ein Chirurg untersucht erst und denkt später. Noch den Anisgeschmack im Mund und das tröstliche Brennen des Schlückchens Alkohol im Magen, holte er sich eine Sonde und führte sie sanft in jede Wunde ein, bis sie auf die Kugel stieß. Ihm fiel auf, daß die Löcher überraschend weit waren und alle einen gelben Prellungsrand aufwiesen. Warum waren die Löcher so weit?

Er richtete sich verdutzt auf. Die Löcher waren nicht einmal tief. Die Kugeln hätten eigentlich saubere Durchschüsse verursachen und im Rücken des Opfers Krater hinterlassen sollen, aus denen das Blut nur so spritzte, fiel ihm plötzlich ein. »Tochter«, sagte er, »ich schwöre bei allen Heiligen, daß dieser Mann ein Fleisch aus Eisen hat. Ich glaube, er wird durchkommen.« Er langte nach seinem Stethoskop und horchte. Das Herz schlug schwach, aber regelmäßig. »Antonio«, rief er, und Corelli schlug die Augen auf und versuchte zu lächeln. »Antonio, ich werde Sie operieren. Ich habe nicht viel Morphium. Können Sie trinken? Es wird Ihr Blut verdünnen, aber es muß trotzdem sein.«

»Pelagia«, hauchte Corelli. Velisarios hielt den Kopf des Hauptmanns hoch, und Pelagia flößte ihm eine Tasse Raki ein, während der Arzt ein dreiviertel Gramm Morphium präparierte. Er würde die gleiche Menge jede halbe Stunde injizieren, wenn nötig, und jede halbe Stunde würde der Hauptmann Raki schlucken müssen, wenn das gleichfalls notwendig war. »Ich brauche soviel Licht wie möglich«, sagte der Arzt, und Pelagia holte aus den Zimmern alle Lampen, die Velisarios dann in der Küche anzündete. Draußen war es finster, die Eulen schrien zu dem metallischen Zirpen der Grillen und den anderen Naturgeräuschen dieses trügerischen Friedens. Psipsina kam mit der ersten in der Nacht gefangenen Maus im Maul herein, und Pelagia scheuchte sie hinaus.

In den einen Arm injizierte der Arzt Morphium, und in den anderen sicherheitshalber und aus keinem bestimmten Grund außer seiner Intuition zehn Zentiliter einer Lösung aus Zucker und Salz, die Pelagia in einem Tiegel zusammengemischt hatte. Sie konnte kaum mit ansehen, wie der Körper des von ihr geliebten Mannes gepikt und gestochen wurde, aber sie wußte, daß sie gleich noch sehen würde, wie er aufgeschlitzt und aufgeschnitten wurde. Aber während sie auf diesen bleichen, durchlöcherten, hilflos wie ein Wurm daliegenden Körper voller Blut blickte, erkannte sie, daß es nicht direkt der Körper war, der geliebt wurde. Sie liebte den Menschen, der aus den Augen hervorleuchtete und seinen Mund zum Lächeln und Sprechen gebrauchte. Sie hielt die Finger des Musikers in der Hand und schaute auf die sorgfältig gepflegten Nägel. Wenigstens war die Nagelhaut rosig. Sie bewunderte nicht die Hände, sondern den Mann, der sie über die Mandolinenbünde gleiten lassen konnte. Wie oft hatte sie sich schon vorgestellt, wie sie über ihre Brüste glitten? Der Arzt nahm ihre Verträumtheit wahr und sagte: »Sitz nicht so rum. Mach dich an die Wunden im Gesicht und am Arm. Säubere sie, schneide die Fetzen ab, desinfiziere sie und nähe sie zu. Willst du Ärztin werden oder nicht? Und wir brauchen noch mehr kochendes Wasser, eine ganze Menge. Und wasch dir die Hände, besonders unter den Nägeln.«

Sie stand auf, blinzelte und rührte keinen Finger. »Bist du sicher, daß er bewußtlos ist? Ich möchte ihm nicht weh tun.«

»Ich werd ihm noch viel mehr weh tun als du.« Er schlug Corelli ins Gesicht und schrie: »Antonio, deine Mutter ist eine Hure.« Es kam keine Reaktion, und so sagte der Arzt: »Er ist weg.«

»Seine Mutter ist tot«, sagte Pelagia vorwurfsvoll. »Trink keinen Raki mehr, wenn dir davon solche Worte in den Mund kommen.« Draußen rumpelte ein deutscher Panzerwagen vorüber, und alle drei blieben stocksteif stehen, bis er vorbei war. »Schweine«, sagte Velisarios.

Pelagia wurde in dieser Stunde die ganze Ungeheuerlichkeit dessen deutlich, um was sie ihren Vater gebeten hatte. Ihr zitterten die Hände, und sie konnte sich kaum überwinden, diese Wunden zu berühren. Zunächst betupfte sie sie zaghaft und war entsetzt, als sie aufblickte und ihren Vater sah, wie er tatsächlich großzügig das Fleisch um die Schußwunden wegschnitt. »Das nennt man Wundexzision«, erklärte er ihr, »und ich mag's auch nicht, aber es hilft; wenn du es nicht magst, dann schau nicht hin. Ich entferne das gesamte geschädigte Gewebe. Du solltest es genauso machen.« Pelagia kämpfte den Drang, sich zu übergeben, nieder, und Velisarios trat zurück und setzte sich mit dem Rücken zur Tür auf den Boden. Er würde ihnen bei der Arbeit zuschauen, sich aber die Einzelheiten ersparen.

Der Arzt fing mit der Kugel im Unterleib an, da er mit etwas beginnen mußte, was relativ ungefährlich war, um sein Selbstvertrauen zu stärken. Er fand sie nicht weit unter der Haut, pickte sie mit seiner Zange heraus und wunderte sich über die abgeplattete und verzogene Form. »Es ist ein Wunder«, sagte er, während er sie Pelagia zeigte, die mit einer flachen Arztschere ein eingerissenes Fleischfetzchen abschnippelte. »Wie erklärst du dir das?«

»Er war hinter dem Mann, der so groß ist wie ich«, meldete sich Velisarios. »Der große Mann hat ihn hinter sich gehalten, so.« Velisarios stand auf und streckte die Hände nach hinten aus, um vorzuführen, wie jemand die Handgelenke eines anderen umklammern konnte. »Er hat den verrückten Hauptmann immer noch festgehalten, als ich ihn aufhob. Ich habe erst gemeint, er sei zu schwer. Ich glaube, er hat diesen Mann zu retten versucht.«

»Carlo«, sagte Pelagia und brach plötzlich in Tränen aus. Ihr Vater wollte sie schon trösten, merkte aber, daß er ihr den Kopf nur mit Blut vollschmieren würde. Carlo war das erste Mitglied von »La Scala«, von dessen sicherem Tod sie nun wußten. »Kein

Mann, der so gestorben ist, ist umsonst gestorben«, verkündete der Arzt, der an den Worten fast erstickte. Er wollte in Tränen ausbrechen, beherrschte sich aber und entfernte und inspizierte, um sich abzulenken, einen Fetzen versengten Stoff aus der Wunde vor ihm. Pelagia wischte sich mit dem Ärmel ihres Kleids die Tränen ab und sagte: »Antonio hat immer gesagt, Carlo sei der Tapferste in der Armee.«

»Alles nutzlos«, kommentierte der Arzt, der damit unbemerkt seiner früheren Aussage widersprach. »Velisarios, ist die Leiche des Mannes noch dort? Wir würden sie gern beerdigen, damit sie nicht verbrannt wird.«

»Wir haben schon Ausgangssperre, Iatre«, sagte der starke Mann, »aber ich werde gehen, wenn du es verlangst. Auf dem Weg könnte ich eventuell einen Deutschen umbringen, wer weiß?« Er ging fort und war froh, aus dem schauerlichen Operationszimmer zu kommen, wo die Emotionen so hochschlugen und die Seufzer so zahlreich waren, daß sie ihn krank machten. Er atmete tief die kühle Herbstluft ein und machte sich noch einmal auf den Weg über die Felder.

Der Arzt säuberte die Wunde fertig, tupfte sie mit Alkohol ab und füllte sie mit Sulfonamidpulver. Das hatte er vom hypochondrischen Quartiermeister mit den Hühneraugen bekommen. Zweifellos hatte seine Seele ihn inzwischen zusammen mit all seinen eingebildeten Wehwehchen verlassen, und zweifellos waren seine wohligen Fettpolster viel zu früh dem Feuer anheimgefallen. Eine unermeßliche Wolke der Traurigkeit hing für jeden greifbar in der Luft. Es war besser, sich auf den Hauptmann zu konzentrieren. Dr. Iannis schnitt einen Hautlappen ab, drehte ihn und bedeckte das von ihm erzeugte Loch. »Wenn du fertig bist«, sagte er seiner Tochter, »dann stickst du das zusammen. In meiner Tasche ist Fallschirmleine, du mußt sie nur auffasern. Es gibt nichts Besseres.«

Pelagia überkam ein Gefühl empörender Unwirklichkeit. Da stand sie und flickte ihren Geliebten so akkurat und sorgfältig zusammen, wie sie es bei der Arbeit an der asymmetrischen Weste und von den geduldigen Anweisungen einer Tante gelernt hatte, und neben ihr war ihr Vater, der behutsam Knochensplitter und plattgedrückte Kugeln aus der Brust desselben Mannes holte und dabei alles über Krepitation, Facies hippocratica und alle möglichen anderen Komplikationen erzählte, deren Bedeutung ihr zu unklar war, um erschreckende Prognosen heraufzubeschwören. Sie widmete sich dem Gesicht des Hauptmanns und säuberte die tiefe Schramme. Sie überlegte, ob sie sie von selbst heilen lassen oder vernähen sollte. »Das hängt davon ab«, sagte der Arzt, der eine weitere Morphiumspritze präparierte, »ob du ihn mit einem schiefen Lächeln haben willst oder nicht. Du hast die Wahl zwischen dem oder einer breiten Narbe. Beides kann ganz reizend sein, wer weiß?«

»Eine Narbe kann ganz romantisch sein«, meinte Pelagia.

»Diese Narben«, sagte der Arzt und deutete mit dem Skalpell auf die Brust, »werden ziemlich scheußlich sein. Wenn er's überlebt.«

Velisarios begrub die sterblichen Reste von Carlo Guercio noch in dieser Nacht im Hof des Arzthauses. Als er sich über Mauern und Felder schleppte, vom ekligen Geruch des Todes verfolgt, die Hände schleimig und schmierig, hatte er sich wie Atlas unter dem Gewicht der Welt gefühlt. Er hatte bald erkannt, daß seine Bürde zu schwer war, um sie so wie den Hauptmann in den Armen zu tragen, und so stolperte er schießlich mit dieser gewaltigen Last auf den Schultern dahin, als trüge er einen schweren Sack Weizen.

Im Dunkeln band er Carlos zerschmetterten Kiefer mit einem Lakenstreifen fest und fing dann an zu graben. Er mußte einige Wurzeln des Ölbaums durchhacken, förderte uralte Schichten von Steinen und Asche zutage und warf Tonscherben und Schulterblätter von Schafen heraus. Er wußte es zwar nicht, aber er begrub Carlo in einer Bodenschicht aus Odysseus' Zeit, als hätte der Schütze schon immer dorthin gehört.

Kurz vor Tagesanbruch, die Operation des Hauptmanns war endlich abgeschlossen, waren Vater und Tochter unsagbar erschöpft, aber sie kamen noch heraus, um Abschied zu nehmen von den Gebeinen dieses Helden.

Pelagia kämmte ihm das Haar und gab ihm einen Kuß auf die Stirn. Der Arzt, von Natur aus ein Heide und stets von alten Bräuchen angetan, legte auf jedes Auge eine Silbermünze und ins Grab eine Flasche Wein. Velisarios stand unten und bettete den Leichnam in die Erde. Er richtete sich auf, und da fiel ihm plötzlich etwas ein. Er holte eine zerknitterte Packung Zigaretten aus der Tasche, griff eine heraus, strich sie gerade und steckte sie dem Toten zwischen die Lippen. »Ich schulde ihm noch eine«, sagte er und kletterte heraus.

Der Arzt hielt eine feierliche Rede, während Pelagia neben ihm weinte und Velisarios den Hut in seinen Händen knetete.

»Unser Freund«, hob er an, »als Feind gekommen, ist über die Asphodeloswiesen gegangen. Wir haben herausgefunden, daß in ihm mehr Wissen um die Rechtschaffenheit steckte als in jedem anderen Sterblichen. Wir erinnern daran, daß er seine vielen Auszeichnungen für die Rettung von Leben, nicht für deren Auslöschung erhalten hat. Wir gedenken, daß er so edelmütig gestorben ist, wie er gelebt hat, tapfer und stark. Wir sind nur Eintagsfliegen, aber sein Geist wird nicht verblassen. Er war auf die schönen Seiten des Lebens bedacht und ist mitten auf seinem Pfad von blutrünstigen Männern zum Schweigen gebracht worden, deren Namen im Ablauf der Jahre in Ehrlosigkeit weiterleben werden. Auch sie werden vergehen, aber unbetrauert, und ihnen wird nicht verziehen; der Tod ist unser aller Lohn. Wenn der Tod diese Männer ereilt, so sollen sie zu nutzlos im Dunkeln umherirrenden Geistern werden, denn vor dem Ende ist des Menschen Tag sehr kurz, und der Ruchlose, der voller Grausamkeit steckt, liegt verflucht, und nach dem Tod bleibt ihm sein Beiname. Doch der Geist von Carlo Guercio wird im Lichte leben, solange wir Zungen haben, um von ihm zu sprechen, und Geschichten, um sie unseren Freunden zu erzählen.

Es heißt, daß von allen Wesen, die auf ihr kriechen und atmen, die Erde nichts Schwächlicheres als den Menschen hervorbringt. Es stimmt, daß Carlo von einem unglücklichen Schicksal dazu ausersehen war, in der Welt herumgeworfen zu werden, aber in ihm haben wir keine Schwächlichkeit gefunden. In ihm war keine grobe Anmaßung, er war kein ruchloser Rüpel, der das Heim anderer schändet. In ihm haben wir die Zartheit einer Jungfrau und die geballte Festigkeit eines Felsens vereint gefunden, die vollkommene Gestalt des vollkommenen Menschen. Er war jemand, der hätte sagen können: ›Ich bin Bürger, nicht Athens oder Roms, sondern der Welt.‹ Er war ein Mann, von dem wir sagen möchten: ›Nichts kann einem guten Menschen schaden, sei es im Leben oder nach dem Tode.‹

Denkt an die Sprichworte, die uns seit alters her überliefert sind:
›Wen die Götter liebhaben, der stirbt jung.‹
›Eines Schattens Traum ist der Mensch.‹
›Selbst die Götter können die Vergangenheit nicht ändern.‹
›Gleich wie Blätter im Walde, so sind die Geschlechter der
Menschen / einige streuet der Wind auf die Erd' hin,
andere wieder / treibt der knospende Wald, erzeugt in
des Frühlinges Wärme.‹

Ich denke auch daran, daß der Dichter uns sagt, es gebe eine Zeit
für lange Rede und eine Zeit für den Schlaf. Schlafe lange und gut.
Du wirst vom Alter nicht gebeugt werden, du wirst nicht schwach
werden, du wirst weder neuen Kummer noch Gebrechlichkeit
kennen. Solange wir deiner gedenken, wirst du uns als jung und
schön in Erinnerung bleiben. Kephallonia ist es die größte Ehre,
sich als Hüter deiner Gebeine zu betrachten.«
    Sich gegenseitig stützend, gingen der Arzt und seine Tochter ins
Haus. Sie hörten noch, wie Velisarios' Schaufel auf Stein kratzte
und Erde niederklatschte. Behutsam trugen sie Corelli in Pelagias
Bett, und draußen sangen die ersten Vögel.

59

Das historische Versteck

Es dauerte nicht lange, bis die Deutschen ihre Stellungen gefestigt
hatten und mit Plünderungen begannen. Der Arzt mußte nicht
nur seine Wertsachen verstecken, was das Los von allen war und
nicht weiter verwunderlich, sondern er hatte auch seine liebe Not
mit einem bewegungsunfähigen italienischen Offizier im Bett
seiner Tochter. Pelagia richtete dem Hauptmann ein Lager im
Versteck unter dem Küchenboden ein, und wieder mußte Velisarios hergebeten werden, um ihn zu tragen, da weder der Arzt noch
Pelagia kräftig genug waren, um ihn umzubetten, ohne ihm weh
zu tun. Unten war er wieder bei seiner Mandoline, und Carlos

Papiere wurden kurzzeitig ausgelagert. Im Interesse von Corellis Gesundheit wurde die Falltür des Verstecks, wenn keine Soldaten in der Nähe waren, offengehalten durch einen Besenstiel, der rasch weggestoßen werden konnte, worauf nur noch die Matte hinzulegen und der Tisch zurechtzurücken war. So kauerten in der Folgezeit Pelagia und der Hauptmann hilflos im Dunkel des Lochs beieinander, während das Familiensilber und die Gläser gestohlen wurden und der Arzt angegriffen und mißhandelt wurde.

Am ersten Tag nach seiner Operation schlief Corelli in seligem Vergessen, doch als er das erste Mal aufwachte, geschah das mit dem Wissen, daß er schreckliche Schmerzen litt und sein Darm sich entleert hatte. Er konnte sich jedoch überhaupt nicht rühren. Er fühlte sich, als wäre er unter die Hufe einer Ochsenherde geraten oder von jener mittelalterlichen Folter zerquetscht worden, die durch eine mit Gewichten beschwerte Tür ausgeführt wird. »Ich kriege keine Luft«, sagte er dem Arzt.

»Wenn Sie nicht atmen könnten, wäre es Ihnen nicht möglich zu sprechen. Die Luft geht von den Lungen durch die Stimmbänder.«

»Die Schmerzen sind unerträglich.«

»Sie hatten etliche gebrochene Rippen. Einige habe ich auch selbst gebrochen, um die Kugeln herauszuholen.« Der Arzt schwieg kurz. »Ich muß mich bei Ihnen noch entschuldigen.«

»Entschuldigen?«

»Ich habe einige Ihrer Mandolinensaiten verwendet, um die Knochen zusammenzuflicken. Es war nichts anderes da. Ich glaube, Sie haben sich die Diskantsaiten aus meinem Chirurgendraht gemacht, und ich war genötigt, ihn wieder zu verwenden. Wenn die Knochen zusammengewachsen sind, müssen die Drähte in einer weiteren Operation entfernt werden.«

Der Hauptmann zuckte zusammen.

»Wenn die Schmerzen ganz schlimm sind, Antonio, dann sollten Sie dran denken, wenn Sie mannhaft sind, daß Sie keine Schmerzen, sondern Gram verspüren sollten. All Ihre Freunde sind tot.«

»Ich weiß. Ich war dabei.«

»Entschuldigung.« Der Arzt zögerte. »Es sieht so aus, als hätte Carlo Sie gerettet.«

»Es sieht nicht so aus, ich weiß, daß er es getan hat. Von uns allen ist er am aufrechtesten gestorben und hat mich am Leben erhalten, um sein Andenken zu bewahren.«

»Sie sollten nicht weinen. Wir kriegen Sie schon wieder hin und schaffen Sie von der Insel fort.«

»Ich stinke, *Dottore*. Pelagia soll es nicht mitkriegen.«

»Wenn Sie es wollen, übernehme ich Ihre Pflege. Der Platz hier unten ist sehr beengt, nicht? Aber wir werden schon zurechtkommen. In diesem Loch sind schon viele bedeutende Freiheitskämpfer gewesen, also betrachten Sie es als eine Ehre, an historischer Stätte zu liegen. Ich muß Ihnen einschärfen, Ihre Position, sooft es Ihnen möglich ist, zu ändern, auch wenn es schmerzt, sonst bekommen Sie Druckgeschwüre. Die können Sie so sicher wie eine Kugel umbringen, wenn sie anfangen zu faulen. Schlafen Sie, soviel Sie können, aber Sie müssen sich bewegen. Wenn die Schmerzen unerträglich werden, kann ich Ihnen Morphium geben, aber davon ist nicht mehr viel übrig, und bei all den Deutschen hier werde ich sicher alles aufbrauchen. Wenn es Ihnen nichts ausmacht, werde ich Sie lieber unter Alkohol setzen. Ich habe auch etwas Baldrian und Mutterkraut, das Pelagia im Frühjahr gesammelt hat. Ich muß Sie bitten, die Schmerzen auszuhalten, so gut es geht. Ich kann Ihnen versichern, wenn Sie während eines Leidens viel Schmerzen haben, dann werden Sie sich doppelt so wohl fühlen, wenn Sie genesen sind. Es wird Ihr Dankbarkeitsgefühl erhöhen.«

»*Dottore*, es gibt nichts, was imstande wäre, mein Dankbarkeitsgefühl zu erhöhen.«

»Sie könnten immer noch sterben«, sagte der Arzt grob. Er beugte sich herab und fragte in vertraulichem Ton: »Ich wollte Sie schon immer fragen, ob es mit Ihren Hämorrhoiden besser geworden ist. Verzeihen Sie mir, daß ich mich nicht früher erkundigt habe. Ich hielt es für indiskret.«

»Ich bin Ihrem Rat gefolgt«, sagte der Hauptmann, »und es hat funktioniert.«

»Sie werden hier wenig Bewegung und schlechtes Essen haben«, sagte der Arzt. »Wir werden aber unser Bestes versuchen. Sie werden sicher Verstopfung kriegen, und ich könnte gezwungen sein, Ihren Darm auszuspülen. Ich möchte dafür ungern das Rohr meines Stethoskops benutzen, aber wahrscheinlich muß ich es tun. Wenn wir das nicht machen, kriegen Sie später von der ganzen Anstrengung wieder Härmorrhoiden. Ich entschuldige mich für die demütigende Behandlung.«

Der Hauptmann legte dem Arzt die Hand auf den Ärmel. »Lassen Sie Pelagia nichts mitbekommen.«

»Natürlich nicht. Und noch etwas. Ihnen wird ein Bart wachsen wie bei einem Griechen. Pelagia und ich werden Ihnen Griechisch beibringen. Ich weiß nicht, woher ich Papiere und eine Lebensmittelkarte bekommen kann; wir werden wohl ohne auskommen müssen.«

»Wenn es mir bessergeht, müßt ihr mich vom Haus wegbringen, *Dottore*. Ich möchte euch nicht in Gefahr bringen. Wenn ich entdeckt werde, möchte ich alleine sterben.«

»Wir können Sie zu dem geheimen Schuppen bringen, zu dem Sie mit Pelagia immer gegangen sind. Schauen Sie nicht so überrascht. Das haben alle gewußt. Es gibt keine alte Frau, die nicht wie eine ganze Horde von Ziegen tratscht. Es kommt von der Einsamkeit. Die macht sie so geschwätzig. Und es könnte sein, daß Sie sich nicht erholen, denken Sie daran. Wenn ich Sie nicht gut genug gesäubert habe, wenn irgendwo eine Fistel ist, die näßt, oder Luft … Sie müssen es mir sofort sagen, wenn Sie irgendwo einen Druck spüren. Ich werde ein Loch in Sie machen und alles entweichen lassen müssen.«

»*Madonna mia, Dottore*, bitte tischen Sie mir ein paar Lügen auf.«

»Ich bin nicht Pinocchio. Die Wahrheit macht uns frei. Wir stehen es durch, wenn wir ihr in die Augen sehen.«

Der Hauptmann verfiel zwei Tage später in ein Fieber, und Pelagia blieb bei ihm im Verlies, tupfte ihm mit einem Schwamm die Stirn ab, um die Temperatur zu senken, und lauschte dem Gebrabbel seiner Alpträume. Sie wechselte ihm die Verbände und achtete auf den toxischen Geruch von Eiter. Ihr Vater versicherte ihr, daß die Giftstoffe die Haut so gelblich wie Sahne werden lassen, aber insgeheim zweifelte er, ob der Hauptmann durchkommen würde. Ihm fehlte das Vertrauen, daß seine Operation geglückt war, aber er injizierte ihm immer wieder intravenös eine Salz-Zucker-Lösung. Er zeigte seiner Tochter, wie sie mit Kissen seine Position ändern konnte, um den stets gleichen Druck aufzuheben, der das Fleisch verfaulen läßt, aber er hieß sie das Keller-loch verlassen, wenn er all die Verrichtungen zu erledigen hatte, die sonst Frauensache sind und die größte Liebe offenbaren.

Das Fieber erreichte am vierten Tag einen kritischen Punkt, als Corelli so viel brabbelte und schwitzte, daß sowohl der Arzt als auch Pelagia um sein Leben fürchteten. Dr. Iannis führte sorgfältig eine dicke Veterinärnadel in jede Wunde ein, um einen eventuell vorhandenen eitrigen Abszeß abzusaugen (er nannte das »subku-tane Krepitation«), aber er fand nichts, stand vor einem Rätsel, was die Ursache der Krankheit war. Pelagia legte ihm den Hals von Antonia, seiner geliebten Mandoline, in die Finger der linken Hand. Sie schlossen sich darum, der Hauptmann lächelte, und ihr Vater vermerkte für sich, daß sie hierbei das Feingefühl eines wahren Arztes verriet.

Zwei Tage später verschwand das Fieber, und der Patient öff-nete verwundert die Augen, als würde er sich das erste Mal seiner Existenz bewußt. Er fühlte sich schwächer, als es überhaupt vor-stellbar war, aber er trank mit Schnaps versetzte Ziegenmilch und stellte fest, daß er sich endlich ohne fremde Hilfe kurz aufsetzen konnte. Noch am selben Abend konnte er mit Unterstützung des Arztes aufstehen und sich waschen lassen. Er hatte spindeldürre, wacklige Beine, aber der Arzt ließ ihn auf der Stelle treten, bis er erschöpft war und Schwindelanfälle bekam. Seine Rippen taten ihm mehr weh als je zuvor, und er bekam zu hören, daß sie ihm wahrscheinlich noch monatelang Schmerzen bereiten würden, bei jedem Atemzug. Er solle die Bauchmuskeln zum Atmen ein-setzen, wurde ihm geraten, aber als er es probierte, tat ihm die Wunde im Unterleib weh. Pelagia holte einen Spiegel und zeigte ihm die bleiche Narbe im Gesicht und seinen sprießenden Helle-nenbart. Der juckte und störte ihn fast so sehr wie seine Narben und verlieh ihm das Aussehen eines Räubers. »Ich sehe wie ein Sizilianer aus«, meinte er.

An diesem Abend erhielt er sein erstes festes Essen. Schnecken.

60

Ihre Sorgen setzen ein

Pelagia sollte die Zeit von Corellis Genesung und Flucht nicht als eine Periode denkwürdiger und berauschender Abenteuer, nicht einmal als ein Zwischenspiel voller Furcht und Hoffnung in Erinnerung behalten, sondern als das langsame Einsetzen ihrer Sorgen.

Der Krieg hatte sie ohnehin ausgezehrt. Ihre Haut war wegen der mangelhaften Ernährung durchscheinend, spannte sich straff über den Knochen und verlieh ihr ein ausgemergeltes und seelenvolles Aussehen, wie es erst fünfundzwanzig Jahre später Mode werden sollte. Ihre wohlgeformten Brüste waren etwas verwelkt und abgesackt, wodurch sie eher zweckmäßigen Beuteln als Verkörperungen der Schönheit oder Objekten der Begierde entsprachen. Manchmal bekam sie Zahnfleischbluten, und beim Essen kaute sie vorsichtig, um keinen Zahn zu verlieren. Ihr üppiges schwarzes Haar wurde dünn und strähnig, und es kamen schon die ersten grauen Härchen zu Vorschein, die frühestens in zehn Jahren hätten auftauchen sollen. Der Arzt, der wegen seines höheren Alters weniger gelitten hatte, untersuchte sie häufig und wußte, daß sie seit Beginn der Besetzung fünfzig Prozent ihres Körperfetts verloren hatte. Aus der Analyse des Stickstoffs in ihrem Urin konnte er ersehen, daß sie auch ständig an Muskeln verlor, weil sie das Protein aufbrauchte, und es fiel ihr schwer, eine anstrengende Tätigkeit länger als ein paar Minuten durchzuhalten. Er stellte nichtsdestoweniger fest, daß Herz und Lungen immer noch gesund waren, und gab ihr, wenn er konnte, mehr als ihren normalen Anteil an Milch und Fisch, wenn dies zu haben war, indem er mangelnden Appetit vorschützte. Sie wiederum gab aus der gleichen Zuneigung heraus, mit der sie niemand täuschen konnte, ihr eigenes Essen an Corelli weiter. Es tat dem Arzt in der Seele weh, sie so ausgemergelt zu sehen, und bei ihrem Anblick fielen ihm jene ausgefransten Rosen ein, die es schafften, den Herbst zu überleben und sich noch bis Dezember an den letzten Rest ihrer Schönheit zu klammern, als würden sie irgendwie durch den Dispens eines Schicksals am Leben erhalten, das sich nach der

Vergangenheit sehnte, aber darauf erpicht war, sie schließlich doch zu zerstören. Nun gab es keinen beschämt blickenden italienischen Offizier, der für sie Rationen stibitzte, und keinen dicken Quartiermeister mehr, den er für sich einnehmen konnte, und so mußte sich der Arzt darauf beschränken, Eidechsen und Schlangen in Fallen zu fangen, war aber immer noch nicht geneigt, es mit Katzen und Ratten zu versuchen. Die Lage war nicht so schlimm wie in Holland, wo Katzen als »Dachhase« serviert wurden, und auch nicht so hart wie auf dem Festland. Es gab ja immer noch die See, Kephallonias Existenzgrundlage, aber auch der Ursprung all ihrer trüben Vergangenheit und strategischen Bedeutung, die nun eine merkwürdige Erinnerung war; die gleiche See, die in der Zukunft neue Invasionen von Italienern und Deutschen auslösen würde, die sich nebeneinander zum Bräunen an den Strand legten und einen Sonnenölfilm auf dem Wasser hinterließen, Touristen, die nichts anzufangen wußten mit dem leeren und argwöhnischen Blick älterer Griechinnen in Schwarz, die, ohne sie zur Kenntnis zu nehmen, wortlos vorübergingen.

Sobald Corelli wieder auf den Beinen war, ging er um Mitternacht in der Gesellschaft des Arztes und Velisarios' zur »Casa Nostra«, während Pelagia zu Hause blieb und sich im Verlies versteckte, wo wieder die Mandoline, die Insel-Geschichte des Arztes und Carlos Aufzeichnungen untergebracht waren. Solange sie auf der Insel Gefahr lief, vergewaltigt zu werden, verließ sie kaum das Haus, und in diesem Loch unter dem Boden hing sie ihren Erinnerungen nach, hakelte und trennte ihre Decke auf und dachte an Antonio. Er hatte ihr seinen Ring geschenkt, der für jeden ihrer Finger viel zu groß war, und sie drehte ihn im Lampenlicht, sah sich den auffliegenden halben Falken mit dem Ölzweig im Schnabel und den Worten »Semper fidelis« darunter an. Sie fürchtete insgeheim, daß er sie in seiner Heimat vergessen würde, daß die Worte nur für sie galten, daß sie für immer treu und vergessen wie Penelope auf die Wiederkehr ihres Mannes warten würde.

Aber Antonio redete ganz anders. Er kam oft in der Dunkelheit, beschwerte sich, daß ihre ehemalige Zuflucht kalt und zugig war, und erzählte haarsträubende Geschichten, wie er nur ganz knapp der drohenden Gefangennahme entgangen war, aber davon waren nur ein paar wahr. Sein neuer Bart kratzte sie, wenn sie Wange an Wange angezogen auf ihrem Bett lagen, sich umarmten und von der Zukunft und der Vergangenheit sprachen.

»Ich werde die Deutschen immer hassen«, sagte sie.

»Günter hat mir das Leben gerettet.«

»Er hat all deine Freunde massakriert.«

»Er hatte keine andere Wahl. Es würde mich nicht überraschen, wenn er sich danach selbst erschossen hätte. Er hat versucht, nicht zu weinen.«

»Es gibt immer eine Wahl. Was der Körper auch anstellt, schuld ist der Geist. So heißt es bei uns.«

»Er war nicht so tapfer wie Carlo. Carlo hätte sich geweigert, uns zu erschießen, aber Günter war eine andere Sorte Mensch.«

»Hättest du dich geweigert?«

»Ich hoffe es, aber ich weiß es nicht. Vielleicht wäre ich den einfachen Weg gegangen. Ich bin auch nur ein Mensch, aber Carlo war wie einer dieser Helden in unseren alten Geschichten, wie Horatius Cocles oder wer es auch war, der den Pons Sublicius allein gegen die ganze Armee von Porsenna gehalten hat. Nur einer in einer Million ist aus diesem Holz geschnitzt, du darfst dem armen Günter keine Schuld geben.«

»Trotzdem, die Deutschen werde ich immer hassen.«

»Viele Deutsche sind gar keine Deutschen.«

»Was? Sei nicht albern.«

»Weißt du, an den Uniformen ist er nicht zu erkennen. Sie haben Leute aus Polen, der Ukraine, Lettland, Litauen, der Tschechoslowakei, Kroatien, Slowenien und Rumänien eingezogen. Von überall. Du weißt das nicht, aber auf dem Festland haben sie Griechen, die sie ›Sicherheitsbataillone‹ nennen.«

»Das stimmt nicht.«

»Doch. Tut mir leid, aber so ist es. In jedem Volk gibt es Scheißkerle. All diese Meuchelmörder und Nullen, die sich überlegen fühlen wollen. In Italien ist doch genau das gleiche passiert, sie haben sich alle den Faschisten angeschlossen, um zu schauen, was sie kriegen konnten. Alles Angestelltensöhne und Bauernlümmel, die wer sein wollten. Bloß Ehrgeiz und keine Ideale. Kennst du nicht die Anziehungskraft einer Armee? Wenn du ein Mädchen willst, vergewaltige es. Wenn du eine Uhr willst, nimm sie dir. Wenn du schlechter Laune bist, bring jemand um. Du fühlst dich besser, stärker. Es tut gut, zum auserwählten Volk zu gehören, du kannst tun, was du willst, und du kannst alles rechtfertigen, indem du sagst, es sei ein Naturgesetz oder Gottes Wille.«

»Bei uns gibt es ein Sprichwort: ›Mach einem Bauern Mut, und er hüpft zu dir ins Bett.‹«

»Ich mag das andere, das du mir erzählt hast.«

»›Böhnchen für Böhnchen füllt sich das Säckchen‹? Was hat das damit zu tun?«

»Nein, nein, nein. ›Wenn du bei Babys schläfst, wirst du vollgepinkelt.‹ Ich bin vollgepinkelt worden, Koritsimou, und ich wünschte, ich wäre nie zum Militär gegangen. Damals hörte sich das alles gut an, aber du siehst ja, was daraus geworden ist.«

»Antonia hat ihre Saiten verloren, und du steckst voller Draht. Vermißt du die Jungen? Ich schon.«

»Koritsimou, diese Jungen habe ich geliebt, es waren meine Kinder. Wie geht es Lemoni? Wenn wir eine Tochter haben, werden wir sie Lemoni nennen. Nach dem Krieg.«

»Wenn wir zwei Söhne haben, muß der zweite Carlo heißen. Sein Name soll weiterleben, wir sollten jeden Tag an ihn denken.«

»Jede Minute.«

»*Carino*, glaubst du an Gott und den Himmel und an all das?«

»Nein. Nicht nach alldem, es ergibt keinen Sinn mehr. Wenn du Gott wärst, würdest du das alles zulassen?«

»Ich habe gefragt, weil ich möchte, daß Carlo und die Jungen im Paradies sind. Ich kann mir nicht helfen, also bin ich wohl gläubig.«

»Sag Gott, wenn du Ihn siehst, ich möchte Ihm eins auf die Rübe geben.«

»Küß mich, bald wird's hell.«

»Ich muß gehen. Morgen bringe ich dir ein Kaninchen mit. Ich habe einen Bau gefunden, und wenn ich mich drüberlege, kann ich eines packen, wenn es rauskommt. Und ich werde für uns noch mehr Schnecken besorgen.«

»Psipsina fängt Kaninchen, aber sie gibt sie nicht her. Sie knurrt und rennt weg.«

»Wenn jetzt Frühling wäre, könnte ich nach Eiern schauen.«

»Nimm mich in die Arme.«

»Santa Maria, meine Rippen.«

»Entschuldige, entschuldige, ich vergesse es andauernd.«

»Ich wünschte, ich könnte das. *Merda.* Trotzdem, ich liebe dich.«

»Für immer?«

»In Sizilien heißt es, daß ewige Liebe zwei Jahre hält. Zum Glück bin ich kein Sizilianer.«

»Griechische Männer lieben sich und ihre Mütter ewig. Ihre Gattinnen lieben sie sechs Monate lang. Zum Glück bin ich eine Frau.«

»Zum Glück.«

»Wirst du zurückkommen? Nach dem Krieg?«

»Ich werde Antonia als Pfand dalassen. Auf die Art wirst du wissen, daß du mir trauen kannst.«

»Du könntest dir eine andere besorgen.«

»Sie ist unersetzlich.«

»Bin ich nicht auch unersetzlich?«

»Warum vertraust du mir nicht? Warum schaust du mich so an? Weine nicht. Wie könnte ich die Gelegenheit auslassen, einen so tollen Schwiegervater zu bekommen?«

»Scheusal!«

»Au, meine Rippen.«

»Oh, *carino*, es tut mir so leid.«

»Ich muß gehen. Bis morgen abend. Küß mich. Ich liebe dich.«

Er verschwand hinaus in die Nacht, kroch von Hecke zu Mauer, fuhr bei dem geringsten Ton zusammen, und bis zur Morgendämmerung war er unter seinen Decken schon in Schlaf gesunken, während die Kalziumklumpen unter seinem Fleisch sich nach und nach zu Knochen verfestigten und zärtliche Erinnerungen seine Träume mit Bildern von Pelagia und seinen Opernsängern füllten. Am frühen Nachmittag wachte er gewöhnlich auf und suchte nach Beeren, machte ein paar Übungen, um seine Finger geschmeidig zu erhalten, und durchsuchte das Unterholz nach Schnecken. Der Arzt ließ ihn nicht nur die Tiere essen, sondern er zerrieb auch die Schneckenhäuser in einem Mörser, und die ganze Familie spülte die körnige Masse mit Wein hinunter, denn es war Dr. Iannis' Absicht, daß niemand, wie dünn und ausgemergelt er auch war, ohne ein ausgezeichnetes Knochengerüst sein sollte; das war nicht schlechter als die uralten Vorräte vertrockneter Bohnen, die den Bauch füllten, aber Koliken hervorriefen.

Pelagia war hin und her gerissen. Sie wollte ihren Hauptmann auf der Insel behalten, wußte aber, daß sie ihn damit umbringen würde. Es gab Leute, die für Brot jeden Verrat begehen würden, und es war nur eine Frage der Zeit, bis die Nazis etwas von seiner verstohlenen Anwesenheit unter ihnen merkten. Zudem wurde das Wetter schlecht, das Dach der »Casa Nostra« leckte, und der Hauptmann hatte nichts zum Warmhalten im strömenden Regen oder in der unerbittlichen Kälte. Für ihren Vater und sie gab es immer weniger zu essen, und manchmal ertappte sie sich dabei, wie sie sehnsüchtig auf Spinnen an den Mauern blickte. Sie gab Kokolios und Stamatis den Auftrag, nach dem Verrückten zu suchen, der mit Arsenios umhergewandert war, und ihm zu sagen, er solle sie aufsuchen, wenn er konnte.

Seit einiger Zeit schon hatte Bunny Warren, ausgerüstet mit Goldsovereigns, die britische Politik befolgt, Bootsbesitzer dazu zu ermutigen, den Deutschen die Benutzung ihrer Boote zu verweigern, und es gab nicht wenige überlebende italienische Soldaten, die nachts auf Seefahrzeugen, die aus Streichhölzern gebaut zu sein schienen, in die aber die Besitzer das unbeirrbarste und optimistischste Vertrauen setzten, die Reise nach Siracusa, Bianco oder Valletta angetreten hatten. Von Wellenkamm zu Wellental schaukelten sie wie Nomaden an Schnellbooten und Scheinwerfern, an Schlachtschiffen und Minen vorbei, während die Seeleute aus voller Kehle sangen, ihre Passagiere aber mit aufgerissenen Augen, verfroren und von der Seekrankheit gequält, schließlich auf trockenes Land gelangten und entdeckten, daß die Stille dort sie krank machte.

Deshalb war es für Warren nur Teil seiner Tagesroutine, die Abreise des Hauptmanns in die Wege zu leiten. Um drei Uhr früh stellte er sich bei Pelagias Haus ein und klopfte sacht ans Fenster ihres Zimmers. Als sie sich aus Corellis Armen gelöst hatte, öffnete sie die Fensterläden und erblickte den Mann, dessen Hilfe sie sowohl gesucht wie gefürchtet hatte. »Oha«, sagte er, als er durch die Tür trat, und fügte hinzu: »Kalimera, Kyria Pelagia.« Sehr förmlich gab er ihr die Hand und machte eine Bemerkung über das Wetter.

Bunny Warrens Griechisch war mittlerweile lebhaft und umgangssprachlich, aber er hatte immer noch seinen perfekten englischen Oberklassenakzent. Er schaffte es, den griechischen Begriff für »Gehen wir« zu »In Taxi« zu verwandeln, das seinen englischen Ohren geläufiger war, für ihn einen Sinn ergab, aber auch den Griechen noch verständlich war. Da sein gewöhnliches Sortiment an Adjektiven und Adverbien nicht übertragbar war, mischte er in seine Sätze noch die englischen Ausdrücke für »piekfein«, »einfach mordsmäßig« und »absolut schauderhaft«, deren Wirkung eher verwirrend und überflüssig als unsinnig war.

»Wer ist das?« fragte Corelli, der einen Augenblick lang befürchtet hatte, die Deutschen wären gekommen.

»Bunnios«, sagte Pelagia, ohne auf seine Frage zu antworten, »das ist ein italienischer Soldat, den wir wegbringen müssen.«

Warren lächelte und streckte die Hand aus. »Ave«, sagte er, da er nicht so ausgiebig Gelegenheit gehabt hatte, sein Italienisch so wie sein Griechisch auf den aktuellen Stand zu bringen. Corelli spürte, daß seine Hand beinahe zerquetscht wurde, und ihm blieb ein übertriebener Eindruck von der allgemeinen Stärke der Briten. Er wußte nicht, daß in England der Versuch, dem anderen die Finger zu brechen, ein Zeichen sowohl von Männlichkeit wie von Gutmütigkeit ist. Er war auch von der schlaksigen Größe des Mannes verblüfft und fühlte sich durch die blauen und äußerst nordischen Augen verstörend an einen Deutschen erinnert.

Es stellte sich heraus, daß in der folgenden Nacht ein Segelboot nach Sizilien auslaufen würde, sofern das Wetter es zuließe, und daß es kinderleicht wäre, den Hauptmann an Bord zu bringen, »obwohl wir den einen oder anderen Drecksflegel abmurksen müßten«. Es ging einfach nur darum, um ein Uhr früh an die Bucht zu gehen und eine abgeschirmte Lampe in Antwort auf die Signale vom Boot zum Meer hin aufblitzen zu lassen. Warren versprach, an Ort und Stelle zu sein, und versicherte ihnen, daß alles wie geschmiert laufen und erstklassig und »tipptopp« ausgehen würde.

432

61

Jeder Abschied ist ein Vorgeschmack des Todes

Corelli ging vor Tagesanbruch nicht in die »Casa Nostra« zurück, sondern blieb mit Einwilligung des Arztes bei Pelagia im Haus. Da sie so kurzfristig erfahren hatten, daß dies ihr letzter gemeinsamer Tag sein sollte, schien es nur human, das Risiko einzugehen, und Corelli sah in seiner Bauernkleidung und mit dem prächtigen Bart, der dennoch die bleiche Narbe an seiner Wange sehen ließ, ohnehin ganz wie ein Grieche aus. Dazu sprach er jetzt auch gut genug Griechisch, um einen Deutschen zu narren, der der Sprache überhaupt nicht mächtig war, und er schlug sich sogar auf den Handrücken, wenn er jemand als dumm hinstellen wollte, und warf mit einem Zungenschnalzen den Kopf zurück, um Ablehnung auszudrücken. Von Zeit zu Zeit träumte er griechisch, was für seine schlafende Seele entsetzlich frustrierend war, weil es notwendigerweise das Erzähltempo seiner Träume verlangsamte, und er entdeckte, wenn er selbst die Sprache gebrauchte, daß seine Persönlichkeit anders war, als wenn er italienisch sprach. Er fühlte sich verwegener, und aus einem seltsamen Grund, der nichts mit seinem Bart zu tun hatte, auch viel haariger.

Sie saßen zu dritt in der vertrauten Küche, furchtsam und betrübt, sprachen leise und schüttelten erinnerungsselig den Kopf.

»Es gibt so vieles, was ich nie vergessen werde«, sagte Corelli, »wie etwa das Pinkeln auf die Kräuter. Erst als ich eingeladen wurde, auf sie zu pinkeln, habe ich gewußt, daß ich angenommen war.«

»Ich wünschte, mein Vater würde damit aufhören«, kommentierte Pelagia. »Es macht mir Sorgen, wenn ich sie verwende. Ich vergeude Stunden mit dem Sauberwaschen.«

»Ich fühle mich schuldig, als Lebender wegzufahren, wenn all meine Freunde tot sind und Carlo draußen im Hof begraben ist.«

»In der *Odyssee* sagt Achilles: ›Wollte ich doch lieber als Ackerknecht Lohndienste bei einem anderen, einem Manne ohne Landlos leisten, der nicht viel Lebensgut besitzt, als über alle dahingeschwundenen Toten Herr sein!‹, und er hatte recht«, äußerte der Arzt. »Wenn geliebte Menschen sterben, müssen Sie für sie weiterleben. Die Dinge wie durch ihre Augen sehen. Nicht vergessen, wie sie sich ausgedrückt haben, und selbst diese Wörter benutzen. Dankbar dafür sein, Dinge tun zu können, die ihnen nicht mehr möglich sind, und auch die Trauer dabei empfinden. Nur so kann ich ohne Pelagias Mutter leben. Mich interessieren Blumen nicht, aber um ihretwillen schaue ich mir ein Sonnenröschen oder eine Lilie an. Um ihretwillen esse ich Auberginen, weil sie sie mochte. Für Ihre Jungen sollten Sie Musik spielen und es sich gutgehen lassen, weil Sie es für sie tun. Und außerdem«, fügte er hinzu, »könnte es sein, daß Sie die Reise nach Sizilien nicht überleben.«

»Papas«, protestierte Pelagia, »sag so was nicht.«

»Er hat recht«, sagte Corelli philosophisch. »Und wir können auch für die Lebenden sehen. Nach der ganzen Zeit mit euch werde ich Dinge sehen und mir vorstellen, was ihr gesagt hättet. Ich werde euch so sehr vermissen.«

»Sie werden wiederkommen«, bekräftigte der Arzt. »Sie sind wie wir schon ein Insulaner geworden.«

»In Italien werde ich kein Zuhause haben.«

»Sie müssen sich röntgen lassen. Gott weiß, was ich in Ihnen alles liegenlassen habe, und Sie müssen sich die Mandolinensaiten entfernen lassen.«

»Ich verdanke Ihnen mein Leben, Iatre.«

»Die Narben tun mir leid. Ich habe es nicht besser machen können.«

»Und mir tut es leid, Iatre, daß wir die Insel verwüstet haben. Ich nehme nicht an, daß uns je verziehen werden wird.«

»Wir haben den Briten und den Venezianern vergeben. Vielleicht werden wir den Deutschen nicht vergeben. Ich weiß es nicht. Jedenfalls sind Barbaren immer recht praktisch gewesen; normalerweise haben wir damit jemand gehabt, dem wir die Schuld an unseren Katastrophen geben konnten. Euch zu vergeben wird leicht sein, weil ihr alle tot seid.«

»Papakis«, protestierte Pelagia erneut. »Red nicht so. Müssen wir daran erinnert werden, wo Carlo im Hof begraben ist?«

»Es ist doch wahr. Nur die Lebenden brauchen Verzeihung, und wie Sie wissen, Hauptmann, muß ich Ihnen vergeben haben, sonst hätte ich Ihnen nicht erlaubt, sich mit meiner Tochter einzulassen.«

Pelagia und Corelli sahen sich an, und der Hauptmann sagte: »Ich habe Sie nie ausdrücklich um Ihre Einwilligung gebeten ... Es erschien mir irgendwie als Affront. Und ...«

»Trotzdem, Sie haben sie. Nichts würde mich mehr freuen. Aber da ist eine Bedingung. Sie müssen Pelagia Ärztin werden lassen. Sie ist nicht nur meine Tochter. Sie ist, da ich keinen Sohn habe, das, was einem Sohn von mir am nächsten kommt. Sie muß die Vorrechte eines Sohnes haben, weil sie mein Leben fortsetzen wird, wenn ich nicht mehr bin. Ich habe sie nicht zu einer Haussklavin erzogen, aus dem einfachen Grund, daß eine solche Gesellschaft in Ermangelung eines Sohnes langweilig gewesen wäre. Ich bekenne, es war selbstsüchtig von mir; doch nun ist sie zu schlau, um eine ergebene Ehegattin zu sein.«

»Bin ich dann ein Mann ehrenhalber?« wollte Pelagia wissen.

»Koritsimou, du bist allein du selbst, aber nichtsdestoweniger bist du auch das, was ich aus dir gemacht habe. Du solltest dankbar sein. In jedem anderen Haus würdest du den Boden schrubben, während ich mit Antonio spreche.«

»In jedem anderen Haus würde ich dir auf die Nerven gehen. Du solltest dankbar sein.«

»Koritsimou, das bin ich.«

»Natürlich soll Pelagia Ärztin werden, wenn sie will. Ein Musiker könnte nie mit seinem eigenen Einkommen allein zurechtkommen«, sagte Corelli, worauf ihm seine Verlobte derb einen Klaps auf den Hinterkopf gab und ausrief: »Du sollst reich werden. Wenn nicht, werde ich dich nicht heiraten.«

»War nur ein Scherz, war nur ein Scherz.« Er wandte sich an den Arzt. »Wir haben entschieden, wenn wir einen Sohn haben, werden wir ihn Iannis nennen.«

Der Arzt war sichtlich gerührt, obwohl es genau das war, was er unter den Umständen erwartet hatte. Es entstand ein längeres betrübtes Schweigen, während alle drei über die bevorstehende Auflösung ihrer Runde nachdachten, doch schließlich blickte Dr. Iannis mit feuchten Augen auf und sagte schlicht: »Antonio, wenn ich je einen Sohn gehabt habe, dann waren Sie es. Sie sind an meinem Tisch immer willkommen.«

Statt einer Antwort, die zwangsläufig hohl geklungen hätte, stand Corelli auf und ging auf den älteren Mann zu, der sich von seinem Platz erhob. Sie umarmten einander und klopften sich auf den Rücken, und dann umarmte der Arzt, da er noch einem emotionalen Überschuß Ausdruck verleihen mußte, auch seine Tochter.

»Wenn der Krieg vorbei ist, werde ich wiederkommen«, versprach Corelli. »Bis dahin bin ich immer noch bei der Armee, und wir müssen uns der Deutschen entledigen.«

»Sie verlieren«, meinte der Arzt zuversichtlich. »Es wird nicht mehr lange dauern.«

»Geh nicht wieder in den Kampf!« rief Pelagia. »Hast du nicht schon genug getan? Hast du vom Tod noch nicht genug? Und was ist mit mir? Denkst du überhaupt nicht an mich?«

»Natürlich denkt er an dich. Er denkt daran, sie loszuwerden, damit du wieder ohne Angst aus dem Haus gehen kannst.«

»Carlo hätte so gehandelt. Ich kann ihm nicht nachstehen.«

»Ihr Männer seid alle so blöd!« rief sie aufbrausend. »Ihr solltet die Welt den Frauen überlassen, dann würdet ihr sehen, ob noch gekämpft wird.«

»Viele der Andartes auf dem Festland sind Frauen«, sagte Corelli, »und auch viele der jugoslawischen Partisanen. Es gäbe genausoviel Kampf, und die Welt hat schon genug blutrünstige Königinnen gehabt. Die vordringlichste Aufgabe ist der Sieg über die Nazis, nichts ist einleuchtender.«

Sie sah ihn vorwurfsvoll an und erwiderte leise: »Der Sieg über die Faschisten war wichtig, aber du hast für sie gekämpft.«

Corelli errötete, und der Arzt sprang in die Bresche: »Laßt uns den letzten gemeinsamen Tag nicht verderben. Ein Mann macht Fehler, er wird in Dinge verwickelt, er ist manchmal ein Schaf, dann lernt er aus der Erfahrung und wird ein Löwe.«

»Ich will nicht, daß du kämpfst«, beharrte sie und blickte Corelli unverwandt an. »Du bist Musiker. In der Antike wurden die Barden verschont, wenn die Stämme sich gegenseitig abschlachteten.«

Der Hauptmann versuchte es mit einem Kompromiß: »Vielleicht wird es nicht notwendig sein, und vielleicht lassen sie mich gar nicht. Ich bin sicher, daß man mich für untauglich halten wird.«

»Mach etwas Sinnvolles«, meinte Pelagia. »Geh zur Feuerwehr oder so was.«

»Wenn ich heimkomme«, sagte Corelli nach einer peinlichen Pause, »werde ich einen Topf Basilikum als Erinnerung an Griechenland auf den Fenstersims stellen. Vielleicht bringt er Glück.« Er schritt durch den Raum, prägte sich alles ein; nicht nur die vertrauten Dinge, sondern auch die im Lauf der Zeit entstandenen Gefühle. Der Raum hallte noch wider von Hoffnungen, Vertraulichkeiten und Scherzen, vergangenen Streitigkeiten und Verstimmungen und von der Rettung eines Lebens. In der Luft hing noch das Aroma von Musik und Umarmungen und mischte sich mit dem Geruch von Kräutern und Seife. Corelli stand da und streichelte den langen, flachen Rücken von Psipsina, die auf einem leeren Bord für Nahrungsmittel ausgestreckt lag, und spürte eine unaussprechliche Traurigkeit in sich aufwallen, die mit der Trockenheit im Mund und dem flauen Gefühl im Magen rang: er würde über das Meer fliehen. Der Arzt sah ihn dort stehen, so einsam wie ein auf seine Exekution wartender Mann, und blickte dann Pelagia an, die mit den Händen im Schoß und mit gesenktem Kopf dasaß. »Ich werde euch zwei Kinder allein lassen«, sagte er. »Da ist ein kleines Mädchen, das an Tuberkulose stirbt und das ich besuchen sollte. Sie hat's schon im Rückgrat, und da ist nichts mehr zu machen, aber trotzdem …«

Er ging aus dem Haus, und die beiden Liebenden, um Worte verlegen, saßen sich gegenüber und strichen einander über die Finger. Schließlich rannen Pelagia die Tränen über die Wangen, und Corelli kniete sich neben sie, schlang die Arme um sie und lehnte den Kopf an ihre Brust. Wieder war er entsetzt über ihre Magerkeit und schloß fest die Augen, um sich vorzustellen, er wäre in einer anderen Welt. »Ich hab solche Angst«, sagte sie. »Ich hab das Gefühl, daß du nicht zurückkommst und der Krieg sich endlos hinzieht und es keine Sicherheit und Hoffnung gibt und ich mit leeren Händen dastehe.«

»Wir haben bleibende Erinnerungen«, erwiderte Corelli. »Ob sie uns froh oder traurig stimmen, liegt an uns. Ich werde dich nicht vergessen, und ich werde zurückkommen.«

»Versprochen?«

»Versprochen. Ich habe dir meinen Ring gegeben, und ich habe dir Antonia dagelassen.«

»Wir haben Carlos Aufzeichnungen nie gelesen.«

»Tut zu sehr weh. Wir werden sie lesen, wenn ich wieder da bin, wenn sie nicht mehr so … so frisch sind.«

Sie strich ihm schweigend übers Haar und sagte schließlich: »Antonio, ich hätte mich gern … zu dir gelegt. Wie Mann und Frau.«

»Alles zur rechten Zeit, Koritsimou.«

»Die könnte vielleicht nicht kommen.«

»Sie kommt. Die Zeit wird kommen. Darauf hast du mein Wort.«

»Psipsina wird dich vermissen. Und Lemoni.«

»Lemoni hält mich zweifellos für tot.«

»Wenn du weg bist, werde ich ihr erzählen, daß Barba C'relli noch lebt. Sie wird sich sehr freuen.«

»Du mußt Velisarios dazu bringen, daß er sie an meiner Stelle hin und wieder in die Luft wirft.«

Und so ging die Unterhaltung weiter, drehte sich um sich selbst und war voller Beteuerungen, bis der Arzt zur Zeit der Ausgangssperre zurückkehrte, so bekümmert wie immer, wenn er hilflos zusehen mußte, wie ein Kind blind die letzten Schritte auf dem Weg zum Tod dahintaumelte. Er war mit den Gedanken heimgegangen, die sich bei solchen Gelegenheiten immer einstellten. »Wen wundert's, daß ich meinen Glauben verloren habe? Was tust du da oben, du untätiger Gott? Glaubst du, ich lasse mich mit ein oder zwei Wundern beim Fest des Heiligen so einfach abspeisen? Hältst du mich für blöd? Glaubst du, ich habe keine Augen im Kopf?« Er drehte in der Tasche den Goldsovereign um, den der Kindsvater ihm als Bezahlung gegeben hatte. Die Briten hatten so viele davon bei der Finanzierung der Andartes in Umlauf gebracht, daß sie ihren Wert verloren hatten. »Selbst Gold«, sinnierte er, »ist weniger wert als Brot.«

An diesem Abend verspeisten sie die dürre Keule eines alten Hahns, den Kokolios geschlachtet hatte, damit die Plünderer ihn sich nicht nahmen, und Pelagia hob den Knochen auf, um ihn in eine Suppe mit den Knochen eines Igels zu legen. Wenn sie sie lange genug kochte, würde man sie zerkauen können. Danach machte sie einen schwachen und bitteren Tee von den Hagebutten, die sie im Herbst von den Heckenrosen gepflückt hatte, und war froh, etwas zu tun zu haben, das sie von ihren Ängsten ablenkte. Alle drei saßen im Halbdunkel und warteten, während die Stunden gleichzeitig zu langsam und zu schnell verstrichen.

Um elf Uhr kratzte Leutnant Bunny Warren am Fenster, und der Arzt ließ ihn herein. Er trat mit einer Miene entschiedener Selbstsicherheit ein, die Pelagia ganz anders vorkam als sein übliches verschüchtertes Wesen. In seinem Gürtel steckte ein großes und offensichtlich gut gewetztes Messer. Sie hatte gehört, daß die britischen Sondereinheiten ein durchaus balkanisches Talent zum Aufschlitzen von Kehlen hatten, und schauderte. Es fiel ihr schwer, sich vorzustellen, daß Bunnios so etwas tat, und der Gedanke, daß er das wahrscheinlich ziemlich häufig tat, verstörte sie.

Er setzte sich auf die Tischkante und redete in seiner üblichen Mischung aus umgangssprachlichem griechischem und britischem Jargon. Erst da fragte sich Corelli, wie es nur kam, daß Pelagia und der Arzt die Bekanntschaft eines britischen Verbindungsoffiziers gemacht hatten. Im Krieg gibt es so viel Absonderliches, daß man leicht vergißt, überrascht zu sein oder eine naheliegende Frage zu stellen.

»Standardvorgehensweise«, fing Warren an. »Ausschließlich dunkle Kleidung. Möchten ja von den Mistkerlen nicht gesehen werden. Keine Unterhaltung außer der allernotwendigsten. Bleibt alle zwanzig Sekunden stehen und lauscht. Mit dem ganzen Fuß flach auftreten, ergo weniger Knirschen. Füße senkrecht absetzen, ergo kein Gleiten und Scharren. Ich werde an der Spitze gehen, Doktor und Pelagia danach, Corelli als letzter. Corelli muß sich bei jeder Pause umdrehen und sich umsehen.« Er übergab dem Hauptmann ein Stück Draht mit einem kurzen Stecken an jedem Ende. Corelli brauchte einige Sekunden, bis er begriff, daß dies eine Garrotte war und von ihm wohl erwartet wurde, davon Gebrauch zu machen. »Schießen nur auf Befehl«, fuhr Warren fort. »Falls unerwartet ein Deutscher auftaucht, werde ich mir den Schurken persönlich vorknöpfen. Falls es zwei sind, werden Corelli und ich uns je einen vornehmen. Falls es drei oder mehr sind, legen wir uns still hin, und auf mein Zeichen werden wir hübsch kehrtmachen und einen Bogen schlagen.« Er sah von einem Gesicht zum anderen und fragte: »Klar wie Wasser oder klar wie Kloßbrühe?«

Der Arzt übersetzte diese Instruktionen für Corelli, und sie kamen überein, daß alles klar wie Wasser war. Warren redete weiter: »Ich habe mich heute nacht ein bißchen umgesehen und festgestellt, daß die Deutschen sich bedeckt halten. Mögen die Kälte nicht. Warme Kleidung notwendig. Verstanden?«

Pelagia stand auf, ging in ihr Zimmer und kehrte mit ihren Decken und noch etwas anderem zurück. »Antonio«, sagte sie, »nimm das. Ich möchte es dir schenken.« Er wickelte es aus dem weichen Papier und sah die bestickte Weste, die er ihr so viele Monate zuvor hatte abkaufen wollen. Er hielt sie hoch, und die Goldfäden glitzerten trüb im Halbdunkel. »Oh, Koritsimou«, sagte er, während er den üppigen Samt mit dem Daumen und die glatte Seide des Saums mit dem Zeigefinger befühlte. Er stand auf, zog seine Jacke aus und die Weste an. Er knöpfte sie zu, bewegte die Schultern, damit sie bequem saß, und rief: »Sie paßt genau.«

»Du sollst sie zum Tanzen auf unserer Hochzeit tragen«, sagte sie, »aber einstweilen wird sie dich auf dem Boot warm halten.«

Hinter dem Dorf Spartia am Kap Liakas befindet sich eine steil zum Meer abfallende Klippe, die in jenen Tagen nur über einen langen steinigen Ziegenpfad zu erreichen war, der sich durch die Macchia wand. Er wurde nur von Fischern benutzt, die im Sommer feinmaschige Netze auswarfen und Schwärme von Sardellen fingen, die sich arglos im Lee der über das Wasser ragenden großen Felsen versammelten. Der Strand war dort, wo keine zerklüfteten Felsen lagen, ein Sandstreifen von kaum zwei Metern Breite. Es sah zwar felsig und gefährlich aus, aber der Meeresboden bestand fast ausschließlich aus feinem Sand – der ideale Landeplatz für sogar ziemlich große Boote: steil abfallend zu ausreichender Tiefe und mit überhängenden Klippen, die die Sicht von oben erschwerten. Vom Kap Agia Pelagia bis zur Lourdas-Bucht befanden sich in regelmäßigen Abständen deutsche Beobachtungsposten, aber sie waren unterbesetzt, und besonders in kalten Dezembernächten war die Wachsamkeit nicht sehr groß. Wie die Italiener vor ihnen, wußten auch die Deutschen sehr gut, daß der wahre Krieg sich woanders abspielte. Da keine Offiziere da waren, spielten die Posten in ihren kleinen Holzhütten Karten und rauchten

Zigaretten. Nur gelegentlich gingen sie hinaus, um sich die Füße zu vertreten oder zu urinieren, wobei sie nach dem Polarstern schauten, der ihnen die Richtung in die Heimat wies.

Der Marsch zum Strand war also kein großes Abenteuer. Ein kalter Wind pfiff durchs Dorngestrüpp, und der Mond schien nicht. Mit gelegentlichem Tröpfeln kündigte sich ein leichter Regen an, und es war so finster, daß Pelagia manchmal befürchtete, den Kontakt zu ihrem Vater vor ihr zu verlieren. Die Kälte setzte ihrer ausgemergelten Gestalt zu, und bei jedem stummen Halt von Warren fühlte sie sich noch elender. Die Tatsache, daß ihr Vater eine Pistole in der Hand hielt, erschreckte und verstörte sie mehr als die fest umklammerte Derringer in der eigenen Hand. Sie kämpfte gegen die Leere an, die sich in ihrem gleichwohl angstvoll pochenden und rasenden Herzen aufzutun schien. Antonio Corelli hinter ihr ging es nicht viel besser, aber das Bedürfnis, seine Verlobte zu beschützen, verlangte ihm Mannhaftigkeit ab. Er ertappte sich bei der Frage, warum er in all das hineingeraten war, rebellierte dagegen und verwarf es, erkannte aber, daß es notwendig war. Das zermürbende Gefühl der Vergeblichkeit und Melancholie bedrückte ihn, und er wünschte sich beinahe, sie würden auf eine deutsche Patrouille treffen, so daß er kämpfend und tötend sterben und allem in Feuer und Blitz ein Ende bereiten, aber es hier und jetzt hinter sich bringen könnte. Er wußte, daß er entwurzelt würde, wenn er die Insel verließ.

Alle vier drängten sich auf dem schmalen Sandstreifen zusammen, wo der kalte Wind sie nicht packen konnte, und erwarteten das Aufblitzen einer Lampe auf dem Meer. Warren zündete seine eigene an und verhüllte ihr Licht mit seinem Mantel, während die anderen sich abwechselnd die Hände daran wärmten. Corelli ging bis zur Wasserlinie, sah das Wogen der schwarzen Wellen und fragte sich, wie er das je überleben würde. Ihm fielen andere Strände ein, und er sah die Männer von »La Scala« zusammen singen und trinken, während die nackten Nutten im seichten Wasser planschten, das so ruhig und klar war, als wäre es ein See im Paradies. Vor seinem geistigen Auge sah er das unglaubliche Türkis der Kiriaki-Bucht, wie er es im Sommer auf dem Weg zurück von Assos von oben erblickt hatte, und die Schönheit dieser Erinnerung verstärkte sein Verlustgefühl. Ihm fiel wieder ein, was der Arzt von der Xenitia erzählt hatte, dem schrecklichen Heimweh nach dem eigenen Land, das den Griechen im Exil befällt, und ihm war, als drehte sich ein Bajonett in seiner Brust. Er hatte nun sein eigenes Dorf, seine eigene Patrida, und sogar sein Denken und sein Reden waren verändert. Er warf einen schwarzen Stein ins Meer, um sein Glück zu beschwören, und ging wieder zu Pelagia. Im Dunkeln nahm er ihr Gesicht in die Hände und umarmte sie dann. Ihr Haar roch immer noch nach Rosmarin, und er sog diesen Geruch so tief ein, daß ihn seine noch nicht ausgeheilten Rippen schmerzten. Das Aroma wurde durch die kalte, frische Luft verstärkt, und er wußte, daß Rosmarin nie wieder so stechend und vollkommen riechen würde. Von nun an würde es nach verschwundenem Licht und Staub riechen.

Als eine Laterne draußen auf dem Meer dreimal aufblitzte und Warren das Signal erwiderte, schüttelte Corelli dem Leutnant die Hand, küßte seinen Schwiegervater auf beide Wangen und trat wieder zu Pelagia. Es gab nichts mehr zu sagen. Er wußte, daß ihr Mund vor Kummer zuckte, und er selbst spürte, wie dieselbe starke Empfindung ihm die Kehle zuschnürte. Er strich ihr zärtlich über die Wange und küßte sie auf die Augen, wie um ihre Tränen zu lindern. Er hörte das hohle Klatschen von Rudern am Schandeck eines Skiffs, das Knarren von Holz auf Leder, und erblickte die näher kommende Silhouette des Gefährts, die Schatten zweier im Takt arbeitender Männer. Die vier gingen zum Wasser, und der Arzt sagte: »Gute Reise, Antonio, und komm wieder.«

Auf griechisch sagte der Hauptmann: »Dein Wort in Gottes Ohr«, und er nahm Pelagia noch einmal in die Arme.

Nachdem er in die Brandung gewatet und an Bord geklettert war, wo er wie ein Geist in die Dunkelheit entschwand, rannte Pelagia in die Wellen, bis das Wasser ihr an die Schenkel reichte. Sie strengte sich an, ihn ein letztes Mal zu erblicken, sah aber nichts. Wie von Raubvogelkrallen fühlte sie sich gepackt und umklammert. Sie schlug die Hände vors Gesicht und weinte mit zuckenden Schultern. Ihr schmerzliches Schluchzen wurde vom Wind weggetragen und verlor sich im Meeresrauschen.

62

Von der deutschen Besatzung

Von der deutschen Besatzungszeit gibt es nicht viel zu berichten; vor allem bewirkte sie, daß die Inselbewohner die getöteten Italiener noch mehr mochten. Es kommt selten vor, daß ein Volk es über sich bringt, seine Unterdrücker liebenzulernen, aber seit der Römerzeit hatte es auf der Insel kaum eine andere Herrschaftsform gegeben. Nun arbeiteten keine Italiener mehr neben den Bauern in den Weinbergen, nur um der Langeweile des Garnisonsalltags zu entgehen, es gab keine Fußballspiele mehr zwischen Mannschaften, die rauften, mogelten und den Schiedsrichter anpöbelten, keinem Mädchen wurde mehr der Hof gemacht von Schützen, deren Mütze schief saß und deren Kinn unrasiert war und die immer eine glimmende Kippe im Mundwinkel hängen hatten. Es gab keine Tenorstimmen mehr, die Passagen eines neapolitanischen Lieds oder einer sentimentalen Arie bis zu den Kiefern auf den Bergen hinaufschmetterten. Es gab keine unfähigen Militärpolizisten mehr, die im Zentrum Argostolis einen Verkehrsstau auslösten, weil sie allen gleichzeitig mit den Armen winkten und ihre Pfeifen schrillen ließen, es gab kein unpünktliches Wasserflugzeug mehr, das auf seinen schwerfälligen und halbherzigen Aufklärungsflügen um die Insel summte, es gab keine schamlosen Armeehuren mehr, die nackt im Meer badeten und sich mit grell bemalten Lippen und Sonnenschirmen von einem verwirrten alten Griechen in einem Karren herumfahren ließen. Es existiert kein Bericht, was mit den Mädchen geschah; möglicherweise wurden sie zum Arbeitsdienst in ein unbekanntes osteuropäisches Lager deportiert, möglicherweise wurden sie geschändet und umgebracht und fanden ihr Grab bei den Männern, die sie pflichtgemäß geliebt hatten; oder ihre Asche wurde mit der der Soldaten in den biblischen Scheiterhaufen vermischt, die den Himmel mit schwarzem Qualm erfüllt, riesige Kreise ins Gras gebrannt und die Nase mit dem Gestank von Kerosin und verkohlenden Knochen verkleistert hatten. Adriana, La Triestina, Madame Nina, sie alle waren verschwunden.

Die wenigen Überreste der italienischen Soldaten wurden nach dem Krieg eingesammelt. Ein paar Leichen wurden unversehrt auf dem italienischen Friedhof ausgegraben und auf einem Kriegsschiff mit schwarzem Rumpf nach Italien zurückgeschafft, wo man keine Mühe scheute, sie zu identifizieren, aber vergebens. Es heißt, daß manch eine Familie Knochen und Asche erhielt, die von jedem x-beliebigen Mann stammen konnten, weshalb einige Mütter ihre Klage über den toten Kindern anderer Mütter anstimmten. Die Söhne der meisten vermischten sich jedoch bereits mit kephallonischer Erde, oder sie hatten sich als Asche in der ionischen Luft verteilt, in der Blüte ihrer Jugend von einer Welt gegangen, die sie in ihrer hoffnungslosen Lage im Leben ignoriert und im Tode mißachtet hatte.

Verschwunden waren die rührenden Hühnerdiebe, die schalkhaften Individualisten und Sänger, und an ihre Stelle trat ein Interregnum, das der Arzt in seiner Geschichte als die schlimmste aller Zeiten festhielt.

Den Inselbewohnern ist in Erinnerung geblieben, daß die Deutschen keine menschlichen Wesen waren, sondern prinzipienlose Automaten, Maschinen, die ausgezeichnet darauf eingestellt waren, zu plündern und Brutalität auszuüben, die keine Leidenschaften außer der Liebe zur Stärke und keinen Glauben außer dem an ihr naturgegebenes Recht besaßen, eine »minderwertige« Rasse mit dem Stiefelabsatz zu zertreten.

Die Italiener waren zwar Diebe gewesen, aber ihre nächtlichen Ausfälle, ihre Strategien, nicht erwischt zu werden, ihre Scham, wenn sie gefaßt wurden, hatten deutlich gemacht, daß sie wußten, etwas Falsches getan zu haben. Die Deutschen kamen zu jeder Tageszeit in jedes Haus, schmissen Möbel um, schlugen die Bewohner, egal, wie alt, jung oder krank, und trugen vor deren Augen alles weg, was nicht niet- und nagelfest war. Schmuck – seit Generationen in der Familie vererbte Ringe –, Öllampen, Benzolkocher, Matrosensouvenirs aus dem Fernen Osten, alles verschwand. Nur zum Spaß demütigten sie die »Halbneger«, die es nicht anders verdienten und deren Kultur so dürftig war. Gleichgültig ließen sie das Volk hungern und streckten den Daumen nach oben, wenn griechische Särge auf steinigen Wegen zu den Gräbern getragen wurden.

Pelagia und ihr Vater wurden zu verschiedenen Zeiten aus keinem ersichtlichen Grund geschlagen. Psipsina wurde wegen des Vergehens, zahm zu sein, Pelagias Armen entrissen und völlig grundlos mit einem Gewehrkolben totgeschlagen. Drosoula wurden brennende Zigaretten auf den Brüsten ausgedrückt, weil sie einen Offizier schief angesehen hatte. Die wertvolle medizinische Ausrüstung, die der Arzt in zwanzig Jahren der Armut gewissenhaft gesammelt hatte, wurde in seinem Beisein von vier Soldaten zerschmettert, die den Totenkopf an ihrem Gürtel trugen und deren Herzen so finster, modrig und leer waren wie die Drogarati-Höhlen. Im Jahr der deutschen Besatzung erschienen die Heiligen Schlangen nicht in der Kirche Unserer Lieben Frau in Markopoulo, und auch die sakralen Lilien in Demoutsandata blühten nicht auf.

Als die »unbesiegbaren Vertreter der Herrenrasse des ewigen Reichs« im November 1944 den Befehl zum Rückzug erhielten, zerstörten sie jedes Gebäude, für das sie noch die Zeit fanden, und die Bewohner Kephallonias erhoben sich spontan gegen sie und trieben sie mit Gewalt bis zum Meer.

In der Nacht vor seiner Abreise nahm jedoch Günter Weber, der seit den Massakern dem Haus schamvoll ferngeblieben war, sein Grammophon und seine Sammlung von Marlene-Dietrich-Platten und legte sie Pelagia vor die Tür, wie er es in glücklicheren Tagen versprochen hatte. Er hinterließ noch einen Umschlag unter dem Deckel, und als Pelagia ihn öffnete, fand sie ein Foto von Antonio Corelli und dem Leutnant am Strand, die sich die Arme um die Schultern gelegt hatten. Corelli hatte einen überladenen Damenhut mit künstlichen Früchten und verknitterten Papierrosen auf dem Kopf, er schwenkte eine Flasche Wein vor der Kamera, und Günter hatte sich ein italienisches Soldatenschiffchen schräg aufgesetzt. Beide hatten die Augen halb geschlossen und waren eindeutig betrunken. Im Hintergrund konnte Pelagia gerade noch die Gestalt einer nackten Frau erkennen, die im seichten Wasser planschte und die spitze Offiziersmütze eines deutschen Grenadiers trug. Ihre Arme waren in einer verzückten Geste ausgebreitet, und im Licht glitzerte ein Gischtbogen, den sie mit dem Fuß aufgewirbelt hatte. Seltsamerweise verspürte Pelagia angesichts dieser berückenden Gestalt weder Überraschung noch

445

Eifersucht; es erschien ihr recht, daß sie mit auf dem Bild war, weil es in Einklang stand mit den Andeutungen vom Garten Eden, die Corelli immer aus der Luft gezaubert hatte.

Sie drehte das Foto um und entdeckte vier Zeilen aus dem *Faust*, deren Bedeutung ihr so lange unklar blieb, bis sie es etwa fünfunddreißig Jahre später einem scheuen deutschen Touristen zeigte. Sie lauteten:

> Meine Ruh ist hin,
> mein Herz ist schwer;
> Ich finde sie nimmer
> und nimmermehr.

Darunter hatte Weber auf italienisch geschrieben: »Gott sei mit Ihnen, ich werde Sie immer in Erinnerung behalten.«

Das Grammophon kam zu Antonios Mandoline und Carlos Bekenntnissen ins Bodenversteck und überlebte den Bruderkrieg.

Die Geschichte wiederholt sich, erst als Tragödie, dann wieder als Tragödie. Die Deutschen hatten wahrscheinlich viertausend junge Italiener ermordet, darunter auch einhundert Sanitäter mit Rotkreuz-Armbinden, ihre Leichen verbrannt oder in ballastgefüllten Barkassen im Meer versenkt. Doch weitere viertausend hatten überlebt, und genau wie in Korfu bombardierten die Briten die Schiffe, die sie zu Arbeitslagern abtransportierten. Die meisten kamen in den Schiffsrümpfen ums Leben, doch diejenigen, die es schafften, ins Wasser zu springen, wurden von den Deutschen mit Maschinengewehren niedergemäht und wiederum dem Meer überlassen.

63

Befreiung

Die Deutschen zogen ab, und schon wurde gefeiert, doch kaum hatten die Glocken ausgeläutet, als die Andartes von ELAS, die sich nun EAM nannte, aus ihrem Winterschlaf erwachten und sich mit Hilfe britischer Waffen, die in dem irrigen Glauben geliefert worden waren, sie sollten zur Bekämpfung der Nazis eingesetzt werden, dem Volk aufdrängten. Sie behaupteten, auf Titos Befehl zu handeln, und bildeten Arbeiterräte und -komitees, gingen dazu über, sich einstimmig in jede Machtposition zu wählen und auf alles nur Denkbare ein Viertel als Steuer abzupressen. Auf Zanthe bewaffneten sich mit den Royalisten sympathisierende Dörfler und befestigten ihre Häuser, und auf Kephallonia begannen die Kommunisten mit der Deportation mißliebiger Personen in Konzentrationslager; sie hatten die Nazis jahrelang aus sicherer Entfernung beobachtet und verstanden ihr Handwerk der Greueltaten und Unterdrückung. Hitler wäre auf so strebsame Schüler stolz gewesen. Ihre Geheimpolizei (OPLA) identifizierte alle Venizelisten und Royalisten und stempelte sie als Faschisten ab.

Auf dem Festland bemächtigten sie sich der Vorräte des Roten Kreuzes, vergifteten die Brunnen unbotmäßiger Dörfer mit toten Eseln und Leichen von Dissidenten, verlangten ein Viertel der in Piräus zur Entlastung Athens an Land gebrachten Nahrungsmittel, verbreiteten eine Zeitung, die ironischerweise *Alithia* hieß und voller Lügen über ihren eigenen Heldenmut und die Feigheit aller anderen steckte, beseitigten wahllos alle ihnen Unbequemen mit der Begründung, sie wären »Kollaborateure« gewesen, heuerten Prostituierte an, um britische Soldaten in die Schußlinie zu locken, verkleideten sich als britische Soldaten, als Rotkreuz-Arbeiter, als Polizisten oder Mitglieder der Gebirgsbrigade und benutzten Kinder, die eine weiße Fahne trugen, um andere damit zu täuschen und in einen Hinterhalt zu führen. Sie feuerten Granaten ab auf Ladenbesucher und auf britische Soldaten, die den Hungernden Essen austeilten, nahmen 20 000 Unschuldige als Geiseln, erschossen 114 sozialistische, aber nicht kommunistische

Gewerkschaftsführer und zerstörten Fabriken, Hafenanlagen und Eisenbahnstrecken, die die Deutschen noch intakt gelassen hatten. In ihre Massengräber warfen sie die Leichen von Griechen, die kastriert, deren Münder zu einem »Lächeln« aufgeschlitzt und denen die Augen herausgerissen worden waren. Die Kommunisten machten 100 000 zu Flüchtlingen und – was am schlimmsten war – entführten 30 000 Kinder und verschifften sie zur Indoktrination über die Grenze nach Jugoslawien. Soldaten der ELAS, die von britischen Soldaten gefangen wurden, baten darum, nicht gegen Gefangene ausgetauscht zu werden, so viel Angst hatten ihnen ihre Führer eingejagt, und einfache Griechen baten britische Offiziere, ihnen zu helfen. Ein Zahnarzt in Athen bot den Soldaten kostenlos falsche Zähne an.

All dies barg sowohl Ironisches wie Tragisches. Das Ironische war, daß die Kommunisten, wären sie bei ihrer Kriegspolitik des absoluten Nichtstuns geblieben, zweifellos die erste frei gewählte kommunistische Regierung auf der Welt hätten bilden können. Während die Kommunisten sich in Frankreich einen berechtigten und respektierten Platz im politischen Leben geschaffen hatten, machten sich ihre griechischen Gesinnungsgenossen auf Dauer unwählbar, weil selbst Parteimitglieder sich nicht überwinden konnten, für sie zu stimmen. Das Tragische war, daß dies ein weiterer Schritt auf dem schicksalhaften Pfad war, auf dem der Kommunismus sich zur »großartigsten und humansten Ideologie« entwickelte, die »nie in die Tat umgesetzt« wurde, selbst als sie an der Macht war, oder vielleicht auch zur »ehrenhaftesten Sache«, die je den höchsten Anteil an Radaubrüdern und Opportunisten anzog.

Unter den unwiderruflich von diesen Rowdys verpfuschten Millionen Leben waren die von Pelagia und Dr. Iannis nur zwei. Der Arzt wurde nachts von drei bewaffneten Männern verschleppt, die entschieden hatten, daß er, da er Republikaner war, auch ein Faschist wäre und daß er, da er Arzt war, auch ein Bourgeois sein müßte. Sie schleuderten Pelagia in eine Ecke und schlugen sie mit einem Stuhl bewußtlos. Als Kokolios aus seinem Haus kam, um dem Arzt zu helfen, wurde er auch mitgenommen, obwohl er doch selbst Kommunist war. Durch sein Handeln hatte er die reine Lehre verraten, und auf den Arm des Monarchisten

Stamatis gestützt, wurde er mit den beiden anderen Männern zum Hafen gescheucht, um abtransportiert zu werden.

Pelagia wußte nicht, was mit ihrem Vater geschehen war oder wohin man ihn gebracht hatte, und kein Beamter konnte es ihr sagen. Allein im Haus, ohne Geld und hilflos, von einer zweiten Welle untröstlicher Verzweiflung überrollt, dachte sie das erste Mal daran, ihrem Leben durch Selbstmord ein Ende zu setzen. Sie sah keine andere Zukunft als den Wechsel von einer Form des Faschismus zur anderen. Die Insel war anscheinend verflucht und auf immer dazu verdammt, eine Figur im Spiel anderer zu sein, einem Spiel, dessen zynische Spieler wechselten, dessen Einsatz aber aus dem Fleisch und Blut aller Unschuldigen und Schwachen bestand. Wann würde Antonio zurückkehren? Der Krieg in Europa zog sich hin, und wahrscheinlich war Corelli tot. Es war ein Leben, in dem ihre Schönheit von der Armut, ihre Gesundheit vom Hunger zermürbt wurde. Sie wanderte von einem Zimmer zum anderen, ihre Fußtritte hallten im leeren Geisterhaus wider, ihr Herz schmerzte um ihrer selbst und der Menschheit willen. Die Nazis hatten 60 000 griechische Juden umgebracht, so hieß es wenigstens im Radio, und nun ermordeten die eigenen Landsleute ihre Brüder, als wären die Nazis bloß eine Polizeitruppe gewesen, deren Abmarsch die Brudermörder begierig erwartet hatten. Sie hörte, daß die Kommunisten die italienischen Soldaten ermordet hatten, die gekommen waren, um an ihrer Seite gegen die Deutschen zu kämpfen. Sie dachte an die fröhlichen Jungen von »La Scala« und erinnerte sich an ihre eigenen Worte, sie würde die Nazis immer hassen. War jetzt schließlich die Zeit gekommen, die Griechen für immer zu hassen? Von den Angehörigen verschiedener Völker, die in ihr Haus eingebrochen waren, um sie zu schlagen und ihr Hab und Gut zu stehlen, waren anscheinend nur die Italiener unschuldig. Sie dachte, daß die Briten viel zu langsam kamen, und fragte sich, was aus Leutnant Bunny Warren geworden war. Es hätte sie nicht überrascht, zu erfahren, daß er kurz nach der Befreiung von den Kommunisten auf ein Fest eingeladen und erschossen worden war. Dieser Mann hatte ihr gesagt: »Für die Griechen würde ich alles tun. Sie sind mir ans Herz gewachsen.« Und wenn sie die Griechen haßte, zu welchem Volk gehörte sie dann? Sie war ohne Vater, ohne Besitz, ohne Nahrung, ohne Hoffnung und ohne Heimat.

Glücklicherweise hatte sie eine Freundin. Drosoula hatte schon seit langem gespürt, daß Pelagia für Mandras keine Liebe mehr empfand, daß es keine Hochzeit geben würde und daß er durch seine lange Abwesenheit und sein langes Schweigen seine Rechte verwirkt hatte. Sie wußte auch, daß Pelagia auf einen Italiener wartete, verspürte aber dennoch keine Bitterkeit und äußerte nie einen Vorwurf. Als Pelagia nach der Entführung ihres Vaters blutend über ihre Schwelle wankte und in ihre Arme stürzte, hatte Drosoula, die selbst viel gelitten hatte, ihr über das Haar gestreichelt und Worte gemurmelt, wie sie nur eine Mutter für ihre Tochter findet. Binnen einer Woche hatte sie Türen und Fensterläden ihres Häuschens am Kai verschlossen und war ins Haus des Arztes am Berg gezogen. In einer Schublade fand sie seine italienische Pistole mit Munition und nahm sie für den Fall an sich, daß die Faschistenschweine zurückkehrten.

Wie Pelagia hatte auch Drosoula der Krieg zugesetzt. Ihr großes häßliches Mondgesicht war eingefallen, und ihre Miene drückte eine zarte Innerlichkeit aus, trotz der dicken Lippen und wuchtigen Brauen. Ihre wohligen Fettschichten waren von ihren Schenkeln und Hüften abgefallen, und die gewaltige Erhebung ihres mütterlichen Busens war abgesackt in den vom einstmals ausladenden Bauch frei gemachten Raum. Ein Knie und beide Hüftgelenke waren von Arthritis befallen, und sie bewegte sich nun mit einem schleppenden und ruckartigen Gang, der qualvoll und mechanisch anzusehen war. Die neue und ungewohnte Schlankheit verlieh ihrer großen Gestalt jedoch Würde, und ihr graues Haar flößte Respekt ein und machte sie noch ehrfurchtgebietender. Ihr Geist war ungebrochen, und sie gab Pelagia Kraft.

Um sich zu trösten, schliefen sie zusammen im Bett des Arztes, und am Tag dachten sie sich Schliche aus, um Lebensmittel aufzutreiben, und hörten ihre gegenseitigen Beschwerden und Erzählungen an. Sie gruben Wurzeln in der Macchia aus, ließen alte Bohnen auf Tellern keimen, störten den Winterschlaf von Igeln, und Drosoula nahm ihre junge Freundin mit hinunter zu den Felsen, um ihr das Fischen beizubringen. Auf der Suche nach

450

Krebsen wälzten sie Steine um und kehrten mit Seetang als Ersatz für Gemüse und Salz heim.

Doch es geschah zu einer Stunde, als Drosoula außer Haus war, daß Mandras, erfüllt von seinem angeblichen Ruhm und seinen neuen Ideen heimkehrte und die pflichtergebene und bewundernde Aufmerksamkeit der Verlobten erwartete, die er jahrelang nicht mehr gesehen hatte und an der er Rache nehmen wollte.

Er trat ein, ohne anzuklopfen, ließ den Rucksack von den Schultern plumpsen und stellte seine Lee-Enfield an die Wand. Pelagia saß auf ihrem Bett und legte letzte Hand an die Decke, die sie für ihre Hochzeit gehäkelt hatte und die wundersamerweise seit dem Tag von Antonios Abreise makellos gediehen war. Die Arbeit hatte für sie so etwas wie die Erschaffung ihres gemeinsamen Lebens in seiner Abwesenheit bedeutet. In jeden Stich und jeden Knoten hatte sie die verschlungene Sehnsucht ihres einsamen Herzens hineingehäkelt. Als sie in der Küche Lärm hörte, rief sie: »Drosoula?«

Ein Mann kam herein, der einer Drosoula von vor dem Krieg ziemlich ähnlich sah. Bauch und Schenkel waren genauso in die Breite gegangen, das Gesicht war genauso rund und grobschlächtig, auch die schweren Augenbrauen und die dicken Lippen glichen den ihren. Während der drei Jahre, in denen er faul von den Handgeldern der Briten und der den Bauern gestohlenen Beute gelebt hatte, war aus dem hübschen Fischer nichts anderes als eine Kröte geworden. Pelagia stand verwirrt auf.

Mandras war genauso verwirrt. Etwas an diesem erschrockenen dürren Mädchen erinnerte ihn an Pelagia.

Doch dieser Frau, die flach wie ein Bügelbrett war und silberne Fäden im dünnen schwarzen Haar hatte, fielen die glatten Röcke gerade zu Boden, weil die Rundung der Hüften fehlte. Ihre Lippen waren rissig und spröde, ihre Wangen hohl. Er sah sich rasch im Zimmer um, ob Pelagia da war, da er annahm, sie müßte eine Cousine oder Tante sein. »Mandras, bist du das?« sagte die Frau, und da erkannte er ihre Stimme.

Er stand völlig verdutzt da, in seiner Verwirrung und seinem Erschrecken fiel der Großteil seines Hasses von ihm ab. Sie hingegen besah sich die fetten und verwandelten Züge und wurde von

Entsetzen gepackt. »Ich habe gedacht, du wärst tot«, sagte sie schließlich.

Er schloß die Tür und lehnte sich dagegen. »Du meinst, du hast gehofft, ich wäre tot. Wie du siehst, bin ich es nicht. Ich bin sehr lebendig und wohlauf. Krieg ich keinen Kuß von meiner Verlobten?«

Sie trat furchtsam und widerstrebend auf ihn zu und gab ihm einen Kuß auf die rechte Wange. »Ich bin froh, daß du am Leben bist.«

Er packte sie an beiden Handgelenken und hielt sie fest. »Ich glaub dir nicht. Wie geht es denn deinem Vater? Ist er nicht da?«

»Laß mich los«, sagte sie leise, und er gehorchte. Sie ging wieder ans Bett und sagte: »Die Kommunisten haben ihn geholt.«

»Na ja, er muß was angestellt haben, um das zu verdienen.«

»Er hat nichts getan. Er hat die Kranken geheilt. Und sie haben mich mit einem Stuhl geschlagen und alles mitgenommen.«

»Da gab es sicher Gründe. Die Partei hat immer recht. Wer nicht für uns ist, ist gegen uns.«

Sie bemerkte, daß er die Uniform eines italienischen Hauptmanns trug und daß der rote Stern von ELAS ungeschickt vorn auf seine Mütze genäht war. »Du bist einer von ihnen«, sagte sie.

Er lehnte sich noch nachlässiger an die Tür, drückte sein ganzes Gewicht dagegen und verstärkte bei ihr das Gefühl des Gefangenseins und der Angst. »Nicht bloß einer von ihnen«, sagte er selbstgefällig, »sondern ein ganz wichtiger.« Er verhöhnte sie. »Bald werde ich Kommissar sein, und wir werden in einem schönen großen Haus wohnen. Wann werden wir heiraten?«

Ein Schauer durchlief sie. Als er das sah, schürte es seinen Zorn.

»Wir werden nicht heiraten«, sagte sie. Sie blickte ihn so beschwichtigend an, wie sie konnte. »Wir sind jung und naiv gewesen, es war nicht das, was wir uns vorgestellt haben.«

»Nicht, was wir uns vorgestellt haben? Und ich hab für Griechenland gekämpft und dabei den ganzen Tag an dich gedacht und jede Nacht von dir geträumt. Und wenn ich an Griechenland gedacht hab, hab ich ihm dein Gesicht gegeben und härter gekämpft. Und endlich komme ich heim und finde eine verwelkte Schlampe vor, die mich vergessen hat. Und hab ich was vom Heiraten gesagt? Ich hab mich vergessen. Ich hab vergessen, daß

Heiraten ein fauler Zauber ist.« Er zitierte aus dem *Kommunistischen Manifest*: »›Die bürgerliche Ehe ist in Wirklichkeit die Gemeinschaft der Ehefrauen.‹«

»Was ist los mit dir?« fragte sie.

»Was mit mir los ist?« Er zog aus der Jacke ein dickes Bündel zerknitterter Seiten. »Das ist los mit mir.« Er warf es ihr vor die Füße, und Pelagia hob es langsam auf, während in ihrem Magen böse Ahnungen rumorten. Sie hielt das Bündel in den Händen und sah, daß es die Briefe waren, die sie ihm an die albanische Front geschickt hatte. »Meine Briefe?« fragte sie und drehte den Packen in den Händen.

»Deine Briefe. Wie du weißt, kann ich nicht lesen, deshalb bin ich hergekommen, um sie mir noch mal vorlesen zu lassen. Eine vernünftige Bitte, wie ich meine. Ich möchte gern, daß du mit dem letzten anfängst, und wir werden uns dann vielleicht nach vorn durcharbeiten. Na los, lies.«

»Ach Mandras, bitte. Warum ist das notwendig? Das ist doch alles Vergangenheit.«

»Lies«, befahl er und hob die Hand, um sie zu schlagen. Sie duckte sich, schützte mit den Händen ihr Gesicht und fummelte dann am Stolperdraht herum, der die Briefe zusammenhielt. Sie fand den letzten, konnte ihn aber nicht vorlesen. Sie tat so, als würde sie weitersuchen, und wählte dann einen ziemlich frühen. Mit stockender Stimme fing sie an: »›Agapeton, immer noch keine Zeile von dir, und sonderbarerweise finde ich mich allmählich damit ab. Panayis ist zurückgekommen. Er hat an der Front eine Hand verloren. Er hat mir gesagt, daß es an der Front zu kalt ist, um überhaupt einen Stift ...‹«

Mandras unterbrach sie: »Hältst du mich für blöd, du Schlampe? Ich hab gesagt, du sollst den letzten lesen.«

Verschreckt kramte sie in den Blättern, um das letzte zu finden, und erkannte dabei, daß er sie denselben Qualen aussetzte wie so viele Monate zuvor. Sie sah auf die trockene Mitteilung in ihrem letzten Brief, und ihr Schrecken machte sie schwach.

»›Agapeton‹«, fing sie mit rauher Stimme an, »›ich vermisse dich so sehr ...‹«

Mandras brüllte vor Abscheu auf und riß ihr den Brief aus den Händen. Er hielt die Seite ans Licht und las: »›Du hast mir nie geschrieben, und zuerst war ich traurig und besorgt. Jetzt erkenne ich, daß du kein Gefühl hast, und das hat mich dazu gebracht, meine Zuneigung auch zu verlieren. Ich möchte dir mitteilen, daß ich beschlossen habe, dich aus deinen Versprechungen zu entlassen. Es tut mir leid.‹« Er lächelte zynisch, ein freudloses Grinsen, das sowohl finster wie bedrohlich war. »Hast du noch nie was von der Arbeiterselbstbildung gehört? Ja, ich kann lesen. Und das finde ich in den Briefen, die ich am Herzen getragen habe. Es ist komisch, aber als du mir einmal diesen Brief vorgelesen hast, schien er mir, soweit ich mich erinnere, ganz anders gelautet zu haben. Ich hab mich die ganze Zeit gefragt, wie ein Brief sich selbst neu schreiben kann. Da muß ich ja fast schon an Engel glauben. Sonderbar, nicht wahr? Ich würde gern wissen, wie sich das erklären läßt.«

»Ich wollte dir nicht weh tun. Es tut mir leid. Aber jetzt weißt du wenigstens die Wahrheit.«

»Die Wahrheit«, schrie er. »Die Wahrheit? Die Wahrheit ist, daß du eine Hure bist. Und weißt du, was noch? Weißt du, was ich bei meiner Ankunft als erstes höre? Ich höre: ›He, Mandras, weißt du schon das Neueste von deiner früheren Verlobten? Sie wird einen Italiener heiraten.‹ Also hast du dir einen Faschisten geangelt. Hab ich dafür gekämpft? Verräterhure.«

Pelagia, deren Lippen zitterten, stand auf und sagte: »Mandras, laß mich raus.«

»Laß mich raus«, äffte er sie nach. »Laß mich raus. Die Ärmste hat Angst, hm?« Er trat zu ihr und schlug ihr so brutal ins Gesicht, daß sie sich halb um die eigene Achse drehte, bevor sie hinfiel. Er trat ihr in die Nieren und bückte sich, um sie an den Handgelenken hochzuzerren. Dann schmiß er sie aufs Bett und begann, ganz gegen seine ursprüngliche Absicht, ihr die Kleider herunterzureißen.

Diese Gewalt gegen Frauen konnte er anscheinend nicht mehr lassen. Es war ein unwiderstehlicher Reflex, der tief aus seiner Brust aufwallte, ein Reflex, der sich in den drei Jahren der Allmacht gebildet hatte, während deren er keine Rechenschaft hatte ablegen müssen und in denen alles mit der bewaffneten Aneignung von Besitz begonnen und mit der Aneignung von allem aufgehört hatte. Es war ein natürliches Recht, eine Selbstverständlichkeit, und die Gewalt und Animalität dabei war unendlich befriedigender als der schwache Kitzel der Lust zum Abschluß. Manchmal mußte am Ende getötet werden, um einen kümmerlichen Rest, eine schwache Spur des früheren Vergnügens zu erhaschen. Und danach herrschte ein flaues Gefühl, eine Leere, die einen von einer Wiederholung zur anderen peitschte.

Pelagia kämpfte. Ihre Fingernägel gruben sich in sein Fleisch, sie drosch mit Händen, Knien und Ellbogen auf ihn ein, sie kreischte und bäumte sich auf. Für Mandras war ihr Widerstand sowohl unvernünftig wie ungerechtfertigt, trotz seines Gewichts und seiner Kraft kam er nicht voran, und so setzte er sich auf und versetzte ihr in dem Versuch, sie kleinzukriegen, mehrere Ohrfeigen. Ihr Kopf wurde bei jedem Schlag von einer Seite zur anderen geworfen, und unversehens probierte er, ihr die Röcke hochzureißen. Dabei wurde ihre Schürze zurückgeschlagen, und ihre Derringer fiel aus der Tasche und landete neben ihrem Kopf auf dem Kissen. Der heftig atmende Mandras, dessen Augen vor Wildheit und Wut glasig waren, sah das nicht, und als die Kugel sein Schlüsselbein durchbohrte, lähmte ihn der Schock. Er setzte einen Fuß auf den Boden, taumelte rückwärts und faßte sich mit einem sowohl erstaunten wie anklagenden Blick an seine Wunde.

Drosoula hörte den Knall des Pistolenschusses, gerade als sie durch die Küchentür kam, erkannte das Geräusch zunächst aber nicht. Doch dann wurde ihr klar, was sie gehört hatte, und sie holte die italienische Pistole unter den Scheiben altbackenen Brotes hervor, um die sie mit so vielen anderen Hungernden hinter den Fenstern des kommunistischen Parteibüros gekämpft hatte. Ohne etwas zu denken – denn sie wußte, daß jeder Gedanke sie zu einem Feigling machen würde –, drückte sie die Tür zu Pelagias Zimmer auf und erblickte das Undenkbare.

Sie hatte gefürchtet, daß sich Pelagia vielleicht selbst erschossen hatte oder daß Diebe gekommen waren, aber als sie hereinstürmte, sah sie die Tochter des Arztes auf die Ellbogen gestützt, die winzige Pistole in ihrer rechten Hand rauchte noch, ihr Gesicht war blutig verquollen, ihre Lippen gespalten, ihre Kleider zerrissen, ihre geschwollenen Augen liefen bereits blau an. Drosoula folgte Pelagias Blick und dem jetzt ausgestreckten Finger und sah, daß sich an die Wand hinter der Tür ein Mann lehnte, der

455

ihr Sohn hätte sein können. Sie rannte zu Pelagia und nahm sie in die Arme, wiegte und beruhigte sie und hörte die Worte, die sich aus dem Wimmern und Entsetzen schälten: »Er … hat … versucht …, mich … zu vergewaltigen.«

Drosoula richtete sich auf, und Mutter und Sohn betrachteten einander ungläubig. So viel hatte sich geändert. Sowie der Zorn in der Brust der Mutter aufwallte, legte sich das Feuer in Mandras' Seele und erstarb. Er wurde von einer Welle des Selbstmitleids überrollt und wollte bloß noch weinen. Alles war zunichte gemacht, alles war verloren. Die Qualen des Kriegs im Eis Albaniens, die Jahre in den Wäldern, das vermeintliche Selbstvertrauen, weil er das Schreiben beherrschte und ein lexikographisches Wissen über die Fachbegriffe der Revolution besaß, seine neue Macht und Wichtigkeit, alles war nur ein flüchtiger Traum. Er war wieder ein kleiner, sich duckender Junge, der vor der Wut seiner Mutter zitterte. Und seine Schulter tat ihm so weh. Er wollte sie ihr zeigen, um ihr Mitleid und ihre Aufmerksamkeit zu erheischen, er wollte, daß sie sie berührte und wieder gesund machte.

Doch sie richtete die Pistole, deren Lauf aufgrund ihrer Wut wackelte, auf ihn und spuckte ihm das eine Wort hin, das ihr als das aussagekräftigste erschien: »Faschist.«

Seine Stimme war rührend und flehentlich: »Mutter …«

»Wie kannst du es wagen, mich ›Mutter‹ zu nennen? Ich bin keine Mutter, und du bist nicht mein Sohn.« Sie verstummte und wischte sich mit dem Ärmel den Speichel vom Mund. »Ich habe eine Tochter …« sie wies auf Pelagia, die sich nun mit geschlossenen Augen zusammengekrümmt hatte und keuchte, als hätte sie gerade eine Geburt hinter sich »… und du machst so was. Ich verleugne dich, ich kenne dich nicht mehr, du wirst nicht mehr zurückkommen, ich will dich nie mehr im Leben sehen, ich habe dich vergessen, mein Fluch soll dich verfolgen. Nie sollst du Frieden haben, dein Herz soll dir in der Brust zerspringen, einsam sollst du sterben.« Sie spuckte auf den Boden und schüttelte verächtlich den Kopf. »Nazischwein, verschwinde, bevor ich dich umbringe.«

Mandras ließ das an die Küchenwand gelehnte Gewehr und seinen Rucksack zurück. Während ihm hellrotes Blut durch die Finger der rechten Hand rann, mit der er immer noch seine

Wunde zu stillen versuchte, stolperte er in die fahle Dezembersonne und holte Luft. Aus verschwommenen Augen sah er auf den Olivenbaum, wo er einst geschaukelt und gelacht hatte und wo es, wie er sich zu erinnern schien, einmal eine Ziege gegeben hatte. Es war ein unvollständiger Baum ohne die frühere Pelagia, jung und schön, die darunter Zwiebeln hackte und unter Tränen lächelte. Es war ein allein stehender Baum, der auf eine Abwesenheit und einen Verlust hinwies. Eine Welle des Grams und der Sehnsucht überspülte ihn, und Kummer schnürte ihm die Kehle zu, als er sich auf dem steinigen Weg davonschlich.

Es kam ihm nicht in den Sinn, daß er eine statistische Größe war, nur ein weiteres durch den Krieg verdorbenes und ruiniertes Leben, ein ins Leere treibender glanzloser Held. Er spürte nichts anderes als ein Verschwinden des Paradieses; sein Optimismus hatte sich in Staub und Asche verwandelt, und seine Freude, die einst heller als die Sommersonne geschienen hatte, war nun im schwarzen Licht und der kalten Hitze von Massakern und angehäuften Gewissensbissen geschmolzen. Er hatte für eine bessere Welt gekämpft und einen Scherbenhaufen aus ihr gemacht.

Einmal hatte es einen Ort gegeben, wo alles vor Wonne und Unschuld geglitzert hatte. Er stand einen Augenblick still und rief sich in Erinnerung, wo er war. Er schwankte, fiel beinahe um, und die Bauern in ihren Häusern sahen verwundert hinaus. Sie kannten ihn nicht, obwohl er ihnen irgendwie bekannt vorkam, und hielten es für besser, sich nicht einzumischen. Es hatte schon genug Soldaten gegeben, genug Blut. Sie starrten ihn durch ihre Fensterläden an und sahen zu, wie er schwerfällig vorbeischlurfte.

Mandras ging hinunter zum Strand. Er stand an der Wasserlinie, sah die Schaumblasen an seinen Stiefeln glitzern und zerplatzen. Italienische Stiefel, erinnerte er sich; ein Mann, der nicht friedlich gestorben war. Er schleuderte sie von den Füßen und sah ihnen nach, wie sie in hohem Bogen in die Wellen fielen. Mit einer Hand knöpfte er seine Hose auf, ließ sie herabrutschen und stieg heraus. Behutsam zog er seine Jacke aus und ließ sie von seiner verwundeten Schulter gleiten. Erstaunt betrachtete er den sich um das winzige ausgefranste Loch in seinem Hemd immer weiter ausdehnenden kreisförmigen Blutfleck. Er knöpfte das Hemd auf und ließ es auch fallen.

Nackt stand er vor dem Meer, trotz dieser bitteren Kälte, und hielt am Himmel nach Möwen Ausschau. Sie würden ihn zu den Fischen führen. Er merkte, daß er sich nichts sehnlicher wünschte, als die See an seinem Körper zu fühlen, den schabenden Sand an seiner Haut, das Zusammenziehen und Verkrampfen in seinem Unterleib bei den kalten Liebkosungen des Salzes und des seidigen Wassers. Er spürte den peitschenden Wind, und seine Wunde schmerzte nicht mehr so. Er mußte sich waschen.

Ihm fielen wieder Tage in seinem Boot ein, wo er nichts anders getan hatte, als zu fischen und ins Licht zu blinzeln; ihm fiel wieder sein Triumphgefühl ein, wenn er etwas Feines für Pelagia gefangen hatte, seine Freude über ihre Freude, wenn er es ihr schenkte, die am Abend gestohlenen Küsse, wenn die Grillen zirpten und die Sonne bei Lixouri plötzlich vom westlichen Himmel fiel. Er erinnerte sich, daß er damals schlank und schön war, stolzgeschwellt, mit starken Muskeln, und ihm fiel wieder ein, daß es drei wilde und ausgelassene Geschöpfe gegeben hatte, die ihn zutraulich liebten. Geschöpfe, die sich in ihrer schlichten Anmut nicht mit Mitgift oder Untreue abgaben und sich auch nicht mit der Weltverbesserung befaßten, Geschöpfe voller Liebe, aber ohne Komplikationen. »Kosmas! Nionios! Krystal!« rief er und watete ins Meer hinaus.

Die Fischer, die den aufgedunsenen Leichnam bargen, berichteten, daß sich an der Fundstelle drei Delphine abwechselnd bemüht hätten, ihn auf die Küste zuzubugsieren. Aber solche Geschichten gab es schon seit uralten Zeiten, und eigentlich wußte schon niemand mehr, ob es bloß ein romantisches Symbol oder eine wahre Begebenheit war.

64

Antonia

Es hatte so viele Vergewaltigungen gegeben, und so viele Menschen waren zu Waisen gemacht worden, daß es Pelagia und Drosoula nicht überraschte, als sie vor ihrer Tür ein ausgesetztes Kind fanden. Es war zu einer Zeit geboren, da der Vater Nazi oder Kommunist und die Mutter jedes beliebige unglückliche Mädchen hätte sein können. Wer diese bedauernswerte und geschändete junge Frau auch gewesen sein mochte, sie hatte sich so weit um ihr Kind gesorgt, daß sie es auf der Schwelle eines Arzthauses ablegte, wo sie sicher sein konnte, daß die Bewohner schon wußten, was sie mit ihm tun mußten. Das Chaos damals war so unüberschaubar, daß den beiden Frauen nichts anderes einfiel, als sich selbst um das Baby zu kümmern. Zur rechten Zeit, dachten sie, könnte es ja einem kinderlosen Ehepaar zur Adoption oder dem Roten Kreuz übergeben werden.

Sie hatten das Kind hereingeholt, es ausgewickelt und festgestellt, daß es ein Mädchen war. Sie hatten auch gleich bemerkt, daß das Kind seinem Wesen nach für eine zukünftige bessere Welt bestimmt war. Das Mädchen war ruhig und heiter, fand keinen Vorwand für jenes wahnwitzige Plärren, mit dem manche Babys ihre Eltern peinigen, lutschte am Daumen der rechten Hand – eine Angewohnheit, die sie selbst im mittleren Alter nicht verlieren sollte – und lächelte ausgiebig, wobei sie mit den Ärmchen und Beinchen auf eine Weise vergnügt strampelte, die Pelagia »zwitschernd« nannte. Wenn man dem Kind nur einen Finger auf die Nasenspitze legte, konnte es ein langes fröhliches Gurgeln von sich geben, das sich sehr nach einem langsamen Tremolo auf einer Baßsaite anhörte, so daß Pelagia sich entschloß, es nach Hauptmann Corellis Mandoline zu benennen.

Die beiden Frauen, deren Seelen in den Feuerproben von Verlust und Unglück gehärtet worden waren, fanden in Antonia einen neuen und rührenden Mittelpunkt ihres Lebens. Keine Not war so drückend, daß sie sie nicht erträglich machen, keine Erinnerung so tragisch, daß sie sie nicht auslöschen konnte, und sie nahm ihren Platz in diesem fürsorglichen Matriarchat ein, als hätte das Schicksal sie dafür geschaffen. In ihrem ganzen Leben fragte sie nie nach ihrem Vater, als wäre es ganz natürlich, durch Parthenogenese auf die Welt gekommen zu sein, und erst als sie einen Reisepaß beantragte, um ihre Hochzeitsreise ins Ausland antreten zu können, stieß sie auf die völlige Bedeutungslosigkeit, offiziell gar nicht zu existieren.

Sie hatte jedoch einen Großvater. Als Dr. Iannis nach zwei Jahren an den Armen zweier Mitarbeiter des Roten Kreuzes in die Küche schlurfte, von der ständigen Furcht vor alltäglicher Brutalität vollständig gebrochen, auf immer sprachlos und emotional gelähmt, bückte er sich und küßte das Kind auf den Kopf, bevor er sich in sein Zimmer zurückzog. Sowenig wie Antonia Spekulationen über ihren Vater anstellte, tat Dr. Iannis dies über das Kind. Er hatte für alle Zeit begriffen, daß die Welt in unbegreiflichen, fremdartigen und undurchschaubaren Bahnen lief. Sie war zu einem Spiegel geworden, der trübe das Groteske, das Dämonische und die Hegemonie des Todes wiedergab. Er nahm es hin, daß seine Tochter und Drosoula in seinem Bett schliefen und er das von Pelagia nehmen mußte, weil – egal, in welchem Bett er schlief – er überall die gleichen Träume von einem Gewaltmarsch über Hunderte von Kilometern ohne seine gestohlenen Stiefel, ohne Nahrung oder Wasser träumte. Er hörte die Schreie von Dorfbewohnern, deren Häuser brannten, das Kreischen, wenn Menschen bei lebendigem Leibe kastriert oder geblendet wurden, und das Krachen von Schüssen, wenn Nachzügler hingerichtet wurden, und er sah immer wieder Stamatis und Kokolios vor sich, den Monarchisten und den Kommunisten, das Sinnbild Griechenlands selbst, die, einander umarmend, starben und ihn anflehten, sie auf der Straße liegenzulassen, damit er nicht selbst erschossen würde. In seinem Kopf hallte die Hymne der ELAS wider – ein Lobgesang auf Einheit, Heldenmut und Liebe –, und die Ironie wurde ihm bitter bewußt, als Genosse angeredet zu werden, wenn ihm der Rücken zerschlagen und bei den Scheinexekutionen, aus denen seine Bewacher sich einen Spaß machten, ein Pistolenlauf ins Genick gedrückt wurde.

Weil Worte zu schwach und zu weit hergeholt waren, blieb Dr. Iannis stumm, dachte in Bildern statt in Worten und empfing von Antonia denselben Trost, den ihm Pelagia gegeben hatte, als seine junge Ehefrau gestorben war. Er schaukelte das Kind auf seinem Knie, ordnete ihm das schwarze Haar, kitzelte es an den Ohren und blickte eindringlich in seine braunen Augen, als ob dies die einzige Art zu sprechen wäre. Jedes Lächeln Antonias erfüllte sein Herz mit Kummer, weil sie mit den Jahren ihre Unschuld verlieren und erfahren würde, daß die Gesichtsmuskeln einem tragischen Verschleiß unterliegen, bis ein Lächeln nicht mehr möglich ist.

Dr. Iannis wandte sich wieder der Medizin zu, nur half er jetzt in einer Umkehrung der früheren Rollen seiner Tochter. Es erschreckte sie, wenn sie sah, wie seine Hände zitterten, wenn er Wunden und Entzündungen behandelte, und sie wußte auch, daß er nur gegen sein eigenes überwältigendes Gefühl der Vergeblichkeit anarbeitete. Warum Leben erhalten, wenn wir alle sterben müssen, wenn es so etwas wie Unsterblichkeit nicht gibt und Gesundheit eine flüchtige Beigabe der Jugend ist? Sie wunderte sich über die unbesiegbare Kraft seiner humanitären Impulse, die so unbegreiflich mutig und hoffnungslos vergeblich wie die Bemühungen von Sisyphos, so edel und unbegreiflich waren wie die, die einen Märtyrer dazu bringen, Lobpreisungen herauszuschreien, während er brennt. Abends schlang sie die Arme fest um ihn, wenn seine Gedanken um die Vergangenheit kreisten und seine Augen vor Traurigkeit feucht waren, und begrub ihren Kopf an seiner Brust, da sie verstand, daß seine Verzweiflung ihre eigene leichter machte.

Sie versuchte, ihn wieder zur Arbeit an seiner Geschichte zu ermuntern, und als sie die Seiten aus dem Versteck holte und an seinem Tisch vor ihm ausbreitete, schien er gewillt zu sein, sich wieder daranzusetzen. Er las sie durch, aber am Ende einer Woche fand Pelagia, daß er nur einen kurzen Absatz in einer Handschrift hinzugefügt hatte, die sich von der alten, klaren Schrift in ein spinnenbeiniges Chaos krakeliger Spitzen und dünner Kringel verwandelt hatte. Sie las ihn und erinnerte sich an etwas, was ihr Vater einmal zu Antonio gesagt hatte. Quer über die untere Hälfte der letzten Seite hatte ihr Vater geschrieben: »Früher hatten wir die Barbaren. Nun können wir nur noch uns selbst die Schuld geben.«

461

Im Versteck hatte Pelagia Mandras' Gewehr, Antonios Mandoline und Carlos Aufzeichnungen wiederentdeckt. Letztere las sie an einem Abend durch, beginnend mit dem herzzerreißenden und prophetischen Abschiedsbrief und fortfahrend mit der Geschichte aus Albanien bis zum Tod Franciscos. Sie hatte in keiner Weise geahnt, daß der männliche und leutselige Titan so ungeheuer an einem geheimen Kummer gelitten hatte, der ihn für immer sich selbst hatte fremd werden lassen und Ursprung und Quell seines Glücks eingetrocknet hatte. Doch schließlich wurde ihr klar, was der wahre Keim seiner Tapferkeit und Opferbereitschaft gewesen war, und sie verstand, daß nichts an einem Menschen undurchschaubarer ist als das scheinbar Unstrittige. Sie sah ein, daß er genauso darauf aus gewesen war, sein Leben zu verlieren, wie er das von Corelli hatte retten wollen, und erkannte, daß das von ihr adoptierte Kind, wenn es in Gefahr geriete, bei ihr den gleichen unbeschreiblichen Mut hervorrufen würde.

Antonia wurde groß und schlank und ähnelte täglich mehr dem klassischen Bild der athletischen Amazone, die auf den Vasen in den Museen abgebildet ist. Wenn sie ging, schritt sie weit aus, federte leicht von ihren Fußballen ab, und sehr früh suchte sie Weiß als Farbe ihrer Kleider aus. Sie war zu keinem wohlanständigen Verhalten fähig, denn wenn sie im Sessel ihres Großvaters saß, lutschte sie nicht nur am Daumen, sondern ließ ein Bein lässig über die Armlehne baumeln und rekelte sich auf äußerst undamenhafte Art. Wenn ihre Mutter und Drosoula sie tadelten, erwiderte sie laut lachend: »Seid nicht so altmodisch.« Pelagia erkannte, daß in einem allein von exzentrischen Frauen geführten Haus sie die Schuld traf, wenn sich mit Antonia die Anomalie des weiblichen Geschlechts weiterentwickelte, die ihr Vater mit ihr selbst ins Leben gerufen hatte.

Denn sie galten als exzentrisch. Der hohlköpfige Dorftratsch verwandelte die überaus häßliche Drosoula und die Männern gegenüber respektlose Pelagia in ein Paar Vetteln und Hexen. Daß der Arzt im Haus stumm und machtlos war, wurde auf die Manneskraft schwächende chemische Tränke und osmanische Zaubersprüche zurückgeführt, und daß Pelagia sich aufgrund von Geldmangel mehr mit Baldrian und Thymian als mit den fortschrittlichen modernen Medikamenten behelfen mußte, diente nur dazu, die Gewißheit zu verstärken, daß ihre Methoden verdächtig und okkult waren. Kinder warfen auf der Straße mit Steinen nach ihnen und verhöhnten sie, und Erwachsene ermahnten ihre Sprößlinge, nicht zu ihnen hinzugehen, und ermunterten ihre Hunde, sie zu beißen. Dennoch verdiente sich Pelagia ihren Lebensunterhalt: Nach Einbruch der Dunkelheit kamen die Leute verstohlen an, weil sie glaubten, daß ihre Heilkünste und Salben unfehlbar waren.

Die erste große Krise in dieser Art zu leben kam 1950, als die beiden Frauen nicht genug Geld auftreiben konnten, um einen Vertreter des Gesundheitsamts so weit zu bestechen, daß er über die Tatsache hinwegsah, daß der Arzt und Pelagia keine Approbation besaßen. Als ihnen das Praktizieren verboten wurde, schien es ihr Schicksal zu sein, in tiefstes Elend zu versinken und sich wie im Krieg wieder von Igeln, Eidechsen und Schnecken zu ernähren.

Doch als würden ihnen die Parzen zum ersten Mal zulächeln, traf ein bekümmerter, auf Verse über Selbstmordversuche und auf metaphysische Klagelieder spezialisierter kanadischer Dichter auf der Insel ein und suchte eine Bleibe. Er war der erste der neuen Vorhut romantischer westlicher Intellektueller mit byronschem Gehabe und suchte nach einer einfachen Behausung bei schlichten, erdverbundenen Menschen, wo er mit der wahrhaft harten Lebenswirklichkeit zu Rande kommen konnte.

Er bekam eine einfache Behausung bei schlichten, seeverbundenen Menschen. Scheu und verschämt zeigte ihm Drosoula die beiden Zimmer ihres ungepflegten, feuchten, brüchigen und etwas muffigen Häuschens am Kai, das fünf Jahre lang verschlossen gewesen und zu einer Zuflucht für Kakerlaken, Eidechsen und Ratten geworden war. Sie machte sich auf verächtliche Ablehnung gefaßt, er zeigte sich jedoch entzückt und bot eine Miete an, die neuneinhalbmal so hoch war, wie sie sich zaghaft ausgemalt hatte. Sie schloß daraus, daß der Mann zweifellos reich und verrückt war, und er selbst konnte sein Glück kaum fassen, für einen so läppischen Pachtzins eine Bleibe gefunden zu haben haben, die sich auch ein Dichter leisten konnte. Er hatte sogar Schuldgefühle und legte zuviel Geld in den Umschlag, den er durch den Fensterladen schob, woraufhin Drosoula, die ehrliche Haut, es wieder zurückgab.

Er blieb die drei Jahre bis zur Katastrophe 1953 dort, seine Zimmer füllten sich mit neurotischen, bohemehaften Blondinen und modisch marxistischen Romanautoren, die sich bei Flaschen mit einfachstem Rotwein, dessen Alkoholgehalt und den Verstand beeinträchtigende Wirkung erheblich schlimmer waren, als sie dachten, nächtelang und mit zunehmend unartikulierter Heftigkeit über ihre Verschwörungstheorien ausließen. Der Dichter wäre auch nach der Katastrophe noch geblieben, aber er hatte immer klarer erkannt, daß Müßiggang, Sonnenschein und Zufriedenheit seiner Muse irreparablen Schaden zufügten. Er hatte zum Schluß keine depressiven Verse mehr schreiben können, und es war vordringlich geworden, über Paris nach Montreal zurückzukehren, wo Freiheit allmählich als die Hauptquelle der Existenzangst wahrgenommen wurde.

Pelagia, Drosoula und Antonia aber schwelgten in der Freiheit ihres unvorhergesehenen Wohlstands. Sie aßen mindestens zweimal die Woche Lamm und konnten sich Bohnen leisten, die eher dieses als letztes Jahr getrocknet worden waren. Zusätzlich hatte die tägliche Flasche Wein beim Arzt die günstige Wirkung, seine seelischen Wunden nacheinander zu heilen, seine Erinnerungen freizugeben und unbeschwerter zu machen, bis er schließlich wieder lächelte und lachte, wenn er auch nie sprach. Er hatte sich angewöhnt, mit Antonia lange Spaziergänge zu machen, und sah zu, wie sich das kleine Mädchen über Schmetterlinge freute und in einer Weise von einem Schatz zum anderen jagte, die ihn an Lemonis Kindheit erinnerte. In diesen Tagen war die einzige Komplikation im Leben der vier die, daß ihnen eine Katze zulief.

Es war keine schwere Komplikation, aber dennoch eine, die Verwirrung stiftete. Katzen waren aus sehr offensichtlichen Gründen während des Krieges scheinbar ausgerottet worden, aber innerhalb von wenigen Jahren hatten sie sich wieder auf ihre frühere Zahl vermehrt. An den Kais gab es wieder fette und zufriedene Tiere, die auf Fischabfälle warteten, und armselige, wurminfizierte, dürre und verkrüppelte Katzen bettelten sich wieder von Haus zu Haus in der Erwartung durch, kaum etwas anderes als Schläge und Tritte zu bekommen.

Es hatte sich ergeben, daß Drosoula Antonia »Mieze« nannte, was keineswegs ungewöhnlich und ungerechtfertigt war, und das griechische Wort dafür, »Psipsina«, hatte sich auch bei Pelagia eingebürgert, bis das Mädchen seinen wahren Namen schon fast vergessen hatte. Sie hatte sich vollständig daran gewöhnt, es paßte zu ihrem katzenhaften Wesen und ihrer trägen Anmut, und es war üblich, sie mit diesem Namen zum Essen zu rufen. Es dauerte einige Zeit, bis die Familie herausfand, warum eines Abends – und darauf alle weiteren – eine kleine gescheckte Katze durchs Küchenfenster auf den Tisch hüpfte, als sie gerade Antonia hereingerufen hatten.

Zuerst scheuchten sie sie weg, indem sie mit Tischtüchern wedelten und mit den Händen fuchtelten, aber natürlich blieb sie beharrlich, und natürlich durfte sie schließlich bleiben. Das brachte aber mit sich, daß Antonia »Psipsina, runter vom Tisch« hörte, wenn sie unschuldig im Hof spielte, oder »Psipsina, Essen« vernahm, nur um dann beim Hereinkommen ein kleines und gar nicht einladendes Schälchen mit rohen und blutigen Eingeweiden auf den Fliesen vorzufinden. Wenn plötzlich der Schrei ertönte: »Psipsina, laß das«, erstarrte sie mitten in ihrem verbotenen Tun und fragte sich verzweifelt, ob sie nun erwischt worden war oder nicht. Drosoula schlug vernünftigerweise vor, daß Antonia und die Katze die Namen tauschen sollten, so daß die Katze Antonia und das kleine Mädchen Psipsina wurde, aber der Versuch wurde als undurchführbar eingestellt.

Während all dieser Jahre gewann Pelagia die Überzeugung, daß Antonio Corelli tot war, und erhielt wie ihr Vater die zweifelsfreie Gewißheit, daß es wirklich Geister gab.

Das erste Mal geschah es im Oktober 1946, etwa zum Jahrestag des Massakers, als sie mit dem Kleinkind auf den Armen vor dem Haus stand. Sie war dabei, girrende Laute von sich zu geben und dem Baby ihren Zeigefinger zum Nuckeln hinzuhalten. Etwas ließ sie aufblicken, und sie sah eine schwarzgekleidete Gestalt, die zu ihr schaute und an genau derselben Stelle stand, wo Mandras damals gestanden hatte, als er von Velisarios' Muskete angeschossen worden war. Die Gestalt sah sie an und zögerte, ob sie einen Schritt nach vorn machen sollte, und Pelagias Herz machte einen Satz. Die Melancholie von neuntausend gramerfüllten Geistern ging von dieser Gestalt aus, und ihr Gesicht strahlte mit der gleichen Bestimmtheit Kummer aus, mit der Licht durch den

Schirm einer Lampe dringt. Sie war sicher, daß er es war. Auch wenn er dünn und bärtig war, sah sie deutlich die Narbe an seiner Wange und die braunen Augen, die Frisur, die Symmetrie seiner Haltung. Vor Freude ganz aus dem Häuschen, legte sie das Baby hin, um zu ihm zu rennen, aber als sie aufblickte, war er verschwunden.

Mit klopfendem und pochendem Herzen rannte sie los. Hinter der Straßenbiegung blieb sie stehen und blickte sich verwirrt um. »Antonio!« rief sie. »Antonio!« Aber keine Stimme antwortete, und kein Mann ging auf sie zu. Er war verschwunden. Sie reckte verständnislos die Hände in den Himmel und ließ sie dann verzweifelt wieder sinken. Sie stand da, spähte und rief, bis sie vom Schreien einen rauhen Hals bekam und Tränen ihre Augen blind machten. Am folgenden Morgen fand sie eine einzelne rote Rose an der Stelle, wo Carlo Guercio lag.

Derselbe Geist erschien 1947 und auch jedes Jahr danach immer um etwa – wenn auch nie ganz genau – die gleiche Zeit an derselben Stelle, und jedes Jahr im Oktober lag auch eine Rose da. Dadurch kam Pelagia zu dem Schluß, daß Antonio sein Versprechen, zurückzukommen, in Ehren hielt und daß es möglich war, einen Schwur zu halten und auch aus dem Kerker eines Grabes heraus weiterzulieben. Sie konnte zufrieden leben, da sie wußte: sie war nicht verlassen und verstoßen worden. Sie war erfüllt von glücklichen Träumereien, noch als vertrocknete und verwelkte Jungfer begehrt und geschätzt zu werden, und freute sich darauf, daß ihr eigener Tod ihr alles wiederbringen würde, was ihr im Leben gestohlen worden war.

65

1953

Als Zeus den Nabel der Welt genau festlegen wollte, ließ er zwei Adler von den beiden äußersten Punkten losfliegen und merkte sich, wo sich der Flug der Vögel kreuzte. Das war in Delphi, und

Griechenland wurde die Gegend, wo sich Ost und West, Nord und Süd scheiden, wo nicht miteinander zu vereinbarende Kulturen und die raubgierig umherziehende Heere der Welt aufeinandertrafen.

Pelagia war stolz auf die Vorstellung gewesen, genau am Mittelpunkt zu leben, aber nun, sofern das überhaupt möglich war, gab sie es auf, Griechin zu sein. Mit eigenen Augen hatte sie gesehen, mit welcher Verachtung Drosoula behandelt wurde, bloß weil das Witwendasein bedeutete, nicht mehr existieren zu dürfen. Ihr gewissenhafter Idealismus bei der Heilung von Kranken trug ihr den Ruf ein, eine Hexe zu sein, und was noch schlimmer war, der grausame Bürgerkrieg hatte ihr für immer den hellenischen Glauben ausgetrieben, den ihr Vater ihr eingepflanzt hatte. Sie konnte nicht länger glauben, daß sie Erbe der größten und erhabensten Kultur der Weltgeschichte war. Das antike Griechenland mochte am selben Ort wie das moderne Griechenland sein, aber es war nicht das gleiche Land und beherbergte nicht das gleiche Volk. Papandreou war nicht Perikles, und der König war schwerlich Konstantin der Große.

Pelagia redete sich ein, Italienerin zu sein, und konnte sich aus der Distanz eher zugehörig fühlen, weil die Entfernung und die Tatsache, daß sie nie dort gewesen war, sie vor der Entdeckung bewahrten, daß Italien auch nicht mehr liberale und humanistische Mandolinenspieler beherbergte als Griechenland. »Schließlich«, sagte sie sich, »sollte ich einen Italiener heiraten, ich kann Italienisch und denke, daß ich dort eine Ärztin hätte werden können.«

Entsprechend brachte sie Antonia Italienisch bei, so daß diese das romaische Griechisch von Drosoula erlernte und nie Katharevussa sprach, und sie kaufte sich ein Radio von jemand, der sich für ein Butterbrot gern davon trennte, weil die Sendereinstellung kaputt war und nur noch Sender aus Italien zu empfangen waren. Sie kaufte es 1949, gerade nachdem die Schlacht von Vitsi den Bürgerkrieg beendet hatte, und konnte es zum Jahrestag der Oktobermassaker einschalten. Sie mochte es sehr, polierte das zerkratzte Furnier, bis es glänzte, und vernachlässigte ihre Pflichten, indem sie stundenlang regungslos davorsaß und nicht nur zuhörte, sondern es sorgfältig beobachtete, als erwartete sie, daß

Antonio auf einmal wie Rauch aus dem bronzenen Maschengitter steigen würde.

Sie konnte sich kaum von ihm trennen und hielt Stunde um Stunde den größten Unsinn aus, nur weil sie hoffte, *Non Ti Scorda Di Me, Core 'ngrato, Parlami d'Amore* oder *La Donna è Mobile* zu hören. Doch vor allem wollte sie sich mit *Torna a Surriento*, dem Lieblingslied des Clubs, das sie am häufigsten gesungen hatten, wieder in die Tage von »La Scala« zurückversetzen lassen. Bei dieser Melodie schloß sie die Augen in seligster Melancholie, stellte sich die Männer draußen unter dem Ölbaum vor, die die Melodramatik ihrer Gestik kaum wahrnahmen, wenn sie ihre Herzen und ihre ganze Lust an ihren Stimmen in die ergreifend schönen Triller und Schnörkel der letzten Zeile fließen ließen, wonach sie immer einen Augenblick sehnsüchtig schweigend dasaßen, bevor sie aufseufzten, den Kopf schüttelten und sich mit dem Ärmel die Tränen aus den Augen wischten. Über das Radio entdeckte sie erst, daß es auch für Frauen herrliche Lieder gab, und so sang sie *O Mio Babbino Caro* in den höchsten Tönen, wenn sie auf Händen und Knien den Boden schrubbte, baute noch orientalische Zwischennoten ein und schmückte es mit schnellen Trillerfolgen, womit sie ihr Vorhaben, Italienerin zu werden, schon im bloßen Versuch zuschanden machte.

Ganz besonders achtete sie auf den Klang von Mandolinen und erinnerte sich daran, daß sie eines Tages die des Hauptmanns aus dem Verlies retten mußte. Einmal war sie vom Beerenpflücken heimgekommen und hätte schwören können, daß sie die letzten Takte von *Pelagias Marsch* gehört hatte, sah aber ein, daß das nicht sein konnte, da der Hauptmann ja tot war. Nein, es war nur so, daß diese verschwenderische Welt über andere Spieler verfügte, die seinen Platz einnehmen konnten. Sie fragte sich oft, wo das Schicksal ihn ereilt hatte, am wahrscheinlichsten auf dem Meer, in jenem kleinen Boot, aber vielleicht auch in Italien, in Anzio oder irgendwo an der Gotenlinie. Es vermittelte ihr ein Gefühl übermäßigen Verlusts, wenn sie sich sein Skelett vorstellte, wie es unter dem Erdboden ausbleichte, wie die Muskeln und Sehnen, die so eine Musik hervorgebracht hatten, reglos und nutzlos waren und sich zu verrottenden Riemen zusammenzogen. Die Erde über ihm war vielleicht so still und stumm wie die über den Toten in der Macchia, oder vielleicht war es eine belebtere Stelle wie die über Carlo Guercios Überresten. Sie selbst ging nicht gern über Carlos Grab und zog sich auf mit der lachhaften Sittsamkeit, die sie befürchten ließ, ein Toter könnte durch die Erdschichten linsen und ihr unter die Röcke gucken.

Aber der zweideutige Boden Kephallonias war überhaupt nicht still; er war wie ein Hund, der im Regen geschlafen hat und dann aufsteht, um die Tropfen abzuschütteln.

Es heißt, in der Urzeit wären alle Länder miteinander verbunden gewesen, und anscheinend bekunden die Kontinente selbst eine Sehnsucht nach diesem Zustand, genauso wie es Menschen gibt, die behaupten, sie gehören nicht einer Nation, sondern der ganzen Welt an, und einen internationalen Paß und ein universelles Aufenthaltsrecht verlangen. So drückt Indien nach Norden, pflügt den Himalaya auf und ist entschlossen, keine Insel zu sein, sondern muß seine tropenfeuchte Luft Asien aufdrängen. Die Arabische Halbinsel übt verstohlen Rache an den Osmanen, indem sie sich lässig in der Hoffnung an die Türkei anlehnt, sie damit wieder ins Schwarze Meer zu stürzen. Afrika, das der Weißen überdrüssig ist, die es für moschusduftend, gefährlich, unbekannt und romantisch halten, drückt nach Norden, weil es entschieden hat, daß Europa ihm endlich einmal ins Gesicht schauen und zugeben soll, daß seine Kultur in Ägypten entstanden ist. Nur die Amerikas eilen nach Westen davon, so fest entschlossen, isoliert und überlegen zu sein, daß sie dabei die Kugelgestalt der Erde vergessen haben, weshalb sie eines Tages gezwungenermaßen feststellen werden, daß sie – o Wunder – an China kleben.

Es schien im nachhinein offensichtlich, daß es geschehen würde, aber das letzte Mal war es nicht auf Kephallonia, sondern weiter nördlich, auf Levkas, passiert, 1948, als Griechenland so tief in Barbarei versunken war, daß niemand etwas merkte, und die Zeichen und Omen an diesem Morgen wurden eher als sonderbar denn als unheilverkündend betrachtet.

Der Koreakrieg war gerade zu Ende, französische Fallschirmtruppen waren eben erst in Indochina gelandet, und es war ein herrlicher 13. August 1953, kurz vor Mariä Himmelfahrt und nach der Weinlese. Es war leicht dunstig, und faserige Wolken waren Rauchfahnen gleich in unbekümmerten Konfiguratio-

469

nen am Himmel aufgezogen, als hätte sie ein expressionistischer Künstler dorthin versetzt, der gegen jede Ordnung allergisch war und ernsthafte ästhetische Einwände gegen Symmetrie und Form hatte. Drosoula war aufgefallen, daß über dem Land ein unerklärlicher Geruch und Glanz lag, und Pelagia hatte entdeckt, daß das Wasser im Brunnen bis oben zum Rand stand, obwohl es nicht geregnet hatte. Doch Minuten später war sie mit ihrem Eimer hingelaufen und hatte überhaupt keinen Tropfen mehr vorgefunden. Dr. Iannis, der die winzigen Schräubchen an seiner Brille festzog, stellte verwundert fest, daß sie mit unerklärlicher magnetischer Kraft an seinem Schraubenzieher klebten. Antonia, nun acht Jahre alt, aber so groß wie eine Zwölfjährige, wollte ein Blatt Papier vom Boden aufheben, aber das schwebte hoch und blieb an ihrer Hand haften. »Ich kann zaubern, ich kann zaubern«, rief sie und hüpfte nach draußen, wo sie auf einen Igel stieß, der mit seinen zwei Jungen über den Hof trippelte, und eine gleichfalls nachtaktive Eule beäugte sie von einem niederen Zweig des Ölbaums, zu beiden Seiten flankiert von Pelagias neuerworbenen Hühnern, die mit den Köpfen zwischen den Flügeln selig schliefen. Hätte Antonia aufgeblickt, hätte sie keinen einzigen Vogel am Himmel fliegen sehen, und wäre sie zum Meer hinuntergegangen, hätte sie Plattfische nahe der Wasseroberfläche schwimmen und die anderen Fische herumhüpfen sehen, als wollten sie Vögel sein und in der Luft schwimmen, während viele andere vorbeugend den Bauch nach oben kehrten und starben.

Schlangen und Ratten krochen aus ihren Höhlen, und die Marder in den kephallonischen Bäumen versammelten sich gruppenweise am Boden und saßen erwartungsvoll da wie Opernliebhaber vor Beginn der Ouvertüre. Vor dem Haus des Arztes zerrte ein an der Mauer angebundenes Maultier an seinem Strick und schlug gegen die Steine aus, so daß die dumpfen Huftritte durchs Haus hallten. Die Hunde im Dorf führten ihren unfeinen und entnervenden Chor auf, der normalerweise erst in der Abenddämmerung einsetzte, und Scharen von Grillen strebten zielsicher über Straßen und Höfe, um im Dorngestrüpp zu verschwinden.

Es gab eine merkwürdige Begebenheit nach der anderen. Steingut klapperte, und Besteck rasselte wie im Krieg, wenn britische Bomber vorbeiflogen. Draußen im Hof fiel Pelagias Eimer um und das Wasser lief aus, aber Antonia bestritt, daß sie ihn umgekippt hätte. Drosoula kam schwitzend und zitternd herein und sagte zu Pelagia: »Ich bin krank, ich fühle mich schrecklich, irgendwas ist mit meinem Herzen.« Sie setzte sich schwer hin, griff sich mit der Hand an die Brust und keuchte vor Angst. Noch nie hatte sie sich so schwach auf den Beinen gefühlt, so von Nadelstichen in ihren Füßen gepeinigt. Seit dem letzten Fest des Heiligen war ihr nicht mehr so hundeelend gewesen. Sie atmete schwer, und Pelagia machte ihr zur Stärkung einen Heiltrank.

Draußen im Hof merkte Antonia, daß sie unter Kopfschmerzen litt, leicht benommen und von jenem Schwindelgefühl gepackt war, das jemanden befällt, der in einen Abgrund hinabblickt und Angst bekommt, er könnte in die Tiefe gezogen werden. Pelagia kam heraus und sagte: »Psipsina, komm rein, die andere Psipsina ist übergeschnappt.«

Die Katze legte in der Tat ein rätselhafteres Verhalten an den Tag, als seit der Zeit Kleopatras und der Ptolemäer bei der Gattung Felidae zu sehen gewesen war. Sie kratzte am Boden, als wollte sie entweder etwas verscharren oder ausgraben, kugelte dann auf dem Fleck herum, als wollte sie ihre Freude zeigen oder den Juckreiz ihrer Flohbisse hinwegscheuern. Auf einmal sprang sie zur Seite und dann außerordentlich hoch kerzengerade in die Luft. Sie schaute die Menschen für den Bruchteil einer Sekunde an, schlug einen Purzelbaum mit weit aufgerissenen Augen, die nur Verwunderung ausgedrückt haben konnten, und schoß dann aus der Tür und den Baum hinauf, wo sie die Hühner keines Blickes würdigte. Im nächsten Augenblick war sie schon wieder im Haus und suchte nach Dingen, in die sie hineinschlüpfen konnte. Sie probierte es mit einem Weidenkorb, steckte Kopf und Vorderpfoten in eine Papiertüte, setzte sich für eine Weile in einen Topf, der zu klein für sie war, und krallte sich dann die Wand hoch, um sich mit eulenhaftem Blinzeln oben auf einem Fensterladen niederzulassen, der gefährlich hin und her schwang und unter ihrem Gewicht knarrte. »Verrückte Katze«, sagte Pelagia vorwurfsvoll, woraufhin das Tier von einem Regal zum anderen sprang, wie von Sinnen rundherum durchs Zimmer wirbelte, ohne ein einziges Mal den Boden zu berühren, was Pelagia an seine gleichnamige Vorgängerin erinnerte. Es blieb abrupt stehen,

471

den Schwanz ungeheuer aufgeplustert, die Haare auf dem Katzenbuckel senkrecht aufgestellt, und fauchte grimmig einen unsichtbaren Gegner an, der irgendwo in der Nähe der Tür zu sein schien. Dann kam es leise wieder auf den Boden, schlich, als würde es sich anpirschen, in den Hof hinaus und setzte sich auf die Mauer, wo es tragisch maunzte, als würde es den Verlust von Neugeborenen beklagen oder über eine andere Scheußlichkeit jammern. Antonia, die in die Hände geklatscht und vor Freude gelacht hatte, brach plötzlich in Tränen aus, rief: »Mama, ich muß raus« und rannte vors Haus.

Drosoula und Pelagia tauschten einen Blick aus, der zu besagen schien: »Sie ist aber früh in die Pubertät gekommen«, da brach aus der Erde ein betäubendes Tosen so weit unter der Hörschwelle, daß es eher körperlich zu spüren als zu hören war. Die beiden Frauen fühlten, wie ihr Brustkorb sich gegen die Einengung durch Sehnen und Knorpel dehnte und spannte, auch die Rippen schien es auseinanderzureißen, und ein Gott schien ungestüm auf eine Baßtrommel in ihren Lungen zu hämmern. »Ein Herzanfall«, dachte Pelagia verzweifelt. »O Gott, ich hab ja noch gar nicht gelebt.« Und sie sah Drosoula mit den Händen am Magen und hervorquellenden Augen auf sie zuwanken, als wäre sie von einem Axthieb getroffen worden.

Es schien, als würde die Zeit stillstehen und das unsägliche Grummeln der Erde nie mehr aufhören. Dr. Iannis stürzte aus Pelagias ehemaligem Zimmer und sprach zum ersten Mal seit acht Jahren: »Geht raus! Geht raus!« rief er. »Das ist ein Erdbeben! Rettet euch!« Seine Stimme klang blechern und unendlich fern im Gegensatz zum aus tiefster Kehle kommenden Ausbruch des immer weiter anschwellenden Getöses, und er wurde heftig zur Seite geschleudert.

Vom furchtbaren Toben und Beben der Welt entsetzt und geblendet, taumelten die beiden Frauen zur Tür, wurden umgeworfen und versuchten zu kriechen. Zum infernalischen und ohrenbetäubenden Dröhnen der Erde gesellten sich die Kakophonie herabstürzender Teller und Pfannen, die bedrohliche, unbeherrschte Trippeltarantella von Stühlen und Tischen, das gewehrschußartige Knallen reißender Balken und Wände, das unregelmäßige Läuten der Kirchenglocke und eine erstickende, nach Schwefel riechende Staubwolke, die Hals und Augen reizte. Sie konnten nicht auf Händen und Knien kriechen, da sie immer wieder zur Seite und nach oben geworfen wurden, und so breiteten sie Arme und Beine aus und wanden sich wie Schlangen zur Tür, die sie gerade erreichten, als das Dach in sich zusammensackte.

Sie gelangten in den sich aufbäumenden Hof, wo das Licht vom Himmel gelöscht war, der gräßliche Lärm in Kopf und Brust detonierte und Staub gemächlich vom Erdboden aufstieg, als würde er vom Mond angezogen. Vor ihren Augen verbeugte sich der uralte Olivenbaum und wurde mitten durch den Stamm gespalten, bevor er wieder hochschnellte und seine Äste schüttelte wie ein betagter Nazarener. Mitten auf der Straße schoß sprudelnd eine dreckige Wasserfontäne zwölf Meter empor und verschwand dann wieder, als wäre sie nie dagewesen, hinterließ nur eine Lache, die sich rasch mit Staub füllte und ebenso verschwand. Weiter oben am Berg, wegen der aufsteigenden Vorhänge aus bleichem und erstickendem Staub allerdings nicht sichtbar, löste sich eine Felsplatte vom Hang und schlitterte hinab, kam auf den südlichen Abschnitt der Straße, riß die Ölbäume mit sich und räumte das Feld ab, aus dem die Grillen ausgewandert waren. Noch einmal hieb der aufgestörte Riese in den Eingeweiden der Erde mit gewaltiger Faust senkrecht nach oben, so daß Häuser aus ihren Fundamenten hüpften und feste Steinwände sich wie Papier im Wind knüllten, und plötzlich schwieg alles wie tot. Eine unheimliche Grabesstille senkte sich über das Land, als würde es verspätet so eine Katastrophe bedauern, und Pelagia, staubbedeckt, nach Luft ringend und von einem unermeßlichen Gefühl der Machtlosigkeit und Winzigkeit erfaßt, versuchte sich auf Knien aufzurichten, aber sie war immer noch völlig außer Atem vom letzten titanischen Hieb, der sie ins Zwerchfell getroffen und ihre Lungen gelähmt hatte. Sie stand auf und wankte auf ihren Füßen, da wurde die unnatürliche Stille plötzlich von den heftigen und unbeherrschten Schreien des Priesters zerrissen, der aus der Kirche geeilt war und sich nun drehte und wand, während er die Arme zum Himmel erhob und seine Augen durch den Schmutz im Gesicht blitzten. Er flehte seinen Gott nicht an, aufzuhören, wie Pelagia erst annahm, sondern zürnte ihm. »Du Bastard!«

473

brüllte er. »Du dreckiger Hund! Du Sohn einer lausigen Hündin! Du Hurensauerei!« Die verbotenen Wörter sprudelten aus ihm heraus, die Gemütsruhe seiner frommen Seele hatte sich augenblicklich völlig in Verachtung verwandelt, und er fiel auf die Knie, hämmerte mit den Fäusten auf die Erde ein, und da der Körper seinen Zorn nicht fassen konnte, sprang er wieder auf die Füße und stieß die Faust in den Himmel. Tränen stiegen ihm in die Augen, und er fragte: »Haben wir dich nicht geliebt? Undankbarer Scheißkerl! Auswurf des Teufels!«

Genau da setzte wie eine Antwort wieder das tiefe Grollen ein und schwoll an. Noch einmal schoß die plutonische Faust aus den tiefsten Tiefen nach oben, und noch einmal wackelte und tanzte die Felskruste Kephallonias, und die Berggipfel wankten wie Bootsmasten. Pelagia, die wieder zu Boden geworfen wurde, krallte sich in die pulsierende, dröhnende Erde, und Hilflosigkeit und Entsetzen vernichteten und vertrieben sogar ihren verzweifelten Überlebenswillen. Die ganze Welt war zu einem dunklen Feuerball zusammengeschrumpft, der in ihrem Magen aufzulodern und seine verschlingenden Flammen in die Fasern ihres Gehirns zu speien schien, und in diesem einsamen Inferno wand sie sich würgend, ungläubig, erstaunt, schon jenseits aller Überraschung und Bestürzung, nur noch ein Spielball der unverschämten und gefühllosen Erde.

Im Süden, auf der Insel Zanthe, strahlte die Hauptstadt in einem Regen aus weißglühender Asche, die sich so peinigend in die Haut einbrannte, daß Menschen und Hunde verrückt wurden. Ein Bergungsarbeiter, der Nagasaki miterlebt hatte, sagte später, dies hier wäre schlimmer gewesen. Überall auf den Ionischen Inseln hatten die Menschen mit einem Schlag nichts weiter als die idiotischen Dinge, die sie zu retten versucht hatten, als sie aus ihren Häusern rannten; einen Nachttopf, einen Brief, ein Kissen, einen Basilikumtopf oder einen Ring. In Paliki auf Kephallonia wurde der Felsen von Kounopetra, der jahrhundertelang gewackelt hatte und den selbst britische Schiffe nicht aus dem Takt hatten bringen können, reglos und kam inmitten der Zerstörung des Landes zur Ruhe. Er wurde zu nichts weiter als einem weiteren Felsen am Meer, als die Insel sich umgestaltete, sich in eine Ödnis auflöste und Harmageddon probte.

In den Pausen, in denen der apoplektische Titan unter ihnen seine Kräfte sammelte und sich neue und zwingendere Gründe für seine Boshaftigkeit ausdachte, standen Pelagia, Drosoula und Antonia, sich Halt suchend aneinanderklammernd, da und schauten auf ihr Haus. Während die Steinplatten und Felskanten mit dem Lärm von Artillerie und Panzern zerbarsten, während die Straßen sich aufbäumten und wellten und die Säulen der venezianischen Balkone sich verdrehten und verbogen, taumelten und torkelten die drei Frauen in Unglauben und Kummer umher. Psipsina tauchte aus dem Nichts auf und schloß sich ihnen an. Ihr Fell war mit weißem Staub durchsetzt, und ihre Schnurrhaare waren mit Spinnweben verziert. Antonia nahm sie auf den Arm.

Vom alten Haus blieb wenig stehen; die Wände waren nur noch halb so hoch, und was übrigblieb, umgab nur noch Schutt und die Reste des Dachs. Darunter waren auch die desillusionierte Seele und der müde alte Körper des Arztes, der sich seine letzten Worte seit Jahren zurechtgelegt hatte, die nun aber alle unausgesprochen blieben.

66

Rettungsarbeiten

In jener Zeit war Großbritannien nicht so wohlhabend wie jetzt, aber auch nicht so selbstgefällig und erheblich weniger marode. Es verfügte über ein humanitäres Verantwortungsgefühl und einen Mythos seiner eigenen Bedeutung, der auf verdrehte Weise der Wahrheit entsprach und universell akzeptiert wurde, weil es daran glaubte und das auch laut genug hinausposaunte, damit Fremde es verstanden. Es hatte noch nicht die schulbubenhafte Gewohnheit angenommen, monatelang auf die Genehmigung aus Washington zu warten, bevor es aus seinem post-imperialen Bett kletterte, die Stiefel anzog, sich eine zuckersüße Tasse Tee machte und festen Schrittes aus der Tür trat.

Demgemäß kamen die Briten als erste an, blieben am längsten, taten am meisten und gingen als letzte. Über Nacht wurden Wasser, Nahrungsmittel, Arzneien, verfügbare Ärzte und Rettungsgeräte auf die HMS *Daring* geladen, worauf sie von Malta losdampfte und im Morgengrauen des folgenden Tages im Hafen von Argostoli eintraf, der von Unterwasserentladungen und magnetischen Minen zu brodeln, zu sprudeln und zu schäumen schien. Ein Flugboot der Sunderland-Klasse brachte den Oberkommandanten der Mittelmeerstreitkräfte herbei, die HMS *Wrangler* schaffte Vorräte nach Ithaka, und bald tauchten auch die HMS *Bermuda*, die *Forth*, die *Reggio* und das neuseeländische Schiff *The Black Prince* auf. Insgesamt lieferten sie 250 Meilen Verbandsmaterial, 2500 Gallonen Desinfektionsmittel, 50 Nissen-Wellblechbaracken, 6000 Decken, Planierraupen, Babyflaschen, 60000 Dosen Milch, für 15000 Menschen eine volle Woche lang drei Mahlzeiten pro Tag und ungewöhnliche und wundersame zweieinhalb Tonnen Baumwolle und Leinen.

Die Jugoslawen, deren Hafen Dubrovnik am nächsten lag, schickten den Kapitalisten gar nichts, aber bald erschienen scheu vier kleine Schiffe der israelischen Marine. Italien, eingedenk seiner schamvollen Vergangenheit und der daraus erwachsenen Verpflichtungen, schickte seine feinsten Großkampfschiffe mit Elite-Feuerwehrleuten aus Neapel, Mailand und Rom und fing mit der Evakuierung von Unglücksopfern nach Patras an. Die *Franklin D. Roosevelt* und die *Salem* trafen ein, beladen mit Räumfahrzeugen und Hubschraubern, und binnen kurzem kamen vier Truppentransporter mit 3000 US-Marines an. Die griechische Kriegsmarine, die durch interne bürokratische Zwistigkeiten blockiert war, tauchte spät, aber mit ehrgeizigen Plänen auf, und General Iatrides wurde für die Dauer des Ausnahmezustandes zum Gouverneur Ioniens ernannt. Der König und seine Familie nutzten die Gelegenheit, um inkognito in einem Jeep um die Insel zu kurven, und die rundlichen kleinen Nonnen der geschlossenen Klöster schwärmten gewissenhaft, aber fröhlich aus, um ein bißchen vom Leben zu kosten, und dazu gehörte für sie auch Schokolade und die Möglichkeit zu Arbeit und Unterhaltungen.

Dank der breiten Straßen gab es auf Kephallonia wenig Todesopfer; die Städte bestanden hauptsächlich aus eingeschossigen, durch Höfe und Komposthaufen getrennten Gebäuden, und es ereigneten sich die üblichen Wunder, bei denen Menschen, die ihr Zeitgefühl verloren hatten, nach neun Tagen aus den Trümmern krochen und glaubten, es wären ein paar Stunden gewesen.

Die britischen Matrosen schwitzten und schufteten in der nervtötenden Hitze und beklagten sich bitter über den Kotgestank im Hafen und den Sonnenbrand, durch den sich ihre Haut in Lappen ablöste. Die krebsroten Gestalten sprengten baufällige Gebäude; wie sich herausstellte, waren alle baufällig, so daß die Insel nach dieser Maßnahme noch verwüsteter wirkte. Den aufgewühlten Inselbewohnern, die ein Nachbeben nicht von einer Explosion unterscheiden konnten, wurde noch mehr Angst und Schrecken eingejagt. Die weder in Geographie noch in höflichen Umschreibungen bewanderten Matrosen redeten jovial von »Spaghettifressern«. An ihren Schwarzen Brettern wurde unter den Tagesbefehlen und besonderen Anweisungen auch der regelmäßig aktualisierte Ergebnisstand des Kricketturniers zwischen England und Australien angeschlagen.

Die ausländischen Hilfskräfte errichteten Zeltstädte und räumten riesige Parkplätze für ihre Jeeps und Lastwagen frei. Zum Grollen der unruhigen Erde gesellte sich das betäubende Knattern der Hubschrauber und das Tuckern und Dröhnen der Räumfahrzeuge, die Erdrutsche zu beseitigen versuchten, durch die abgelegenere Gemeinden von der Außenwelt abgeschnitten worden waren. Die Bewohner dieser Dörfer glaubten drei Tage lang, sie wären völlig vergessen worden und müßten vor Hunger oder Durst umkommen. Ein Dorf auf Zanthe war der Verzweiflung nahe, als ein Flugzeug das beste Brot abwarf, das die Menschen je gekostet hatten; seine Würzigkeit blieb ihnen als ein Vorgeschmack aufs Paradies in Erinnerung, wie ihn keine sterbliche Hausfrau je wieder zustande bringen könnte. Darauf folgten Corned beef und Schokolade, die schon bei der Landung zerschmolz, von den Menschen begierig vom Silberpapier geleckt wurde und dann von den Hunden ein zweites Mal, bevor sie die Folie selbst fraßen.

Die Mannschaft der *Franklin D. Roosevelt* backte pro Tag 7000 Laib Brot und lieferte sie mit ihren eher an Haubitzen, Panzer und Truppen gewöhnten Landungsbooten an rissigen Hafenmolen und den Stränden ab. Ein amerikanischer Offizier lief mit einem Sprachführer in der Hand herum und wiederholte andauernd »Hungrig?«, wobei er es aber nicht fragend genug aussprach, zur Verdeutlichung jedoch auf seinen Mund deutete, bis einige Dorfbewohner sich seiner erbarmten und aus dem wenigen, was sie auftreiben konnten, ein Bankett für ihn zusammenstellten. Als die Amerikaner abzogen, wurden ihre Zelte und Mülltonnen geplündert, und zehn Jahre lang galten ihre wunderbaren, kaum rasierklingengroßen Dosenöffner bei den Tauschgeschäften der Jungen auf der Insel als Währung anstelle von Münzen und Taschenmessern.

Die Griechen selbst reagierten unterschiedlich, je nachdem ob sie unter sich einen natürlichen Anführer gefunden hatten oder nicht. Diejenigen, bei denen keiner auftrat, versanken in Melancholie, verloren ihr Zeitgefühl, wurden einsilbig und unentschlossen und litten unter quälenden Alpträumen, endlos ins Leere zu fallen. Über Tränen waren sie hinaus; niemand weinte. Sie hefteten nicht einmal Zettel an, mit denen anderswo Treffen mit Verwandten und Freunden vereinbart wurden.

Während des Erdbebens selbst hatte etwa ein Viertel so wenig Panik bekommen wie der Arzt, doch danach fiel den restlichen drei Vierteln ein, daß sie ihre Kinder und ihre betagten Eltern allein gelassen hatten, und sie litten unter einer äußerst quälenden Niedergeschlagenheit. Starke Männer fühlten sich wie Feiglinge und Narren, und zu dem Empfinden, von Gott leichtfertig und grundlos heimgesucht worden zu sein, kam noch das schlimme und hartnäckige Gefühl der Wertlosigkeit. Es zerrte schon an ihren Nerven, wenn ein Muli brüllte, eine Tür knarrte oder eine Katze scharrte.

Einige unternehmerisch tüchtige Griechen machten sofort Geschäfte und verkauften bereicherungssüchtig und opportunistisch Regierungseigentum wie Briefmarken und Lizenzen. Andere machten Obststände auf, und ein Bankdirektor in Argostoli stellte vor den Ruinen seiner Bank einen Tisch auf und führte seine üblichen Geschäftsvorgänge durch, wobei ihm sein Beruf zum ersten Mal Spaß machte. Auf Ithaka hängte einer ein Laken auf und eröffnete ein Kino. Jugendgruppen aus ganz Griechenland strömten zur Ferienarbeit herbei, lachten und neckten einander, wenn einer bei dem Pulsieren und Atmen des Gesteins Furcht zeigte.

Die unmöglichsten Leute entpuppten sich als rettende Engel. Obwohl er immer als bedächtig und gelassen gegolten hatte, übernahm Velisarios in Pelagias Dorf das Kommando. Er war nun zweiundvierzig und wußte, ohne eitel zu sein, daß er stärker denn je war, obwohl er nicht mehr die unerschöpfliche Ausdauer der Jungen und deren glückliche Träume immerwährender Jugend besaß. Das Erdbeben hatte auf irgendeine Weise seinen Verstand geläutert, genauso wie es Drosoulas Rheumatismus geheilt hatte, und es war so, als hätte sich in seinem Oberstübchen mit seinem trägen Wabern animalischer Wahrnehmungen und instinktiver Reflexe ein Licht eingeschaltet.

Velisarios widmete sich voller Eifer der Aufgabe, das Dorf zu retten, und die Einwohner folgten dankbar. Mit einer Kraft, die stärker als die des Erdbebens schien, hievte er die Balken und Brocken beiseite, unter denen die zusammengekrümmte Leiche des Arztes eingeklemmt lag, denn ihm war bekannt, daß Verwesung Krankheiten mit sich brachte, und danach scharte er die Verwirrten und Hoffnungslosen um sich und stellte sie zu Arbeitsgruppen mit den unterschiedlichsten Aufgaben zusammen. Er selbst kletterte in den Brunnen und fing an, den hinabgefallenen Schutt heraufzuholen, wobei er so furios arbeitete, daß er zwei Arbeitskommandos verschliß, ohne sich eine Ruhepause zu gönnen. Nur Velisarios war es zu verdanken, daß niemand Durst litt.

Das Gerücht, daß die Insel ins Meer sänke und die Regierung die gesamte Bevölkerung dazu aufgerufen hätte, sich in ihre Boote zu retten, breitete sich aus. Als die Einfältigen und Leichtgläubigen zu den Ruinen ihrer Häuser rannten, um alles zu holen, was für den Exodus noch zu retten war, ging Velisarios von einem zum anderen und appellierte an den Besitzerstolz und den gesunden Menschenverstand der Leute. »Seid ihr blöd?« fragte er. »Das ist ein Unsinn, der von Möchtegern-Plünderern aufgebracht worden ist. Wollt ihr alles verlieren und euch zum Narren halten lassen? Wenn irgendwer von euch abhaut, werde ich ihm den Verstand geradebiegen, damit ihr's wißt. Kephallonia versinkt nicht, es treibt. Seid doch keine Narren, das wollen die Leute doch bloß.« Wenn die Menschen bei jedem der Tausende von kleinen Nachbeben schreiend auseinanderliefen, gebot Velisarios ihnen, sich zusammenzureißen und die Arbeit wiederaufzunehmen, und mehr als einmal zog er Müßiggänger und Verschreckte aus ihren Verstecken und drohte, ihnen die Knochen und den Schädel zu zertrümmern, wenn sie sich nicht wieder an die Arbeit machten. Angesichts seines struppigen grauen Haars, der Schweißperlen an den Schläfen, der nackten Brust, die haariger als die eines Bären war, und der Beine, dicker als Steinsäulen, gab es keinen, den er nicht wieder zur Vernunft und zum Arbeiten brachte. Auch Pelagia wurde davon überzeugt, die Leiche ihres Vaters zuzudecken und sich um die Verwundeten zu kümmern. Sie schiente zwei gebrochene Beine und brachte es sogar zuwege, sie mit Hilfe von Seilen und Steinen aufzuhängen, und sie schmierte Honig auf Schnittwunden und entfernte mit Spucke und einer Feder Staubkörner aus den Augen der Babys. Drosoula, die zuerst nur hysterisch geweint hatte – »Wir haben gar nichts mehr, nichts als unsere Augen zum Ausweinen« –, wurde die Aufsicht über die Kinder übergeben, so daß die Eltern für die Arbeit eingesetzt werden konnten. Die Kleinen spielten in den Ruinen Verstecken und Fangen und schichteten Steinpyramiden auf, womit sie ihren bescheidenen Beitrag zu den Aufräumungsarbeiten leisteten. Als die Katastrophenhelfer mit Planierraupen schließlich den Erdrutsch auf der Straße überwunden hatten, fanden sie eine kleine Gemeinschaft vor, die in Zelten aus Wellblech hauste, das an geborgenen Balken festgezurrt worden war, und die über abgesonderte Latrinen verfügte, die in sicherer Entfernung vom Brunnen ausgehoben worden waren. Die Ölpresse der Gemeinde war repariert und wieder betriebsbereit, damit man weiterhin Geld verdienen und dem Verhungern entgehen konnte. Sie stießen auf einen riesenhaften Mann, der sich um alles kümmerte und bis ins hohe Alter mehr verehrt und geachtet werden sollte als der Lehrer oder der Priester.

Drei Monate lang bebte die Erde: es klang, als würde sie einatmen, die Luft anhalten und dann ausatmen. Alle lebten in Zelten, die von einem frühzeitigen und eiskalten Unwetter fortgespült und zerfetzt wurden, nur um wieder zusammengeheftet und aufgestellt zu werden. Zu Beginn des Winters bibberten die Menschen, die sich manchmal zu fünfzehnt in einem Zelt drängten, um es wärmer zu haben, doch dann waren die Holzhütten errichtet, die im Vergleich dazu unfaßbar geräumig waren, aber beinahe genauso kalt. Drei Monate verbrachte Antonia in einem von der Königin organisierten Ferienlager, das ursprünglich für die Waisenkinder des Bürgerkriegs erbaut worden war, und kehrte mit Läusen und Nissen sowie einem schockierenden neuen Vokabular an Schimpfwörtern und Bezeichnungen für intime Körperteile zurück. Innerhalb eines Jahres begann der Wiederaufbau, der nach drei Jahren abgeschlossen war. Uralte und wunderschöne venezianische Städtchen zeigten sich nun als ununterscheidbare Ansammlungen weißgetünchter Betonkästen. Dank eines philanthropischen Exilgriechen, der sein Vermögen an Wasserleitungen, Kanalisation, Schotterstraßen und schmiedeeiserne Laternenpfähle verschwendete, wurde ein Dorf komplett wiederaufgebaut, und es wurde so reizvoll wie Fiskardo, die einzige intakt gebliebene Stadt. Pelagias Dorf wurde etwas tiefer am Hang und näher an der neuen Straße wiedererrichtet, die geschickte französische Ingenieure angelegt hatten, und ihr altes Haus mit den anscheinend unwiderruflich im Verlies begrabenen Schätzen und Andenken wurde aufgegeben.

Das Erdbeben hatte ausschließlich aus Kompressionswellen bestanden, und so hatten sich nur wenige Spalten in der Erde geöffnet. Doch bald nach der Katastrophe stieß ein italienischer Feuerwehrmann auf eine. Er war in einem von den Amerikanern geborgten Jeep heraufgefahren und stand vor Pelagias verlassenem und zerstörtem Haus, das er bekümmert und verzagt betrachtete. Er ging über den Hof mit seinem gespaltenen Ölbaum und bemerkte, daß sich ein Riß in der Erde aufgetan hatte. Er blickte hinab und sah ein Skelett, dessen Brustbein und Rippen gesplittert waren, dessen massiger Schädel mit seinem zerschmetterten Kiefer so geöffnet war, als hätte es ihn mitten im Reden erwischt, und dessen matt gewordene Silbermünzen in den Augenhöhlen ihm einen traurigen, verwunderten und vorwurfsvollen Ausdruck verliehen.

Der Feuerwehrmann starrte ein paar Minuten darauf, bis ein neues Beben ihn erfaßte. Er pflückte eine goldene Mohnblüte aus den Steinen, warf sie auf den Leichnam und ging dann zu seinem

Jeep, um einen Spaten zu holen. Kaum hatte er sich darangemacht, das Grab erneut zuzuschaufeln, als ein weiterer Erdstoß ihn aus dem Gleichgewicht brachte. Die rote Erde schloß sich von selbst wieder über den riesigen Knochen Carlo Guercios.

67

Pelagias Klage

Dies war mein sicherer Hort, meine einzige Zuflucht, das Kernstück meiner Erinnerung. Hier in diesem Haus hielt mich meine Mutter, sie mit ihren leuchtenden braunen Augen, und hier in diesem Haus starb sie. Und mein betrübter Vater bewahrte seine Liebe und gab sie mir allein. Er zog mich auf, bereitete mir ungenießbare Männermahlzeiten und setzte mich auf seine Knie, machte mich bodenständig, indem er mir Geschichten über dieses Stück Erde erzählte. Er sprach mit so viel Liebe zu mir, er rackerte sich ab für mich, ließ mich Kind sein. Wenn ich müde war, hob er mich auf und trug mich, legte mich in mein Bett und fuhr mir übers Haar. Im Dunkeln hörte ich ihn sagen: »Wenn es dich nicht gäbe, wenn es dich nicht gäbe ...«, und dann schüttelte er den Kopf, weil ihm auf einmal die Worte fehlten, denn sein Herz war zu groß, um sie zu behalten, und ich schloß dann die Augen und schlief ein, die Gerüche von Salben und Tabak in der Nase, und in meinen Träumen gab es keine Türken und keine Ungeheuer, die mir angst machten, nur manchmal in der Nacht glaubte ich, meine Mutter lächelnd durch die Tür treten zu sehen.

Und am Morgen weckte er mich immer, brachte mir Schokolade und sagte: »Koritsimou, ich geh in die Kapheneia; bis ich zurückkomme, mußt du aufgestanden sein.« Das sagte er mir noch, als ich schon zwanzig war, und ich lag da und freute mich wie eine Nonne auf den neuen Tag, dachte an alles, was ich tun wollte, und lauschte auf seine Schritte auf dem Gehweg. Dann flog ich aus dem Bett, und er kam rein und sagte: »Faules Dämchen, diesmal habe ich dich beinahe erwischt«, bis ich das als erste sagte, worauf er lachte und meinte: »Gut, heute werde ich dir alles über Pythagoras erzählen, und heute abend sollst du ein Gedicht zum Vorlesen aussuchen, und ich suche auch ein Gedicht zum Vorlesen aus, und dann sage ich dir, warum mir deins nicht gefällt, und du kannst mir sagen, warum dir meins nicht gefällt, und dann können wir die Beherrschung verlieren und miteinander raufen.« Und ich sprang auf und ab und sagte: »Laß uns doch gleich raufen, laß uns doch gleich raufen.« Dann kitzelte er mich, bis mir vor Lachen ganz übel wurde, und setzte mich auf einen Stuhl und kämmte mein Haar, wobei er viel zu fest zog, und erzählte mir schlimme Geschichten von kretischen Äbten, die sich mit ihren Mönchen lieber in ihren Kirchen verbrennen ließen, als sich den Türken zu ergeben. Und er erzählte mir von Inseln, die er gesehen hatte, wo Frauen vier Männer hatten und niemand Kleidung trug, und von Orten in Afrika mit Leuten, deren Hintern breiter waren als sie hoch, und von Gegenden, die so kalt waren, daß das Meer zufror und alles weiß war.

Aber jetzt ist alles vorbei. Ich komme her und setze mich zwischen die Ruinen meines Heims, und ich sehe bloß noch Geister. Jetzt ist nichts mehr da außer verwelktem Gras, zerbrochenen Steinen und einem gespaltenen Baum. Den Tisch gibt es nicht mehr, wo die Männer von »La Scala« sangen, die mäusefangende Psipsina gibt es nicht mehr, die Ziege ist nicht mehr da, die mich im Morgengrauen mit ihrem Meckern weckte, Antonio ist nicht mehr da und verführt mein Herz nicht mehr mit seinen Blumen und seiner Mandoline, Papas ist nicht mehr da, der von der Kapheneia zurückkommt und sagt: »Kokolios hat sich heute wieder lächerlich gemacht ...«

Mein Heim besteht nur noch aus Trauer und Stille, Ruinen und Erinnerungen. Was ist aus mir geworden? Ich bin mein eigener Geist, meine Schönheit und Jugend sind verwelkt, alle Glücksillusionen, die mir Antrieb gaben, sind verflogen. Das Leben ist ein Kerker aus Armut und unerfüllten Träumen, nichts als ein langsames Fortschreiten zu meinem Platz unter der Erde, ein von Gott ersonnener Plan, uns mit dem Leib zu entzaubern, nichts als eine flüchtige Flamme in einem Ölschälchen zwischen einer Finsternis und der anderen, die sie löscht.

Ich sitze hier und denke an alte Zeiten. Ich erinnere mich an die

Abendmusik und weiß, daß alle meine Freuden mir genommen worden sind, wie einem Zähne gezogen werden. Ich werde auf immer hungrig, durstig und voller Sehnsucht sein. Wenn ich bloß ein Kind hätte, ein Kind, dem ich die Brust geben könnte, wenn ich bloß Antonio hätte. Ich bin wie Brot verzehrt worden. Ich bette mich auf Dornen, und mein Brunnen ist voller Steine. Mein ganzes Glück ist nur Rauch gewesen.

Ach, mein armer Vater, jetzt bist du stumm und still, verbraucht und für immer verloren. Mein eigener Vater, der mich allein aufgezogen und erzogen hat, der alles erklärt hat, mich an die Hand genommen hat und mit mir spazierengegangen ist. Nie wieder werde ich dein Gesicht sehen, und am Morgen wirst du mich nicht mehr aufwecken. Nie wieder werde ich dich in unserem Haus, das jetzt verfallen ist, sitzen sehen, wie du schreibst, immer schreibst, die Pfeife zwischen die Zähne geklemmt und mit glänzenden Augen. Ach, mein armer Vater, der des Heilens nie müde wurde, aber sich selbst nicht heilen konnte und ohne seine Tochter starb; meine Kehle schmerzt noch immer von der Stunde, in der du allein gestorben bist.

Ich bleibe auf diesen Haufen zerschmetterter Steine sitzen und stelle mir vor, wie es war. Ich denke an Velisarios, wie er die Ziegel und Balken hochgehievt hat, als würde sein eigener Vater tot darunter liegen. Und ich erinnere mich, wie er meinen Vater heraustrug, mit weißem Staub bedeckt, wie der Kopf in Velisarios' Armen herabhing, wie sein Mund offenstand, wie seine Glieder schlaff herabbaumelten. Ich erinnere mich, wie Velisarios ihn absetzte und ich mich neben ihn kniete, vor Tränen ganz blind und benommen, und seinen blutigen Kopf in den Händen wiegte und sah, daß seine Augen leer waren. Seine alten Augen, die nicht auf mich, sondern ins verborgene Jenseits blickten. Da fiel mir zum erstenmal auf, wie klein und zierlich er war, wie erledigt und verraten, und ich erkannte, daß er ohne seine Seele so leicht und dünn war, daß sogar ich ihn heben konnte. Und ich richtete seinen Leichnam auf und drückte seinen Kopf an die Brust, und ein gewaltiger Schrei ertönte, der von mir gekommen sein muß, und ich sah so deutlich, wie jemand einen Berg sieht, daß er der einzige von mir geliebte Mann war, der mich bis zum Ende geliebt und nie mein Herz verletzt und mich keinen einzigen Augenblick im Stich gelassen hat.

68

Die Auferstehung der Geschichte

Das Erdbeben änderte das Leben auf der Insel so grundlegend, daß es bis zum heutigen Tag das allerwichtigste Gesprächsthema ist. Wenn anderswo Familien darüber diskutieren, ob der Sozialismus eine Zukunft hat oder ob es eine gute Idee war, die Monarchie abzuschaffen, reden die Kephallonier darüber, ob es ein neues Erdbeben geben wird und ob es so schlimm wie das letzte sein wird. Sie leben im Schatten der Apokalypse, und wenn sie offenbar über den Sozialismus oder die Monarchie reden, denken sie in Wirklichkeit an 1953. Das zeigt sich dann an einer Pause, in der jemand vergißt, was gerade gesprochen wurde, oder an einem kurzfristigen Anhalten der Gabel auf dem Weg zum Mund. Wie in der Ballade vom alten Seemann können sie es nicht lassen, sich Fremde vorzuknöpfen und mit allen Fakten zu behelligen, und Fremdenführer werden die Einzelheiten in Sätze einbauen, die eigentlich von den guten Wetteraussichten hätten handeln sollen. Alte Menschen legen ein Jahr dadurch fest, daß sie erwähnen, ob es vor oder nach dem Erdbeben war, genauso wie sich der Brauch gehalten hat, die Ereignisse des Jahres danach einzuteilen, ob sie vor oder nach dem Fest des Heiligen stattfanden. Die Katastrophe ließ den Leuten den Krieg vergleichsweise belanglos vorkommen, und sie erneuerte ihr Lebensgefühl. Nun war es möglich, am Morgen aufzuwachen und verwundert und dankbar dafür zu sein, noch zu leben und in einem festen Haus zu wohnen, und in der Nacht erleichtert darüber ins Bett zu gehen, einen gewöhnlichen und ereignislosen Tag verbracht zu haben.

Liebespaare, die gezaudert hatten, heirateten vom Fleck weg, und seit langer Zeit unglücklich verheiratete Paare sahen einander verwundert über so viel vergeudete Jahre an und ließen sich auf der Stelle scheiden. Enge Familienbande wurden noch enger, und weitläufig verwandte Streithähne emigrierten in verschiedene Länder, um das Meer zwischen sich zu haben.

Die drei Bewohnerinnen des neuen Matriarchenhauses wuchsen enger zusammen, wandten den Blick ihrem häuslichen Mit-

einander zu und richteten ihr Leben auf die eine Säule von Pelagias furchtbarer Schuld aus. In Anfällen von Schlaflosigkeit und
gelegentlicher Hysterie warf sie sich gnadenlos vor, den Tod ihres
Vaters verschuldet zu haben. »Er war siebzig«, sagte Drosoula
einsichtig, »und schuldete Gott einen Tod. Es war das beste für ihn,
bei dem Versuch, uns zu retten, zu sterben, und das so schnell.«
Doch Pelagia wollte nichts davon hören. Sie wußte, daß im
Augenblick der Katastrophe ihr Verstand von nichts anderem als
dem Bedürfnis, sich selbst zu retten, erfüllt war, und sie wußte, daß
sie, als ihr Vater hingefallen war, ihn ohne Rücksicht auf ihr
eigenes Leben durch die Tür hätte ziehen sollen, bevor das Dach
einfiel. Immer wieder spielte sie in Gedanken durch, wie sie so
machtlos wie eine Schmeißfliege im Sturm geworden, wie jeder
vernünftige Gedanke aus ihrem Verstand gehämmert und wie die
Blutsbande und Zuneigung durch das ehrfurchtgebietende Brüllen und Wogen der Erde annulliert worden waren. Aber es führte
zu nichts. Was sie auch an Rationalisierungen und Entschuldigungen vorbrachte, es blieb doch die unumstößliche Tatsache, daß sie
ihren eigenen Vater in der Stunde seiner größten Not im Stich
gelassen hatte; er hatte sie gerettet, indem er sie zum Handeln
angespornt hatte, doch sie hatte ihn sterben lassen. Sie hatte es
ihm eben nicht wie eine liebende und pflichtgetreue Tochter
vergolten.
Sie versank in einen Sumpf aus Selbstvorwürfen und Gewissensbissen. Sie vernachlässigte ihr Äußeres und ihre Haushalts-
pflichten, saß lieber an seinem Grab und beobachtete die ewige
Flamme, die sie in einer roten Gaslaterne hütete. Sie zerbiß sich
die Lippen, bis sie bluteten, und wünschte sich, sie könnte mit ihm
reden. Sie hätte durch die schwarze Marmorplatte mit seinem
alten, aber fröhlichen Foto sprechen können, hielt sich aber nicht
für wert, ihn anzureden. Mit ungekämmtem ergrauendem Haar
und bleichem Gesicht saß sie bloß da und sah zu, als erwartete sie,
daß sein Schatten sich aus der Erde erhob und sie mit Vorwürfen
überhäufte. Wenn im Januar ein kräftiger Wind blies oder ein
Sturm tobte, zog sie ihren schwarzen Schal übers Haupt, erhob
sich von ihrem Stuhl neben dem Herd, zog den Kopf ein, um gegen die Elemente anzukämpfen, und mühte sich auf ihrer endlos
wiederholten Pilgerschaft den Hügel hinauf, nur von dem einen

Gedanken besessen, daß seine Flamme verlöschen könnte. Sie kniete sich in den heulenden Wind und beugte sich über die Laterne, um sie vor dem Regen zu schützen, wärmte die Hände am Glas und wandelte ihr Leben in eine lange Buße und Abbitte um. Sie war in jener Zeit imstande, zu glauben, daß Gott ihr Antonio weggenommen hatte, weil Er in seiner göttlichen Voraussicht gewußt hatte, daß sie eines Tages ihren Vater im Stich lassen würde, und den Tod des ersteren als ihre Strafe auserkoren, während er den des letzteren als ihre Sünde vorhergesehen hatte. Drosoula konnte schon nicht mehr zählen, wie oft sie und Antonia gezwungen gewesen waren, zum Friedhof zu gehen und besorgt und flehend Pelagia wegzuzerren, deren Hände zitterten und deren Beine von den Knien abwärts wie aus Butter zu sein schienen.

Eines Tages hielten es Antonia und Drosoula nicht mehr aus; ihr Mitleid hatte sich Schritt für Schritt unmerklich in Zorn und Empörung verwandelt, und die alte Frau und das junge Mädchen verschworen sich, um sie wieder zur Vernunft zu bringen. »Das kommt daher«, meinte Drosoula, »daß sie im Krieg einen Geliebten verloren hat, und dieser zusätzliche Tod hat alles zum Überkochen gebracht.«

»Ist das der Geist, von dem sie dauernd spricht?«

»Ja. Er hieß Corelli, ein Musiker.«

»Glaubst du, daß sie ihn wirklich sieht, oder meinst du, sie ist verrückt geworden?«

»Vorher ist sie nicht verrückt gewesen. Geister haben es so an sich, daß sie jedem beliebigen Menschen erscheinen und niemand sonst sie sehen kann. Nach Großvaters Tod ist etwas in ihr zerbrochen.«

Das Mädchen erschauerte: »Armer Großvater.«

»Ich überlege schon, ob wir nicht den Priester um Rat fragen sollen«, meinte Drosoula.

»Aber der ist doch auch verrückt, schon seit dem Erdbeben. Was ist, wenn wir uns als Großvaters Geist verkleiden, vor ihr erscheinen und ihr sagen, daß es nicht ihre Schuld war?«

Drosoula zog die Stirn in Falten. »Das ist eine gute Idee, aber Pelagia ist ja nicht dumm, auch wenn sie zerbrochen ist. Weißt du, es ist nicht so einfach, als Geist aufzutreten. Ich bin zu groß, und du bist zu klein, und wir können überhaupt nicht wie er sprechen. All diese Wörter, die drei Seiten lang sind, wenn du sie hinschreibst, und die Sätze, die über ein ganzes Buch von Anfang bis Ende gehen können, und du mußt auch bedenken, daß dadurch alles noch schlimmer werden könnte.«

»Warum binden wir sie nicht einfach ans Bett und schlagen sie?«

Drosoula seufzte sehnsüchtig bei dem verlockenden Bild und fragte sich, ob es funktionieren würde oder nicht. Früher, als sie noch ein Kind in der Türkei war, hatten sie die Irrsinnigen geheilt, indem sie sie so lange schlugen, bis sie zu verängstigt waren, um noch wahnsinnig zu sein. Damals hatte es ganz gut geklappt, aber es war nicht klar, wie sehr sich der Charakter der Menschen in der Zwischenzeit verändert hatte. Sie hatte den Verdacht, daß Pelagias Irrsinn auf jeden Fall etwas von Zügellosigkeit an sich hatte, in der Art einer masochistischen Ichsucht, und sie Prügel daher eher als wohlverdient denn als abschreckend betrachten würde. Drosoula hielt die Hände des jungen Mädchens und küßte es auf den Kopf. Ihre Augen leuchteten auf. »Mir ist gerade was eingefallen«, sagte sie.

Und so verkündete Antonia beim Frühstück am nächsten Morgen: »Ich habe heute nacht von Opa geträumt.«

»Das ist komisch«, sagte Drosoula, »ich auch.«

Sie blickten Pelagia an, ob sie etwa reagierte, aber sie fuhr lediglich fort, ein Stück Brot in kleine Brocken zu reißen.

»Er hat mir gesagt, er sei froh, daß er tot ist«, sagte Antonia, »weil er jetzt bei der Mutter von Mama ist.«

»Mir hat er das nicht gesagt«, erwiderte Drosoula, woraufhin Pelagia fragte: »Warum redet ihr so, als wär ich nicht da?«

»Du bist es ja auch nicht«, bemerkte Drosoula barsch. »Du bist schon lange nicht mehr da.«

»Was hat er dir denn gesagt?« wollte Antonia wissen.

»Mir hat er gesagt, daß er will, daß Mama die Geschichte Kephallonias schreibt, die bei dem Erdbeben verschüttet wurde, daß sie sie für ihn zu Ende bringt. Er hat gesagt, das Wissen, daß sie verlorengegangen ist, verdirbt ihm den ganzen Spaß am Totsein.«

Pelagia beäugte sie argwöhnisch, aber die beiden ignorierten sie weiterhin. Antonia entdeckte allmählich, daß diese Schauspielerei ungeheuer amüsant sein konnte. »Ich hab gar nicht gewußt, daß er an einer Geschichte geschrieben hat.«

»Aber ja doch, sie war ihm wichtiger als sein Arztberuf.«

Antonia wandte sich an Pelagia und wollte in aller Unschuld wissen: »Wirst du sie also schreiben?«

»Es hat keinen Sinn, sie zu fragen«, sagte Drosoula, »sie ist zu weit hinüber.«

»Ich bin hier«, wandte Pelagia ein.

»Schön, daß du wieder da bist«, meinte Drosoula sarkastisch.

Pelagia ging wieder auf den Friedhof und erneuerte das Öl im ewigen Licht. Sie stand da und betrachtete die Inschrift *(Geliebter Vater und Großvater, Treuer Gatte, Freund der Armen, Heiler aller Lebewesen, unendlich gebildet und tapfer)*, und ihr fiel ein, daß es tatsächlich einen Weg gab, seine Flamme am Leben zu erhalten, selbst wenn all das Getue um die Träume Humbug war. Sie ging nach Argostoli, fuhr hinten auf einem Mulikarren mit und kam mit Füllern und einem dicken Stoß Papier zurück.

Es ging überraschend einfach. Sie hatte das Manuskript so oft durchgelesen, daß all die alten Sätze durch die Tür und die Fenster der Küche hereinrollten, sich unhörbar vernehmlich machten, in ihren rechten Arm und weiter in die Hand flossen, aus der Spitze ihrer Feder austraten und eine Seite Papier nach der anderen füllten. »Die halbvergessene Insel Kephallonia erhebt sich leichtsinnig und unbesonnen aus dem Ionischen Meer; es ist eine so ungeheuer geschichtsträchtige Insel, daß selbst die Felsen noch Nostalgie ausdünsten und die rote Erde nicht nur von der Sonne betäubt daliegt, sondern auch vom unsäglichen Gewicht der Erinnerung ...«

Drosoula und Antonia beobachteten sie heimlich, wie sie gelehrtenhaft an ihrem Tisch saß, mit der Feder an ihre Zähne tippte und immer wieder mit leerem Blick aus dem Fenster starrte. Die beiden Verschwörerinnen stahlen sich weit genug weg, umarmten einander und führten einen Freudentanz auf.

Pelagia verwandelte sich beinahe in den Arzt. Wie in der Zeit ihres Kummers und wie er zu seinen Lebzeiten tat sie praktisch nichts mehr im Haus, überließ alles den Frauen. Von den wenigen aus den Ruinen gebuddelten Andenken an ihren Vater war seine Pfeife noch da, und die steckte sie sich so wie er zwischen die Zähne, sog die schwachen Spuren teerhaltigen Tabaksaftes ein und drückte dem Mundstück die Kerben ihrer Zähne über den

Spuren der seinen auf. Sie zündete sie nicht an, sondern betrachtete sie als mediales Instrument, so daß die alten Worte nun anscheinend durch den leeren Pfeifenkopf flossen, sich im Mundstück sammelten und direkt in ihr Gehirn drangen. Zaghaft fing sie an, den männlichen Themenschwerpunkten einen weiblichen Anstrich zu geben, indem sie Einzelheiten über die Kleidermode und die Backverfahren im Gemeindeofen, die wirtschaftliche Bedeutung von Kinderarbeit und die grausame, aber überlieferte Verachtung für Witwen einfügte. Während sie schrieb, entdeckte sie, daß ihre eigenen Leidenschaften die Oberhand über die ihres Vaters gewannen, Leidenschaften, deren Vorhandensein sie vorher nie beachtet hätte, und so ergossen sich donnernde Verdammungen und ätzende Verurteilungen, die noch stärker als seine waren, auf das Papier.

Die Freude daran verwandelte sie. Ihr Akt töchterlicher Ergebenheit machte eine Metamorphose durch und wuchs sich aus zu einem großen Vorhaben, das Ausflüge in die Bibliothek und ernsthafte Nachforschungsschreiben an Bildungsstätten, Schiffahrtsmuseen, die British Library, Napoleon-Experten und amerikanische Professoren für Geschichte der Großmächte nach sich zog. Zu ihrer Verwunderung und Zufriedenheit entdeckte sie, daß es überall auf der Welt Menschen gab, die so auf Wissen und dessen schlüssige Erklärung versessen waren, daß sie sogar monatelang für sie recherchierten und ihr schließlich zusammen mit persönlichen Worten der Ermunterung und mit Listen anderer Fachgelehrter und Institutionen, die sie konsultieren sollte, viel mehr zusandten, als sie erbeten hatte. Als der Stapel mit der Korrespondenz immer höher wurde, sah sie sich schon in Gefahr, am Ende eine »Universalgeschichte der ganzen Welt« zu schreiben, weil alles auf ausgeklügelte, abwegige und feinsinnige Weise mit allem anderen in Verbindung stand. Schließlich pferchte Pelagia ihren Blätterstapel in eine riesige Kladde und fragte sich, was sie als nächstes tun sollte. Das sollte unter ihrem und dem Namen ihres Vaters veröffentlicht werden, aber es erschien ihr unerträglich, sich davon loszureißen und ihr geistiges Kind ohne seine Mutter, die es in Schutz nehmen konnte, in die Welt hinauszuschicken. Sie hätte sich gern neben jeden Leser gestellt, um offene Fragen zu beantworten, um ihm einzuschärfen, keine Absätze zu überspringen, und um zusätzliche Beweise anzufügen. Nichtsdestoweniger fragte sie vorsichtig bei vier Verlegern an, die Sympathie und Unterstützungswillen bekundeten, ihr zu verstehen gaben, daß so ein Buch keinen Markt finden würde, und ihr rieten, es einer Universität zu vermachen. »Das werde ich, wenn ich tot bin«, dachte Pelagia, und sie ließ es auf ihrem Regal als sichtbaren Beweis der nun unleugbaren Tatsache liegen, daß sie eine maßgebliche Intellektuelle in der großen hellenischen Tradition war.

Sie war mit dem Projekt bis 1961 beschäftigt, dem Jahr, in dem Karamanlis die Wahl gegen Papandreou gewann, und am Jahresende sah sie ihr gewaltiges Dokument durch und erkannte, daß sich im Verlauf seiner Abfassung und Zusammenstellung in ihr ein Wandel vollzogen hatte.

Die Handschrift war am Anfang so spinnenbeinig und krakelig wie bei ihrem Vater während der langen Jahre seines Schweigens, aber im Lauf der Zeit war sie fester und abgerundeter geworden, sicherer und bestimmter. Aber noch wichtiger war, daß der Schreibprozeß bei ihr Meinungen und philosophische Haltungen herauskristallisiert hatte, von deren Vorhandensein sie nichts gewußt hatte. Sie entdeckte, daß ihr Grundverständnis der ökonomischen Prozesse marxistisch war, daß sie aber paradoxerweise dachte, der Kapitalismus könnte am besten mit den Problemen umgehen. Sie war der Meinung, daß kulturelle Überlieferungen eine stärkere Kraft in der Geschichte darstellten als wirtschaftliche Veränderungen und daß die menschliche Natur von Grund auf irrational bis hin zum Wahnsinn war, was die Bereitschaft erklärte, sich Demagogen mit unglaublichen Überzeugungen an den Hals zu werfen, und sie folgerte, daß Freiheit und Ordnung sich nicht ausschlossen, sondern wesentliche Vorbedingungen füreinander waren.

Drosoula besaß zuviel gesunden Menschenverstand, um den großartigen Theorien zuzuhören, und so impfte Pelagia diese Ideen der heranwachsenden Antonia ein. Die beiden blieben bis spät in die Nacht wach, vom Philosophieren zu berauscht, um sich loszureißen und die Blase zu leeren, die vor Pfefferminztee beinahe platzte, oder ins Bett zu gehen und die vor Erschöpfung brennenden Augen zu schließen.

Antonia, deren Jungmädchenschönheit und natürliche Eigensinnigkeit nun in frischester und vollster Blüte stand, lehnte sich gegen alle von ihrer Mutter vertretenen Ideen auf, nicht nur um der Auseinandersetzung willen, sondern aus Prinzip, und Pelagia entdeckte bald den Hochgenuß, eine Kontrahentin dazu zu zwingen, eine Haltung, die sie am Vortag eingenommen hatte, zu widerrufen. Das machte Antonia sprachlos und wütend, und sie zäunte ihre Kommentare sorgfältig mit Voraussetzungen und Vorbehalten ein, die sie in weitere Widersprüche verwickelten oder zu einer so gemäßigten Schlußfolgerung führten, daß sie fast gar keine Meinung mehr war. Pelagia steigerte die Frustration und den Verdruß des Mädchens noch, indem sie wiederholt verkündete: »Wenn du in meinem Alter bist, wirst du im Rückblick sehen, daß ich recht gehabt habe.«

Antonia hatte überhaupt nicht die Absicht, so alt wie Pelagia zu werden, und sagte das auch. »Ich will sterben, bevor ich fünfundzwanzig bin«, sagte sie. »Ich will nicht alt und mürrisch werden.« Sie sah eine Ewigkeit endloser Jugend vor sich und gab Pelagia mit loderndem Blick zu verstehen: »Ihr alten Leute habt überhaupt erst die Probleme heraufbeschworen, und wir jungen müssen sie nun ausbaden.«

»Genieße nur deine Träume«, meinte Pelagia, die nicht überrascht, aber dennoch entsetzt war, als Antonia mit siebzehn verkündete, daß sie nicht nur heiraten wollte, sondern auch von nun an Kommunistin war.

»Ich wette, du weinst, wenn der König stirbt«, sagte Pelagia.

69

Böhnchen für Böhnchen

Etwa um diese Zeit begannen allmählich aus allen Ecken der Welt mysteriöse Postkarten in ziemlich verstümmeltem Griechisch einzutreffen. Aus Santa Fe kam eine, auf der stand: »Dir würde es hier gefallen. Alle Häuser sind aus Lehm.« Aus Edinburgh: »Der Wind oben am Schloß wirft einen um.« Aus Wien: »Hier gibt es die

Statue eines russischen Soldaten, die jeder ›Das Standbild des unbekannten Frauenschänders‹ nennt.« Aus Rio de Janeiro: »Karnevalszeit. Straßen voll Urin und herzzerreißend schönen Mädchen.« Aus London: »Verrückte Leute, schrecklicher Nebel.« Aus Paris: »Habe einen Laden gefunden, in dem nur Bruchbänder und Suspensorien verkauft werden.« Aus Glasgow: »Knietief in Ruß und hingefallenen Besoffenen.« Aus Moskau: »Kunstwerke in der Metro.« Aus Madrid: »Zu heiß. Alle schlafen.« Aus Kapstadt: »Feines Obst, verdorbene Pasta.« Aus Kalkutta: »Im Staub versunken. Scheußlicher Durchfall.«

Zuerst dachte sie, daß die Seefahrerseele ihres Vaters sich aufgemacht hatte, um seine Lieblingsgegenden im Ausland wieder zu besuchen, und ihr Botschaften aus dem Jenseits schickte. Aber Moskau lag nicht gerade am Meer. Dann dachte sie, sie könnten von Antonio sein.

Doch der war auch tot, konnte nicht genügend Griechisch, um es zu schreiben und zu lesen, und wozu sollte er von Sydney bis Kiew um die Welt gondeln, wenn er am Leben war? Vielleicht waren diese anonymen Karten von jemand, mit dem sie während der Abfassung ihrer Geschichte korrespondiert hatte. Da sie sich keinen Reim darauf machen konnte, aber fasziniert und geschmeichelt war, band sie ihre sonderbare Kartensammlung mit Gummis zusammen und verstaute sie in einer Schachtel.

»Du hast einen geheimen Freund«, behauptete Antonia, der diese Erwägung Freude bereitete, weil es die Aufmerksamkeit von ihrer eigenen Romanze ablenkte, die sowohl Pelagia wie Drosoula ihr auszureden versuchten.

Sie hatten sich kennengelernt, als Antonia als Servierhilfe in einem belebten Café auf dem Hauptplatz von Argostoli etwas Taschengeld verdiente. Eine laute Blaskapelle aus Lixouri hatte auf dem Platz gespielt, und der betreffende junge Mann hatte aufstehen und seine Bestellung dem Mädchen ins Ohr schreien müssen, wobei er bemerkte, daß es sich um ein wunderbares und reizendes junges Ohr handelte, das förmlich dazu aufforderte, nachts unter einem Baum an einer dunklen Straße angeknabbert zu werden. Antonia hingegen hatte erkannt, daß hier ein Mann war, der genau nach der richtigen Mischung aus Männlichkeit und Rasierwasser roch, dessen Atem so kühl und beruhigend wie

Minze war und dessen braune, beständig verdutzte Augen sowohl Zärtlichkeit wie Humor verrieten.

Alexi lungerte tagaus, tagein auffällig im Café herum, setzte sich immer an den gleichen Tisch, denn sein Herz platzte vor Verlangen, das junge und gutgewachsene Mädchen mit den vollkommenen Zähnen und den feingliedrigen Fingern zu sehen, das dafür geschaffen war, liebevoll abgeknutscht und gestreichelt zu werden. Sie wartete treu auf ihn, verbot den anderen Serviererinnen und Kellnern, ja sogar dem Besitzer selbst heftig, ihn zu bedienen. Eines Tages ergriff er ihre Hand, als sie eine Tasse absetzte, sah sie mit einem Hundeblick an und sagte: »Heirate mich.« Er beschrieb mit der Hand beredte Figuren in der Luft und fügte hinzu: »Wir haben nichts zu verlieren als unsere Ketten.«

Alexi war ein radikaler Anwalt, der nicht nur beweisen konnte, daß die Steuerhinterziehung eines reichen Mannes ein Verbrechen gegen die Gesellschaft war, sondern auch, daß es eine wohlbegründete, verdienstvolle und machtvolle Aktion gegen die Klassenherrschaft war, die nicht bloß die Zustimmung jedes rechtdenkenden Bürgers, sondern auch die volle Billigung durch das Gesetz verdiente – wenn ein armer Mann Steuern hinterzog. Er konnte mit seinen herzerweichenden Berichten von der unglücklichen Kindheit seiner Mandanten einen Richter zu Tränen rühren, doch genauso konnte er die Geschworenen zu stehenden Ovationen hinreißen mit seinen bitteren Verurteilungen der Polizei, die bei ihrer Pflichterfüllung mit grundloser Brutalität dem Recht Geltung zu verschaffen suchte.

Pelagia sah auf den ersten Blick, daß Alexi in seinem späteren Leben erzkonservativ werden würde, doch es waren nicht seine politischen Verbindungen, die ihr widerstrebten. Es war nur so, daß ihr der Gedanke zuwider war, Alexi und Antonia könnten miteinander schlafen. Sie war sehr groß, er war sehr klein. Sie war erst siebzehn, er war zweiunddreißig. Sie war schlank und rank, er rundlich und kahl mit einer Neigung, über Dinge zu stolpern, die nie da waren, wenn er hinsah. Sie dachte mit Schaudern an ihre eigenen leidenschaftlichen Gefühle für Mandras im selben zarten Alter und verbot rundweg die Heirat, weil sie entschlossen war, ein Sakrileg und eine Blasphemie zu verhüten.

Der Hochzeitstag war nichtsdestoweniger ein Genuß. Im zeitigen Frühjahr waren Felder und Hügel übersät mit Krokussen und Veilchen, weißem Ziest und gelben Sternbergien, und blaßviolette Herbstzeitlose schwankten auf dürftigen Stengeln im bereits braun werdenden Wiesengras. Das Paar folgte dem Brauch, für die Hochzeit fünfzehn Brautführer und Brautführerinnen aufzubieten, und Alexi absolvierte mit Erfolg seinen Tanz des Jesaja, ohne seine Würde zu verlieren oder hinzufallen. Die strahlende und entzückte Antonia küßte sogar die Fremden, die gaffend dabeistanden, und der vom Alkohol und vor Freude schwitzende Alexi hielt eine lange und poetische Rede in Verspaaren, von denen viele weise das Lob seiner Schwiegermutter sangen. Pelagia würde der Augenblick immer genau in Erinnerung bleiben, als sie plötzlich erkannte, was an ihm Antonias Herz erweckt hatte; das war, als er ihr den Arm um die Schultern gelegt, sie auf die Wange geküßt und gesagt hatte: »Wir werden in deinem Dorf ein Haus kaufen, wenn du es erlaubst.« Seine aufrichtige Ehrerbietigkeit und der darin ausgedrückte Zweifel, sie könnte ihn nicht um sich haben wollen, genügten, ihr Zuneigung zu ihm einzuflößen. Von diesem Zeitpunkt an widmete sie viele frohe Stunden dem Besticken seiner Taschentücher und dem Stopfen seiner Socken, obwohl Antonia ihn immer überreden wollte, sie wegzuwerfen. »Mein Liebster«, sagte sie, »du müßtest dir bloß die Zehennägel schneiden, dann würdest du mir so viele Löcher ersparen, und meine Mutter hätte nicht diese unsinnige Arbeit damit.«

Pelagia wartete ungeduldig auf ein Enkelkind, und Drosoula vergrub sich in Arbeit. Auf dem leeren Platz am Kai, wo einmal ihr eigenes Haus gestanden hatte, stellte sie ein Strohdach und romantische Laternen auf. Sie erbettelte und erborgte sich einige uralte, wacklige Tische und Stühle, richtete einen Holzkohleofen her und eröffnete großartig die Taverne, die sie mit exzentrischer und unsteter Emsigkeit bis zu ihrem Todestag im Jahre 1972 führte.

Es war die Zeit, in der die ersten Touristen in Kephallonia einfielen. Zuerst waren es die reichen Jachtbesitzer, die ihren Freunden stolz von den sonderbarsten und idyllischsten Gasthäusern berichteten, und dann kamen die rucksackbepackten geistigen Erben der Lebensart des bekümmerten kanadischen Dichters. Kenner und Verehrer von Lord Byron tröpfelten ein und verschwanden wieder. Deutsche Soldaten, die ehrbare Wohlstandsbürger mit großer Familie geworden waren, brachten ihre Söhne und Töchter mit und erzählten ihnen: »Hier war Papa im Krieg; ist es nicht wunderschön?« Mit der Fähre kamen Italiener von Ithaka herüber und brachten ihre unausstehlichen weißen Pudel mit sowie ihre spezielle Fähigkeit, einen ganzen Fisch zu essen, der für die Speisung der Fünftausend ausgereicht hätte. Als Eigentümerin der einzigen Taverne im kleinen Hafen verdiente Drosoula im Sommer genug, um im Winter gar nicht arbeiten zu müssen.

Lemoni, die mittlerweile verheiratet, rührend dick und mit drei Kindern gesegnet war, half beim Bedienen, und auch Pelagia kam angeblich zum Arbeiten herunter, aber in Wirklichkeit, um italienisch sprechen zu können. Es wurde nicht schnell bedient, eigentlich eher saumselig. Manchmal schickte Drosoula ein Kind auf dem Fahrrad weg, um den Fisch zu holen, der bestellt worden war, und wenn der Ofen nicht richtig geschürt worden war, gab es durchaus Wartezeiten von zwei Stunden, bis das Essen zubereitet und gebraten war. Die Gäste wurden ungeniert als Mitglieder einer geduldigen Familie behandelt, die von Drosoula diszipliniert und beaufsichtigt werden mußte, und ziemlich oft gab es gar keine Bedienung, wenn Drosoula einen besonderen Kunden mochte und sich mit ihm in eine Unterhaltung vertiefte. Sie entdeckte bald, daß die Ausländer sie für exotisch hielten, und setzte sich an ihre Tische zu den Gräten einer Seebarbe und den Brotkrümeln, wobei sie unbefangen und ohne Scham die Essensreste an Psipsinas miauende und bettelnde Nachfahren verfütterte und absurde Geschichten von lokalen Geistern, türkischen Greueltaten und der Zeit, als sie bei den Känguruhs in Australien gelebt hatte, auftischte. Mit ihren trägen Augen, ihrem schlurfenden, schleppenden Gang, ihren türkischen Wangenknochen, ihrem krummen Rücken, ihrer kolossalen Größe und ihrem spektakulären Haarwuchs im Gesicht war sie bei den Ausländern geliebt und gefürchtet. Sie beschwerten sich nie über ihre Vergeßlichkeit und die endlosen Verzögerungen, sondern sagten bloß: »Sie ist so nett, das arme alte Wesen; es wäre eine Schande, sie zur Eile anzutreiben.«

Pelagia wartete weiterhin auf ihr Enkelkind, das nicht kam. Sie verzieh Antonia, daß sie zu rauchen angefangen hatte und Hosen trug, und pflichtete ihr bei, es sei gut, daß Mitgiften abgeschafft worden waren. Sie lächelte, als Antonia 1964 über den Tod von König Pavlos weinte, dabei aber unter Schluchzen immer noch behauptete, die Monarchie sei ein korrumpierender Anachronismus. Sie zog zeitweilig in Antonias Haus, um sie zu trösten, als Alexi 1967 für kurze Zeit willkürlich von den Juntaobristen eingesperrt wurde und 1973 noch einmal ins Gefängnis kam, weil er mit einem Polizisten gerauft hatte, als Studenten an der Universität von Athen die Juristische Fakultät besetzten. Später hielt sie sich mit ihren Zweifeln an Antonias Unterstützung von Papandreous sozialistischer Regierung zurück und sah es sogar ein, als Antonia darauf bestand, aufs Festland zu gehen, um gegen allen Anstand an feministischen Demonstrationen teilzunehmen. Sie hatte das Gefühl, ihren Unmut nicht auf jemand abladen zu können, der einen so rührend utopischen und optimistischen Glauben hatte, und es war sowieso ihre Schuld; weil sie dem Mädchen das Denken beigebracht hatte, erntete sie nun folgerichtig den unvermeidlichen Sturm. Zusätzlich gefiel ihr immer noch die Vorstellung, an die sie sich in ihrer eigenen Jugend geklammert hatte: daß alles möglich war.

Aber sie verwahrte sich gegen Antonias Beharren, daß sie nicht für ein Enkelkind zu sorgen habe. »Mein Bauch gehört mir«, behauptete Antonia, »und es ist nicht recht, von mir zu erwarten, daß ich mich durch einen biologischen Zufall einschränken lasse, oder? Die Welt ist sowieso schon überbevölkert, und es ist mein Recht, frei zu wählen, oder nicht? Alexi ist meiner Meinung, also denk bloß nicht, du kannst zu ihm gehen und ihn drangsalieren.«

»Ist bei dir alles in Ordnung?« fragte Pelagia.

»Mama, was meinst du damit? Nein, ich bin keine Jungfrau mehr, und da gibt es kein Problem ... in dieser Art. Es ist immer noch sehr schön, wenn du es unbedingt wissen willst. Ich will ja nicht gemein sein, aber du bist manchmal so altmodisch.«

»Nein, ich will's gar nicht wissen. Ich bin eine alte Frau, und ich brauch das nicht zu hören. Ich möchte nur sicher sein. Meinst du nicht, daß ich ein Recht habe?«

»Mein Bauch gehört mir«, erwiderte Antonia und drehte das ewige Rad ihres Disputs an seinen Anfangspunkt zurück.

»Ich werde alt«, sagte Pelagia dann, »das ist alles.«

»Du wirst länger leben als ich, Mama.«

Doch als erste starb Drosoula, ganz aufrecht in ihrem Schaukelstuhl und so leise, daß es schien, als würde sie sich dafür entschuldigen, überhaupt gelebt zu haben. Sie war eine unbezwingbare Frau, die einige kurze glückliche Jahre mit einem von ihr geliebten Mann verbracht hatte, eine Frau, die ihren eigenen Sohn aus Treue zu ihren Prinzipien verleugnet und den Rest ihrer Tage im bereitwilligen Dienst an denen verlebt hatte, die sie durch augenscheinlichen Zufall adoptiert hatten und für die sie sogar die Brötchen verdiente. Wie ein geduldiger Schäfer hatte sie die kleine Familie väterlich umsorgt und mütterlich an ihren umfangreichen Busen gedrückt. Nachdem sie auf demselben Friedhof wie der Arzt begraben worden war, erkannte Pelagia, daß sie nicht nur eine weitere Flamme behüten mußte, sondern auch noch einsamer geworden war. Sie hatte keine Vorstellung, wie sie ihr Leben führen sollte, und mit Furcht und Verzagtheit im Herzen übernahm sie Drosoulas Taverne und versuchte, sich durchzubringen.

Der nun völlig kahle Alexi, der vom ideologisch arktischen Klima der puritanischen Kommunistischen Partei ins subtropische der Sozialistischen Partei übergewechselt war, verfiel zunächst in Besorgnis und Selbstanklage, als er entdeckte, daß sein Erfolg als Anwalt ihn unmerklich in genau die Klasse versetzt hatte, die er zu verachten vorgab. Er war ein gepflegter Bourgeois mit einem großen Citroën, einem angeblich erdbebensicheren Haus mit Terrakottatöpfen, die von Geranien überquollen, vier Anzügen und einem Abscheu vor der Korruption und Unfähigkeit in der Partei seiner Wahl. Er sprach auf Versammlungen und Festen vollmundig für die Sozialistische Partei, aber in der Wahlkabine machte er verstohlen sein Kreuzchen bei Karamanlis und gab sich verzweifelt, als dieser die Wahl gewann. Er stellte einen Buchhalter ein und hinterzog so effektiv Steuern wie jeder andere Grieche, der etwas auf sich hielt und eine lange Tradition zu bewahren hatte.

Antonia hielt vier Jahre dem heftigen Begehren ihres Schoßes nach einer Leibesfrucht stand, da sie keinen Grund sah, einem Körper nachzugeben, der so unvernünftige und ideologisch verdächtige Forderungen stellte, bis sie sich schließlich mit ihm verschwor und ihm gestattete, sie die Einnahme der Pille vergessen zu lassen. Ebendeshalb war niemand ehrlicher überrascht als sie, als ihr Bauch so unangebracht anschwoll und sich ein Kind bildete. Sie und Alexi begannen wieder, in der Öffentlichkeit Händchen zu halten, starrten mit feuchten Augen auf Babys und Babykleidung und stellten lange Namenlisten zusammen, nur um sie wieder durchzustreichen, weil »ich einen gekannt habe, der so geheißen hat und ein Scheusal war«.

»Es wird ein Mädchen«, sagte Pelagia immer dann, wenn sie ihr Ohr an Antonias immer größer werdenden Bauch hielt. »Es ist so still, es kann nichts anderes werden. Du mußt sie unbedingt Drosoula nennen.«

»Aber Drosoula war so groß und ...«

»Häßlich? Das macht nichts. Wir haben sie trotzdem geliebt. Ihr Name sollte weiterleben. Wenn das Kind älter ist, sollte es erfahren, wie es zu seinem Namen gekommen ist und wer ihn getragen hat.«

»Ach, ich weiß nicht, Mama ...«

»Ich bin eine alte Frau«, verkündete Pelagia, der die Wiederholung dieses Refrains eine tiefe Befriedigung verschaffte. »Es könnte mein letzter Wunsch sein.«

»Du bist sechzig. Heutzutage ist das nicht alt.«

»Aber ich fühle mich alt.«

»Du siehst aber nicht so aus.«

»Ich hab dich nicht zum Lügen erzogen«, sagte Pelagia, die sich dennoch ungeheuer freute.

»Ich bin vierunddreißig«, sagte Antonia, »das ist alt. Sechzig ist bloß eine Zahl.«

Das kleine Mädchen entpuppte sich ohne den leisesten Zweifel als kleiner Junge, bestens ausgestattet mit einem faszinierend faltigen Skrotum und einem schlanken Penis, der sich zweifellos später als tauglich erweisen würde. Pelagia nahm das Kleinkind in die Arme und verspürte die ganze Trauer einer Frau, die ihr Leben lang Jungfrau und biologisch kinderlos geblieben ist, und nannte es Iannis. Sie rief es so oft bei diesem Namen, daß es den Eltern bald geraten schien, es nicht Kyriakos, Vassos, Stratis oder Dionisios zu nennen. Wenn es Iannis gerufen wurde, lächelte es, und es bildeten sich Schaumbläschen, die aufplatzten und über sein Kinn liefen, und so wurde es Iannis. Es hatte eine resolute und störrische Großmutter, die mit ihm nur italienisch sprach, und Eltern, die ernstlich davon redeten, es auf eine Privatschule zu schicken, obwohl an den staatlichen eigentlich nichts auszusetzen war.

Alexi vertrat plötzlich wie selbstverständlich die Meinung, daß ein Mann seinem Sohn etwas hinterlassen sollte, wenn möglich an der Erbschaftssteuer vorbei, und so sah er sich nach guten Investitionen um. Er baute an einem unfruchtbaren Hang einen Block mit Ferienwohnungen und stattete die Taverne mit einer modernen Küche und Toiletten aus. Er überredete Pelagia, einen professionellen Koch anzustellen, beließ sie als Geschäftsführerin und teilte sich mit ihr den Gewinn. An den mit Leimfarbe getünchten Wänden befestigte Pelagia sämtliche Postkarten, die immer noch aus allen vier Ecken des Globus eintrafen, zusammen mit den bunten Geldscheinen fremder Währungen, die ihr Touristen überlassen hatten, die unter dem wohltuenden und vollmundigen Einfluß von Robola und Retsina großzügig und wunderlich geworden waren.

70

Wieder ausgegraben

Als Iannis fünf Jahre alt war und Christos Sarzetakis anstelle von Karamanlis gewählt wurde, konnte er bereits in sechs Sprachen »Guten Tag« und »Ist er nicht niedlich?« sagen. Das kam daher, daß er fast seine ganze Zeit unter der Aufsicht seiner Großmutter in der Taverne verbrachte, wo er von rosigen und rührseligen Fremden umgurrt wurde, die dunkelhäutige kleine Jungen mit schwarz umsäumten Ebenholzaugen gern hatten, solange sie nicht älter wurden und als Gastarbeiter in ihre Heimatländer kamen. Iannis trug die Brotkörbe an die Tische, linste reizend über die Tischdecke und verdiente genügend Trinkgeld, um sich einen Teddybär, ein ferngesteuertes Spielzeugauto und eine Nachbildung des Weltmeisterschaftsfußballs aus Hartplastik leisten zu können. Pelagia stellte ihn stolz ihren Gästen vor, und er streckte zuversichtlich und höflich die Hand aus, das Inbild des idealen Kindes, das in wohlhabenderen, aber gefühlloseren Ländern nicht mehr anzutreffen war. Seine altmodischen Manieren waren etwas wundersam Neuartiges, und er verzog nur die Miene, wenn dicke Frauen mit Mundgeruch und abfärbendem rotem Lippenstift ihn umarmten und abknutschten.

Iannis hielt sich deshalb ständig in der Taverna Drosoula auf, weil sein Vater neue Ferienappartements mit Swimmingpools und Tennisplätzen baute, während seine Mutter in einen vorsozialistischen Feminismus verfiel, der besagte, daß eine Frau die gleichen Rechte wie ein Mann hat, wenn es um kapitalistische Unternehmungen ging. Sie lieh sich Geld von ihrem Mann, um einen Laden zu eröffnen, und zahlte es gewissenhaft innerhalb von vier Jahren mit fünf Prozent Zinsen zurück. In der Bergotistraße in Argostoli eröffnete sie einen Souvenirladen. Zu kaufen gab es nachgemachte Amphoren, Gebetsperlen, in die Fustanella der Evzone gekleidete Puppen, Kassetten mit Sirtaki-Musik, Taucherbrillen, Statuetten von Pan, der mit offensichtlicher Konzentration seine Flöte spielte, aber auch eine prächtige und übertriebe Erektion vorwies, Eulen der Minerva aus Kalkstein, Postkarten, handgewebte Vorleger, die in Wirklichkeit maschinell in Nordafrika hergestellt wurden, Delphine, Götter, Göttinnen und Karyatiden aus Porzellan, Tragödenmasken aus Terrakotta, Silberschmuck, mit Mäandern verzierte Bettdecken, Schlüsselringe, die en miniature humorvoll Kopulationsbewegungen vorführten, winzige aufziehbare Busukis – die Saiten waren lockere Nylonfäden aus Fischernetzen –, die *Sonntags nie* oder *Alexis Sorbas* spielten, Ausgaben von Kazantzakis-Romanen in Englisch, düstere Ikonen mit authentischer Patina, die verschiedene Heilige zeigten, deren griechisch geschriebene Namen unentzifferbar und unglaubwürdig waren, Pflegemittel für Briten mit Sonnenbrand, Ledergürtel und Handtaschen, T-Shirts, auf die verschiedene Variationen der Botschaft »Mein Vater war in Griechenland und hat mir nichts als dieses lausige T-Shirt mitgebracht« aufgedruckt waren, Reiseführer und Sprachführer, Harpunenkanonen, Paracetamol, Strandtaschen, denen die Henkel sofort abfielen, Bastmatten, Papiertaschentücher und Kondome. Antonia präsidierte über diesem kunterbunten Warenlager und saß, den Daumen im Mund und die langen Beine in gezierter Anmut übereinandergeschlagen, strahlend weiß gekleidet wie immer an ihrer offenen Kassenlade (um keine Belege für das Finanzamt zu hinterlassen).

Bald eröffnete sie weitere Läden mit gleichem Angebot in Lixouri, Skala, Sami, Fiskardo und Assos. Um ihr feineres künstlerisches Gewissen zu beruhigen, unterstützte sie einen Töpfer, der wirklich schönen Gartenschmuck im klassischen Stil aus frostsicherer Terrakotta herzustellen hatte. Sie und Alexi besuchten Paris und Mailand mit der vagen Vorstellung, eine horrend teure Boutique in Athen zu eröffnen, und in dieser Zeit tat Alexi verächtlich die Argumente derjenigen ab, die seinen Reichtum umzuverteilen wünschten: »Antonia und ich geben Dutzenden von Leuten Arbeit. Indem wir uns bereichern, machen wir auch unsere Angestellten reicher, also kommt mir nicht mit diesem veralteten Mist, ja? Was wollt ihr denn? Wollt ihr, daß sie alle von der Stütze leben? Und habt ihr eine Vorstellung, wie viele Leute das Zeug herstellen, das wir verkaufen? Das sind nämlich Hunderte.«

Ihr Sohn wuchs zufrieden bei der Großmutter auf, ließ die Zehen ins erstaunlich klare Wasser im Hafen hängen und war von den umherflitzenden und quirligen Fischschwärmen ganz gebannt. An den Abenden saß die Familie vereint in der Taverne, manchmal vor dem Andrang, aber häufiger erst danach, und diskutierte laut in Italienisch und Griechisch, wozu Pelagia, die bereits von Wehmut über Iannis' Kindheit gepackt wurde, sagte: »Erinnert ihr euch, als ich ihm an der Mauer die Windeln gewechselt hab und er – wutsch – auf einmal gepinkelt und einen dicken goldenen Strahl herausgesprudelt hat, der auf der Katze gelandet ist? Und wie die Katze weggerannt ist und sich sauber geleckt hat, hach, und wir so haben lachen müssen, daß wir bald geplatzt sind? War das eine Zeit. Es ist jammerschade, daß sie groß werden müssen.« Und der kleine Junge lachte aus Anstand dazu und wünschte sich, seine Oma würde ihn nicht so in Verlegenheit bringen, aber dann ging er hinter die Mauer und probierte, wie weit oben er den feuchten Fleck anbringen konnte, indem er sich aus den Knien heraus hintüberbeugte und mit der Reichweite und Höhe experimentierte, die er mit seinem faszinierenden Anhängsel und dessen wundervoll goldenem Strahl erzielen konnte. Er hatte einen

Freund namens Dimitri, der höher als er pinkelte, und er mußte noch einiges aufholen, bis er Wetten annehmen konnte. Er hatte dort auch ein Stück Kreide und führte Buch über all die schönen fremden Frauen, die ihn auf die Wange geküßt hatten, wenn sie sich am Urlaubsende verabschiedeten. Es waren schon einhundertzweiundvierzig, fast nicht mehr vorstellbar, und er konnte sich an kein einziges Gesicht mehr erinnern, bloß an einen allgemeinen und seligen Eindruck von glänzendem Haar und großen Augen, angenehmen Düften und schwammigen Brüsten, die sich an ihm flachdrückten und dann wieder ihre gewöhnliche Form annahmen. Nachts, nachdem er um Mitternacht fest schlafend in den Armen seines Vaters heimgetragen worden war, träumte er in einem Sprachenbabel von köstlichen Mädchen und dem Geruch von Feuchtigkeitscreme.

Als er zehn Jahre alt war, im Jahr der gegensätzlichen Koalition zwischen Kommunisten und Konservativen, heuerte Pelagia einen Busukispieler an, um ihre Gäste in der Taverne zu unterhalten. Er hieß Spiridon, war ein charismatischer Korfiote und hatte ein unerschöpfliches Repertoire. Er spielte die Busuki mit so vibrierender Virtuosität, daß er drei gleichzeitig zu spielen schien, und er konnte selbst die Deutschen dazu bringen, sich an den Schultern zu umfassen und mit Fußbewegungen wie das ungeduldige Hufescharren eines Pferdes im Kreis zu tanzen. Er verstand es ausgezeichnet, ein Stück *accelerando* zu spielen, indem er sehr langsam und schwülstig begann und allmählich schneller wurde, bis alle Tanzenden sich in ihren umherwirbelnden Gliedern verhedderten. Er kannte Wiegenlieder und Fischerlieder, klassische Stücke und neue Kompositionen von Theodorakis, Xarhakos, Markopoulos und Hadjidakis, und trug sie alle mit vollendeten Tremoli und außergewöhnlich synkopierten Improvisationen vor, die seinen Zuhörern die Lust am Tanzen nahmen, weil es noch besser war, zuzuhören.

Iannis verehrte den Busukispieler mit den breiten Schultern, dem gewaltigen schwarzen Bart und dem breiten Mund, der hundert blitzende Zähne (einschließlich eines goldenen) zu beherbergen schien, sowie sein Repertoire an Taschenspielertricks, mit denen er Eier aus den Ohren ziehen und Münzen mit einem Fingerschnippen verschwinden und wieder auftauchen lassen konnte. Pelagia mochte ihn ebenfalls, weil er sie stark an ihren verschwundenen Hauptmann erinnerte, und hin und wieder sehnte sich ihr Herz nach einer Zeitmaschine, die sie in die Tage der einzigen wahren Liebe ihres Lebens zurückversetzte. Sie dachte, daß die Seele des Hauptmanns sich vielleicht in den Fingern von jemand wie Spiridon eingenistet hatte, denn es kam ihr vor, daß selbst dann, wenn die Spieler starben, ihre vagabundierende Musik zu anderen Händen weiterzog und wieder auflebte.

Iannis' geheimer Wunsch war es, ein Gigolo zu werden, sobald er alt genug war. Diese »Kamakia« waren die griechischen Jungen, die vom Sex lebten, indem sie sich mit den unbehüteten und romantischen ausländischen Mädchen amüsierten, die auf der Suche nach wahrer Liebe und multiplen Orgasmen in den Armen einer Neuausgabe von Adonis, der ihnen bereitwillig den Kopf verdrehte, auf der Insel ankamen. Diese jungen Männer maßen sich eine so hohe Bedeutung für die Tourismusindustrie zu, daß sie schon davon redeten, eine Gewerkschaft zur Vertretung ihrer Interessen zu gründen. Charmant und kavaliersmäßig stifteten sie herrliche Erinnerungen und gebrochene Herzen und warteten am Flughafen, wenn ein Mädchen abgeflogen war, um sich an ein neues heranzumachen, das gerade einflog. In flauen Zeiten hingen sie auf ihren Mopeds herum und diskutierten über die Rangliste der sexuellen Vorzüge der verschiedenen Nationalitäten. Italienische Mädchen waren am besten, englische dagegen unbrauchbar, sofern sie nicht betrunken waren. Deutsche Mädchen waren Technikerinnen, spanische unbeherrschbar und melodramatisch, französische so eitel, daß man von Anfang an Verliebtheit heucheln mußte. Iannis inspizierte regelmäßig seine kleine Rute mit ihren unvorhersehbaren und schmerzhaften Erektionen und fragte sich, ob er je einen Orgasmus haben würde – was immer das auch sei – und ob und wann seine besondere Harpune aus ihren feuchten Träumen erwachen und wachsen würde.

Iannis entging es nicht, daß Spiridon bei den Mädchen beliebt war. Am Ende jeder Vorstellung zogen sie die roten Rosen aus den schlanken Vasen auf ihren Tischen und warfen sie ihm zu. Ihm fiel auf, daß Spiridon am frühen Abend herumging und die Dornen von den Stengeln entfernte, so sicher war er sich der Bombardierung mit Blumen. Er bemerkte auch, daß Spiridon sich immer mit den Armen um die Schultern von Mädchen mit glänzenden Nasen ablichten ließ, manchmal mit zweien oder vieren auf einmal, und daß bei diesen Gelegenheiten sein Grinsen von einem Ohr zum anderen ging, während sein Gesicht vor Stolz und Glück strahlte. Folglich verlangte Iannis eines Tages, Spiro solle ihm das Busukispielen beibringen.

»Deine Arme sind noch nicht lang genug«, sagte Spiro, »es wäre sinnvoller, mit einer Mandoline anzufangen. Sie ist eigentlich ähnlich, aber klein genug für dich. Du bist jetzt zehn und solltest vielleicht erst mit dem Busukispielen anfangen, wenn du vierzehn bist. Schau her ...« er legte dem Jungen das Instrument in den Schoß und streckte dessen linken Arm aus: »... dein Arm ist zu kurz, und deine Hand ist nicht groß genug, um den Hals zu umgreifen. Du brauchst eine Mandoline.«

Iannis war etwas enttäuscht. Er wollte genau wie sein Held sein.

»Kannst du Mandoline spielen?« fragte er.

»Kann ich Mandoline spielen? Kann ich gehen und reden? So hab ich's gelernt. Ich bin der beste Mandolinenspieler, den ich je gehört habe, ausgenommen ein oder zwei Italiener. Tatsächlich ist die Mandoline das Instrument meines Herzens.«

»Wirst du es mir beibringen?«

»Du würdest eine Mandoline brauchen. Sonst könnten wir nur Theorie treiben.«

Iannis setzte seiner Mutter, seinem Vater und seiner Großmutter wegen der Mandoline aufdringlich zu. Antonia nahm den Daumen aus dem Mund und sagte: »Ich bring dir eine aus Athen mit, wenn ich das nächste Mal dort bin.« Es erübrigt sich zu sagen, daß sie es vergaß. »Ich besorg dir eine, wenn ich nach Neapel gehe«, sagte Alexi, der keine Ahnung hatte, wann er dorthin gehen würde und warum überhaupt. Schließlich sagte Pelagia: »Eigentlich haben wir schon eine, aber sie ist unter dem alten Haus begraben. Ich bin sicher, Antonio hätte nichts dagegen, wenn du sie ausgräbst.«

»Wer ist Antonio?«

»Mein italienischer Verlobter, der im Krieg gefallen ist. Ihm hat sie gehört. Du mußt doch eine Menge von ihm gehört haben.«

»Ach der. Wenn sie verschüttet ist, wird sie ganz vermodert und kaputt sein, oder nicht?«

»Ich glaube nicht. Mitten im Boden ist eine große Falltür gewesen, und sie lag in einem unterirdischen Versteck. Aber du wirst den ganzen Schutt nie allein wegräumen können, und ich würde es auch nicht erlauben. Es ist viel zu gefährlich.«

Iannis bettelte seinen Vater an, ein paar Arbeiter von einer seiner Baustellen abzustellen, was dieser versprach, aber nicht hielt, da er in Zeitnot geriet; das hatte damit zu tun, daß eine Flugzeugladung von Touristen bald in einem neuerbauten Komplex eintreffen sollte, wo noch nicht einmal die sanitären Installationen fertig waren. Alexi war von den Sorgen darüber wie gelähmt und keifte zum erstenmal in seinem Leben mit seinem Sohn, nur um ihn sofort danach in die Arme zu nehmen und sich zu entschuldigen.

Also wurde Spiridon an der Hand den Hügel hinaufgezerrt, wo sich ihm eine geisterhafte und traurige Ruine zeigte, die üppig mit vertrocknetem Gras und Dorngestrüpp überwuchert war, so daß die geborstenen Steine gerade noch aus dem Bewuchs herauslugten. Überall ruhten die stummen und verlassenen Überreste von Häuschen, die ganz den Anschein von Bedauern und Einsamkeit erweckten. Schräge Stufen führten ins Leere. Ein Gemeindeofen befand sich in beschwipster Schieflage, die gußeiserne Tür war in den Angeln festgerostet, und die Kacheln waren kurz davor, entweder in der Hitze oder im Frost zu zerspringen. Innen befanden sich eine Kolonie von Asseln und die verkohlten Überreste zahlloser vergessener Mahlzeiten, von Leuten verzehrt, die schon seit langem in alle Winde verstreut oder tot waren. »Jesus«, sagte Spiro, als er sich den Schauplatz stiller Trostlosigkeit besah, »in Korfu ist es nicht annähernd so schlimm gewesen. Macht dich das nicht traurig?«

»Es ist der trostloseste Ort«, bemerkte Iannis. »Ich komme hier zum Erkunden her und wenn ich wütend oder unglücklich bin.« Er deutete mit dem Finger. »Mein Urgroßvater ist hier gestorben. Ich bin nach ihm benannt. Oma sagt, er war der beste Arzt in Griechenland, und er hätte ein großer Schriftsteller sein können. Er konnte die Leute bloß durch Handauflegen heilen.«

Spiro bekreuzigte sich und sagte: »Maria beschütze uns.«

»Da hab ich schon 'ne Menge Sachen gefunden«, sagte Iannis, »aber das meiste ist kaputt.« Eine junge gestreifte Katze trottete davon, den Bauch von ungeborenen Kätzchen gebläht. »Sie kommt zum Eidechsenjagen her«, sagte Iannis und deutete wieder. »Sie ist sehr gut darin. Sie läßt immer den Schwanz übrig, und er krümmt sich immer noch ewig lang irgendwie von allein. Es ist toll.«

»Schau dir das an«, sagte Spiro und wies auf einen gewaltigen Olivenbaum, der in der Mitte gespalten war, am Stamm schon zu vermodern anfing, aber immer noch unzählige verdrehte schwarze Äste und kleine grüne Früchte trug. »Auf dem klettere ich herum«, sagte Iannis. »Da ist ein Ast, der ist gut zum Schaukeln. Der da.«

»Dann schwingen wir uns doch mal rauf«, schlug Spiro vor, und Iannis kletterte auf den Baum, während der andere hochsprang und sich hinhängte. Nebeneinander schwangen die beiden eine Weile vor und zurück, nützten die Biegsamkeit des Astes aus und ließen sich dann voll nüchterner und männlicher Zufriedenheit auf den Boden fallen. Spiro rieb sich die Hände und sagte: »Jetzt aber an die Arbeit, bevor es zu heiß wird. Ist dir klar, daß das sehr schlecht für meine Hände sein wird? Ich kann heute abend womöglich nicht spielen. Hast du gewußt, daß Gitarristen keinen Abwasch machen, weil es ihre Fingernägel aufweicht? Eine tolle Ausrede, hm?«

»Ich mach den Abwasch gern«, erwiderte Iannis. »Davon geht der ganze Dreck unter den Fingernägeln weg, und Großmutter bezahlt mich auch noch dafür.«

Sie gingen beide dort durch, wo einmal die Tür gewesen war, und kratzten sich bestürzt am Kopf. Überall lag schrecklich viel Schutt. »Es ist nicht mehr so schlimm wie früher«, sagte Iannis entschuldigend, »mein Papa hat alle Fliesen, die nicht kaputt waren, weggebracht, und er hat die meisten Balken wieder für neue Häuser verwendet. Und die Oma ist hergekommen und hat alles, was nützlich war, ausgegraben.«

Spiro nahm einen Stecken und spießte ein blasses und erstarrtes Kondom auf. »Um Gottes willen!« rief er aus. »Scheißtouristen.« Er schleuderte es über die Büsche, und Iannis fragte: »Was ist das?«

»Na ja, junger Mann, das streifst du dir über deinen stolzen Freudenspender, wenn du keine Kinder machen willst.«

»Wie kann ich denn damit pinkeln? Muß ich es dann abnehmen?«

»Ja«, antwortete Spiro, der spürte, daß er sich auf einige langwierige Erklärungen einlassen müßte, wenn er nicht vorsichtig war. »Du nimmst es ab. Eigentlich stülpst du es nur über, wenn du es treibst, kapiert?«

»Ach so«, sagte Iannis, »das ist ein Kondom, nicht wahr? Davon hab ich schon gehört. Dimitri hat's mir gesagt.«

Spiro zog die Augenbrauen hoch, blies die Backen auf und seufzte. Diese Kinder. Er fing an, das Gerümpel herauszuwerfen, die gebrochenen Fliesen, die plattgedrückten Blechdosen, die langen und ekelhaften Streifen verschmierten Klopapiers (auch die Hinterlassenschaft von Touristen) und die unzähligen grünen Flaschen. »Das sind zwei Tage Arbeit«, sagte er, »ich schätze, wir müssen es einfach in Angriff nehmen.«

Bis zum nächsten Abend war in der Mitte des alten Bodens ein Platz leergeräumt, und staubige, zerbrochene Steine und Fliesen waren zusammen mit zersplitterten und vermoderten Holzbalken einen Meter hoch an der Außenmauer aufgestapelt. Es gab auch einen Haufen mit Schätzen, die Iannis aufheben wollte: ein uraltes zerschmettertes Radio, dessen roter Zeiger auf der Skala bei »Napoli« festsaß, eine verbeulte Pfanne mit einem zackigen, durchgerosteten Loch im Boden, ein zerbrochener Spazierstock mit einem Silberknauf, ein intaktes Glas voller Schneckenhäuser, zwei verschimmelte Bücher mit dem Titel *The Complete and Concise Home Doctor*, ein Stethoskop, dessen Gummischläuche nicht mehr da waren und dessen Hörglocke eingedellt war, eine Fotografie in einem silbernen Rahmen mit gesprungenem Glas, in dem das Bild von zwei komischen Betrunkenen mit merkwürdigen Hüten steckte, die die Arme umeinandergeschlungen hatten; im Hintergrund war noch die winzige, aber prachtvolle nackte Gestalt eines gertenschlanken Mädchens mit einem ebenfalls dämlichen Hut zu sehen, das im Wasser herumplanschte. Er fand sogar ein ganzes Fotoalbum, das etwas feucht war, dessen Seiten an den Rändern von Insekten angenagt und in dem braune Wasserflecken elegant und delikat in welligen Mustern über die Seiten verteilt waren. Beim ersten Bild stand »Mama und Papas an ihrem Hochzeitstag«, und es zeigte in Sepia ein junges Paar, das sehr steif in so altmodischen Kleidern dastand, daß Iannis gar nicht glauben konnte, daß jemand wirklich einmal so angezogen gewesen war. Er blätterte es auf der Mauer durch: »Pelagias erste Schritte« – das Bild von einem Baby mit Rüschenhütchen, das erstaunt aufblickte. Er würde sie später seiner Oma zeigen, um herauszukriegen, was sie alle bedeuteten. Inzwischen war es schon ganz schön spannend, daß er ein Klappmesser mit einer festgerosteten Klinge, ein Gläschen mit einer getrockneten Erbse, die mit etwas Schwarzem und Flockigem verkrustet war, und einen modrigen Gedichtband von einem gewissen Andreas Laskaratos gefunden hatte.

Spiro versuchte, die Finger unter den Eisenring der langen Falltür zu stecken, aber der saß fest und ließ sich nicht hochklappen. Unter das Holz schob er die Spitze eines alten Schraubenziehers, den er gefunden hatte, aber der verbog sich wie ein Stück Weichkäse und brach ab. Er würde sich ein Brecheisen borgen müssen, weil zweifellos auch die Angeln im Rost erstarrt waren. »Warum drücken wir sie nicht einfach ein?« wollte Iannis wissen.

»Weil wir die Mandoline nicht zertrümmern wollen, deshalb. Ungeduld führt zu nichts.« Sie standen da, schauten die Tür an und kratzten sich am Kopf, enttäuscht darüber, nun nicht mehr weiterzuwissen, nachdem sie schon so viel erreicht hatten. Da erst bemerkten sie einen sehr großen alten Mann in schwarzem Anzug und kragenlosem Hemd, der dichte silberne Stoppeln im Gesicht hatte und etwas gebückt im Eingang stand. »Was macht ihr da?« fragte er. »Ach du bist's, kleiner Iannis. Ich hab gedacht, ihr wärt Plünderer. Ich wollte euch schon ein paar Backpfeifen verpassen.«

»Wir versuchen, das aufzubringen, Kyrie Velisario«, sagte der Junge. »Es steckt fest, und da drin ist was, was wir haben wollen.«

Der alte Mann schlurfte herein und sah aus seinen wäßrigen Augen auf die Falltür. Iannis bemerkte, daß er eine rote Rose bei sich hatte. »Ich werde sie gleich hochheben«, sagte er, »aber laßt mich erst die Blume loswerden.« Er ging in den Hof und legte die Blume sehr behutsam auf die trockene Erde. »Normalerweise mach ich das im Oktober«, teilte er ihnen mit, »aber bis dahin bin ich wahrscheinlich schon tot, also leg ich sie früher hin.«

»Weshalb?« fragte Iannis.

»Junger Mann, da drunter liegt ein italienischer Soldat. Den hab ich selbst beerdigt. Ein sehr tapferer Mann, so groß wie ich. Ich hab ihn gern gehabt, er war sehr nett. Ich komm jedes Jahr her und leg die Blume hin, um zu zeigen, daß ich nicht vergessen habe. Niemand hat mich je dabei gesehen, aber wen kümmert das heutzutage schon? Wir haben jetzt andere Feinde, und es ist keine Schande mehr.«

»Du meinst, es ist ein echtes Skelett da unten?« fragte Iannis mit vor gruseliger Freude geweiteten Augen, während er insgeheim dachte, der Versuch, es auszugraben, würde ihm einen teuflischen Spaß machen. Er hatte schon immer einen echten Totenschädel haben wollen.

»Nicht bloß ein Skelett, ein Mensch. Er hat seine Ruhe verdient. Wir haben ihm eine Flasche Wein und eine Zigarette mitgegeben, und da unten ist kein schimpfendes Weib, das seine Knochen behelligt und sich ans Aufräumen macht, wenn er bloß seine Ruhe haben will. Er hat alles, was sich ein Mann nur wünschen kann.«

Spiro räusperte sich höflich, aber skeptisch. »Bemühen Sie sich nicht, diese Tür zu heben, mein Herr, ich hab es schon probiert, und es ging nicht.«

»Dann lassen Sie sich gesagt sein«, meinte Velisarios stolz, »daß ich der stärkste Mann Griechenlands, wenn nicht der Welt, gewesen bin. Soweit ich weiß, bin ich das noch. Sehen Sie den alten steinernen Wassertrog? 1939 hab ich den über meinen Kopf gehoben, und weder davor noch danach hat das jemand geschafft. Ich hab Mulis mit zwei Reitern drauf bis auf Brusthöhe gehoben.«

»Das stimmt, das stimmt«, fiel Iannis ein. »Davon hab ich gehört. Und Kyrios Velisarios hat das Dorf gerettet.«

»Geben Sie mir Ihre Hand«, sagte Velisarios zu Spiro, »und schauen Sie, was es auf Kephallonia früher für Männer gegeben hat. Bedenken Sie, daß ich achtundsiebzig Jahre alt bin, und dann stellen Sie sich vor, was ich mal gewesen bin.«

Etwas gönnerhaft lächelnd streckte Spiro die Hand aus. Velisarios umfaßte sie und drückte zu. Spiros Gesichtsausdruck wechselte von Bestürzung über Erschrecken zu blankem Entsetzen, als er spürte, wie seine Handknochen knarrten und krachten, als wären sie zwischen die Steine einer Ölpresse geraten. »Ah, ah, ah«, schrie er, während er in die Knie sank und die freie Hand in einer verzweifelten Beschwichtigungsgeste erhob. Velisarios ließ ihn los, und Spiro starrte auf seine Hand und bewegte jeden Finger einzeln, weil ihn der Gedanke entsetzte, nie wieder ein Instrument spielen zu können.

Velisarios bückte sich gemächlich und steckte die Fingerspitzen einer Hand in den Eisenring. Er neigte sich etwas zur Seite, um seine ganze Masse und Kraft voll einsetzen zu können, und mit einem plötzlichen zufriedenstellenden Reißen und Splittern von Holz und altem Eisen flog die Tür in einer Staubwolke auf, aus den Angeln gerissen und in vier Planken geborsten. Velisarios rieb sich die Hände, blies auf die Fingerspitzen und schien sich abrupt wieder in einen müden alten Mann zu verwandeln. »Lebt wohl, meine Freunde«, sagte er und schlurfte gemächlich den Pfad zum neuen Dorf hinab.

»Unglaublich«, sagte Spiro, der sich noch immer die gequetschte Hand rieb. »Ich kann's einfach nicht glauben. Ein alter Mann wie er. Sind seine Söhne auch Riesen?«

»Er hat nicht geheiratet, er war mit dem Starksein zu beschäftigt. Hast du gewußt, daß auf Kephallonia ursprünglich die Riesen gelebt haben? Bei Homer steht das, sagt Oma jedenfalls. Ich möchte gern ein Riese sein, aber ich glaub, ich werd bloß mittelgroß.«

»Unglaublich«, wiederholte Spiro.

Alles im Versteck war in bestem Zustand, da es fast sechsunddreißig Jahre versiegelt gewesen war. Sie fanden ein uraltes deutsches Grammophon mit einem Satz Platten und einer Kurbel, eine große feingehäkelte Decke, etwas vergilbt, aber immer noch in allen Lagen in weiches Seidenpapier gewickelt, einen Soldatenrucksack voller Kriegsandenken, zwei Gurte mit Patronen, einen Stapel italienisch beschriebener Blätter und in einer schwarzen Blechschachtel einen weiteren, geschrieben in schöner griechischer Schrift, mit dem Titel »Eine persönliche Geschichte Kephallonias«. Dann gab es noch ein Stoffbündel, das einen Kasten enthielt, in dem die schönste Mandoline lag, die Spiro je gesehen hatte. Er drehte sie im Sonnenlicht um und um und war von dem exquisiten Schmuckstreifen, den prächtigen Einlegearbeiten und der vollkommenen Kunstfertigkeit der Holzspäne an der Bauchwölbung begeistert. Er besah sich die Mensur und entdeckte, daß der Hals nicht verbogen war. Vier Saiten fehlten, und die rest-

lichen vier hatten einen schwarzen Belag und lagen locker auf den
Bünden, da Corelli 1943 zur Einlagerung ihre Spannung gelöst
hatte. »Das«, sagte er, »ist mehr wert als die Memoiren einer Hure.
Iannis, da hast du großes Glück gehabt. Darauf mußt du besser
aufpassen, als dir deine Mutter lieb ist, verstehst du?«

Doch Iannis war in diesem Augenblick mehr an dem Lee-
Enfield-Gewehr interessiert, dessen Lauf fast seine Körpergröße
hatte. In freudiger Begeisterung hatte er es auf die Hüfte gestützt
und schwenkte es umher, wobei er Spiro auf den Hintern schlug
und »Peng, peng, peng« schrie. Er richtete es nach oben in den
Baum und drückte den Abzug durch. Das Gewehr zuckte mit
einem entsetzlichen und nervenzerreißenden Krachen in seinen
Händen, der Lauf krachte ihm an die Stirn, und aus dem Ast über
ihm regneten Holzsplitter herab. Er ließ die klobige Waffe fallen,
als hätte sie ihm einen starken elektrischen Schlag verpaßt, setzte
sich hin und brach vor Schock und Schreck in Tränen aus.

71

Antonia singt wieder

Alexi nahm das Gewehr und die Munition in Beschlag. Er rei-
nigte und ölte es sorgfältig und stellte es in sein Geheimabteil im
Schrank. Er hatte eine sehr kleine Derringer, eine alte italienische
Pistole mit ein wenig Munition und jetzt dieses wundervolle
Gewehr, für Heckenschützen eines der besten, das je hergestellt
wurde. Er hatte seinen Lieblingsspruch umgewandelt zu »Wir
haben nichts zu verlieren als unseren Besitz«, und kein Einbrecher
oder kommunistischer Fanatiker würde eindringen oder eine Revolution anzetteln können, ohne daß er vorbereitet war. Er pflegte
seine Zehennägel zwar immer noch nicht, aber er ersparte seiner
Schwiegermutter das Stopfen, indem er seine löchrigen Socken
einfach wegwarf. Auch wenn er dicker und verschwitzter geworden war, liebten er und Antonia (die er auch »Psipsina« nannte)
sich mehr denn je, da sie vereint waren durch ihre gemeinsame

Leidenschaft für ihre Unternehmen, die den Platz von Geschwistern für ihren Sohn einnahmen.

Was Pelagia betraf, so hatte Iannis sie noch nie so viel weinen sehen. Großmütter waren sentimentale Geschöpfe, sie vergossen sogar Tränen, wenn man ihnen eine am Strand gefundene Muschel gab, aber daß sie eine Woche lang weinte, ging über seinen Verstand.

Zuerst drückte sie die Mandoline an die Brust und jammerte »Oh, Antonio, *mio carino*, oh, Antonio«, wobei ihr Gesicht von Gefühlen aufgewühlt war und ihr die Tränen aus den Augen tropften, auf die Bodenfliesen fielen oder ihre Wangen herabrannen, worauf sie zwischen ihrem Kragen und ihrem verrutschten und faltigen Ausschnitt verschwanden. Dann hob sie den Stapel mit den italienischen Aufzeichnungen auf und drückte ihn an die Brust, wobei sie »Oh, Carlo, *mio poverino*, oh, Carlo« jammerte. Dann hob sie den Stoß mit den griechischen Aufzeichnungen auf und stöhnte »Oh, Papas, oh, Papakis«, und auch die Häkeldecke drückte sie an ihren Busen, während weitere Tränen ihr übers Gesicht strömten und sie die Hände an die Schläfen legte und klagte: »Ach mein armes Leben, das es nie gegeben hat, o Gott im Himmel, ach mein Leben, allein und wartend, ach …« Dann fing sie wieder mit der Mandoline an, küßte und wiegte sie, als wäre sie ein Baby oder eine Katze. Sie spielte die rauschenden alten Platten immer wieder, drehte ungestüm an der Kurbel und verbrauchte alle Ersatznadeln aus dem kleinen Seitenfach, da jede nur einmal benutzt werden konnte. Alle Platten waren von einer Frau, die mit rauchiger Stimme wie aus sehr großer Ferne deutsch sang. Eine davon, die *Lili Marleen* hieß, mochte er, denn sie eignete sich prima zum Pfeifen auf der Straße. Die Platten waren sehr dick, ließen sich nicht biegen und hatten kleine rote Aufkleber in der Mitte. »Warum habt ihr denn keine Kassetten gehabt?« fragte er. Sie antwortete nicht, weil sie entweder das Klappmesser in der Hand drehte, das sie einst ihrem Vater geschenkt hatte, oder die Gedichte von Laskaratos las, die er ihr dafür geschenkt hatte. Die Stimme der Poesie erfüllte ihre Seele so wie einst in den Tagen einer verblichenen Welt, über die niemand Buch geführt hatte.

Iannis tröstete seine Großmutter so gut, wie er es vermochte. Er setzte sich ihr auf den Schoß, obwohl er eigentlich schon ein bißchen zu alt dafür war, und tupfte mit einem bereits feuchten Taschentuch ihre Tränen ab. Er ließ sich ohne allzu großes Ungemach zahlreiche rippenbrecherische Umarmungen gefallen und fragte sich, wie er eine alte Frau mit ausgeleierten Wangen, Krampfadern und grauen Haaren, die so dünn waren, daß die rosa Schädeldecke darunter durchschien, nur so lieben konnte. Er blieb geduldig stehen, wenn sie wieder und wieder das Fotoalbum durchblätterte, die gleichen Auskünfte mit den stets gleichen Worten wiederholte und mit ihren fleckigen Fingern deutete: »Das ist dein Urgroßvater, er war Arzt, weißt du, er ist gestorben, als er uns beim Erdbeben rettete, und das ist Drosoula, die so etwas wie eine Tante war, die du nie kennengelernt hast, sie war groß und häßlich, aber die netteste Person auf der Welt, und das ist das alte Haus, bevor es zusammenfiel, und schau, das bin ich, als ich jung war – ist es zu glauben, daß ich je so schön war? –, und ich hab einen Baummarder in der Hand, der unser Haustier war, Psipsina, das war vielleicht ein drolliges kleines Wesen, und das ist Drosoulas Sohn Mandras – war er nicht hübsch? –, und er war Fischer, und ich bin einmal mit ihm verlobt gewesen, aber er hat ein schlimmes Ende genommen, Gott geb seiner Seele Ruhe, und das ist deine Urgroßmutter, die gestorben ist, als ich noch so jung war, daß ich mich kaum daran erinnern kann, es war Tuberkulose, und mein Vater hat sie nicht retten können, und das ist mein Vater, als er zur See fuhr, so jung, gütiger Gott, und schaut er nicht glücklich und quicklebendig aus? Er hat uns beim Erdbeben gerettet, weißt du. Und das ist Günter Weber, ein deutscher Junge – was aus ihm geworden ist, weiß ich nicht –, und das ist Carlo, der so groß wie Kyrios Velisarios gewesen ist, und er ist beim alten Haus beerdigt, er war so nett und hat eine eigene Traurigkeit gehabt, die er nie erwähnte, und das sind die Männer von »La Scala«, die alle betrunken singen, und das ist der Ölbaum, bevor es ihn gespalten hat, und das sind Kokolios und Stamatis; was ich dir von denen für lustige Geschichten erzählen könnte, alte Feinde, die sich immer um den König und den Kommunismus gestritten haben, aber die besten Freunde waren, und das ist Alekos, der lebt immer noch, weißt du, er ist älter als Methusalem und kümmert sich um seine Ziegen, und das ist der Peloponnes vom Ainos aus, und das ist

Ithaka, wenn du dich auf der gleichen Stelle bloß umdrehst, und das ist Antonio, er ist der beste Mandolinenspieler auf der Welt gewesen, und ich sollte ihn heiraten, aber er ist getötet worden, und unter uns gesagt, das habe ich nie verwunden, und sein Geist kommt immer um die Biegung beim alten Dorf und verschwindet dann …« Großmutter legte wegen der Tränen eine Pause ein. »… und das ist Antonio mit Günter Weber, die beide am Strand Unsinn machen, und was diese nackte Frau angeht, so weiß ich nicht, wer sie war, aber ich hab da so meinen Verdacht, und das ist Velisarios, wie er ein Maultier hochhebt – ist das nicht unglaublich? –, und schau dir diese Muskeln an, und das ist Pater Arsenios, als er noch sehr dick war. Er ist im Krieg immer dünner geworden und dann völlig verschwunden, ohne daß jemand erfahren hat, warum – ist das nicht sonderbar? –, und das ist die alte Kapheneia, wohin Papas, dein Urgroßvater, sich immer verzogen hat, wenn ich ihn für irgendwas gebraucht habe, und – hast du das gewußt? – ich bin die erste Frau gewesen, die dort hineingegangen ist …«

Iannis starrte auf diese faltenlosen Gesichter aus uralten Tagen und wurde von einem unheimlichen Gefühl überwältigt. Offensichtlich gab es in jenen alten Tagen keine Farben, und alles bestand aus verschiedenen Grauschattierungen, aber das war es gar nicht. Ihn beschäftigte vielmehr, daß all diese Bilder in einer Gegenwart aufgenommen waren, einer Gegenwart, die vorbei war. Wie kann eine Gegenwart nicht gegenwärtig sein? Wie kam es, daß alles, was von so viel Leben blieb, nur aus kleinen Rechtekken fleckigen Papiers mit Bildern darauf bestand? »Yia, werde ich sterben?«

Pelagia blickte auf ihn herab. »Jeder stirbt einmal, Ianni. Einige sterben jung, andere alt. Ich werde bald sterben, aber ich hab meine Chance gehabt. Du stirbst, und dann kommt jemand anders, der deinen Platz einnimmt. ›Die Unsterblichen haben allem Menschlichen auf dieser fruchtbaren Erde eine zeitliche Frist gesetzt.‹ Das sagt Homer. Abgesehen von unserer Geburt ist das das einzige, wobei wir keine Wahl haben. Eines Tages – hoffentlich erst, wenn du ganz alt bist – wirst auch du sterben, also mach's nicht so wie ich. Mach aus allem das Beste, solange du kannst. Wenn ich tot bin, sollst du dich bloß an mich erinnern. Glaubst du, das wirst du? Oh, es tut mir leid, Ianni, ich wollte dich nicht aufregen. Nein, weine nicht, mein Lieber. Ich hab vergessen, wie jung du bist …«

Iannis bat Antonia, ihm einige Saiten für die Mandoline zu besorgen, von der sie ihren Namen hatte, und sie versprach ihm, aus Athen welche mitzubringen. Alexi versprach, ihm welche zu kaufen, wenn er in Neapel war, obwohl er immer noch keinen Anlaß für die Reise dorthin gefunden hatte. Pelagia nahm Iannis im Bus mit nach Argostoli und kaufte ihm Saiten in einem Musikladen in einer der Seitenstraßen, die im rechten Winkel zu den Durchgangsstraßen den Berg hinaufführten. »Ich hab deine Eltern sehr gern«, sagte sie Iannis, »aber auf manche Dinge mußt du sie mit der Nase stoßen. Athen und Neapel! Was für ein Unsinn!«

Zurück in der Taverna Drosoula, säuberte Spiro die Mandoline sorgfältig und polierte sie. Er rieb Graphit von einer Bleistiftspitze in die Wirbelschrauben und drehte sie so lange, bis alles weich, ohne Quietschen, Knarren, Verzögerungen und irgendwelche Widerstände lief. Er zeigte dem Jungen, wie er das obere Saitenende durch den silbernen Saitenhalter ziehen und die Schlaufe mit den bunten Flaumbällchen an den richtigen Haken hängen sollte. Er zeigte ihm auch, wie er die Saiten so durchs Loch in den Wirbelschrauben stecken sollte, daß sie nicht so leicht rissen, wie er sie in die Kerben des Stegs und des Saitensattels zu legen hatte, nachdem er sie zuerst noch zum leichteren Stimmen mit etwas Graphit eingerieben hatte.

Er zeigte ihm, wie er mit Bedacht jede Saite stimmen mußte, indem er sich eine nach der anderen vornahm und dann wieder zum Anfang zurückkehrte. Er führte die Verwendung der Harmonik vor, um die richtige Position des Stegs zu finden, er erklärte, daß grundsätzlich jede Saite auf den siebten Bund des Saitenpaars darunter zu stimmen ist, und dann fing er zu spielen an. Er ließ drei einfache Akkorde erklingen, um seine Finger an die geringere Länge eines Mandolinenbunds zu gewöhnen, und dann trippelte er in einem raschen Tremolo eine Tonleiter herunter.

Iannis war so fest gebannt, wie die Saiten mit ihren sonderbaren Flaumbällchen am Saitenhalter hingen. Er nahm gläubig alle Anweisungen Spiros auf, daß er sie nicht im Sonnenschein stehen lassen, sie nicht feucht oder im Winter zu kalt werden lassen, sie nicht fallen lassen und mit der gleichen Spezialpolitur wie für die Busuki polieren sollte, daß er die Saiten zur Einlagerung lockern sollte, daß er die Saiten einen Halbton höher stimmen sollte, damit sie sich rascher einfügten … Spiro sagte ihm voller Ernst, daß Iannis das Kostbarste in Händen hielt, was er je besitzen würde, und das erweckte in dem Jungen ein ehrfürchtiges und ehrerbietiges Gefühl, wie es ihn in der Kirche nie befiel, wenn Pelagia ihn dorthin zerrte. Nur Spiro und seine Großmutter durften die Mandoline berühren, und er wurde wütend, wenn jemand daranstieß.

Das sonderbarste war nur, daß er sie ja gewollt hatte, um damit später Mädchen beeindrucken zu können, aber mit dreizehn, als er schon ein ziemlich guter Spieler war, feststellte, daß Mädchen ein kompletter Reinfall waren. Ihr unergründlicher Auftrag im Leben war, einen zu frustrieren und zu verärgern und Dinge zu haben, nach denen es einen gelüstete, die sie aber nicht hergeben wollten. Kurz und gut, es waren hochnäsige und kapriziöse fremde kleine Wesen. Erst als er siebzehn war und seine Oma sich in ihrem stürmischen und ausgelassenen zweiten Frühling befand, traf er auf eines, das ihn vor Sehnsucht beinahe vergehen ließ. Sie war, als er Antonia zum Singen brachte, in der Nähe stehengeblieben, um ihm zuzuhören.

72

Eine unerwartete Musikstunde

Im Oktober 1993 war Iannis ungeduldige vierzehn Jahre alt und hatte gerade einen ganzen Sommer hinter sich, in dem er mit Spiridon öffentlich im Duo aufgetreten und mit roten Rosen bombardiert worden war. Um seine Großmutter nicht durch sein ständiges Üben aus der Fassung zu bringen – eigentlich, um sie nicht dauernd zum Weinen zu bringen –, war er in die Ruine des alten Hauses hinaufgegangen, um ganz allein zu spielen, und konzentrierte sich gerade ganz fest darauf, ein anständiges Tremolo hervorzubringen, indem er sein Handgelenk eher rotieren ließ, als es auf und ab zu schlenkern, was ihn nämlich erschöpfte und rasch aus dem Takt geraten ließ. Er biß sich vor Anstrengung auf die Lippe und bemerkte den alten Mann nicht, der näher trat und ihm mit kritischem, aber freudigem Interesse zusah. Er fuhr beinahe aus der Haut, als eine Stimme mit sehr merkwürdigem Akzent sagte: »Entschuldigen Sie, junger Mann.«

»Huch!« rief er, »Sie haben mich aber erschreckt.«

»Zu jung für einen Herzanfall«, sagte der Mann. »Die Sache ist die, daß mir nicht entgangen ist, daß Sie etwas falsch machen.«

»Ich hab Schwierigkeiten mit diesem Tremolo. Es bricht dauernd ab.« Es tat gut, mit einem alten Mann auf gleicher Ebene zu reden. Alte Menschen waren oft so entrückt oder unbegreiflich, aber der hier hatte strahlende Augen und verbreitete eine energiegeladene und fröhliche Stimmung. Es kam ihm schmeichelhaft vor, seine Aufmerksamkeit zu haben, und so warf sich Iannis etwas in die Brust, um sich mehr wie ein Mann zu fühlen. Er war im Stimmbruch und brachte manchmal verstörende Jauler und Kiekser heraus, deshalb senkte er die Stimme so weit wie möglich und redete befangen wie die Großen, was einen Erwachsenen immer zum Lächeln bringt.

»Nein, nein, nein, das wird schon noch. Es ist Ihre linke Hand. Sie versuchen, den ersten und zweiten Finger für alles einzusetzen, und das geht nicht.« Er beugte sich herab und rückte die Finger des Jungen zurecht, wobei er sagte: »Schauen Sie, der erste Finger dämpft die Saiten am ersten Bund, der zweite dämpft die am zweiten Bund, der dritte die am dritten und der vierte die am vierten. Es ist zunächst noch anstrengend, weil der kleine Finger nicht besonders stark ist, aber dann brauchen Sie Ihre Hand nicht mehr zu verdrehen und vermeiden es dadurch, aus Versehen die Diskantsaiten zu dämpfen.«

»Das ist mir schon aufgefallen. Es ist äußerst ärgerlich.«

»Halten Sie immer das gleiche Verhältnis der Finger zu den Bünden ein, auf welcher Höhe der Saite Sie auch immer sind, und alles wird viel leichter.« Er richtete sich auf und fügte hinzu: »Ein wirklich guter Musiker ist immer zu erkennen, weil ein guter Musiker seine Hände anscheinend gar nicht bewegt und es so aussieht, als würde die Musik wie durch Zauber erzeugt. Wenn Sie meinem Rat folgen, werden Sie Ihre Hand kaum noch zu bewegen brauchen. Bloß Ihre Finger. Und das trägt auch dazu bei, daß das Instrument nicht mehr herumrutscht. Das ist immer das Problem bei einer rundbäuchigen Mandoline, und ich habe oft daran gedacht, mir eine portugiesische mit einem flachen Bauch zu besorgen. Ich bin nie dazu gekommen.«

»Sie scheinen eine Menge darüber zu wissen.«

»Das sollte ich auch. Ich bin fast mein ganzes Leben lang Mandolinenspieler von Beruf gewesen. Ich sehe schon, daß Sie gut werden.«

»Spielen Sie mir etwas vor?« fragte der Junge und bot ihm die Mandoline und das Plektrum an.

Der alte Mann fuhr mit der Hand in die Manteltasche und brachte sein eigenes Plättchen zum Vorschein. »Ich benutze immer mein eigenes, nehmen Sie es mir nicht übel«, sagte er. Er ergriff die Mandoline, legte sie unterhalb des Zwerchfells an den Körper, schlug versuchsweise einen Akkord an und spielte dann das Siziliano von Hummels Großer Sonate in G. Iannis blieb vor Staunen der Mund offenstehen, als der alte Mann unvermittelt aufhörte, die Mandoline umdrehte, sie mit äußerst ungläubiger Miene musterte und dann ausrief: »Madonna Maria, das ist ja Antonia.«

»Woher wissen Sie das?« fragte Iannis, zugleich überrascht und argwöhnisch. »Ich meine, Sie können doch nicht wissen, daß es Antonia ist, oder? Haben Sie sie schon vorher gesehen?«

»Wo haben Sie die gefunden? Wer hat sie Ihnen gegeben? Woher wissen Sie, daß sie Antonia heißt?«

»Die hab ich hier aus dem Loch heraufgeholt«, sagte Iannis und deutete auf das offene Verlies in der Mitte der Ruine. »Oma hat mir gesagt, sie sei da, und sie hat ihr diesen Namen gegeben, also hab ich sie auch so genannt. Oma hat sogar meiner Mutter den Namen Antonia gegeben, weil sie als Baby wie eine Mandoline geklungen hat.«

»Und ist deine Oma vielleicht Kyria Pelagia, die Tochter von Dr. Iannis?«

»Das bin ich. Ich heiße Iannis, nach ihm.«

Der alte Mann setzte sich neben den Jungen an die Wand und wischte sich, während er immer noch die Mandoline hielt, mit einem Taschentuch über die Stirn. Er schien sehr gespannt zu sein.

Iannis fiel die Narbe quer über eine Wange auf, die kaum von den Strähnen eine weißen Bartes verdeckt wurde. Plötzlich sagte der alte Mann: »Als Sie die Mandoline gefunden haben, fehlten da vier Saiten?«

»Ja.«

»Wissen Sie, wo sie sich befinden?«

»Nein.«

Die Augen des alten Mannes glitzerten, und er klopfte sich auf die Brust. »Sie sind da drin. Dr. Iannis hat mit ihnen meine Rippen zusammengeflickt, und ich habe sie mir nie rausmachen lassen. Ich war auch voller Kugeln, und der Arzt hat sie herausgeholt. Was halten Sie davon?«

Der Junge war tief beeindruckt. Seine Augen wurden größer. Da er nicht ins Hintertreffen geraten wollte, verkündete er: »Wir haben ein echtes Skelett da drüben.«

»Ja, das weiß ich. Das ist einer der Gründe, weswegen ich hier bin. Das ist Carlo Guercio. Er war der größte Mensch der Welt. Und er hat mir das Leben gerettet. Er hat mich bei einer Exekution hinter sich gezogen.«

Der Junge war mittlerweile so beeindruckt, daß er völlig sprachlos war; ein Mann mit Mandolinensaiten in den Rippen, der vor einem Erschießungskommando gestanden und den Träger des Skeletts gekannt hatte? Das war besser, als Spiro zu kennen.

»Sagen Sie mir, junger Mann, lebt Ihre Großmutter noch? Ist sie glücklich?«

»Sie weint manchmal, schon seit wir Antonia und all die anderen Sachen hier aus dem Loch geholt haben. Und sie hat steife Knie, und ihre Hände zittern.«

»Und was ist mit deinem Großvater? Geht es ihm gut?«

Der Junge schien verwirrt. Er kniff das Gesicht zusammen und fragte: »Welcher Großvater?«

»Nicht der Vater Ihres Vaters. Ich meine Kyria Pelagias Mann.« Der alte Mann wischte sich wieder über die Stirn und schien noch aufgeregter zu sein.

Der Junge zuckte die Achseln. »Da gibt es keinen. Ich hab nicht mal gewußt, daß sie einen hatte. Ich hab einen Urgroßvater.«

»Ja, das weiß ich, das war Dr. Iannis. Verstehe ich Sie recht, daß Kyria Pelagia keinen Mann hat? Sie haben keinen Großvater?«

»Ich nehme an, daß ich einen haben muß, aber von dem hab ich nie gehört. Ich hab nur den Vater meines Vaters, und der ist halb tot. Das ist mein Vater auch die Hälfte der Zeit.« Der alte Mann erhob sich. Er blickte sich um und sagte: »Das war ein wunderschöner Ort. Ich habe die besten Jahre meines Lebens hier verbracht. Und wissen Sie was? Ich wollte einmal Ihre Großmutter heiraten. Ich denke, es ist langsam Zeit, daß ich sie wiedersehe. Übrigens, diese Mandoline war einmal meine, aber ich habe Sie spielen hören und möchte gern, daß Sie sie behalten. Ich verzichte auf meine Rechte.«

Als sie zu zweit den Hügel hinabgingen, sagte Iannis: »Der größte Mann der Welt ist Velisarios.«

»*Porco Dio*, lebt der auch noch?«

Iannis stolperte. »Wenn Sie derjenige sind, der Mandoline gespielt hat und Oma heiraten wollte ... heißt das dann, daß Sie der Geist sind?« Die üppige Herbstsonne brach kurz durch eine Wolke über Lixouri, und der alte Mann hielt nachdenklich inne.

73

Wiedergutmachung

Antonio Corelli, obwohl schon in den Siebzigern, spürte wieder einen gewissen jugendlichen Schwung in seinen alten Gliedern. Er stieß eine gußeiserne Bratpfanne weg und zuckte zusammen, als sie das Fenster hinter ihm einschlug. »*Sporcaccione! Figlio d'un culo!*« kreischte Pelagia. »*Pezzo di merda!* Mein ganzes Leben lang hab ich gewartet, mein ganzes Leben lang getrauert, mein ganzes Leben lang geglaubt, du wärst tot. *Cazzo d'un cane!* Und dabei lebst du, und ich bin die Dumme. Wie kannst du es wagen, so dein Versprechen zu brechen? Verräter!«

Corelli drückte sich auf dem Rückzug vor den scharfen Stößen des Besenstiels in seine Rippen an die Wand und hatte die Hände erhoben, um sich zu ergeben. »Ich habe es dir doch gesagt«, rief er, »ich habe geglaubt, du wärst verheiratet.«

»Verheiratet!« schrie sie erbittert. »Verheiratet? Kein Glück. Dank dir, *bastardo*.« Sie hieb wieder auf ihn ein und ging dann dazu über, ihm mit dem Besenstiel auf den Kopf zu hauen.

»Dein Vater hatte recht, als er sagte, du hättest was Wildes an dir.«

»Was Wildes? Hab ich nicht das Recht dazu, *porco*? Hab ich nicht das Recht dazu?«

»Ich bin deinetwegen wieder hergekommen. 1946. Ich bin um die Biegung gekommen, und da warst du mit deinem kleinen Baby, dem du gerade den Finger in den Mund gesteckt hast, und hast so glücklich ausgesehen.«

»War ich verheiratet? Wer hat dir das gesagt? Was geht das dich an, wenn ich ein Baby aufnehme, das jemand an meiner Türschwelle ausgesetzt hat? Hättest du nicht fragen können? Hättest du nicht sagen können: ›Entschuldige, Koritsimou, ist das dein Baby?‹«

»Bitte hör auf, mich zu schlagen. Ich bin jedes Jahr wieder hergekommen, das weißt du. Du hast mich gesehen. Ich habe dich immer mit dem Kind gesehen. Ich war so verbittert, daß ich nicht sprechen konnte. Aber ich mußte dich sehen.«

»Verbittert? Ich traue meinen Ohren nicht. *Du* verbittert?«

»Zehn Jahre lang«, sagte Corelli, »zehn Jahre lang war ich so verbittert, daß ich dich sogar umbringen wollte. Und dann habe ich gedacht, na ja, gut, ich bin drei Jahre weg gewesen, vielleicht hat sie geglaubt, ich würde nicht zurückkommen, vielleicht hat sie geglaubt, ich sei tot, vielleicht hat sie geglaubt, ich hätte sie vergessen, vielleicht hat sie einen anderen kennengelernt und sich verliebt. Solange sie glücklich ist. Aber ich bin dennoch immer wieder hergekommen, jedes Jahr, bloß um zu sehen, daß du wohlauf bist. Ist das Verrat?«

»Und hast du je einen Ehemann gesehen? Und hast du daran gedacht, was du mir angetan hast, als ich zu dir gerannt bin, und du bist verschwunden? Hast du an mein Herz gedacht?«

»Schon gut, ja, ich bin über die Mauer gesprungen und habe mich versteckt. Das mußte ich. Ich habe geglaubt, du wärst verheiratet, habe ich dir doch gesagt. Ich bin rücksichtsvoll gewesen. Ich habe nicht einmal nach Antonia gefragt.«

»Ha«, rief Pelagia, als sie plötzlich eine Eingebung bekam,

»du hast sie dagelassen, um mir Schuldgefühle zu machen, ha? *Bestia.*«

»Pelagia, bitte, du bringst die Gäste hier schrecklich in Verlegenheit. Können wir nicht einen Spaziergang machen und am Strand darüber reden?«

Sie sah sich nach all den Gesichtern um, von denen einige grinsten, andere so taten, als würden sie woandershin schauen. Überall waren umgeschmissene Stühle und Tische, die Pelagia im höchsten Zorn aus dem Weg geräumt hatte. »Du hättest sterben und mich mit meinen Phantasien allein lassen sollen«, keifte sie. »Du hast mich nie geliebt...« Sie stürmte aus der Tür und überließ es Corelli, vor den Gästen den Hut zu ziehen, sich wiederholt zu verneigen und zu sagen: »Bitte entschuldigen Sie uns.«

Zwei Stunden später saßen sie nebeneinander auf einem vertrauten Felsen und blickten hinaus auf die See, während sich die gelben Lichter des Hafens im dunkel gewordenen Wasser spiegelten. »Ich habe gesehen, daß du meine Postkarten erhalten hast«, sagte er.

»Auf Griechisch. Warum hast du Griechisch gelernt?«

»Nach dem Krieg ist alles herausgekommen. Abessinien, Libyen, Judenverfolgungen, Greueltaten, Tausende politische Gefangene ohne Prozeß, alles. Ich habe mich geschämt, zu den Angreifern zu gehören. Ich habe mich so geschämt, daß ich kein Italiener mehr sein wollte. Ich lebe jetzt schon seit fünfundzwanzig Jahren in Athen. Ich bin griechischer Staatsbürger. Aber ich fahre ziemlich oft nach Italien. Im Sommer gehe ich in die Toskana.«

»Und ich dagegen habe mich so geschämt, daß ich Italienerin werden wollte. Hast du je deine Konzerte geschrieben?«

»Drei. Ich habe sie auch auf der ganzen Welt gespielt. Das erste ist dir gewidmet, und das Hauptthema ist *Pelagias Marsch.* Erinnerst du dich noch?« Er summte ein paar Takte, bis er merkte, daß sie versuchte, nicht zu weinen. Sie schien im Alter ganz schön wankelmütig geworden zu sein, schwankte zwischen leidenschaftlichen Tränen und Tätlichkeiten. Sie hatte ihm sogar die dritten Zähne herausgeschlagen, die in den Sand gefallen waren und im Meer ausgewaschen werden mußten. Selbst jetzt hatte er einen brackigen, aber nicht unangenehmen Geschmack im Mund.

»Natürlich erinnere ich mich.« Sie ließ den Kopf sinken und wischte sich matt die Tränen ab. Plötzlich, aus keinem bestimmten Grund, sagte sie: »Ich fühle mich wie ein unvollendetes Gedicht.« Corelli spürte einen Stich der Scham und drückte sich um eine Antwort. »Alles hat sich verändert. Alles hier ist früher so hübsch gewesen, und nun ist überall Beton.«

»Aber wir haben Strom und Telefon und Busse und Wasserleitungen und Kanalisation und Kühlschränke. Und die Häuser sind erdbebensicher. Ist das so schlimm?«

»Es war ein schreckliches Erdbeben. Ich bin dagewesen. Ich habe lange Zeit gebraucht, um dich wieder ausfindig zu machen und zu wissen, daß du unversehrt warst.« Er fing ihren erstaunten Blick auf und sagte: »Ich habe getan, was du mir geraten hast. Ich bin zur Feuerwehr gegangen. In Mailand. Du hast gesagt: ›Kämpf nicht mehr. Mach etwas Sinnvolles. Geh zur Feuerwehr‹, und das habe ich getan. Es war so wie beim Militär. Jede Menge Zeit zum Üben zwischen den Einsätzen. Als sie nach Freiwilligen gefragt haben, habe ich mich gleich gemeldet. Der Anblick hat mir das Herz gebrochen. Ich habe hart geschuftet. Und ich hatte eine schreckliche Erfahrung. Ich habe gesehen, wie sich Carlos Grab geöffnet und wieder geschlossen hat, und seine Leiche hat unten gelegen. Kleine Uniformfetzen, die Knochen zertrümmert und die beiden Münzen in den Augen.«

Es schauderte sie, und sie fragte sich, ob sie ihm das Geheimnis verraten sollte, das Carlo so vollständig für sich behalten hatte. Statt dessen fragte sie: »Hast du gewußt, daß Carlo und mein Vater diese Schmähschrift gegen Mussolini geschrieben haben? Kokolios hat sie gedruckt.«

»Ich hatte so meinen Verdacht. Aber ich habe beschlossen, es auf sich beruhen zu lassen. Wir haben in der Zeit doch alle ein bißchen Unterhaltung gebraucht, nicht wahr? Ich sehe, du hast noch meinen Ring.«

»Bloß weil ich Arthritis in den Fingern bekommen und ihn nicht mehr runtergebracht hab. Ich hab ihn enger machen lassen, damit er paßt, aber jetzt bereue ich es.« Sie blickte auf den aufsteigenden halben Falken mit dem Ölzweig im Schnabel und den Worten »Semper fidelis« darunter. Sie zögerte. »Aber hast du je geheiratet? Ich nehm es doch an.«

»Ich? Nein. Wie schon gesagt, bin ich jahrelang sehr verbittert gewesen. Ich bin zu allen Leuten schrecklich gewesen, besonders zu Frauen, und dann lief es mit der Musik, und ich bin auf der ganzen Welt rumgekommen, von einem Ort zum anderen geflogen. Ich habe die Feuerwehr verlassen müssen. Und du bist sowieso immer meine Beatrice gewesen. Meine Laura. Ich habe mir gedacht, wer will schon zweite Wahl? Wer will mit der einen zusammensein und dabei von der anderen träumen?«

»Antonio Corelli, ich seh schon, daß du mit deiner glatten Zunge immer noch Lügen erzählst. Und wie kannst du es aushalten, mich jetzt anzuschauen? Ich bin eine alte Frau. Wenn du mich anschaust, gefällt mir das gar nicht, weil es mich an das erinnert, was ich gewesen bin. Ich schäme mich, so alt und häßlich zu sein. Bei dir geht das schon in Ordnung. Männer bauen nicht so ab wie wir. Du siehst noch genauso aus, bloß alt und dünn. Ich sehe wie eine andere aus, das weiß ich. Ich wollte, daß du mich anständig in Erinnerung behältst. Jetzt bin ich bloß noch unförmig.«

»Du vergißt, daß ich immer hergekommen bin, um dir nachzuspionieren. Wenn du alles nach und nach ablaufen siehst, dann gibt es keinen Schock. Keine Enttäuschung. Du bist noch dieselbe.« Er legte seine Hand in ihre, drückte sie sanft und sagte: »Mach dir keine Sorgen. Ich bin nur eine kleine Weile bei dir, aber es ist immer noch Pelagia. Pelagia mit schlechter Laune, aber immer noch Pelagia.«

»Ist dir je aufgefallen, daß mein Baby ein Bastard hätte sein können? Ich hätte vergewaltigt worden sein können. Das ist mir fast passiert.«

»Das ist mir schon in den Sinn gekommen. Bei den Deutschen und dem Bürgerkrieg ...«

»Und?«

»Es hat etwas ausgemacht. Wir hatten ja unsere Vorstellungen von Unehre und verdorbener Ware, nicht? Ich gebe zu, es hat etwas ausgemacht. Gott sei Dank sind wir jetzt nicht mehr so dumm. Manche Dinge ändern sich zum Guten.«

»Der Mann, der versucht hat, mich zu vergewaltigen ... Auf den hab ich geschossen.«

Er sah sie ungläubig an: »*Vacca cane!* Du hast auf ihn geschossen?«

»Ich bin nie entehrt worden. Er war mein Verlobter vor dir.«

»Von einem Verlobten hast du mir nie was erzählt.«

»Du bist ja eifersüchtig.«

»Natürlich bin ich eifersüchtig. Ich habe geglaubt, ich wäre der erste.«

»Warst du aber nicht. Und versuch mir nicht zu erzählen, daß ich bei dir die erste war.«

»Die beste.« Die Gefühle regten sich etwas zu sehr in ihm, und er versuchte, sich zusammenzunehmen. »Wir werden sentimental. Zwei sentimentale alte Trottel. Schau …« Er langte in seine Tasche und brachte etwas Weißes in einer Plastiktüte zum Vorschein. Er öffnete sie und zog ein altes Taschentuch heraus, das er schüttelte, um es auszubreiten. Es hatte nachgedunkelte, gelbgeränderte braune Flecken im Stoff. »… dein Blut, Pelagia, erinnerst du dich noch? Als wir Schnecken gesucht haben und du dir das Gesicht in den Dornen zerkratzt hast? Ich habe es aufgehoben. Ein sentimentaler alter Narr. Aber was soll's? Damit ist niemand zu beeindrucken. Nach all der Zeit haben wir ein Recht darauf. Es ist ein herrlicher Abend. Seien wir also sentimental. Es sieht ja niemand zu.«

»Iannis hat uns die ganze Zeit beobachtet. Er steckt hinter der Seilrolle am anderen Kai.«

»Der Teufelskerl. Vielleicht glaubt er, du brauchst Schutz. Auf dieser Insel hat es nie Geheimnisse gegeben, nicht wahr?«

»Ich möchte dir etwas zeigen. Du hast nie Carlos Aufzeichnungen gelesen, oder? Da hat es ein Geheimnis gegeben. Komm wieder in die Taverne und iß was, dann geb ich dir seine Aufzeichnungen. Wir machen einen ausgezeichneten Schneckenpilaw.«

»Schnecken!« rief er aus. »Ha, Schnecken. Das ist schon was. Ich weiß noch alles über Schnecken.«

»Komm ja nicht auf dumme Gedanken. Dafür bin ich zu alt.«

Corelli saß an dem mit einem karierten Plastiktuch gedeckten Tisch und las die starren alten Seiten durch, die an den Ecken gewellt waren. Die Handschrift war vertraut, der Tonfall und die Redewendungen ebenfalls, aber es war doch ein Carlo, den er nie gekannt hatte: »Antonio, mein Hauptmann, wir leben in schlechten Zeiten, und ich habe ganz stark das Gefühl, daß ich sie nicht überleben werde. Du weißt, wie das ist …«

Während er las, zog sich seine Stirn zusammen, wodurch die

Falten und Furchen noch betont wurden, und ein- oder zweimal blinzelte er ungläubig. Als er fertig war, schob er die Aufzeichnungen wieder ordentlich zusammen, legte sie vor sich auf den Tisch und merkte, daß seine Schnecken kalt geworden waren. Er machte sich trotzdem über sie her, achtete aber nicht auf den Geschmack. Pelagia setzte sich ihm gegenüber. »Na?«

»Weißt du noch, daß du gesagt hast, du wünschtest, ich wäre tot? Damit du deine Phantasien behalten kannst?« Er tippte auf den Papierstapel. »Ich wünschte, du hättest mir das hier nicht gezeigt. Ich habe gerade erkannt, daß ich altmodischer bin, als ich dachte. Ich war völlig ahnungslos.«

»Er hat dich geliebt. Bist du angeekelt?«

»Traurig. Ein Mann wie er hätte Kinder haben sollen. Ich werde eine Weile brauchen ... Es ist ein Schock. Ich kann mir nicht helfen.«

»Er war nicht bloß irgendein Held, oder? Er war komplizierter. Armer Carlo.«

»Er wollte etwas tun, um das zu kompensieren. Der arme Mann, er tut mir so leid. Ich fühle mich schuldig. Die Männer haben ihn mit ins Bordell geschleppt. Was für eine Quälerei. Es ist schrecklich.« Er legte eine nachdenkliche Pause ein, dann kam ihm ein Gedanke. »Ich habe Günter Weber ausfindig gemacht. Es war nicht schwer – er hat die ganze Zeit von seinem Dorf geredet –, aber er hat gedacht, ich würde ihn aus Rache aufspüren, für die Kriegsverbrechenskommission oder so. Er hat mich angefleht. Auf Knien. Es war so erbärmlich, daß ich nicht wußte, ob ich lachen oder weinen sollte. Und weißt du, was? Er ist seinem Vater in den Kirchendienst gefolgt. Da hat er dann in seiner Pastorenkluft dagestanden und unterwürfig gewinselt. Ich habe es nicht aushalten können. Ich wollte ihm danken und ihn gleichzeitig schlagen. Ich bin einfach hinausgegangen und nie wieder zurückgekommen. Inzwischen ist er vielleicht im Irrenhaus. Oder er ist möglicherweise Bischof.«

Pelagia seufzte: »Ich hab immer noch Schwierigkeiten, zu den Deutschen nett zu sein. Ich will ihnen immer noch die Schuld für das geben, was ihre Großväter getan haben. Sie sind so höflich, und die jungen Frauen sind so hübsch. So gute Mütter. Ich habe Schuldgefühle, weil ich nach ihnen treten will.«

»Die armen Schweine werden ewig büßen. Deshalb sind sie so höflich. Jeder einzelne von ihnen hat einen Komplex. Aber wie ich höre, kommen die Nazis wieder her.«

»Alle büßen. Wir haben den Bürgerkrieg, ihr habt Mussolini und die Mafia und all die Korruptionsskandale, die Briten kommen her und entschuldigen sich für das Empire und Zypern, die Amerikaner für Vietnam und Hiroshima. Alle entschuldigen sich.«

»Auch ich entschuldige mich.«

Sie überging das. Sie hatte vor, alles so lange wie möglich hinauszuzögern – wenigstens ein bißchen, um sich zu entschädigen. Sie wechselte geschickt das Thema. »Iannis möchte, daß du ihm das Notenlesen ordentlich beibringst, und er fragt an, ob du nicht nächsten Sommer wiederkommst und mit ihm und Spiro spielst. Spiro ist schon heim nach Korfu gefahren, aber er ist sehr gut.«

»Spiro Trikoupis?«

»Ja. Woher kennst du ihn? Hast du uns so viel nachspioniert?«

»Er ist der beste Mandolinenspieler in Griechenland. Ich habe ihn vor Jahren kennengelernt. Er spielt die Busuki nur für Touristen. Im Winter kommt er manchmal nach Athen. Ich bin einmal in eine seiner Stunden in klassischer Busuki gegangen, weil die eigentlich nur eine große Mandoline ist und ich mir gedacht habe, warum nicht? Wir sind ins Gespräch gekommen; er kennt auch einige meiner Stücke. Er spielt sie sogar besser als ich. Das kommt vom Alter. Es macht die Finger lahm. Ich habe oft mit ihm gespielt. Iannis wird auch gut werden, das sehe ich schon.«

»Er will zum Mandolinenorchester von Patras.«

»Ganz nett und munter. Warum nicht? Für den Anfang ist es gut. In Italien hat es viele solcher Orchester gegeben, außer daß bei denen alle Instrumente in der Mandolinenform waren. Kannst du dir das vorstellen? Mandolinen-Bässe und -Celli? Es sah lustig aus.«

»Bist du denn sehr berühmt?«

»Nur in dem Sinne, daß andere Musiker schon von mir gehört haben. Ich habe eine Menge dummer Kritiken bekommen, die mich mit dem anderen Corelli vergleichen. Ich spiele damit herum. Ich bin ziemlich zynisch. Ich habe versucht, lauter so modernes Zeug zu komponieren. Du weißt schon, chromatische Reihen und Mikrotöne, alle möglichen Kracher und Knaller und Quietscher und Rasenmähertöne, aber bloß die Experten und Kritiker merken nicht, was das für ein schrecklicher Mist ist. Meine Vorstellung von der Hölle: Schönberg und Stockhausen.« Er zog eine Grimasse. »Um ehrlich zu sein, ich mag nicht mal Bartók, aber sag es niemand, und mir mißfällt selbst an Brahms, daß er von einer Tonart in die andere hüpft ohne die entsprechenden Übergänge. Ich habe erkannt, daß ich völlig altmodisch bin, also habe ich einen anderen Weg finden müssen, um innovativ zu sein. Weißt du, was ich gemacht habe? Ich habe alte Volkslieder genommen, auch einige griechische, und sie für ungewöhnliche Instrumente eingerichtet. In meinem zweiten Konzert gibt es einen irischen Dudelsack und ein Banjo, und rat mal: Die Kritiker waren begeistert. Dabei ist es genau in der gleichen Form, mit demselben Aufbau, den du auch bei Mozart oder Haydn oder sonstwem finden kannst. Es klingt auch gut. Ich bin bloß ein Schwindler, der darauf wartet, daß sie ihm auf die Schliche kommen. Ich spezialisiere mich darauf, neue Wege zu finden, um anachronistisch zu sein. Was hältst du davon?«

Pelagia betrachtete ihn etwas griesgrämig. »Antonio, du hast dich nicht verändert. Du schwatzt einfach drauflos und nimmst an, ich weiß, wovon du redest. Deine Augen leuchten auf, und du hebst ab. Du könntest genausogut türkisch sprechen, so wenig Sinn ergibt das für mich.«

»Das tut mir leid, mich hält eben die Begeisterung am Leben. Da vergesse ich mich. Ich habe sogar eine Menge pseudogriechischer Filmmusiken geschrieben. Wenn sie Markopoulos, Theodorakis oder Eleni Karaindrou nicht kriegen konnten, haben sie statt dessen mich gefragt. Schwindeln macht ungeheuer Spaß, meinst du nicht auch? Jedenfalls habe ich mich nun zur Ruhe gesetzt... Eigentlich habe ich mir sogar gedacht... Ich weiß nicht, was du davon hältst, aber ...«

Sie zog argwöhnisch die Brauen zusammen. »Ja? Was? Willst du mich wieder beschwindeln? Schon wieder?«

Er hielt ihrem Blick stand. »Nein. Ich möchte gern das alte Haus wieder aufbauen. Ich bin im Ruhestand und will an einem schönen Ort leben. Einem Ort voller Erinnerungen.«

»Ohne Strom und Wasser?«

»Eine Pumpe im alten Brunnen, eine kleine Filteranlage. Ich bin sicher, ich bekomme einen Stromanschluß, wenn ich ein paar Münzen in die richtigen Hände lege. Würdest du mir das Grundstück verkaufen?«

»Du bist komplett übergeschnappt. Ich weiß nicht mal, ob es uns gehört. Es gibt keine Unterlagen. Du wirst wahrscheinlich alle bestechen müssen.«

»Dann hast du also nichts dagegen? Ist dein Schwiegersohn nicht Bauunternehmer? Weißt du, damit es in der Familie bleibt.«

»Du weißt schon, wenn du ein richtiges Dach draufmachst, mußt du Steuern zahlen?«

»*Merda*, ragen deswegen bei allen Häusern verrostete Armiereisen oben raus? Damit sie unfertig aussehen?«

»Ja. Und wie kommst du auf den Gedanken, ich würde einen alten Ziegenbock wie dich in meinem früheren Haus wohnen lassen?«

»Ich würde dir was zahlen, wenn du zum Putzen kämst«, sagte er verschmitzt.

Sie schluckte den Köder und nahm ihn beim Wort. »Was? Brauch ich noch Geld? Mit dieser Taverne? Und dem reichsten Schwiegersohn, den es überhaupt gibt? Hältst du mich für so übergeschnappt wie dich? Geh heim nach Athen. Lemoni aber würde es machen.«

»Die kleine Lemoni? Gibt es die auch noch?«

»Sie ist fett wie eine Fregatte geworden und schon Großmutter. Sie erinnert sich aber noch an dich. Barba C'relli. Sie hat auch nie die Explosion der Mine vergessen. Sie spricht immer noch davon.«

»Barba C'relli«, wiederholte er nostalgisch. Die Zeit war schon ein elendes Biest, daran war nicht zu rütteln. Schwache alte Arme konnten keine Großmutterfregatten mehr in die Luft werfen. »Von dieser Explosion habe ich immer noch Ohrensausen«, sagte er und schwieg einen Augenblick. »Habe ich also deine Erlaubnis, das Haus wieder aufzubauen?«

»Nein«, antwortete sie, immer noch hinauszögernd.

»Oh.« Er sah sie skeptisch an. Das Thema würde er zu einem späteren Zeitpunkt wieder aufgreifen, entschied er. »Ich werde dich morgen abend besuchen kommen«, sagte er, »mit einem Geschenk.«

»Ich will keine Geschenke. Dafür bin ich zu alt. Fahr zur Hölle mit deinen Geschenken.«

»Nicht direkt ein Geschenk. Eine Schuld.«

»Du schuldest mir ein Leben.«

»Ach ja. Dann bring ich dir ein Leben.«

»Blöder alter Kerl.«

Er kramte in seinen Taschen und holte einen tragbaren Kassettenrecorder heraus. Weiteres Kramen brachte eine Kassette in einer sehr edlen Verpackung zum Vorschein, die er aufriß. Er legte die Kassette in den Recorder und hielt ihr die Kopfhörer hin. Sie machte eine abweisende Geste, wedelte mit der Hand vor seinem Gesicht herum, als wollte sie eine Stechmücke verscheuchen. »Laß das, eher sterbe ich, als daß ich mir das aufsetze. Ich bin eine alte Frau, keine dumme Göre. Hältst du mich für einen Teenager, der mit so was auf dem Kopf vor sich hin wackelt?«

»Du weißt gar nicht, was dir entgeht. Die sind ausgezeichnet. Ich gehe jetzt. Laß dir von Iannis zeigen, wie er funktioniert, und hör es dir an. Bis morgen abend.«

Nachdem er fort war, hob Pelagia die Kassettenhülle auf und holte die Informationsbroschüre in Italienisch, Englisch, Französisch und Deutsch heraus. Sie war beeindruckt. Das Bild vorn zeigte Antonio Corelli mit Fliege und Frack, um zehn Jahre jünger, vielleicht sechzig Jahre alt, wie er blasiert grinste und die Mandoline in einem unwahrscheinlichen Winkel in der linken Hand hielt. Um besser gegen alles gewappnet zu sein, holte sie sich ein Glas Wein und nahm sich die Angaben vor. Sie stammten von einem gewissen Richard Usborne, einem Engländer, der einer weiteren Anmerkung zufolge ein berühmter Kritiker und Rossini-Experte war. Sie fing an zu lesen. »Diese langerwartete Wiederveröffentlichung von Antonio Corellis erstem Konzert für Mandoline und kleines Orchester, das erstmals 1954 veröffentlicht und in Mailand mit dem Komponisten als Solisten uraufgeführt wurde, ist inspiriert von einer Frau, die in der Widmung ›Pelagia‹ genannt wird. Das Hauptthema im Zwei-Halbe-Takt wird nach einer kurzen Fanfare der Holzbläser sehr klar und emphatisch vom Soloinstrument vorgetragen. Es ist eine schlichte und eindringliche Melodie, die von einem der frühesten Kritiker als ›kunstvoll naiv‹ bezeichnet wurde. Im ersten Satz wird sie in der Sonatenform vorgeführt ...«

Pelagia überflog den Rest. Es war lauter hochtrabendes Gerede von einer Ausarbeitung in Fugenform und solches Zeug. Sie besah sich nun die kleine Reihe der Tasten mit Pfeilen, die in verschiedene Richtungen deuteten, steckte sich behutsam die Kopfhörer in die Ohren und drückte auf die winzige Taste, auf der »Play« stand. Erst rauschte es, aber dann setzte zu ihrem Erstaunen die Musik direkt in ihrem Kopf ein und nicht an ihren Ohren.

Als die Musik ihre Seele überflutete, weckte sie einen Strudel an Erinnerungen. Sie hörte *Pelagias Marsch* nicht nur einmal, sondern öfter. Fetzen davon in entstellten und absonderlichen Formen tauchten bei verschiedenen Instrumenten wie aus heiterem Himmel auf. Der Marsch wurde so kompliziert, daß er in dem gewaltigen Sturzbach an Noten in verschiedenen Rhythmen kaum mehr herauszuhören war. An einer Stelle wurde er zu einem Walzer (»Wie hat er denn das gemacht?« dachte sie), und kurz vor dem Ende kam ein Donnergrollen der Kesselpauken, so daß sie entsetzt die Kopfhörer ausstöpselte, weil sie glaubte, es hätte wieder ein Erdbeben gegeben. Hastig steckte sie sie wieder ein und erkannte, daß es tatsächlich das musikalisch porträtierte Erdbeben war, dem ein langes Lamento auf einem klagenden Instrument folgte, das, auch wenn sie es nicht wußte, ein Englischhorn war. Es wurde von einzelnen Paukenschlägen unterbrochen, die die Nachbeben sein mußten. Jeder kam so plötzlich und unvermutet, daß sie auf ihrem Sitz zusammenfuhr und ihr das Herz bis in den Hals hüpfte. Dann setzte wieder die Mandoline ein und marschierte voll Zuversicht durch eine Wiederaufnahme des Themas, bis sie schließlich immer leiser wurde. So leise, daß sie völlig verklang. Sie schüttelte das Gerät und fragte sich, ob die Batterien leer waren. So eine Musik sollte doch mit einem Schwall donnernder Akkorde aufhören? Sie drückte auf eine der Tasten zum Weiterspulen, aber der Recorder machte nur »klick«. Es war die falsche, also drückte sie die andere und wartete, bis das Band zurückgespult war. Diesmal hörte sie mehr als vorher, sogar ein Rattern, das genau wie die Maschinenpistolen in den Tagen des Massakers klang. Es gab auch einen leicht frivolen Teil, der wohl das Herumkriechen auf der Suche nach Schnecken sein mußte. Aber es blieb der unbefriedigende Schluß, der einfach in Stille verebbte. Sie blieb sitzen, fragte sich, was das sollte, und war sogar leicht ärgerlich, bis sie wahrnahm, daß ihr halbwüchsiger Enkel mit staunend aufgerissenem Mund vor ihr stand. »Oma«, sagte er, »du hast ja einen Walkman.«

Sie warf ihm einen ironischen Blick zu. »Der gehört Antonio. Er hat ihn mir geliehen. Und wenn du meinst, ich seh dämlich aus mit dem Ding auf dem Kopf, wie kommst du darauf, bei dir wäre es anders? Wenn du mit offenem Mund herumwackelst und falsch singst. Wenn es dir nichts ausmacht, macht es mir auch nichts aus.«

Er verkniff sich den Satz »Bei einer alten Frau sieht es doof aus«, lächelte statt dessen und zuckte die Achseln. Seine Großmutter erriet genau, was er dachte, und gab ihm einen leichten Klaps auf die Wange, der beinahe ein zärtliches Streicheln war. »Denk dir nur«, sagte sie, »Antonio wird das alte Haus wieder aufbauen. Ach, und übrigens, Lemoni hat mir erzählt, daß deine Mutter ihr gesagt hat, daß du deiner Mutter verraten hast, daß ich einen neuen Freund habe. Also das habe ich nicht. Und kümmere dich in Zukunft um deinen eigenen Kram.«

Corelli hatte am nächsten Abend größte Schwierigkeiten, den Kai entlang zur Taverna Drosoula zu gelangen. Er war eben nicht mehr so stark wie früher, und außerdem hatte er keine Erfahrung mit so was. Es nützte überhaupt nichts, wenn er zerrte und zog, und wenn er Kommandos im besten Kasernenhofton herausbellte, schien es auch nichts zu fruchten. Er hatte einen anstrengenden Tag gehabt.

Als er schließlich mühsam in die Taverne wankte und sich auf einen Stuhl fallen ließ, nahm Pelagia den Walkman ab, schaltete ihn sachverständig auf Rücklauf und fragte: »Und was willst du damit hier?«

»Es ist eine Ziege. Wie du siehst, habe ich dir ein Leben gebracht.«

»Das sehe ich, daß es eine Ziege ist. Glaubst du, ich erkenne eine Ziege nicht auf Anhieb? Was hat die hier verloren?«

Er starrte sie etwas kläglich an. »Du hast gesagt, ich halte meine Versprechen nicht. Ich habe dir eine Ziege versprochen, weißt du noch? Und hier ist eine Ziege. Und es tut mir leid, daß die alte gestohlen wurde. Wie du siehst, schaut die hier genauso aus.«

Pelagia hielt stand; sie hatte beinahe vergessen, wie köstlich das war. »Wer sagt, daß ich eine Ziege brauche? In meinem Alter? In einer Taverne?«

»Das ist mir egal, ob du sie brauchst. Ich habe sie versprochen, und hier ist sie. Genau so eine wie die andere. Verkauf sie meinetwegen. Aber wenn du gesehen hättest, wie schwer es war, sie ins Taxi zu kriegen, wärst du nicht so hartherzig.«

»In ein Taxi? Wo hast du sie denn her?«

»Vom Ainos. Ich habe den Fahrer gefragt: ›Wo kann ich eine gute, altmodische Ziege bekommen?‹, und er hat gesagt: ›Steigen Sie ein‹, und so sind wir an der Nato-Basis vorbei den Berg hinaufgefahren. Es hat Stunden gedauert. Dort war dieser alte Mann Alekos, und der hat mir diese Ziege verkauft. Ich bin beschummelt worden, das kann ich dir sagen, und dann habe ich den Fahrer doppelt bezahlen müssen, um sie herzubringen. Und wie sie gestunken hat. Da siehst du, was ich ausgestanden habe, und jetzt schreist und krächzt du mich an wie eine alte Krähe.«

»Eine alte Krähe. Du alter Narr.« Sie bückte sich und packte die Ziege mit einer Hand fest an der Nase. Mit der anderen zog sie die Lippen hoch und besah sich die gelben Zähne. Dann fuhr sie mit den Fingern durch das Fell an den Flanken und richtete sich wieder auf. »Es ist eine sehr gute Ziege. Sie hat Zecken, aber sonst ist sie in Ordnung. Danke schön.«

»Wie werden wir sie nennen?« fragte Iannis.

»Wir nennen sie Apodosis«, sagte Pelagia, die sich bereits mit dem Gedanken anfreundete, wieder eine Ziege zu haben, »und wir können sie an einen Baum binden und mit Essensresten füttern.«

»Apodosis«, wiederholte Corelli nickend. »Ein sehr passender Name. ›Wiedergutmachung‹. Könnte nicht treffender sein. Glaubst du, sie wird viel Milch liefern? Du könntest Joghurt machen.«

Pelagia lächelte; ihr ganzes Gesicht glänzte vor Herablassung. »Du kannst sie ja melken, wenn du willst, Corelli. Ich für meinen Teil versuche nur die weiblichen Tiere zu melken.« Sie deutete auf das üppige rosa Skrotum mit den beiden spitz zulaufenden Keulen darin.»Soll das ein Euter sein?«

»*O coglione*«, sagte er passend und vergrub das Gesicht in den Händen. Iannis bewunderte Leute, die fluchen konnten, besonders in fremden Sprachen, aber bei einem alten Mann kam ihm das sonderbar vor. Alte Menschen wollten einen immer deswegen ausschimpfen. Dieser Corelli war offensichtlich so sonderbar, wie seine Großmutter es allmählich wurde, so wie sie mit den Kopfhörern des Recorders in den dünnen grauen Locken herumhüpfte und affig lächelte, wenn sie sich unbeobachtet glaubte. Erst heute morgen hatte er sie vor dem Spiegel ertappt, wie sie mit verschiedenen Ohrringen aus Antonias Kramladen posierte und ihren Kopf auf eine Art neigte, die nur kokett genannt werden konnte.

»Morgen gibt es wieder eine Überraschung«, sagte Corelli, zog seinen zerbeulten Hut und verschwand.

»Meine Güte«, sagte Pelagia, das Herz schon voller unguter Vorahnungen. Ihr fiel ein, daß sie ihm ihre auf den neuesten Stand gebrachte »Persönliche Geschichte Kephallonias« zeigen sollte; es wäre womöglich interessant für ihn, zu erfahren, daß der wahre Grund für die Massaker der war, daß Eisenhower eigensinnigerweise alle Pläne Churchills zur Befreiung der Inseln verworfen und die italienische Luftwaffe sinnlos nach Tunesien statt nach Kephallonia geschickt hatte. Sie nahm an, er wußte, daß die Befehle für die Greueltaten von Hitler persönlich gekommen waren, aber vielleicht wußte er das auch nicht.

»Ist er dein Freund?« wollte Iannis hartnäckig wissen, obwohl diese Unterstellung bisher jedesmal zurückgewiesen worden war.

»Geh und mach den Abwasch, oder du kriegst kein Geld«, entgegnete seine Großmutter. Sie holte einen Kamm, um wie in alten Zeiten den Ziegenbock zu striegeln. Sie fragte sich, wo sie heutzutage einen jungen Baummarder finden könnte.

Nun aber, dachte sie, hatte der Hauptmann sich wirklich selbst übertroffen, als er vor der Tür mit quietschenden Bremsen, hochtourig brummenden Kolben und in einer stinkenden blauen Abgaswolke auftauchte. Pelagia stand mit den Händen auf den Hüften da und schüttelte langsam den Kopf, als er schwerfällig vom Motorrad stieg. Es war knallrot, sehr hoch, hatte dicke Profilreifen und sah wie eine Rennmaschine aus. Der Hauptmann drehte den

Zündschlüssel um und schaltete den Lärm ab. Er klappte mit dem Fuß den Ständer heraus und stellte es ab. »Weißt du, wohin wir fahren? Wir schauen mal, ob es die ›Casa Nostra‹ noch gibt. Ganz wie in alten Zeiten ...« er klopfte auf die Lenkstange »... auf einem Motorrad.«

Pelagia lehnte ab. »Glaubst du wirklich, sie hat das Erdbeben überstanden? Und glaubst du im Ernst, ich würde mich auf so etwas setzen? In meinem Alter? Geh bloß weg und laß mich in Ruhe. Komm mir nicht mehr mit deinen verrückten Einfällen.«

»Ich habe es extra gemietet. Es ist nicht so schön wie das alte und macht einen schrecklichen Lärm wie eine Dose voller Nägel, aber es läuft prima.«

Sie sah dem alten Mann ins Gesicht und bemühte sich, ein Lächeln zu unterdrücken. Er trug einen lachhaften blauen, oben gewölbten Sturzhelm und eine verspiegelte Sonnenbrille; sie war neu, und er hatte vergessen, das Etikett abzumachen, das vor einer Wange herumbaumelte wie ein kleines Herbstblatt, das sich in einer Spinnwebe verfangen hat. Sie sah, wie ihr eigenes tadelndes Gesicht stereoskopisch in den Gläsern der Sonnenbrille reflektiert wurde, und schaute sich zu, wie sie die Hände mit den Handflächen nach außen hochhielt. »Aussichtslos. Ich bin zu alt, und du hast schon in jungen Jahren nicht mal geradeaus fahren können. Erinnerst du dich nicht mehr an all die Unfälle? Damals warst du verrückt, und jetzt bist du noch übergeschnappter.«

Er verteidigte sich. »Auf der alten Maschine sind wir hin und her geschlingert, weil ich dauernd Zwischengas geben mußte. An der hier ist alles automatisch.« Er hob die Hände und ließ sie wieder sinken, wie um anzudeuten, daß es keine Probleme geben würde, und winkte ihr dann.

»Nein«, sagte sie. »Meine Knie sind steif, ich kann nicht mal die Beine hoch genug heben.« Sie bemerkte auf einmal, daß er über dem Hemd ein buntes Kleidungsstück trug, das ihn genau wie die Hippies aussehen ließ, die Ende der sechziger Jahre auf der Insel aufgetaucht waren. Sie kniff die Augen zusammen, um besser sehen zu können, und erkannte, daß er die mit Blumen, Adlern und Fischen bestickte rote Samtweste trug, die sie ihm vor fünfzig Jahren geschenkt hatte. Sie tat so, als hätte sie sie nicht gesehen, und äußerte sich auch nicht dazu, aber es erstaunte sie, daß er sie die ganze Zeit so sorgfältig aufgehoben hatte. Sie war gerührt.

»Koritsimou«, sagte er, da er gemerkt hatte, daß sie ihr aufgefallen war, und rechnete damit, daß ihre ablehnende Haltung sich etwas gemildert hatte.

»Auf keinen Fall.«

»Willst du die ›Casa Nostra‹ nicht sehen?«

»Nicht mit einem Verrückten.«

»Du willst doch nicht, daß ich es umsonst gemietet habe?«

»Doch.«

»Ich habe es für zwei Tage. Wir können nach Kastro, Assos und Fiskardo fahren. Wir können uns auf einen Felsen setzen und nach Delphinen Ausschau halten.«

»Geh zurück nach Athen. Alter Spinner.«

»Ich habe dir auch einen Sturzhelm mitgebracht.«

»Ich trage kein Rot. Hast du mich je in Rot gesehen?«

»Dann fahr ich allein.«

»Na los.«

Es dauerte eine Ewigkeit, bis er sie überredet hatte. Als sie in gefährlicher Schräglage auf den steinigen Straßen herumkurvten, klammerte sie sich an seine Hüften, die Handknöchel weiß vor Angst, den Kopf zwischen seinen Schulterblättern vergraben, während der donnernde Motor in ihrem Unterleib eine Empfindung erzeugte, die zugleich angenehm wie durch und durch verstörend war. Corelli merkte, daß sie sich noch verzweifelter an ihn klammerte als früher, und baute zynischerweise noch ein paar absichtliche Schlenker in das Schlingern ein, das besorgniserregend ungewollt war.

Pelagia umklammerte beharrlich seine Hüften. Sie merkte, daß er im Lauf der Jahre so viel zusammengefallen war, wie sie auseinandergegangen war. Plötzlich schwenkte er aufs Bankett zu, schlidderte etwas und wirbelte einen Sprühregen aus Splitt auf. »Gerasimos rette mich«, dachte sie, schlang, nach Geborgenheit heischend, die Arme ganz um seine Hüften und verschränkte die Finger.

Ein altehrwürdiges graues Moped puffte und knatterte an ihnen vorbei. Darauf boten nicht nur ein, sondern gleich drei Mädchen, die alle in den gleichen superkurzen weißen Kleidchen steckten, einen entzückenden Anblick. Corelli erhaschte einen Blick auf schlanke goldene Schenkel, knospende Brüste, geschwungene Brauen über schwarzen Augen und langes gelöstes Haar, das so dunkel war, daß es fast blau wirkte. Er hörte, wie sich in seinem Herzen eine Melodie meldete, etwas Freudiges, das den ewigen Geist Griechenlands einfing, ein griechisches Konzert. Bei der Komposition würde er nur an das Herumfahren mit Pelagia auf der Suche nach der »Casa Nostra« und das Vorbeiknattern dreier Mädchen in der köstlichsten ersten Blüte ihrer Freiheit und Schönheit denken müssen. Die Fahrerin des Mopeds hatte ihre Füße auf den Tank gestellt, das zweite Mädchen verfeinerte mit der Gestik eines Malers sein Make-up, wobei sie sich eines kleinen rosa Spiegels bediente, und das dritte saß gegen die Fahrtrichtung, und ihre in Sandalen steckenden Füße streiften fast die Teerdecke. Sie hatte eine völlig ernste Miene, während sie sich in die Zeitung vertiefte und mit den Fingern elegant zu verhindern suchte, daß die Seiten im Fahrtwind flatterten.

Nachbemerkung des Autors

Ich war bemüht, mich so wahrheitsgetreu wie möglich an die historischen Fakten zu halten, obwohl ich zum Beispiel die Bräuche zweier religiöser Feste miteinander verschmolzen habe. Was Kephallonia betrifft, so mußte ich das Beste aus dem wenigen machen, was es an Informationen gibt; es bedarf dringend eines Dr. Iannis oder einer Pelagia, um eine angemessene Geschichte der Insel zu verfassen. Vieles von dem, was ich geschrieben habe, basiert auf Hörensagen, temperiert durch Mythos und verschwommene Erinnerung, und natürlich ist Geschichte genau das. Zwei weitere Punkte:

Erstens schmälert der Umstand, daß sich die Division Acqui in Ionien einigermaßen anständig aufgeführt hat, keinesfalls die Greuel, die die italienischen Streitkräfte anderswo verübt haben.

Zweitens ist es unter gewissen weltfremden Intellektuellen seit langem Tradition, zu behaupten, daß die griechischen Kommunisten romantische Helden waren, die von den imperialistischen und doppelzüngigen Briten ungerechterweise unterdrückt wurden, um gegen den Willen des Volkes die Monarchie wiederherzustellen. So angenehm es sein mag, Illusionen und Mythen zu nähren, die mit dem eigenen politischen Vorurteil übereinstimmen – in diesem Fall verbietet auch nur die geringste Kenntnis der Primärquellen, ihnen Glauben zu schenken. Es war mir unmöglich, zu einem anderen Schluß als dem zu kommen, daß die griechischen Kommunisten, wo sie sich nicht als vollkommen nutzlos, perfide und parasitär erwiesen, unaussprechlich barbarisch waren. Nun, da der kalte Krieg vorbei ist, hat es keinen Zweck mehr, etwas anderes vorzugeben. Selbst Tito hat sie, offensichtlich voller Abscheu, schließlich im Stich gelassen, obwohl ihre Vorgehensweise, erlernt von ihm und den Nazis, mit jener identisch war, deren er sich mit so viel Zynismus und Erfolg gegen sein eigenes Volk und die unglücklichen italienischen Soldaten bedient hat, die in gutem Glauben für ihn in den Kampf gezogen sind. Wer wissen will, wie es im griechischen Bürgerkrieg zuging, muß sich nur vor Augen halten, was in Jugoslawien zur Zeit der Niederschrift dieses Buches geschah – nur daß in jenen früheren Tagen die Briten das Richtige anstatt des Vernünftigen getan und geholfen haben, den Krieg zu beenden.

Glossar

Agapeton	Geliebter
Agora	Markt
Ai gamisou!	»Fick dich!«
Aira!	»Luft!«
Alithia	Wahrheit
Alithos anesti	»Er ist wahrhaftig auferstanden!«
Apokrea	Karneval, Fastnacht
Avgolemono	Suppe mit Ei und Zitrone
Babaoulia	ein Tanz
Ballos	der Tanz
Christopsomo	Weihnachtsstollen
Christos anesti	»Christus ist auferstanden!«
Daskalos	Lehrer, Anrede: Daskale
Divaratiko	ein Tanz
Dolmades	gefüllte Weinblätter
Efkaristo	»Danke schön!«
Elefteria	Freiheit
Enosis	Zusammensein, Vereinigung
Erchetai	»Er kommt!«
Feta	Schafskäse
Fustanella	Trachtenrock
Fustanellophoroi	Trachtenrockträger
Harmageddon	Weltuntergang
Heston	»Scheiß auf ihn!«
Iatros	Arzt, Anrede: Iatre
Kalamatianos	Kreistanz
Kalimera	»Guten Morgen!«
Kalispera	»Guten Abend!«
Kamakia	Strichjungen
Kapheneia	Versammlungslokal, Kneipe
Katharevousa	Gelehrtensprache, älteres Neugriechisch
Kefi	gute Laune
Kleftiko	Lammfleischgericht mit Weinblättern

Kokoretsi	Kutteln
Koritsimou	mein Mädchen
Kourabiedes	Butter-Nußgebäck
Kyria	Frau
Kyrie	Herr, feiner Mann
Loukomades	Krapfen, Pfannkuchen
Mangas	Straßenjunge, Casanova, Macho
Mayeritsa	Suppe aus Innereien, Ostergericht
Mega biblion, maga kakon	»großes Buch, großes Übel«
Mezedakia	gemischte Vorspeise
Paidia	Kinder, Jungs, »jetzt reicht's!«
Philotino	Ehrgefühl
Pretza	Prise
Psipsina	»Mieze!«, wird schönen Mädchen nachgerufen
Putanas yie	»Hurensohn!«
Syrtos	ein Kreistanz
Thei gemiesei	»Ich will ficken!«
Tsalimia	ein Tanz
Tsibouki	Dudelsack
Tsoureki	Ostergebäck
Vasilopeta	Neujahrsstollen